TORSTEN FINK

Der Erbe des Skorpions

Torsten Fink

DER ERBE DES SKORPIONS

Roman

Originalausgabe

blanvalet

MIX
Papier aus verantwortungsvollen Quellen
FSC® C014496

Verlagsgruppe Random House FSC® N001967
Das für dieses Buch verwendete
FSC®-zertifizierte Papier *Super Snowbright*
liefert Hellefoss AS, Hokksund, Norwegen.

1. Auflage
Originalausgabe Juni 2015 bei Blanvalet,
einem Unternehmen der Verlagsgruppe Random House GmbH, München

Umschlaggestaltung und -illustration: © Isabelle Hirtz, Inkcraft,
unter Verwendung einer Fotografie von Nico Fung
Karte: © Jürgen Speh
Lektorat: Simone Heller
HK · Herstellung: sam
Satz: Buch-Werkstatt GmbH, Bad Aibling
Druck und Einband: GGP Media GmbH, Pößneck
Printed in Germany
ISBN: 978-3-7341-6011-0

www.blanvalet.de

Für das Mädchen vom Dach

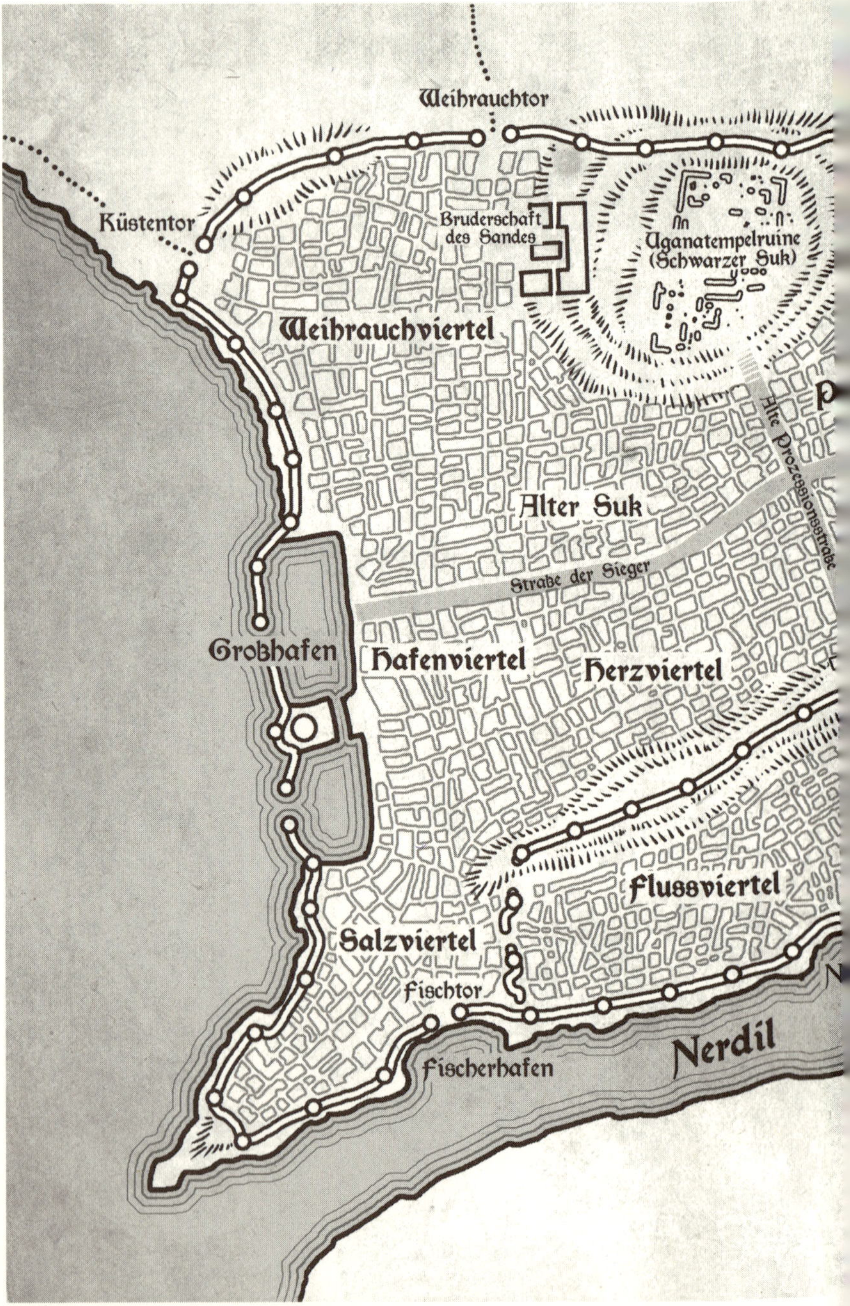
Weihrauchtor
Küstentor
Bruderschaft des Sandes
Uganatempelruine (Schwarzer Suk)
Weihrauchviertel
Alte Prozessionsstraße
Alter Suk
Straße der Sieger
Großhafen
Hafenviertel
Herzviertel
Flussviertel
Salzviertel
Fischtor
Fischerhafen
Nerdil

Ugir
Uganator
Qutaf Schrein
Glutviertel
lastviertel
Sandviertel
Palast
Sandtor
Ewiges Tor
Roter Suk
Hassatviertel
lusstor
Skorpiontor
Nerdiltor
dilhafen
Zollviertel
Elagirtor

Hochland von Helmont
Paramar
SAAM
Tresi
Atgath
HARETIEN
Elsing
Felisan
Haretische Strasse
Schärensee
WESTGARTH
Menemon
Westriff
Akkar
Das Golden Meer
Malgant
Dämmerungsinseln
Bariri (Du'umu)
Anuwa
Senit
Säulen der
Das Goldene Meer und die angrenzenden Länder und Reiche
100 frialische Meilen ~ 40 oramarische Wegstunden

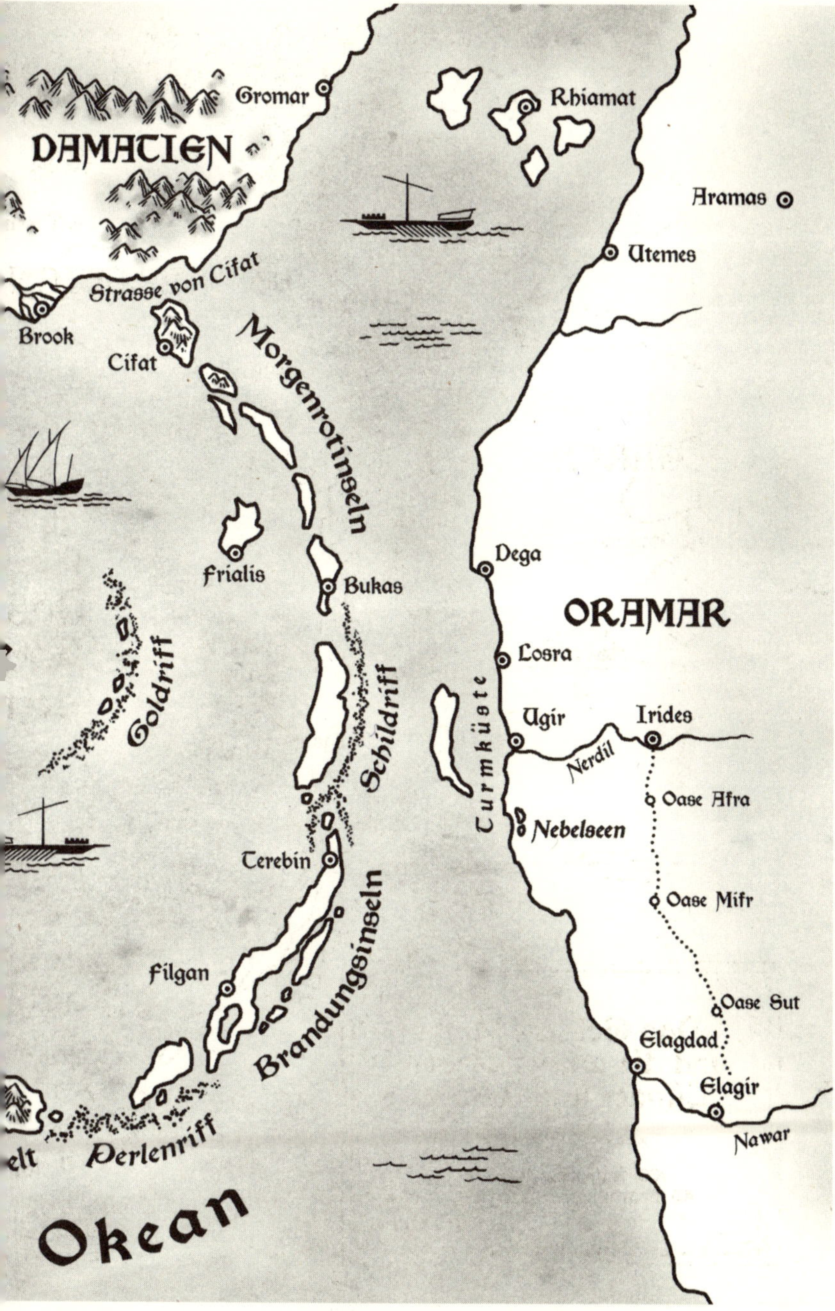

Gromar
Rhiamat
DAMATIEN
Aramas
Utemes
Strasse von Cifat
Brook
Cifat
Morgenrotinseln
Frialis
Bukas
Dega
ORAMAR
Goldriff
Schildriff
Losra
Turmküste
Ugir
Irides
Nerdil
Oase Afra
Nebelseen
Terebin
Oase Mifr
Brandungsinseln
Filgan
Oase Sut
Elagdad
Elagir
Nawar
elt
Perlenriff
Okean

Jarok wünschte sich Regen, aber als er zum Abendhimmel aufblickte, sah er nur ein paar verlorene weiße Wolken, die von der tief stehenden Sonne in unpassend rosafarbenes Licht getaucht wurden. Ein Karren holperte über den breiten Steg. Der Mann, der ihn schob, fluchte unablässig leise vor sich hin, und eines der beiden großen Räder schlingerte ächzend auf der Nabe.

»Du wirst uns Ehre machen, verstehst du?«, sagte Jaroks Mutter.

Es war schwer, in der Dämmerung ihre Miene zu lesen, noch schwerer als sonst. Jarok, der einen Kloß im Hals spürte, nickte nur. Er durfte die Fassung nicht verlieren.

»Dein Großvater war der berühmteste Jäger der Geisterberge, und von deinem Vater müssen wir nicht reden, nicht wahr? Dein Blut ist von beiden Seiten gesegnet, vergiss das niemals!«

Er blickte hinüber zu den Häusern, die dunkel und hoch vor dem Abendhimmel standen. Der Karren rumpelte langsam näher. Er war mit Sackleinen verhängt, dennoch baumelte ein schlaffer Arm an der Seite heraus. Der Arm bewegte sich, aber Jarok wusste, dass das nur an den holprigen alten Planken lag, über die der Karren geschoben wurde.

Er war zum ersten Mal in seinem Leben in Gromar und vielleicht auch zum letzten Mal. Sein Stiefvater hatte ihm erklärt, dass dies der größte und wichtigste Hafen von Damatien war, das Tor zur Welt, aber ihm kam er schäbig und düster vor. Die Häuser hatten die gleiche Farbe wie die schlammigen Straßen, die sie in die Stadt geführt hatten, und der Hafen hatte nichts von großer weiter Welt. Er wirkte klein und unbedeutend. Im Augenblick war auch nur ein einziges Schiff am hölzernen Steg vertäut. Es roch nach Salz, faulem Fisch – und Blut. Ein kräftiger Schauer hätte diesen Geruch vielleicht fortgewaschen. Aber nicht deshalb wünschte sich Jarok Regen.

Männer schleppten Lasten über den alten Steg. Sie überholten den Mann mit dem Karren, der sich mit seiner Fracht abmühte und immer noch leise vor sich hin fluchte. Weder ihm noch seiner Last schenkten sie besondere Beachtung. Ein Matrose schleppte einen großen verhüllten Holzkäfig an Jarok vorüber. Es war einer von sieben. Sie waren ihm vorhin schon aufgefallen. Ein scharfes Krächzen ertönte unter dem dicken Tuch, dann rüttelte es den Käfig kräftig durch, und etwas hackte gegen die eisenharten Gitterstäbe. Fluchend zog der Mann seine Hand weg.

Den Eisgreifen scheint es auch nicht zu gefallen, dass sie die Heimat verlassen müssen, dachte Jarok.

»Vergiss nie, dass dir ein bedeutendes Schicksal bestimmt ist, Jarok, doch das kannst du nicht erfüllen, wenn du hierbleibst.« Seine Mutter beugte sich zu ihm herab und legte ihm die Hand auf die Schulter. Aber es war keine Geste des Trostes, eher der Ermahnung. Sie hätte sagen können, dass es zu gefährlich war hierzubleiben, und er hätte ihr geglaubt. Sie machte sich jedoch nicht einmal die Mühe, ihn anzulügen. »Du wirst lernen und tun, was man dir sagt, mein Junge, und nur die Götter dürfen wissen, wenn dir das schwerfällt. Hast du das verstanden?«

Wieder nickte er nur, weil er spürte, dass ihm die Stimme versagen würde.

»Du brichst auf in die große, weite Welt, zu gewaltigen Abenteuern«, mischte sich nun auch Sterro ein, der Heiler, der an der Seite seiner Mutter lebte, fast so lange Jarok denken konnte. »Als ich neun Jahre alt war, da führte mich mein Weg höchstens in die Berge, um Ziegen zu hüten. Wirklich, ich beneide dich um die Wunder, die du zu Gesicht bekommen wirst«, fügte er mit einem Lächeln hinzu, aber Jarok dachte, dass das gelogen war. Sterro war offensichtlich erleichtert, den Jungen loszuwerden, den er nicht gezeugt hatte, und ihm war es vermutlich herzlich egal, ob er Wunder zu Gesicht bekam oder in der Fremde am Fieber verendete. Jarok fragte sich plötzlich, ob er jetzt, wo er das Haus verließ, vielleicht doch noch Geschwister bekommen und, wenn ja, ob er je von ihnen erfahren würde.

»Nun macht schon, Männer, die Flut wartet nicht«, mahnte der Steuermann vom Schiff herab.

»Schlepp du mal diese verdammten Viecher«, brummte einer der Lastenträger, der an der Hand blutete.

Eisgreife waren nicht gerne eingesperrt, so viel stand fest. Jarok fragte sich, ob sie vielleicht ahnten, dass sie in ein Land ohne Berge und ohne Schnee verfrachtet wurden. Sterro hatte ihm alles über Oramar erzählt, was er wusste. Viel war es nicht. Angeblich gab es dort nicht einmal Regen.

Der Heiler trat einen Schritt zur Seite, um dem ächzenden Karren Platz zu machen, und Jarok hörte den Mann an der Deichsel murmeln: »… ich habe dem Odaling gesagt, dass es die Götter und die Seelen dieser Dummköpfe beleidigen wird, dass es besser wäre, ihnen ein Grab zu geben, hab sogar angeboten, es selbst auszuheben, aber hat er auf mich gehört? Nein, er sagt, sie seien fremd und ihre Götter fern und machtlos, sonst hätten sie diese Männer nicht am Fieber sterben lassen. Was will man aber auch von einem erwarten, der aus den Bergen stammt und Stein in den Adern hat? Er versteht das Meer nicht! Aber er wird noch an mich …« Mehr konnte Jarok von dem Gemurmel nicht verstehen. Er sah einen nackten Fuß, der unter der Plane hervorragte. Jetzt passierte das seltsame Gefährt eine kleine Gruppe von Männern und Frauen, die sich voneinander verabschiedeten. Sterro hatte erklärt, dass es Krieger waren, die in der Fremde ihr Glück machen wollten. Einige der jüngeren Frauen weinten beim Abschied. Jarok biss sich auf die Zähne. Auch ihm war zum Heulen, aber er durfte sich nicht gehen lassen. Wenn es geregnet hätte, hätte das seine Tränen verborgen, aber nicht deshalb wünschte Jarok sich Regen.

»Es gibt für dich keinen anderen Weg. Dein Blut verlangt es.« Der Blick seiner Mutter war streng und ohne jedes Zeichen von Rührung oder Abschiedsschmerz. Und genau deshalb wünschte sich Jarok, dass es wie aus Eimern schüttete – das Gesicht seiner Mutter wäre nass geworden, und er hätte sich dann weismachen können, dass ihre Wangen nicht nur vom Regen, sondern auch von Tränen feucht waren. Doch so stand unumstößlich fest, dass sie um seinetwillen keine Träne vergoss, ja, er konnte nicht einmal eine Spur von Rötung um ihre hellgrauen Augen entdecken.

»Nun geh«, befahl sie. Sie hatte eine zweite Hand auf seine schmalen Schultern gelegt, eine Geste, die bei ihrer gesamten Körpersprache einer Umarmung am nächsten kam. Seine Mutter war eben nicht von der Art, dass sie andere umarmte.

Jarok drehte sich um und schlich über die schwankende Planke an Bord des Handelsschiffes. Als die Leinen gelöst waren und sich das Gefährt träge in Bewegung setzte, stießen die Eisgreife schrille Schreie aus. Es klang wütend, auch ein bisschen verzweifelt. Er hätte gerne mit ihnen geschrien. Aber stattdessen stand er nur schweigend im Heck, während das Schiff langsam den Hafen verließ.

Der Karren hatte das Ende des alten Stegs erreicht, und nun kippte der Mann seine Last, drei Leichen, mit einem letzten Fluch ins Meer. Niemand außer Jarok schien ihn zu beachten. Die meisten Frauen auf dem Steg winkten ihren Liebsten zum Abschied. Seine Mutter gehörte nicht zu ihnen.

ERSTES BUCH
DER STIER

1.

Das zerbrochene Tragejoch hatte alles verdorben. Jarok starrte es feindselig an. Dieses nutzlose Stück Holz war schuld, dass er die Spur verloren hatte. Er wusste nicht weiter. Brakas schien das mit der ihm eigenen Gleichgültigkeit hinzunehmen. Er lehnte am Tisch eines Obststandes und spuckte Granatapfelkerne auf das staubige Pflaster. »Hörst du das? Diesen Jubel? Als ob die Leute keine Sorgen mehr hätten.«

Jarok hörte nur mit halbem Ohr zu. Er versuchte die Spur wiederzufinden. In den schattigen Gassen des Suks herrschte nicht das übliche geschäftige Durcheinander, denn Prinz Weszen, Herr über Ugir, hatte einen Feiertag ausgerufen.

»Er hat nun also einen Erben – aber was ändert das?«, fuhr Brakas fort. »Es beendet weder den Krieg, noch baut es zerstörte Häuser wieder auf. Ganz im Gegenteil. Das wird eine Menge böses Blut wecken. Denk an meine Worte.«

Jarok war geneigt, ihm zuzustimmen. Selbst hier im Suk war ein gewisser Zorn spürbar, auch wenn Brakas mit dem *bösen Blut* wohl kaum die Händler meinte, die mit grimmigen Mienen schwiegen, während ihre Kundschaft gerade vor dem Palast zusammenströmte, um dem neugeborenen Sohn des Prinzen zuzujubeln, statt bei ihnen einzukaufen.

»Ich frage mich, ob Weszen sich traut, der Menge den echten Prinzen zu zeigen, oder ob er aus Sicherheitsgründen irgendeinen Balg präsentiert, den sie einer Amme weggenommen haben.

Schon interessant, nicht wahr? Der kleine Prinz ist noch keine zwei Tage auf der Welt und hat schon mehr Feinde als jeder von uns ... Und, bei den Göttern, ich habe mir wirklich mein Leben lang redlich Mühe gegeben, mir welche zu machen.«

Jarok nickte abwesend. Die meisten Menschen, die sich in dieser Stunde unter den Baldachinen des Suks herumtrieben, waren Flüchtlinge, Treibgut des Krieges, das in der Stadt angeschwemmt worden war. Zum Großteil waren es Männer. Vielleicht suchten sie Arbeit, vielleicht hofften sie, bei einem unaufmerksamen Händler für ihre Familien, die im Sandviertel hausten, etwas aus der Auslage stehlen zu können.

Auch ein paar Kinder drückten sich zwischen den Ständen herum. Er sah den Hunger in ihren Augen und den Neid auf diesen Offizier, der an einem Stand lehnte und achtlos Granatapfelkerne in den Staub spuckte. Einige von ihnen mussten doch Beute gemacht haben, als dem Lastenträger das Joch gebrochen war. Jarok ging ein paar Schritte im Kreis. Die Männer beobachteten ihn, die Flüchtlinge mit einer gewissen Verlegenheit, sobald sie erkannten, dass sie es mit einer Wache zu tun hatten. Einige machten sogar kehrt, als sie merkten, was an der Kreuzung los war.

Wie sollte er unter all denen, die vor der großen Blutmühle des Krieges geflohen waren, jenen einen finden, der vor den Folgen seiner eigenen Tat floh? Die dünne Spur, die sie durch viele Gassen verfolgt hatten, war fort, und das nur, weil einem Lastenträger das Joch gebrochen war. Das schwere Holz lag auf dem Pflaster. Jarok konnte den Zorn des Trägers erkennen, der hin und her gesprungen war, um seine Last, Körbe mit Äpfeln, gegen die hungrigen Flüchtlinge zu verteidigen, und sie schließlich auf der Straße hatte davonschleifen müssen. Er ging noch einmal ein paar Schritte in die Richtung, die der Lastenträger eingeschlagen hatte. In der Staubschicht waren die Schleifspuren leicht zu erkennen. Aber, nein, der Mann, den sie verfolgten, war nicht in diese Richtung gegangen. Jarok kehrte zurück zur Kreuzung. Hunderte Füße hatten hier im allgegenwärtigen Wüstenstaub ihre Abdrücke hinterlassen. Er wischte sich den Schweiß ab. Welche davon waren die richtigen?

»Kann ich davon ausgehen, dass der edle Herr die Früchte, die er so eifrig kostet, auch bezahlen wird?«, fragte die dünne, aber entschlossene Stimme des Händlers, an dessen Auslage sich Brakas gütlich tat.

»Du machst Witze, oder? Ich bin Brakas von Trugge, Schwertmeister der Blutwölfe von Ugir. Siehst du nicht, dass ich hier meine Pflicht erfülle? Wir jagen einen gefährlichen Verbrecher!«

»Ihr werdet ihn kaum in der Auslage zwischen meinen Datteln finden, Herr.«

»Aber vielleicht dahinter, denn ich muss dir sagen, mein Freund, dass deine Granatäpfel trockener sind als die Wüste Abasch im Sommer, und deine Datteln sind nicht besser. Dafür Geld zu verlangen erscheint mir fast wie Betrug, und Betrug ist auch ein Verbrechen!«

Der Händler ließ sich jedoch nicht einschüchtern. »Seit wann jagen die Blutwölfe unseres viel geliebten und gerechten Statthalters ehrbare Obsthändler, die auch nichts dafür können, dass im Krieg die Ware immer schlechter wird? Sollten sie ihre Zähne nicht lieber in das Fleisch der echten Gauner schlagen?«

Die drei Männer, die Brakas' Befehl unterstellt waren, lachten leise, bis sie ein Blick des Schwertmeisters zum Schweigen brachte. Doch dann rief er, selbst laut lachend: »Du gefällst mir, Mann! Hier hast du Silber für dein Dörrobst.«

»Aber das sind nur drei Para, Herr, und Ihr habt alleine Datteln für einen guten Denar …«

»Treib es nicht auf die Spitze, Mann!« Der drohende Unterton war nicht zu überhören.

Jarok war froh, dass der Händler zurücksteckte und den Mund hielt. Bei Brakas wusste man nie, wie so ein kleines Wortgeplänkel endete. Und er brauchte Ruhe, wenn er wiederfinden wollte, was er verloren hatte.

Ein Mann war ermordet worden, drüben im Herzviertel, gar nicht weit von ihrer Wache entfernt. Er hatte das Opfer sogar gekannt, es war Scharmeister Tusal von der Leibwache, ein kleiner, rotgesichtiger Alter mit weißem Backenbart, der eher für seine Großzügigkeit als für seine Tapferkeit bekannt war.

Die Zeugen – von denen es viele gab, denn das Verbrechen war am hellen Tag geschehen – hatten den Täter nicht nur sehr unterschiedlich beschrieben, nein, sie hatten ihn auch in alle möglichen Richtungen davonlaufen sehen. Jarok hatte dennoch seine Spur gefunden. Der Mörder war zunächst in der Menge untergetaucht, die Richtung Palast strömte, dann aber in die Prozessionsstraße abgebogen. Bis in den Roten Suk hatte Jarok der Fährte folgen können. Bis zu dieser Kreuzung, an dem einem unglückseligen Träger das Joch zerbrochen war.

Brakas hatte seinem Urteil, wie immer, vertraut. Bis jetzt. »Tja, ich glaube, unser großer Jäger hat ihn verloren«, meinte er, während er sich die saftverklebten Hände an seinen grauen Hosen abwischte. So trocken schienen die Granatäpfel also doch nicht gewesen zu sein.

Jarok warf dem großgewachsenen Westgarther einen kühlen Blick zu. Sie waren schon einige Minuten an diesem Stand, der sich an einer der Kreuzungen des Marktes befand. Aus den Werkstätten der Silberschmiede klang leises Hämmern, sonst war es beinahe still, was verriet, dass die Flüchtlinge, die sich in den kühlen Gassen des Suks herumtrieben, nicht zum Handeln gekommen waren. Wieder klang vieltausendstimmiger Jubel gedämpft vom Palastviertel herüber.

Jarok schüttelte den Kopf. Die Spur war noch da, er durfte sich nicht ablenken lassen. Er sah einen Bettler vor einem geschlossenen Stand sitzen. Er marschierte hinüber, ging in die Hocke.

»Wir suchen jemanden. Einen Mann, nicht sehr groß, sehr in Eile. Habt Ihr ihn vielleicht gesehen, Freund?«

Der Bettler wich seinem Blick aus. Er hielt einen verbeulten Zinnbecher in den Händen. Sie wirkten kräftig. Der Mann hatte vermutlich sein Leben lang hart gearbeitet, und erst der Krieg hatte ihn an den Bettelstab gebracht. »Ich habe nichts gesehen, Herr.«

»Er ist ein Mörder. Er verdient es nicht, dass Ihr für ihn lügt.«

»Ich weiß nichts, Herr, gar nichts«, stieß der Bettler hervor. Jarok wusste, dass der Mann log. Er konnte es förmlich riechen. Und der unstete Blick ging doch immer wieder in dieselbe Richtung.

»Ich danke Euch, Freund«, sagte Jarok und ließ ein paar Münzen in den Becher des Bettlers gleiten, unauffällig, denn Brakas hätte ihn sonst wieder nur verspottet.

Er erhob sich, ging ein paar Schritte in die Richtung, die ihm der Mann, ohne es zu wollen, gewiesen hatte, schloss die Augen, atmete tief durch und entschied: »Er ist dort entlang.«

Brakas grinste breit. »Irgendwann musst du mir nochmal genau erklären, wie du das machst ...«

»Bei Gelegenheit«, murmelte Jarok. Einmal hatte er es so versucht: »So, wie eine fliehende Gazelle eine Fährte im Gras hinterlässt, so hinterlässt ein flüchtender Verbrecher eine Spur in der Menge. Alles Mögliche kann ein Hinweis sein, ein Blick, eine halblaute Bemerkung zum Nebenmann, ein gewendeter Kopf, eine gerunzelte Stirn, sogar ein verärgertes Ausspucken.«

»Schon klar«, hatte damals Brakas' Antwort gelautet, gefolgt von mildem Spott über seine poetische Umschreibung. Der Westgarther zog ihn gerne mit seiner Gabe auf, aber im Grunde respektierte er Jarok und seine besondere Fähigkeit, die ihrer Wache schon viel Anerkennung eingetragen hatte.

Und Jarok wusste doch selbst nicht so genau, warum er unter all den Gedanken, die die Menschen auf der Straße beschäftigten, jenen einen aus ihren Gesichtern und Gesten ablesen konnte, der sich mit dem Mann befasste, der rastlos davonhastete. Die Händler hatten ihn gesehen, ebenso wie der Bettler. Hätte Jarok sie allerdings gefragt, so hätten sie wohl – und das mit größerer Berechtigung als der Bettler – behauptet, nichts Auffälliges gesehen zu haben. Aber sie hatten etwas gesehen, etwas, das fremd in ihrem täglichen Einerlei war, und er merkte es ihnen an. Das war die Spur, der er seit dem Herzviertel folgte.

Er ging jetzt schneller. Das zerbrochene Joch hatte eine Menge Aufregung verursacht, und es war, als sei eine Herde Büffel über seine Fährte getrampelt. Viele Wege führten aus dem Suk, aber Jarok war jetzt wieder zuversichtlich, auf dem richtigen zu sein. Sollte der Mörder etwa versuchen, zum Skorpiontor und dann über den Fluss zu fliehen?

Jarok blieb stehen und gab den anderen das Zeichen, ebenfalls anzuhalten. Er warf einen Blick in den wolkenlosen Himmel. Hoch oben kreiste ein schwarzer Punkt, kaum wahrnehmbar vor dem grellen Licht der Mittagssonne. Das half ihm aber nicht weiter.

Der Mann, den sie verfolgten, hatte bis hierher Seitenstraßen benutzt, doch jetzt schien er der großen Straße gefolgt zu sein, die zum Fluss hinabführte.

Nein, da stimmte etwas nicht.

An der Ecke hörte er eine Frau von einem Balkon herunter mit ihrer Nachbarin tratschen, ein schwitzender Maurer, der eine Hauswand ausbesserte, genehmigte sich einen Schluck Wasser aus seiner Flasche, und ein paar Kinder spielten mit einem Welpen in der Sonne. Nein, der Mann war der Straße *nicht* gefolgt. Er war kurz hineingelaufen, dann aber umgekehrt und abgebogen, als habe er es sich anders überlegt. Er sah es am Verhalten der Kinder, die den Schatten mieden, was neunundneunzig von hundert Männern damit erklärt hätten, dass es eben Kinder waren. Aber da hätten sie sich geirrt, denn die Kinder mieden diesen Bereich, weil Kinder noch ein unbewusstes Gespür für Schuld hatten, und der Mann, den sie jagten, wurde von schwerer Schuld getrieben. Jarok näherte sich dem Schatten und sah im Straßenstaub den Abdruck einer Sandale. Hunderte Sandalen hatten hier an diesem Tag schon ihre kaum merklichen Spuren hinterlassen, aber Jarok war trotzdem sicher, dass diese Sandale dem Mörder gehörte.

Die Fährte endete ein paar Gässchen weiter in einem Innenhof, um den sich ein Dutzend hohe, schmale Häuser gruppierten. Es gab Treppen, Leitern und Türen, hier und da sogar einen Balkon, ansonsten waren nur die üblichen kleinen, runden Lichtlöcher in den abweisenden Lehmfassaden zu sehen. »Er wohnt hier«, verkündete Jarok.

»Und das kannst du riechen?«, fragte Brakas halb spöttisch, halb bewundernd.

»Er ist hier hineingelaufen, aber nicht wieder heraus.«

»Und hinter welcher dieser hübschen Türen werden wir ihn wohl finden?«

Jarok ließ seinen Blick über die abweisenden Fassaden wandern. Dieser Innenhof unterschied sich kaum von jenem, an dem er selbst wohnte. Es gab sogar einen ganz ähnlichen alten Opferturm, der die drei- und vierstöckigen Häuser überragte, und das rußgeschwärzte Holzgeländer seiner offenen Plattform verriet, dass dort oben noch Opfer gebracht wurden.

Die Mauern schwiegen, doch auf einer schien das Schweigen besonders schwer zu lasten. »Die gelb gestrichene Tür dort, im ersten Stock«, verkündete Jarok.

»Holt ihn euch, Jungs«, befahl Brakas. Ihre drei Begleiter zogen ihre Schwerter, aber sie wirkten verunsichert, ließ Brakas es sich doch sonst nicht nehmen, stets voranzugehen.

»Es wird Zeit, dass ihr mir zeigt, was ihr könnt, Welpen. Aber denkt daran, wir wollen ihn lebend!«, mahnte er und verunsicherte sie damit noch mehr.

»Hältst du das für eine gute Idee?«, fragte Jarok leise, als die drei jungen Männer die Treppe hinaufschlichen.

»Wird Zeit, dass sie erwachsen werden. Ich kann doch nicht immer auf sie aufpassen. Weißt du, ich hatte neulich einen Traum, in dem ich meine Axt zerbrach.« Er strich beinahe zärtlich über die Schneide seiner Waffe, die er trug, obwohl sein Rang eigentlich verlangte, dass er ein Schwert führte. »Ich verstehe das als Zeichen, dass meine Zeit bei den Blutwölfen sich dem Ende nähert«, fuhr er fort.

Jarok hatte nie verstanden, warum dieser Mann, der nicht viel auf die Götter oder sonst irgendeine Macht auf der Welt gab, so abergläubisch auf seine Träume lauschte, aber er behielt seine Gedanken für sich.

Die drei jungen Blutwölfe waren vor der Tür angekommen, aber sie schienen unsicher zu sein, wie sie weiter vorgehen sollten.

»Einfach die Tür eintreten, aber rechnet mit einer Waffe!«, rief der Westgarther gut gelaunt hinauf.

Endlich fasste sich einer ein Herz, nahm einen halben Schritt Anlauf und trat fest gegen die Tür. Sie flog schon beim zweiten Tritt aus den Angeln. Der Jungspeer stürmte brüllend hinein und taumelte gleich darauf jaulend zurück. Ein Armbrustbolzen war ihm in die Schulter gefahren. Seine beiden Gefährten ließen sich jetzt nicht mehr aufhalten. Brüllend stürmten sie die Wohnung, und einige Schreie, Flüche und Verwünschungen später zerrten sie einen kreischenden und jammernden Mann die Treppe herunter. Sein Gesicht war übel zugerichtet, aber er schien nicht ernsthaft verwundet zu sein.

Brakas warf ihm einen verächtlichen Blick zu und kümmerte sich um den Verwundeten, der sich die Schulter hielt. »Du bist doch der Neue … wie heißt du nochmal?«

»Quref.«

»Schön, Quref, was hatte ich über den Mann und seine Waffen gesagt? Na, Kopf hoch! Ich werde beim Quartiermeister ein gutes Wort für dich einlegen, damit er dir etwas Silber gibt, um deine Wunde zu kühlen. Aber erst geh zum Wundarzt. Er soll die Wunde sorgfältig ausbrennen, wenn der Bolzen draußen ist. Sag ihm das mit einem Gruß von mir. Er wird nämlich langsam alt und faul und scheint solche Dinge in letzter Zeit zu vergessen. Schau nicht so betrübt! Das ist eine ehrenvolle Narbe, mein Junge. Die Frauen mögen so was.«

Er wandte sich dem Gefangenen zu. »Und was für einen Sack Abfall haben wir hier?«

»Ich habe nichts getan«, stieß der Mann hervor.

»Falsch!«, lautete die scharfe Antwort. »Sogar zweimal falsch! Zum einen hast du auf einen meiner Männer geschossen, was wirklich außerordentlich dumm von dir war, zum anderen liegt drüben in der Stadt noch ein Toter, der sicher beleidigt aufschreien würde, solltest du seinen Tod unter *nichts getan* verbuchen wollen.«

»Ich weiß nicht, wovon Ihr sprecht!«, rief der Mann und verfiel von da an in trotziges Schweigen, ganz gleich, was der Westgarther fragte.

»Warte«, sagte Jarok, als Brakas die Geduld zu verlieren schien. Er durchsuchte die Taschen des Mannes und fand – nichts.

Der Westgarther packte den Mann am Kragen: »Wieso der alte Tusal? Was hattest du für einen Grund?«

»Er hatte vielleicht keinen«, meinte Jarok. »Vielleicht hat er es für einen anderen getan.«

Brakas warf ihm einen schrägen Blick zu. »Stimmt das? Wer war es? Wer?«

Aber der Mann schwieg.

»Na, unsere Folterknechte werden dir schon die Zunge lösen!«

Wieder keine Antwort.

»Schön, du wirst schon bald sehen, was du davon hast. Ihr zwei, fesselt ihn mir ordentlich, und schafft ihn in den Palast. Er wird seine Tat schon bald bereuen. Du, Quref, darfst in der Wache die Meldung machen. Aber fall mir nicht vorher um, verstanden?«

»Ja, Schwertmeister!«, rief der junge Soldat und versuchte strahlend zu salutieren, was er mit einem kläglichen Stöhnen abbrach.

»Schon gut, mein Junge«, meinte Brakas und klopfte ihm breit grinsend auf die gesunde Schulter. »Und jetzt ab mit euch.«

»Ob er auch mit den anderen beiden Morden zu tun hat?«, fragte Jarok. »Sie wurden doch auch am helllichten Tag begangen.«

»Ich weiß nicht … den einen Täter hat man ja noch bei der Leiche festgenommen, weil er so einfältig war, die Tat zu begehen, als gerade eine Patrouille um die Ecke kam. Aber soweit ich weiß, hat man bisher nicht viel aus ihm herausgebracht. Es ist wie verhext! Ich kenne die Folterknechte. Es ist kein edles Handwerk, das sie ausüben, aber sie haben es dennoch zu hoher Kunst entwickelt. Und der Mann beantwortete ihnen jede Frage – nur nicht, warum oder in wessen Auftrag er diesen Mord begangen hat.«

»Ja, verhext«, murmelte Jarok.

Sie befragten die Nachbarn. Die meisten wurden nervös, sobald sie das Lederwams der Wache sahen, aber keiner hatte irgendetwas gesehen oder gehört, was sie weitergebracht hätte. Sie erfuhren lediglich, dass ihr Täter offenbar ein einfacher Bäckergehilfe war, der erst seit kurzem in der Gasse lebte.

Anschließend durchsuchten sie die Wohnung des Mannes, oder eigentlich durchsuchte sie vielmehr Jarok, während Brakas nur zusah. Jarok wanderte mit halb geschlossenen Augen durch die Behausung und suchte nach versteckten Hinweisen und den Geheimnissen, die ihr anvertraut worden waren. Eigentlich fand er immer etwas. Doch hier war nichts – gar nichts. »Mit der Hexerei könntest du dich allerdings irren …«, sagte er schließlich.

»Meinst du?«

»Hier ist nichts, gar nichts. Wenn Magie gewoben wurde, dann nicht in dieser Wohnung. Du weißt, dass ich ein Gefühl dafür habe …«

»Eigenartig. Eigentlich habe ich mit Zauberei gerechnet. Hast du dir unseren Mann angesehen? Er hatte keine Angst, obwohl er wusste, was ihm blüht. Wieso hat ein Bäckergeselle keine Angst vor der Folter? Ich hätte darauf gewettet, dass irgendeine Zauberei im Spiel ist.«

»Ich spüre aber nichts«, hielt Jarok dagegen. Aber das stimmte nicht ganz. Er hatte das Gefühl, dass da etwas war, etwas, was aber selbst seine Instinkte nicht zu fassen bekamen. Oder war es eher so, dass etwas fehlte?

»Also stecken wir hier in einer Sackgasse? Das wird weiter oben gar nicht gut ankommen.«

»Hast du das Opfer gekannt?«, fragte Jarok.

»Den Toten? Natürlich. Das war der alte Tusal von der Garde. Ich mochte ihn, denn er war freigiebig und hat in den Tavernen immer was springen lassen. Allerdings war er für einen Gardisten schon ziemlich alt. Warum fragst du?«

»Vor zwei Wochen erwischte es doch diesen Unterwesir von den Schreibern, der Prinz Weszen täglich die Berichte aus dem Umland brachte. Und unser Scharmeister ging ebenfalls im Palast ein und aus. Der Prinz vertraute ihm.«

»Vertrauen? Ich bezweifle, dass er ihn überhaupt kannte. Es gibt Dutzende von Scharmeistern im Palast. Das ist ja das Problem.«

»Nein, Brakas. Weszen hat ihn ehrenhalber eine Schar der Leibgarde führen lassen, obwohl er dafür viel zu alt war. Und vor drei Wochen hat es diesen Kaufmann erwischt. Er lieferte Weizen in den Palast …«, ging Jarok weiter seinen Gedanken nach. Ein Bild zeichnete sich ab, aber Brakas zerstörte es: »Ich verstehe, worauf du hinauswillst, mein Freund, aber leider haben tausende von Menschen mit dem Palast zu tun.

Ein Lieferant, ein Scharmeister, ein Schreiber ... Mag sein, dass sie sich gelegentlich über den Weg gelaufen sind, aber ich bezweifle, dass sie je auch nur ein Wort miteinander gewechselt haben.«

»Und wenn das alles auf Prinz Weszen selbst zielt?«

Der Westgarther zuckte mit den Achseln. »Unser viel geliebter Prinz hat zwar mehr Feinde als ein Hund Flöhe, aber er hat auch den besten Schutz, den es auf dieser Welt gibt. Ein gewöhnlicher Mörder wie diese Ratte, die wir gerade geschnappt haben, käme nicht einmal auf tausend Schritte an ihn heran. Nein, ich glaube nicht, dass diese Spur von Leichen am Ende zu Prinz Weszen führt. Dazu waren die drei Opfer zu unbedeutend.«

Sie verließen den Hof, und ihre Wege trennten sich kurz darauf, denn Brakas bestand nicht darauf, dass er ihn zur Wache begleitete. »Ich kümmere mich um die Meldung, falls diese Welpen das nicht ordentlich erledigt haben sollten, was ich ihnen nicht geraten haben möchte. Geh du nur nach Hause. Du siehst erschöpft aus, mein Freund, und bist vermutlich ohnehin heute nicht mehr für viel zu gebrauchen.«

Das war Brakas' Art, Anerkennung zu zeigen. Der Westgarther wusste genau, dass sie ohne Jaroks besonderes Gespür den Mann nie erwischt hätten, er sprach es nur nicht gerne aus.

Jarok machte sich auf den Heimweg. Die Gassen der Stadt waren immer noch ungewöhnlich leer. Anscheinend war die halbe Bevölkerung zum Palast gepilgert, um den Sohn des Prinzen zu sehen. Er fragte sich, was sie sich von dem kleinen Erben erhofften. Seiner Einschätzung nach war er nur eine weitere Komplikation in einer ohnehin verworrenen Lage.

Der Bruderkrieg der Skorpione währte nun schon fast fünf Jahre, und die Erschöpfung war auf allen Seiten so weit fortgeschritten, dass trotz aller Kämpfe schon lange nichts Entscheidendes mehr geschehen war. Aber nun hatte Prinz Weszen einen Erben, das würde in den Augen seiner Brüder vieles ändern. Sie konnten nicht mehr darauf hoffen, dass eine einzige Klinge, ein einziger Pfeil diese Linie auslöschen würde. Jarok gähnte. Das war Politik, und es war in seinen Augen unnütz, sich darüber den Kopf zu zerbrechen.

Er nahm einen kleinen Umweg in Kauf, um dem Lärm des Palastviertels auszuweichen, erwarb bei einem Metzger ein paar Schlachtabfälle und erreichte sein Heim im Glutviertel in der Abenddämmerung. Als er den Kopf in den Nacken legte, konnte er wieder den schwarzen Punkt sehen, der hoch über der Stadt kreiste.

Er ging am Opferturm vorbei, kletterte die Treppe in den zweiten Stock hinauf und fand die Wohnungstür wie immer unverschlossen und sein Heim ohne Licht.

»Du kommst schon nach Hause?«, fragte die brüchige Stimme von Bors Sillwa aus dem Halbdunkel.

Es war stickig in der kleinen Stube. Jarok ließ die Tür offen stehen. »Es gab einen Mord – und eine Jagd.« Er entzündete die Öllampe.

Bors saß still hinter dem Tisch in seiner Ecke. Sein Gesicht blieb im Dunkeln. Vor ihm stand eine Schale mit kaltem Reisauflauf, den er offensichtlich kaum angerührt hatte.

»Warum bist du nicht draußen? Die Hitze ist gewichen, und der Wind kommt ausnahmsweise nicht aus der Wüste, sondern von der See.«

»Wozu? Damit dieser feiste Priester wieder versucht, mich zu Ugana zu bekehren? Oder damit die Kinder mich verspotten? Nein, hier sitze ich doch gut. Du hast den Mörder zur Strecke gebracht?« Bors schien nicht daran zu zweifeln.

»Das habe ich«, erwiderte Jarok und gab Bors einen kurzen Bericht.

»Und du glaubst, dass es eine Verschwörung ist …«

»Offensichtlich, auch wenn ich nicht verstehe, warum die Verschwörer es auf Unterwesire und Lieferanten abgesehen haben.«

»Ich werde darüber nachdenken. Vielleicht komme ich ja darauf, wenn ich mich nur lange genug damit beschäftige«, bot der Alte seine Hilfe an.

»Es kann nicht schaden. Vielleicht siehst du etwas, das uns entgangen ist.«

Bors lachte und beugte sich vor, so dass seine weißlichen Augen in den Lichtkreis der Lampe gerieten. »So habe ich das nicht gemeint«, versicherte Jarok schnell.

»Ich weiß, mein Junge, aber ich lache, weil du vielleicht Recht hast und am Ende ein Blinder entdecken wird, was ihr überseht. Vielleicht bin ich also noch nicht vollends unnütz.«

»Was ist eigentlich mit diesem Reis nicht in Ordnung?«, fragte Jarok, um das Thema zu wechseln.

»Er ist kalt.«

»Und das war er schon, als Artha ihn dir brachte?«

»Ich bin eben nicht mehr so hungrig. Geh doch hinunter und frag, ob sie ihn dir nicht noch einmal wärmt, mein Junge. Und vielleicht kannst du ihr dann auch sagen, dass sie nicht immer am Gewürz sparen soll.«

»Ich bin ebenfalls nicht hungrig.«

»Sie mag dich, mein Junge. Wenn sie für dich kocht, dann fehlt es nie an Pfeffer und Salz. Sie kann nämlich kochen, wenn sie will. Und sie hat Besitz! Was kann ein Mann mehr von einem Weib erhoffen?«

»Es gibt schon ein Weib in meinem Leben«, gab Jarok zurück. Bors beklagte sich oft über faden Geschmack. Aber Jarok wusste, dass es nicht an Arthas Kochkunst lag, sondern daran, dass seine Sinne nachließen.

»Ach, das zählt nicht«, meinte der Alte mit einer abfälligen Handbewegung.

Jarok lächelte. Sie führten diese Unterhaltung nicht zum ersten und ganz gewiss nicht zum letzten Mal. »Dennoch werde ich jetzt noch einmal nach ihr sehen, wenn du erlaubst.«

»Grüß sie von mir«, gab der Alte brummend zurück.

Jarok verließ die Wohnung. Er hatte einen Balken hinüber in den zweiten Stock des Opferturms gelegt und balancierte nun hinüber.

Der Alte wurde immer eigensinniger, und er schien von Tag zu Tag weniger gewillt, Hilfe anzunehmen. Bors war einer der Falkner des alten Padischahs gewesen, und er hatte den verängstigten Jungen, der vor fünfundzwanzig Jahren zusammen mit sieben Eisgreifen aus dem kalten Damatien ins glühend heiße Oramar gekommen war, unter seine Fittiche genommen. Falkenauge hatte man ihn damals genannt, weil keiner schärfere Augen hatte als Bors Sillwa, der Haretier, aber nach endlosen Jahren im Dienste der Jagdleidenschaft seines Herrn war er erst schleichend, dann immer schneller erblindet.

Jarok kletterte durch die Falltür auf die Plattform des alten Turms hinauf. Hier hatten schon lange keine Opferfeuer mehr gebrannt. Ugir, die Stadt der Gewürze, lag in der rasch fortschreitenden Abenddämmerung. Die Gassen waren voller Leben, offensichtlich befand sich die Menge, die zum Palast geströmt war, auf dem Heimweg. Er konnte den riesigen Palastkomplex von seinem Platz aus gut sehen. Die Soldaten auf den hohen Mauern entzündeten gerade ihre Wachfeuer. Auf einem der anderen Opfertürme, von denen es im Glutviertel etliche gab, entzündete ein Priester die heilige Flamme, und bald darauf stieg weißer Rauch auf.

Jarok hatte diesem seltsamen Ritual nie viel abgewinnen können. Er streifte den schweren Handschuh, den er hier oben in einer kleinen Kiste verwahrte, über den linken Arm und stieß einen schrillen Pfiff aus. Aus dem Himmel erklang die durchdringende Antwort. Jarok legte den Kopf in den Nacken. Der schwarze Punkt, der eben noch so hoch gekreist hatte, stürzte aus dem Abendhimmel rasend schnell wie ein Stein auf ihn zu. Dann, wenige Ellen über seinem Kopf, breitete der Eisgreif seine mächtigen Schwingen aus und landete leicht und sicher auf der dargebotenen Hand.

»Ich grüße dich, Hrima«, begrüßte er das stattliche Weibchen mit den üblichen Worten. Auch das hatte er von Bors gelernt, wie alles, was er über die Falknerei wusste. »Das Ritual der immer gleichen Worte wird das Band zwischen dir und deinem Schützling verstärken«, hatte ihm der Alte früh erklärt. Es schien sich zu bewahrheiten, denn Hrima war ihm nach Ugir gefolgt, obwohl er ihr die Wahl gelassen hatte.

Über fünf Jahre war es nun her, dass Padischah Akkabal at Hassat seinen Falkner Bors von seinen Pflichten entbunden hatte, weil dieser, schon halb blind, noch einmal die Heimat hatte sehen wollen. Und er hatte Jarok gestattet, seinen Meister zu begleiten. Doch dann fand Bors noch tausend Dinge, die er vor seiner Abreise zu erledigen hatte, und als sie die Jagdoase am Rande der Wüste Abasch endlich verließen, kamen sie nur bis nach Ugir, denn der Krieg war ausgebrochen und versperrte ihnen den Weg übers Meer. Ihre Ersparnisse waren schnell aufgebraucht, und Jarok, der nichts anderes kannte außer der Jagd, verdingte sich bei der Wache, denn von irgendetwas mussten sie leben.

Er fütterte Hrima mit den Schlachtabfällen, die er auf dem Heimweg erworben hatte, und sah ihr zu, wie sie Bissen auf Bissen verschlang.

»Bist du satt geworden, meine Schöne?«, fragte er, als sie den letzten Bissen verschluckt hatte.

Sie warf einen Blick auf seine nun leere Rechte, spreizte kurz die weiten Flügel, sprang mit der ihr eigenen Anmut von seiner Hand und landete sicher auf dem Horst, den sie sich in einer Ecke des Turmes gebaut hatte. Als sie mit dem Nestbau begann, hatten ein paar der in Ugir allgegenwärtigen Krähen versucht, ihr diesen Platz streitig zu machen. Sie waren wohl zuvor noch nie einem Eisgreifen begegnet. Inzwischen hielten sie respektvoll Abstand.

Jarok blieb auf dem Turm, bis Hrima den Kopf unter das Gefieder steckte, um zu schlafen. Dann kletterte er wieder den Turm hinab.

Im unteren Stockwerk war Licht. Er wurde bereits erwartet. »Euer Vogel – seht Euch an, was er getan hat!«, begrüßte ihn der dickliche Priester, der im selben Haus wohnte, und hielt ihm im Schein seiner Laterne ein paar blutige Federn unter die Nase.

Jarok seufzte. Er hatte die Hühnerfedern im Nest des Eisgreifen gesehen, aber gehofft, Hrima hätte sich ihre Beute anderswo geholt. Er konnte den Priester, der sich immer wieder über Hrima beklagte, jedoch nicht leiden. Also sagte er: »Ihr habt doch den Hühnerstall auf Eurem Dach abgeschlossen? Eisgreifen können keine Schlösser aufbrechen, wisst Ihr …«

»Das Dach, es war beschädigt! Dieses Untier hat die Schindeln zerschlagen!«

Jarok nahm die Federn zur Hand. Er deutete auf einen Knick. »Wenn meine Hrima sich dieses Tier geholt hätte, dann wären davon nicht mal mehr Federn übrig. Es wird eine Katze gewesen sein. Da, seht Ihr, diese Spuren hier, Bissspuren! Eine Katze, eindeutig!«

»Ihr könnt versuchen, Euch da herauszureden, aber ich weiß, was ich weiß!«

Jarok würdigte ihn keiner Antwort.

»Und überhaupt – die Opfer, ich kann die Opfer nicht mehr bringen! Das ganze Viertel ist besorgt, weil ich uns den Schutz Uganas nicht mehr sichern kann! Das kann so nicht weitergehen.«

»Ihr könnt gerne nach oben gehen – vielleicht erlaubt sie Euch ja beim nächsten Mal, die Plattform zu betreten.«

»Oh nein, diesem Dämon in Vogelgestalt werde ich mich auf keinen Fall noch einmal nähern!«

Der Priester hatte wirklich einmal versucht, den Eisgreifen vom Turm zu verjagen. Die Narben auf seiner Hand konnte man immer noch sehen. Er war also auch nicht klüger als die Krähen.

Jarok war müde, und er konnte und wollte dem engstirnigen Priester nicht helfen. »Dann kann ich Euch nur raten, Euch entweder einen anderen Turm oder einen anderen Gott zu suchen, dem Ihr opfern könnt.«

»Ich werde mich beschweren! Jawohl! Es ist mir gleich, dass Ihr ein Blutwolf seid – ich werde mich im Palast beschweren, und dann werden wir dieses Ungeheuer schon ausräuchern!«

Jarok packte den Priester am Kragen. »Wenn meiner Hrima auch nur eine Feder gekrümmt wird, werdet Ihr mir das büßen, Priester! Habt Ihr das verstanden?«

Der Priester, eben noch zornerfüllt, wurde kleinlaut. »Es ist nun einmal ein Opferturm – kein Nistplatz.«

»Aber es gefällt ihr dort – und solange das so ist, wird sie dort bleiben. Außerdem hält sie auch die Krähen fern, über die die anderen Priester sich dauernd beschweren. Und nun entschuldigt mich! Habt Ihr keine Armen und Kranken, die Eurer Aufmerksamkeit bedürften? Ich kenne da zum Beispiel einen alten, blinden Mann, der sich über Besuch wohl freuen würde, selbst wenn er von Euch käme.«

»Aber er glaubt nicht an Ugana!«, rechtfertigte sich der Priester.

»Wer tut das schon?«

»Sie ist die Herrin dieser Stadt – seit tausend Jahren!«

»Und seit hundert Jahren ist sie es nicht mehr!« Damit ließ Jarok den Priester stehen. Ugana hatte, so berichtete die Legende, ihre Stadt über Jahrhunderte vor allen Feinden beschützt. Doch dann war Bal-Ek at Hassat gekommen, der Stammvater der Skorpione, und seine Krieger hatten ihre Stadt bezwungen. Sie hatten Hilfe: Ghirtab, der Skorpiongott, hatte Qutaf aus seinem Schlummer geweckt, und der Weltenerschütterer hatte die unüberwindlichen Stadtmauern mit einem Erdbeben zerstört, und draußen im Meer hatte sich die Sturmschlange erhoben und die mächtige Flotte der stolzen Stadt einfach versenkt. Jarok kannte die Legende aus den traurigen Liedern, die sie über diesen Tag sangen. Seither war das mächtige Ugir einfach nur eine weitere Stadt im noch weit mächtigeren Reich Oramar, jenem Reich, das gerade in einem grausamen Bruderkrieg zerrissen wurde. Daran würden auch die Opfer, die dieser kleingeistige Priester gerne gefeiert hätte, nichts ändern.

2.

Am nächsten Morgen wurden Jarok und Brakas in den Palast befohlen.

»Das kann nichts Gutes bedeuten«, sprach der Westgarther aus, was Jarok dachte.

Ihre Wache lag im Herzviertel, ganz in der Nähe des Alten Suks. Sie folgten der *Straße der Sieger* Richtung Palast. Seit Jahrhunderten zelebrierten auf dieser Prachtstraße die siegreichen Feldherren und Admiräle von Ugir und später Oramar ihre Triumphe. In letzter Zeit waren diese Feiern jedoch selten geworden. Brakas meinte, auch das sei ein schlechtes Zeichen.

Im Gedränge kamen sie nur langsam voran.

Jarok hatte einmal gehört, dass in Ugir angeblich eine halbe Million Menschen gewohnt hatten – vor dem Krieg. Sie war eine der größten Städte der bekannten Welt, und nun schien die Zahl ihrer Bewohner sich noch einmal verdoppelt zu haben. Zwischen all den Menschen, die ihrer täglichen Arbeit nachgingen, den Händlern, Handwerkern und Lastenträgern, sah Jarok eine Menge Bettler und Männer, die an den Ständen nach Arbeit fragten. Abgemagerte Kinder strichen um die Stände und warteten darauf, dass dort etwas für sie abfiel, aber die Händler passten auf wie die Wüstenluchse.

Auf einem Podest auf halbem Weg ins Palastviertel stand ein fetter Offizier, der nach neuen Kriegern für den Prinzen suchte. Anders als früher hatte er keine Mühe, Männer zu finden.

Viele Verzweifelte drängten sich um das Podest, und Jarok sah den Werber sogar Männer fortschicken, die eigentlich tauglich wirkten.

»Hast du es übrigens gehört?«, fragte Brakas, als sie sich durch das Gedränge schoben.

»Was gehört?«

»Weszen hat gestern nicht nur seinen Erben präsentiert, er hat sich selbst auch zum Ugir-Schah ausgerufen.«

»Im Ernst?«

»Hab mich auch gewundert, aber der alte Trottel, dem das Haus gehört, in dem ich so günstig wohne, hat es mir erklärt«, fuhr der Westgarther fort, geriet dann aber in Streit mit einem riesigen Lastenträger, der ihm, schwer beladen, wie er war, zu langsam Platz machte. Der Mann überragte ihn um mehr als Haupteslänge, aber Brakas ging keinem Streit aus dem Weg.

Jarok kannte den »Trottel«, von dem der Westgarther sprach, flüchtig. Es war ein Gelehrter, der in der Großen Bibliothek des Palastes arbeitete. Er war ein kluger Mann, der den Westgarther in sein Haus im Salzviertel aufgenommen hatte, weil er sich davon in diesen unsicheren Zeiten Schutz versprach. »Was hat er gesagt?«, fragte er, als Brakas den Riesen endlich eingeschüchtert und zur Seite gescheucht hatte.

»Wer?«

»Der Gelehrte.«

»Er sagte, damit wolle der Prinz … warte, wie sagte er es … ja, seine *Legitimation* erhöhen. Bisher war er ja eigentlich nur ein Satrap, ein Statthalter, ernannt von seinem Vater, dem alten Padischah. Ugir-Schah hingegen ist der alte Titel, den die Herren dieser Stadt vor ihrer Unterwerfung führten … Ich weiß nicht, ob es da nur um einen besser klingenden Titel geht. Vielleicht hat Weszen ja auch vor, Ugir ganz aus dem Reich zu lösen. Man hört da gewisse Gerüchte …«

»Man hört viel«, gab Jarok zurück, und das war noch untertrieben. Die Straßen summten von den verschiedensten Gerüchten: Weszen wolle sich mit dem Seebund, dem Erzfeind Oramars, verbünden, Weszen wolle ein Bündnis mit einigen seiner Brüder gegen einige andere seiner Brüder schmieden, Weszen wolle Ugir zur Hauptstadt eines neuen Reiches machen – jeden Tag gab es neue Nahrung aus der Gerüchteküche, und nie schien die Stadt davon satt zu werden.

Vor ihnen tauchte die hohe Mauer des Palasthofs auf. Jarok betrachtete die goldenen Schwerter, die die Mauer in der Nähe des Tores zierten, und fragte sich wieder einmal, ob das Gold echt war, und wenn ja, wie dick es wohl aufgetragen war. Die Wachen grüßten nachlässig und mit der ihnen eigenen Überheblichkeit, über die sich Brakas wieder einmal ärgerte. »Sie halten sich wirklich für was Besseres«, knurrte er, als sie das Tor passiert hatten. »Dabei sind wir es, die Ugir wirklich beschützen. Die stehen sich doch nur die Beine in den Bauch.«

Jarok war, wie stets, fasziniert vom Anblick des Palastes. Der Baumeister hatte ihn in Anlehnung an die Umrisse eines Skorpions gestaltet, und wer sich dem Palast näherte, trat unvermeidlich zwischen die beiden bedrohlich wirkenden Scheren, die nach Westen, zur See, ausgerichtet waren. Jarok wusste, dass es eigentlich nur zwei langgezogene Bauten waren, deren Kammern und Hallen der Verwaltung der Stadt dienten, aber die Erbauer des Palastes hatten die Fassade so gestaltet, dass man unweigerlich an gewaltige Skorpionscheren dachte. Der Turm, der im Osten den erhobenen Stachel des Wappentieres des mächtigen Herrschergeschlechts symbolisierte, stach als schwarzer Umriss in die noch tief stehende Sonne. Jarok fragte sich, wie die Stadt von dort oben aussehen mochte, aber diesen Turm würde er nie betreten, denn dort lagen die privaten Gemächer des Satrapen – oder Ugir-Schahs.

Vor dem Eingang in die erste Halle schien ein steinerner Riese auf sie zu warten: Es war die Statue von Bal-Ek at Hassat, dem

Eroberer von Ugir, der sich hier selbst ein unbescheidenes Denkmal gesetzt hatte. Überall hieß es, dass Bal-Ek ein großer Herrscher gewesen sei: Er hatte die Dynastie der Silberspeere vom Pfauenthron vertrieben und die Dynastie der Skorpione begründet. Und er hatte neben Ugir noch viele andere Städte erobert und das Reich zu seiner ersten Blüte geführt. Bal-Ek stand nun hier mit strengem Blick, die Hand am vergoldeten Schwertgriff in Siegerpose, während ein gewaltiger Skorpion an seiner Seite mit seinen Zangen eine kauernde Frauengestalt, die Stadtgöttin Ugana, beschirmte. Jarok war sich nie sicher, ob der Skorpion diese Frau beschützte oder unterwarf. Vielleicht traf beides zu. Er konnte nicht sagen, dass die Statue ihm gefiel.

Sie eilten in die hohe Vorhalle und wurden von einem der zahllosen Wesire des Palastes mit einem übertriebenen Lächeln empfangen. »Ah, die ehrenwerten Vertreter der Blutwölfe. Folgt mir bitte.« Er führte sie eilig durch einen der vielen Gänge zu einem kleineren Saal im Nordflügel, hieß sie dann aber, noch einen Augenblick zu warten.

»Warum?«, fragte Brakas schlicht.

»Wie?«, fragte der Wesir, sichtlich irritiert.

»Warum müssen wir warten? Wir sind quer durch die Stadt gehetzt, weil Ihr nach uns gerufen habt.«

Der Wesir starrte ihn einen Augenblick an. Offensichtlich war er es nicht gewohnt, dass man seine Anordnungen hinterfragte. Er merkte nicht, dass der Westgarther einfach nur seinen Schabernack mit ihm trieb.

Zu Jaroks Überraschung trat der Wesir näher an sie heran, senkte die Stimme und sagte: »Es ist eine Delegation des Seebundes bei unserem Prinzen. Und glaubt mir, da wollt Ihr nicht zugegen sein.«

Prinz Weszen selbst erwartete sie? Jarok hielt auch das nicht für ein gutes Zeichen. Der Prinz war seit einem knappen Jahr zurück in Ugir, und noch nie hatte er nach ihm schicken lassen.

Falls Brakas ebenfalls überrascht war, ließ er es sich nicht anmerken. Vielleicht war er, ebenso wie Jarok, zu dem Schluss gekommen, dass der Wesir sich gerne mitteilte, denn er fragte in gespielter, geradezu unverschämter Naivität: »Und was soll daran so schlimm sein, dass wir nicht einfach hinzutreten können? Wir sind auch ganz leise.«

»Der Ugir-Schah hat dem Seebund angeboten, vorerst auf Terebin zu verzichten. Ihr wisst doch bestimmt, dass Caisa, seine Frau, von dort stammt. Als Tochter des ermordeten Herzogs steht ihr der Thron zu, auf den sich dieser widerliche Graf Gidus gesetzt hat. Doch jetzt will Schah Weszen auf ihr Erbrecht verzichten, als Preis für ein Bündnis mit dem Seebund.«

»Weszen verzichtet auf etwas – das ist in der Tat ungewöhnlich.«

»Nun, er verzichtet nicht völlig. Alassa, sein neugeborener Sohn, soll diesen Thron in fünfzehn Jahren besteigen – und der fette Graf bis dahin als Vormund auf dem Marmorthron sitzen bleiben. Schahsana Caisa ist darüber nicht sehr erfreut, das kann ich Euch sagen. Der Palast hat in dieser Nacht in seinen Grundfesten gebebt, so heftig stritt sie sich mit dem Ugir-Schah!«

Der Wesir schien die neuen Titel des Prinzen und seiner Frau schon verinnerlicht zu haben, aber er redete für Jaroks Geschmack zu viel.

Die Pforte zum Thronsaal öffnete sich, und dann rauschte die Delegation des Seebundes heraus. Angeführt wurde sie von einem missmutig dreinschauenden knochigen Greis, dessen Kleidung abgetragen wirkte.

»Protektor Pelwa, angeblich der knauserigste Fürst des Goldenen Meeres«, flüsterte der Wesir, kaum dass die Abordnung außer Hörweite war. »Ich nehme an, der Seebund rechnet darauf, dass er sich auch bei diesen Verhandlungen von seiner geizigen Seite zeigt. Doch nun rasch – Schah Weszen wartet nicht gerne.«

Jarok betrat den Thronsaal mit gemischten Gefühlen. Er kannte den Prinzen gut aus friedlicheren Zeiten, von der Jagd, aber das war lange her.

Weszen saß auf einem schlicht gehaltenen Thron, Caisa zu seiner Rechten, Aphaskar, der Großwesir der Stadt, stand zu seiner Linken und war offensichtlich gerade dabei, sich mit dem Ugir-Schah zu beraten. Doch der unterbrach ihn mit einer schnellen Handbewegung und sprang auf. »Ah, da ist ja der Mann, von dem ich dir erzählt habe, liebste Caisa!«

Großwesir Aphaskar zog missbilligend die Augenbrauen zusammen.

Weszen stürmte quer durch den Saal, blieb nur kurz vor Jarok stehen und umarmte ihn dann innig. »Jarok, mein Freund, es ist lange her, viel zu lange!«

»Das ist wahr, Hoheit«, gab Jarok vorsichtig zurück. Er hatte den Prinzen seit über fünf Jahren nicht gesehen, fand ihn aber kaum verändert. Weszen war immer noch so groß und kräftig wie früher. Den Stier nannte man ihn, und er führte dieses Tier auch mit Stolz im Wappen. Jarok fand, dass das ein treffender Name war, der treffendste von all seinen Beinamen vielleicht. Als sein Vater, der Padischah, noch am Leben gewesen war, hatte man ihn auch die Faust des Großen Skorpions genannt, weil er mit eiserner Strenge den Willen seines Vaters erfüllte, aber er hatte auch weniger schmeichelhafte Beinamen erworben: das Ungeheuer, der Henker, der Schlächter, der Witwenmacher. Jarok ermahnte sich, das nicht zu vergessen.

»Komm, ich will dich meiner Frau vorstellen!« Weszen zog ihn am Arm zum Thron. »Das ist er, Liebste, Jarok, der beste Falkner meines Vaters. Nein … genau das waren seine Worte, widersprich mir also nicht, mein Freund. Der Alte hatte immer gehofft, dass ich mich ebenso für die Falknerei begeistere, wie du es tatest, doch ist die Jagd mit einem Vogel nun einmal meine Sache nicht. Ich gehe mein Ziel lieber selbst an – und es sollte auch keine Antilope und kein Wüstenhase sein, nein, ein Löwe, das ist eine Beute, die des künftigen Herrn von Oramar würdig ist, oder habe ich Unrecht?«

»Nein, Hoheit«, erwiderte Jarok vorsichtig. Der Prinz schien ihm nur vordergründig guter Laune zu sein. Dahinter verbarg sich große Wut, das konnte er spüren, und er wollte nicht der Mann sein, der diesem Zorn zum Ausbruch verhalf. Jarok hatte auch nicht vergessen, was die Spatzen von den Dächern pfiffen: Weszen hatte seinen Vater, den Großen Skorpion, von dem er gerade so heiter sprach, vergiften lassen – und damit den Bruderkrieg um den Pfauenthron begonnen.

»Und es geschah auf einer Löwenjagd, dass dieser Mann mich rettete, obwohl ich all seine Warnungen in den Wind schlug. Ich war eben jung und voller Tatendrang.«

Jarok erinnerte sich gut an diesen Tag. Sie hatten einen verwundeten Löwen verfolgt, der Prinz dabei hoch zu Ross, was mehr als leichtsinnig gewesen war, zumal Jarok gespürt hatte, dass dort ein zweites Raubtier auf sie wartete.

Genau davon sprach Weszen jetzt: »Ich behauptete einfach stur, es sei nur ein Löwe, doch als ich den ersten, verwundeten mit meinem Speer niederstreckte, brach der zweite aus dem Dickicht hervor, packte mein Pferd in der Flanke und riss mich mit ihm zu Boden. Ohne Jarok und seinen Eisgreifen würde ich heute nicht hier stehen.«

Jarok hatte sich damals, ohne zu überlegen, mit seinem kurzen Wurfspeer auf den Löwen gestürzt, um ihn von Weszen abzulenken. Er hatte ihn nur verwunden können und dabei den Speer zerbrochen. Mit Schaudern erinnerte er sich an den Augenblick, als er ohne Waffe einem bis aufs Blut gereizten Löwen gegenübergestanden hatte. Genau in diesem Moment hatte sich sein Eisgreif auf das Raubtier gestürzt, hatte ihm die Krallen ins Gesicht geschlagen und war dafür von dem Löwen zerfetzt worden, ein Detail, das Weszen jetzt ausließ: »Dieser Mann und sein verrückter Vogel lenkten die Bestie ab, damit ich sie töten konnte. Es hätte übel ausgehen können, aber gemeinsam haben wir das Untier bezwungen!«

Die Schahsana erhob sich mit einem gezwungen wirkenden Lächeln. »Ihr habt meinen Mann gerettet, und dafür stehe ich, wie die ganze Stadt, tief in Eurer Schuld. Doch nun entschuldigt mich, Weszen, mein Gemahl. Ich will nach unserem Kind sehen.« Der Wesir hatte Recht, auch in ihren dunklen Augen brannte großer Zorn. Sie wirkte noch wütender als ihr Mann.

»Jaja, nur zu«, brummte Weszen.

Caisa rauschte davon, und Jarok konnte nicht anders, als ihr hinterherzustarren. Er hatte die Frau des Prinzen noch nie aus der Nähe gesehen. Die Dichter in den Tavernen und im Suk priesen sie in den höchsten Tönen, aber sie wurden ihr nicht gerecht. Jarok suchte das passende Wort, um die besondere Art ihrer Schönheit angemessen zu beschreiben. *Sinnlich,* das traf es vielleicht am besten, sinnlich auf eine sehr greifbare Art, vielleicht sogar *zu* sinnlich für die hohe Herrin über eine Million Seelen, und das hatte er in noch keinem Lied über sie gehört.

»Und wie kommt es, dass mein alter Freund Jarok nun Menschen statt Löwen oder Antilopen jagt?«, fragte Weszen unvermittelt.

»Ein Mann muss arbeiten, Hoheit. Und für die Falknerei sind die Zeiten schwierig.«

»Das kann man wohl sagen! Die Spähtrupps meiner Feinde tauchen jetzt schon in Sichtweite unserer Mauern auf, und Scharen aus Elagdad plündern die Dörfer an meiner Küste, aber ich habe eine Neuigkeit für sie, an der sie erst einmal zu schlucken haben werden! Der Seebund ist auf meiner Seite, endlich! Jetzt gehört das Meer wieder mir, und damit werde ich diese Kakerlaken, die es wagen, sich Skorpione zu nennen, in die Knie zwingen! Schon bald wird niemand mehr zwischen mir und dem Pfauenthron stehen.«

Großwesir Aphaskar räusperte sich. »Verzeiht, Hoheit, doch

habt Ihr diese Männer gewiss nicht rufen lassen, um unsere Politik mit ihnen zu erörtern.«

Weszen warf seinem Berater einen scharfen Blick zu. Dann aber nickte er. »Ihr habt Recht, Aphaskar, kommen wir zum Geschäft. Wie ich erfahren habe, warst du es, der gestern diesen verfluchten Mörder gestellt hat. Und auch vorher sollst du erstaunliche Erfolge errungen haben. Wie ich weiter hörte, ist das der Grund, weshalb man die Männer deiner Wache inzwischen als die *Blutwölfe* kennt und fürchtet.«

»Das mag sein, Hoheit.«

»Ah! Immer noch so bescheiden! Doch leider schweigt dieser Hund, selbst unter schwerer Folter, ebenso wie jener, der meinen Schreiber ermordete.«

»Es gibt zwar keinen Beweis, dass diese Männer sich kannten«, warf der Großwesir ein, »doch ihre Opfer waren sämtlich Diener des Ugir-Schahs, ja, sogar Männer, die sein Vertrauen genossen. Irgendjemand muss den Auftrag zu diesen Morden gegeben haben, doch die Mörder schweigen.«

»Vielleicht ist Zauberei im Spiel, Hoheit«, warf Brakas ungefragt ein. Er war wohl nicht von diesem Gedanken abzubringen, obwohl Jarok ihm doch erklärt hatte, dass er in jenem Innenhof keine Magie verspürt hatte.

»Natürlich, wenn die Blut*hunde* nicht weiterkommen, muss Zauberei im Spiel sein«, höhnte eine heisere Stimme. Sie gehörte Schasur, dem Bannermeister der Leibwache, der bisher stumm und fast unsichtbar hinter dem Thron gestanden hatte, jetzt aber ins Licht trat. »Ich meine, wir sollten es auf die althergebrachte Art versuchen, Hoheit. Wir treiben alle zusammen, die mit den Mördern zu tun hatten – irgendeiner wird schon wissen, wer hinter dieser Verschwörung steckt.«

»Wer immer es ist, er versteht es, seine Spuren zu verwischen, Herr«, wandte Jarok vorsichtig ein.

»Da hört Ihr es, Schasur, ganz, wie ich es sagte«, rief Weszen. »Magie ist im Spiel. Und Zauberei kann man am besten mit Zauberei bekämpfen. Führt den Gefangenen herein!«

Der Großwesir sah aus, als wolle er Einwände erheben, schwieg aber.

Eine Seitenpforte öffnete sich, und dann schlurfte eine mitleiderregende Gestalt in die Halle. Jarok brauchte keine Sekunde, um zu erkennen, dass der Mann schon seit Monaten, vielleicht sogar Jahren gefangen gehalten wurde. Sein Haar war lang und wirr, ebenso sein Bart. Er trug schwere Ketten an Hals, Händen und Füßen und schien unter ihrem Gewicht fast zusammenzubrechen. Das breite eiserne Halsband war mit eisernen, fremdartigen Symbolen beschlagen. Und obwohl er wirkte, als sei er völlig am Ende, wurde der Mann von einem Dutzend Wachen eskortiert, und vier von ihnen hielten ihre schussbereite Armbrust auf ihn gerichtet. Außerdem folgten zwei Magier diesem düsteren Zug, leicht zu erkennen an den üppigen blauen Linien in ihren Gesichtern.

»Den Teller!«, verlangte Weszen, als der Gefangene vor ihm angelangt war.

Jarok fragte sich, was der Mann verbrochen haben mochte und ob er wirklich so gefährlich war, wie es seine Bewachung nahelegte. Blaue Linien konnte er bei der ausgemergelten Gestalt nicht erkennen. Das war allerdings beunruhigend. Ihm waren nur zwei Zauberbünde bekannt, die diese Linien nicht trugen: Die Bruderschaft der Schatten – und der verbotene Orden der Totenbeschwörer …

Einer der beiden Magier eilte nach vorne und legte einen verbeulten Blechteller auf die kostbaren Marmorfliesen. Der andere brachte einen Krug mit Wasser, das er vorsichtig in diesen Teller füllte, dann nahm er dem Gefangenen das Halsband ab.

»Also – jetzt tut, was vereinbart ist«, verlangte Weszen.

»Der Beweis …«, krächzte der Gefangene.

»Ihr werdet Euren Beweis schon bekommen, Meister Ured«,

knurrte der Prinz. »Oder zweifelt Ihr an meinem Wort? Fangt an!«

Der Gefangene sank auf die Knie, beugte sich über den Teller und begann, eine Beschwörungsformel zu murmeln. Eine ganze Weile brabbelte er vor sich hin. Jarok beobachtete fasziniert, wie die Augen des Mannes sich verklärten. Dann verkündete er leise: »Es sind etliche Zauberer in der Stadt … einige in diesem Palast. Noch mehr in einem Palast unweit des Meeres …«

»Die Bruderschaft des Sandes hat sich in ihrer Halle im Weihrauchviertel versammelt, Hoheit, wie Ihr es befohlen habt«, erklärte einer der Zauberer leise.

»Ja, Sandzauberer … möglich«, flüsterte der Gefangene.

»Erzählt uns etwas, was wir noch nicht wissen!«, polterte Weszen.

»Da ist noch einer … mitten in der Stadt, auf einem der Märkte … ah, schwer zu finden, versteckt … ein Schatten möglicherweise …«

»Auch von diesem Schatten weiß ich!«, rief der Ugir-Schah, und seine Ungeduld schien rasch zu wachsen.

Jarok tauschte einen Blick mit Brakas. Ein Schatten war in der Stadt? Und Weszen wusste davon? Weszen sollte zwar früher unter dem Schutz der Schatten gestanden haben, doch angeblich war das jetzt nicht mehr der Fall.

»Und dann ist da … da ist noch etwas, das ich nicht sehen kann«, erklärte der Gefangene flüsternd. Jarok musste sich schon anstrengen, um ihn zu verstehen.

»Was soll der Unsinn? Könnt Ihr den Mann nicht finden – oder wollt Ihr nicht? Ah, Ihr wollt nicht! Dann seid Ihr nutzlos! Schafft mir dieses Häufchen Elend aus den Augen!«

»Aber das könnte sein, was wir suchen!«, rief Jarok.

Einen Moment herrschte verblüffte Stille. »Erklär mir das, mein Freund?«, verlangte der Ugir-Schah scharf, und Jarok konnte sehen, wie sich sein Nacken versteifte. *Es ist eben keine gute Idee, einem wütenden Stier in die Quere zu kommen,* dachte er und erklärte rasch: »Ich habe gestern keinerlei Magie in der Wohnung dieses Bäckergesellen verspürt und dachte, da sei nichts, obwohl ich ein merkwürdiges Gefühl hatte. Jetzt begreife ich, dass dieses *Nichts* von Zauberhand erzeugt wurde. Jemand hat es verstanden, selbst die Spur dieses Zaubers zu verstecken.«

»Ja, ein Nichts«, flüsterte der Gefangene.

»Und wo finden wir dieses Nichts?«, fragte der Großwesir.

»Inmitten der Stadt, beim Alten Suk.«

»Und wo genau?«, fragte Weszen wie gebannt. Seine üble Laune war verschwunden.

»Nördlich …«, lautete die leise Antwort.

»Nördlich des Suks also … wird das reichen, Jarok?«

Jarok zögerte einen Augenblick, denn er war sich wirklich nicht sicher.

»Selbstverständlich wird uns das reichen, Hoheit«, verkündete der Bannermeister der Leibgarde prahlerisch.

»Das will ich für Euch hoffen, Schasur. Findet heraus, wer oder was sich hinter diesem Nichts verbirgt, und schleift es hierher!«

»Zu Befehl, Hoheit! Ich werde die Angelegenheit persönlich in die Hand nehmen!«

»Nehmt die Blutwölfe mit, denn wenn einer diesen Meister des Verbergens finden kann, dann ist es mein alter Freund Jarok.«

»Solange sie uns nicht im Weg stehen …«

»Ach, kommt, Schasur, ohne uns würdet Ihr doch nicht einmal den Suk finden!«, rief Brakas herausfordernd. Der Leibgardist würdigte ihn keiner Antwort.

»Der Beweis!«, rief der Gefangene, als einer der Magier ihm das eiserne Halsband wieder anlegte. »Meine Frau … meine Töchter … Ihr habt mir einen Beweis versprochen!«

Weszen gab einer der Wachen ein Zeichen, und sie verschwand. Jarok hätte gerne gesehen, worum es hier ging. Dieser

Gefangene mit den erstaunlichen magischen Fähigkeiten faszinierte ihn.

Aber der Großwesir drängte zum Aufbruch: »Verliert keine Zeit. Dieser unbekannte Zauberer ist gefährlich und muss ausgeschaltet werden!« Zum unübersehbaren Ärger des Bannermeisters befahl er auch den beiden Magiern, sie zu begleiten.

Als sie aus dem Saal marschierten, kam ihnen im Gang die Wache entgegen, die Weszen eben fortgeschickt hatte. Sie trug am ausgestreckten Arm einen groben Sack, der etwas enthielt, das nicht viel größer sein konnte als eine Melone. Auf der Unterseite war das Sackleinen dunkelrot verfärbt. Jarok schützte einen gelösten Riemen an seinem Stiefel vor und blieb stehen, um zu lauschen.

Er hörte einen schrillen Schrei, der ohne Zweifel vom Gefangenen kam, und dann höhnte Weszens kräftige Stimme: »Hier habt Ihr den Beweis, den Ihr wolltet, Ured. Genügt Euch das, oder fordert Ihr noch den Beweis dafür, dass sich auch Eure Töchter in meiner Hand befinden?«

Der Gefangene antwortete mit Schreien, die Jarok durch Mark und Bein gingen.

»Jetzt komm schon!«, mahnte Brakas. »Das geht uns nichts an.«

Sie kamen auf den Straßen schneller voran als auf dem Hinweg, weil eine Welle der Furcht der Leibgarde voranging und ihnen Platz verschaffte.

»Der Verschwörer wohnt also im Herzviertel. Liegt nicht auch Eure Wache dort, Schwertmeister?«, fragte Schasur, der neben ihnen marschierte.

»Ugir ist eine große Stadt«, lautete Brakas' fast philosophische Antwort.

»Jedenfalls scheint es mir nur ein weiterer Beweis dafür zu sein, dass die sogenannten Blutwölfe überschätzt werden.«

»Wir werden sehen«, gab Brakas grimmig zurück.

Jarok gesellte sich zu dem Sandmagier, der den Zug begleitete. Der andere war vorausgelaufen, um etwas zu besorgen, und sollte sie am Suk treffen. »Sagt, Meister, habt Ihr eine Ahnung, mit welcher Art von Magie wir es hier zu tun haben?«

»Eine gute Frage, Meister Jarok. Leider habe ich nicht die Zeit, bei den Oberen meines Ordens nachzufragen, aber ich glaube, dass der Mann, den wir suchen, zur Schule des Weißen Atems gehört, denn ich habe gehört, dass die Mitglieder dieser Bruderschaft sich darauf verstehen, die Gedanken anderer zu vernebeln.«

»Ein gutes Schwert kann auch einen Zauberer aufschlitzen. Ist es nicht so, Meister Pirim?«, rief Schasur, der zugehört hatte. »Und ein bisschen Nebel wird unsere Klingen nicht aufhalten.«

»Aber er vermag die Augen zu täuschen«, gab der Sandmeister zurück.

Sie erreichten den Alten Suk. Hier wurde zwar immer noch Handel getrieben, doch die großen Karawanen hielten drüben, am jüngeren und viel größeren Roten Suk im Marktviertel. Sie warteten eine halbe Stunde, bis der zweite Sandmagier zu ihnen stieß. Er brachte ein Halseisen mit, das die gleichen Symbole aufwies wie jenes, das der unglückliche Gefangene getragen hatte. Schasur fragte die beiden Zauberer, ob sie den anderen Magier nicht spürten, doch die mussten verneinen.

»Dann sollen eben die Bluthunde zeigen, was sie können«, forderte er missmutig.

»Ihr werdet staunen«, gab Brakas gallig zurück, beugte sich zu Jarok hinüber und flüsterte: »Blamier mich bloß nicht vor diesem aufgeblasenen Wichtigtuer, der sich nicht merken kann, dass wir Wölfe und keine Hunde sind.«

Jarok antwortete nicht. Er fragte sich schon die ganze Zeit, ob er in der Lage war, diesen Meister des Verbergens zu finden. Er führte die Gruppe in die verwinkelten Gassen auf der Nordseite des Suks, wo der Gefangene den Zauberer vermutet hatte.

Er ging langsam, mit halb geschlossenen Augen. Lange konnte er nichts feststellen. Nichts im Verhalten der Menschen, die er auf der Straße traf, deutete darauf hin, dass ihnen irgendetwas Ungewöhnliches begegnet war. Er ging weiter, aber die zwanzig Männer der Leibgarde, die hinter ihm hertrampelten, machten die Sache nicht unbedingt leichter.

Dann spürte er es. Es war eine Veränderung, so geringfügig, dass sie ihm nie aufgefallen wäre, wenn er nicht danach gesucht hätte. Es war, als hätte sich ein sehr dünner, fast unsichtbarer Schleier über die Mienen der Menschen gelegt, ein Schleier, der verhinderte, dass er in ihnen lesen konnte. Er bat Schasur, mit seinen Männern zurückzubleiben, was dieser mit ein paar abfälligen Bemerkungen auch tat. Dann folgte er dieser unmerklichen Veränderung erst in eine, dann in eine andere Gasse hinein und spürte in der dritten dann, dass das Gefühl – oder Nicht-Gefühl – stärker wurde. Er ging vorsichtig weiter.

Ob er in eine Falle lief? Der Gedanke kam spät, aber dann mit Macht. Er schüttelte ihn ab. Sein Gegner war ein Zauberer, vielleicht darauf vorbereitet, dass man mit Magie nach ihm suchen würde. Aber das, was er verwendete, war keine Magie. Der alte Bors hatte irgendwann gesagt, es sei wohl schlicht *Instinkt,* und dass irgendwo, nicht allzu weit entfernt in Jaroks Ahnenreihe, ein oder zwei Wölfe zu finden sein müssten.

Das Gefühl, in einen seltsamen, weil gewissermaßen unsichtbaren Nebel hineinzulaufen, wurde immer stärker. Jarok blieb vor einer verlassenen Kupferschmiede stehen. Sie sah aus, als sei sie seit Jahren stillgelegt. Er ging einmal außen herum und fragte einen zufällig vorbeihastenden Ugirer, ob er ihm etwas über die Schmiede sagen könne. Der Mann runzelte die Stirn. »Ich wohne seit Jahren hier in dieser Gasse, aber, bei Ugana, diese Schmiede ist mir nie aufgefallen.«

Jarok lief zurück und erstattete Schasur Meldung.

»Eine Kupferschmiede also … Ist sie groß?«

»Es mögen dort früher zwei Dutzend Männer gearbeitet haben.«

»Hinterausgänge?« Schasur wirkte plötzlich nervös.

»Eine so große Werkstatt wird sicher mehr als einen Eingang haben.«

»Und ist er dort drinnen?«

»Das Gefühl, dass sich dort etwas – oder jemand – verbirgt, ist sehr stark, Herr«, erwiderte Jarok ruhig, obwohl das so nicht stimmte. Aber es war ihm zu umständlich zu erklären, dass da eben nichts zu spüren war.

»Dann werden wir uns aufteilen. Aber seid leise und gebt dem Mann keine Gelegenheit, sich zu wehren, Männer! Die Armbrustschützen sollen ihre Bolzen gefälligst bereithaben. Und ihr Bluthunde – seht zu und lernt!« Die Nervosität unter der etwas zu schrillen Großspurigkeit war fühlbar.

Jarok führte die Leibgardisten zur Schmiede. Sie bemühten sich sogar, leise zu sein, aber in seinen Ohren klang das immer noch so, als führe er einen Haufen schwer bewaffneter Panzerreiter über das Pflaster.

Die Männer verteilten sich in die drei Gassen, an die die Schmiede angrenzte.

»Wir könnten zwei der Ausgänge verschließen, Oberst«, bot der Sandmagier an.

»Dann merkt er doch, dass wir kommen. Nein, wir werden ihn überraschen!«

Jarok blieb der Mund offen stehen. Sie hatten mehr Lärm gemacht als eine Horde Kesselflicker. Wenn der Verdächtige nicht taub war, wusste er längst, dass sie ihn einkreisten.

Der Oberst pfiff, und die Gardisten stürmten vor.

»Im Türeneintreten sind sie gut«, meinte Brakas mit spöttischer Anerkennung. Aber auch ihm merkte Jarok die Nervosität an.

Holz splitterte, und mit Gebrüll stürmten die Männer hinein. Einer der Magier war bei ihnen, es war jener, der das magische Eisen geholt hatte. Es klang wie bei einer Schlacht, ja, es war Kampfeslärm zu hören, dann schrille Schreie. Plötzlich quoll grauer Nebel aus den zerstörten Türen.

Jarok hatte das Gefühl, dass etwas zerriss, und dann stellten sich ihm die Haare auf. Dort drinnen wirkte jemand mächtige Zauberei. Männer schrien, und Schwerter klirrten. »Sie bringen sich gegenseitig um!«

Meister Pirim verzog das Gesicht. »Er tötet mit Magie! Ich kann es fühlen.«

Brakas verstand am schnellsten, was daraus folgte: »Aber wenn er mit Zauberei tötet – wird sie ihm dann nicht den Gehorsam verweigern?«

Der Westgarther hatte natürlich Recht. Das war doch die Schwäche noch des stärksten Magiers: Die Magie entzog sich für eine Weile dem, der mit ihrer Hilfe tötete. Jarok sah einen der Leibgardisten aus der Tür taumeln. Er blutete aus mehreren Wunden, und ein Armbrustbolzen ragte ihm aus der gepanzerten Brust.

»Er wird fliehen!«, rief Jarok. »Wenn er nicht mehr zaubern kann, wird er flüchten!«

»Nicht, wenn es nach mir geht!«, rief Meister Pirim. Er breitete die Arme aus, und plötzlich verschlossen sich die Türen der Schmiede mit einer dünnen Wand aus gelbem Staub und Sand.

»Meine Männer sind da drin«, brüllte Schasur, der nicht mit ihnen hineingestürmt war.

»Das Dach, er ist auf dem Dach!«, rief Jarok, denn er hatte dort oben eine Bewegung gesehen.

Tatsächlich tauchte oben auf dem Dach der zweistöckigen Schmiede eine dunkle Gestalt auf. Sie starrte kurz hinab, sah hinüber auf die andere Seite der Straße und verschwand wieder.

Jarok erahnte, was der Mann vorhatte. »Er will über die Gasse springen!«

Der Sandmagier ließ die Arme sinken. Die Sandmauern vor den Türen brachen zusammen, und Verwundete taumelten heraus. Auf dem Dach waren schnelle Schritte zu hören.

»Er springt!«, rief Jarok. Er wusste, war der Mann erst einmal auf einem anderen Dach, würde es eine lange Jagd werden. Und wenn er im Norden die Tempelruinen mit ihren vielen Verstecken erreichte, würde er ihnen vielleicht sogar entkommen.

Brakas rannte zu einem der Verwundeten und riss ihm die Armbrust aus der Hand. Aber sie war nicht geladen. Er fluchte, und direkt über ihm sprang der Mann, den sie jagten. Es war ein gewaltiger Satz. Der Fliehende flog geradezu über die schmale Gasse, erreichte das gegenüberliegende Dach – und prallte gegen eine Mauer aus Sand und Steinen. Mit einem Schrei taumelte er zurück, kämpfte noch einen Augenblick um Halt und stürzte dann in die Gasse.

Brakas lachte, aber Oberst Schasur zog sein Schwert und stürzte auf den hilflos am Boden Liegenden zu.

»Weszen will ihn lebend!«, rief Jarok.

Schasurs Klinge hielt einen Fingerbreit über der Kehle des Mannes inne. »Dieser verfluchte Hund hat meine Männer getötet.«

»Er wird es bereuen!«, rief der Sandmagier und hielt das magische Halseisen hoch.

Die Hand des Bannermeisters zuckte noch einmal, als wolle er zustoßen, aber Brakas legte ihm die Hand auf den Arm. »Weszen will ihn lebend, das allein zählt.«

Meister Pirim schob die Klinge sanft zur Seite und legte dem stöhnenden Magier das Eisen an. Schasur nickte grimmig, steckte sein Schwert weg und ging, um sich um seine Leute zu kümmern. Sie hatten ein Dutzend Verletzte und drei Tote zu beklagen.

»Ich war mir ganz sicher, dass er ein Feind war«, hörte Jarok einen Soldaten murmeln, der seine bluttriefende Waffe anstarrte.

»Der Mann ist wirklich ein Meister der Täuschung«, seufzte Pirim.

»So sieht er gar nicht aus«, meinte Brakas.

Tatsächlich wirkte der Mann auf Jarok völlig unauffällig. Er trug schlichte Kleidung, und in seinem Gesicht war keine Spur magischer Linien zu sehen. Seine Miene war verschlossen, und er sprach kein Wort. Jetzt trat Schasur noch einmal an ihn heran und fuhr ihm mit der Hand, die rot war vom Blut seiner verwundeten Männer, grob durchs Gesicht. Plötzlich traten unter den frischen roten Schlieren die Linien zutage. »Dachte ich es mir doch … dieser Bastard ist geschminkt wie eine Hure«, knurrte der Bannermeister. »Kommt, es wird Zeit, dass dieser Herr der Täuschung und Falschheit die Meister der Wahrheit und der Schmerzen kennenlernt.«

Im Triumphzug marschierten die Gardisten mit ihrem Gefangenen davon.

Jarok spürte keine Lust, sie zu begleiten. Die Erwähnung der Folterknechte bereitete ihm immer Unbehagen, er empfand sogar Mitleid für den Mann, obwohl dieser wahrscheinlich für drei Morde verantwortlich war.

»Das hat er sich selbst zuzuschreiben«, meinte Brakas, der seine Gedanken manchmal zu lesen schien.

Zu zweit durchsuchten sie die Kupferschmiede, doch gab es nicht viel zu finden. Der Magier hatte sich eine Ecke in der verlassenen Schmiede als Schlafplatz eingerichtet, sie fanden aber weder Pergamente noch andere Hinweise, die etwas über seine Pläne oder mögliche Hintermänner verraten hätten.

Als sie die Schmiede gegen Abend verließen, hatte Jarok das Gefühl, dass sie beobachtet wurden, doch das Gefühl schwand, bevor er sich dessen sicher war.

3.

Einige Tage später hörte Jarok die Ausrufer in der ganzen Stadt offiziell verkünden, dass der Ugir-Schah in seiner unendlichen Weisheit ein Bündnis mit dem Seebund eingegangen war, um mit dessen Unterstützung die Einheit Oramars wiederherzustellen.

Jarok sah zufällig die Gesandtschaft, die mit großem Prunk und unter allgemeinem Jubel nach Elagir verabschiedet wurde, um die Hauptstadt des Reiches zu ermahnen, ihre Tore für den rechtmäßigen Padischah zu öffnen. Doch schon drei Tage später kehrte das, was von ihr übrig war, zurück. Man erzählte sich im Suk, dass die Abordnung in einen Hinterhalt geraten und bis auf wenige Männer vollständig niedergemacht worden war.

»Weszen ist eben nicht der einzige Skorpion-Prinz, der Anspruch auf Elagir erhebt«, meinte Brakas, als sie davon hörten. Sie saßen mit anderen Soldaten in der Nachmittagssonne vor ihrer Wache im Herzviertel. Es war ein ruhiger Tag, heiß und drückend, wie die Tage zuvor und vermutlich auch die danach, und so friedlich, dass man fast vergessen konnte, dass Krieg herrschte.

An der nächsten Kreuzung hatte ein Puppenspieler seine Bühne aufgebaut. Er führte das Stück von Prinz Weszens Hochzeit auf, das sich in Ugir großer Beliebtheit erfreute, zeigte es doch, wie der Herr der Stadt seiner Gefangenschaft in Terebin entkam und dabei auch noch die Hand der liebreizenden Caisa gewann.

Jarok sah nur mit halbem Auge zu. Wenn man dem Stück glauben durfte, hatte Weszen die mächtige Sturmschlange beschworen und gezwungen, ihn und seine Braut über das Meer in die Heimat zu tragen. Wenn Jarok darüber nachdachte, war diese Version der Geschichte auch nicht unglaubwürdiger als die anderen, die man sich in der Stadt erzählte.

»Ich finde, er sollte mal wieder die Geschichte von Ugana und den Blutwölfen spielen«, meinte Brakas.

»Wenn du ihm genug bezahlst, wird er sie dir sicher vorführen«, meinte Jarok gähnend. Das Nichtstun war ermüdend.

»Es ist eine gute Geschichte«, meinte Uschum, der älteste Schildmann der Wache, und zwirbelte seinen weißen Bart. »Aber ich kann sie Euch gerne noch einmal erzählen, wenn Ihr wollt. Gerade bei den Jüngeren …« – er warf einen mahnenden Blick auf die Jungspeere – »… scheint sie glatt in Vergessenheit zu geraten.« Und dann erzählte er von den Wölfen, die in dieser Gegend einst Mensch und Tier gleichermaßen gejagt hatten, bis die Göttin Ugana kam und sie um Gnade für die Menschen bat. »Sie bot an, sie fortan zum Ersatz mit ihrem eigenen Blut zu nähren. Und die Wölfe willigten ein und jagten von da an nur noch jene, die Unrecht taten. So wuchs rund um Uganas Tempel eine Stadt, die den Gerechten Obdach bot, während die Wölfe alle Verbrecher fernhielten«, schloss Uschum salbungsvoll.

»Oder sie fraßen sie auf, so wie wir das manchmal heute noch tun«, rief Brakas mit rauem Lachen.

Inzwischen war auch der Puppenspieler zu einem Ende gekommen, und die Jungspeere gerieten in Streit über das Stück, an dessen Ende Weszen Padischah wurde. »Von Rechts wegen *gehört* Oramar doch dem Ugir-Schah, denn er ist der Erbe des Skorpions!«, rief Quref, der Jungspeer, der sich vor einigen Tagen einen Armbrustbolzen eingefangen hatte. Irgendwie hatte ihn die Wunde zu einer Art Maskottchen für die Blutwölfe gemacht.

Brakas schien jedenfalls einen Narren an dem jungen Mann gefressen zu haben. »Hört die Weisheit der Jugend«, spottete er.

»Leider gibt es da draußen noch ein paar weitere Prinzen, die das anders sehen, Kleiner.«

»Aber Quref hat wenigstens halb Recht«, meinte Uschum und zwirbelte sich erneut den Bart. »Recht hat er, sage ich, weil all diese Prinzen, die sich Weszen widersetzen, nur Söhne von Nebenfrauen des viel geliebten und leider verstorbenen Akkabal sind, und nur halb Recht sage ich, weil es wenigstens noch *einen* anderen Sohn gibt, der ebenfalls von einer der Hauptfrauen des Großen Skorpions in diese Welt gesetzt wurde, nämlich Baran, den sie den Adler nennen. Und ist jener nicht sogar älter als Weszen?«

Brakas, der solche fruchtlosen Diskussionen liebte, schüttelte den Kopf: »Dieser Adler scheint mir eher ein Schneehuhn zu sein. Jedenfalls versteckt er sich irgendwo in den damatischen Bergen mit einem Heer, das doch nur aus ein paar verlausten Bergbanditen besteht. Nichts für ungut, Jarok«, fügte er schnell hinzu.

Jarok fühlte sich plötzlich angestarrt. Es kam selten vor, dass man ihn an seine Herkunft erinnerte. Er spürte keine Lust, sich an diesem Gespräch zu beteiligen, und zuckte nur mit den Schultern. Er fühlte sich nicht beleidigt, und er hatte andere Sorgen. In den vergangenen Tagen hatte er immer wieder das Gefühl gehabt, beobachtet zu werden, zu oft, um es noch für Einbildung zu halten. Wer immer jedoch der Beobachter war, er war geschickt genug, im Verborgenen zu bleiben, und das war außergewöhnlich.

»Ich habe gehört, dass die anderen Prinzen sich gegen Weszen verbünden wollen«, meinte Quref jetzt. »Die Werber rühren jedenfalls schon seit Tagen in der ganzen Stadt die Trommel, um neue Kämpfer anzuwerben.«

»Dieses Bündnis kann niemals halten«, meinte der alte Uschum und fuhr bartzwirbelnd fort: »Denkt nur an das Gesetz der Skorpione! Selbst wenn sie Weszen besiegen könnten – was sie gewiss nicht vermögen –, könnte doch nur einer von ihnen den Pfauenthron besteigen, und das Gesetz verlangt, dass der neue Padischah seine Brüder zu töten hat, um der Ordnung im Reiche willen.«

»Es scheint, dass die Prinzen nicht allzu viel auf dieses Gesetz geben, also ist es nicht viel wert«, stichelte Brakas.

»Oh, es hat sich über Jahrhunderte bewährt, doch waren die meisten Skorpione auch so klug, nicht zu viele Söhne in die Welt zu setzen. Nur Akkabal, der Große Skorpion, den man auch den Fruchtbaren nennen könnte, hat seinen Samen so oft ausgebracht, dass selbst die Weisen nicht wissen, wie viele Kinder in seinem Hause lebten«, meinte Uschum mit einem bekümmerten Seufzer.

»Ganz zu schweigen von all den kleinen Bastarden, die er auf seinen Eroberungszügen in die Welt gesetzt haben soll«, erwiderte Brakas mit boshaftem Lächeln. »Manche sagen, er sei nur so oft ins Feld gezogen, um sich jeden Tag mit einer anderen Frau vergnügen zu können ...«

»Eine böswillige Verleumdung!«, empörte sich der Schildmann.

»Jedenfalls wäre es besser für uns gewesen, er hätte sich ein wenig beherrscht. Seit fünf Jahren führen die Prinzen nun schon Krieg, erst gegen den Seebund, dann auch noch gegeneinander ... und ich habe das Gefühl, dass jedes Mal, wenn einer dieser kleinen Skorpione stirbt, irgendwo ein anderer unter einem Stein hervorgekrochen kommt.« Brakas gähnte ausgiebig, als Zeichen dafür, dass er den Disput nicht länger fortführen wollte. Dann stand er auf, streckte sich und sagte: »Es wird Zeit für eine Runde, oder nicht, Jarok?«

Es war ungewöhnlich, dass Brakas mit ihm allein auf Patrouille ging. Jarok war sicher, dass er den Grund dafür bald erfahren würde.

Sie schlenderten durch den Alten Suk, plauderten mit den Standbetreibern und Handwerkern, und Brakas ließ sich ein paar

Apfelsinen aufdrängen. Sie waren bereits etwa in der Mitte des Suks, als der Westgarther endlich mit der Sprache herausrückte: »Du scheinst mir in den letzten Tagen etwas … abgelenkt zu sein. Was ist los?«

Jarok antwortete mit einem Achselzucken. Das Gefühl, verfolgt zu werden, war einfach zu vage.

»Hat es was mit Weszen zu tun?«

»Wieso Weszen?«

»Du hattest mir verschwiegen, dass du den Prinzen so gut kennst …«

»Ich kenne die meisten Prinzen … oder besser, ich *kannte* sie. Wenigstens ein Mal im Jahr erschien der Padischah mit seinen Söhnen bei uns in der Oase, um der Jagd zu frönen. Die Falknerei war eine echte Leidenschaft für ihn. Er hat nicht *nur* daran gedacht, Söhne zu zeugen, weißt du …«

Brakas grinste breit.

»Es war ihm ein echter Kummer, dass die meisten der Erbprinzen wenig mit der alten Kunst anfangen konnten. Alamaq war vielleicht der Einzige, und der war damals noch fast ein Kind.«

Brakas sah sich vorsichtig um. »Du solltest den Namen nicht erwähnen. Es heißt, das bringt Unglück.«

Jarok nickte. Man erzählte sich hinter vorgehaltener Hand, dass Weszen den jungen Prinzen eigenhändig erschlagen hatte, als dieser sich um den sterbenden Vater hatte kümmern wollen. Vom Palast war ein eindeutiger Befehl an die Wachen ergangen, jeden zu verhaften, der es wagte, diese angebliche Verleumdung öffentlich zu wiederholen. *So gesehen,* dachte Jarok, *kann der Name tatsächlich Unglück bringen, denn wer ihn nennt, riskiert, im Kerker zu landen.*

»Weszen scheint nicht vergessen zu haben, dass du ihm das Leben gerettet hast …«

»Jeder Jäger an meiner Stelle hätte so gehandelt.«

»Kann schon sein, aber du warst der, der dort war …«

»Worauf willst du eigentlich hinaus?«

»Ich frage mich, ob wir nicht einen kleinen Vorteil daraus ziehen können. Weißt du eigentlich, wie lang es her ist, dass ich das letzte Mal befördert worden bin?«

Jarok starrte den Westgarther einen Augenblick ungläubig an, dann zog er ihn in eine vor neugierigen Augen und Ohren geschützte Ecke. »Was stellst du dir vor? Dass ich zu Weszen gehe und ihn frage, ob er dich nicht endlich zum Scharmeister machen will?«

»Na ja, so mehr oder weniger …«

»Es ist besser, sich von ihm und dem Palast fernzuhalten. Hast du nicht gesehen, wie der Zorn in Weszen brodelt? Und hast du nicht gehört, was im Palast geschehen ist?«

»Was meinst du?«

»Du hast es wirklich nicht gehört? Die Männer, die in die Ämter der drei Ermordeten nachrückten, wurden in den Kerker geworfen!«

»Ach, das … Ist ja auch gut möglich, dass einer von ihnen hinter dieser rätselhaften Verschwörung steckt, oder nicht? Jeder von ihnen hat immerhin von wenigstens einem der Morde profitiert.«

»Der Ugir-Schah scheint ebenso zu denken. Er hat aber auch die drei Nachfolger der drei Nachfolger in den Kerker werfen lassen.«

»Im Ernst?«

»Du erinnerst dich an diesen redseligen Wesir? Er hat mir das erzählt, als ich ihn vorgestern zufällig traf. Er hatte große Angst, dass ihn das gleiche Schicksal ereilen könnte. Weszen wittert überall Verschwörer. Vielleicht nicht einmal zu Unrecht. Es ist klar, dass die anderen Prinzen ihn gerne aus dem Weg räumen würden. Schließlich haben sie sich sogar gegen ihn verbündet. Ich habe aus dem Palast erfahren, dass *dieses* Gerücht leider der Wahrheit entspricht.«

»Dieser kleine Wesir scheint erstaunlich mitteilsam zu sein«, meinte Brakas gedehnt.

»Die Angst lässt ihn plappern. Doch genug davon. Der Mann hat mir nämlich auch verraten, dass Weszen neuerdings seine eigenen Spione in der Stadt hat, weil er nicht auf die Fähigkeiten seiner Wachen – also uns – vertraut. Und wir sollten …« Jarok verstummte, denn das Gefühl, beobachtet zu werden, kehrte zurück.

Brakas fragte gar nicht erst, als er das Gesicht des Jägers sah. Er legte die Hand an sein Schwert. Jarok fragte sich, ob der Mann, dessen Blick er zu spüren glaubte, so verwegen war, sie hier im Suk anzugreifen. Die Ecke, in die sie sich zurückgezogen hatten, war ruhig, aber auf den Gassen wimmelte es von Leben. Und aus einer dieser Gassen kam der Blick, den er auf dem Rücken fühlte. Er fuhr herum – und sah einen jungen Gardesoldaten auf sie zuhasten.

»Ich glaube, man sucht uns«, erklärte er seufzend und wies mit einem knappen Kopfnicken in die Richtung des Gardisten.

»Endlich finde ich Euch!«, rief der Gardist ganz außer Atem. »Schah Weszen befiehlt Euch in den Palast.«

»Scheint, dass er dich doch nicht vergessen hat, Jarok«, meinte Brakas mit einem gönnerhaften Schulterklopfen und schickte sich an, ihn zu begleiten.

»Nein, Herr, nur der Jäger. Nach Euch hat er nicht verlangt«, meinte der Gardist leicht verlegen.

Jarok konnte sich ein Grinsen nicht verkneifen, als er Brakas zurückließ.

Der Ugir-Schah erwartete ihn in einem der hinteren Nebengebäude. Dieses Mal war es kein heller Thronsaal, sondern eine schlichte Kammer mit schmalen Fenstern, die noch dazu mit Vorhängen verhängt waren. In zwei großen Eisenschalen flackerten unruhige Feuer, und Weszen saß auf einem Sessel und blickte kaum auf, als Jarok eintrat. Großwesir Aphaskar war dort, ebenso Bannermeister Schasur und vier seiner Gardisten. Der Rauch zog nur schleppend ab und bildete dunkle Wolken unter der Decke.

Der Großwesir begann: »Ich habe Euch rufen lassen, Jarok, weil Ihr zu den wenigen Menschen gehört, denen der Schah vertraut.«

»Das Vertrauen seiner Hoheit ehrt mich«, erwiderte Jarok vorsichtig.

Weszen starrte immer noch auf den Fußboden. Er schien über etwas nachzusinnen.

»Wie ich hörte, seid Ihr nicht nur loyal, sondern auch tapfer und vorsichtig, Jarok aus Damatien; das sind nützliche Eigenschaften für die Aufgabe, die vor Euch liegt.«

Aphaskar trat an eines der schmalen Fenster und schlug den Vorhang zurück. Aber das genügte nicht, um den beißenden Rauch abziehen zu lassen. Vielleicht wartete er darauf, dass Jarok ihn nach dieser Aufgabe fragte, aber als das nicht geschah, fuhr er fort: »Schah Weszen ist von Feinden umgeben – innerhalb und außerhalb der Mauern von Ugir. Ihr habt sicher schon gehört, dass die Sieben sich gegen ihn verbündet haben.«

»Die Sieben?«

»Die sieben Halbbrüder Weszens, Halbprinzen sollte man sie nennen, Söhne von Nebenfrauen allesamt.«

»Kakerlaken«, brummte Weszen, »selbst mein geschätzter Bruder Baran weigert sich, sich mit ihnen einzulassen.«

»In der Tat«, stimmte Aphaskar zu, »und das ist unser Glück, denn mit Baran an der Spitze wären sie doppelt gefährlich. Aber auch so sind sie eine Bedrohung. Prinz Harat führt sie an. Ihr kennt ihn vielleicht von früher, Meister Jarok. Man nennt ihn den Fuchs, und er befehligte einst das Heer des Padischahs in Damatien … ach nein, das war, lange nachdem Ihr Eure Heimat verlassen habt. Jedenfalls ist er ein fähiger Feldherr. Der Große Skorpion selbst hat für seine sorgfältige Ausbildung gesorgt. Er liebte eben all seine Kinder; eine Schwäche, wenn Ihr mich fragt. Harat war bisher zu vernachlässigen, weil er nur ein paar armselige Siedlungen am Rande der großen Wüste hielt, aber nun gibt ihm Prinz Haisal, den man zu Recht den Reichen nennt, alles Silber, das er braucht, und die anderen Prinzen stellen ihre Truppen unter sein Kommando.«

»Haisal hat mir meine Erzminen gestohlen. Ich werde ihn und die anderen Kakerlaken vernichten«, rief der Ugir-Schah ungehalten.

»Gewiss, Hoheit«, versicherte der Großwesir, und es klang ein wenig herablassend, als spräche ein Lehrer mit einem übermütigen Schüler.

Schasur runzelte missbilligend die Stirn, aber Weszen schien den Unterton nicht gehört zu haben. Aphaskar fuhr fort: »Ihr werdet Euch fragen, warum ich Euch das erzähle, Jarok. Nun, ich will, dass Ihr Euch nicht von dem Geschwätz blenden lasst, das unsere Feinde zu Schwächlingen erklärt, denn das sind sie nicht. Sie haben genug Macht, um die Mauern von Ugir anzugreifen, und sie haben leider auch die Fähigkeit, die Sicherheit der Palastmauern von innen zu erschüttern. Irgendjemand in diesem Labyrinth der Hallen, Gänge und Kammern spinnt eine Intrige gegen unseren geliebten Herrn – und Ihr sollt ihn aufspüren, Jarok.«

»Ich, Herr?«

»Ihr scheint uns geeignet, habt Ihr doch einen Zauberer gefunden, der nicht gefunden werden wollte.«

»Hat dieser Mann inzwischen geredet, Herr?«

»Bedauerlicherweise nicht. Er begnügte sich zunächst damit, unsere Folterknechte zu zermürben, denn er widerstand ihrer beachtlichen Kunst. Es schien, als könne er sich über den Schmerz, den sie ihm zufügten … hinwegtäuschen. Und das, obwohl das besondere Eisen, das er trug, ihm doch den Zugang zur Magie verwehren sollte.«

»Das er *trug*?«, fragte Jarok vorsichtig nach.

»Er ist tot, Meister Jarok, vergiftet. Irgendwer hat ihm dieses Gift verabreicht, irgendwer aus diesem viel zu weitläufigen Palast – und Ihr sollt ihn finden. Könnt Ihr das?«

Jarok spürte ein warnendes Kribbeln im Nacken. Die Frage beinhaltete eine Anerkennung, aber die Aufgabe war gefährlich. Was, wenn er versagte? Weszen war nicht der Mann, der Fehler verzieh. »Ich weiß nicht, ob es einer einfachen Wache wie mir möglich sein wird, in diesem Palast die Türen zu öffnen, die man vielleicht öffnen müsste, um …«,

»Ihr seid nicht mehr bei den Blutwölfen, Jarok, Ihr seid von heute an Schwertmeister der Leibwache des Ugir-Schahs – wenn Ihr denn einwilligt.« Der Großwesir hielt eine kleine Pergamentrolle hoch, und seine Miene sagte klar, dass er eine Ablehnung nicht akzeptieren würde. »Dies ist das Dokument, das Euch den Zugang zu allen Bereichen des Palastes öffnen wird.«

»Leibwache?«

Schasurs feindseliger Blick verriet ihm, dass der Bannermeister in dieser Angelegenheit entweder nicht gefragt – oder übergangen – worden war.

Weszen hob den massigen Schädel. »Ich brauche dich in meiner Nähe, Jarok, denn es gibt nicht mehr viele innerhalb dieser Mauern, denen ich vertrauen kann.«

»Man sagte mir, dass Ihr Gefahr auch vorausahnen könnt, und diese Gabe wird uns sehr von Nutzen sein. Natürlich würden wir es begrüßen, wenn Ihr die Verschwörung an ihrer Wurzel packen und ausrotten könntet, so dass die Gefahr gar nicht erst entsteht«, meinte der Großwesir.

»Ich werde Hilfe brauchen«, sagte Jarok langsam. Aphaskar schien geradezu Wunderdinge von ihm zu erwarten.

»Alle Männer der Garde werden Euch mit Freuden unterstützen, Schwertmeister. Ist es nicht so, Schasur?«, fragte der Großwesir überfreundlich.

»Wie Ihr befehlt, Herr.«

Jarok räusperte sich. »Ich weiß, dass in der Garde nur die zuverlässigsten Männer dienen, dennoch brauche ich jemanden an meiner Seite, dem ich rückhaltlos vertrauen kann,

Herr … jemanden wie Schwertmeister Brakas von meiner Wache.«

»Brakas?«, rief Schasur. »Der Mann ist nicht einmal Oramarer! Er ist ein Westgarther, und sein Ruf, nun …«

Jarok wusste, dass der Bannermeister Brakas nicht leiden konnte, aber wenn er sich darauf einlassen sollte, in dieser Schlangengrube von einem Palast einen Verräter zu suchen, dann brauchte er jemanden, auf den er sich blindlings verlassen konnte, ob es Schasur nun passte oder nicht. »Ich selbst bin Damater, Herr«, hielt er seinem künftigen Befehlshaber sanft entgegen.

»Zur Hälfte, soweit ich weiß, nur zur Hälfte, nicht wahr?«, sagte der Großwesir mit einem Lächeln. Jarok begriff, dass Schasur und Aphaskar einander hassten. Und er hatte dem Großwesir gerade ein Mittel in die Hand gegeben, seinen Gegner zu reizen. »Man sagte mir, Euer Vater sei ein oramarischer Scharmeister gewesen, ist das wahr?«

»So ist es, Herr.«

Der Großwesir war offenbar gut informiert. Aphaskar galt gemeinhin als gründlich. »Was sagt Ihr, Hoheit?«, fragte er den dumpf brütenden Weszen.

»Wenn Jarok sagt, dass dieser Mann für meine Leibgarde taugt, dann ist es so!«

»Natürlich, Herr. Ich werde also auch Brakas von Trugge zum Schwertmeister der Leibwache berufen. Schön … wenn Ihr Eure Ernennung also akzeptiert, Jarok, dann solltet Ihr nun noch etwas erfahren, was jedoch geheim bleiben muss, versteht Ihr?«

»Selbstverständlich, Herr.«

»Der Magier, den Ihr gestellt habt … Wie sich offenbarte, hatte er seine Berufung in den Orden des Weißen Atems nicht nur seinem überdurchschnittlichen Talent, sondern auch einem mächtigen Fürsprecher zu verdanken. Padischah Akkabal selbst hatte sich dort für ihn verwendet.«

»Der Große Skorpion?«, fragte Jarok überrascht.

»Es deutet manches darauf hin, dass dieser Zauberer einer der unehelichen Söhne unseres geliebten Herrschers war …«

»Ein Bastard«, knurrte Weszen.

»Vielleicht versteht Ihr unsere Sorge, Schwertmeister …«

Jarok nickte langsam, obwohl er noch nicht ganz verstand. Irgendetwas entging ihm hier. »Ist denn gesagt, dass er im Auftrag der Sieben handelte?«

Aphaskar schüttelte den Kopf. »Nein, und das ist das eigentlich Beunruhigende. Die Zahl der Erb- und Halbprinzen hat in diesem Krieg sehr abgenommen. Ich war bereit, das für einen Segen zu halten, doch was, wenn sich nun auch der eine oder andere Bastard erdreistet, nach dem Thron zu greifen? Dann hätte sich die Zahl unserer Feinde vervielfacht!«

»Es ist das Blut«, warf Weszen plötzlich ein. »Es ist das Blut meines Vaters, das zur Macht drängt, selbst wenn es durch die Adern eines elenden Bastards fließt. Es ist das Blut, Jarok, das Blut«, schloss er düster.

Der Großwesir wirkte irritiert, dann fuhr er fort, als habe der Schah nichts gesagt. »Bedenkt das bei Euren Untersuchungen, Schwertmeister. Sollte die Spur nicht zu den Sieben führen, so folgt ihr mit doppeltem Nachdruck und vierfacher Vorsicht, denn nichts ist gefährlicher als ein unbekannter Feind im Dunkeln.«

»Jawohl, Herr!«

»Sehr gut. Dann folgt mir, ich zeige Euch den Ort, an dem der Magier starb. Ich hörte Erstaunliches über Eure Fähigkeit, unsichtbare Spuren zu lesen. Vielleicht verrät Euch diese trostlose Kerkerzelle, wer den Mann vergiftet hat.«

Der Großwesir führte Jarok in die hinteren Hallen des Palastes und dort dann unter die Erde, einen Bereich, den Jarok bisher nur aus Gerüchten kannte. Je weiter sie in die Katakomben hinabstiegen, desto stärker spürte er ein Gefühl von Schmerz und Trostlosigkeit, das sich hier in die Mauern gefressen hatte.

Die Kerkerzelle des Zauberers war klein und dunkel, und in Decke, Tür, Boden und Wände waren magische Zeichen geschnitten. Jarok überkam ein Gefühl von Taubheit, als er eintrat.

»Nun?«, fragte Aphaskar.

Jarok sah sich um. »Hier ist jemand gestorben, ja, doch das ist länger als zwei Tage her, oder?«

»Drei Tage«, bestätigte der Großwesir.

»Welche Art Gift war es?«

»Schlangengift. Sein Tod muss schmerzhaft gewesen sein.«

»Es gibt kein Anzeichen von Gewalt, was bedeutet, dass ihm das Gift nicht gewaltsam eingeflößt wurde. Und auch gegen seinen Tod scheint er sich nicht gewehrt zu haben.«

»Nicht gewehrt? Interessant. Weiter?«

Aber weiter konnte Jarok nichts sagen. »Die Spur ist kalt, Herr.«

Der Großwesir starrte in das Halbdunkel der Zelle. Er schien enttäuscht zu sein.

»Ich nehme an, es gibt eine Liste von Leuten, die mit dem Gefangenen in Berührung kamen, Herr?«

»Wie? Ja, ja, die gibt es. Leider ist sie mit dreißig Namen sehr umfangreich und vielleicht doch nicht vollständig, denn es mag sich auch jemand hier hereingeschlichen haben.«

»Kann ich diese Leute befragen, Herr?«

»Nein, Bannermeister Schasur wollte das selbst übernehmen. Sollte er jedoch nicht weiterkommen, wird er sich an Euch wenden. Nun gut, beenden wir das. Wir werden später darüber reden, wie Ihr Eure Talente hier einsetzen könnt. Ihr solltet jetzt zum Zeugmeister gehen und Euch Eure Rüstung abholen.«

Als Jarok den Palast verließ, war er tief in Gedanken. Der Magier war also ein Bastardsohn des Padischahs gewesen. Hatte er wirklich geglaubt, in diesem Spiel um den Pfauenthron mitspielen zu können? Jarok erschien das unwahrscheinlich. Es reichte doch nicht, das Blut des Großen Skorpions in sich zu tragen, man brauchte Verbündete, Anhänger, ein Heer – und nichts von dem hatte dieser Zauberer gehabt.

Je länger er darüber nachdachte, desto unwahrscheinlicher erschien es Jarok, dass der Mann selbst nach der Macht hatte greifen wollen. Eher hielt er ihn nur für eine Figur in einem Spiel, das von größeren Mächten gespielt wurde. Der Ugir-Schah hatte dennoch klargemacht, dass er von nun an jeden Bastardsohn als möglichen Feind betrachten würde, und der Große Skorpion hatte viele uneheliche Söhne hinterlassen.

4.

Jarok war tief in Gedanken, als er nach Hause ging, um dem alten Bors Sillwa die Neuigkeit zu erzählen. Über der Schulter trug er den goldfarbenen Schuppenpanzer der Scharmeister der Garde, den er ab morgen anzulegen hatte. *Denkbar ungeeignet für die Jagd,* dachte er, weil ihn das leise Rasseln der Schuppen jetzt schon störte. Was Brakas wohl sagen würde, wenn er die Neuigkeiten hörte? Der Westgarther hatte ja auf eine Beförderung gehofft, aber bestimmt nicht damit gerechnet, dass es ihn zur Leibwache des Schahs verschlagen könnte. Jarok hatte viel, worüber er nachdenken musste, und er spürte eine Unruhe, die er zunächst auf die vielen Gedanken schob. Aber dann – er war fast schon zu Hause – begriff er endlich, dass er verfolgt wurde!

Er ging langsamer. Er hatte den Trubel des Palastviertels hinter sich gelassen und war in die ruhigen Straßen des Glutviertels eingebogen. Schon die ganze Zeit wurde er angestarrt, mal mit mehr, mal mit weniger Wohlwollen, was er darauf geschoben hatte, dass er sich den glänzenden Schuppenpanzer der Leibgarde über die Schulter geworfen hatte, und die war außerhalb der Palastmauern nicht sehr beliebt. Wäre er nicht so in seine Gedanken versunken gewesen, hätte er vielleicht früher bemerkt, dass unter diesen vielen Blicken einer war, der ihm schon seit einigen Gassen folgte. Er bog um die nächste Ecke und versteckte sich hinter einem Mauervorsprung. Eine Frau, die auf der gegenüberliegenden Straßenseite in der Tür ihres Hauses stehen geblieben war, glotzte ihn misstrauisch an.

Wenn sein Verfolger so gewitzt war, wie er annehmen musste, würden ihm die Frau und ihr Blick nicht entgehen. Er entschloss sich, den Stier bei den Hörnern zu packen. Er trat aus seinem Versteck hervor und ging seinem Verfolger entgegen, die Hand am Schwertgriff.

Als er um die Ecke bog, blieb er verblüfft stehen. Im Schatten eines Hauses stand ein Fremder, er war in das Gewand eines Wüstenbewohners gekleidet, doch sah es unpassend an ihm aus. Und dann war da dieser lange Bogen, den er auf dem Rücken trug. Solche Bogen gab es in Oramar nicht, aber Jarok wusste, wo sie hergestellt wurden. Ja, er konnte die Berge fast riechen: Das war ein Damater! Er ließ die Hand am Schwert. Der Fremde deutete eine Verbeugung an. »Ich grüße dich, Bruder.«

»Wer seid Ihr, und warum folgt Ihr mir?«

»Ich bin Hesek Graufuchs aus dem Hrim-Gebirge, und ich habe mit dir zu reden, Bruder.«

»Und warum sollte ich mit Euch sprechen wollen?«

»Weil ich dir Grüße von deiner Mutter überbringe, Jarok von den Geisterbergen, Sohn der schönen Schiwara.«

Jarok blieb vor Verblüffung der Mund offen stehen. »Von meiner *Mutter?*«

»Wir sollten uns irgendwo unterhalten, wo wir ungestört sind. Und es ist vielleicht besser, wenn wir nicht zusammen gesehen werden. Geh voraus, ich folge dir.«

Jarok nickte, immer noch verblüfft von dem Gedanken, dass seine Mutter sich plötzlich meldete. Es war, als sei sie von den Toten auferstanden. Er führte Hesek in seine Gasse und kletterte den Opferturm hinauf.

»Und hier sind wir ungestört?«, fragte der Damater, der kurz nach ihm auftauchte.

Jarok nickte und deutete kurz in den Himmel. »Hrima wacht

über uns – und sie hält neugierige Leute davon ab, auf diese Plattform zu klettern.«

»Verdammt. Ich habe lange nach deinem Zuhause gesucht, Jarok, und dabei habe ich den Eisgreifen, der darüber kreist, einfach übersehen. Schön zu hören, dass du ihn nach den Bergen meiner Heimat benannt hast. Und er nistet sogar hier? Erstaunlich für einen König der schneebedeckten Gipfel.«

»Seht Ihr hier irgendwo einen Berg, Hesek?«, meinte Jarok gallig.

»Leider nicht, und auch keinen Schnee. Ein verflucht heißes Land, dieses Oramar. Ich versuche vergeblich, das zu vergessen.« Hesek suchte sich einen Platz im schmalen Schatten der Mauer. »Aber du hast wohl auch vieles vergessen, Bruder, wie mir scheint.«

»Zum Beispiel?«

»Wie wir Damater miteinander reden. Wir sind Stammesbrüder, Jarok, und wir sollten nicht wie die Fremden miteinander sprechen.«

»Und seid Ihr … bist *du* hierhergekommen, um mein Benehmen zu verbessern, *Bruder?*«

Hesek grinste breit. »Nein, auch wenn es nötig wäre. Setz dich endlich, denn ich bekomme einen steifen Hals, wenn ich noch länger zu dir aufschauen muss.«

Jarok nahm Platz. »Ich habe seit zehn Jahren keine Nachricht mehr von meiner Mutter erhalten.«

»Wirklich? Sie sagte mir, dass sie zu Beginn des Krieges einen Boten nach Oramar gesandt hat, doch offensichtlich hat er dich nie erreicht.«

»Und was will sie von mir?«

Heseks Grinsen wurde noch breiter. »Du bist ihr ähnlich, junger Jäger, schroff und abweisend wie die Berge zu Hause.«

Jarok bedachte ihn mit einem finsteren Blick.

»Jedenfalls sendet sie dir zunächst Grüße aus deiner Heimat.«

»Ich weiß nicht, ob ich Damatien noch so nennen kann. Ich habe seit fünfundzwanzig Jahren keinen Fuß in dieses Land gesetzt.«

»Na, ich hoffe, du nennst nicht diesen überfüllten Pferch namens Ugir Heimat. Keine drei Tage würde ich es hier aushalten.«

»Und doch verfolgt Ihr … verfolgst *du* mich seit Tagen.«

»Es ist ein gutes Zeichen, dass du mich bemerkt hast. Es steckt wohl wirklich etwas von deinem Großvater Urre, dem legendären Jäger der Geisterberge, in dir. Ich hätte dich früher angesprochen, doch musste ich dich alleine treffen, ohne Zeugen, und ich habe dich in diesem verfluchten Labyrinth immer wieder aus den Augen verloren. Es war ohnehin nicht leicht, dich zu finden. Das Letzte, was deine Mutter hörte, war, dass du immer noch am Rande der Wüste der Falknerei nachgehst. Es war ein langer Ritt in diese Oase.«

»Du warst in Lyraca?«

»Nur, um zu erfahren, dass du nach Haretien aufgebrochen warst, zusammen mit einem blinden Krüppel.«

»Bors ist kein Krüppel, er ist mein Lehrmeister und war immer wie ein Vater zu mir.« Jarok wünschte, der Damater würde endlich mit der Sprache herausrücken.

»Ich wollte mich schon nach Haretien einschiffen, doch hörte ich hier in einer Hafentaverne rein zufällig die Geschichte von einem damatischen Blutwolf, der jeden Verbrecher zur Strecke bringen würde. Es war leicht, deine Wache zu finden, doch war es schwer, dich ohne deine Kameraden anzutreffen – bis heute.«

»Und was ist so wichtig, dass du ein Geheimnis daraus machen musst? Meine Mutter hat mir schon früher Botschaften gesandt, wenn auch nicht sehr oft …«

Der Damater lehnte sich an die Wand und betrachtete Jarok, als sähe er ihn zum ersten Mal. Dann seufzte er. »Es war im vorvergangenen Sommer, da ging einer unserer Brüder in den Bergen, oberhalb der Schneegrenze, auf die Jagd. Er jagte einen Schneelöwen, um mit dem Fell den Vater seiner Braut zu beeindrucken. Er fand das Tier an der Seite einer Frau, die, obwohl einem der kalte Wind dort oben die Haut von den Knochen schälen kann, nicht mehr trug als ein paar leichte, schlecht zusammengenähte Felle.«

»Einer Frau?«

»So ist es. Und der Löwe machte keinerlei Anstalten, ihr etwas zu tun. Unserem Bruder gegenüber war er nicht so rücksichtsvoll. Er stürzte sich auf ihn, und Kasik, so hieß der Jäger, tötete ihn nach schwerem Kampf.«

»Und die Frau?«

»Kasik fragte sich natürlich, ob es sich wirklich um ein Weib oder um einen Dämon handelte. Er beschloss, es herauszufinden, indem er einen Pfeil auf sie abschoss.«

»Und was geschah dann?«, fragte Jarok, der zwar nicht verstand, was das alles mit ihm zu tun haben sollte, aber dennoch wissen wollte, wie die Sache ausgegangen war.

»Kasik schwört Stein und Bein, dass der Pfeil einfach an ihr abprallte. Also lief er davon und kletterte hinunter ins Tal, um seinem Schamanen von dieser Frau zu erzählen. Der glaubte ihm kein Wort, kletterte aber mit ihm wieder hinauf, wo sie die Frau unter einem Felsvorsprung fanden. Sie nährte sich vom rohen Fleisch des Löwen, und wenn du nur noch ein wenig Damatien in dir trägst, wirst du wissen, dass man das Fleisch dieses Tieres nicht essen kann.«

»Also doch ein Dämon?«

»Warum sollte ein Dämon Fleisch essen? Nein, der Schamane erkannte, dass es trotz allem eine Frau war. Aber sie sah kaum noch aus wie ein Mensch. Das Haar war lang, schwarz und wirr, die Fingernägel wohl seit Jahren nicht geschnitten. Sie war halb verhungert und beinahe nackt – und sie sprach zuerst gar nicht. Doch als die beiden Männer sie ins Tal führen wollten, da blieb sie auf halbem Wege stehen, wollte keinen Schritt vorwärtstun und sagte etwas, das keiner von beiden verstand.

Während sie noch versuchten, das Gestammel zu enträtseln, ging völlig unvermittelt eine große Lawine den Berg hinunter, gerade über ihren Weg. Wäre die Frau nicht stehen geblieben, so wären sie alle umgekommen. Begreifst du es? Die Frau war eine Seherin!«

»Eine Seherin, die halb nackt durch die Berge irrt?«, fragte Jarok zweifelnd.

»Nun, wen die Götter berühren, der hat stets einen Preis zu entrichten, heißt es.«

»Und verrätst du mir irgendwann, was diese Seherin mit mir zu tun hat, Hesek?«

»Wie? Verzeih, diese Geschichte ist einfach zu gut, um sie nicht zu erzählen, zumal sie auch wahr ist. Die Seherin warnte in den kommenden Wochen noch mehrfach vor Gefahren, die wirklich eintrafen. Sie warnte vor einem Bach, der über die Ufer trat und ein Dorf verwüstete, und sie sagte einen Wolfsangriff voraus! Bald war sie berühmt. So berühmt, dass auch der große Prinz Baran um ihren Rat ersuchte. Er war sehr beeindruckt von ihr und nahm sie unter seine Fittiche. Ich nehme an, du weißt, dass er mit unseren Stämmen verbündet ist?«

Eine Seherin, die in den wasserreichen, von Wölfen wimmelnden Bergen eine Überschwemmung und einen Wolfsangriff voraussagte? Jarok war nicht so beeindruckt, wie Baran es offenbar war. »Ich hörte es. Ich hörte aber auch, dass dieses Bündnis auf sehr schwachen Beinen steht.«

»Tja, die Stämme verlangen nach Siegen und Beute, und beides gab es schon länger nicht mehr. Manche sagen, dass die Zahl seiner Verbündeten dahinschmilzt wie der Schnee in der Sonne. Aber dein Stiefvater Sterro gehört zu jenen, die diese Allianz am Leben erhalten wollen, und deine Mutter steht fest an seiner Seite.«

Nach Jaroks Einschätzung war es vermutlich genau andersherum, seine Mutter zog die Fäden, und Sterro durfte sie unterstützen, aber er sprach das nicht aus. »Und was sagte die Seherin zu Baran?«

»Sie sagte, dass die Zeit der Ernte nahe und schon bald der Schnitter die Lilien auf dem Felde mähen werde.«

»Lilien?«

Hesek seufzte. »Deine Mutter hält diesen Spruch für recht eindeutig.«

»Und das ist es, was du mir ausrichten sollst?«

»Nein, natürlich nicht nur das, obwohl Schiwara darauf bestand, dass ich dir die Geschichte der Seherin erzähle. Deine Mutter lässt dir sagen, dass die Zeit reif ist. Dein Blut wird bald nach seinem Recht verlangen, und sie erwartet, dass du dem Schnitter zur Hand gehst, zu Ehren deines Vaters, denn auch das hat die Seherin vorausgesagt. Dabei will deine Mutter dir helfen, so gut sie es vermag. Doch das kann sie nur, wenn du endlich heimkommst.«

Jarok schloss die Augen. Die Botschaft war eindeutig, aber sie besagte etwas anderes, als Hesek dachte: Seine Mutter war offenbar ebenso verrückt wie diese angebliche Seherin. Er öffnete die Augen wieder. »Meinen Dank, dass du diese weite Reise auf dich genommen hast, Hesek Graufuchs aus dem Hrim-Gebirge. Du kehrst nach Damatien zurück?«

»Sobald ich hier noch ein oder zwei Kleinigkeiten erledigt habe.«

»Gut, dann sage meiner Mutter, dass ich nicht vorhabe, mich an dieser Ernte zu beteiligen.«

Hesek schüttelte den Kopf. »Diese Antwort wird sie nicht gelten lassen.«

»Eine andere habe ich nicht.«

»Dann werde ich deine Nachricht überbringen. Doch ich gebe zu, dass ich enttäuscht bin. Ich dachte, das Blut des Großen Skorpions wäre stärker in dir, Jarok.«

Jarok verschlug es für einen Augenblick die Sprache. »Sie hat dir verraten …?«, stieß er dann hervor. Er sah sich hastig um, ob nicht vielleicht doch irgendjemand in Hörweite war. Doch sie waren allein auf dem Turm.

»Ich genieße das unbedingte Vertrauen deiner Mutter, Jarok. Und so wie sie sehe ich, dass diese Zeit neue Möglichkeiten für dich bringt – und für dein Volk in den Bergen. Du bist ein Abkömmling des Padischahs und ein Sohn der Berge. Einer von uns auf dem Pfauenthron würde in Damatien alles ändern.«

»Das ist Wahnsinn!«, stieß Jarok hervor. »Baran, Weszen, die Sieben, all diese Prinzen sind viel näher an diesem Thron, als ich es je sein werde!«

»Aber die Seherin sagt, dass viele Lilien fallen werden. Und ich denke, sie hat Recht. Bereiten diese Prinzen nicht gerade einen neuen Angriff auf Weszen vor? Sie werden sich gegenseitig töten. Und wenn wir das Unsere dazu tun … Diese Rüstung, die du mit dir herumschleppst, ist das nicht die der Leibwache des Prinzen? Ich meine, sie am Tor des Palasthofs gesehen zu haben …«

»Genug! Ich bin ein Diener einer dieser *Lilien,* und ich habe nicht vor, ihn zu verraten!«

Hesek zuckte mit den Schultern und erhob sich dann. »Denke darüber nach, Jarok. Denke darüber nach, wer du bist, was dein Blut verlangt und was die Seherin weissagt. Ich werde noch einige Tage in dieser Stadt bleiben. Du findest mich in der Herberge *Vier Segel,* unweit des Hafens, falls du es dir überlegst und doch noch andere Worte für deine Mutter hast.« Der Damater legte Jarok eine Hand auf die Schulter. »Ich kann verstehen, dass du nach all den Jahren des Schweigens nicht weißt, was du sagen sollst, und dass du Zeit brauchst, verstehe ich. Doch bin ich nicht sicher, ob dir Zeit bleibt. Die Vorhersage der Seherin könnte auch dich treffen, Akkabals Sohn. Auch du könntest dieser Ernte zum Opfer fallen.«

»Wolltest du nicht aufbrechen, Hesek?«

Hesek lachte. »Du bist stur, wie deine Mutter. Eins noch …

solltest du, aus welchem Grunde auch immer, eines Tages in dieser Stadt verschwiegene Hilfe benötigen, so wende dich an den Puppenspieler, der derzeit am Alten Suk zu finden ist.«

»Den Puppenspieler?«

»Frage ihn nach dem Geheimnis des Lichts – und du wirst verstehen.«

Aber Jarok verstand erst einmal gar nichts und blieb noch eine Weile sitzen, nachdem Hesek verschwunden war. Seine Mutter schien diesem Mann blind zu vertrauen, sonst hätte sie ihm doch nicht verraten, dass er ein Sohn des Padischahs war. Er musste nachdenken, doch sein Kopf war seltsam leer.

»Du hattest Besuch auf dem Turm, nicht wahr?«, fragte Bors, als sie gemeinsam zu Abend aßen.

»Hast du gelauscht?«

»Nein, mein Junge, natürlich nicht. Ich stand nur zufällig vor der Tür und sonnte mich, als ihr nach oben geklettert seid. Und wir Blinden hören nun einmal gut, das ist unser Segen – und manchmal ein Fluch. Ich kann dich aber beruhigen, ich habe nichts von dem verstanden, was ihr besprochen habt, doch habe ich sehr wohl gehört, dass der Mann im Tonfall des Bergvolkes redete. Und es war nicht zu überhören, dass dir nicht gefiel, was er zu sagen hatte.«

Bors hatte nicht vor der Tür gestanden, als er den Turm betreten hatte, das hätte er gesehen. Aber er konnte ihm die Neugier nicht übel nehmen. »Er kam von meiner Mutter, Bors. Sie will, dass ich heimkehre.«

Der alte Falkner verstummte für eine Weile, bis er schließlich mit kaum unterdrückter Bitterkeit in der Stimme fragte: »Und wann wirst du mich verlassen?«

»Gar nicht, Bors, gar nicht. Ich will nicht sagen, dass diese überfüllte Stadt meine Heimat ist, doch ist sie das doch eher als Damatien, wo ich vor einem Vierteljahrhundert zuletzt war.«

»Aber deine Familie ist dort …«

»Meinst du die, die mich weggeschickt hat? Auf die kann ich ebenso verzichten wie sie damals auf mich.«

Bors Sillwa grinste plötzlich, beugte sich vor und sagte verschwörerisch: »Du kannst ruhig zugeben, dass es wegen der schönen Artha ist.«

Jarok lachte, und die düstere Schwermut, die sich in der kleinen Behausung ausgebreitet hatte, war für den Augenblick vertrieben.

5.

»Diese Rüstung ist ja ganz hübsch anzusehen, aber ein bisschen zu schwer für meinen Geschmack«, meinte Brakas und vollführte ein paar Dehnübungen und Drehungen, als wolle er ihre Tauglichkeit für den Kampf testen. Sie warteten vor einer Halle des Palastes auf den Großwesir.

»Ich hörte allerdings, dass die Frauen diese goldenen Schuppenpanzer lieben«, fügte der Westgarther hinzu.

»Möglich«, murmelte Jarok.

»Aber dass wir jetzt dem tapferen Schasur unterstellt sind …«

»Du hättest auch nein sagen können.«

»Machst du Witze? Bei der Bezahlung? Außerdem kann ich dir doch nicht den ganzen Spaß alleine überlassen.«

»Nimm das bloß nicht zu leicht, Brakas, dieser Palast ist wie ein Wespennest oder Schlimmeres …«

»Es wird aber nicht besser, wenn wir beide Trübsal blasen.«

Natürlich hatte der Westgarther Recht, aber Jarok hatte ein ungutes Gefühl, seit er mit dem Damater gesprochen hatte. Hesek, der Bote, hatte angedeutet, dass seine Mutter eigene Schritte in die Wege leiten würde. Was mochte sie vorhaben? Wollte sie Prinz Baran aus dem Weg räumen? Er wäre ein naheliegendes Ziel, aber er war auch ein Verbündeter der Damater. Hatten sie es vielleicht auf Weszen abgesehen? Das war möglich, aber Wahnsinn. Der neue Ugir-Schah war gut bewacht, niemand würde nah genug an ihn herankommen.

Die Pforte öffnete sich, und Schasur trat heraus. »Ah, meine neuen Schwertmeister!«

»Wir sind bereit«, meldete Brakas.

»Das will ich doch hoffen.«

»Wo sollen wir anfangen, Herr?«, fragte Jarok.

»Anfangen?«

»Bei der Suche nach den Verschwörern, Herr. Der Großwesir meinte …«

»Der weise Aphaskar ist nicht der Befehlshaber der Leibgarde, das bin immer noch ich, Schwertmeister Jarok. Und Ihr werdet meinen und nicht seinen Befehlen folgen, verstanden? Gut. Es sind neue Truppen in der Stadt eingetroffen, die gleich im Vorhof des Palastes aufmarschieren werden. Seine Hoheit will ihre Parade selbst abnehmen, und leider konnten wir ihm das nicht ausreden. Ihr werdet über ihn wachen.«

Das war nicht das, was Jarok erwartet hatte.

»Wunderbar. Eine Parade. Das heißt, wir können uns stundenlang in der Hitze die Füße plattstehen«, murrte Brakas, als der Bannermeister verschwunden war.

Jarok tat es mit einem Achselzucken ab, aber er wunderte sich. Schasur schien es mit den Nachforschungen nicht besonders eilig zu haben. Oder focht er hier nur einen Machtkampf mit Aphaskar aus?

Die Parade fand Jarok eher bescheiden. Er schätzte die Zahl der Krieger, die in den großen Vorhof vor dem Palast marschierten, auf etwa zweitausend. Er sah oramarische Speerträger, Söldner, die wohl von Inseln im Süden stammten, und eine Hundertschaft Armbrustschützen, denen man aber die Waffen abgenommen hatte. Sie wurden von brüllenden Offizieren zu ihren Plätzen geführt und nahmen dann mehr oder weniger geordnet Aufstellung ein, um dem Ugir-Schah die Ehre zu erweisen. Der war jedoch noch nicht an seinem Platz, und so bewachten Jarok, Brakas und zwei Dutzend andere Leibgardisten einen leeren Stuhl.

Eine Stunde verging, und die Mittagshitze begann, Jarok zuzusetzen. Es gab keinen Schatten, und der glänzende Schuppenpanzer wurde wärmer und wärmer. *Hoffentlich schmilzt er nicht,* dachte er grimmig.

Irgendwann fiel der erste Speerträger auf dem Paradeplatz einfach um. Jarok sah, dass ein paar seiner Kameraden versuchten, ihn wieder aufzurichten. Aber der Mann riss sich seine Lederrüstung vom Leib und kam erst wieder auf die Beine, als ihm jemand Wasser gab. Die Söldner von den Inseln schienen darin ein Signal zu sehen. Nach und nach lagerten sie sich auf dem Boden. Jarok schienen sie ausgesprochen praktisch veranlagt, denn sie nutzten ihre langen, leichten Schilde als Sonnenschutz.

»Man sollte Wasser reichen. Wenn schon nicht denen, dann wenigstens uns«, meinte Brakas, als der zweite Speerträger von der stechenden Sonne niedergestreckt wurde.

Aber dann öffnete sich die Hauptpforte, und Weszen trat heraus. Ein Schwarm von Gardisten und Magiern umgab ihn, und Jarok entdeckte Meister Pirim, den jungen Sandmeister, unter ihnen.

Offiziere brüllten Befehle, und die Krieger im Hof nahmen eilig so etwas wie Haltung an.

Schah Weszen blieb kurz stehen, um die Truppen zu mustern, dann setzte er sich auf den eigens aufgestellten Thron, dem ein kleiner Baldachin Schatten spendete.

Aphaskar, der ebenfalls erschienen war, gab ein Zeichen, und die Speerträger setzten sich in Bewegung. Einer ihrer Offiziere trat vor, kniete vor dem Thron nieder und rief: »Die Männer der Turmküste schwören Schah Weszen die Treue und sind begierig, für ihn in den Kampf zu ziehen.«

Weszen dankte mit einem knappen Nicken, und die Speerträger zogen sich zurück.

Jarok spürte ein ungutes Gefühl in der Magengegend. Irgendetwas stimmte nicht.

Die Speerträger waren schwerfällig auf ihre Plätze zurückgekehrt, und nun setzten sich die Söldner in Bewegung. Sie waren mit Schilden und Schwertern oder Äxten bewaffnet. Einige trugen kurze Lanzen. Sollte einer von ihnen etwa daran denken … Jarok rückte unauffällig näher an den Thron heran.

»Die Söhne von Istis brennen darauf, ihre Schwerter für Schah Weszen in das Blut seiner Feinde zu tauchen!«, rief ihr Anführer mit großspuriger Geste.

Auch diese Worte quittierte Weszen nur mit einem Nicken, und es war Aphaskar, der laut antwortete: »Der Ugir-Schah ist hoch erfreut, dass die tapferen Krieger von Istis bereit sind, für ihn in die Schlacht zu ziehen!«

Das Gefühl der Bedrohung wurde stärker. Jarok legte die Hand aufs Schwert, und Brakas, der das bemerkte, tat es ihm gleich.

Der Anführer der Söldner verharrte eine Sekunde, aber dann verbeugte er sich wieder halb und führte seine Männer zurück.

Das Gefühl der Gefahr wurde übermächtig, und Jarok reagierte instinktiv. Er packte Weszen am Arm und riss ihn zur Seite, noch bevor er den Punkt kommen sah, der auf sie zuraste. Einen Wimpernschlag später bohrte sich ein langer schwarzer Pfeil in das Holz des Throns.

Jarok blickte in die Richtung, aus der das Geschoss gekommen war. Dort lag die Mauer des Palastes, aber da waren nur ein paar Wachen, niemand mit einem Bogen.

Die Leibwache war schnell, das musste er ihr zugestehen. Er wurde zur Seite gestoßen, und ein Dutzend Männer standen dicht an dicht vor dem Schah, der seinerseits keine Anstalten machte, Deckung zu suchen. Ein zweiter Pfeil kam geflogen und durchbohrte einen der Gardisten. Plötzlich wuchs eine Mauer aus Sand vor Jarok in die Höhe.

»So bringt ihn doch hinein, Männer!«, brüllte Schasur.

»Kam das von der Mauer?«, rief Brakas über das Getümmel, das diesem Befehl folgte.

»Nein, von dahinter!« Jarok starrte die magische Wand vor seinem Gesicht an. »Ein Opferturm vielleicht!«

»Diese verfluchten Ugirer und ihre Türme ...«

Die Sandmauer brach zusammen, als sich die große Pforte hinter dem Schah schloss. Die Lage auf dem Platz war merkwürdig – es war, als seien die Krieger im größten Durcheinander erstarrt. Sie kauerten auf dem Platz, hinter ihren Schilden, wenn sie welche hatten, sicherten nach allen Seiten und wussten offensichtlich nicht, was sie tun sollten. Der getroffene Gardist lag auf den Stufen und stöhnte leise. Aphaskar war mit dem Schah verschwunden, aber Schasur war mit einigen seiner Männer vor der Pforte stehen geblieben. »Ihr da, Jarok! Worauf wartet Ihr noch? Findet diesen Hund! Und ihr begleitet ihn, Männer!« Dann trat der Bannermeister vor die Stufen und bellte den Kriegern im Vorhof Befehle zu. Sie sollten die Mauern und das Tor sichern. Jarok dachte erst, das sei ein unsinniger Befehl, aber dann sah er ein, dass es vermutlich das Beste war, den Leuten irgendeinen Befehl zu geben, um sie aus ihrer Schockstarre zu lösen. Und mit diesen Männern wollte der Schah in den Krieg ziehen?

Jarok schnappte sich einen jungen Gardisten und befahl ihm, zur nächsten Wache zu laufen, um Alarm zu schlagen. »Und die sollen in der ganzen Stadt die Wachen alarmieren.«

»Aber nach wem sollen sie suchen, Schwertmeister?«

»Nach jedem, der sich verdächtig benimmt!«

»Glaubst du, das bringt was?«, fragte Brakas, als sie durch das Tor und dann die Straßen des Palastviertels hetzten. Hinter ihnen rasselten die Schuppenpanzer der Leibwache.

»Es wird den Mann langsamer machen, wenn überall Wachen auf den Straßen sind.«

Er sah endlich einen Turm, der in der fraglichen Richtung stand, aber nein, der konnte es eigentlich nicht sein ...

»Ist das dein Ernst?«, keuchte Brakas, weil er die Männer dennoch dort hinführte. »Viel zu weit für einen Bogenschuss.«

»Wahrscheinlich«, murmelte Jarok. Er befahl den Männern zu warten und rannte die schmalen Treppen hinauf. Wenn der Schütze klug war, war er lange verschwunden. Und wenn nicht?

Er erklomm die wacklige Leiter, die zur obersten Plattform führte, und stieß die Falltür auf. Niemand war dort. Er kletterte ganz hinauf und sah sich um. Da war der Palast. Er war weit entfernt, wirklich weit, aber dann sah er den Bogen. Er lag auf dem Boden, der Attentäter hatte sich nicht einmal die Mühe gemacht, ihn zu verstecken. In Lyraca hatte er solche Bogen schon gesehen. Sie wurden eigens für die Jagd auf weite Entfernung gefertigt, doch nicht in Oramar. Sie stammten aus einem Land, in dem die Jäger in schroffen Bergen scheuen Hornböcken nachstellten: Es war ein damatischer Bogen. Und noch mehr: Er hatte sogar diesen Bogen schon gesehen, eingehüllt in Tücher, um ihn vor dem Staub zu schützen. Er gehörte Hesek Graufuchs!

Er fluchte. Seine Mutter machte also ernst, sie hatte versucht, Weszen ermorden zu lassen. Aber was sollte er jetzt tun? Den Mann zur Strecke bringen, der ihm Grüße seiner Mutter überbracht hatte? Er konnte diesen Mann doch nicht umbringen, aber gefangen nehmen konnte er ihn erst recht nicht. Da hätte er sich auch gleich selbst in den Kerker werfen können. Ihn fliehen lassen? Das wäre das Beste, aber es würde verdächtig aussehen, zumal dieser Narr für seine beiden wahrhaft meisterlichen Schüsse einen Bogen aus Jaroks Heimat verwendet hatte. Weszen wäre jetzt tot, wenn er die Gefahr nicht erahnt hätte. Jarok wusste, was er zu tun hatte: Er musste den Mann mit aller Macht jagen – und ihn dennoch entkommen lassen.

Er stieß einen leisen Pfiff aus und warf Brakas, der den Pfiff unten hörte, den sperrigen Bogen zu, bevor er selbst nach unten eilte. »Schönes Stück«, sagte Brakas.

»Und schwieriges Wild«, antwortete Jarok. »Dieser Mann versteht sich offenbar auf die Jagd. Es wird schwer sein, ihn zu finden.«

»Aber ich hoffe, nicht unmöglich.«

»Nein, nicht unmöglich.«

Jarok brauchte nur einen Blick in die Gesichter der Ugirer zu werfen, die sie beobachteten, um die richtige Richtung zu finden. Er wählte eine andere. »Folgt mir, er ist dort entlang!«

Hornsignale ertönten. Sie kamen von der nächsten Wache. Es war das Signal für Gefahr. Jetzt bereute Jarok seine Umsicht. Wenn erst einmal die Wachen der ganzen Stadt ausschwärmten, dann würde es Hesek schwerfallen zu entkommen. Er hatte vorgehabt, seine Leute in die Irre zu führen, aber jetzt begriff er, dass er das nicht konnte. Er durfte Heseks Schicksal nicht dem Zufall überlassen. Er blieb stehen.

»Hast du seine Spur?«, fragte Brakas.

Nein, die hatte er verloren, aber er hatte einen Verdacht, wo Hesek hinwollte: ins Hafenviertel. Hesek hatte gesagt, dass er dort Quartier genommen hatte, und vermutlich würde er versuchen, auf einem Schiff zu entkommen, denn das Hornsignal, das schon von anderen Wachen weitergegeben wurde, sorgte dafür, dass die Stadttore geschlossen wurden. Damit waren auch die kleineren Häfen am Fluss unerreichbar. Hesek musste sein Glück am Großhafen versuchen. Also führte Jarok seine Leute quer durch die Stadt zum Hafen, immer begleitet vom Zweifel, ob er auf der richtigen Fährte war.

Sie wurden aufgehalten. Wachen, die sie auf der Straße trafen, meldeten Verhaftungen und Verdächtige auf der Flucht, doch zu Jaroks Erleichterung war kein Damater darunter.

»Er könnte auch nur einen Bogen dieses Volkes verwendet haben. Er muss kein Damater sein«, gab Brakas zu bedenken. Er wischte sich den Schweiß von der Stirn. »Wir sollten uns diese Verhafteten wenigstens ansehen, bevor die Folterknechte sie in die Finger kriegen.«

»Auf dem Rückweg«, meinte Jarok, der das Gefühl hatte, dass sich gerade eine Schlinge um seinen Hals zuzog. Hesek war sicher kein Feigling, aber unter der Folter hatte noch jeder geredet.

Die Wachen waren überall, und sie waren fleißig, obwohl sie gar nicht genau wissen konnten, nach wem sie eigentlich suchten. Natürlich würden sie eine Menge Unschuldiger verhaften, doch es war nicht ausgeschlossen, dass sie den Richtigen auch noch erwischten. Sie suchten nach Verdächtigen, und ein Damater in oramarischer Kleidung war verdächtig. Jarok konnte die Jagd auch nicht abblasen und irgendeinen der Verhafteten zum Sündenbock machen. Nein, er musste ihm auf den Fersen bleiben, um sicherzustellen, dass kein anderer ihn verhaftete. Er musste dafür sorgen, dass der Damater entkam. *Oder stirbt,* meldete sich ein leiser Gedanke.

Sie fanden die Gassen zum Hafen allesamt von der Hafenwache gesperrt – doch das war schnell zum Problem geworden: »Der Hafen ist das Herz der Stadt, und diese Schwachköpfe durchtrennen alle Adern, die zu diesem Herzen führen«, rief ein Kaufmann, der missmutig inmitten einer verstopften Straße auf einem Fischfass saß. Weiter vorne wurde lautstark gestritten. Der Kaufmann war offensichtlich nicht der Einzige, dem die Sperrung nicht passte.

Jarok drängte sich mit seinen Männern durch die Menge nach vorne.

»Was ist denn hier los?«, fragte er den Schwertmeister, der die Sperre beaufsichtigte.

»Das Signal für Gefahr in der Stadt wurde gegeben. Und dann schließen wir den Hafen, so einfach ist das.«

»Ihr seid Narren!«, rief ein Matrose. »Dort liegt mein Schiff, und ich muss an Bord.«

»Kein Schiff wird den Hafen verlassen.«

»Ich habe einen Frachter voller Weizen dort liegen – der entlädt sich nicht von selbst!«, schimpfte ein Kapitän.

Die Situation war heikel, weil auch innerhalb des Hafens der Betrieb zum Erliegen gekommen war, denn die Wachen ließen auch niemanden hinaus. Lastenträger kamen nicht weiter, leere und beladene Karren verstopften die Gassen, Matrosen fluchten, und Kaufleute jammerten.

Die Straßen waren abgeriegelt, und wäre er selbst auf der Flucht, dann hätte Jarok den Weg über die Dächer gewählt. Diesen Gedanken behielt er jedoch für sich.

»Wir sollten unsere Leute aufteilen, um die Gassen zu kontrollieren«, schlug Brakas vor. Ein guter, ein gefährlicher Vorschlag, der aber so einleuchtend war, dass Jarok ihm zustimmen musste. Er teilte ihren Trupp in Dreiergruppen auf und schickte sie in die Gassen.

Vielleicht würde sich das sogar als gute Idee erweisen, denn wenn die Gardisten in den engen Straßen feststeckten, konnten sie nicht am Hafen suchen.

»Wenn ich dieser Kerl wäre, würde ich es über die Dächer versuchen«, meinte der Westgarther jetzt.

Brakas war leider kein Idiot. Jarok nickte, und sie drängten sich durch die Menge auf den breiten Kai. Der Hafen lag voller Schiffe. Hinter dem Gewirr aus Masten ragte die mächtige Statue der Ugana auf, die auf dem Kopf ein großes Leuchtfeuer balancierte. Jarok erinnerte sich gut daran, wie sehr ihn dieses Feuer, das meilenweit zu sehen war, fasziniert hatte, als er vor vielen Jahren hier gelandet war. Er hatte sich auch ein wenig vor der gemauerten Statue gefürchtet, denn die Erbauer hatten in ihrem Kopf, der der See zugewandt war, Höhlungen für die Augen gelassen, in denen ebenfalls ewige Feuer leuchteten. Und so war ihr Schiff unter dem brennenden Blick einer fremden Göttin in den Hafen eingefahren.

Jetzt waren hier überall Wachen unterwegs. Sie stritten mit Matrosen und Schauerleuten und kontrollierten die Fracht. Inzwischen wussten sie wahrscheinlich, dass sie nach einem Damater Ausschau halten sollten. Die Nachrichtenübermittlung unter den Wachen Ugirs war leider sehr effizient.

Plötzlich ertönte ein lauter Ruf. Ein Soldat wies auf das Dach eines großen Lagerhauses. Ja, tatsächlich, dort oben kletterte ein Mann über die Schindeln – und es war Hesek!

»So holt ihn euch doch, Männer!«, brüllte Brakas.

Pfeile flogen und zwangen den Mann auf dem Dach, Deckung zu suchen.

»Wir wollen ihn lebend!«, rief Jarok, obwohl er sich genau das nicht wünschte. Er wiederholte den Ruf zweimal. Tatsächlich hörte der Beschuss auf.

»Und wie sollen wir ihn da oben kriegen?«, fragte Brakas, der an Jaroks Seite durch den Hafen hetzte.

Hesek verschwand hinter dem Dachfirst. Ein Schrei ertönte, und plötzlich tauchte er auf einem benachbarten Dach auf. Behände kletterte er hinauf und balancierte über den First. Es war offensichtlich, dass er einen Weg zum Wasser suchte.

»Scheiß drauf«, knurrte Brakas und brüllte dann: »Lieber tot als gar nicht! Schießt, Männer, so schießt doch! Er darf nicht entwischen.«

Wieder sprang Hesek. Er erreichte das nächste Dach mit knapper Not. Pfeile deckten ihn ein. Einer durchbohrte sein Gewand, aber noch schien er nicht getroffen. Er hetzte das Dach hinauf, auf der anderen Seite hinunter. Wieder ein Sprung. Schon war er auf einem Lagerhaus, das fast ans Hafenbecken grenzte. Er kletterte über die Ziegel hinauf, schlug einen Haken und entging knapp einigen Pfeilen, die ihm in immer größerer Zahl um die Ohren flogen.

»Der Lastenkran!«, rief Brakas. »Wenn er den erreicht …« Er zog seine Axt und rannte zu dem plumpen Holzkran hinüber.

Wieder hatte der Westgarther die Situation schnell und richtig erfasst. Jarok folgte ihm. Das Lagerhaus war umstellt. Von überall aus dem Hafen kamen weitere Krieger und Wachen gelaufen. Ein Sprung auf den Kran war für Hesek vielleicht möglich, aber er würde ungeschützt im Pfeilhagel landen.

Jarok packte einen der Bogenschützen an der Brust. »Gib mir deinen Bogen, schnell doch!« Wenn die Wachen Hesek trafen, dann durfte er nicht bloß verwundet werden. Mit grimmiger Entschlossenheit legte Jarok den Pfeil auf und betete inständig, dass er ihn nicht würde abschießen müssen. Seine Hand zitterte plötzlich. Er war ein geübter Jäger, aber er hatte noch nie auf einen Menschen geschossen ...

Hesek war auf dem Dach, er nahm Anlauf, sprang und landete auf dem Dach des Krans. Er rutschte ab, glitt ein paar Fußbreit hinunter und fing sich im letzten Augenblick am großen Laufrad ab, das im Augenblick verwaist war. Pfeile schlugen über ihm in die Holzschindeln des Daches und in das Rad ein. Der Damater war schnell. Er ließ sich ins Laufrad fallen, kletterte dann auf den starken Ausleger und hangelte sich weiter hinauf.

»Ich krieg dich, du Hund!«, rief Brakas, der jetzt im Laufrad auftauchte. Rechts und links von Jarok spannten die Wachen ihre Bogen. »Nicht!«, rief Jarok. »Ihr könntet unseren eigenen Mann treffen!« Er fiel einem der Schützen in den Arm.

Nicht alle hörten auf ihn. Pfeile flogen, Brakas fluchte und duckte sich. Hesek war schon fast am Ende des Auslegers angekommen, nur noch wenige Schritte trennten ihn vom Sprung ins Hafenbecken. Er setzte schon an, aber da traf ihn ein Pfeil in der Seite. Der Damater taumelte, wankte, kämpfte um sein Gleichgewicht und stürzte dann wie ein Stein in die Tiefe. Er fiel ins Hafenbecken und ging sofort unter.

Jarok hetzte hinüber. Luftblasen stiegen auf, und das dunkle Wasser des Hafens schien sich rot zu verfärben. Doch Hesek tauchte nicht wieder auf.

»Sieht aus, als bräuchten wir einen Freiwilligen«, meinte Brakas, »einen, der da runtertaucht und nach diesem Hund sucht.«

Und als sich niemand meldete, fügte der Westgarther hinzu: »Einen Denar jedem, der in diese Brühe springt, und drei für den, der den Toten findet!«

Es fanden sich zwei Muscheltaucher, die eigentlich auf andere Arbeit warteten. Sie tauchten und suchten, kehrten an die Oberfläche zurück und beklagten sich, dass sie in dem schlammigen Brackwasser kaum die Hand vor Augen sähen. Sie suchten eine Stunde, doch sie fanden nichts.

»Die Strömung wird ihn fortgetragen haben«, meinte Brakas.

»Mag sein«, erwiderte Jarok, der nicht das geringste Anzeichen dafür sah, dass es hier irgendeine Art von Strömung gab.

Sie marschierten zurück zum Palast. Großwesir Aphaskar war nicht sehr erbaut, als sie ihm vom Ende der Jagd berichteten. »Ich hatte mehr von Euch erwartet, Schwertmeister Jarok, viel mehr!«

Eigentlich hatten sie dem Ugir-Schah ihre Meldung gemacht, doch der schien in düsteren Gedanken versunken.

»Hat es Euch vielleicht gelähmt, dass es einer Eurer Landsleute war?«, fragte Bannermeister Schasur, weil Jarok schwieg.

»Er muss tot sein. Kein Mensch kann derart lange die Luft anhalten«, nahm Brakas ihn in Schutz.

»Das beantwortet meine Frage nicht«, blieb Schasur hartnäckig.

»Bis ich ihn sah, wusste ich nicht, dass es ein Damater war, Herr«, sagte Jarok endlich.

»Ganz richtig. Wir stritten noch auf dem Weg darüber, ob nur ein Damater einen solchen Bogen verwenden würde.«

»Diesen Bogen, bringt ihn mir«, verlangte der Schah plötzlich. Und als Brakas ihn übergeben hatte, strich er mit der Hand andächtig darüber. »Eine wunderbare Arbeit. Ich erinnere mich daran, dass wir einst in Lyraca ganz ähnliche Bogen hatten. Die Damater jagen damit das edelste Wild. Sie verwenden sie nicht im Krieg, weil sie ihnen dafür zu kostbar erscheinen. Wusstet Ihr das, Aphaskar?«

»Nein, Hoheit.«

»Es ist beinahe eine Auszeichnung, dass dieser Mann damit auf mich geschossen hat. Und dann lässt der Schütze dieses kostbare Stück, an dem ein Bogner über drei oder vier Jahre gesessen hat, einfach zurück. Wirklich, er wusste seine Beute wertzuschätzen.«

»Wir preisen die Götter, dass er sein Ziel verfehlte, Hoheit«, erklärte der Großwesir eine Spur zu feierlich.

»Preist lieber den Mann, dem Ihr gerade am Zeug flicken wollt. Wäre Jarok nicht gewesen, säße ich jetzt tot an einen Thron genagelt vor dem Eingang meines eigenen Palastes.«

»Das ist wahr, Hoheit, es ist dennoch bedauerlich, dass der Mann entkam …«

»Habt Ihr nicht zugehört, Aphaskar? Der Mann ist tot, ertrunken im Hafenwasser! Wir müssen ihm nicht mehr nachjagen. Doch nach den Hintermännern müsst Ihr suchen!«

»Da es ein Damater war, liegt der Verdacht nahe, dass Baran ihn gesandt hat, Hoheit«, meinte der Großwesir.

»So? Findet Ihr? Es sähe Baran aber gar nicht ähnlich, von einem Meuchelmörder Gebrauch zu machen. Dafür ist dieser Narr zu stolz … oder zu dumm. Er scheut davor zurück, irgendetwas zu tun, das seinen kostbaren Ruf schädigen könnte. Wie gerne würde ich diesem aufgeblasenen Kerl sagen, dass ein wahrer Herrscher auf so etwas keine Rücksicht nehmen kann! Das Wohl des Reiches wird noch manche grausam scheinende Tat erfordern. Und ich werde gewiss nicht zögern, sie auszuführen! Aber Ihr solltet Eure Arbeit tun und die Hintermänner aufspüren, Aphaskar, spürt sie auf!«

Weszen war während seiner kurzen Rede aufgesprungen. Jetzt marschierte er aus der Halle, ohne eine Antwort abzuwarten.

Der Großwesir sah ihm nach. Sein Gesicht war eine Maske, und Jarok war nicht in der Lage herauszufinden, was dieser Mann dachte.

Schasur räusperte sich. »Eure Befehle, Herr?«

»Ihr habt den Ugir-Schah doch gehört, Bannermeister. Findet die Hintermänner!«

»Ja, Herr!«

»Ich bin wirklich froh, dass der Schah einen Narren an dir gefressen hat, Jarok«, meinte Brakas, als sie den Palast verließen. »Ich glaube, unsere geschätzten Vorgesetzten hätten ihm sonst zu gerne unsere Köpfe auf einer silbernen Platte serviert.«

»Mag sein.«

»Du bist nicht bei der Sache, wie mir scheint.« Brakas legte ihm die Hand auf die Schulter und hielt an. »Gibt es da etwas, was ich wissen sollte?«

»Nein, nur, dass uns der Attentäter durch die Finger geschlüpft ist.«

»Und das ist alles?«

»Reicht das nicht? Jetzt lass uns zum Hafen gehen, Brakas. Irgendwer wird diesen Fremden doch gesehen haben«, sagte Jarok und hoffte doch, dass Hesek einfach im endlosen Strom der Fremden, die jeden Tag nach Ugir kamen, nicht weiter aufgefallen war. Und wenn doch? Wenn sich jemand meldete, der den Damater im Glutviertel gesehen hatte – am Ende sogar zusammen mit ihm? Dann musste er dort sein und Schlimmeres verhindern.

»Sollten wir nicht ein paar Männer mitnehmen?«

Jarok schüttelte den Kopf. Das wollte er auf keinen Fall. Je weniger Leute Fragen stellten, desto geringer war die Wahrscheinlichkeit, dass etwas herauskam. »Bei Bedarf können wir uns Verstärkung von einer der Wachstuben holen«, erklärte er.

»Ganz, wie du meinst.«

Zu seinem Leidwesen hatte ein schneidiger Unterschwertmeister der Hafenwache schon dafür gesorgt, dass sich seine Leute umhörten. »Es heißt, er habe in den *Vier Segeln* übernachtet, Herr, und ich wollte mich gerade mit meinen Leuten dahin aufmachen.«

Der junge Offizier strahlte ihn an. Er hatte ein Dutzend Männer zusammengezogen, und Jarok fragte sich, ob der Mann die

Taverne vielleicht erobern wollte. »Gute Arbeit«, lobte er, »ich werde Euch an höherer Stelle erwähnen, Schwertmeister. Ab hier ist es jedoch eine Sache der Leibwache.«

»Der Mann sah ziemlich enttäuscht aus«, meinte Brakas, als sie vor der genannten Taverne standen, einem großen, dunklen Kasten in einer engen, düsteren Gasse des Hafenviertels. Die Laternenanzünder begannen schon ihre Runden.

»Ich will nicht, dass er und seine Helden mir die Spuren dort drin verwischen.«

Der Wirt, ein untersetzter Haretier, der offenbar gerne redete, konnte sich gut an den Damater erinnern.

»Hesik oder Hisech hieß er … schweigsamer Bursche, wollte wohl gerne für sich bleiben, und ich sagte noch zu meiner Frau, Nika, schau an, ein Damater in Ugir, das hatten wir lange nicht. Und er hatte diesen wunderschönen Bogen. Ich verstehe nicht viel davon, aber selbst ich habe gesehen, dass diese Waffe ein Meisterw…«

»Er hat also nicht viel geredet?«, unterbrach ihn Jarok.

»Praktisch gar nicht. Hat nach einem Bett für eine Woche gefragt und hatte nichts dagegen, die Kammer mit einigen anderen zu teilen.«

»Wie viele andere?«, fragte Brakas. »Sind sie noch hier?«

»Ein oder zwei von ihnen vielleicht schon, das müsste ich nachsehen. Und wie viele insgesamt? Ist schwer zu sagen, Herr. Es sind sechs Betten in besagter Stube. Einige waren nicht jeden Tag belegt, einige waren erst von einem, dann von einem anderen Gast gemietet, ein oder zwei sogar von drei versch…«

»Schön. Wir kümmern uns um die beiden Gäste, die noch hier wohnen, Ihr sucht die Namen der anderen zusammen, verstanden?«

»Sehr wohl, Euer Gnaden, sehr wohl.«

»Dir ist klar, dass diese Zufallsbekanntschaften nicht viel wissen werden, oder?«

»Mir ist vor allem klar, dass es Ärger gibt, wenn wir mit leeren Händen zurückkehren, Jarok.«

Sie trafen beide Gäste beim Abendessen in der Schankstube der Taverne an. Der eine war ein verdrossener junger Händler aus dem fernen Xelidor, dessen Hoffnungen auf gute Geschäfte sich wohl nicht erfüllt hatten und der angab, kein Wort mit dem Damater gewechselt zu haben. Der zweite war ein Viehzüchter aus einer kleinen Stadt nördlich von Ugir, der ein Dutzend Schafe in den Suk gebracht und verkauft hatte. Auch der konnte nicht viel über den Damater sagen. Jarok sah sich die Schlafstube an. Er hätte nicht beurteilen können, ob Hesek wirklich dort geschlafen hatte. »Es riecht auch nicht gerade nach Verschwörung«, erklärte er Brakas.

»Also eine Sackgasse?«

»Sieht ganz so aus.«

Der Wirt hatte inzwischen seine Liste fertig. Neun Namen standen darauf. Die meisten, so der Wirt, hätten die Stadt inzwischen leider schon verlassen.

»Dir ist klar, dass wir diesen Xelidorer und den Schafzüchter festnehmen müssen, oder?«, fragte Brakas.

»Die wissen doch nichts.«

»Das sagen sie jetzt, aber sagen sie das auch noch, wenn sie erst einmal ernsthaft ins Gebet genommen werden? Hast du nicht gesehen, wie nervös sie wurden, als wir sie befragt haben?«

»Jeder wird nervös, wenn die Leibgarde des Ugir-Schahs ihn wegen eines Mannes befragt, der den Schah ermorden wollte.«

»Aber sie sind die einzigen Verdächtigen, die wir haben, Jarok, und ich sage es gerne noch einmal; ich will nicht mit leeren Händen zurückkehren.« Er schnappte sich einen der Schankburschen und trug ihm auf, die Hafenwache hierherzuführen.

Jarok wusste, dass er den beiden Männern vorerst nicht helfen konnte. Wenn sie Glück hatten, würde man ihnen glauben, aber gewettet hätte er darauf nicht. Er war sich ziemlich sicher, dass sie unschuldig waren, zumindest schienen sie nichts davon zu wissen, *wen* Hesek in dieser Stadt aufgesucht hatte. Da die anderen Gäste vermutlich schon in alle Winde zerstreut waren, sah es so aus, als würde die Spur im Sande verlaufen.

»Ihr Herren, mir ist noch etwas eingefallen!«, rief der Wirt. »Und zwar hat der Damater sich doch nach jemandem erkundigt! Ich hatte es vergessen, weil er nicht mich, sondern meine Frau gefragt hatte. Wisst Ihr, sie ist aus dieser Stadt, hat viele Verwandte hier und noch mehr Bekannte, aber sie hat es mir erzählt. Und ich fragte sie noch …«

»Kommt zur Sache, Mann!«, unterbrach ihn Brakas rüde.

Jarok musste sich zusammenreißen, um die aufsteigende Panik zu unterdrücken. Wie sollte er den Wirt zum Schweigen bringen? Zu seinem Unglück traf jetzt auch noch die Hafenwache ein, um die beiden »Verdächtigen« festzunehmen. Der Wirt protestierte, doch half es weder ihm noch den beiden Unglücklichen, die trotz aller Proteste davongeschleift wurden.

Jarok sah seine Chance. Er drängte den Wirt in eine Nebenkammer. »Seid ruhig, Mann, sonst nehmen sie Euch auch noch mit! Und jetzt sagt mir endlich, nach wem sich der Damater erkundigt hat.«

Der Wirt war ganz blass geworden. »Nach wem er sich erkundigte? Ja, Herr, ich sage es Euch, doch versprecht mir, dass sie mich nicht mitnehmen! Meine Frau, meine Taverne!«

Jarok packte ihn so hart am Kragen, dass die Naht riss. »Den Namen, Mann!«

»Den … Nun … aber, Herr, es sind doch zwei …«

»Zwei Namen?«

»Ja, Herr. Zum einen der von Triuf at Asam, dem bekannten Tuchhändler aus dem Weihrauchviertel, und dann der von Oca Daqur, der im Schwarzen Suk ein, nun, gewisses … Haus betreibt.«

»Das waren die Namen?«, fragte Jarok verblüfft. »Keine anderen?«

»Nein, Herr, nur diese beiden. Ich kann jedoch meine Nika noch einmal fragen, ob er nicht noch nach einem dritten …«

»Nein, schon gut.« Jarok ließ den zitternden Wirt los und strich ihm sogar das Wams glatt, das er so rau angefasst hatte. »Ihr habt uns sehr geholfen.«

»Asam, der Tuchhändler? Bist du sicher?«, fragte Brakas, als sie die Taverne verließen, und kratzte sich am Kopf. »Sogar ich habe von diesem Mann gehört. Sein Reichtum ist legendär. Er soll auf eigene Kosten dreitausend Speerträger angeworben, ausgerüstet und dem Palast unterstellt haben. Bis du wirklich sicher, dass es *dieser* Name war?«

»Meine Ohren sind recht gut, Brakas.«

»Das müssen wir melden. Und wir werden mehr Männer brauchen, um ihn zu verhaften, viel mehr.«

»Und Daqur?«

»Erinnerst du dich an diese Diebesbande, die wir vor zwei Jahren ausgehoben haben? Es hieß doch, er stecke dahinter. Aber irgendwie hat er den Kopf aus der Schlinge gezogen.«

»Ich kann mich nicht daran erinnern, damals diesen Namen gehört zu haben.«

»Man nennt ihn die Eidechse, vielleicht, weil er sich aus brenzligen Situationen herauszuwinden versteht und dabei alles, was ihm hinderlich ist, zurücklässt. Nicht unbedingt seinen Schwanz, sage ich mal, aber alles andere, was an ihm hängt. Den festzunehmen wird ebenfalls nicht einfach.«

Jarok fragte sich, in welcher Beziehung Hesek zu diesen Männern stand – und warum er sie bei ihrem Gespräch nicht erwähnt hatte. Viel entscheidender war jedoch die Frage, ob Hesek diesen Männern *seinen* Namen verraten hatte. Für einen kurzen Augenblick hatte Jarok das Gefühl gehabt, dass er gerade noch einmal vom Haken gekommen war, doch da war er vielleicht voreilig gewesen.

Auf dem Weg zum Palast schmiedete er hektisch Pläne. Sollte er fliehen – oder die Männer irgendwie aus dem Weg räumen? Wahrscheinlich würde man auch im Palast erst einmal beraten müssen. Vor dem nächsten Morgen würde man kaum etwas unternehmen. Er könnte sich in den Schwarzen Suk schleichen. Die Eidechse war ein Verbrecher – niemand würde ihm eine Träne nachweinen. Und wenn er es über sich brachte, ihn zu töten, wäre dieses Problem gelöst. Aber der Tuchhändler? Nein, vielleicht musste er gar nichts tun. Es war doch gar nicht gesagt, dass sie von Heseks Freund in der Leibgarde wussten – und wenn doch? Ihm fiel der Puppenspieler ein, den der Damater erwähnt hatte. Der würde ihm angeblich in Zeiten der Not helfen können. Vielleicht sollte er ihn aufsuchen, gleich nachdem sie Meldung gemacht hatten und bevor die Häscher des Ugir-Schahs ausschwärmten.

Schasur hatte ihnen ausdrücklich befohlen, zu ihm zu kommen, sobald sie etwas in Erfahrung gebracht hatten. Als er jedoch die beiden Namen hörte, schickte er sofort nach dem Großwesir. Auch der wirkte regelrecht bestürzt. »Asams Wort hat großes Gewicht unter den Händlern. Wir müssen vorsichtig sein.«

»So sollen wir abwarten?«, fragte Jarok, der Zeit zu gewinnen hoffte.

»Nein. Er hat viele Freunde, auch in diesem Palast. Wenn wir ihn festnehmen wollen, dann sofort. Bannermeister, trommelt Eure Leute zusammen!«

»Jetzt noch? Es ist bereits nach Mitternacht. Die meisten sind schon in den Quartieren …«

»Diese Angelegenheit duldet keinen Aufschub. Ihr geht mit Eurer Ersten Schar so schnell wie möglich los und bringt Asam persönlich hierher. Seid jedoch höflich, noch wissen wir nicht, in welcher Verbindung er zu diesem Attentäter steht. Vielleicht war er auch als Opfer ausersehen. Diese Möglichkeit dürfen wir nicht außer Acht lassen. Er gehört zum Rückgrat dieser Stadt.«

»Und die Eidechse?«

»Die will ich ebenfalls lebend hier sehen.«

»Auch dieser Mann hat einflussreiche Freunde, Herr, besonders unter den Wachen des Tempelviertels …«

»Die werden sich sicher nicht mehr für jemanden verwenden, der unseren geliebten Ugir-Schah töten wollte. Aber dennoch sollten sie mit dieser Jagd nichts zu tun haben. Schwertmeister Jarok, Ihr nehmt die Zweite und Dritte Schar der Leibgarde und bringt mir diesen Mann und zwar sofort! Doch geht mit Bedacht vor. Wir wollen keinen Aufstand im Schwarzen Suk!«

»Das wären drei unserer vier Scharen, Herr«, wandte der Bannermeister ein. »Das erscheint mir zu gefährlich, falls dieser Attentäter nicht nur Hintermänner, sondern auch noch Mittäter haben sollte.«

Aphaskar starrte den Befehlshaber der Garde feindselig an, aber dann nickte er. »Ihr habt wohl Recht, Schasur. Glaubt Ihr, dass Ihr mit einer Schar auskommt, Jarok?«

»Es muss einfach genügen, Herr«, antwortete Jarok, der sich fragte, ob Schasur mit offenen Karten spielte. War er wirklich um die Sicherheit des Schahs besorgt, oder wollte er vielleicht erreichen, dass die Eidechse entkam? Doch warum sollte er das wollen?

»Ich glaube, Schasur will, dass wir auf die Fresse fallen«, brachte Brakas eine weitere Möglichkeit ins Spiel, als sich ihre Männer in einem der Nebenhöfe des Palastes sammelten.

»Kann schon sein«, murmelte Jarok.

Er kannte den Schwarzen Suk recht gut, denn schon so manche ihrer Jagden hatte dort ihr Ende gefunden. Es war ein verwinkeltes, düsteres Viertel, mit Häusern, Verschlägen und Hütten, die wie Pilze aus dem zerstörten Leib des alten Ugana-Tempels gewachsen waren.

Die Einheimischen erzählten, dass die riesige Tempelanlage erst nach der Eroberung der Stadt zerstört worden war, weil die Hohepriester der Göttin die Niederlage nicht akzeptieren wollten. Und Bal-Ek at Hassat, der Eroberer, hatte den Ugirern verboten, ihn wieder aufzubauen, auch wenn er den Kult der Ugana weiter erlaubte. Da also die Priesterschaft aus dem Tempel vertrieben war und nicht zurückkehren durfte, Platz in einer so dicht besiedelten Stadt aber nicht lange ungenutzt bleiben wollte, hatten andere, dunklere Kräfte in den Ruinen Wurzeln geschlagen. Jarok war klar, dass es nicht einfach werden würde, eine dieser Wurzeln jetzt herauszureißen.

Es war weit nach Mitternacht, als sie das Tempelviertel erreichten. Die äußeren Mauern der Ruine zogen sich den großen Hügel hinauf, dem sie einst kunstvoll angepasst worden waren. Hier und da ragten stämmige Säulen in den Nachthimmel. Der Tempel konnte nicht viel kleiner gewesen sein als der Palast, den sich der Eroberer errichtet hatte, und Jarok fragte sich, warum Bal-Ek seinerzeit diese Ruine nicht einfach überbaut hatte. Der Hügel überragte die Stadt und war würdig, einen Palast zu tragen. Aber das war nicht sein Problem. Sein Problem war, dass er mit sechzig Gardisten in ein Viertel einmarschierte, das Wert darauf legte, in Ruhe gelassen zu werden – und dass er jemanden jagte, den zu fassen gefährlich werden konnte. Es war aber auch gefährlich, mit leeren Händen zurückzukehren.

Er führte seine Truppe durch die verwinkelten Gassen, deren Verlauf meist von alten Mauern oder gestürzten Säulen erzwungen war, hinein in den Schwarzen Suk. Normalerweise herrschte um diese Zeit hier noch reger Betrieb, und an zahllosen Feuern konnte man von der Liebe über berauschende Kräuter bis zum Tod eines anderen alles erwerben, was das Herz begehrte. Doch jetzt war es, als würde ihrer Schar eine dunkle Welle vorausgehen, die Feuer und Kerzen löschte und Huren und Hehler mitsamt ihrer Kundschaft vertrieb.

»So viel zum Thema Überraschung«, meinte Brakas, als sie immer tiefer in die feindselige Stille hineinmarschierten.

»Unser Freund weiß jedoch nicht, dass dieser Marsch ihm gilt«, antwortete Jarok. Je näher sie ihrem Ziel kamen, desto mehr wünschte er sich, sie würden es nie erreichen. Wenn Hesek mit Oca Daqur über seine Pläne gesprochen hatte …

Sie erreichten eine alte Treppe, deren Stufen von einer gefallenen Säule in der Mitte zerschmettert worden waren.

»Dort oben liegt Daqurs Haus«, meinte Brakas. »Sie nennen es übrigens *Das Allerheiligste,* falls es dich interessiert.«

»Du kennst es?«

»Flüchtig«, meinte der Westgarther mit einem Grinsen. »Es ist allerdings Jahre her, dass ich ihm zuletzt einen Besuch abstattete. Sein Ruf verträgt sich schlecht mit dem eines Schwertmeisters der Wache. Und es ist auch nur die Lage im alten Tempel, die ihm seinen Namen einbrachte, gewiss nicht die Qualität seiner Weiber oder seines Weins.«

Jarok ließ seinen Blick über das *Allerheiligste* schweifen. Zwei Stockwerke hoch war es zwischen einige alte Säulen gemauert, und die schiefen Mauern zeigten noch Bruchstücke alten Zierrats, was nur umso deutlicher betonte, wie weit dieses Bauwerk von der früheren Eleganz des Tempels entfernt war.

Jarok ließ eine Hälfte seiner Männer das Haus umstellen. Die Fenster waren zwar schmal, aber ein kleiner Mann mochte hindurchpassen.

»Niemand vor der Tür«, stellte Brakas fest.

Auch Jarok war das aufgefallen, und es war dort drinnen verdächtig ruhig. Kein Gelächter, keine Musik drang auf die Straße. Überraschen würden sie Daqur jedenfalls nicht. War er vielleicht schon geflohen?

Jarok stieß die schwere Pforte auf und trat ein.

Er wurde von einer bemerkenswerten Stille empfangen. Eine Handvoll Dirnen tat, als würde sie sich langweilen, aber der Dunst von Alkohol und verbotenen Rauchkräutern hing schwer in der Luft. Man musste kein Jäger mit Jaroks Fähigkeiten sein, um zu spüren, dass hier noch vor kurzem zügellos allen möglichen Lastern nachgegangen worden war.

»Wir suchen Oca Daqur«, rief Brakas. »Er soll sich stellen, wenn er nicht will, dass wir ihm dieses schöne Haus auseinandernehmen.«

Niemand rührte sich, aber ein paar Blicke zuckten doch unbewusst in Richtung einer besonders schummrigen Ecke. Jarok folgte diesen Blicken und fand einen Tisch, der stand, wo er nicht hinzugehören schien. Er ging hinüber, schob den Tisch zur Seite und fand, eingelassen in die Bodenbretter, eine Falltür. Jetzt verstand er, warum sie niemanden hatten fliehen sehen, als sie auf das Haus zumarschiert waren.

Brakas fluchte. Sie teilten ein paar Leute zur Bewachung dieses Bordells ein, dann stiegen sie mit den übrigen hinab in den Untergrund.

»Du hättest mir sagen können, dass sie diese Art Ausgang hier haben, Brakas.«

»Den kannte ich nicht«, verteidigte sich der Westgarther, und dann, als sie eine verriegelte Pforte aufgebrochen hatten und dahinter einen verzweigten Gang fanden, stöhnte er: »Auch davon wusste ich nichts. Verdammt, kein Wunder, dass er uns immer wieder entkam. Er kann überall sein. Glaubst du, du kannst ihn finden?«

»Eine Menge Leute waren hier unten, und sie haben sich in alle Winde zerstreut«, gab Jarok als Antwort. Inzwischen war er der Meinung, dass es für ihn sicherer war, wenn der Mann entkam.

»Verdammt, dann suchen wir ihn auf die althergebrachte Methode.«

Zurück in der Schankstube erfuhr Jarok, was Brakas damit meinte. Der Westgarther schnappte sich den Mann, der hinter dem Tresen stand, und presste ihn gegen die Wand. »Wo versteckt sich Daqur, wenn es eng wird?«

Der Wirt schüttelte erst den Kopf, versuchte dann allerlei Ausflüchte. Brakas befahl den Gardisten, sich im Haus umzusehen, und zwar »gründlich«. Die Männer verstanden, was er erwartete. Sie begannen, die Einrichtung des Hauses zu zerlegen, Kammer für Kammer, Schrank für Schrank, Bett für Bett.

»Wenn Daqur zurückkehrt, wird er fragen, warum du das nicht verhindert hast, mein Freund«, erklärte Brakas.

»Er wird wissen, dass es ihr Schweine von der Wache wart, die ...«

Die Faust des Westgarthers unterbrach den Satz mit einem Schlag in die Magengrube des Mannes. »Er wird auch erfahren, dass du es warst, der uns gerufen hat«, sagte er dann mit einem freundlichen Lächeln.

»Aber das habe ich nicht!«

»Wir werden einfach verbreiten, dass du ihn aus dem Geschäft drängen wolltest.«

»Er weiß, dass er mir vertrauen kann.«

»Wie rührend«, spottete Brakas. »Schade, dass Daqur so misstrauisch ist. Weißt du, ich habe diese Unterhaltung schon einmal mit einem seiner Untergebenen geführt. Kurz darauf fischten wir seine Leiche aus dem Fluss. Wäre es da nicht besser für dich, Daqur kehrte nicht zurück?«

»Itzaq? Ihr seid für seinen Tod ...«

»Ja, kann sein, dass das sein Name war«, behauptete Brakas lächelnd.

Jarok wusste, dass die Geschichte von vorne bis hinten erlogen war, aber der Wirt schien nicht sehr helle zu sein. Leichenblass rief er: »Die alte Priestergruft ... dort hat er ein Versteck!«

»Dann wollen wir für dich hoffen, dass wir die Eidechse da finden ...«

Es dämmerte bereits, als sie das Hurenhaus verließen, und Brakas hetzte jetzt ihrer Schar voran. Jarok überließ ihm die Führung. Er suchte immer noch nach einem Ausweg aus seiner Zwickmühle. Vielleicht tat die Eidechse ihm den Gefallen, sich bei der Verhaftung zu wehren, vielleicht wusste sie nichts von ihm … vielleicht war es aber auch besser, die eigene Flucht vorzubereiten. Aber es ging nicht nur um ihn. Da war auch noch Bors Sillwa. Er konnte den alten Mann doch nicht zurücklassen …

Sie hetzten durch den ärmsten Teil des Tempelviertels, in dem sich Zelte und schäbige Bretterverschläge aneinanderreihten. Früher war all das als Schandfleck der Stadt bezeichnet worden, doch seit der Krieg Flüchtlinge in Massen nach Ugir brachte, sah es auch im Sandviertel nicht viel besser aus.

»Wir sind fast da. Bist du bereit?«

Jarok nickte und zog sein kurzes Schwert. Sie hatten die Priestergrüfte erreicht. Über Jahrhunderte hatten die Ugirer hier ihre Hohepriester beigesetzt, und Jarok konnte sich gut vorstellen, dass es einst ein Ort der Stille gewesen war. Doch nun hausten Menschen zwischen und selbst in den Katakomben der uralten Grabanlagen.

»Treibt sie da raus!«, kommandierte Brakas. »Und wenn ihr einen kleinen Mann mit einem schwarzen, gegabelten Bart seht, dann fasst ihn!«

Die Gardisten nahmen keine Rücksicht auf die Ruhe der Toten. Sie drangen in die Grüfte ein und trieben die Bewohner hinaus. Bald wimmelte der Friedhof von schreienden Männern, Frauen und Kindern. Daqur schien nicht unter ihnen zu sein.

Dann sah Jarok etwas im Augenwinkel, eine Bewegung, einen Schatten nur im Morgenlicht, kaum einzuschätzen, ob er von einem großen oder kleinen Mann geworfen wurde. »Da!«, rief er, ohne nachzudenken. »Hinter der Mauer!«

Er rannte los, das Schwert in der Hand. Es würde sicherer sein, dieses Leben zu beenden, als mit der Ungewissheit zu leben, dass dieser Verbrecher ihn ins Verderben stürzen konnte. Der Schatten tauchte auf einer alten Mauer auf. Es war Oca Daqur, kein Zweifel.

»Da ist er, Männer, ihm nach!«, rief Brakas.

Pfeile kamen geflogen, und der Westgarther brüllte: »Verdammt, wir wollen ihn lebend!«

Der Flüchtige blieb auf der hohen Mauer und rannte weiter. Wie war er da hinaufgekommen? Jarok fand Schutt in einer Ecke, sprang von dort auf einen wackligen Holzverschlag, der unter seinem Gewicht ächzte, und zog sich rasch die Mauer hinauf. Sie war hoch und schmal. Es musste die ehemalige Außenmauer des Tempelbezirks sein. Er hetzte der Eidechse nach, so schnell es die schadhafte Mauerkrone zuließ. Warum sprang Daqur nicht einfach auf der anderen Seite hinab? Das hätte ihm einen schönen Vorsprung vor den meisten Verfolgern beschert.

Jarok holte auf. Rechts lagen schlichte Häuser, links windschiefe Bretterbuden und Grüfte. Links wimmelte es aber auch von Gardisten, rechts war die Stadtmauer nicht fern, und auch da gab es Soldaten – und die Tore waren geschlossen. Da war kein Durchkommen – die Eidechse schien das zu wissen. Sie wollte sich wohl nicht in die Enge treiben lassen und blieb deshalb auf der Mauer. Diese führte hinauf auf den Hügel. Wenn Daqur nicht stürzte, konnte er an ihrem Ende ins Weihrauchviertel entkommen.

Jarok jagte ihm nach. Sollte er ihn vielleicht doch entkommen lassen? Unten brüllten die Gardisten, Daqur solle stehen bleiben, aber dann bildeten die Verschläge und Grablegen ein so dichtes Gewirr, dass sie abgedrängt wurden und nicht mehr folgen konnten. Jarok warf einen Blick zurück. Brakas war der Erste, der ihm folgte. Dahinter hatten es noch zwei andere Männer auf die Mauer geschafft. Daqur, ihm voraus, wirkte plötzlich unschlüssig, wurde langsamer, blieb sogar stehen und schien ihn herankommen lassen zu wollen. Ja, er drehte sich um und wartete auf ihn. Gerade noch sah Jarok die plötzliche Bewegung. Er duckte sich, und ein Wurfmesser streifte ihn an der Schulter.

Daqur hetzte weiter. Jarok jagte ihm nach. Wenn der Mann noch ein Messer hatte? Darauf musste er es ankommen lassen.

Er lief langsamer. Es war doch nicht schlecht, wenn die Eidechse entkam … Die Mauer endete an einer Grablege. Nur noch wenige Schritte …

Doch dann geschah etwas Unerwartetes: Auf dem Dach der Gruft tauchten drei Kinder auf, keines älter als sieben. Was taten die da, so früh am Morgen? Daqur schnappte sich das jüngste, ein Mädchen, und fuhr herum. »Zurück, Hunde, oder die Kleine ist dran!« Er drohte mit dem Messer Richtung Jarok, obwohl dieser doch mehr als ein Dutzend Schritte entfernt war.

Jarok blieb stehen und stieß einen gellenden Pfiff aus. Er gab seinen Leuten Zeichen anzuhalten.

Der Westgarther erreichte ihn schnaufend. »Worauf wartest du? Willst du ihn damit durchkommen lassen?«

»Warte«, entgegnete Jarok und zeigte mit seiner ausgestreckten Rechten auf den kleinen Mann, der offensichtlich nicht weiterwusste. Hinter der Gruft bog die alte Mauer nach Süden ab. Sie würde die Verfolger zu einem langen Umweg zwingen. Daqur jedoch konnte einfach auf der anderen Seite hinunterspringen und wäre ihnen entwischt. Nur noch wenige Schritte trennten ihn von der Freiheit. Warum tat er sie nicht? Warum musste er sich hinter einem kleinen Mädchen verstecken?

Jarok rührte sich nicht, immer noch wies seine ausgestreckte Hand auf den Flüchtigen.

»Ach so«, stöhnte Brakas. Vielleicht hatte er den schwarzen Punkt jetzt auch entdeckt, der rasend schnell vom Himmel fiel, kurz über Daqur die Schwingen ausfuhr, dem Mann seine Krallen ins Gesicht schlug und mit hellem Ruf wieder aufstieg.

Daqur schrie auf, ließ das Mädchen los, stürzte von der Gruft und krachte auf einen Bretterverschlag, der unter ihm zusammenbrach. Bald war er von Gardisten umringt. Jarok pfiff Hrima zurück.

Sie landete auf seinem Arm, und er spürte ihre scharfen Krallen durch die beschlagene Armschiene seiner Rüstung hindurch.

»Ich danke dir«, flüsterte er ihr zu. »Leider habe ich jetzt keine Belohnung für dich, doch du wirst sie bekommen, noch heute.« Hrima warf ihm einen Blick zu, der nach Skepsis aussah, dann erhob sie sich mit weit ausgreifenden Flügelschlägen wieder in den Morgenhimmel.

Oca Daqur wimmerte, als ihn die Gardisten aus dem Trümmerhaufen zogen, er zeterte, dass er doch unschuldig sei, und fragte, weswegen man ihn verhaftet habe. Jarok wollte nach dem Mädchen sehen, doch das war, ebenso wie seine Spielgefährten, spurlos verschwunden.

»Das wirst du schon noch erfahren«, erwiderte Brakas gelassen.

Daqur erbleichte. Vermutlich begriff er in diesem Augenblick, dass die Sache sehr ernst war. Jarok studierte seine Miene und versuchte, von seinen Augen abzulesen, ob er von ihm wusste. Doch die Eidechse wich seinem Blick aus. Sie wehrte sich nicht, als man ihr die Hände fesselte, beklagte sich nicht einmal über die blutenden Furchen, die der Greif in ihrem Gesicht hinterlassen hatte.

»Hast du seine Fresse gesehen? Wie ein geprügelter Hund! Hätten wir ihn des Mordes beschuldigt, hätte es ihn wahrscheinlich weniger erschreckt«, meinte Brakas, als sie zurück zum Palast marschierten. »Er weiß, warum wir hinter ihm her waren, und er weiß irgendwas über diesen Damater, da will ich drauf wetten!«

Die Tempelruine war inzwischen zum Leben erwacht, und eine Menge feindselige Blicke folgten ihnen.

»Oder er hat so viel auf dem Kerbholz, dass er uns nicht durch Fragen auf Verbrechen bringen will, von denen wir noch keine Ahnung haben«, erwiderte Jarok langsam. Er hätte sich gerne unter vier Augen mit der Eidechse unterhalten, doch die Gelegenheit hatte er wohl für alle Zeiten verpasst. Warum hatte er ihn nicht entkommen lassen?

»Warum machst du nur so ein Gesicht, mein Freund? Wir haben ihn, und wir haben keinen Mann bei dieser Sache verloren. Das ist ein guter Tag!«, versuchte Brakas ihn aufzumuntern.

»Wir werden sehen«, gab Jarok düster zurück. Der Stachelturm des Palastes, der wie eine Drohung in den Morgenhimmel aufragte, erschien ihm als böses Omen.

Einer der zahllosen Unterwesire führte sie und ihren Gefangenen in eine der hinteren Kammern des Palastes.

»Endlich!«, rief Schasur, als sie eintraten.

Ein weiterer Mann wartete dort. Jarok nahm an, dass es sich um Asam den Tuchhändler handelte. Er saß auf einem Hocker, war unbewacht und wirkte dennoch nervös. Es war seltsam, ihn neben Oca Daqur zu sehen, der als wimmerndes Häuflein Elend auf dem Boden zusammensackte, und es war schwer vorstellbar, dass diese beiden Männer bei irgendetwas gemeinsame Sache gemacht haben sollten.

»Ich frage noch einmal, was das zu bedeuten hat, Großwesir!«

»Beruhigt Euch, Asam. Der Ugir-Schah wird sich Eures Falles selbst annehmen.«

»Prinz Weszen? Und was für ein Fall soll das sein?«

Aber er erhielt keine Auskunft, obwohl er weiter darauf drang. Jarok sah dem Tuchhändler an, dass ihm dämmerte, dass er in großer Gefahr war, aber er war ein stolzer Mann und versuchte, sich nichts anmerken zu lassen.

Endlich betrat der Schah die Kammer. »Sind das die beiden Männer?«, fragte er schroff.

»Herr, ich verlange zu wissen …«, begann Asam mit fester Stimme.

»Ihr habt nichts zu verlangen!«, schnitt ihm Weszen das Wort ab. »Habt Ihr ihm nicht gesagt, dass er des Hochverrats angeklagt ist, Aphaskar?«

»Nun, noch gibt es keinen Grund, von einer Anklage zu sprechen, Hoheit. Wir haben doch kaum …«

»Ein Freund dieses Mannes hat versucht, mich zu töten. Ist das nicht Grund genug?«

»Aber wir haben keine Beweise, dass diese beiden Männer …«

»Er hat nach ihnen gefragt, oder?«

»In der Tat, Hoheit, doch wissen wir nicht, ob sie Verbündete sind oder ob sie vielleicht als nächste Opfer ausersehen …«

»Ihr glaubt also, dass der hinterlistige Hund, der versucht hat, den künftigen Padischah von Oramar zu ermorden, hinterher noch einen Krämer und einen Gauner töten wollte? Macht Euch nicht lächerlich, Aphaskar!«

»Dennoch erfordert dieser Fall eine sorgfältige Untersuchung, Hoheit. Wir wollen nicht in den Ruf kommen, vorschnell …«

»Untersuchung? Ja! Befragt sie! Gründlich – und mit allen zur Verfügung stehenden Mitteln. Ich will Ergebnisse, Großwesir!«

»Verzeiht, Herr«, rief Asam, »aber als Sprecher der Tuchhändler dieser Stadt bestehe ich darauf, vor einen Richter …«

»Ihr seid ein Verräter, Asam, und als solcher habt Ihr alle Rechte verwirkt! Und nun schafft mir diesen Abschaum aus den Augen!«

Ein paar Gardisten führten die beiden Männer nach draußen. Asam protestierte, bewahrte aber Haltung, während der wimmernde Daqur förmlich hinausgeschleift werden musste, da ihm die Kraft zu fehlen schien, die Kammer auf eigenen Beinen zu verlassen.

»Dieses Vorgehen erscheint mir gefährlich, Hoheit«, sagte der Großwesir bedächtig, als das Wimmern nur noch ein leises Echo aus dem Gang war.

»Da ich es war, auf den man schoss, kann ich die Gefahr wohl besser beurteilen als Ihr, Aphaskar.«

»Dennoch sollten wir die Form wahren, Hoheit. Übergebt diese Männer, oder doch wenigstens den Tuchhändler, einem Gericht. Asam hat viele Freunde, und wir brauchen die Kaufleute und ihr Geld, wenn wir im kommenden Kampf bestehen wollen.«

Weszen schüttelte ungehalten den Kopf und erklärte seine Entscheidung für endgültig.

Aber Jarok wusste, dass der Großwesir Recht hatte: Weszen würde die Unterstützung der reichen Händler brauchen. Wenn er aber einen der ihren aufgrund eines vagen Verdachts der Folter unterzog, würden sie das nicht vergessen.

Er ging nach Hause, voller Sorgen, weil er immer noch im Ungewissen war, ob die beiden Männer von ihm wussten. Vielleicht würde er in den kommenden Tagen eine Gelegenheit finden, sie im Kerker aufzusuchen. Er war ein Schwertmeister der Leibwache, man würde ihm den Zugang gewähren. Vielleicht würde er dann etwas erfahren …

Er versuchte, die dunklen Gedanken zu verscheuchen, und erwarb bei einem Fleischer ein paar besondere Leckerbissen für Hrima. Er fütterte sie und sprach lange mit ihr. Vielleicht wusste sie, was aus den Ereignissen der letzten Tage noch folgen würde, aber sie konnte es ihm nicht enthüllen.

»Dir liegt etwas auf der Seele, mein Junge, das spüre ich«, sagte Bors Sillwa später, als sie gemeinsam vor ihrer Wohnung auf der Treppe saßen und er dem alten Falkner schilderte, was sich alles in ihrer Straße zutrug.

»Ich muss an etwas denken, was ich als Kind einmal gesehen habe, Bors. Es war noch in Damatien, in einem Winter, der streng gewesen sein muss. Der Bach an unserem Haus war zugefroren, und es war eine schöne Abkürzung, einfach über den Bach laufen zu können, statt die Brücke nehmen zu müssen. Aber dann schlug das Wetter um, und das feste Eis zerbrach in viele Schollen, und ein Junge aus der Nachbarschaft wäre fast ertrunken, weil er trotzdem die Abkürzung nehmen wollte. So erscheint mir das hier. Dinge, die lange wie eingefroren waren, geraten plötzlich in Bewegung. Und der Grund, auf dem ich mich gestern noch sicher bewegen konnte, ist plötzlich tückisch und unberechenbar.«

»Auch in Haretien kennen wir kalte Winter, mein Junge. Und

ich kann dir sagen, dass wir die Eisschmelze stets begrüßt haben – kündigt sie doch den nahenden Frühling an!«

»Dennoch fürchte ich, dass so mancher, der jetzt noch auf diesem Eis wandelt, ertrinken wird, bevor dieser Frühling da ist.«

Bors sah ihn mit seinen blinden Augen an, und seine Miene wurde streng und fordernd, so wie früher, als er ihn in der Jagd unterwiesen hatte. »Dann ist es an dir, Jarok von den Geisterbergen, dafür zu sorgen, dass wir beide nicht zu den Unglücklichen gehören, die im eisigen Wasser untergehen.«

6.

Kurze Zeit später wurde Jarok, der ohnehin keine Ruhe fand, wieder in den Palast befohlen.

»Der Ugir-Schah ist beunruhigt über die Dinge, die in seiner Stadt und seinem Haus vorgehen«, begann Großwesir Aphaskar, der ihn gerufen hatte.

»Haben Asam und Daqur etwa schon gestanden?«

»Wie? Nein, die Befragung hat gerade erst begonnen, Schwertmeister. Allerdings haben wir inzwischen auch ohne ihr Zutun herausgefunden, was die beiden Männer verbindet. Doch betrifft dies Dinge, um die Ihr Euch nicht kümmern müsst.«

»Und … der Magier? Hat Schasur denn inzwischen herausgefunden, wer ihn in seiner Zelle vergiftet hat? Oder hat er eine Spur, die ich weiterverfolgen könnte?«

»Der Bannermeister glaubt inzwischen, dass dieser Zauberer das Gift selbst mit in seine Zelle gebracht hat, also, nein, es gibt keine Spur für Euch, jedoch eine neue Aufgabe. Der Schah ist, wie erwähnt, in Sorge, dass die Feinde ihm so nahe gekommen sind. Er wünscht, dass Ihr von nun an nicht mehr von seiner Seite weicht.«

»Er will mich als persönlichen Leibwächter?«

»Ihr solltet Euch geehrt fühlen, Schwertmeister. Und nun folgt mir.«

Jarok hätte auf diese gefährliche Ehre gerne verzichtet. Er hielt es für gut möglich, dass weitere Attentate auf den Schah versucht wurden – und die Leibwache, also auch er, würde sich dazwischenwerfen müssen. Außerdem betrachtete Weszen inzwischen jeden seiner Halbbrüder als Feind, und wenn je herauskam, dass sie den Vater teilten …

Er wäre bedeutend lieber der Sache mit dem vergifteten Magier nachgegangen, und er wunderte sich über das, was er gerade gehört hatte. Hatte der Bannermeister tatsächlich einen Hinweis, dass der Magier sich selbst das Leben genommen hatte, oder hatte er einfach nur keine andere Spur gefunden und behauptete deshalb, es müsse Selbstmord gewesen sein? Wie sollte der Gefangene das Gift verborgen haben? Er war doch tagelang verhört worden. War Schasur einfach nur zu stolz zuzugeben, dass er nicht weiterkam, oder verheimlichte er etwas? Oder versuchte der Großwesir nur, seinen Rivalen schlecht aussehen zu lassen?

Aphaskar führte Jarok durch mehrere lange Gänge. Irgendwann blieb er stehen, legte Jarok in einer überraschenden Geste die Hand auf die Schulter und sagte: »Ihr seid ein aufrichtiger Mann, Jarok. Aber diese Eigenschaft ist gefährlich in der Nähe eines Mannes, der Aufrichtigkeit fordert, aber sie nicht immer verträgt. Also passt auf Euch auf. Und jetzt kommt, wir sind da.«

Der Großwesir führte ihn in eine Halle, die Jarok noch nie betreten hatte, denn sie grenzte an den Frauenbereich des Palastes. Es gab sogar einen direkten Zugang, leicht zu erkennen an den beiden Eunuchen, die ihn bewachten und die ihre Männlichkeit gegen wirklich prächtige goldene Rüstungen eingetauscht hatten.

Weszen war jedoch nicht dort.

»Es sieht so aus, als müssten wir hier warten, Schwertmeister. Diese Eunuchen würden nicht einmal mich durch diese Tür dort lassen. Und Euch würden sie nicht nur aufhalten, sondern gleich töten, falls Ihr es versuchen solltet.«

Jarok wäre allerdings nicht auf die Idee gekommen, es zu versuchen, erzählte man sich doch in der Garde, dass der Bereich jenseits dieser Tür der mörderischste Teil des Palastes sei, und zwar nicht wegen der gut bewaffneten Eunuchen, sondern wegen Weszens insgesamt fünf Ehefrauen, die dort unter einem Dach lebten und sich angeblich aus tiefstem Herzen hassten. Er fragte sich, wie Caisa, die Tochter des Seebundes, damit zurechtkam. Ihr gebührte ohne Frage eine Sonderstellung, war sie doch die erste und einzige Ehefrau, die dem Schah einen Erben schenken konnte.

»Ihr sagtet, Ihr hättet etwas herausgefunden, über den Tuchhändler und den anderen, Herr?«, fragte er, während sie warteten.

»Neugier ist gefährlich, Meister Jarok.«

»Ich soll den Schah vor Gefahren schützen, Herr. Das kann ich umso besser, je mehr ich weiß.«

Aphaskar lächelte plötzlich. »Ihr seid nicht auf den Kopf gefallen. Euer Argument ist gut, also will ich Euch sagen, was die beiden Männer verbindet. Sie sind Brüder, Halbbrüder vielmehr. Sie teilen denselben Vater, etwas, was sie mit dem bedauerlicherweise verstorbenen Magier gemein haben …«

»Sie sind *Söhne des Padischahs*?«

»Bastarde!«, rief eine kräftige Stimme. Schah Weszen hatte die Halle betreten. Er war aus dem Frauenbereich gekommen und wirkte gereizt. »Machthungrige kleine Bastarde, die nicht mit dem zufrieden waren, was mein Vater ihnen mit auf den Weg gab. Und deshalb müssen sie sterben.«

»Es ist noch nicht erwiesen, dass sie sich miteinander verschworen haben, Hoheit«, entgegnete Aphaskar, »und nach wie vor halte ich es für gefährlich, den Tuchhändler dem Henker zu übergeben. Die Kaufleute der Stadt werden …«

»Sie werden hinnehmen, was immer ich entscheide, so wie stets zuvor. Und es wäre gefährlicher, diese Hunde nicht zu töten. Wollt Ihr meine Feinde etwa ermutigen?«

»Natürlich nicht, Hoheit. Dennoch wäre ein ordentlicher Richterspruch, mag er auch zuvor schon feststehen, weit besser. Beide Männer haben viele Freunde, die es ruhig zu halten gilt.«

»Wenn sie genug Angst haben, werden sie schon ruhig bleiben, diese Freunde. Nein, Aphaskar, ich habe den Fall gründlich bedacht. Diese Männer sind schuldig, allein durch das Blut, das sie in sich tragen. Findet heraus, wer sich noch mit ihnen verschworen hat, dann köpft sie. Und dies ist mein letztes Wort.«

»Wie Ihr befehlt, Hoheit.« Das Gesicht des Großwesirs war wieder zur undurchdringlichen Maske geworden. Er verneigte sich und zog sich zurück.

»Er wird allmählich weich«, meinte Weszen. »Und du? Deinem Gesicht sehe ich an, dass du ihm zustimmst, Jarok.«

»Er ist sehr erfahren, Hoheit«, wich Jarok aus.

»Was ist denn das für eine Antwort vom kühnsten Jäger des Padischahs? Frei heraus, wir sind unter uns, und dann bin ich immer bereit, die Meinung des Mannes zu hören, der mir bereits zweimal das Leben rettete.«

Jarok schluckte. Was konnte er sagen? Das Urteil war himmelschreiendes Unrecht, aber es war nun einmal gefällt, und Weszen würde es seinetwegen bestimmt nicht aufheben. »Ein Gerichtsverfahren würde alle Zweifler verstummen lassen, Hoheit. Es würde das Volk beruhigen.«

Weszens Miene verfinsterte sich. »Das Volk? Was ist das Volk? Eine Herde Schafe, die mit strenger Hand zu führen sind. Sie werden nicht wagen, am Urteil ihres Hirten zu zweifeln! Doch genug davon, wir haben viel zu tun.« Offensichtlich war er doch nicht bereit, eine Meinung zu hören, die der seinen offen widersprach, ganz wie Aphaskar es vorhergesagt hatte.

Den Rest des Tages folgte Jarok dem Ugir-Schah mit vier anderen Gardisten auf Schritt und Tritt. Er stand sich die Beine in den Bauch bei einer endlosen Beratung mit den Großen der Stadt und des Palastes, von denen keiner wagte, nach dem Schicksal des Tuchhändlers zu fragen. Stattdessen ging es um die Unterbringung oder vielmehr Vertreibung der Flüchtlinge, die aus den Dörfern nach Ugir gekommen waren, dann um steigende Weizenpreise, überfällige Getreidelieferungen, schmelzende Silbervorräte und fehlende Schiffe.

Danach folgte eine ebenso langwierige Beratung mit den Heerführern, die sich fast durchweg über Ausrüstung, Zahl und Moral ihrer Männer beklagten, alles verursacht durch eine Knappheit der Mittel. Doch Weszen ließ das nicht gelten: »Es sind Eure Männer, also sorgt für ihre Ausrüstung. Und wenn Ihr daran sparen müsst, dann bringt ihnen wenigstens bei, freudig für ihren Schah zu kämpfen und zu sterben. Macht ihnen klar, dass das die höchste Erfüllung ihres Lebens sein wird! Was waren sie denn vorher? Handwerksburschen, Tagelöhner und heimatlose Bauern in schlechten Lumpen; macht ihnen klar, wie viel ehrenvoller ihr neues Gewand ist!«

Es folgte eine hastig eingenommene Abendmahlzeit für Weszen, bei der seine Bewacher nur zusehen durften, dann eine lange Beratung mit dem Großwesir, bevor Weszen sich in die Frauengemächer zurückzog.

Erst als er vor die große Pforte trat und die frische Nachtluft einatmete, wurde Jarok bewusst, dass Weszen den Palast den ganzen Tag nicht verlassen hatte.

Am nächsten Tag sprachen die drei obersten Richter der Stadt beim Ugir-Schah vor und beschwerten sich, dass sie bei »gewissen Fällen« übergangen worden seien. Jarok fragte sich, ob sie dumm oder mutig waren. Falls Mut sie zu ihrer Beschwerde getrieben hatte, war davon nicht mehr viel übrig, als Weszen sie beschied, es sei doch besser, in gewissen Fällen übergangen als angeklagt zu werden.

Anschließend folgte eine lange geheime Unterredung mit dem Großwesir und Protektor Pelwa, dem Sondergesandten des Seebundes. Selbst die Leibwache durfte nicht hören, was diese drei

Männer zu besprechen hatten, und so langweilte sich Jarok fast drei Stunden vor einer geschlossenen Tür. Er fing an, seine neue Aufgabe zu hassen. Er war ein Jäger, vielleicht sogar ein Blutwolf, gewiss aber kein Wachhund, den man vor einem Hoftor ankettete. Er fing bald an, sich zu wünschen, dass etwas, irgendetwas, geschehen möge.

Sein Wunsch ging in Erfüllung, denn am frühen Nachmittag erschien der Kapitän eines schnellen Seglers mit dringender Botschaft für den Ugir-Schah im Palast. Jarok konnte spüren, dass der Mann wirklich Wichtiges zu melden hatte, aber er wollte ihm nicht sagen, worum es ging, also schickte er ihn widerwillig zu Bannermeister Schasur, denn sein Befehl lautete, die Beratungen unter keinen Umständen zu stören. *So weit ist es also schon gekommen. Ich stehe mir wie ein Pförtner die Beine in den Bauch und wimmele ungebetenen Besuch ab.*

Wenige Minuten später kehrte der Kapitän mit Schasur zurück. *Es muss wirklich wichtig sein,* dachte Jarok und öffnete die Pforte.

Kurz darauf flitzten Boten aus dem Palast, um die Befehlshaber der Stadt zusammenzurufen.

Also gibt es Neuigkeiten vom Krieg und gewiss keine guten.

Schasur winkte ihn in den Saal. »Es werden bald viele Männer hier sein. Wir gehen davon aus, dass sie dem Schah treu ergeben sind – doch können wir uns natürlich auch täuschen. Also haltet die Augen offen!«

Jarok lauschte unauffällig auf die leisen Gespräche zwischen Aphaskar, Protektor Pelwa und Weszen, und nach und nach erriet er, dass die *Sieben,* die sieben Halbbrüder Weszens, im Süden eine beachtliche Streitmacht zusammengebracht hatten und sich anschickten, Ugir anzugreifen.

Als die Generäle und Befehlshaber der Stadt versammelt waren, erteilte Aphaskar dem Kapitän das Wort, der die Neuigkeiten überbracht hatte. Der Mann stand in der Mitte der Halle, drehte verlegen seine einfache Mütze in den Händen und berichtete dann umständlich, was er im Süden gesehen und gehört hatte: »Ich lag in Elagdad vor Anker, um Olivenöl zu laden, als vor der Stadt eine Flotte von vielleicht dreißig Schiffen erschien. Im Hafen erfuhr ich, dass eine gewaltige Streitmacht von Süden heranmarschierte. Die Anführer dieses Heeres nennen sich die Sieben Wahren Skorpione, und sie verlangten vom Stadthalter, dass er ihnen die Tore öffnen solle. Satrap Paschir wird diesem Wunsch folgen. Wie ich hörte, folgt er ihm sogar gerne.«

»Es heißt, dass er das Bett mit Hennara teilt, der Witwe meines geschätzten Bruders Algahil, dem diese Stadt einst untertan war«, warf Weszen gallig ein. »Dieses Weib hasst mich. Es hat den Satrapen gegen mich aufgehetzt, denn ich weiß, dass die Rotten, die entlang unserer Küste die Dörfer plündern, aus Elagdad kommen.«

»Wie stark ist dieses Heer?«, wollte General Ul-Sia, Weszens Oberbefehlshaber, von dem Kapitän wissen.

»Es heißt, es soll fünfzigtausend Köpfe haben, doch konnte ich nicht bleiben, um sie zu zählen, denn der Satrap ordnete die Schließung des Hafens an, und ich kam gerade noch mit der letzten Flut hinaus«, berichtete der Kapitän. »Ich sah ihre Vorhut die Stadt erreichen. Es waren Reiter der südlichen Wüstenstämme, soweit ich das erkennen konnte.«

»Fünfzigtausend? Ich hätte nicht gedacht, dass sie so viele Krieger zusammenbringen«, sagte einer der Generäle, der dafür einen ungnädigen Blick von Weszen empfing. »Ihre Zahl ist kaum von Bedeutung, da ihre Anführer nichts taugen!«, knurrte er.

»Was wisst Ihr noch? Sind die Sieben mit dem Heer nach Elagdad gekommen?«, fragte General Ul-Sia.

»So heißt es, Herr. Ich erfuhr noch, dass sie Botschaften nach Elagir, in die Hauptstadt, sandten. Sie forderten sie auf, ihre Sache zu unterstützen. Doch Elagir hält ihre Tore geschlossen.«

»Diese Stadt ist wie eine ängstliche Jungfrau, die die Sieben nicht in ihren Schoß lässt, weil sie auf den einen, auf mich wartet, auch wenn sie sich jetzt noch ziert!«, rief Weszen.

»Was bedeutet das alles?«, fragte der greise Protektor Pelwa. Er sah übellaunig drein. Jarok nahm an, dass er nicht damit gerechnet hatte, in einen Kriegszug verwickelt zu werden.

»Das bedeutet, dass der Rat der Weisen von Elagir seiner Linie treu bleibt, Euer Gnaden«, erklärte Aphaskar. »Wie Ihr sicher wisst, hat diese Stadt geschworen, den Pfauenthron zu verteidigen, bis ihn ein neuer, unangefochtener Erbe für sich in Anspruch nimmt.«

»Wir können es auch anders ausdrücken«, höhnte Weszen, »diese Feiglinge verschanzen sich hinter ihren Mauern, bis der Krieg entschieden und nur noch ein Prinz übrig ist. Aber ich werde sie schon bald dazu zwingen, mir den Weg zum Thron zu öffnen.«

»Wenigstens verweigern sie sich auch den Sieben«, meinte General Ul-Sia, Weszens Heerführer. »Doch was sind deren Pläne?«

»Es heißt, sie wollen nach Ugir ziehen, um die Stadt zu erobern, Herr«, berichtete der Kapitän.

Der General lachte und schüttelte den Kopf. »Mit fünfzigtausend Mann? Wie wollen sie das anstellen? Die Mauern von Ugir sind stark und gut besetzt. Mehr als eine halbe Million Menschen sind bereit, diese Stadt zu verteidigen. Und sie können uns nicht vom Nachschub über See abschneiden, nicht mit gerade einmal dreißig Schiffen.«

Jarok spürte, dass die meisten der Anwesenden mit dem General einer Meinung waren. Auch ihm selbst kamen fünfzigtausend Mann nicht sehr viel vor, angesichts der Hunderttausenden, die in Ugir lebten.

»Es heißt, sie verfügten über große Belagerungsgeschütze, Herr«, berichtete der Kapitän.

»Habt Ihr sie gesehen?«

»Nein, Herr.«

»Dann existieren sie vielleicht gar nicht«, rief Ul-Sia.

»Sie würden sich nicht herwagen, wenn sie die Geschütze nicht hätten, General«, rief Weszen und fuhr fort: »Ich habe auf meinem Feldzug in Saam selbst mit ansehen müssen, wie die Bombarden des Seebundes aus einer angeblich unbezwingbaren Festung einen Trümmerhaufen gemacht haben. Und wenn Ugir erst in Brand geschossen ist, werden uns die vielen Bewohner eher ein Hindernis als eine Hilfe sein.«

»Der Ugir-Schah hat Recht«, sagte Aphaskar. »Wir müssen uns auf eine verlustreiche Belagerung vorbereiten. Wir brauchen Feuerwachen und sollten Wasservorräte anle…«

»Nichts dergleichen«, unterbrach ihn Weszen scharf. »Wir werden diesen Kakerlaken entgegenziehen und sie zertreten.«

Einen Augenblick herrschte verblüfftes Schweigen, dann sagte General Ul-Sia langsam: »Herr, ich habe zwar gesagt, dass wir genug Männer haben, die Stadt zu verteidigen, doch ist eine offene Feldschlacht etwas anderes. Wir werden dafür bei weitem nicht genug Krieger zusammenbekommen.«

»Wie viele?«, fragte Weszen.

»Wenn wir nur die notwendigste Besatzung für die Mauern von Ugir zurücklassen, dann bekommen wir zehn-, vielleicht zwölftausend Männer zusammen. Und Reiterei ist kaum darunter.«

Weszen starrte kurz auf die kalten Marmorplatten. Dann hob er den Kopf und verkündete: »Das sind mehr als genug. Denn merkt Euch, Ul-Sia, nicht auf die Stärke des Leibes, sondern auf die Klugheit des Kopfes kommt es an.«

»Das ist wahr, Herr«, erwiderte der General, »doch leider verfügt auch der Feind mit Prinz Harat über wenigstens einen Feldherrn, der schon viele Siege errungen hat.«

»Ihr seht nicht, was ich sehe, Ul-Sia. Hier bietet sich die Möglichkeit, diesen Krieg auf einen Schlag zu beenden! Wann sonst werden wir das Glück haben, alle sieben Kakerlaken an einem Ort anzutreffen?«

»Das ist ein gutes Argument«, erklärte der Großwesir, dem die Zweifel in den Mienen der Heerführer nicht entgangen sein konnten. »Die Generäle und Bannermeister sollten gehen und unsere Truppen vorbereiten, während wir hier weiter am siegbringenden Plan arbeiten werden.«

»Der Plan muss wirklich gut geraten, wenn Ihr eine fünffache Übermacht schlagen wollt, Hoheit«, meinte Protektor Pelwa trocken, als die Unterführer gegangen waren. »Ich hoffe, Ihr rechnet nicht damit, dass wir Soldaten bringen. Unser Bündnis erstreckt sich nur auf die See.«

»Ich weiß, dass der Seebund sich nicht an Land wagt«, meinte Weszen mit hörbarer Geringschätzung, »doch erwarte ich, dass Ihr uns vom Meer her Unterstützung gewährt.«

»Wir werden es in Erwägung ziehen«, lautete die kühle Antwort. »Unsere Flotte befindet sich noch im Wiederaufbau nach jenem verheerenden Sturm vor einem Jahr, der uns so viele Männer und Schiffe gekostet hat. Ich werde jedoch sofort Botschaft nach Frialis schicken.«

»Schickt sie besser nach Terebin und Filgan«, meinte Weszen. »Zufällig weiß ich, dass dort einige Galeeren und Galeassen liegen.«

Der Protektor starrte den Schah missmutig an. »Ich bezweifle, dass sie schon für die Schlacht gerüstet sind, aber ich werde auch Botenschiffe dorthin schicken.«

»Wenn wir auf eine Flotte aus Frialis warten, brauchen wir den Sieben nicht entgegenzuziehen«, meinte Ul-Sia trocken, kaum dass der Gesandte die Beratung verlassen hatte. »Wie viele Schiffe können wir denn selbst aufbringen?«

»Wir haben nur drei Galeeren, außerdem noch einige schnelle Dhaus, die für die Kaperfahrt gebaut wurden«, erklärte der

Flottenmeister der Stadt. »Es sind nicht genug, um es mit einer Flotte von dreißig Schiffen aufzunehmen.«

Weszen starrte wieder düster vor sich hin. Plötzlich sprang er jedoch auf, und seine Augen leuchteten. »Euer Mut ist schwach, schwächer noch als eure Kenntnis des Landes, das wir dazu bringen werden, sich auf unsere Seite zu schlagen. Aphaskar, schickt nach Meister Enart. Ich selbst werde uns derweil Unterstützung von anderer Seite sichern.« Mit diesen Worten stürmte der Schah aus dem Saal, und Jarok und die anderen Gardisten hatten Mühe, ihm zu folgen.

Jarok wusste, dass Enart der Oberste der Bruderschaft des Sandes war. Dachte Weszen daran, mit Magie in den Kampf zu ziehen? Das war seit vielen Jahren verboten, und er konnte sich nicht vorstellen, dass die Sandmeister sich darauf einlassen würden. Ein Orden, der gegen dieses Verbot verstieß, würde geächtet und von allen anderen Zauberbünden bekämpft werden. Weszen musste das doch wissen. Und doch wirkte er zuversichtlich. Eigentlich war es das erste Mal, dass Jarok ihn so voll Tatendrang erlebte.

Verblüfft stellte er fest, dass Weszen sie zum Kerker führte. Erwartete er etwa, hier Verbündete zu finden? Weszen befahl den übrigen Gardisten zurückzubleiben und erlaubte allein Jarok, ihn zu begleiten.

Sie stiegen immer tiefer in den Kerker hinab, bis in Regionen, von denen Jarok gar nicht gewusst hatte, dass sie existierten. Es wurde immer stiller. Jarok hörte irgendwann seinen eigenen Atem. Diese düsteren Kammern wirkten im wahrsten Sinne des Wortes bedrückend. Schließlich wurde auf Weszens Verlangen eine besonders schwere Pforte für sie entriegelt, eine Pforte, deren Innenseite mit vielen magischen Zeichen bedeckt war.

»Was ist das für ein Ort?«, fragte Jarok.

Aber er erhielt keine Antwort. Er hörte einen Schmiedehammer und das Knarren eines Blasebalgs aus einer der Zellen, an denen sie vorüberkamen. Und als er durch ein kleines Gitterfenster hineinblickte, sah er einen sehr klein gewachsenen Mann in Ketten, der im Schweiße seines Angesichts glühenden Stahl hämmerte. Schwerer Rauch hing in der Kammer, aber eigentlich hätte es viel mehr sein müssen. Er schien wie von Zauberhand durch die Decke zu verschwinden.

Weszen war nicht stehen geblieben, und Jarok musste sich beeilen, um ihn einzuholen. Sie erreichten eine weitere Zelle, die ein Wärter umständlich aufschloss. Weszen nahm dem Mann die Fackel aus der Hand und leuchtete in die niedrige Zelle.

Jarok erkannte den Mann, der dort in schweren Ketten auf dem Boden kauerte, sofort wieder. Es war der, der den Magier für sie aufgespürt hatte.

»Ich grüße Euch, Meister Ured«, rief Weszen mit höhnischer Freundlichkeit.

»Ich werde Euch töten, Weszen«, kam es nach einer langen Stille heiser zurück, »töten für das, was Ihr meiner Frau angetan habt.«

»Ihr würdet wieder scheitern, Meister Ured. Und bedenkt das Schicksal Eurer Töchter. Sollen sie auch den Kopf verlieren, wie ihre Mutter?«

»Was wollt Ihr, Ungeheuer?«, lautete die leise Antwort.

»Ich will Euch ein Geschäft vorschlagen. Ihr helft mir in einer schwierigen Angelegenheit. Als Gegenleistung werde ich Eure Töchter freilassen.«

»Sie leben?«

»Es geht Ihnen gut. Ihr werdet sie sogar sehen dürfen, bevor wir die Stadt verlassen.«

Wieder blieb der Gefangene lange still. »Habe ich Euer Wort, Weszen?«, fragte er schließlich. Jarok hatte nie zuvor aus einem Satz so viel verzweifelte Hoffnung herausgehört.

»Ihr habt mein Wort, Meister Ured. So wahr ich Prinz Weszen, Schah von Ugir bin – Eure Töchter werden diesen Palast frei und in bester Gesundheit verlassen, sobald Ihr getan habt, was ich verlange.«

»Und was verlangt Ihr?«

»Nun, Ihr seid ein Meister des Wassers, der mächtigste, den die Welt kennt. Ihr werdet ein wenig Wasser für mich zähmen.«

»Wann kann ich meine Töchter ...«

»Schon bald, Ured. Ich rate Euch aber, mich bei den kommenden Aufgaben nicht zu enttäuschen. Eure Töchter würden es bitter büßen.«

Damit verließ Weszen die Zelle wieder. Der Wächter verschloss die Pforte umständlich, und Jarok glaubte, über dem Rasseln der Schlüssel ein leises Stöhnen zu hören. Aber dann erklang wieder der Hammer des Schmiedes. Jarok hätte gerne mehr über die beiden Gefangenen gewusst, vor allem, warum der Ugir-Schah diesen Meister Ured derart quälte, aber es war klar, dass er Weszen nicht fragen konnte. Er war froh, als sie den Kerker wieder verlassen hatten.

Bis spät in die Nacht beriet sich Weszen dann mit Aphaskar und General Ul-Sia unter strenger Geheimhaltung – und ohne Leibwächter, so dass Jarok nicht mehr von den Plänen erfuhr, die die drei entwickelten. Wieder stand er sich vor der Tür die Beine in den Bauch. Anscheinend sollten die Sandbrüder jedoch wirklich eine Rolle darin spielen, denn Enart, ihr oberster Meister, wurde ebenfalls zu diesen Beratungen hinzugezogen. Er blieb nur kurze Zeit in der Ratskammer, eine Zeit, die gleichwohl ausreichte, den Schah laut und wütend werden zu lassen. Als Meister Enart die Kammer wieder verließ, sah er nicht sehr glücklich aus.

»Sieh an, wer hier über unseren Herrn wacht ...« Scharmeister Alseq, der Befehlshaber der Zweiten Schar, kam aus einem der Gänge geschlendert.

Jarok würdigte ihn keiner Antwort.

»Es sind eigenartige Zeiten, wenn sie jetzt schon Damater über das künftige Oberhaupt von Oramar wachen lassen.« Alseqs Gehässigkeit war schwer zu überhören, und es schien ihn nicht zu kümmern, dass der zweite Gardist, der vor der Pforte wachte, ihnen zuhörte.

»Der Ugir-Schah wählt die Männer nach ihrer Zuverlässigkeit, nicht nach ihrer Herkunft, Alseq«, gab Jarok zurück.

Der Scharmeister trat nah an ihn heran. »Ihn kannst du vielleicht täuschen, Fremdling, aber mich nicht. Ich traue dir nicht. Du bist nicht aus Oramar, nicht aus Ugir, und du bist nicht durch die Schule der Leibwächter gegangen. Ich werde dich im Auge behalten, hörst du, ich werde dich im Auge behalten.«

»Wenn du wirklich nichts Besseres zu tun hast, Alseq …«

Der Scharmeister schnaubte verächtlich und ließ ihn stehen. Jarok warf einen unauffälligen Blick hinüber zur anderen Wache. Aber die starrte stur geradeaus, als hätte sie nichts gehört.

Kurz darauf tauchte Brakas auf und brachte ihm kaltes Huhn und Wein. »Na, wie ist es so, den Pförtner für den Schah zu geben?«, fragte er spöttisch.

Jarok antwortete mit einem Achselzucken. Er teilte das Essen mit der anderen Wache und erwähnte Alseqs Besuch nicht. Er spürte eine innere Unruhe, aber nicht wegen des Scharmeisters. Ihn trieb das seltsame Gefühl um, dringend etwas erledigen zu müssen, aber er hatte keine Ahnung, was das sein könnte.

»Es heißt, wir ziehen in den Krieg«, meinte Brakas, der ihm beim Essen zusah.

»Kann gut sein.«

»Es heißt auch, dass wir alle dabei draufgehen werden.«

»Möglich.«

»Mann, bin ich froh, dass ich nicht deine Laune habe«, knurrte der Westgarther schließlich.

»Du kannst dir doch denken, dass alles, was dort drin besprochen wird, geheim ist. Ich kann es dir nicht sagen«, rechtfertigte sich Jarok.

Brakas schüttelte den Kopf. »Du nimmst die Sache wieder viel zu ernst, wie immer.«

»Was erwartest du, dass ich hier singe und tanze?«

»Um der Götter willen, erspare uns das. Eigentlich wollte ich dich ja fragen, ob du irgendetwas brauchst.«

Jarok seufzte. »Ich hätte nichts dagegen einzuwenden, wenn ich bald abgelöst würde. Es wird schon bald Morgen, und ich würde gerne nach Hrima und Bors sehen.«

»Ich werde unseren geschätzten Bannermeister fragen, ob ich dich ablösen kann. Falls er sich stur stellt, werde ich für dich nach deinem Vogel sehen.«

Aber Schasur erlaubte eine Ablösung, und so fand Jarok Gelegenheit, Hrima im Morgengrauen mit frischer Leber zu füttern. »Es kann gut sein, dass ich für einige Tage fort bin, meine Schöne. Du wirst also auf das angewiesen sein, was du selbst schlägst. Doch tu mir den Gefallen und verschone die Hühner dieses Priesters.«

Hrima antwortete mit einem leisen Schrei, als hätte sie ihn verstanden, dann breitete sie ihre Schwingen aus und stieg in den Morgenhimmel auf. Bald war sie wieder nur ein schwarzer Punkt hoch über der Stadt.

»Man hört, dass es Krieg gibt«, meinte der alte Bors, als sie gemeinsam frühstückten.

»Den Krieg gibt es schon seit Jahren, aber jetzt scheint er Ugir besuchen zu wollen.«

»Du bist manchmal ein ganz schöner Haarspalter, mein Junge.«

»Wie? Tut mir leid, Bors. Die Sache ist die, dass ich eine Menge Dinge gehört habe, und vieles davon ist geheim. Ich weiß also gar nicht genau, was ich dir erzählen darf und was nicht.«

»Die liebliche Artha jedenfalls wusste zu berichten, dass der Feind praktisch schon vor den Toren steht und bald plündernd durch die Straßen ziehen wird.«

»Sag unserer Vermieterin, dass der Feind im Augenblick noch in Elagdad steht – und das ist viele Wegstunden entfernt. Und selbst wenn er vor unseren Mauern stünde, so wäre sie doch in deinen Armen vor jedem Feind sicher.«

»Das werde ich ihr ausrichten«, rief Bors mit leisem Lachen.

»Sag ihr weiter, dass der Feind nicht sehr zahlreich ist. Die tapferen Männer von Ugir werden die Mauern leicht gegen ihn verteidigen können.«

»Es sei denn, es gibt wieder ein Erdbeben«, meinte der Alte skeptisch.

Das brachte Jarok zu einer Frage, mit der er sich bisher nicht beschäftigt hatte: Der Feind war wirklich nicht zahlreich genug, die Mauern zu erstürmen. Hatte er vielleicht noch etwas in der Hinterhand, wovon sie nichts wussten? Hatte er vielleicht nicht nur mächtige Bombarden, sondern noch mächtigere Zauberer in seinen Reihen, um die Wälle zu sprengen? Weszen schien daran zu denken, Magie in der Schlacht einzusetzen, auch wenn die Große Übereinkunft das verboten hatte. Waren die Sieben vielleicht ebenfalls bereit, diese heilige Vereinbarung zu brechen?

Nachdem er drei – viel zu kurze – Stunden geruht hatte, begab sich Jarok ins Herzviertel. Beim Aufwachen war ihm endlich eingefallen, was er unbedingt zu erledigen hatte: Er musste den Puppenspieler aufsuchen. Hesek hatte ihm gesagt, dass der Mann ihm helfen könne – und er wollte herausfinden, welcher Art diese Hilfe sein würde.

Er fand den Alten an einem kleinen Platz am Rande des Alten Suks. Wieder spielte er das Stück über die Heldentaten des Prinzen Weszen, der der Gefangenschaft beim Seebund mit einer Braut im Arm entronnen war. Allerdings war sein Publikum nicht zahlreich. In der ganzen Stadt sprach man von nichts anderem als von dem bevorstehenden Angriff der Sieben, und das Heer, das gegen die Stadt zog, schien mit jedem Gespräch anzuwachsen, das darüber geführt wurde. Schon sprach man von hunderttausend Kriegern, die mit tausend Geschützen und einer riesigen Flotte über Ugir kommen würden. So hatte der Puppenspieler nur ein paar Kinder als Zuschauer, und der Hut, mit dem er nach der Vorstellung herumging, blieb beinahe leer.

Jarok, der nicht groß auf das Spiel geachtet hatte, gab ihm einige Münzen, und als der Alte seine Puppen für die nächste Aufführung vorbereitete, ging er zu ihm.

»Habt Ihr noch eine Frage, mein Freund?«, erkundigte der Alte sich freundlich.

»In der Tat. Ein Freund riet mir, Euch nach dem Geheimnis des Lichts zu fragen.«

Die Augen des Alten leuchteten kaum wahrnehmbar auf. Dann erwiderte er leise: »Es weckt die Schatten.«

Jarok schluckte. Er trat unwillkürlich einen Schritt zurück. Er betrachtete den Alten, als sähe er ihn zum ersten Mal. Der Mann war weder groß noch kräftig, gleichwohl erkannte Jarok jetzt, bei näherem Hinsehen, dass sein Körper trotz seines Alters drahtig wirkte und seine Bewegungen geschmeidig waren. »Ihr seid … ein *Schatten?*«

Der Alte lächelte. »Das habe ich nicht gesagt, Meister Jarok«, erwiderte er.

»Und Ihr kennt meinen Namen!«

»Ihr seid kein Unbekannter in dieser Stadt, Jarok von den Blutwölfen – auch wenn Ihr nun die Rüstung der Leibwache tragt. Und der Freund, von dem ich annehme, dass er Euch zu mir schickte, hat Euch erwähnt.«

»Aber – was *tut* Ihr hier?«, entfuhr es Jarok.

»Ich bin Iwar der Puppenspieler und unterhalte mein Publikum mit Märchen«, lautete die schlichte Antwort. »Und ich bin hier, falls die Hilfe meiner Bruderschaft gesucht wird – so wie in Eurem Fall.«

Jarok schüttelte den Kopf. »Nein, ich will Eure Hilfe nicht.

Nicht, nachdem ich weiß, wer Ihr seid. Es gibt niemandem, dem ich die Schatten auf den Hals hetzen will!«

Der Alte blieb freundlich. »Das mag sich ändern, Blutwolf, das mag sich ändern. Auch sind unsere Klingen nicht das Einzige, womit wir helfen können. Nach allem, was unser gemeinsamer Freund andeutete, schwebt Ihr in großer Gefahr, Meister Jarok. Falls Ihr also eines Tages Hilfe brauchen solltet, um zum Beispiel aus Ugir zu verschwinden, so kommt zu mir.«

»Verschwinden? Das ist doch …« Aber Jarok beendete den Satz nicht. Dieser Meister Iwar hatte Recht. Er war in Gefahr, solange Weszen jeden Bastardsohn des alten Padischahs für eine Bedrohung hielt. Und er hatte doch selbst schon an Flucht gedacht.

»Ich sehe, Ihr seid noch nicht bereit. Kommt zu mir, wenn Ihr so weit seid. Und achtet auf Euch, wenn Ihr nun bald in die Schlacht zieht.«

»Woher …?«

»Ich bitte Euch … das pfeifen doch die Spatzen von den Dächern. Und nun entschuldigt mich. Das Publikum dürstet nach der Geschichte von den Heldentaten des edlen Weszen …«

Jarok wusste nicht, was er davon halten sollte. Dieser Iwar war also ein Mann der Schatten? Vermutlich war er nur ein Mittler, denn irgendwie stellte Jarok sich die Mörder dieser berüchtigten Bruderschaft jünger vor. Hesek – oder wohl eher seine Mutter – hatten also Vorbereitungen für seine Flucht getroffen. Aber Flucht wohin? Nach Damatien? Was sollte er dort? Sich Prinz Baran anschließen? Sich ganz zum Werkzeug der irrwitzigen Pläne seiner Mutter machen lassen? Nein, da war er doch in Ugir besser aufgehoben.

Er begab sich in den Palast, um endlich aus zuverlässiger Quelle zu erfahren, welche Pläne der Schah und seine Berater in der Nacht geschmiedet hatten. Schon am Haupttor erfuhr er, dass der Ugir-Schah nach ihm geschickt hatte, was er für kein gutes Zeichen hielt.

Weszen erwartete ihn in der Kammer, die an den Frauenbereich angrenzte, und Caisa, die Mutter seines einzigen Kindes, war bei ihm.

»Ah, Jarok, endlich! Ich habe dich vermisst, mein Freund, und ich hoffe, du verzeihst mir, dass ich nicht daran dachte, dass auch ein Jäger gelegentlich etwas Schlaf braucht.«

Jarok verneigte sich stumm. Weszen schien bester Laune zu sein, und das irritierte ihn.

»Ich habe etwas für dich, hier, sieh nur. Er scheint mir wie gemacht für dich.« Der Schah winkte einen der Gardisten heran, der ihm etwas übergab, das in ein Antilopenfell gehüllt war. Er reichte es an Jarok weiter. »Auf jeden Fall wüsste ich keine würdigeren Hände für dieses Werkzeug …«

Jarok verneigte sich wieder, schlug das Fell zurück und entdeckte Heseks damatischen Bogen. »Für mich?«, fragte er verblüfft.

Weszen lachte. »Wie ein Kind, das Geschenke bekommt! Habe ich es nicht gesagt, Liebste? Er freut sich mehr darüber als über eine Schale voll Silber, die du im Sinn hattest. Na, was sagst du, Jarok?«

Jaroks Hand strich über das rote Holz. Es war wirklich eine schöne Arbeit, und nun hatte er auch Zeit, sie zu würdigen. Die Arme des Bogens waren perfekt ausbalanciert, sein Holz glänzte matt mit einem tiefroten Schimmer, und er lag in seiner Hand, als sei er für ihn gemacht. »Aber wie …«

Wieder lachte Weszen. »Siehst du, Caisa? Er versteht gar nicht, wie gering dieses Geschenk ist, im Vergleich zu dem, was er mir schenkte.«

Und während Jaroks Blick immer noch verständnislos vom Bogen zu Weszen und zurück wanderte, erklärte Caisa mit sanfter Stimme: »Ihr habt meinen Gemahl gerettet, das zweite Mal schon, und so habt Ihr ihm und mir viele Jahre seines Lebens geschenkt. Nehmt diesen Bogen als bescheidenes Zeichen unserer Dankbarkeit, Jarok Blutwolf.« Sie blickte ihn an, und Jarok dachte, dass ihr Blick nicht ganz so warm wie ihre Worte war. Täuschte er sich, oder war sie nicht ganz so erfreut, wie sie sagte? Nein, das hatte er sich wohl nur eingebildet. Er verbeugte sich stumm, weil er nicht wusste, was er sagen sollte.

»Jarok Blutwolf? Das ist zwar nicht sein Name, aber er gefällt mir, Liebste!«, dröhnte Weszen. »Doch genug davon. Bewahre ihn gut, Jarok. Ich weiß, dass ihr Damater diese edlen Waffen nur für die Jagd benutzt, doch bitte ich dich, ihn auch morgen mitzunehmen.«

»Morgen, Hoheit?«

»Wir gehen auf einen besonderen Jagdzug, mein Freund. Sieben Prinzen gilt es zu erlegen. Und ich erwarte, dass dieser edle Bogen und sein Träger ihren Teil dazu beitragen.«

»Sehr wohl, Hoheit.«

Die Entscheidung war also gefallen. Es war seinen Beratern nicht gelungen, Weszen von dem irrwitzigen Plan abzubringen, dem Feind entgegenzuziehen.

Jarok folgte dem Ugir-Schah für den Rest des Tages und bis spät in die Nacht. Er war erstaunt, mit wie viel Hingabe sich Weszen um die Vorbereitung des Feldzuges kümmerte. Er inspizierte die Ställe und die Zeughäuser, gab den Proviantmeistern genaue Anweisungen, welcher Art der Proviant zu sein hatte und wie viele Wagen sie für den Transport brauchen würden, schrieb Befehle für die berittene Vorhut, die schon am Abend aufbrechen würde, um den Weg zu erkunden, und schärfte seinen Stellvertretern für die Zeit seiner Abwesenheit ein, wie sie die Wachen einzuteilen und die Mauern zu besetzen hatten.

Er hatte Aphaskar dazu bestimmt, die Stadt während des Feldzuges zu führen. »Ich weiß, dass ich mich auf Euch verlassen kann, denn Ihr habt die Stadt schon einmal in Zeiten meiner Abwesenheit gut geführt, Großwesir.«

»Ich werde Euch nicht enttäuschen, Hoheit«, versicherte Aphaskar mit einer an Gleichmut grenzenden Gelassenheit.

Später bat der Großwesir Jarok zu sich. »Ich bin besorgt um den Schah, Schwertmeister«, begann er, »doch fürchte ich nicht seinen Tod in der Schlacht. Er ist ein Stier, und wer ihn von vorne angreift, kann nicht gewinnen. Die wahre Gefahr liegt in seinem Rücken, in schmutzigem Verrat.«

»Habt Ihr einen Verdacht, Herr?«

»Nein, den habe ich nicht. Doch ich sehe, dass der Feind zu wenige Männer hat, um eine Stadt wie Ugir zu erstürmen oder auszuhungern, doch genug, um die Stadt zu sichern, sollte dem Ugir-Schah etwas zustoßen … Und ich fürchte, es lauern unsichtbare Feinde im Hinterhalt. Also haltet die Augen auf, Jarok, und vor allem achtet auf jene, die immer in Weszens Nähe sind!« Und dabei warf ihm der Großwesir einen Blick zu, den er nicht deuten konnte.

Aphaskars Warnung erschien Jarok einleuchtend, aber umso zweideutiger, je länger er darüber nachdachte. War es nicht Sache des Großwesirs, dem Schah den Rücken freizuhalten? Für einen Augenblick glaubte Jarok, dass der Großwesir vielleicht die Gelegenheit nutzen wollte, selbst die Macht an sich zu reißen. *Nein, dann hätte er gewiss nicht gesagt, was er gesagt hat.* Aphaskar hatte ja schon einmal treu die Stadt für Weszen geführt, als dieser lange in der Fremde gekämpft hatte und dann in Gefangenschaft geraten war. Aphaskar war wohl einfach nur besorgt wegen der Feinde, die aus dem Verborgenen Weszen nach dem Leben trachteten. Ein Angriff von jemandem aus der nächsten Umgebung des Schahs? Wen meinte er?

Wenigstens hatte der Wesir keine Ahnung, dass auch Jaroks Mutter zu diesen Feinden zählte und dass er gerade einem Bastardsohn des Padischahs Weszens Sicherheit ans Herz gelegt hatte.

»Komm bloß nicht auf den Gedanken, dich umbringen zu lassen«, meinte Bors, als er ihm spätabends erzählte, dass sie am nächsten Morgen in den Krieg ziehen würden.

»Ich werde mich bemühen«, meinte Jarok. Er war unruhig; es

war fast wie früher, am Vorabend einer großen Jagd. Nur dass dieses Mal noch nicht entschieden war, wer Jäger und wer Beute sein würde.

»Aber, sag, was hast du da mitgebracht? Ich rieche etwas, das mich an die Jagd erinnert.«

Jarok gab ihm den Bogen.

»Ah, was für eine wundervolle Arbeit!«, rief der Alte und ließ seine großen Hände sanft über die geschwungenen Formen des Bogens gleiten. »Ich glaube, selbst dein berühmter Großvater aus den Geisterbergen kann keinen besseren besessen haben. Ich hoffe, du entehrst ihn nicht, indem du damit Jagd auf Menschen machst …«

»Es sieht aus, als würde mir nichts anderes übrig bleiben, Bors. Weszen hat mich ausdrücklich gebeten, diesen Bogen in der Schlacht zu benutzen.«

»Es ist eine Schande. Aber eigentlich darf ich mich nicht wundern. Dieser Prinz hatte noch nie Sinn für die edlen Seiten der Jagd. Ihm war es doch gleich, wie die Beute gestellt wurde, Hauptsache, er konnte am Ende seine Hände in ihr Blut tauchen. Und wehe, die Pirsch dauerte zu lange … nein, dieser Prinz ist kein edler Jäger.«

»Aber er ist Herr dieser Stadt, und es ist nicht leicht, ihm einen Wunsch abzuschlagen.«

»Ich verstehe, mein Junge, aber eine Schande ist es trotzdem«, sagte Bors seufzend und dann: »Kann ich ihn noch eine Weile in meinen Händen halten? Es erinnert mich an bessere Zeiten.«

»Natürlich, alter Freund. Ich will ohnehin noch einmal zu Hrima hinauf.«

»Das dachte ich mir. Aber bevor du zu ihr gehst, tu mir doch den Gefallen und besuche vorher die schöne Artha. Sie hat nämlich heute schon dreimal nach dir gefragt, mein Junge.«

»Hat sie auch gesagt, was sie will?«

»Nein, aber ich nehme an, sie möchte ihrem Helden viel Glück für die Schlacht wünschen …«, sagte Bors mit einem Zwinkern seiner blinden Augen.

Also stieg Jarok die schmale Treppe hinab und klopfte an die rote Haustür der Frau, die ihnen nicht nur die Wohnung vermietete, sondern ihnen auch seit fünf Jahren den Haushalt besorgte.

»Ah, Ihr seid es, Meister Jarok«, rief Artha, als sie die Tür öffnete. Ihre braunen Augen leuchteten. Sie war eine Frau von schwer bestimmbarem Alter, aber Jarok glaubte, dass sie drei oder vier Jahre älter war als er selbst. Sie hatte sich ein buntes Tuch um die widerspenstigen Locken gelegt, vielleicht, um ihm zu gefallen, so wie sie auch ihre hellbraunen Augen mit reichlich Khol betont hatte.

»Bors sagte, dass Ihr nach mir gefragt habt …«

»Ganz recht, Meister Jarok, ganz recht. Es ist so, dass die ganze Stadt schon weiß, dass die Männer morgen in den Krieg ziehen, und das ist furchtbar. Seit Jahren führen diese Prinzen nun schon Krieg, und keiner kann ihn gewinnen. Warum hören sie nicht einfach auf damit? Sehen sie nicht, was sie anrichten? Die Turmküste – verwüstet! Das fruchtbare Tal des Nerdil – verlassen! Und weswegen? Weil sie sich nicht einigen können, wer seinen Hintern auf diesen Thron setzen darf!«

»Da habt Ihr wahr gesprochen, Artha.«

»Ihr seid immer so verständnisvoll, Jarok. Und wie rührend Ihr Euch um den alten Querkopf da oben kümmert! Und nun zieht Ihr in den Krieg und … und …«

»Ja?«, fragte er, als sie stockte.

»Es ist wegen der Außenstände«, platzte sie schließlich heraus.

»Außenstände?«

»Nun, die Miete, das Essen, das Kochen, das Waschen und Putzen. Wir hatten vereinbart, dass Ihr vier Para pro Tag zahlt, an dem ich für Euch und Euren Freund Bors sorge, und diesen Monat habt Ihr noch nicht gezahlt …«

»Ich habe doch den Monat im Voraus beglichen.«

»Das ist wahr, doch ist er bald zu Ende, und nun zieht ihr in die Schlacht, und man weiß nicht, wie das ausgeht. Falls Ihr nun aber nicht zurückkehren solltet …«

Jarok unterdrückte mühsam ein Lachen. Er zog seinen Beutel und zählte der Frau einige Münzen in die Hand. »Dies sollte für die nächsten drei Monate reichen, gute Artha. Verzeiht, dass ich nicht an Eure Mühen dachte.«

»Oh, so sind sie nun einmal, die Männer. Ziehen in den Krieg und vergessen, die wichtigsten Angelegenheiten zu regeln.« Plötzlich griff sie nach seiner Hand und sah ihm tief in die Augen. »Aber Ihr kommt doch zurück, nicht wahr?«

Er versprach es hoch und heilig und hatte doch einige Mühe, seine Hand aus der ihren zu befreien.

Dann endlich konnte er zum Opferturm hinübergehen, um nach Hrima zu sehen. Das Eisgreifweibchen schlummerte schon in seinem Nest, und er zögerte, es zu wecken. Er blieb eine Weile auf dem Turm und blickte über die große Stadt. In der Nachbarschaft hatten sich die Menschen, wie in Ugir üblich, auf den Dächern versammelt, um die Abkühlung des Sommerabends zu genießen, und der Schein vieler Feuer erhellte die Nacht. Er hörte Lachen, und von irgendwoher wehten Fetzen eines melancholischen Liebesliedes heran. Für einen Augenblick deutete nichts darauf hin, dass morgen viele Söhne dieser Stadt in den Krieg ziehen würden, aber dann drang doch das Echo hundertfachen Marschtritts durch die engen Gassen. Irgendwo ganz in der Nähe marschierte wohl eine Schar Speerträger zum Palast.

Hrima erwachte. Sie stieß einen leisen Ruf aus und hüpfte dann auf seine ausgestreckte Hand. Er fütterte sie mit ein paar kleinen Stückchen Fleisch. »Morgen verlasse ich die Stadt für ein paar Tage, meine Schöne, doch möchte ich, dass du hierbleibst. Denn es ist keine Jagd, zu der ich aufbreche. Es geht in den Krieg, und es wird Pfeile, Speere und anderen Geschosse regnen. Da ist kein Platz für einen Eisgreifen.« *Und für einen Jäger auch nicht,* dachte er.

Hrima stieß wieder einige ihrer kurzen, immer leicht klagend klingenden Rufe aus, dann hüpfte sie zurück in ihr Nest. Bald war ihr Kopf wieder unter einem Flügel verschwunden. Sie war verständig, aber sie war auch anhänglich und stur. Jarok konnte eigentlich nur hoffen, dass sie ihm nicht in die Schlacht folgen würde.

7.

Kurz vor dem Morgengrauen rückten die Reiter aus. In einer langen Zweierreihe zogen sie durch das Tor der Palastmauer, gerade als Jarok dort ankam. Die Hufe der Pferde dröhnten laut über das Pflaster. Es musste in der halben Stadt zu hören sein.

Brakas erwartete ihn dort. »Ah, Jarok, sieh nur, es geht los!«

»Was sind das für Reiter?«

»Wüstenreiter, aber frage mich nicht nach dem Namen ihres Stammes. Sie sollen die Küstenstraße erkunden und sicherstellen, dass dort keine unliebsamen Überraschungen auf uns warten.«

»Und wann brechen wir auf?«

»Im Morgengrauen, also eigentlich jetzt. Sieh nur, die Hundertschaften und Tausendschaften sind schon versammelt. Eigentlich stehen sie schon seit einer Stunde hier herum. Aber ich nehme an, dass Weszen die Stadt beim Licht der ersten Sonnenstrahlen verlassen will. Was wäre das für ein Auszug, wenn die Stadt ihren Helden nicht zu sehen bekäme?«

Jarok gähnte. Es war ein kühler Morgen, typisch für Ugir, und die Stadt erwachte mit der ihr eigenen Frische, die schon bald verflogen sein würde. Ihn fröstelte. Er suchte den Himmel ab, aber Hrima war nicht zu sehen.

Wie von Brakas prophezeit, erschien Schah Weszen, als die Strahlen der aufgehenden Sonne begannen, den wolkenlosen Himmel mit zartrosa Streifen zu durchziehen. Er trug einen prachtvollen, vergoldeten Brustpanzer, und sein offener Helm war mit großen roten Federbüschen geschmückt. Er kam mit ruhigen Schritten die breite Treppe vor dem Palast herab, die Schahsana an seiner Seite, bestieg wortlos den nervösen Schimmel, der von den Stallknechten gehalten werden musste, und warf einen strengen Blick über die Scharen, die sich im großen Paradehof gesammelt hatten.

Jarok hätte eine Ansprache erwartet, aber Weszen nickte nur und gab seinem Schimmel die Sporen. Die Generäle folgten ihm, dann einige schwarz gewandete Wüstenreiter, und schließlich setzte sich das Heer in Bewegung, und die Morgenstille endete im lauten Gebrüll der Hauptleute.

Jarok war der Befehl über die dritte Schar der Leibgarde übertragen worden, und so marschierte er nicht weit hinter Weszen. Brakas war an seiner Seite, und er hatte statt des vorgeschriebenen Schwerts der Garde seine Axt im Gürtel stecken. »Soll Schasur sich ruhig beschweren. Das wird mir zu ernst, um mich mit so einem polierten Messer zufriedenzugeben.«

Jarok konnte deutlich spüren, dass selbst der abgebrühte Westgarther nervös war. Sie marschierten aus dem Hof, und hinter ihnen reihten sich Söldner und Soldaten ein.

Trotz der frühen Stunde war die ganze Stadt auf den Beinen, und auf der Hauptstraße streuten junge Frauen Blumen. Die Stimmung war dennoch gedämpft, beinahe verzagt. Jarok sah Zweifel und bange Fragen in vielen Gesichtern. »Wäre mir lieber, sie warteten mit den Blumen bis zu unserer Rückkehr«, brummte Brakas.

Der Weg führte sie durch das Ewige Tor, das die Stadt hoch überragte. Eigentlich führte er sie *unter* dem Ewigen Tor hindurch. Hier, auf dem Langen Berg, der die Stadt fast zur Gänze von West nach Ost durchzog, war einst die äußere Stadtmauer verlaufen. Die Skorpione hatten die Stadt nach der Eroberung bald vergrößert, doch die hohe Mauer und ihr mächtiges Tor, das im Grunde eine Festung über einem Tunnel war, hatten sie nicht angetastet. Fackeln brannten dort, die Luft schmeckte nach Rauch, und Jarok war froh, als er das Tageslicht wieder sah.

Das Heer marschierte weiter, durch den Roten Suk, zum Skorpiontor hinaus und über die Nerdil-Brücke. Jarok blickte mit gemischten Gefühlen auf den Fluss, der sich breit und träge unter der Brücke hindurchwälzte. Boote und Lastkähne waren unterwegs, ganz wie immer, so, als sei gar kein Krieg.

»Wenn du mich fragst, hätten wir auf der anderen Seite des Flusses bleiben sollen«, meinte Brakas, als sie den Brückenkopf des Zollviertels hinter sich ließen.

Sie marschierten durch das Elagirtor, und das offene Land entfaltete sich vor ihnen. Lauter Jubel begrüßte sie, denn zwei Drittel des Heeres und der schwerfällige Tross waren bereits in der Nacht ausgerückt und hatten hier auf ihren Anführer gewartet.

Auch hier hielt sich Weszen nicht mit einer Ansprache auf, sondern ritt nur einmal mit erhobenem Schwert die lange Reihe der wartenden Krieger entlang, bevor er erneut die Spitze des Zuges nahm.

»Hast du eine Ahnung, wo es hingeht?«, fragte Brakas.

»Die Küste entlang nach Süden.«

»So schlau bin ich auch. Ich dachte, du wüsstest ein bisschen mehr. Schließlich bist du ihm seit Tagen nicht von der Seite gewichen.«

Aber Jarok wusste nicht mehr, er marschierte ebenso ins Ungewisse wie alle seine Kameraden mit ihm.

Die Küstenstraße war alt, uralt, und in schlechtem Zustand. Unzählige Wagen hatten tiefe Rillen in die Steine gegraben, und so war es fast unmöglich, in geschlossener Formation zu marschieren. Der Zug begann, sich auseinanderzuziehen.

»Halte deine Männer zusammen, Damater«, rief Alseq, der auf einem Rappen die Reihen entlangritt.

»Wieso hat der eigentlich ein Pferd und wir nicht?«, fragte Brakas.

Jarok hätte das auch gerne gewusst, aber er sagte laut genug, damit es wenigstens die ersten Krieger seiner Schar hören konnten: »Mir ist es lieber, ich bin bei meinen Männern.«

Bald tauchte am Horizont der erste jener Türme auf, der der Küste ihren Namen gegeben hatte. Er war nur noch eine schwarze Ruine, zermürbt vom jahrhundertelangen Kampf gegen Sand, Salz und Wind; nicht mehr als ein Haufen Steine, der Rastenden kaum Schutz gegen schlechtes Wetter bieten konnte. Er strahlte eine düstere Faszination aus, und Jarok fragte sich, ob andere Männer in diesem Turm ein genauso böses Omen sahen wie er. Er war von einer stolzen Macht errichtet worden, doch die war verfallen, ebenso wie ihre Türme. Würde es Ugir ähnlich ergehen?

Der Zug wälzte sich langsam Richtung Süden, und Staub und Hitze setzten den Männern zu.

»Man sollte meinen, dass hier am Meer eine frische Brise weht, aber davon bemerke ich nichts«, beschwerte sich Brakas. Tatsächlich kam der Wind aus dem Landesinneren und blies den von zwanzigtausend Füßen aufgewirbelten Staub in einer langen Fahne Richtung See.

»Der Wind dreht erst in der Nacht und kommt mit der Kälte, Schwertmeister«, meinte einer der Gardisten, der hinter ihnen marschierte.

»Du bist wohl hier aus der Gegend, wie? Wie heißt du, mein Junge?«

»Ich bin Rura, und wir erreichen bald das Fischerdorf, aus dem ich stamme, Schwertmeister.«

Jarok fragte sich, warum der Mann das so düster sagte. Das Dorf zeichnete sich kurz darauf tatsächlich vor dem Meer ab, und als sie näher rückten, erkannte er, dass es niedergebrannt war. Hier gab es ebenfalls einen der alten Türme, doch auch dieser war zerstört worden – vielleicht vor langer Zeit, vielleicht auch erst vor kurzem.

»Diese Hunde aus Elagdad«, stieß der Gardist hervor, »sie haben die ganze Küste in Brand gesteckt. Aber wir zahlen es ihnen bald heim!«

»Hast du Verwandte hier verloren?«, fragte Brakas.

»Ich hatte noch viele Onkel, Tanten und Vettern hier, Herr, und die Hälfte von ihnen musste ich hier beerdigen.«

Am hohen Mittag befahl Weszen Rast. »Endlich«, meinte Brakas. »Sieh dir nur die Rekruten an. Sie haben sich jetzt schon die Füße wundgelaufen in ihren Sandalen.«

»Du kannst dich auch nur beschweren, wie?«, fragte Jarok, der sich allmählich Sorgen machte, dass die schlechte Laune, die der Westgarther wie ein Banner vor sich hertrug, auf seine Schar abfärbte.

»Na, sieh dich doch um. Mal abgesehen von unseren Jungs, sehe ich hier nur einen Haufen Grünschnäbel und eine Menge Söldner, auf deren Tapferkeit im Kampf ich mich eigentlich nicht verlassen möchte. Und hast du den Tross gesehen? Geradezu armselig, wenn du mich fragst – kaum Vorräte, nur zwei Bombarden und dazu ein paar Speerschleudern. Kein sehr beeindruckendes Arsenal. Und siehst du das da?«, fragte der Westgarther und wies hinaus aufs Meer.

Jarok war im Tross vor allem der Käfigwagen aufgefallen, der mit einem schweren Tuch verhängt war. Er ahnte, wer sich unter der Plane befand, denn die war mit magischen Symbolen bedeckt. Jetzt blickte er hinaus auf die Wellen, die sich bis zum Horizont in dunklem Blau zeigten. »Ich sehe da nichts!«

»Eben! Wo ist denn die mächtige, siegbringende Flotte des Seebundes, von der hier alle reden? Ich wäre ja schon glücklich, wenn ich ein paar unserer eigenen Schiffe dort sehen würde – aber da ist nichts, wie du eben so scharfsinnig festgestellt hast, mein Freund.«

Jarok nahm den Westgarther am Arm und zog ihn zur Seite. »Es wäre trotzdem gut, wenn du deine düsteren Erkenntnisse für dich behalten würdest, Brakas. Die Leute sind ohnehin schon verunsichert. Mach es nicht noch schlimmer!«

»Sie sollten sich besser im Klaren darüber sein, was auf sie zukommt. Das ist jedenfalls meine Meinung!«

»Du bist ein Schwarzmaler, Brakas. Weszen hat einen Plan, und er ist ein erfahrener Feldherr, der in Haretien und Saam viele Schlachten gewonnen hat.«

»Er muss aber auch wenigstens eine Schlacht verloren haben – wie wäre er denn sonst in Gefangenschaft geraten? Aber du hast Recht. Ich habe nicht bedacht, dass wir uns nicht mehr bei den Blutwölfen im Suk befinden, wo ein wenig Gemecker über die Zustände einfach zum guten Ton gehört. Ich werde also versuchen, meine Zunge im Zaum zu halten. Und da Wasser und Wein ohnehin zu knapp sind, um sie angemessen feucht zu halten, wird mir das wohl auch gelingen.«

Jarok war überrascht, dass der sture Westgarther so einsichtig war, offenbar erkannte er allmählich den Ernst der Lage.

Es gab auch hier einen der alten Türme, und Jarok nutzte die Rast, um ihn sich aus der Nähe anzusehen.

»Erstaunlich«, meinte er, als seine Hand über die riesigen, grauen Steinquader strich.

»Eine Ruine, wie es hier viele gibt«, gähnte der Westgarther, der ihn begleitete.

»Aber sieh dir den Stein an!«

»Er ist grau.«

»Eben, und siehst du hier irgendwo graues Gestein? Die Erbauer müssen diese Quader aus weiter Entfernung hierhergeschafft haben.«

»Wenn du mich fragst, war ihre Mühe umsonst. Sie sind verschwunden, man kennt nicht einmal mehr ihre Namen, und die Türme, die du so bewunderst, sind allesamt nur noch Ruinen.«

Jarok kletterte über die zerfallene Mauer in den Turm hinein und dann über ein paar Blöcke, die sich schwer aneinanderlehnten, so weit hinauf wie möglich. Blasses Gras hatte in den Fugen Wurzeln gefasst. Das Mauerwerk atmete … *Alter,* Alter und Schwermut, er fand keine besseren Worte dafür.

»Was siehst du?«, rief Brakas von unten herauf.

Jarok ließ seinen Blick schweifen. Er schaute zuerst in den Himmel, aber da sah er nur Möwen, keinen Eisgreifen. Auf dem Meer meinte er in großer Entfernung helle Segel zu sehen, aber dann waren es doch nur tief stehende Wolken. Er drehte sich um. Die Hitze flirrte über dem verdorrten Land. Entlang der alten Straße sah er die vielen Männer, die sich rechts und links der Straße erschöpft im Staub niedergelassen hatten. Es brannten kaum Feuer, denn sie hatten nicht viel Holz, und das wenige, das sie hatten, sollte für die Nacht vorgehalten werden. Die Männer saßen stumm da, und niemand bewegte sich. Es wirkte auf ihn, als habe jemand den langen Heerwurm erschlagen, und die dunkle Linie der alten Straße glich plötzlich einer Furche getrockneten Blutes. Es war ein Bild der Hoffnungslosigkeit.

»Na, was ist? Irgendwelche glückverheißende Zeichen, Jarok?«

»Jede Menge.« Hastig kletterte er wieder hinunter.

Sie marschierten den Rest des Tages immer weiter Richtung Süden, und es ging langsam, weil der Weg so schlecht war, und den Männern die Müdigkeit zusetzte. Jarok legte einen Staubschal um. Er hatte sich eigentlich vorgenommen, seine Leute irgendwie mit guten Worten aufzumuntern, aber er hatte schnell eine trockene Kehle, denn es gab zu wenig Wasser. Noch vor Einbruch der Dämmerung befahl Weszen, das Lager aufzuschlagen, und er berief einen Kriegsrat ein, zu dem auch Jarok und Brakas gerufen wurden.

»Ihr werdet Euch fragen, welchen Plan ich verfolge«, begann Weszen, der in seinem großen Zelt unruhig auf und ab ging. »Nun, ich gedenke, meinen Vorteil zu nutzen. Dieses Land ist mein Land, und es war so freundlich, mir eine Stelle zu offenbaren, an der wir den Feind stellen und vernichten werden. Schon morgen erreichen wir die Nebelseen, ein Dutzend kleine Gewässer, die sich von den Roten Hügeln bis zur Küste hinziehen. Dort werden wir die Kakerlaken erwarten.«

»Es heißt, der Feind sei uns fünf zu eins überlegen«, wandte einer der Söldnerführer ein.

»Seine Zahl wird ihm dort nicht viel nützen.«

»Aber Euren Männern fehlt Kampferfahrung, und ihre Moral … sie ist jetzt schon am Boden, dabei sind wir erst einen Tag marschiert«, erhob der Söldner weitere Einwände.

»Das gilt nicht für meine Leute«, rief Bannermeister Schasur. »Die Leibgarde brennt auf die Schlacht!«

Der Söldner warf ihm einen finsteren Blick zu. Schah Weszen ergriff wieder das Wort: »Der Leibgarde wird in dieser Schlacht eine besondere Rolle zukommen. Und was die übrigen Krieger betrifft, so bedenkt, dass die Männer des Feindes viel erschöpfter sein werden als die unseren, denn sie müssen doch viele Meilen mehr marschieren als wir.«

»Und der Seebund? Wird er uns beistehen?«, fragte wieder der Söldner.

»Natürlich wird er das«, rief der Schah, deutlich ungehalten. »Aber selbst ohne seine Schiffe hätten wir alle Vorteile auf unserer Seite! Das werdet Ihr sehen, wenn wir morgen dort eintreffen.«

»Hast du das gehört?«, fragte Brakas hinterher. »Der Schah rechnet selbst nicht damit, dass der Seebund kommt.«

»Er braucht ihn auch nicht für seinen Plan«, gab sich Jarok viel optimistischer, als er war.

Am nächsten Tag passierten sie zwei weitere zerstörte Fischerdörfer. Jarok hatte sich immer gefragt, warum die Fischer ihre Dörfer nicht im Schutz der Türme errichtet hatten, die hier doch alle paar Meilen aus den Dünen emporragten. Inzwischen wusste er es: Diese alten Ruinen atmeten Schwermut und Verfall, und es war besser, ihnen fernzubleiben. Er jedenfalls spürte keine Lust, sich ein zweites dieser grauen Gemäuer aus der Nähe anzusehen.

Am Nachmittag änderte sich die Landschaft. Sie wurde welliger, und im Landesinneren zeichnete sich blass eine langgezogene Hügelkette ab. Es wuchs mehr Gras entlang der Straße, und Rura, der Gardist, der aus der Gegend stammte, meinte, bald würden die ersten Weizenfelder kommen. Sie kamen, doch waren sie nicht gelb, sondern schwarz. Sie waren niedergebrannt worden, ebenso wie die Dörfer, die sie umgaben, und die schmalen Gräben, die sie bewässerten, waren zerstört.

Erste kleine Gewässer, Bäche und Teiche, zeigten sich, und an ihren Ufern spendeten hohe Bäume Schatten. Der Schah befahl Rast, und Brakas fand ein schattiges Plätzchen an einem schnell fließenden Bach, in dem er seine Füße kühlte.

»Es heißt, dass die Sturmschlange hierherkommt, um zu ruhen. Und sie bringt den Nebel mit, der die Bäche speist und die Felder fruchtbar macht«, erklärte Rura.

»Trotzdem gibt es hier noch verflucht viel Sand«, meinte Brakas und ließ Staub und Sand aus seinem Stiefel rieseln.

Dennoch hellte das frische Grün, das sich in schmalen Bändern am Wasser entlangzog, die Stimmung der Krieger deutlich auf. Sie marschierten am Nachmittag noch einmal zwei Stunden über die Küstenstraße, dann befahl Weszen, das Lager aufzuschlagen.

In einer flachen Senke vor ihnen erstreckten sich einige kleine und größere Seen, umgeben von breiten Schilfgürteln, und Brakas wunderte sich, dass es hier weder Felder noch Dörfer gab.

»Das ist so, weil jedes Frühjahr kräftiger Regen niedergeht«, erklärte Rura, »und dann steht das Land hier für Tage knietief unter Wasser. Leider hält der Boden das Wasser kaum. Für ein paar Tage ist es hier grün und voller Blumen, wie im Paradies. Aber nach zwei oder drei Wochen merkt man davon nichts mehr, und außer diesem stachligen Gras will nichts in diesem Sand wachsen.«

»Eigenartige Gegend«, meinte Brakas. »Und hier will der Schah also seine Schlacht schlagen?«

»Der Platz ist doch nicht schlecht gewählt«, versuchte Jarok Optimismus zu verbreiten. »Wenn wir auf dieser Seite bleiben, hindern die Seen den Feind daran, die Stärke seiner Truppe voll zu entfalten. Und diese lange Böschung hier ist ideal, um einen Wall aus Speeren und Schilden zu bilden.«

Brakas warf ihm einen Blick zu, der verriet, dass er das anders sah, aber er hielt den Mund, solange ihre Krieger in der Nähe waren.

Am Abend inspizierte Weszen das Schlachtfeld mit seinen Feldherren. Sie ritten zwischen den Seen umher und schienen angeregt zu beraten. Jarok hätte gerne gewusst, was dort besprochen wurde. Aber es waren sechs Schwarze Wüstenreiter, die über Weszen wachten, nicht die Leibwache, und Jarok fragte sich, ob das etwas zu bedeuten hatte.

Er versuchte selbst, das Schlachtfeld einzuschätzen. Die Seen boten sicher einen Vorteil, doch die Böschung war zwar steil, aber gerade einmal mannshoch. Sie würde den Ansturm des Feindes vielleicht bremsen, aber weder seine Bombardiere noch seine Bogenschützen daran hindern, sie mit Geschossen einzudecken. Der Schah schien jedoch voller Zuversicht und Tatendrang.

»Na, wenn er nicht noch ein oder zwei gute Karten in der Hinterhand hat, kann er bei diesem Spiel nicht viel gewinnen. Das Dumme ist nur, dass wir der Einsatz sind, mit dem hier gespielt wird«, murmelte Brakas beim kargen Nachtmahl.

Jarok wusste darauf nichts zu sagen.

»Sag mal, dieser Punkt, der da über uns kreist, könnte das vielleicht dein komischer Jagdvogel sein?«

Jaroks Blick flog zum Himmel. Ohne Zweifel, das war Hrima, die da hoch über den Möwen kreiste.

»Verflucht anhänglich«, meinte Brakas trocken.

Jarok sprang auf und lief hinunter an den Strand. Dann rief er sie herab. Ein paar Speerträger hörten seinen Ruf und sahen ziemlich verwirrt aus, als plötzlich dieser mächtige Vogel wie ein Stein vom Himmel herabfiel und dann seine majestätischen Flügel aufspannte.

»Ich hatte dich doch gebeten, dich fernzuhalten, meine Schöne.« Sie landete ruhig auf seinem Arm und schlug die Krallen unbekümmert in sein Handgelenk. »Ich habe nicht einmal etwas zu essen für dich. Flieg wieder heim. Hier wird es bald nur noch Lärm, Gefahr und Tod geben, Hrima.«

Der Eisgreif sah ihn eine Weile mit schräg gelegtem Kopf an. Plötzlich flog er auf und zog tief über die Wellen nach Norden davon. Jarok blickte ihm nach, doch gerade, als er dachte, er würde ihn in der Dämmerung aus den Augen verlieren, sah er ihn über einem der alten Türme kreisen. Er hatte offenbar seinen Ruheplatz gefunden.

»Die Leute haben dich gesehen«, meinte Brakas, als er nachdenklich ins Lager zurückkehrte.

»Und?«

»Sie halten deinen Vogel für ein gutes Zeichen und hoffen, dass er in der Schlacht über uns wacht.«

»Ich hoffe das nicht«, entgegnete er einsilbig.

Am nächsten Morgen konnte er Hrima zunächst nicht entdecken, und er hoffte, dass sie nach Ugir zurückgekehrt war. Brakas versuchte, ihn mit der Anhänglichkeit des Greifen aufzuziehen, aber er war nicht in der Stimmung für Scherze, und der Westgarther ließ es bald sein.

Dann enthüllte sich allmählich Weszens Plan, denn die Krieger wurden mit Schaufeln ausgestattet und begannen, flache Gräben zwischen den Seen zu ziehen, wobei ihnen die Sandzauberer zur Hand gingen – ein Manöver, dessen Sinn weder Jarok noch Brakas einleuchtete.

Für die dritte Schar der Garde hatte Weszen jedoch besondere Pläne, die Bannermeister Schasur überbrachte. Er führte sie auf die andere Seite der Seen, nah an den Strand heran. Hier gab es unterhalb der alten Straße steile, grasbewachsene Dünen, und genau dort sollten sich die Männer eingraben.

»Eingraben? Dies ist aber die falsche Seite des Schlachtfeldes, Bannermeister«, meinte Brakas. Die Böschung, hinter der ihr Lager sich befand, war gerade noch zu sehen. »Wenn der Feind uns hier entdeckt, dann sind wir schneller tot, als wir die Schwerter ziehen können.«

»Deshalb sagte ich *eingraben.* Ihr werdet ganz unter der Erde verschwinden. Meister Pirim wird euch helfen. Der Ugir-Schah wird später zu euch kommen und euch sagen, welche besondere Aufgabe auf euch wartet.«

Damit verschwand er, aber Pirim, der junge Sandmagier, erklärte ihnen genauer, was Weszen vorhatte. »Ich werde euch helfen, hier eine Höhle zu graben und wieder zu schließen, wenn wir erst einmal darin verschwunden sind. Hat die Schlacht begonnen, werden wir dem Feind von hier aus in den Rücken fallen.«

»Hört, Sandmeister, Ihr seid kein Soldat, deshalb habt Ihr vielleicht den kleinen Umstand übersehen, dass wir nur sechzig Mann sind, und die sind fünfzigtausend. Sie werden über uns lachen, wenn wir in ihrem Rücken auftauchen – und dann werden sie uns mit einem Fingerschnippen ausradieren!«

»Ich bin sicher, der Ugir-Schah hat das bedacht«, meinte Pirim, aber Jarok sah ihm an, dass er verunsichert war.

»Sei's drum, Männer, wir haben unsere Befehle. Also grabt!«, rief er, um die allgemeine Ratlosigkeit, die sich ausbreitete, zu vertreiben.

Sie gruben den halben Tag, aber Pirim leistete die Hauptarbeit. Jarok hatte noch nie einem Magier bei dieser Art von Arbeit zugesehen, und er fand erstaunlich, was der Mann leistete. Er erfasste den Sand mit der Kraft seines Willens und hob ihn tonnenweise aus der Grube, die schnell zwischen den Dünen wuchs. Die Gardisten mussten eigentlich nur Schilf und Gras in den Sand stecken, um zu verhindern, dass er zurückrutschte. Dann jedoch, als die große Grube offen war, mussten die Männer losziehen, um Bäume zu fällen und noch mehr Schilf zu sammeln, denn ihr Versteck sollte eine stabile Decke bekommen.

»Wirklich beeindruckend, Meister Pirim«, meinte Jarok, als der Zauberer eine Pause einlegte. Er reichte ihm die Wasserflasche, die der Magier gierig leerte.

Plötzlich tauchte der Ugir-Schah auf der Düne auf, und seine Schwarzen Wüstenreiter und einige Offiziere waren bei ihm. Er saß auf seinem nervös tänzelnden Schimmel, lobte den Fortgang der Arbeit und pries den Heldenmut seiner Garde, die den gefährlichsten Teil seines Planes auszuführen habe, aber er verriet immer noch nicht, wie dieser Teil genau aussehen mochte.

»Verzeiht, Hoheit, weiß man denn schon, wann der Feind hier eintreffen wird?«, fragte Brakas.

»Seine Späher sind vielleicht schon übermorgen hier, wenn sie unseren Reitern, die die Küstenstraße sichern, durch die Finger schlüpfen. Das Heer erwarten wir am Tag oder in der Nacht darauf.

»Dann werden wir viel Wasser brauchen, wenn wir uns dort unten so lange verstecken müssen«, meinte Jarok.

Weszen nickte, sprach den Männern noch einmal Mut zu, erklärte aber nichts weiter.

»Ein Selbstmordkommando, so viel ist sicher«, meinte Brakas leise, als der Ugir-Schah auf seinem prachtvollen Pferd hinter den Dünen verschwunden war.

Einer der Offiziere folgte Weszen nicht gleich. Es war Scharmeister Alseq, der von seinem Pferd herab der Arbeit einen Augenblick zusah. »Ein schönes Grab, das Ihr da für Euch aushebt, Damater, das muss ich schon sagen.«

»Es wäre noch Platz, Alseq«, gab Brakas zurück, »allerdings

nur für Männer mit Mut. Wenn Ihr auf Eurem Weg zurück hinter die Linien welche trefft, schickt sie her! Denn mit Eurer Anwesenheit dürfen wir wohl nicht rechnen, oder?«

Alseq schnaubte verächtlich, gab seinem Pferd die Sporen und folgte Weszen.

»Besonders schlagfertig ist er ja nicht«, meinte Brakas grinsend.

Aber Jarok dachte, dass dieser Mann noch gefährlich werden könnte.

Erst am Abend – das Versteck war groß genug, aber noch nicht abgedeckt – ließ Weszen Jarok und die anderen Offiziere in sein Zelt rufen, doch überließ er es General Ul-Sia, den Schlachtplan zu erklären.

Der stämmige Stratege räusperte sich und trat an den Tisch, auf dem eine grobe Skizze des kommenden Schlachtfeldes auf einer Lederhaut angelegt war. »Der Feind kommt von Süden. Er wird uns hier, auf der Böschung, entdecken und seine Truppen in Schlachtformation bringen. Ich kenne Harat gut und weiß, wie er denkt. Er ist ein General der alten Schule und wird das Nächstliegende tun. Seine Fußtruppen wird er dort, entlang der Straße und somit unterhalb der Seen, für den Hauptangriff sammeln, seine Reiter, und davon hat er eine Menge, werden zwischen den Seen vorstoßen, um uns von der Landseite in die Flanke zu fallen. Wir haben dort jedoch die eine oder andere Überraschung für sie vorbereitet. Hier, habt Ihr diese kleine Anhöhe in der Nähe Eures Verstecks bemerkt? Dort wird er seine Bombarden aufstellen, wenn er sein Handwerk nicht völlig verlernt hat. Diese Geschütze sind eines Eurer Ziele, Schwertmeister Jarok. Schaltet sie aus, oder, besser noch, richtet sie auf die Krieger des Feindes. Das wird ihren Mut erschüttern.«

»Und wenn diese Bombarden nicht dort sind, Herr?« Er blickte auf die Lederhaut. Mit Kohle waren die verschiedenen Geländemerkmale angedeutet. Dazwischen waren viele kleine

Holzstücke verteilt, die wohl die eigenen und die fremden Einheiten symbolisieren sollten. Es waren sehr viel mehr fremde als eigene …

»Die Geschütze sind nur ein zweitrangiges Ziel, Jarok«, fiel Weszen ein. »Zeigt ihm den anderen Hügel, Ul-Sia!«

»Seht, unweit dieses kleineren Sees gibt es eine weitere kleine Erhebung. Sie ist gerade weit genug von den Linien entfernt, um nicht unter den Beschuss unserer Bogenschützen zu geraten, und hoch genug, um das gesamte Schlachtfeld zu überblicken. Dort werden sich die sieben Prinzen aufhalten, wenn sie denn nicht so dumm sind, in vorderster Front mitkämpfen zu wollen. Auf jeden Fall ist das der Platz, den ein guter General wählen würde, um sein Heer zu kommandieren.«

»Harat wird dort sein, mein Freund – und du wirst ihn töten!«, erklärte Weszen, dessen Finger ungeduldig auf der Lehne seines breiten Sessels trommelten.

»Deswegen unser Hinterhalt? Ich soll einen der Prinzen töten?«

»Mag sein, das ist nicht ritterlich, aber du weißt, dass sie Ähnliches für mich geplant haben. Sie haben es doch schon versucht! Ich kann mir gut vorstellen, dass sich gerade jetzt die nächsten Meuchelmörder in Ugir verschwören, um meinem Leben ein Ende zu setzen. Vielleicht befinden sich sogar Männer im Heer, in meiner Umgebung, die mich während der Schlacht ermorden wollen!«

»Die Leibwache wird das zu verhindern wissen, Hoheit!«, verkündete Schasur.

»Die Garde *und* meine Zauberer«, verbesserte Weszen düster und fuhr fort: »Deshalb ist es nur recht und billig, wenn wir es ihnen mit gleicher Münze heimzahlen. Töten wir Harat, nehmen wir dem feindlichen Heer sein Gehirn. Es wird auseinanderfallen und untergehen, denn keiner der anderen Bastarde hat auch nur annähernd das Ansehen, das der alte Fuchs bei den Kriegern hat.«

»Ich verstehe, Hoheit. Doch wird nicht auch Harat durch eine Leibgarde und vielleicht sogar Magier geschützt sein?«

»Du hast den Bogen des Damaters mitgebracht, nicht wahr?«

Jarok nickte.

»Gut. Ich habe einen meiner Alchemisten angewiesen, ein starkes Gift anzurühren. Es liegt für dich bereit. Harat ist ein gutes, ein würdiges Ziel. Und du, Jarok, kannst mit einem einzigen Pfeil diesen Krieg entscheiden. Solltest du bei dieser Gelegenheit aber noch ein paar andere dieser Kakerlaken erwischen, soll mir das nur recht sein.«

»Es ist wichtig, dass Ihr Harat zuerst erledigt, Schwertmeister«, warf General Ul-Sia ein. »Ein Bogenschuss von hinten – damit werden auch seine Zauberer, wenn er denn welche hat, nicht rechnen. Sind sie aber erst einmal alarmiert, wird es schwer sein, an ihn heranzukommen. Tötet ihn also mit dem ersten Schuss. Geht der fehl, wird es an Euren Männern sein, sich einen Weg zu ihm zu bahnen. Und erst, wenn Harat gefallen ist, dürfen Eure Männer sich anderen Zielen widmen. Dann aber sollen sie sich auf die übrigen Anführer und die Geschütze stürzen. Habt Ihr das verstanden?«

»Jawohl, Herr. Doch wie soll ich den Prinzen erkennen? Es ist Jahre her, dass ich ihn auf einer der Jagden sah, und wenn er eine Rüstung trägt ...«

»Harat biedert sich seinen Kriegern gerne an«, erklärte Weszen mit Verachtung in der Stimme. »Er trägt im Feld meist eine abgetragene Rüstung, nichts Glänzendes oder Prachtvolles. Und sein Banner, das sicher in seiner Nähe sein wird, zeigt den Fuchs über dem Skorpion, was eine Anmaßung ist, denn nur den Erbprinzen steht es zu, den Skorpion im Wappen zu führen! Nun, möge es schon bald seinen kalten Körper decken. Du hast deine Befehle, Jarok, und ich verlasse mich auf dich!«

Jarok verneigte sich stumm.

Dann geschah etwas, was er nicht verstand: Der Ugir-Schah

hatte besondere Befehle für Schasur. Der Bannermeister sollte sich mit der Ersten Schar der Garde und einigen hundert weiteren Kriegern auf dem linken Flügel, zwischen den Seen, postieren.

»Aber das ist weitab vom Hauptschlachtfeld, Hoheit. Und wenn die Kniffe der Zauberer wirken, wie wir es annehmen, wird es dort gar nicht zum Kampf kommen!«

Weszen bedachte ihn mit einem Blick, in dem Jarok Misstrauen las. Er misstraute Schasur? Weszen sagte: »Ich werde nicht so närrisch sein, mich nur auf die Kunst der Magier zu verlassen, Schasur. Außerdem brauchen diese Männer Schutz. Ihr seid dort mein Bollwerk, Schasur, und ich verlasse mich darauf, dass kein einziger Reiter Eure Reihen durchbricht.«

»Jawohl, Herr«, rief Schasur und salutierte, aber Jarok sah ihm an, dass dieser Befehl, der ihn vom Schah und vom eigentlich Kampfgeschehen fernhalten würde, ihn zutiefst in seiner Ehre kränkte.

Jarok kehrte zurück zu seiner Truppe und versuchte, die Befehle, die er erhalten hatte, zu verdauen. Es war alles andere als ritterlich, Prinz Harat mit einem vergifteten Pfeil zu ermorden, es verstieß sogar gegen jeden Brauch, denn für gewöhnlich achteten die Heerführer einander, aber er konnte Weszen verstehen. Wenn der General fiel, war der Feind führerlos, und der Ugir-Schah hatte gute Aussichten, die Schlacht und damit vielleicht sogar den Krieg für sich zu entscheiden. Es wäre ihm nur viel lieber gewesen, ein anderer hätte diesen Befehl erhalten. Jetzt sah es so aus, als wolle ihm das Schicksal einen bizarren Streich spielen. Musste er doch auf Weszens Geheiß nun genau das tun, was er für seine Mutter nicht tun wollte – einen Erben des Großen Skorpions töten. Er würde sich nun also doch zum Gehilfen des Schnitters machen, wie es die Seherin im fernen Damatien vorhergesagt hatte. Und er hatte noch nie einen Menschen getötet …

Inzwischen lagen die Baumstämme über dem Versteck, und Jaroks Leute machten sich daran, Schilf darüber auszubreiten. »Macht den Deckel dieser Grube, die so sehr einem Grab gleicht, möglichst dicht, ihr Helden«, mahnte Brakas. »Ich will nämlich nicht, dass mir ständig Sand auf den Helm rieselt! Ah, Jarok! Kennst du nun unseren Teil in der Schlacht?«

»Ich kenne ihn. Wir werden Gelegenheit bekommen, Ruhm und Ehre zu sammeln!«, rief er, um die Männer zu ermutigen.

Eigentlich rechnete er eher damit, dass sie vor allem Wunden sammeln würden. Weszens Plan klang gut und einleuchtend, aber in einer Schlacht ging es doch nie nach Plan. Was, wenn der Feind Truppen in der Hinterhand hielt? Was, wenn er seine Geschütze genau hier auf die Düne schaffte? Was, wenn Prinz Harat nicht dort war, wo diese Strategen ihn vermuteten? Es gab tausend Dinge, die schiefgehen konnten, aber das, so dachte Jarok, würden seine Männer schon früh genug merken.

»Wird ziemlich eng da unten werden«, meinte Brakas, »aber das ist nicht meine Hauptsorge. Ich sehe ja, dass wir dort oben über diese wacklige Leiter einsteigen können, aber wenn wir auf dem gleichen Weg hinauswollen, geht es nur einzeln und viel zu langsam.«

»Keine Sorge«, sagte der Sandmeister. »Ich bleibe bei Euch und werde Euch einen schönen, breiten Weg bahnen, wenn es so weit ist.«

Da sie nicht wussten, wann der Feind eintreffen würde, kletterten die sechzig Männer von Jaroks Schar schon im Morgengrauen in das Versteck hinab. Nur er selbst blieb vorerst draußen und hielt Wache. Das Schlachtfeld lag verlassen. Drüben bohrten sie zugespitzte Pfähle in die Böschung. Er stellte sich auf die Düne und suchte den Hügel, auf dem er sein Ziel später finden sollte. Es war zu weit entfernt, selbst für einen damatischen Bogen. Er ging hinunter, über die Straße, legte den ersten Pfeil an und schoss. Der Pfeil flog davon, und er verlor ihn im ungewissen Licht aus den Augen. Er ging noch näher heran, schoss wieder. Der Bogen lag gut in seiner Hand. Er hatte gerade erst den zweiten Pfeil abgeschossen, und schon hatte er ein Gefühl der Vertrautheit. Der Bogen schien ihm noch besser zu sein als die, die sie damals in der Oase gehabt hatten. Der nächste Pfeil schlug schon fast genau dort ein, wo er ihn haben wollte. Der Morgenwind kam noch vom Meer, das würde während der Schlacht vielleicht anders sein. Noch ein Pfeil. Es war fast wie früher, auf der Jagd: das Gefühl, dass sein Leib mit dem Bogen verschmelzen würde, sein Atem eins wurde mit dem Wind, und der Pfeil dahin flog, wohin sein Auge ihn lenkte. Noch ein Pfeil. Das war wirklich ein außergewöhnlich guter Bogen. Jetzt war er sich seiner Sache sicher, genau wie früher auf der Jagd. Aber hier würde er nicht auf Antilopen oder Wüstenhasen schießen, sondern auf einen Menschen. *Baran würde so etwas nie von dir verlangen*, schoss es ihm plötzlich in den Sinn. Weszen hatte es selbst gesagt, wenn auch mit anderen Worten: Baran war zu ritterlich für so einen heimtückischen Angriff. Aber er diente nicht Baran, er diente Weszen. Er schoss seinen Köcher leer, dann lief er hinüber zum Hügel, um seine Pfeile wieder einzusammeln. Die Streuung war minimal, die schwarzen Pfeilschäfte ragten wie Weizenhalme aus der Hügelkuppe. Aber würde ihm das auch während der Schlacht gelingen, wenn er nicht auf Sand, sondern auf einen Feind zielte und selbst eine Zielscheibe war?

Er kehrte zur Düne zurück und kletterte in die Grube. Jetzt würde das langwierige Lauern beginnen. Sie hatten mit langen Schilfhalmen etliche Luftlöcher in der Decke geschaffen, dennoch wurde es dort unten schnell stickig.

»Wir hätten Karten mitnehmen sollen«, meinte Brakas.

»Als wenn wir hier Platz zum Spielen hätten«, erwiderte Rura.

Jarok übernahm oben an der Luke die erste Wache selbst. Es gab nicht viel zu sehen. Das Heer hatte sich ganz auf die andere Seite der Böschung zurückgezogen. Er hörte das Meer rauschen und darüber den Klang von Äxten. Vermutlich spitzten sie noch weitere Pfähle zu, um dem Feind den Angriff zu erschweren. Das Hämmern ging über den Mittag hinaus, dann verebbte es, und nur noch das Rauschen des Meeres und die Rufe der Seevögel waren zu hören. Er blickte hinauf in den Himmel. Möwen zogen schreiend über den Strand. Es klang, als lachten sie ihn aus. Hoch über ihnen kreiste ein einsamer dunkler Punkt. Hrima hatte wohl doch nicht daran gedacht, nach Ugir zurückzukehren. *Stur wie ein Maulesel,* dachte er und überließ einem anderen die Wache.

Sie saßen dicht an dicht in ihrem Versteck, und Brakas unterhielt die Männer mit Geschichten von seinen früheren Siegen.

»Sagt, Meister Brakas, warum führt Ihr eine Axt und nicht ein Schwert, wie es bei der Leibwache üblich ist?«, fragte einer der jungen Gardisten irgendwann.

»Ich bin eben an diese Waffe gewöhnt, mein Junge. Und ich bin so geschickt mit ihr, dass sie mich früher einfach ›die Axt‹ nannten, und das will etwas heißen auf einem Schiff voller Westgarther.«

»Aber ist ein Schwert nicht schneller? Man kann doch auch mit der Spitze zustoßen – und das geht mit einer Axt nicht.«

»So? Wir haben hier wohl einen Fachmann unter uns? Sieh genau her, mein Junge, aber wage es nicht, diese Schönheit zu berühren. Sieh, wie schlank ihr Blatt ist, und wie elegant geformt! Gleichzeitig bildet es einen Haken, mit dem ich dem Feind seinen Schild entreißen kann, und hier, die verlängerte Spitze – sie durchbohrt jedes Kettenhemd, wenn ich diese Axt auf den Feind schleudern sollte. Kann das ein Schwert? Nein! Wir Westgarther wissen schon, warum wir diese Art Waffe lieben.«

»Ist es wahr, dass Ihr beim Sturm auf Felisan dabei wart?«, fragte ein anderer.

»Ein großer Sieg!«, bestätigte Brakas.

»Aber halten konntet Ihr die Stadt nicht …«, warf Rura spöttisch ein.

»Das lag aber nicht an uns, sondern daran, dass ihr Oramarer euch plötzlich gegenseitig an die Kehle gehen musstet! Und nun tut ihr es wieder. Doch will ich mich nicht beschweren, denn meine Axt ist immer hungrig, und ich, ich habe nichts anderes als das Kämpfen gelernt. In meiner Heimatstadt Trugge war ich schon in meiner Jugend ein gefürchteter Kämpfer, und die Seeleute vieler Schiffe zittern noch heute, wenn sie nur hören, dass Brakas die Axt in der Nähe ist!« Er gab ein paar Geschichten aus seiner Seeräuberzeit zum Besten, seltsamerweise schienen die Schiffe, die die Westgarther überfielen, immer unter der Flagge des verhassten Seebundes und nie unter der von Oramar zu segeln. Jarok hatte diese Geschichten auch schon anders gehört. Aber sie unterhielten die Männer, also ließ er den Westgarther gewähren. Er gähnte. Die schlechte Luft in der Grube machte ihn müde.

Als Brakas mit seinen Geschichten durch war, übernahmen andere, und so erzählten die Krieger den halben Tag von Heldentaten, die sie wohl nie, jedenfalls nicht so, wie sie sie erzählten, begangen hatten. Aber irgendwann verebbten die Gespräche, und Stille breitete sich in der Grube aus. Jarok übernahm noch eine Wache.

Mit der Abenddämmerung kamen Reiter aus dem Süden. Sie ritten in dichten Gruppen, und sie ritten schnell. Es waren die Wüstenkrieger, die Weszen ausgesandt hatte, die Straße von Kundschaftern frei zu halten. Sie hatten ihre Aufgabe erfüllt, die Stellung war fertig, und jetzt mochten die feindlichen Kundschafter ruhig kommen. Sie würden ein Heer erspähen, das auf der anderen Seite des Schlachtfeldes auf einen Angriff vorbereitet war. Jarok blickte hinaus aufs Meer. Immer noch kein Segel.

Dann erschien am Strand ein einzelner Reiter. Jarok schloss die kleine Luke. »Ruhe, Männer. Der Feind ist da!«

Eigentlich war die Ermahnung unnötig, denn schon längst herrschte nur noch Grabesstille in ihrem Versteck. Er blieb auf der Leiter stehen – die eigentlich nur ein Baumstamm war, in den sie einige Sprossen gehauen hatten – und lauschte. Der Hufschlag des Reiters verklang, und nur noch das Rauschen des Meeres drang gedämpft durch die Decke.

Er gab Anweisung, die einzige Kerze, die noch brannte, zu löschen. Nun war es vollends dunkel. Jarok blieb auf der Leiter und lauschte. Waren das Schritte im Sand? Vielleicht Späher, die die Lage erkundeten? Oder bildete er sich das nur ein? Er konnte es nicht sagen. Stundenlang harrte er auf der Leiter aus. Die Luft in der Grube wurde immer stickiger, aber die Männer hielten Ruhe. Nur manchmal, wenn einer das Gewicht verlagerte oder die Beine streckte, klirrte leise ein Kettenhemd oder knarrte das Lederzeug.

Dann hörte er plötzlich dumpfen Hufschlag. Es war ein einzelner Reiter, der sich über den Sand bewegte. Das Pferd schien zu tänzeln, dann hörte er es schnauben. Der Reiter war nahe, sehr nahe. Er musste direkt an der Düne sein. Eine Weile trappelte das Pferd unruhig mit den Hufen, dann stieß sein Reiter einen Ruf aus, und Jarok hörte ihn davonjagen.

Vermutlich hatte der Reiter die Feuer gesehen, die drüben brannten, und eilte nun zurück, um seinen Anführern zu melden, dass der Ugir-Schah sie erwartete.

Jarok öffnete die Luke eine Winzigkeit, um besser lauschen zu können. Dann hörte er plötzlich leise Stimmen. Hastig schloss er die Luke wieder. Da kamen mindestens zwei Männer genau auf ihren Eingang zu. Sand knirschte über ihm, und gedämpft klangen zwei Stimmen durch die Decke in die Grabesstille des Verstecks. Jarok konnte nicht viel verstehen. Aber es schien, als hätten zwei Späher genau auf ihrer Düne Stellung bezogen, um die Böschung und das Heer dahinter in Augenschein zu nehmen. Sand rieselte durch die Decke. Die beiden Männer waren genau über ihnen. Sie unterhielten sich leise – nur ein Raunen, das durch den Sand drang –, blieben eine Ewigkeit über ihren Köpfen, und dann, endlich, schlichen sie weiter. Jarok wischte sich den Schweiß von der Stirn. Aber wenigstens hatte ihr Versteck seine Tauglichkeit bewiesen.

Er verlor allmählich das Zeitgefühl. War es schon Morgen? Die Anspannung war kaum noch auszuhalten. Dann, endlich: Er spürte es, bevor er es hörte. Eine Erschütterung lief durch den Boden, ausgelöst durch den Tritt tausender Stiefel und Hufe. Der Feind kam!

Pferde galoppierten vorüber, dann erklang das Trampeln der Stiefel und Rasseln vieler Rüstungen. Es kam von der Küstenstraße und vom Strand, von allen Seiten, und es hörte überhaupt nicht mehr auf. Der Feind entfaltete seine Macht. So klang es also, wenn ein so großes Heer sich über die Straße wälzte? Befehle wurden gebrüllt, und Truppen marschierten. Sie waren nah, viel zu nah. Besorgt richtete Jarok den Blick auf die Decke, die er in völliger Dunkelheit gleichwohl gar nicht sehen konnte. Sand rieselte ohne Unterlass von oben herab, und er bekam Zweifel, dass diese Konstruktion halten würde. Dann sah er kleine Lichtpunkte in der Dunkelheit, aber es dauerte, bis er begriff, dass da das Licht des neuen Morgens durch die Schilfhalme, die eigentlich der Belüftung dienten, in ihre Grube sickerte.

Jarok hörte Schar um Schar vorbeimarschieren. Es schien kein Ende zu nehmen, dabei wusste er, dass er doch nur einen Teil des Heeres hörte, und er bekam Zweifel, dass es wirklich *nur* fünfzigtausend Köpfe zählte.

Seine Nerven waren zum Zerreißen gespannt. Gerade als er annahm, dass der Strom nie versiegen würde, hörte er plötzlich das Rollen schwerer Räder. Die Geschütze? Der Tross? Auf jeden Fall bedeutete es, dass die Nachhut des Feindes auf dem Schlachtfeld eingetroffen war, und das wiederum hieß, dass die Schlacht bald beginnen würde.

Die Erschütterungen des Bodens wanderten weiter, aber sie hörten nicht auf. Jarok hielt es nicht mehr aus. Er öffnete die Luke ganz vorsichtig einen winzigen Spalt weit und schloss sie rasch wieder. Am Rande ihrer Düne hatten ein paar Männer gelagert, glücklicherweise mit dem Rücken zur Luke. Er atmete tief durch und hob sie wieder an. Es waren keine Krieger, die dort Platz genommen hatten, zumindest trugen sie weder Kettenhemd noch schwere Waffen. Vielleicht waren es Trossknechte. Einer von ihnen stand und berichtete den anderen, was er sah. »… und da, wie ich gesagt habe, der Fuchs schickt die Reiter allesamt nach Süden, auf die rechte Flanke. Ich kann nicht erkennen, ob da drüben viele Feinde zwischen den Seen stehen, aber ich bezweifle es. Haben die Späher nicht gemeldet, dass dieser verfluchte Hund Weszen kaum zehntausend Krieger zusammengekratzt hat?«

»Verstehe immer noch nicht, warum er uns nicht hinter seinen Mauern erwartet«, meinte einer der Sitzenden.

»Ist doch auch gleich, Hauptsache, er tut uns den Gefallen. Wenn die Reiter da drüben durchbrechen, dann können wir den Feind von drei Seiten in die Zange nehmen.«

Drei? Jarok verstand erst nicht, wie das gemeint war, aber dann öffnete er in böser Vorahnung die Klappe eine Winzigkeit weiter, um aufs Meer hinauszuspähen. Segel! Da kamen mehrere Segel von Süden heran. Dreieckige, wie von den kleinen, schnellen Dhaus, aber auch große, quadratische, wie sie Kriegsgaleeren verwendeten. Sie segelten dicht unter der Küste.

Und im Norden? Da war nichts! Keine Spur vom Seebund oder wenigstens von den eigenen Schiffen. Der Feind würde ihr Heer ungestört von See aus unter Beschuss nehmen können.

»Es ist schade, dass wir nicht mitkämpfen dürfen«, rief einer der Knechte jetzt.

»Sag das nicht zu laut«, mahnte ein älterer. »Außerdem tragen auch wir unseren Teil bei. Wir bewachen den Tross mit all den Vorräten, ohne die dieses prachtvolle Heer keine Meile marschieren könnte. Die Männer sind doch schon jetzt halb verdurstet, und ich verstehe nicht, wieso sie der Fuchs nicht noch rasten und trinken lässt, bevor er ernst macht. Wasser gibt es doch da im See genug.«

»Vielleicht ist es vergiftet«, rief einer der jungen Männer.

Jarok hob die Luke vorsichtig noch weiter an. Die Düne verbarg das eigentliche Schlachtfeld vor seinen Augen. Er sah nur Speerspitzen blinken und darüber die unterschiedlichsten Fahnen wehen. Da! Drei- oder vierhundert Schritt entfernt, bauschten sich viele prachtvolle Banner im Morgenwind, und er sah die Köpfe einiger Reiter. Prinz Harat schien genau dort Aufstellung genommen zu haben, wo Weszen es erwartet hatte.

Jarok schloss die Luke vorsichtig wieder. Er hatte mehr als genug gesehen und stieg von der Leiter. »Licht!«, befahl er leise.

Eine kleine Flamme erschien und warf flackerndes Licht in die ernsten Mienen der Männer.

»Wir sind hinter dem Feind, wie vorhergesagt«, flüsterte er. »Direkt an unserer Düne scheint der feindliche Tross zu stehen, doch beachtet ihn nicht. Denkt an unser Ziel – es sind die Generäle des Feindes. Sie haben sich dort versammelt, wo wir sie erwarteten. Sobald es da draußen losgeht, schlagen wir zu.«

»Und wann wird diese elende Schlacht endlich …«, begann einer der jüngeren Gardisten. Der Satz wurde durch eine Erschütterung und dumpfes Donnergrollen unterbrochen.

»Die Geschütze des Feindes! Es geht los!«

Jaroks Hände zitterten, als er seinen Bogen prüfte. Er nickte Meister Pirim zu.

Der Sandmeister murmelte eine leise Beschwörung, und plötzlich teilte sich die Wand aus Sand. »Schnell, lange kann ich das nicht offen halten«, rief er leise, als sich ein schmaler Lichtstreif abzeichnete. Jarok nahm die Spitze. Brakas war hinter ihm. Vor ihm öffnete sich das Kampffeld. Er konnte die Anhöhe mit den Bombarden sehen, die von vielen Männern bewegt und neu geladen wurden. Er musste unter den Läufen dieser Geschütze hindurch, wenn er auf Schussweite an den Feldherrenhügel herankommen wollte. Geduckt huschte er hinaus.

Rechts und links waren Wagen. Junge Knechte kümmerten sich um die Zugpferde, versuchten, sie auch im Geschützdonner ruhig zu halten. Jarok lief weiter. Er duckte sich nicht mehr, denn das würde doch nur Verdacht erregen. Er hoffte, dass man ihn und Brakas einfach für zwei Offiziere halten würde, die in die Schlacht eilten. Er hielt auf die Geschützstellung zu. Da, endlich, gaben die Trosswagen den Blick auf das Schlachtfeld frei. Überwältigt hielt er inne. Noch nie hatte er so viele Menschen auf einem Fleck gesehen. Dicht an dicht standen die Krieger in vielen Reihen. Ihre Waffen blitzten in der jungen Sonne, aber noch schienen sie nicht anzugreifen. Er erahnte die eigenen Stellungen, die sich über der Böschung abzeichneten. Fahnen wehten auch dort, aber Staubwolken verhinderten eine klare Sicht. Donner vom Meer zerriss die Faszination. Eine Galeere hatte sich nah ans Ufer geschoben, und weiße Rauchwolken vom Vorderkastell verrieten, dass sie auch dort Geschütze hatten. Jarok nahm einen der vergifteten Pfeile aus dem Köcher. Auf der anderen Seite des Schlachtfeldes sah er eine dunkle Masse aus unzähligen Reitern, weit entfernt zwischen den Seen, doch die schien nicht voranzukommen.

»Das ist zu weit«, meinte Brakas. Sein Gesicht war blass. Also ging auch an ihm die Anspannung nicht spurlos vorüber.

Jarok schüttelte den Kopf. Es war weit, aber nicht zu weit für einen guten Jäger, nicht zu weit für einen damatischen Bogen. Er legte den Pfeil auf die Sehne.

Zwei Dutzend Leute waren dort auf dem Feldherrenhügel, im Staub kaum zu unterscheiden. Er konzentrierte sich auf die Berittenen. Einige saßen auf Schimmeln, wie Weszen. Er sah goldschimmernde Panzer und wehende Helmbüsche, doch da, in der Mitte, gab es in all der Aufregung einen ruhenden Pol, um den alles zu kreisen schien: Ein Mann in dunkler Rüstung, auf einem unscheinbaren Braunen. Jarok zog die Sehne noch ein wenig weiter. Er spürte den leichten Wind auf der Wange und korrigierte den Bogen um eine Winzigkeit. Er versuchte, ruhig und tief zu atmen. Er hatte Harat im Visier.

Erst jetzt kam ihm der Gedanke, dass sie den gleichen Vater hatten, dass er gerade dabei war, seinen Halbbruder zu töten. Er stockte. *Du hast deine Befehle,* schoss es ihm in den Sinn. *Und deine Tat kann den Sieg bringen.* Jarok atmete aus, und die Finger lösten sich wie von selbst von der Sehne. Mit hellem Klang zischte der Pfeil davon. Er folgte ihm mit den Augen. Nun war es wieder wie bei der Jagd. Er vergaß für einen Augenblick, warum und auf wen er den Pfeil abgeschossen hatte. Er wünschte nur noch, dass er traf. Er verlor das schlanke Geschoss im Staub aus den Augen. Hatte er getroffen? Auf dem Hügel war plötzlich viel Bewegung. Pferde scheuten, und Männer liefen durcheinander. Er konnte nichts erkennen. Hatte er getroffen? Dann brach aus der Menge ein reiterloses Pferd hervor, das wild um sich schlug. Es war ein Brauner.

»Du hast ihn erwischt!«, jubelte Brakas.

Jarok ließ den Bogen sinken. Hatte er gerade seinen eigenen Bruder getötet? Er stand wie gelähmt.

Ein heller Schrei riss ihn aus den Gedanken. Ein Trossknecht, fast noch ein Kind, hatte ihn entdeckt und wies bleich vor Schreck und mit ausgestreckter Hand auf ihn.

Neben ihm erklang ein schriller Pfiff. Brakas rief ihre Schar zu Hilfe.

Jaroks Blick wanderte von dem erschrockenen Knecht zu ihrem Versteck. Es sah aus, als würde der Sand Krieger gebären: Die Leibgarde des Schahs brach aus der Düne hervor.

»Die Geschütze, Männer, holt euch die Geschütze!«, brüllte Brakas. Er packte Jarok am Arm und zog ihn hinter sich her. »Reiß dich zusammen, wir sind hier nicht auf der Jagd! Hier geht es auf Leben und Tod!«

Jarok stürmte mit seinen Leuten die feindliche Geschützstellung. Die meisten Bombardiere ließen alles stehen und liegen und rannten davon. Nur einige blieben und wehrten sich, und so wurde um ihn herum blutig gekämpft. Er sah Tote und Verwundete zwischen den Lafetten zusammenbrechen, ein schreckliches Blutbad. Die Schlacht wurde zu einem seltsamen, üblen Rausch. Ihm war, als hätte er mit alldem nichts zu tun. Brakas hatte das Kommando übernommen. Er sorgte dafür, dass die Männer die Geschütze, die sie geladen vorfanden, auf das feindliche Heer abfeuerten, und das Bild der schrecklichen Furchen, die die schweren Kugeln durch die dicht gedrängten Reihen zogen, brannte sich unauslöschlich bei Jarok ein.

Der Feind begann dennoch seinen Angriff auf die Böschung. Irgendjemand anders musste jetzt dort drüben Befehl führen. Das Heer fiel nicht auseinander, wie Weszen prophezeit hatte, es rannte auch nicht kopflos davon, aber dann entzog der Pulverdampf der Bombarden das Schlachtfeld Jaroks Blicken. Plötzlich tauchten Reiter und Speerträger in den Rauchschwaden auf. Aber auch die rannten nicht davon, nein, sie kamen, um die Geschütze zurückzuerobern, und es begann ein wildes Gemetzel.

Jarok wehrte sich, er konnte hinterher nicht sagen, ob er jemanden getötet hatte. Der Kampf endete jäh mit lautem Donner. Brakas hatte noch eine geladene Bombarde gefunden – und ihr Schuss reichte, um die Angreifer in die Flucht zu schlagen.

Der Rauch der Geschütze verzog sich, und Jarok sah drüben silberne Wellen von Kriegern dicht an dicht die Böschung hinaufstreben. Es war eine Flut, die jedes Hindernis überwinden musste. Plötzlich ertönte ein dünner Schrei, der nicht von dieser Welt sein konnte. Jarok jagte es einen Schauer über den Rücken. Der Schrei verebbte. Das kam aus dem Osten, von den Seen! Auf dem Schlachtfeld erschien wie aus dem Nichts eine weitere Welle, eine, die nicht aus Männern und Stahl bestand. Sie kam von den Seen, durch den ausgetrockneten Bachlauf, der die Böschung jedes Frühjahr aufs Neue auswusch. Wasser! Eine regelrechte Flut wälzte sich von den Seen heran, packte die feindlichen Scharen, die eben noch die steile Böschung hatten erobern wollen, aber jetzt darum kämpfen mussten, nicht fortgerissen zu werden. Jarok konnte förmlich sehen, wie das Wasser ihren Mut davonspülte. Der Angriff stockte, die ganze Schlacht schien für einen Augenblick stillzustehen. Es schien ihm, als würde der Gott der Schlachten beide Seiten für diesen einen Moment auf einer Rasierklinge in der Balance halten.

Dann kippte das Gleichgewicht. Donner dröhnte vom Meer, doch dieses Mal flogen die Geschosse in die Reihen des Feindes. Jarok sah jetzt viel mehr Segel. Der Seebund war gekommen!

»Vorsicht!«, brüllte Brakas, und Jarok zog instinktiv den Kopf ein. Ein Säbelhieb ging knapp über ihn hinweg. Ein Reiter. Er starrte den Mann und sein Pferd an. Wo war der hergekommen? Er hielt sein Schwert in der Hand, aber der Gedanke, den Reiter anzugreifen, kam ihm gar nicht. Eine dunkle Gestalt flog plötzlich durch die Luft. Es war Brakas. Der Westgarther war über die Lafette einer Bombarde gesprungen und warf sich nun auf den feindlichen Reiter. Er riss ihn mitsamt seinem Rappen zu Boden und machte ihm mit seiner Axt den Garaus. »Reiß dich zusammen!«, herrschte er Jarok an.

Jarok nickte und half Brakas auf die Füße. Um sie herum herrschte das Chaos. Neue Reiterscharen tauchten vor ihrer Stellung auf, brachen zwischen den Geschützen hindurch. Jarok duckte sich hinter die Lafette, hob das Schwert zur Abwehr, doch der Mann, der auf ihn zugehalten hatte, beachtete ihn gar nicht. Erst jetzt bemerkte er, dass diese Krieger sie nicht angriffen – sie flohen!

An der Böschung wurde noch gekämpft, doch die eben noch so dichten Reihen dahinter lösten sich in wilder Flucht auf. Schwarze Wüstenreiter tauchten am Strand auf. Sie kamen durch die Dünung galoppiert. Es sah aus, als seien sie dem Meer entstiegen. Sie waren nicht zahlreich, doch jagten sie die Scharen, die dort noch aushielten, auseinander. Und jetzt ging das Heer jenseits der Böschung zum Gegenangriff über. Weszens Krieger stürzten sich mit lautem Gebrüll auf den Feind. Das brach den letzten Widerstand. Der Feind rannte.

Brakas versuchte, ihre Schar zusammenzuhalten. »Dort – die Generäle, die Prinzen, holt sie euch!«, brüllte er und verschwand dann plötzlich in einer Staubwolke. Doch die Prinzen und Generäle waren zu Pferd. Sie erwischten sie nicht, und bald jagten die Skorpionprinzen mit dem Rest ihres geschlagenen Heeres davon.

8.

Dreizehn Männer hatte ihre Schar verloren, und die meisten anderen hatten eine oder mehrere Wunden davongetragen. Jarok hatte zwei tiefe Schnittwunden am linken Arm. Er lehnte an einer der eroberten Bombarden. Ihr bronzenes Geschützrohr war noch warm von der Schlacht. Meister Pirim versorgte seine Wunde. Er beschwor Sand, erhitzte ihn und ließ ihn durch die Wunde ziehen. Es brannte wie Feuer, aber der Sandmagier behauptete, so ließe sich der gefürchtete Wundbrand fernhalten.

»Ich kann mich nicht erinnern, wann ich diese Schnitte empfangen habe«, seufzte Jarok.

»Du warst mit deinen Gedanken wohl an einem anderen Ort, mein Freund!«, meinte der gut gelaunte Brakas, der ebenso plötzlich wieder erschien, wie er verschwunden war. »Das ist ziemlich gefährlich, vor allem wenn deine Gedanken in den Wolken, dein Leib aber auf einem Schlachtfeld ist. Andererseits heißt es wohl zu Recht, dass Narren und Kinder unter dem besonderen Schutz der Götter stehen. Und wahrlich, du hast dich benommen wie ein Narr!«

»Kann schon sein«, murmelte Jarok. »Jedenfalls haben wir gewonnen, auch wenn ich nicht verstehe, wie das möglich war.«

Sandmeister Pirim erklärte es ihm: »Entscheidend war wohl, dass wir die Reiterei aufgehalten haben. Ihr wisst doch, dass unsere Leute Gräben zwischen den Seen ausgehoben haben. Wir Sandmeister haben dafür gesorgt, dass sie sich mit der richtigen Mischung aus Sand und Wasser gefüllt haben.«

»Sand und Wasser?«

»Es wurde wie Treibsand dort, was wir, das muss ich zugeben, vor allem Meister Ured zu verdanken haben, der das Wasser zur richtigen Zeit in die Gräben hineindrückte. Er musste bis zum letzten Augenblick warten, denn wenn Sand einmal nass geworden ist, können wir ihn nicht mehr bewegen. Das Ganze wurde ein richtiger Sumpf. So nützten dem Feind seine vielen tausend Reiter nichts. Die vordersten blieben einfach stecken, und die, die hinten waren, nahmen Reißaus, als der See sich bewegte.«

»Der See bewegte sich?«, fragte Jarok, der nicht folgen konnte.

»Meister Ured ist viel mächtiger, als selbst ich es mir vorstellen konnte. Habt Ihr die Flut nicht gesehen, die unter der Böschung hindurchtobte? Meister Ured hat den ganzen See aus seinem Becken in diesen trockenen Flusslauf geschoben, wenn Ihr so wollt.«

»Meister Ured«, echote Jarok, der sich wieder an den Käfigwagen erinnerte und daran, wie Weszen den Mann mit Versprechungen für die gefangenen Töchter gefügig gemacht hatte.

»Sagt, ist es Magiern nicht verboten, in eine Schlacht einzugreifen?«

Pirim wurde verlegen. »Eigentlich haben wir nur Gräben ausgehoben. Unser Orden hat in der Schlacht selbst keinen einzigen Feind getötet. Und Meister Ured, nun … natürlich werden alle anderen Orden ihn nun ächten. Ich kann mir nicht vorstellen, dass der Ugir-Schah noch länger seine schützende Hand über ihn halten wird.«

Jarok nickte düster. Es war leicht vorherzusehen, dass Weszen den Mann opfern würde. Vermutlich würde er einfach behaupten, er habe nicht gewusst, was der Magier vorhabe, damit ihm niemand einen Bruch der Großen Übereinkunft vorwerfen konnte.

»Jedenfalls glaube ich nicht, dass die Welt je einen größeren Sieg gesehen hat«, fuhr Pirim fort. »Viele feindliche Krieger wurden erschlagen. Noch weit mehr haben sich ergeben. Die übrigen sind in alle Richtungen zerstoben. Der Feind ist vernichtet. Wir haben seine Geschütze, wir haben seinen Tross, und die meisten seiner Schiffe sind versenkt.«

Beißender Rauch zog über das Schlachtfeld. Jarok betrachtete einige brennende Trosswagen, die vermutlich von den eigenen Leuten angezündet worden waren. Rund um die Geschützstellung, die sie während der Schlacht erst genommen und dann verteidigt hatten, lagen viele tote Krieger und Pferde und weggeworfene Waffen und Schilde.

»Nicht zu vergessen, dass ihr wichtigster General tot ist«, warf Brakas ein.

»Ich bin sicher, Weszen wird die Verdienste Eurer Schar zu würdigen wissen, Meister Brakas«, erwiderte der Zauberer mit einem hintergründigen Lächeln.

Weszen tauchte kurz darauf aus dem Rauch auf, hoch zu Ross, umringt von seinen Wüstenreitern und Generälen. »Ich freue mich zu sehen, dass du diesen Kampf gut überstanden hast, Jarok!«, rief er. »Und noch mehr freue ich mich, dass du die Kunst des Bogenschießens noch so gut beherrschst wie damals. Meine Leute haben einen deiner Pfeile in Harats Leiche gefunden. Wirklich, es ist dir gelungen, diesen Heerwurm zu enthaupten! Und du hast die feindliche Batterie genommen. Mein Vertrauen in dich war also gerechtfertigt!«

»Eigentlich hat Schwertmeister Brakas den Angriff auf die Stellung geführt, Hoheit«, gab Jarok zurück.

»So? Dann kann er uns vielleicht erklären, warum Eure Schar den Angriff auf die Prinzen unterlassen hat?«, rief Bannermeister Schasur. »Vier der Sieben sind uns entkommen!«

Jarok war viel zu verblüfft, um darauf zu antworten, aber Brakas rief: »Beschuldigt die toten Krieger des Feindes, die hier den Boden decken, Schasur. Sie haben uns mit ihrem Leben daran gehindert, diesen Hügel dort anzugreifen!«

»Genug davon!«, unterbrach der Schah. »Der Sieg ist unser!

Seht nur die Scharen von feindlichen Kriegern, die meine Männer dort ans Ufer führen. Sie werden die Ruderbänke unserer Galeeren und des Seebundes füllen. Harat ist tot, der gefährlichste der Bastarde. Außerdem wurde Prinz Serod tot an die Küste gespült, und mein geschätzter Halbbruder Eschad, der besser ein Wiesel als einen Löwen im Wappen führen sollte, hat sich uns ergeben. Die vier Kakerlaken, die uns entkamen, werden bald folgen! Der Sieg ist vollkommen – und mit Harats Tod nahm er seinen Anfang, auch wenn Ihr das nicht begreifen wollt, Schasur.« Damit wendete er sein Pferd und preschte davon.

»Unser Bannermeister scheint wirklich etwas gegen uns zu haben …«, meinte Brakas, als Weszen und sein Gefolge verschwunden waren.

»Vielleicht ist er nur wütend, weil er selbst keinen großen Beitrag zu diesem Sieg leisten konnte«, versuchte Jarok Schasurs merkwürdiges Verhalten auch sich selbst zu erklären.

»Nein, ich glaube, das geht tiefer, mein Freund«, erwiderte Brakas. »Jedenfalls ist es gut zu sehen, dass er damit beim Schah nicht durchkommt. Ich glaube sogar, er hat den Stier richtig wütend gemacht – und das ist nun wirklich unklug.«

Weszen hatte gesagt, dass Serod, den er nie gesehen hatte, gefallen und Eschad, der den Padischah bei ein oder zwei Jagden begleitet hatte, in Gefangenschaft geraten war. Jarok war klar, dass das kaum einen Unterschied machte. Weszen würde ihn töten lassen und sich dabei auf das Gesetz der Skorpione berufen, das jeden neuen Padischah verpflichtete, »um der Ordnung des Reiches willen« seine Brüder zu töten – auch wenn er noch lange nicht auf dem Pfauenthron saß. Und Jarok hatte seinen Beitrag geleistet, indem er seinen Halbbruder Harat mit einem vergifteten Pfeil getötet hatte. Er wusste nicht, wie er darüber denken sollte. Er spürte keinen Triumph, aber er spürte auch kein schlechtes Gewissen. Es war, als habe die Schlacht eine Taubheit seiner Gefühle und Gedanken verursacht.

Gegen Abend ließ Weszen auf dem Schlachtfeld, unten am Strand, ein Zelt errichten, wo er den Abgesandten des Seebundes empfangen wollte. Jarok war ebenfalls dorthin befohlen worden. Eine doppelte Reihe aus eroberten Standarten des Feindes markierte einen breiten Weg und würde dem Botschafter nebenbei zeigen, welch großer Sieg hier an Land errungen worden war.

Es war wieder Protektor Pelwa. Jarok erkannte den knochigen Greis schon von weitem. Er saß in einem Boot, das von der größten Galeasse der Flotte ablegte, aber – war es die Strömung oder einfach purer Unwille – das Boot erreichte das Ufer abseits des abgesteckten Ehrenweges, und als Pelwa dort erstaunlich behände an Land sprang, drückte seine Miene nicht unbedingt die Freude aus, die Jarok nach einem derart großen Sieg erwartet hätte. Pelwa blieb dort stehen. Offensichtlich erwartete er, dass Weszen ihm entgegenkam.

Weszens eben noch glänzende Laune war dahin, als er zum Strand hinablief und den Protektor abseits der flatternden Banner begrüßte: »Ich freue mich, Euch zu sehen, Pelwa, und bin erleichtert, dass Ihr die Schlacht unbeschadet überstanden habt«, begann er höflich, was einigermaßen gezwungen klang.

»Auch ich bin erfreut, Euch gesund zu sehen, Hoheit. Doch meine Siegesfreude ist getrübt, denn wir haben eine Galeere verloren.«

Eine Galeere? Jarok traute seinen Ohren nicht. Der Mann beklagte sich über den Verlust eines einzigen Schiffes nach einem derart überwältigenden Sieg?

»Ich bin sicher, die Werften des Seebundes werden den Verlust mit Gewinn ausgleichen«, gab der Schah eisig zurück. »Und seht, wie versprochen, liefere ich Euch tausende Gefangene für die Ruderbänke Eurer Flotte. Kommt, in meinem Zelt wartet Wein, mit dem wir auf unseren Sieg anstoßen können!«

»Viele von den Gefangenen scheinen mir verwundet zu sein«, meinte Pelwa, was unverschämt war, zumal er die Gefangenen doch noch gar nicht aus der Nähe zu Gesicht bekommen hatte. »Doch habt Ihr Recht, Hoheit. Lasst uns die Fragen dieser Schlacht in Eurem Zelt besprechen. Der Wind frischt auf, und meine alten Knochen können ihn nicht leiden.«

»Der Sieg ist mein«, begann Weszen, als sie im Zelt waren. Es gab keine Sessel oder Stühle, vermutlich wollte der Schah das Treffen so kurz wie möglich halten.

»Unser«, korrigierte Pelwa missmutig. Er hielt den Becher Wein in der Hand, hatte aber nur daran genippt, fast, als fürchte er, vergiftet zu werden.

»Der Seebund hat sich richtig entschieden, als er sich mit mir verbündete. Ich werde das Reich bald einen. Und wenn Eure Schiffe nun die Küste hinabsegeln und dem Feind weiter zusetzen, um ihn von der Küstenstraße zu vertreiben, wird er sich in alle Winde zerstreut haben, bevor er Elagdad erreicht und sich dort verschanzt.«

Pelwa räusperte sich. »Der Bund ist dieses Bündnis eingegangen, um Euch Ugir zu erhalten, Hoheit. Dies scheint gelungen.«

»Was soll das heißen?«

»Ich werde erst Rücksprache mit dem Rat in Frialis halten müssen, bevor ich Euch sagen kann, ob meine Schiffe weiter an Eurer Seite sein werden oder nicht.«

»Ihr wollt uns im Stich lassen? Jetzt? Der endgültige Sieg ist zum Greifen nah!«

»Ich bin sicher, Ihr werdet ihn auch ohne unsere Galeeren erringen, Hoheit.«

»Wollt Ihr wirklich den Zorn des zukünftigen Padischahs wecken, Pelwa?«

»Nichts läge mir ferner, Hoheit. Doch habe ich meine Befehle, und der Rat wird Fragen haben zur Art und Weise, wie dieser Sieg errungen wurde. Diese seltsame Flut, die Eure Feinde fortspülte, ist uns nicht entgangen, Hoheit. Wisst Ihr, manche von uns nehmen die Große Übereinkunft überaus ernst. Und glaubt nicht, dass wir nicht wüssten, dass Ihr einen gewissen Zauberer in Euren Reihen habt …«

Weszen sah für einen Augenblick aus, als wolle er sich auf den Protektor stürzen. Dann presste er hervor: »Meister Ured ist bereits von meinen Leuten festgenommen worden …«

»Schon wieder?«, fragte Pelwa, und er bemühte sich gar nicht, seine Belustigung zu verbergen. »Ich meine gehört zu haben, dass er doch geradewegs aus Eurem Kerker kommt, Hoheit.«

Weszen starrte den Abgesandten düster an. »Und hat der Seebund auch Vorbehalte gegen die gefangenen Krieger, die ich ihm überlassen will?«

Pelwa blieb ungerührt. »Sie sind uns willkommen, denn Ruderklaven sind knapp. Doch, wie gesagt, viele der Männer scheinen verwundet oder alt zu sein.«

»Gefangene sind Gefangene – und zum vereinbarten Preis gehören sie Euch, Pelwa.«

»Ich fürchte, unter den gegeben Umständen kann ich einen Preis von fünfzig Schillingen pro Kopf nicht vertreten, Hoheit.«

Jarok bewunderte ihn insgeheim für diese Kühnheit. Hier stand dieser alte dürre Mann inmitten eines fremden Heeres, reizte den Schah mit Widerspruch und Ausflüchten und schickte sich nun an, ganz ungeniert um die Gefangenen zu feilschen. Weder Weszens wütende Vorwürfe noch General Ul-Sias Vorhaltungen, er möge sich doch an die Vereinbarungen von vor wenigen Tagen erinnern, schien ihn zu erschüttern.

»Wir können sie auch behalten, wenn sie Euch zu teuer sind, Pelwa«, rief Weszen irgendwann.

»Wenn Ihr bereit und in der Lage seid, zwanzigtausend Mann zu nähren, zu bewachen und unterzubringen, Hoheit …«, kam es ungerührt zurück.

Am Ende hatte Pelwa den Preis auf dreißig Schillinge gedrückt. Er sah sehr zufrieden aus, als er das Zelt verließ.

»Möge er an seinen Ruderern ersticken«, murmelte Weszen.

»Dieser Mann ist schlimmer als die Pest«, meinte General Ul-Sia. »Will er sich wirklich weigern, seine Flotte nach Süden zu schicken?«

»Wir brauchen sie nicht!«, polterte Weszen. »Schickt jeden Reiter, den wir haben, dem Feind hinterher, General. Wir werden diese Feiglinge eben selbst erledigen.«

Jarok rechnete damit, dass die Versammlung nun aufgelöst würde, doch Weszen entließ sie nicht. Er verfiel für einige Zeit in düsteres Schweigen, dann aber straffte er sich und sagte: »Es gibt noch etwas, was an diesem Abend geklärt werden muss.« Er sah Jarok lange mit nachdenklicher Miene an, bevor er fortfuhr: »Wir alle haben uns gewundert, dass der Feind es wagt, mit nur fünfzigtausend Mann auf Ugir zu marschieren. Doch je länger wir darüber nachsannen, desto klarer wurde uns, dass er erwartete, die Stadt führerlos anzutreffen. Die Sieben wollten mich ermorden lassen, und wenn Jarok Blutwolf nicht gewesen wäre, dann wäre ihnen das auch gelungen.«

Jarok versuchte, sich seine Verlegenheit nicht anmerken zu lassen. Und dann der Name – *Blutwolf* … würde er denn nur noch so genannt werden?

Weszen fuhr fort: »Doch wer war dazu ausersehen, die Klinge in meinen Rücken senken? Wer ist mir nah genug, um mein Vertrauen zu genießen und mich zu töten, wenn der Feind vor unseren Mauern steht?«

Im Zelt war atemlose Stille eingekehrt. Jarok sah in den Gesichtern der Heerführer eine seltsame Mischung aus Neugier und Angst. *Natürlich*, dachte er, *der Verdacht kann jeden von ihnen treffen. Sie alle kommen nahe genug an Weszen heran …* Nur General Ul-Sia schien zu wissen, was kommen würde.

»Es muss jemand sein, dem ich mein Leben anvertrauen würde, ja, vielleicht sogar jemand, der mir das Leben schon einmal bei früherer Gelegenheit rettete. Nun, ich denke, wir haben den Mann gefunden, nicht wahr, Schasur?«

Der Bannermeister der Leibwache wurde leichenblass. »Herr?«

»Ihr wart in der Nähe, als mein Leben auf dem Paradeplatz in Gefahr war, doch Ihr habt Euch dem zweiten Pfeil nicht in den Weg gestellt, wie es einer Eurer Männer tat. Ihr habt angeblich Nachforschungen angestellt, um die falsche Schlange in meinem Palast zu finden, doch Ihr konntet sie nicht finden. Und Ihr habt verhindert, dass ein anderer nach ihr sucht. Und als man die beiden Bastarde verhaftete? Da habt Ihr versucht, sie vor dem Kerker zu bewahren. Lange fragte ich mich, was Euch dazu bewog, mich zu verraten. Aphaskar brachte mich schließlich auf die Fährte. Ihr seid ein Ugirer, Schasur, durch und durch. Entstammt Ihr nicht einer der Familien, die einst über die Stadt herrschten, bevor mein Vorfahr sie eroberte?«

»Aber, Hoheit, das ist alles nicht wahr. Ich bin Euch treu ergeben! Habe ich nicht selbst mein Leben gewagt, um den Magier zu fangen, der hinter jener Verschwörung stand?«

»Und Ihr hättet ihn getötet, wenn Jarok Euch nicht gehindert hätte, nicht wahr? Und dann ist dieser Zauberer im Kerker gestorben, in Eurem Gewahrsam, und doch fandet Ihr nicht die geringste Spur seines Mörders? Nein, Schasur, seht ein, dass Euer Verbrechen offenbar wurde. Gesteht, und vielleicht erweise ich Euch die Gnade eines ehrenvollen Todes.«

»Verrat? Ich? Hoheit, ich bin der Befehlshaber Eurer Leibwache! Hundertmal hätte ich Euch töten können, wenn ich es gewollt hätte …«

»Das genügt!«, brüllte Weszen plötzlich. Sein Gesicht war weiß vor Wut. »Wenn Ihr selbst jetzt nicht Euren Mann steht, dann habt Ihr es nicht anders verdient!« Er gab den Wachen am Zelteingang einen Wink. Erst jetzt fiel Jarok auf, dass sie nicht zur Garde gehörten. Sie packten Schasur und zwangen ihn auf die Knie.

»Gesteht Ihr?«, fragte Weszen plötzlich ganz kalt.

»Ich habe nichts zu …«, rief Schasur mit einer Mischung aus Angst und Unglauben in den Augen.

Weiter kam er nicht. General Ul-Sia war hinter ihn getreten und warf ihm eine dünne Schlinge um den Hals. Dann zog er sie zu. Schasur bäumte sich vergeblich auf, als die Schlinge ihm ins Fleisch schnitt. Er lief blau an, keuchte ein letztes Mal und fiel tot zu Boden.

»Verräter«, knurrte Weszen voller Verachtung. »Jarok!«

»Hoheit?«

»Du bist ab sofort neuer Bannermeister meiner Leibgarde. Sieh dir deine Leute aber genau an. Ich will wissen, wessen Loyalität eher Schasur als mir gilt. Verstanden?«

Jarok schluckte und konnte seine Augen nicht von dem Toten lösen. »Jawohl, Hoheit.«

»Sehr gut, Bannermeister. Und meinen Glückwunsch zur Beförderung!«

Jarok hätte sich gerne unsichtbar gemacht oder wenigstens das Zelt verlassen, um diesem Wahnsinn zu entgehen, aber Weszen war noch nicht fertig: »Bringt den Gefangenen!«, befahl er.

Kurz darauf wurde ein Mann in Ketten ins Zelt geschoben. Seine Beine zitterten, und als er Schasurs Leichnam sah, prallte er entsetzt zurück.

Jarok erkannte ihn wieder. Es war Prinz Eschad, den er zwei- oder dreimal bei Jagden in Lyraca gesehen hatte. Er konnte sich jedoch nicht daran erinnern, mit diesem Mann je ein Wort gewechselt zu haben.

»Wir haben uns lange nicht gesehen, Bruder«, begann der Schah höhnisch.

Eschad schwieg, und sein unsteter Blick war … hilfesuchend.

»Wie ich hörte, hast du einen Löwen für dein Wappen gewählt, Bruder. Eine kühne Wahl. Mir wäre ein Kamelkopf angemessener erschienen. Verdienst du deinen Lebensunterhalt nicht damit, Kamele durch die Wüste zu treiben?«

»Karawanen«, presste Eschad hervor. »Ich habe Karawanen durch die große Wüste geführt.«

»Du wärst besser dabei geblieben. Sage mir, Eschad, wie sah euer Plan aus? Wie wollten meine Bastardbrüder meine mächtige Stadt einnehmen?«

»Wir hätten schon einen Weg gefunden. Du bist in Ugir nicht so beliebt, wie du vielleicht glaubst, *Bruder.*«

»Beliebtheit ist etwas für Schwächlinge! Die Ugirer fürchten mich, und das ist weit besser als so ein schwankendes Gefühl wie Liebe, die vergeht, wenn die Zeiten schlechter werden. Habt ihr wirklich geglaubt, das Volk würde sich erheben – für euch? Dann seid ihr närrischer, als ich dachte!«

Eschad schien sich inzwischen gefangen zu haben. Er lächelte sogar, als er antwortete: »Ich weiß nicht, wie groß die Furcht der Ugirer ist, aber ich weiß, dass ihr Hass stark ist. Auf alle Skorpione, da wir ihnen doch einst die Freiheit nahmen, auf dich besonders – da du dich nun einmal zu ihrem Herrn ernannt hast. Sag mir, Weszen, wie oft haben sie schon versucht, dich umzubringen in *deiner Stadt?*«

»Halt dein Maul, Bastard!«, brüllte Weszen. »Fremde, Verschwörer, angestiftet und bezahlt von euch Kakerlaken, das sind die, die mir nach dem Leben trachten! Doch sie werden alle sterben – so wie auch du, Bruder!«

Prinz Eschad zuckte mit den Schultern. »Ich weiß, was mir bevorsteht. Wirst du es gleich hier tun, Bruder? Und wirst du mir einen Tod von deiner Hand gewähren?«

Weszen war ruhig geworden. Er starrte seinen Halbbruder lange finster an, dann sagte er: »Nein, ich werde dich nach Ugir schaffen lassen. Das Volk soll sehen, was mit jenen geschieht, die sich gegen mich stellen.«

Eschad lachte leise, dann sagte er: »Aber, Bruder, du würdest mich doch auch töten lassen, wenn ich mich nicht gegen dich gewendet hätte.«

»Schafft ihn fort, diesen Hund, schafft ihn mir aus den Augen!«

können unsere Truppen nicht aufspalten, wir sind so schon zu wenige, um …«

»Ich glaube, ich kenne den richtigen Bluthund für diese Aufgabe, General«, unterbrach ihn der Schah. »Jarok, mein Freund! Nimm dir dreißig meiner Wüstenreiter und bring Gilef zur Strecke! Bringe ihn als Gefangenen, wenn du kannst – oder nur seinen Kopf, wenn es nicht anders geht! Wirst du das schaffen?«

»Jawohl, Hoheit«, erwiderte Jarok, obwohl er am liebsten nein gesagt hätte. Er sollte noch einen seiner Halbbrüder zur Strecke bringen? Ihn jagen wie ein Stück Wild? Alles in ihm widersetzte sich diesem Befehl. Es half nicht, dass er sich sagte, dass dies das Ende des Krieges näher bringen würde. *Hör auf zu jammern,* mahnte er sich, *es bringt den Frieden ein Stück näher, Gilef zu fangen.*

Er bereitete sich auf den Aufbruch vor. Die Wüstenreiter, die ihn begleiten sollten, wurden von einem alten Weißbart geführt, der Jarok ein Pferd, einen hellbraunen Wüstenrenner, brachte. »Ich hoffe, du kannst reiten, Fremder.«

Jarok nickte knapp und schwang sich in den Sattel. Er war seit Jahren nicht mehr geritten, aber verlernt hatte er es gewiss nicht. »Wie ist dein Name, Freund?«

»Ich heiße Ursef, doch bin ich nicht dein Freund, denn du bist weder von meinem Stamm noch ein richtiger Oramarer, Fremder. Dennoch werden wir dir folgen, denn der Schah hat es befohlen.«

»Ich denke, du wirst viel Spaß haben«, meinte Brakas grinsend, der das hörte.

»Wir werden sehen«, meinte Jarok. »Kommst du hier allein zurecht?«

»Wie es aussieht, bin nicht ich zu deinem Stellvertreter ernannt worden. Unserem speziellen Freund Alseq, der Schasur ja schon früher vertreten hat, wird diese Ehre zuteil. Aber wir kommen schon klar. Unkraut vergeht nicht.«

»Dann sehen wir uns vor Elagdad?«

»Oder in der Stadt, wenn sie sich uns so schnell ergibt, wie hier viele glauben«, meinte der Westgarther.

»Dann in Elagdad!«, gab Jarok zurück. Ein paar Gardisten der Dritten Schar waren in Hörweite. Es konnte nicht schaden, Zuversicht zu verbreiten.

»Welchen Weg befiehlst du, Fremder?«, fragte Ursef.

»Der Späher sagte, Prinz Gilef sei etwa einen halben Tagesritt von hier von der Küstenstraße nach Osten abgebogen. Wir werden aber nicht der Straße folgen, sondern versuchen abzukürzen und dann sehen, was die Spuren sagen.«

»Dann hoffe ich, dass du ihre Sprache gut verstehst, Fremder.«

Darauf gab Jarok keine Antwort. Die Wüstenreiter schienen ihn nicht zu mögen, aber das mussten sie auch nicht. Es reichte vollkommen, wenn sie seinen Befehlen folgten. Er schnalzte mit der Zunge und trieb sein Pferd hinaus in die Wüste.

Jenseits der Seen bestand das Land aus steinhartem Lehm, der mit grauen Gräsern durchsetzt war. Sie ritten schnell, aber immer wieder wurden sie aufgehalten, weil Spuren ihren Weg kreuzten. Jarok musste wenigstens einen kurzen Blick darauf werfen, um sicherzugehen, dass sie nicht etwa Gilefs Fährte verpassten.

»Du bist schnell im Beurteilen dieser Spuren, Fremder«, sagte Ursef, als sie zum dritten Mal hielten, und es schwang mehr Skepsis als Anerkennung in seiner Stimme mit. »Ich sehe natürlich, dass Pferde hier durchgekommen sind, doch habe ich keine Ahnung, wer in ihrem Sattel saß.«

»Der Späher sagte, dass er Gilefs Banner über einer beachtlichen Schar von Berittenen gesehen habe. Das hier waren höchstens ein Dutzend Pferde. Nichts, was ich als große Schar bezeichnen würde.«

Diese Erklärung nahm Ursef hin, der ansonsten schweigend an seiner Seite ritt. Irgendwann fragte Jarok, um das Eis zu brechen: »Sag, Ursef, wie heißt dieses edle Tier, auf dem ich reite?«

»Pferd.«

Danach war auch Jarok nicht mehr unbedingt auf ein Gespräch aus.

Dann, irgendwann, stellte der Wüstenreiter fest: »Wir entfernen uns immer weiter von der Küste. Wenn Prinz Gilef nach Elagir strebt, wird er sich nicht so weit nach Osten wagen. Dort draußen gibt es wenig Wasser, Fremder.«

»Es ist nicht gesagt, dass er nach Elagir will. Und wenn, dann nimmt er die alte Handelsroute, die über die Oasen führt.«

»Du kennst diese Straße, Fremder?«

»Ich bin sie einmal geritten. Gilef wird zu einer der drei Oasen wollen und erst dort entscheiden, wie es weitergeht.«

Ursef nahm das schweigend hin, aber eine Stunde später – sie hatten wieder eine Fährte gekreuzt – fragte er unvermittelt: »Woher willst du wissen, was der Prinz vorhat?«

»Er hat nicht viele Möglichkeiten, Ursef. Er hat seine Brüder im Stich gelassen, also will er gewiss nicht nach Elagdad. Er kann die Straße nicht nach Westen reiten, denn das brächte ihn in den Machtbereich Ugirs. Er würde wahrscheinlich gerne nach Elagir, in die Hauptstadt, fliehen. Sie werden ihm zwar die Tore nicht öffnen, da er einer der Prinzen ist und die Stadt sich neutral gebärdet, aber immerhin könnte er von dort dem Nawar weiter ins Landesinnere folgen. Der Fluss bietet Wasser, vielleicht ein Schiff. Das wäre das, was ich an seiner Stelle versuchen würde. Wenn er tollkühn ist, versucht er stattdessen, die Große Wüste zu durchqueren. Aber das werden wir hoffentlich erfahren, wenn wir in der Oase sind.«

Ursef sah ihn nachdenklich an, dann sagte er: »Wenn er klug ist, wird er niemandem sagen, was er vorhat, Fremder.«

»Er wird mich nicht täuschen«, gab Jarok, dem die Feindseligkeit des Mannes allmählich auf die Nerven ging, kühl zurück.

Sie übernachteten in der Wüste, unter einem weit gespannten Sternenhimmel und bei bitterer Kälte. Die Wüstenkrieger hatten für ausreichend Wasser gesorgt. »Für drei Tage wird es reichen.

Ich hoffe, du bringst uns zu dieser Oase, bevor der dritte Tag um ist, Fremder«, meinte Ursef, als er sein Pferd tränkte.

Im ersten Licht des Morgens saßen sie wieder im Sattel. Sie erreichten die alte Handelsstraße am Abend des folgenden Tages, auf halbem Weg zwischen den ersten beiden Oasen, und Jarok war sicher, dass Gilef ihren Weg noch nicht gekreuzt hatte. Dann hörte er einen Schrei in der Luft. Er musste nicht nach oben sehen, um zu wissen, dass es Hrima war, die nach ihm suchte. Er ließ die Schar anhalten und rief sie herab. Er fand, es könne nicht schaden, die Reiter zu beeindrucken, und er wusste, dass es kaum etwas Beeindruckenderes gab, als einen Eisgreifen auf der Faust eines Mannes landen zu sehen. Hrima fiel herab wie ein Stein, zog dann dicht über die Reiter hinweg, was diese zusammenzucken ließ, und landete schließlich sicher auf Jaroks Unterarm. »Angeberin«, begrüßte er sie leise. »Was machst du hier? Warum fliegst du nicht heim, zu Bors, der dich sicher vermisst?«

»Bei den Göttern, was für ein herrliches Geschöpf«, rief Ursef, der vorsichtig näher kam. »Wie wird dieses Tier genannt?«

»Vogel«, gab Jarok knapp zurück. Er fütterte Hrima mit einem Streifen Trockenfleisch und ließ sie dann wieder fliegen. Er konnte sie lange über ihrer Schar kreisen sehen, aber dann zog sie in der Abenddämmerung wieder Richtung Küste davon.

Sie ritten, bis das Licht zu schwach wurde, um noch Spuren zu erkennen, und schlugen dann ein Lager auf. Wie am Abend zuvor entzündeten die Krieger zwei Feuer, die mit dem gesammeltem Pferdedung gespeist wurden – ein größeres für die Wüstenreiter, ein kleineres für Jarok.

Zu Jaroks Überraschung setzte sich Ursef zu ihm. »Einer der Männer sagte mir«, begann der Weißbart, »dass dein Vater ein Oramarer war. Ist das wahr?«

Und als Jarok nickte, fragte der Alte weiter: »Wie war sein Name? Vielleicht kenne ich ihn.«

Das erschien Jarok allerdings unwahrscheinlich. Dennoch beantwortete er die Frage mit der Lüge, die seine Mutter ihn gelehrt hatte: »Er hieß Firis und war ein Bannermeister im Heer des Großen Skorpions, als jener in Damatien Krieg führte.«

Der Alte nickte. »Einige meine Brüder sind dort gefallen. Es ist kein Land für uns Wüstenreiter. Ich war auch dort, und ich glaube, ich habe deinen Vater an der Seite des Padischahs gesehen.«

»Er ist in Damatien gefallen«, sagte Jarok.

»Und hat er dir Familie, Geschwister hinterlassen, Sohn von Firis?«

Also war er jetzt nicht mehr der *Fremde?* Jarok schüttelte den Kopf. »Er war noch jung, und soweit ich weiß, hatte er weder Brüder noch Schwestern. Und seine Eltern … ich weiß nicht, wer sie waren.«

»Hast du nie versucht, sie zu finden?«, fragte der Wüstenreiter erstaunt. »Ein Mann sollte doch die kennen, die seines Blutes sind.«

»Ich habe eine Mutter in Damatien. Es genügt mir, die zu kennen, Ursef.«

»Aber das ist eine Damaterin, keine Tochter Oramars.«

»Mir genügt sie«, gab Jarok knapp zurück.

»Verzeih, Firis' Sohn. Ich wollte dich nicht beleidigen.«

»Schon gut, Ursef. Sag mir, wo ist deine Familie?«

»Nesar, einer meiner Söhne, reitet mit uns, Brequ, der andere, ist bei Schah Weszen geblieben. Meine Frau und meine Töchter und Enkel sind bei meinem Stamm im Inneren der Großen Wüste. Wenn Gilef in die richtige Richtung flieht, kann ich sie dir vielleicht vorstellen.«

»Ihr seid Naurier, nicht wahr?«

»Ah, du kennst die Stämme? Das ist gut. Es bezeugt, dass du unserem Volk Respekt entgegenbringst.«

»Ich bin schließlich auch zur Hälfte Oramarer, Ursef.«

»Das haben wir nicht geglaubt, Firis' Sohn, verzeih. Ich sah nur die damatische Hälfte, und wir hassen dieses Volk wegen der Grausamkeiten, die es an unseren Söhnen beging.«

»Es war ein grausamer Krieg«, sagte Jarok, der genau wusste, dass der lange Kampf in Damatien von beiden Seiten mit aller Brutalität geführt worden war. »Und mein Name ist Jarok ...«

»Ein damatischer Name ... Ich weiß nicht, ob er über meine Lippen kommt.«

Jarok blieb ruhig, obwohl er es merkwürdig fand, dass dieser Mann vom Stamm der Naurier die Damater derart hasste. Er war seit vielen Jahren in Oramar, und noch nie war er wegen seiner Herkunft derart angefeindet worden. Ob der Naurier wohl freundlich wäre, wenn er wüsste, dass er in Wahrheit an der Seite eines Bastardprinzen ritt?

Die Nacht war kurz, und sie brachen im Morgengrauen auf. Hrima erschien vor dem Mittag hoch in der Luft und flog ihnen voraus. Wie Jarok es vorhersagte, erreichten sie die Oase am frühen Nachmittag, und dort erfuhren sie, dass Prinz Gilef tatsächlich dort gewesen war.

»Er war gestern früh hier. Und er hat gesagt, er will nach Osten, Herr«, sagte der Vorsteher der Oase, die eigentlich nicht viel mehr war als eine Handvoll Lehmhütten, die sich um ein schlammiges Wasserloch drängten.

»Wie viele Männer waren bei ihm?«

»Keine fünfzig, Herr«, lautete die Antwort.

»So sind wir fast so stark wie er«, stellte Ursef zufrieden fest. »Aber will er wirklich nach Osten? Oder täuschte er den Mann, um seine Verfolger zu täuschen?«

»Das werde ich gleich wissen«, meinte Jarok, der dann, während die Männer die Pferde tränkten, den Vorsteher ausfragte. Der Mann behauptete, nichts zu wissen, aber aus den vielen kleinen Bruchstücken, die er beiläufig preisgab, ergab sich ein deutliches Bild.

»Gilef will in die Hauptstadt«, verkündete Jarok, als sie wieder aufsaßen. »Seine Leute stehen kurz vor der Meuterei, und er vertraut ihnen nicht mehr genug, um sich mit ihnen in die Wüste zu wagen, wo doch alles Mögliche geschehen kann.«

Es war schwer zu sagen, ob Ursef überzeugt war, aber das war ihm auch gleich. Die Männer folgten ihm, das genügte. Was aber würde geschehen, wenn sie gegen Prinz Gilef und seine Schar kämpfen mussten? Gilef war schließlich ein »echter« Oramarer.

Er fragte Ursef nach seiner Meinung über den Prinzen. »Ich kenne den Mann nicht. Ich weiß nur, dass man ihn die Viper nennt und dass Schah Weszen seinen Kopf will, das genügt mir.«

»Ihr stammt aus der inneren Wüste, Ursef, wie kommt es, dass ihr dem Ugir-Schah so treu ergeben seid?«

Der Alte bedachte ihn mit einem beleidigten Blick. »Weißt du nicht, dass seine Mutter eine Nauri war? Sie war die schönste Prinzessin meines Volkes, und der Padischah war so weise, sie zu einer seiner Hauptfrauen zu machen. Weszen ist nicht nur der nächste Padischah, er ist ein Naurier, einer von uns!«

»Verzeih, das war mir nicht bekannt«, sagte Jarok, der nun immerhin wusste, dass er sich um die Loyalität der schwarz gewandeten Reiter keine Sorgen machen musste.

»Sag, Firis' Sohn, der du diese Straße kennst, wie weit ist es von hier noch bis Elagir?«

»Dreißig Wegstunden vielleicht, doch hoffe ich, dass wir Prinz Gilef vorher einholen.«

»Er wird annehmen, dass er verfolgt wird, und ebenso schnell reiten wie wir«, wandte Ursef ein. »Und er hat mehr als einen Tag Vorsprung.«

»Dann sollten wir uns beeilen«, erwiderte Jarok. »Sag, Ursef, was würden die Naurier tun, um diesen Mann in der Wüste einzuholen?«

»Diese Wüste ist zwar nicht wie unsere, aber da wir einer Straße folgen können, sollten wir die Nacht hindurch reiten und über Mittag einen Platz mit Schatten suchen, um zu ruhen.«

Sie dehnten ihre Rast an der Oase bis in den Abend hinein

aus, dann brachen sie auf. Die ganze Nacht hindurch ritten sie so schnell, wie es die Pferde zuließen. Am späten Morgen rasteten sie unter einem Felsen, verdösten die Mittagshitze und jagten dann weiter. Hrima kreiste wieder über ihnen. Sie war über Nacht in der Oase zurückgeblieben.

»Kann dieser Vogel uns nicht verraten, wie weit unsere Beute voraus ist, Firis' Sohn?«

»Wenn Hrima etwas erspäht, werden wir es merken, aber bis jetzt ist unsere Beute wohl noch zu weit voraus.«

Wurden die Pferde müde, saßen sie ab und gingen eine Weile zu Fuß weiter.

»Seltsam, dass wir keine Karawanen treffen«, meinte Ursef irgendwann.

»Der Krieg bringt eben auch den Handel zum Erliegen«, erwiderte Jarok. »Es wird sich herumgesprochen haben, dass die Sieben Ugir angreifen wollten.«

»Möglich, aber nach meiner Erfahrung zieht gerade der Krieg Händler an, die in unsicheren Zeiten die besten Geschäfte wittern.«

Am frühen Abend, Hrima war gerade wieder Richtung Oase verschwunden, entdeckte Jarok kreisende Geier. Er schickte einen Späher voraus, die Lage zu erkunden. »Es ist ein zerstörtes Lager, Herr, eine Karawane, die überfallen wurde«, meldete der Mann, als er zurückkehrte.

Sie fanden ein Bild des Schreckens vor. Ein Dutzend Männer lagen tot im Sand, daneben einige tote Lastkamele. Kisten waren aufgebrochen und durchwühlt worden. Stoffballen und Häute lagen in der Wüste verstreut. Ein paar Schakale balgten sich mit Geiern um die Toten. Ursefs Männer verjagten beide.

»Das war Gilef«, stellte Jarok fest.

»Was für eine Verschwendung«, sagte Ursef und meinte die Kamele. »Warum hat er das getan? Um Beute kann es ihm nicht gegangen sein, denn die ist auf der Flucht doch nur eine Last.«

»Ich sehe hier keine Pferde, aber Sättel. Vielleicht wollten sie die Pferde, und diese Händler haben sie nicht hergegeben. Oder sie haben sich das Wasser dieser Männer genommen.«

»Ich kann mir vorstellen, für ein gutes Pferd zu töten, aber ich kann mir nicht vorstellen, dass diese Krämer wirklich gute Pferde ritten. Wie lange liegen die schon da, Firis' Sohn?«

»Noch nicht ganz einen Tag. Wir sind Gilef näher gekommen.«

»Aber er hat immer noch viel Vorsprung.«

Sie überließen die Leichen der Wüste, und Jarok sagte sich, dass er ihren Seelen mehr diente, wenn er ihren Mörder zur Strecke brachte, als wenn er ihre Leiber im Sand verscharrte. Die Wüstenreiter dachten gar nicht darüber nach. Ursef bedauerte nur leise, dass sie keine Zeit hatten, das zerstörte Lager nach etwas Brauchbarem abzusuchen.

Sie ritten die Nacht hindurch und erreichten am Morgen die nächste Oase. Hier gab es Neuigkeiten – und drei Leichen. »Die Männer, die gestern Abend hierherkamen, hatten schlimmen Streit, Herr«, berichtete der Vorsteher, der gerade ein Grab für die drei schaufeln ließ. »Ein Teil wollte weiter nach Elagir, aber ein anderer Teil wollte lieber nach Elagdad, und sie kündigten ihrem Anführer die Treue. Da ließ er die drei Rädelsführer töten. Doch in der Nacht hat sich ein gutes Dutzend heimlich davongemacht.«

»Wie viele Männer waren noch bei diesem Anführer?«

»Vielleicht dreißig, Herr, als sie zwei Stunden vor dem Morgengrauen aufbrachen.«

»Sie haben also gerastet«, stellte Ursef zufrieden fest. »Wir holen sie vielleicht doch noch ein.«

»Es sind noch zwei Tage bis Elagir, und sie haben immer noch einige Stunden Vorsprung«, meinte Jarok skeptisch.

Sie füllten ihre Wasserschläuche und brachen wieder auf. Am Nachmittag zeigte Hrima durch die Art ihres Kreisens, dass sie etwas entdeckt hatte. Sie stießen erneut auf Tote. Fünf Krieger lagen in der Wüste, zwei mit Pfeilen im Rücken etwas abseits der Straße. Geier flogen träge von ihnen auf.

»Gilef ist am Ende«, stellte Jarok fest. »Siehst du, es sind noch einige mehr geflohen. Da sind ihre Spuren. Seine Männer laufen ihm davon.«

Sie ritten, so schnell es ihre Pferde zuließen, aber Gilef und seine Schar ritten mindestens ebenso schnell. In der Nacht fanden sie ein erstes totes Pferd, kurz darauf ein zweites und ein drittes. Man hatte ihnen offenbar die Kehle durchgeschnitten, nachdem sie zusammengebrochen waren.

Schließlich entdeckte Jarok im Sternenlicht einen einzelnen dunklen Punkt, der sich über die Straße bewegte. Es war ein Mann, ein Krieger, und er ging zu Fuß. Sie holten ihn rasch ein. Er hörte sie kommen, drehte sich um, und dann warf er Speer und Schild weg und rannte in die Wüste hinaus. Ein einzelner Pfeil setzte seiner Flucht ein Ende.

»Wir hätten ihn befragen können«, zürnte Jarok.

Ursef, der den Pfeil abgeschossen hatte, zuckte gleichmütig mit den Achseln. »Das hätte uns nur aufgehalten. Ohne Pferd und Wasser hätte es der da ohnehin nicht bis in die Stadt geschafft, und ich hätte ihn weder mit dem einen noch mit dem anderen versorgt.«

Am nächsten Tag fanden sie zwei weitere tote Tiere und einen Krieger, der sich auf einem kleinen Hügel unweit der Karawanenstraße in sein eigenes Schwert gestürzt hatte.

»Ein Offizier«, meinte Jarok, der ihn sich ansah.

»Anscheinend ein Mann mit Ehre – und einer guten Klinge. Erlaubst du, dass ich sie nehme?«

Jarok starrte Ursef irritiert an. Aber der Naurier wartete nicht auf die Erlaubnis. Er zog dem Mann das Schwert aus dem Leib, begutachtete es und nickte dann zufrieden. »Wirklich eine gute Klinge. Ein würdiges Geschenk für meinen ältesten Enkel.«

Sie ritten nun noch schneller, denn Elagir rückte näher, und sie wollten den Prinzen unbedingt vor der Stadt einholen. Der Karawanenpfad führte sie in Serpentinen eine steile Hügelkette hinauf. Sie erreichten die Passhöhe am Abend, und dann konnten sie die Stadt sehen: Elagir. Sie lag in der Ebene wie ein schimmerndes Juwel, und der breite Strom, an dessen Ufer sie errichtet worden war, spiegelte den roten Himmel in geradezu mystischem Licht.

»Verdammt«, entfuhr es Ursef. »Er ist uns wohl entwischt!«

»Das ist nicht gesagt«, erwiderte Jarok.

»Aber ich sehe ihn nicht dort unten in der Ebene. Und wenn er sich unter falschem Namen in die Stadt schmuggelt …«

»Wenn er mit zwei Dutzend Kriegern ans Tor klopft, werden sie schon merken, dass er kein Händler ist«, gab Jarok zurück. »Und einlassen werden sie den Prinzen nicht, du wirst sehen.«

Sie ritten hinab in die Ebene und durch weite Felder, die von kunstvoll angelegten Gräben reich mit Wasser versorgt wurden. Der Weizen stand hoch und leuchtete selbst in der fortschreitenden Dämmerung noch in mattem Gold. Es war ein Bild des Friedens, und der Krieg, der sie hierhergeführt hatte, schien Jarok unendlich weit weg zu sein.

Sie näherten sich der Stadt, deren hohe Mauern von vielen noch höheren Opfertürmen überragt wurden. Wachfeuer leuchteten auf den Mauern, die größten über dem Haupttor der Stadt.

Vor dem riesigen Tor lagerten viele Menschen, die nach Anbruch der Dunkelheit keinen Einlass mehr gefunden hatten. Und etwas abseits dieses Lagers ragte eine blutrote Standarte im Schein eines hellen Feuers auf. Sie zeigte einen Skorpion und eine Schlange. Sie hatten Prinz Gilef gefunden.

Jarok sah Wachen auf der Mauer und vor dem Tor, aber er entschloss sich, nicht erst um Erlaubnis zu fragen. Er gab der Schar ein Zeichen, und die Wüstenreiter schwärmten aus. Am Feuer erwachten die Männer zum Leben. Sie sprangen auf, zogen ihre Schwerter und bildeten einen Ring um den Mann in der Mitte. Es waren nur noch acht.

»Im Namen Weszens, des künftigen Padischahs – ergebt Euch, Prinz Gilef!«, rief Jarok laut.

»Wir stehen unter dem Schutz Elagirs!«, kam es aus der Mitte zurück.

»Wirklich? Ich sehe nicht, dass Euch die Wachen zu Hilfe eilen, Prinz. Noch einmal, ergebt Euch, dann lassen wir Eure Männer am Leben.«

»Sie werden eher sterben, als mich zu verraten«, kreischte die hohe Stimme des Prinzen.

»Ach, das ist doch Mist«, meinte einer seiner Männer plötzlich und ließ Schwert und Schild sinken. »Nehmt die Waffen runter, Männer!«

Zögernd folgten die Krieger seinem Beispiel, und sie hörten nicht auf das Zetern des Prinzen, der an ihre Ehre appellierte.

»Ehre?«, fragte der Anführer der Krieger zurück. »Die haben wir verloren, als wir für Euch diese Händler niedermachten. Stellt Euch Eurem Schicksal, Prinz!«

Jarok nickte zufrieden. »Ihr seid ein kluger Mann, wie mir scheint. Legt Eure Waffen ab und verschwindet.«

Die Krieger sahen stumm ihren Sprecher an. Der warf sein Schwert in den Staub, legte den Schild daneben und trat aus dem Kreis. Nach und nach folgten ihm die anderen, bis Prinz Gilef ganz allein unter seinem Banner stand.

»Verräter!«, zischte er und hielt seine Waffe nur umso fester umklammert.

»Wollt Ihr nicht auch Euer Schwert zur Seite legen, Prinz? Euer Bruder Weszen wünscht Euch zu sehen«, erklärte Jarok.

»Mein Bruder? Er will mich nicht sehen, sondern umbringen.«

»So lautet nun einmal das Gesetz der Skorpione, Prinz.«

Gilef lachte schrill. »Aber er ist noch nicht Padischah, und trotzdem will er all seine Brüder töten. Glaubt Ihr, wir wüssten nicht, dass er selbst die Bastarde unseres Vaters umbringen lässt?«

»Bitte, Prinz, macht es uns nicht unnötig schwer«, seufzte

Jarok. Vom Lager vor dem Tor waren inzwischen einige Neugierige herübergekommen. Er behielt sie im Auge, auch wenn sie nicht aussahen, als wollten sie sich einmischen.

»Schwer?«, rief Gilef, und seine Stimme überschlug sich. »Nein, ich will es Euch leicht machen! Hört, Ihr Krieger, ich bin reich! Lasst mich fliehen, und Ihr werdet es nicht bereuen. Meldet Weszen, ich sei im Fluss ertrunken. Ich werde in die Fremde gehen, für immer verschwinden, und Ihr werdet reich sein. Was aber hättet Ihr davon, wenn ich stürbe?«

»Frieden in Oramar«, erklärte Jarok geduldig. Er hoffte, der Prinz würde endlich aufgeben. Er hatte vor, ihn lebend zu Weszen zu bringen. *Es soll nicht das Blut noch eines meiner Brüder an meinen Händen kleben,* dachte er und versuchte den Gedanken zu verdrängen, dass es auch an ihnen klebte, wenn er den Prinzen nur gefangen nahm.

Er hörte ein knarrendes Geräusch. Es kam von den gewaltigen Türflügeln des Stadttores, die sich öffneten, um eine große Zahl an Soldaten hinauszulassen. Es mochte eine ganze Hundertschaft sein, die sich nun einen Weg durch die wachsende Zahl der Zuschauer bahnte. »Was geht hier vor?«, verlangte ihr Hauptmann zu wissen.

»Schutz! Ich verlange Schutz!«, kreischte Gilef.

»Ich bin Jarok, Bannermeister der Leibwache von Schah Weszen. Dieser Mann ist ein Feind des Ugir-Schahs. Wir werden ihn zu ihm bringen«, erklärte Jarok und bemühte sich, Ruhe auszustrahlen. Er wollte hier auf keinen Fall einen Krieg beginnen.

»Ich bin Prinz Gilef von Oramar, rechtmäßiger Erbe des Großen Skorpions, und ich verlange Schutz!«

»Ihr seid bescheiden geworden, Prinz. Vorhin habt Ihr noch Euren Platz auf dem Pfauenthron verlangt«, hielt ihm der Hauptmann ungerührt entgegen.

»Weszen will mich ermorden lassen!«

Jarok wandte sich an den Hauptmann. »Ihr kennt das Gesetz der Skorpione ebenso gut wie ich. Prinz Gilef hat Weszen herausgefordert und verloren – nun muss er die Konsequenzen tragen.«

Der Hauptmann schüttelte den Kopf. »Wohl muss der neue Padischah seine Brüder töten, doch sitzt Weszen noch lange nicht auf dem Thron. Und dieser Mann steht unter dem Schutz Elagirs.«

»Er befindet sich nicht in den Mauern Eurer Stadt!«, hielt ihm Jarok entgegen. Das fehlte ihm noch, dass sie ihm hier plötzlich mit ihrer Neutralität in die Quere kamen.

»Aber er befindet sich auf Land, das Elagir gehört. Also genießt er unseren Schutz wie jeder andere Reisende auf unseren Straßen.«

»Dann fragt ihn nach den Händlern, die er und seine Leute auf der alten Karawanenstraße niedergemacht haben. Oder steht dieser Pfad nicht mehr unter Eurem Schutz?«

»Händler? Ist das wahr, Prinz?«

»Sie griffen uns an!«, stieß Gilef hervor. Er sah mehr und mehr aus wie eine in die Enge getriebene Ratte.

»Das wäre dann ein Fall für unsere Richter, Ugirer. Wir nehmen ihn fest und stellen ihn vor Gericht.«

Hoffnung leuchtete in Gilefs Augen auf.

Jarok erkannte seinen Fehler. Er hatte dem Hauptmann einen Vorwand geliefert, sich des Prinzen zu bemächtigen. Die Politik Elagirs wurde wieder offenbar: Solange mehr als ein Anwärter auf den Thron lebte, konnten sie ihre Tore geschlossen halten, sich neutral geben und ihrer eigenen Wege gehen.

»Wenn Ihr diesen Mann in Haft nehmt, kann es sein, dass Weszen kommt und ihn sich mit Gewalt holt!«

»Unsere Mauern sind stark«, lautete die gelassene Antwort.

»Weszen darf niemals Padischah werden!«, keifte Gilef. »Er ist ein Verräter und Lügner, und niemand kann ihm trauen. Elagir weiß das! Hat er nicht das Reich verraten, indem er dem Seebund versprach, Ugir würde Teil des Bundes werden? Weszen kennt keine Treue. Er wird auch Euch verraten, wenn es ihm gefällt, Bannermeister, Euch und Eure Wüstenreiter. Er mag sich Sohn des Großen Skorpions nennen, doch in Wahrheit ist Verrat sein Vater und seine Mutter heißt Lüge! Er darf niemals Padi…«

Sein Wortschwall stockte plötzlich. Er griff sich an die Brust, aus der ein Pfeil ragte. Ursef senkte zufrieden seinen Bogen und sagte: »Seine Mutter hieß Lasara, und sie war eine Nauri!«

Der Prinz wankte, das Schwert fiel ihm aus der Hand, und mit einem Ächzen sank er zu Boden.

Erschrockene Stille lag über dem Platz.

Jarok ritt hinüber und riss das Banner von der Stange. Dann warf er es Ursef zu und gab ihm ein Zeichen.

»Das hättet Ihr nicht tun sollen, Bannermeister«, erklärte der Hauptmann düster.

Ursef sprang aus dem Sattel, zog sein Schwert, kniete bei Gilef nieder und hieb ihm mit zwei harten Schlägen den Kopf ab.

Die Zuschauer schrien entsetzt auf, und die Soldaten hoben Schilde und Speere. Ihr Hauptmann wirkte jedoch unentschlossen.

Jarok wählte seine Worte mit Bedacht. »Ich hoffe, Ihr wisst, dass es sich nicht lohnt, für einen toten Skorpion in den Krieg zu ziehen, Hauptmann.«

Der Elagirer schien mit sich zu ringen, dann sagte er: »Ich werde höheren Ortes Befehle einholen. Ihr solltet verschwunden sein, bevor ich sie habe, denn ich glaube nicht, dass der Rat der Weisen hinnehmen wird, was Ihr getan habt.« Die Soldaten zogen sich zum Tor zurück.

Ursef war mit seinem blutigen Werk fertig. Er wickelte den Kopf in das Banner ein und band ihn mit einem Strick an seinen Sattel. Als er aufgesessen war, kehrten sie Elagir eilig den Rücken. Die Jagd war beendet, das Wild erlegt, aber die tiefe Befriedigung, die Jarok sonst nach einer guten Jagd verspürte, wollte sich nicht einstellen. Da war nur Leere.

Sie ritten schnell und folgten dem Lauf des Nawar nach Nordwesten, Richtung Elagdad, denn inzwischen würde Weszens Heer die Stadt vermutlich erreicht haben.

»Ein seltsamer Mann, dieser Hauptmann«, meinte Ursef irgendwann.

»Ein kluger Mann. Ich glaube, er war erleichtert, dass du ihm die Entscheidung abgenommen hast. Er durfte Gilef nicht in die Stadt lassen, aber er konnte ihn auch nicht uns überlassen – jedenfalls nicht lebend.«

»Und glaubst du, dass sie uns verfolgen, Firis' Sohn?«

»Eigentlich nicht. Sie wissen doch von Gilef, wie der Krieg steht. Sie versuchen den Schein zu wahren, weshalb sie uns sicher anklagen werden, aber sie wollen es sich auch nicht mit Weszen verderben, weshalb sie froh sein werden, wenn sie uns nicht erwischen.«

»Seltsame Stadt, dieses Elagir«, meinte der Wüstenreiter. Er hatte offensichtlich im Gegensatz zu Jarok ausgesprochen gute Laune.

Obwohl er nicht annahm, dass sie verfolgt würden, trieb Jarok die Krieger doch zur Eile. Er sah Gilefs Kopf, eingeschlagen in das rote Banner, an Ursefs Sattel baumeln, und das war ein Anblick, den er nicht gut vertrug.

Sie rasteten in dieser Nacht nur kurz, denn so ganz sicher waren sie eben doch nicht, dass sie nicht verfolgt würden.

Am nächsten Tag begegneten ihnen die ersten Flüchtlinge, die aus dem Umland von Elagdad stammten, und sie erfuhren, dass die Stadt bereits belagert wurde. Weszen musste das Heer sehr schnell vorangetrieben haben, und offenbar hatten die fliehenden Truppen der sieben Prinzen auf ihrer Flucht Gehöfte und Dörfer niedergebrannt, um Weszen mit verbrannter Erde aufzuhalten.

Am Abend sah Jarok schon von weitem einen primitiven Wachturm, vor dem ein Dutzend Soldaten die Straße kontrollierten. Eine niedrige Palisade zog sich vom Fluss bis zur Straße und dann hinaus ins Land, wo sie auf ein paar Häuser traf, die verlassen zu sein schienen. Das alles wirkte relativ neu und hastig errichtet. Vermutlich hatte erst der Bruderkrieg hier eine Grenze gezogen. Eine Kette war über den Weg gespannt, und Soldaten hielten die Flüchtlinge an, befragten sie und durchsuchten die Wagen.

Der Kommandant der kleinen Truppe hob die Hand, als er sie kommen sah, und rief: »Halt! Dies ist die Grenze nach Elagdad. Dort herrscht Krieg!«

»Das ist uns bekannt«, gab Jarok zurück.

Ein paar Flüchtlinge führten offenbar Wertsachen auf ihrem Karren mit, und die Soldaten waren dabei, einige Dinge zu »beschlagnahmen«.

»Das ist ein schönes Tier, das Ihr da reitet«, meinte der Hauptmann und legte die Hand auf Jaroks Wüstenrenner. Dabei gab er seinen Männern einen Wink. Die kamen gemächlich näher. Oben auf dem Wachturm zeigten sich zwei Köpfe. Insgesamt waren es nicht mehr als ein Dutzend Soldaten. »Wisst Ihr, Herr, es ist nötig, Zoll zu entrichten, wenn man diese Grenze passieren will.«

Jarok hätte fast laut gelacht. »Steht Ihr für Zoll nicht auf der falschen Seite der Grenze? Und wir sind keine Flüchtlinge, die Ihr ausrauben könnt wie die Wegelagerer!«

»Hoho, starke Worte! Aber wisset, dass wir Diener der Hauptstadt sind. Das Gesetz von Elagir gilt in ganz Oramar, und Ihr wollt doch nicht den ausdauernden Atem dieses Gesetzes in Eurem Nacken spüren, oder? Nun, Ihr seid dreißig gut ausgerüstete Männer und ebenso viele Pferde, wenn ich richtig zähle. Für gewöhnlich beträgt der Zoll ein Sechzigstel des Wertes der mitgeführten Waren. Und deshalb muss ich dieses Tier beschlagnahmen.«

Ursef drängte sich neben Jarok, ließ sein Pferd vor dem Soldaten tänzeln, was diesen zwang, ein paar Schritte zurückzuweichen, und sagte: »Ihr könnt gut rechnen, Hauptmann, und so etwas ist nützlich. Lasst mich Eure Rechenkunst mit einer anderen Aufgabe prüfen! Wir sind dreißig Männer, die dreißig Schwerter und dreißig Bögen führen. Addiert dazu unsere Ungeduld, die sehr groß ist, weil wir seit Tagen im Sattel sitzen und es nicht lieben, aufgehalten zu werden. Bildet daraus eine Summe, von der Ihr nun die Zahl derjenigen Eurer Männer abziehen könnt, die bereit sind, für ein Pferd ihr Leben zu riskieren, und dann sagt mir, ob am Ende Eurer Rechnung nicht herauskommt, dass Ihr uns ohne weitere Worte einfach über Eure Grenze lasst …«

Der Hauptmann schluckte, nickte und ließ einen seiner Männer die Kette senken.

»Ich hätte große Lust gehabt, ihn und seine Räuberbande in den Fluss zu jagen«, meinte Ursef, als sie die Grenze hinter sich hatten, »aber ich nehme an, das wäre dir nicht recht gewesen, oder?«

»Sie hätten es wirklich verdient«, erwiderte Jarok, »aber der Schah hat uns nicht losgeschickt, um einen Krieg mit Elagir zu beginnen.«

»Du denkst zu viel, was schade ist, denn wir hätten da eben gut Beute machen können. Hast du gesehen, was sie den Flüchtlingen schon abgenommen hatten?«

Sie schlugen kurz darauf ihr Lager auf. Hrima kreiste noch über ihnen und suchte sich dann einen Baum am Flussufer, ganz in der Nähe, so dass er sie füttern konnte. In der Nacht sah Jarok im Norden hellen Feuerschein den Himmel erleuchten. Dort musste das belagerte Elagdad liegen. Die Jagd war zu Ende. Morgen würde der Krieg ihn wiederhaben.

9.

Jarok hatte das Gefühl, dass etwas fehlte, als sie sich langsam der Stadt näherten. Sie kamen an einem kleinen Dorf und einigen Gehöften vorbei, die niedergebrannt worden waren. Aufgedunsene Tierkadaver lagen zwischen den Mauern, und als die Wüstenkrieger aus einem Brunnen Wasser für die Pferde schöpfen wollten, mussten sie feststellen, dass darin Schafskadaver trieben.

»Sie haben die Brunnen vergiftet«, stellte Ursef fest. »Sie wollen unser Heer wohl verdursten lassen – aber da ist doch noch der Fluss!«

»Aber wer will schon von dieser braunen Brühe trinken?«, meinte Jarok.

Die Stadt rückte näher. Elagdad lag auf einer dreieckigen Landzunge, die auf einer Seite vom Fluss, auf der anderen Seite vom Meer umspült wurde, und die Mauer, die sie zum Land hin schützte, war hoch und mit vielen mächtigen Türmen versehen. Dennoch stieg vereinzelt der Rauch brennender Gebäude aus der Stadt auf, und Jarok sah drei Galeeren auf dem Fluss kreuzen, die mit Katapulten Feuerbälle auf die Stadt schleuderten. Plötzlich wusste er, was fehlte: Es gab keinen Geschützdonner!

Sie trafen auf die ersten Zelte und Soldaten, die gelangweilt ihre Waffen polierten, kurz darauf stießen sie auf eine Einheit, die einen Belagerungsgraben aushob.

»Ihr grabt recht weit von der Mauer entfernt, Hauptmann«,

meinte Jarok, nachdem er den Befehlshaber einer Schar Speerträger nach dem Weg zu Weszens Zelt gefragt hatte.

»Diese Teufel da drüben haben sehr genau zielende Ballisten, Herr. Wenn Ihr nur einen Steinwurf näher an die Mauern heranreitet, werdet Ihr das selbst feststellen. Sie haben unsere erste Linie dort vorne derart belegt, dass wir weichen mussten. Nun werden wir uns von hier in einem Graben nach vorne wühlen. Es wird dauern, und das ist schlecht, denn frisches Wasser ist knapp, und bei der Hitze …«

Auf halbem Weg zu Weszens Zelt kamen sie an einem niedrigen Hügel vorüber. Und auf diesem stand ein Galgen, von dem die Leiche eines Mannes baumelte. Jarok fragte den Soldaten, der den Galgen bewachte, was es mit dem Toten auf sich habe.

»Das war ein Bote aus der Stadt, Herr. Er überbrachte die Botschaft, dass Weszen sich zu ergeben und die Waffen niederzulegen habe. Zur Antwort auf diese Unverschämtheit ließ der Ugir-Schah den Mann dort oben aufknüpfen, damit ihn die Leute aus Elagdad gut sehen können.«

»Gefährliche Zeiten für Boten«, meinte Ursef, als sie weiterritten, und seine Miene verriet, dass ihm diese Geschichte ebenso wenig gefiel wie Jarok.

Endlich sahen sie den genannten Hof und davor Weszens Zelt. Der Schah saß dort im Kreis seiner Berater, aber als er sie näher kommen sah, sprang er auf, schob seinen General einfach zur Seite und lief ihnen entgegen. »Habt ihr ihn? Habt ihr ihn erwischt?«

Jarok nickte Ursef zu, dieser ritt nach vorn und ließ Gilefs Kopf, noch eingewickelt in sein Banner, in den Sand fallen. Weszen bückte sich, wickelte den Schädel rasch aus und hob ihn dann am Schopf auf. »Sieh an, Bruder, so sehen wir uns endlich wieder!« Er hielt ihn hoch, und die Soldaten in der Nähe jubelten. Dann befahl Weszen einem der Gardisten, den Kopf auf einen

Speer zu spießen und neben dem Galgen aufzustellen. »Er kann uns noch gute Dienste leisten, wenn wir mit diesen Feiglingen dort drüben verhandeln.«

Jarok erstattete Bericht.

»Ich wusste, dass ich mich auf dich und meine Wüstenreiter verlassen kann. Es wäre mir zwar lieber gewesen, ihr hättet ihn mir lebend gebracht, doch besser tot als gar nicht, oder? Und nun kommt. Ich habe Wein für euch, denn den habt ihr euch verdient.« Er rief seinen Quartiermeister und befahl ihm, jedem Reiter hundert Denar in Silber als Belohnung auszuzahlen. Dann nahm er Jarok plötzlich in einer sehr vertraulichen Geste in den Arm und führte ihn ins Zelt. »Leider ist dein Erfolg die einzig gute Nachricht, die es in den letzten Tagen für uns gab, mein Freund. Du hast sicher schon gehört, dass diese Hunde die Brunnen verseucht haben, und nun stecken wir vor dieser Stadt fest, die sich nicht in das Unvermeidliche fügen will!«

»Und die Geschütze, Hoheit?«, fragte Jarok.

»Kommen nur langsam voran, weil uns die Zugtiere zu Dutzenden verendet sind. Sie werden erst morgen oder übermorgen hier eintreffen. Aber dann mache ich diese Stadt dem Erdboden gleich! Und vielleicht macht dann auch endlich der verfluchte Seebund mit. Stell dir vor, diese Krämerseelen zieren sich immer noch! Sie wollten das Bündnis sogar ganz aufkündigen! Ich musste ihnen ein eigenes Handelskontor in Elagdad versprechen, nur damit sie uns mit Nachschub versorgen. Du kannst die Masten ihrer Galeassen von hier aus sehen, aber sie weigern sich, auf die Stadt zu schießen. Wahrscheinlich haben sie Angst, sie könnten ihre Beute beschädigen!«

»Und die Galeeren auf dem Fluss?«, fragte Jarok.

»Es sind unsere eigenen«, erklärte General Ul-Sia, der ihnen ins Zelt gefolgt war. »Solange die da drinnen mit dem Löschen beschäftigt sind, kommen sie hoffentlich nicht auf die Idee, uns anzugreifen.« Der General schüttelte den Kopf. »Vermutlich haben die da drüben viel mehr Männer als wir. Ich verstehe nicht, warum sie das nicht ausnutzen. Worauf warten sie?«

»Es sind eben Feiglinge, und sie fürchten mich zu Recht«, rief Weszen laut und leerte seinen Becher. Endlich merkte Jarok, dass der Schah angetrunken war. Als er den Becher auf den Tisch knallte, fiel Jarok außerdem auf, dass seine Hand zitterte.

Er war froh, als der Schah ihn endlich entließ. Ursef wirkte verärgert. »Ein Mann sollte sich nicht so gehen lassen. Seltsam, wie schnell seine Stimmung schwankt. Das muss er von seinem Vater geerbt haben.«

»Du scheinst nicht zufrieden zu sein, Ursef. Dabei war der Ugir-Schah doch voll des Lobes für uns.«

»Er gibt uns Münzen als Belohnung«, schnaubte der Wüstenreiter verächtlich. »Waffen, Pferde, Frauen – das ist Beute, die Ehre macht. Aber Münzen?«

»Es tut mir leid, das habe ich nicht bedacht.«

»Es ist nicht deine Schuld, Jarok, Firis' Sohn. Ganz im Gegenteil, du hast unsere Taten im allerbesten Licht erscheinen lassen, obwohl doch dir der Ruhm gebührte. Nein, streite es nicht ab! Du hast uns zur Beute geführt, mit scharfem Auge und noch schärferem Verstand. Aber uns hast du die Ehre überlassen. Deshalb habe ich etwas für dich.« Er winkte seinen Sohn heran, der Jaroks Pferd am Halfter führte. Ursef nahm ihm die Zügel aus der Hand und übergab sie Jarok.

»Ein solches Geschenk kann ich nicht annehmen, Ursef.«

»Du musst es sogar, wenn du uns nicht beleidigen willst.«

Jarok gab schließlich nach, obwohl er nicht wusste, was er mit einem Pferd in Ugir anfangen sollte. »Du hast mir nie gesagt, wie es heißt …«

Ursef lächelte, als er antwortete: »Wir verraten die Namen unserer Pferde doch nicht irgendwelchen Fremden! Er heißt Murafar, *Sandläufer*, denn dieser Hengst ist zwischen den hohen Dünen unserer Heimat aufgewachsen. Behandle ihn gut, und er wird dich bis in die unterste Hölle und zurück tragen!«

Jarok dankte dem Naurier herzlich, und dann endete das Gespräch in der gegenseitigen Versicherung der Hochachtung.

»Und was mache ich jetzt mit dir?«, fragte Jarok das Pferd, als er mit dem Tier allein war. »Ich kann dich doch nicht zu Hrima auf den Opferturm bringen.« Er suchte die Zelte der Leibgarde, fand sie und drückte einem jungen Gardisten die Zügel in die Hand mit dem Befehl, sich nur ja gut um das Tier zu kümmern.

Dann traf er Scharmeister Alseq, der ihn in seiner Abwesenheit vertreten hatte.

»Ihr seid also zurück?«

»Ihr klingt enttäuscht, Alseq. Doch sagt, wie ist es der Garde ergangen?«

Der Scharmeister blickte finster und antwortete: »Die Garde hat unter meinem Befehl keine Leute mehr verloren, Damater, aber wir liegen hier fest und müssen Schanzarbeiten leisten. Früher hätte es so etwas nicht gegeben. Verdammt, wir sind die Leibwache!«

»Findet Euch damit ab, Alseq, unsere Männer sind nicht die einzigen, die hier arbeiten müssen.«

Der Blick des Scharmeisters verriet ihm, dass es ihm herzlich gleichgültig war, was »die anderen« taten.

Er ließ Alseq stehen und suchte Brakas, der vorne in den Gräben war und die Arbeiten beaufsichtigte.

»Eine elende Schufterei in der Hitze«, seufzte der Westgarther, der nicht selbst mit Hand anlegte.

»Die Leute scheinen mir aber mit Feuereifer bei der Sache zu sein«, stellte Jarok verwundert fest.

»Ich habe in einem der Gehöfte ein Fass Wein entdeckt und für die Dritte Schar beschlagnahmt. Das hält sie bei Laune. Und das ist nicht einfach, denn der Weg hierher war schlimmer, als wir erwartet hatten.« Und dann erzählte Brakas, dass der Feind auf der Flucht Fallen hinterlassen hatte: »Es müssen mehrere Fässer Sprengpulver gewesen sein, die sie unter einem Wagen versteckten, der mit zerbrochenem Rad am Wegesrand stand. Als ein paar Männer nachsahen, ob es etwas Lohnenswertes zu plündern gäbe, sprengte sich ein Narr mit dem Wagen und vielen unserer Leute in die Luft. Und das Gleiche wiederfuhr uns, als sich eine Schar die Dhau des Feindes ansah, die am Strand auf Grund gelaufen war. Sie wurde gesprengt, und viele von unseren Kriegern starben. Von der Garde war keiner dabei, denn ich bin mit diesem Schafskopf Alseq einer Meinung, dass bei solchen Kriegszügen immer Vorsicht angebracht ist. Sollen andere doch ihr Leben wagen. Aber sag selbst, ist das eine Art, Krieg zu führen? Brunnen vergiften und Sprengfallen legen? Und dann kamen in einer Nacht drei Männer, die sich durch unsere Reihen stahlen und versuchten, den Schah zu töten. Sie waren kühn, aber natürlich haben wir sie erwischt und getötet. Den letzten allerdings erst, als er schon dabei war, das Zelt des Schahs aufzuschlitzen, um hineinzuschleichen. Weszen war darüber ziemlich bestürzt. Er hat die Schildwachen, die auf Außenposten waren und nichts gemerkt hatten, hinrichten lassen. Die Stimmung ist also schlecht in unseren Reihen, und das bisschen Wein wird das nicht wegspülen. Aber – um auf Erfreulicheres zu kommen –, sag, wie war die Jagd?«

»Erfolgreich«, erwiderte Jarok und erzählte.

»Und – hat Weszen dich gleich wieder befördert?«, fragte Brakas spöttisch.

»Nein. Ich habe auch um die letzte Beförderung nicht gebeten. Außerdem ändert sie auch nicht viel. Ich darf mich Bannermeister nennen, doch offenbar bin ich für den Schah immer noch nur ein Blutwolf und Jäger. Sonst hätte er mich doch nicht Prinz Gilef hinterhergeschickt.«

»Er kennt eben deine Talente«, erwiderte Brakas und reichte

ihm in einer versöhnlichen Geste seinen Trinkschlauch, der verdünnten Wein enthielt. »Anders ist das Wasser aus dem Fluss kaum genießbar.«

Die Geschütze trafen am nächsten Vormittag ein, und Schah Weszen hielt eine flammende Ansprache, in der er ankündigte, dass man nun bald die Mauern zerschmettern und, wenn es sein müsse, das verfluchte Elagdad von der Erde tilgen werde.

Seine Rede wurde mit Jubel aufgenommen. Jarok fragte sich allerdings besorgt, ob der Schah das vielleicht ernst meinte. Weszen war nicht nüchtern, als er redete, und er wirkte gereizt wie ein in die Enge getriebenes Tier, obwohl es dazu doch gar keinen Grund gab. Schließlich war er es, der seine Feinde in die Enge getrieben hatte.

Der Beschuss der Stadt begann am Nachmittag mit einer Salve aus allen Bombarden, die das Heer erbeutet hatte. Es waren fünfzehn Geschütze unterschiedlichster Kaliber, und Jarok lernte schnell, dass es eine halbe Ewigkeit dauerte, sie nachzuladen, vor allem, da nicht alle Bombardiere, die sie gefangen genommen hatten, übergelaufen waren. Und dem mächtigen Donnerschlag, mit dem die Kanonade begonnen hatte, folgte bald ein unregelmäßiger Beschuss, der an den dicken Mauern vorerst keinen großen Schaden anrichtete.

»Die Bombarden stehen außer Reichweite ihrer Ballisten«, erklärte Brakas. »Sie waren nämlich so dumm, die Geschütze, die sie dort drüben auf der Mauer hatten, den Sieben zur Verfügung zu stellen. Wir schießen ihre Mauern also mit ihren eigenen Waffen zu Klump.«

»Das kann aber dauern«, meinte Jarok, der auf Weszens Befehl mit dem Westgarther in den Gräben nach vorne geschlichen war, um die Schäden in der Mauer zu begutachten. Rund um das Tor waren Einschläge zu erkennen. Einzelne Mauerbrocken waren herausgebrochen, aber sie waren noch weit davon entfernt, da drüben eine Bresche zu schlagen.

»Wohl wahr. Diese Dinger sind zwar laut und machen Eindruck, sehr genau sind sie leider nicht.«

Sie schlichen zurück, und Jarok befahl drei Gardisten, vorne Stellung zu beziehen und ihn über die Wirkung des Bombardements auf dem Laufenden zu halten. Dann meldete er dem Ugir-Schah, was er gesehen hatte.

»Wir können warten«, lautete die finstere Antwort.

Aber Jarok sah das anders. Sie waren zahlenmäßig unterlegen, und es war vielleicht nur eine Frage der Zeit, bis das dem Feind bewusst wurde.

Auch am nächsten Tag ging der Beschuss ohne entscheidenden Erfolg weiter, nur die Brandsäulen über der Stadt wurden zahlreicher, denn die Galeeren kreuzten auf dem Fluss und schleuderten Feuer und Tod über die Wälle.

Am Nachmittag wurde Jarok gerufen, weil Alseq mit einem von Weszens Scharmeistern in Streit geraten war. Der Scharmeister hatte ihm befohlen, mehr Beobachter nach vorne zu schicken, aber Alseq wollte keine Befehle von ihm entgegennehmen. »Ich gehorche dem Ugir-Schah und meinem Bannermeister, auch General Ul-Sia, der über alle Truppen gebietet, *der da* aber ist nur der Befehlshaber einer Schar von Speerträgern.«

Der Mann lief vor Zorn rot an. Seine Hand lag schon am Schwert, aber Jarok beruhigte beide Seiten, indem er sagte: »Ihr habt Recht, Alseq, dass Ihr Befehle nicht blind befolgt, doch ist der *Rat* des Scharmeisters gut. Schickt also einige Männer nach vorne. Es ist der Garde eine Ehre, in vorderster Linie zu stehen.«

Alseq folgte dem Befehl mit eisiger Miene, und auch der Scharmeister schien beleidigt, trollte sich aber dann doch, mehr oder weniger zufrieden. Und plötzlich wusste Jarok, warum die Verteidiger der Stadt keinen Ausfall wagten. Und mehr: Vielleicht hatte er gerade eine Möglichkeit gefunden, die Belagerung abzukürzen und viele Leben zu retten. Er bat General Ul-Sia, den Stab in das Zelt des Schahs zu rufen. Weszen saß im Sessel und trank Wein. Er sprach zu laut und bewegte sich schwerfällig, und Jarok fragte sich, ob er seinen Gedanken wohl würde folgen können, doch kam es vielleicht auch eher auf General Ul-Sia an, der ohnehin schon mehr oder weniger den Befehl über das Heer ausübte.

»Ich denke, ich weiß, warum unsere Feinde keinen Ausfall wagen«, begann er, als die Berater versammelt waren. »Es ist eine alte Schwäche, die plötzlich wieder zum Vorschein kommt ... sie sind uneins! Sie haben sich über Jahre gegenseitig bekriegt, und nun ist mit Prinz Harat der Mann tot, der ihr Heer zusammengehalten hat. Und sie haben bestimmt nicht vergessen, dass sie früher oder später gegeneinander kämpfen müssen, denn nur einer von ihnen kann Padischah werden. Keiner der drei Prinzen wird seine Männer vor die Stadt schicken, solange er Angst hat, dass ihm seine Brüder in den Rücken fallen.«

»Kakerlaken«, schnaubte Weszen.

»Das ist gut beobachtet, Bannermeister«, sagte General Ul-Sia langsam. »Doch wie kann uns das helfen, die Belagerung zu beenden?«

»Es gibt noch eine weitere Partei – den Satrapen von Elagdad! Es ist seine Stadt, die zerstört wird. Warum sollte er sie für die drei Prinzen opfern, deren Uneinigkeit verhindert, dass sie diesen Krieg gewinnen können? Wenn wir ihm anbieten, ihn und seine Stadt zu schonen, ja, ihn vielleicht sogar auf seinem Posten zu belassen, wird er sicher bereit sein, sich zu ergeben und die Schlüssel der Stadt Schah Weszen, dem rechtmäßigen Erben des Pfauenthrons, zu übergeben.«

»Kakerlaken«, rief Weszen noch einmal.

»Aber wie soll er sie übergeben, wo seine Stadt doch voller fremder Krieger ist?«

»Er muss die Prinzen eben festsetzen. Dann werden ihre Truppen die Waffen niederlegen. Und es sind ja nicht alles *ihre* Truppen. Dort drüben werden viele Männer sein, deren Herr inzwischen tot oder gefangen ist und die vor kurzem vielleicht noch gegen einen der drei gekämpft haben.«

Ul-Sia blieb skeptisch. »Ich kenne den Satrapen. Man sollte es nicht glauben, aber Paschir hat noch so etwas wie Ehre im Leib und würde sich nie auf so einen Verrat einlassen. Er würde schließlich drei Söhne des Padischahs dem Henker übergeben.«

»Ist das denn so?«, fragte plötzlich Enart, der oberste der Sandmagier. Jarok hatte bemerkt, dass Meister Pirim, der ihn begleitet hatte, ihm längere Zeit etwas ins Ohr geflüstert hatte. Als Ul-Sia Meister Enart an das Gesetz der Skorpione erinnerte, hielt der ihm entgegen: »Vielleicht kann man dieses Gesetz etwas dehnen. Ja, der Padischah muss seine Brüder töten, aber es ist doch nicht gesagt, dass er es *gleich* tun muss! Lasst uns annehmen, er sperrte sie nur in eine seiner Wüstenfestungen ein, weit abgelegen, einsam, und doch mit allem Luxus, und das für viele Jahre. Das sollten wir ihnen anbieten. Soll die Henkersaxt ruhig Rost ansetzen, wenn nur dieser Krieg zu einem Ende kommt.«

Weszen hob die Hand und erhob sich schwerfällig. »Das Gesetz dehnen? Ein kühner Vorschlag, Meister Enart, ganz ungewohnt von einem Mann wie Euch.«

»Wir könnten diese Belagerung mit einem Schlag beenden«, erwiderte der Zauberer.

»Ich denke, dass ihnen zwanzig Jahre in bequemer Gefangenschaft angenehmer scheinen werden als der baldige Tod während dieser Belagerung«, stimmte ihm Ul-Sia zu, »und vielleicht müssen wir sie gar nicht überzeugen. Es reicht doch, wenn wir den Satrapen zur Einsicht bringen! Dass wir die Prinzen nicht gleich töten, soll es ihm nur erleichtern, sie auszuliefern.«

»Allerdings müsste der Ugir-Schah wohl sein Wort geben, dass sie nicht getötet werden«, meinte Meister Enart.

»Mein Wort? Diesem Ungeziefer?«

»Es würde diese Belagerung, vielleicht sogar den Krieg beenden, Hoheit«, versuchte es der alte Zauberer erneut.

»Ich werde darüber nachdenken«, verkündete Weszen und erklärte die Versammlung für beendet. Jarok übernahm selbst die erste Wache der Nacht vor dem Zelt. Weszen legte großen Wert darauf. »Mörder – und sie kamen bis an mein Zelt, Jarok!«, sagte er leise. »Das darf nie wieder geschehen.«

Er stand noch nicht lange vor dem Zelt, als die Magier Enart und Pirim um eine Unterredung mit Weszen baten. Jarok trat ins Zelt. Weszen saß im schwachen Licht einer einzelnen Kerze und starrte ins Nichts, und er schien seinen Bannermeister erst gar nicht zu bemerken. »Die Zauberer?«, fragte er dann. »Was wollen sie?«

»Das haben sie nicht gesagt, Hoheit.«

»Natürlich nicht. Immer haben sie Geheimnisse, diese Zauberer, und vor uns halten sie geheim, was sie im Verborgenen treiben. Man kann ihnen nicht trauen, Jarok, man kann ihnen nicht trauen.«

Jarok führte die beiden Sandbrüder ins Zelt, und Weszen, der vergessen zu haben schien, dass er den Zauberern nicht traute, schickte ihn hinaus. Die Unterredung dauerte lange, und sie war noch nicht beendet, als Brakas ihn ablösen kam.

Das Bombardement hielt die ganze Nacht und den nächsten Morgen an, dann ließ Weszen seine Berater wieder zusammenrufen. Er war jetzt bereit, den Prinzen sein Wort zu geben, dass sie in ehrenvoller Gefangenschaft leben durften, wenn sie sich ergaben. »Die dort drüben dürfen aber auf keinen Fall annehmen, dass wir aus Schwäche verhandeln. Ich bin Weszen, der einzig wahre Erbe des Großen Skorpions! Eigentlich sollte ich sie ausradieren. Erinnert sie daran! Und du, Jarok, wirst mein Unterhändler sein, zusammen mit Meister Pirim!«

Jarok schluckte. Er fühlte sich für viele Dinge geeignet, Verhandlungen zu führen gehörte jedoch nicht dazu.

Er erzählte es Brakas, der das mit seinem üblichen spöttischen Grinsen kommentierte: »Was musstest du auch mit dieser Idee vorpreschen? Es ist doch klar, dass du die Suppe auslöffeln musst, die du dir eingebrockt hast. Geht die Sache schief, wird niemand anders dafür verantwortlich sein als du, mein Freund.«

»Du meinst also, ich hätte den Mund halten sollen?«

»Nein, das nun nicht, aber ein kluger Befehlshaber sollte wissen, dass er manchmal einen anderen vorschicken sollte, um die Kastanien aus dem Feuer zu holen.«

»Das erscheint mir fragwürdig …«

»Weil du eben so einen verflucht hohen Ehrbegriff hast. Aber das geht schon in Ordnung. Weißt du, die Männer mögen dich und deinen komischen Vogel, der da oben über uns kreist, und sie werden dich noch mehr mögen, wenn sie erfahren, dass du ihnen ein paar Wochen Belagerung und eine Erstürmung dieser wehrhaften Mauern da ersparst.«

»Es ist nicht gesagt, dass ich Erfolg haben werde.«

»Sei nicht so pessimistisch. Es ist doch auch nicht gesagt, dass du scheitern wirst«, meinte der Westgarther mit einem aufmunternden Klaps. »Immerhin ist Meiser Pirim bei dir, und der kennt sich mit so was aus.«

Inzwischen hatte der Schah einen Boten mit einem Palmenzweig zum Tor geschickt, als Zeichen, dass er bereit war zu verhandeln.

»Seid Ihr bereit, Bannermeister?«, fragte der Zauberer, als sie die Gräben hinter sich gelassen hatten.

»Nein, aber wir werden es wohl trotzdem tun müssen.«

Sie gingen zu Fuß hinüber zum Tor, und Jarok sah auf den Mauern die großen Ballisten, die auf sie gerichtet waren.

»Es kann uns nichts Schlimmeres widerfahren als ein Nein, nicht wahr?«, meinte Meister Pirim.

Jarok nickte, aber er dachte daran, dass Weszen nicht der Mann war, ein Nein zu akzeptieren, und er war auch nicht sehr gut darin, zwischen der Botschaft und ihrem Überbringer zu unterscheiden, das hatte der Bote am Galgen bewiesen.

Das Tor öffnete sich, und ein Oberst nahm sie in Empfang. »Was will Weszen?«, fragte er.

Pirim setzte schon zu einer Antwort an, aber Jarok war zu seiner eigenen Überraschung schneller. Vielleicht war es der Ärger über die Unverschämtheit dieses Mannes. »Was der Ugir-Schah will und was nicht, das haben wir mit dem Herrn der Stadt zu besprechen, nicht mit seiner Dienerschaft.«

Der Oberst lief rot an, führte sie aber dann dennoch zum Palast des Satrapen. Er hatte eine ganze Schar Soldaten mitgebracht. Vielleicht sollte die ihnen einen Weg durch die Menge bahnen, aber das war gar nicht nötig. Es waren zwar viele Menschen auf den Straßen, aber sie hielten Abstand. Es gab auch keine Beschimpfungen und keine Flüche, nur feindselige und bange Blicke. Jarok sah viele Soldaten und Krieger, und er bemerkte, dass die Blicke, die die Stadtbewohner für ihre Beschützer hatten, auch nicht freundlicher waren als für die Boten des Ugir-Schahs. Rauch zog durch die Straßen. Auf der Flussseite schien es immer noch zu brennen, obwohl der Beschuss inzwischen aufgehört hatte.

Der Palast des Satrapen war eigentlich eine Festung, und die lag hinter einem breiten Graben am schmalen Ende der Landzunge zwischen Flussmündung und Meer. Hier waren besonders viele Krieger zu sehen, und Jarok dachte, dass eine Erstürmung dieser Zitadelle sehr verlustreich sein würde. Aber vielleicht schaffte er ja das kleine Wunder und würde die Belagerung zu einem guten Ende führen.

Der Satrap erwartete sie in einem prachtvoll eingerichteten Saal – gemeinsam mit den drei Prinzen und einer Frau, die Jarok nicht kannte, die der Satrap aber als Hennara vorstellte. Er hatte von ihr gehört. Sie war die Witwe von Prinz Algahil, einem der Erbprinzen, der zu Beginn des Krieges umgekommen war – durch die Hand Weszens, wie es hieß … Sie war jünger als er selbst, aber in ihren schönen, dunklen Augen lag eine Härte, die sie älter wirken ließ.

»Was hat unser Bruder zu sagen?«, verlangte Prinz Haisal zu

wissen. Er war noch fetter, als Jarok ihn in Erinnerung hatte. Offenbar hatte sein Leib Wege gefunden, die Strapazen des Krieges in Pfunde umzusetzen.

»Was wir zu sagen haben, ist für die Ohren des Satrapen bestimmt, nicht für die seiner Gäste«, erwiderte Meister Pirim.

»Ich habe keine Geheimnisse vor den Prinzen, die doch allem, was wir hier zu besprechen haben, zustimmen müssen.«

Pirim tauschte einen Blick mit Jarok, in dem Ratlosigkeit zu liegen schien, aber Jarok erschien es ohnehin besser, mit offenen Karten zu spielen. Also sagte er: »Schah Weszen bietet dem Satrapen an, seine Stadt zu schonen, ja, ihm sogar das Amt zu lassen – wenn sich die Prinzen ergeben.«

»Niemals!«, rief Prinz Hamaq.

Ihn hatte Jarok noch nie zuvor gesehen. Er hatte gehört, dass der Mann früher nur Schmied gewesen war. Seiner kräftigen Statur und seiner groben Hände nach zu urteilen, mochte das stimmen. Vielleicht hatte er deshalb nie an den Jagden des Padischahs teilnehmen dürfen.

»Ihr wisst doch wohl, dass es das Todesurteil für uns wäre, wenn wir uns Weszen ergäben, oder?«, fragte Prinz Haisal.

»Nicht unbedingt«, meinte Meister Pirim mit feinem Lächeln. »Wir haben lange über das unerbittliche Gesetz der Skorpione nachgedacht, und wir haben wohl eine Möglichkeit gefunden, es ein wenig zu dehnen …« Und dann erklärte der Zauberer den Prinzen, dass sie ein Leben in ehrenvoller Gefangenschaft führen könnten – wenn sie jetzt aufgäben.

Jarok sah die Blicke, die die Prinzen tauschten, und er sah auch das Gesicht des Satrapen. Wenigstens der schien sehr bereit zu sein, sich auf den Handel einzulassen.

»Das klingt gut, zu gut, wenn ihr mich fragt«, meinte Prinz Saramar schließlich zögernd. Er hatte bis dahin nichts gesagt. Auch ihn kannte Jarok nicht von früher. Angeblich hatte er vor dem Krieg mit Waffen gehandelt.

Haisal nickte. »Unser Bruder ist leider nicht sehr vertrauenswürdig, Meister Pirim. Niemand kann uns garantieren, dass er Wort hält. Sind wir erst einmal seine Gefangenen, wird ihn niemand daran hindern können, uns einen Kopf kürzer zu machen.«

»Er gibt Euch sein Wort, Prinz«, erwiderte Pirim. Er strahlte Ehrbarkeit aus, und Jarok kam es vor, als könne man diesem jungen Zauberer bedenkenlos vertrauen.

»Diese Mauern können den Beschuss noch wochenlang aushalten«, wandte Saramar ein.

»Meine Bürger können es nicht«, rief Satrap Paschir. »Der Seebund schneidet uns vom Nachschub ab, meine Stadt brennt, und Eure Soldaten sitzen wie die Pest in allen Häusern.«

»Was ist mit Euch, Bannermeister?«, fragte Hennara plötzlich. »Glaubt Ihr, dass die Prinzen Weszen vertrauen können?«

»Der Ugir-Schah hat sein Wort gegeben, und er wird es halten.«

»Ihr seid Narren, wenn Ihr auf Weszens Wort vertraut!«, rief Saramar.

»Im Moment erscheint es mir fester als die Bündnistreue unseres Gastgebers«, erwiderte Haisal missmutig.

»Wir müssen das beraten«, rief Saramar.

Jarok war erstaunt. Er hätte nicht gedacht, dass die Prinzen sich überhaupt darauf einlassen würden. Er hatte das Gefühl, dass ihm etwas entging. Die Stimmung in dieser Halle war … eigenartig.

»Natürlich«, erwiderte Pirim, »doch gilt der Waffenstillstand nur bis zum Abend, und wenn wir bis dahin keine Antwort haben …«

»Das ist zu wenig Zeit!«, zeterte Saramar, der doch eben behauptet hatte, dass die Mauern noch wochenlang standhalten würden.

»In einer Stunde habt Ihr Antwort«, meinte hingegen der Satrap kühl, und sein Blick brachte den Prinzen zum Schweigen.

»Das ging besser, als ich dachte. Eigentlich fürchtete ich, unsere Sache sei verloren, als der Satrap darauf bestand, dass die Prinzen mit am Tisch sitzen. Was meint Ihr?«, fragte Meister Pirim, als sie in einer anderen Kammer bei einer Karaffe Wein auf das Ergebnis der Beratung warteten.

»Es lief anders, als ich dachte, aber Paschir scheint mir fest entschlossen, seine drei Gäste loszuwerden. Er hat mit ihnen ja auch nichts mehr zu gewinnen. Und jetzt, wo ihm Weszens Gunst winkt …«

»Ja, und es ist schwer vorherzusehen, wie lange der Schah so milde gestimmt bleibt …«

Er fand es eigentlich auch erstaunlich, dass Weszen sich auf ihre Vorschläge eingelassen hatte. Er hatte zunächst so hasserfüllt gewirkt, und plötzlich zeigte er sich so nachgiebig. Ihn beschlich das Gefühl, dass sich irgendwo in diesen Verhandlungen sehr gefährliche Fallstricke verbargen – oder dass er etwas Entscheidendes übersah. Dann betrachtete er das zufriedene Gesicht von Meister Pirim, und plötzlich verstand er! »Wie habt Ihr das gemacht?«, fragte er leise. Es waren Diener an der Tür, und die mussten nicht hören, was er zu sagen hatte.

»Ich weiß nicht, was Ihr meint, Bannermeister«, gab Pirim lächelnd zurück.

»Zauberei? Ihr habt sie mit Zauberei gewogen gestimmt?«

Der Magier warf ihm einen erstaunten Blick zu. »Ihr habt es bemerkt?«

»Und Weszen … ihn habt Ihr ebenfalls …?«, fragte Jarok flüsternd.

»Ich verstehe mich nicht nur auf die Manipulation von Sand, Meister Jarok. Ihr erinnert Euch an den Magier, den wir in der Kupferschmiede gefangen nahmen? Er war gewissermaßen ein Ordensbruder, denn für einige Zeit gehörte ich demselben Orden an. Dann aber fand ich den Weg des Sandes für mich vielversprechender. Ich hoffe, dass Ihr dieses Geheimnis für Euch behalten könnt. Selbst von meinen Brüdern im Orden weiß nur eine Handvoll von dieser Gabe. Wie habt Ihr es bemerkt? Was hat mich verraten?«

»Nichts, eigentlich, doch die Stimmung der Prinzen schlug so plötzlich um. Eben war die Luft noch voller Feindschaft, aber auf einmal schienen alle mehr oder weniger zum Frieden bereit.«

»Nicht alle. Einige sind empfänglicher für diese Art Zauberei als andere, und die Wirkung ist begrenzt. Bei einigen auf Stunden, bei anderen auf Tage. Früher oder später kommen die eigenen Ansichten und Gedanken wieder zum Tragen. Hoffen wir also, dass die Prinzen sich schnell besinnen. Ihr habt anscheinend einen außergewöhnlichen Sinn für diese Dinge, wenn Ihr mein Wirken bemerkt habt. So etwas können sonst nur Magier. Doch lasst uns nicht weiter davon reden.«

Die Beratung dauerte viel länger als eine Stunde, aber dann kam der Satrap mit der Nachricht, dass die Prinzen grundsätzlich damit einverstanden wären, sich zu den genannten Bedingungen zu ergeben. Verschiedene Einzelheiten müssten allerdings noch ausgehandelt werden.

Jarok eilte dann mit den guten Nachrichten zurück ins Lager, um Weszen Bericht zu erstatten. Der nickte nur kurz, als habe er gar nicht erfasst, dass er gerade den Krieg gewann. Dann schickte er nach Ul-Sia, um zu beraten. Er schien aus irgendeinem Grund verstimmt zu sein.

Etwas ratlos ging Jarok hinüber zu den Zelten, um sich vor seiner Rückkehr in die Stadt zu stärken.

»Du wirst hier noch eine echte Berühmtheit«, begrüßte ihn Brakas.

»Wie meinst du das?«

»Das ganze Heer preist dich dafür, die Mauern dieser Stadt mit Worten bezwungen zu haben.«

»Erstens ist noch nichts endgültig, zweitens war das nicht ich, sondern Meister Pirim«, wehrte er ab.

»Tja, das Heer glaubt lieber an einen Helden in Rüstung als an einen in einer Robe. Aber was hat eigentlich der Schah zu deinem Sieg gesagt?«

»Wenig«, gab Jarok einsilbig zurück.

»Vermutlich bedauert er es, dass er diese Mauern nicht stürmen darf«, meinte Brakas.

»Vermutlich«, sagte Jarok, aber er wunderte sich immer noch über Weszens Reaktion. Warum war der Schah nicht erleichtert? Er stand kurz vor einem überwältigenden Sieg. Vor wenigen Tagen hatte er noch acht Konkurrenten um den Thron gehabt, von denen sich sieben gegen ihn verbündet hatten. Kamen diese Verhandlungen zu einem guten Ende, würde nur Prinz Baran übrig bleiben. Und der hockte mit einer Handvoll Bergkriegern im fernen Damatien. Aber Weszen saß in seinem Zelt und verbreitete eine finstere Entschlossenheit, die in Jarok böse Vorahnungen weckte. Schließlich gab der Schah seine Zustimmung zu Verhandlungen, aber er tat das so missmutig, als habe man ihn dazu gezwungen.

Jarok kehrte mit einem flauen Gefühl nach Elagdad zurück. Die Verhandlungen zogen sich hin, weil die Prinzen viele Sonderwünsche hatten. Sie wollten freie Wahl des Verbannungsortes, freie Bewegung wenigstens in bestimmten Städten, eigene Ehrengarden und anderes. Weszen lehnte alles ab und erhob selbst neue Forderungen. Vor allem verlangte er, dass die Prinzen auch ihre Familien mit in die Verbannung nahmen. »Ihr habt Frauen und Kinder, sogar Söhne. Ich will nicht, dass sie mir eines Tages, wenn sie älter sind und die Versprechen ihrer Väter vergessen haben, in den Rücken fallen«, ließ er ihnen über Jarok ausrichten, der die Nachrichten hin- und hertrug. Er ging sogar so weit zu verlangen, dass sie bereits Boten in ihre Heimatstädte aussenden sollten, um die Familien nach Ugir zu befehlen.

»Niemals!«, kreischte Saramar. »Er wird unverschämt. Er soll nicht vergessen, dass er unser nur habhaft werden kann, wenn er viele seiner Leute opfert. Denn unsere Männer werden uns bis zum letzten Blutstropfen verteidigen!«

»Ich hatte auf meinen Wegen Gelegenheit, mir Eure Männer anzusehen, Prinz«, erklärte ihm Jarok. »Sie stehen kurz vor einer Meuterei, und sie sind keinesfalls bereit, sich für eine verlorene Sache abschlachten zu lassen.«

Einen ganzen Tag lang zierten sich die Prinzen, entwickelten immer neue Vorbehalte. Doch alle Versuche, das Unvermeidliche aufzuhalten, scheiterten an Weszens Unnachgiebigkeit und dem steigenden Druck, den Satrap Paschir ausübte: »Eure Männer haben längst erfahren, dass wir kurz vor dem Ende dieser Belagerung stehen. Sie sind nur zu bereit, die Waffen niederzulegen, und wenn Ihr sie daran hindert, werden sie sie eher gegen Euch als gegen Schah Weszen richten«, rief er irgendwann. Seit ihm Weszen zugesichert hatte, dass er die Stadt auch in Zukunft regieren könne, hatte er sehr entschieden die Seiten gewechselt. Aber noch waren die Truppen seiner Gäste viel stärker als seine eigenen.

Endlich gaben die Prinzen ihren Widerstand auf. »Auch wenn ich wenig Hoffnung habe, dass Weszen sich an sein Wort noch erinnert, wenn er uns einmal in der Hand hat«, verkündete Prinz Haisal düster.

»Als zukünftiger Padischah kann er es sich nicht leisten, sein Wort zu brechen«, hielt ihm der Satrap nicht zum ersten Mal entgegen.

Die Übergabe einer so großen und gut verteidigten Stadt gestaltete sich schwierig. Jarok war auf dem Markplatz, auf dem die Soldaten der Prinzen ihre Waffen niederlegen sollten. Die Soldaten der Sieben legten Schwerter, Bogen und Speere ab. Ihre Banner durften sie behalten, aber sie mussten schwören, in ihre Heimatstädte heimzukehren und nie wieder die Waffe gegen Schah Weszen zu erheben. Den vielen Söldnern waren die Banner egal, aber sie waren nicht bereit, ihre Waffen herzugeben.

Schließlich erlaubte man ihnen, ihre Schwerter zu behalten, und sie durften ihrer Wege ziehen. Einige tausend von ihnen waren auch gewillt, sich Weszen anzuschließen, und er erlaubte es. Jarok war nicht wohl dabei. Diese Männer kamen aus einem geschlagenen Heer, und er sah ihnen an, dass diese Demütigung sie quälte.

Und jetzt verspotteten sie die Krieger der Sieben, die aus dem Tor marschierten, als hätten sie nicht eben noch an ihrer Seite gekämpft.

Außer den Kriegern waren nicht viele Menschen auf den Straßen. Jarok meinte, bei den wenigen vor allem Erleichterung in den Blicken zu sehen. Und auch die bange Frage, wie es nun weitergehen würde.

Erst gegen Abend hatten die letzten Soldaten des einst so stolzen Heeres die Stadt verlassen, und nun begann der Einmarsch von Weszens Truppen. Jarok führte die Leibgarde, die dem Schah vorausging, um ihm den Weg zu bahnen – was nicht nötig war, denn die Straßen lagen verlassen. Weszen ritt auf seinem Schimmel inmitten seiner Wüstenreiter, und in seiner Miene fand Jarok keinen Ausdruck von Triumph, eher die finstere Entschlossenheit, hier etwas zu Ende zu bringen.

Sie marschierten zum Palast, wo die Wachen des Satrapen nur Spalier standen. Die Prinzen erwarteten sie in der großen Halle, in der Jarok sie zum ersten Mal getroffen hatte. Sie bemühten sich um Haltung, das musste er ihnen lassen.

Weszen stürmte in den Saal, wartete, bis seine Leibwache und seine Wüstenkrieger Stellung bezogen hatten, und befahl dann: »Entwaffnet die Männer des Satrapen.«

»Aber, Hoheit, das ist nicht nötig«, rief Paschir. »Sie werden jedem Befehl von Euch folgen, als käme er von mir.«

»Verhaftet auch diesen Mann!«, befahl Weszen.

Die Prinzen wurden blass, und Jarok, der wenig tun konnte, ahnte, dass unheilvolle Dinge bevorstanden.

Immer noch hatte Weszen seine Halbbrüder kaum eines Blickes

gewürdigt, geschweige denn mit ihnen gesprochen. »Legt diese drei Verräter in Ketten!«, rief er endlich.

»Aber, Schwager – ist das nötig?«, fragte Hennara, die dem Satrapen zur Seite stand.

»Ah, Ihr seid Hennara, die Witwe meines Bruders Algahil, nicht wahr?«

»Die bin ich, Schwager.«

»Es wird Euch nicht helfen, sich auf unsere Verwandtschaft zu berufen. Ihr habt Euch mit den Kakerlaken gegen mich verschworen. Nehmt auch dieses Weib fest.«

»Aber, Herr, Ihr habt mir versprochen, ich könne weiter dem Rat dieser Stadt vorsitzen!«, klagte der Satrap.

»Das könnt Ihr, Paschir, denn zum Sitzen braucht Ihr Euren Kopf nicht. Jetzt schafft mir diese Ratte endlich aus den Augen, Männer!«

Die Gardisten, die gar nicht erst auf Befehle von Jarok warteten, gehorchten sofort, während die Wachen des Satrapen wie erstarrt standen und nicht an Gegenwehr zu denken schienen.

»Ist das Eure Art, Euer Wort zu halten, Schwager?«, fuhr Hennara den Schah wütend an.

Sie bekam keine Antwort, denn General Ul-Sia betrat die Halle und meldete, dass die Stadt vollständig in der Hand seiner Männer sei.

»Ausgezeichnet!«, rief Weszen. »Unsere Krieger haben eine harte Zeit hinter sich. Sie haben sich eine Belohnung verdient, findet Ihr nicht, General? Gut! Gebt die Stadt zur Plünderung frei! Das wird meinen Feinden eine Lehre sein.«

»Aber, Herr, das war nicht, was Ihr …«, rief der Satrap. Jarok wurde kalt. Sie hatten doch eine Übergabe der Stadt ohne Blutvergießen erreicht – warum jetzt dieser Befehl?

»Paschir ist ja immer noch hier!«, donnerte Weszen. »Bringt ihn in den Hof. Ich will seinen Kopf auf einer Stange sehen, bevor ich mit meinen Brüdern fertig bin.«

»So willst du auch uns töten, *Bruder?*«, fragte Prinz Hamaq ganz ruhig.

»Nein, Ihr habt mein Wort, und das gilt. Dieser Narr von einem Satrapen hat eben vergessen, seine Stadt vor der Plünderung zu bewahren. Ihr wart da klüger. Ich werde Euch nach Ugir schaffen lassen und dann, wenn Eure Familien dort eingetroffen sind und Eure Städte sich mir unterworfen haben, entscheiden, in welcher Festung Ihr den Rest Eures erbärmlichen Lebens verbringen dürft. Und das gilt auch für Euch, Hennara, denn Ihr seid viel zu gefährlich, um Euch frei durch mein Reich ziehen zu lassen.«

»Noch ist Oramar nicht *Euer Reich,* Schwager!«, zischte die Witwe.

»Leere Worte«, erwiderte Weszen, und Hennara wusste wohl ebenso gut wie Jarok, dass er Recht hatte. »Und jetzt bringt sie endlich fort und legt sie in Ketten – auch diese Witwe, denn die ist gefährlicher als die drei zusammen!«

Hennara protestierte, während die Prinzen sich in ihr Schicksal zu ergeben schienen.

Ketten? Seine Brüder waren besiegt – musste er sie auch noch demütigen? Lärm drang durch die dicken Mauern des Palastes. Hatte die Plünderung etwa schon begonnen? Jarok verstand nicht, warum Weszen so gnadenlos war. Er hatte gewonnen – reichte ihm das nicht?

Den Schah schien das Schicksal der neu eroberten Stadt nicht zu kümmern. Er wanderte durch die Halle, besah sich die kunstvollen Statuen in den Ecken und studierte die Karten, die auf einem Tisch ausgebreitet waren. »Seht nur, Ul-Sia, sie hatten sogar schon Pläne für die Belagerung von Ugir gezeichnet. Und hier, das soll wohl eine Skizze sein, wie sie Oramar unter sich aufteilen wollten.« Er lachte auf eine unfrohe Weise, und General Ul-Sia pflichtete ihm bei. Das Schicksal der Stadt schien auch ihn nicht zu kümmern.

Draußen auf dem Gang gab es plötzlich Streit, und dann, ohne Vorankündigung, platzte Protektor Pelwa in den Saal, eskortiert von zehn seiner Soldaten. »Was hat das zu bedeuten, Hoheit? Eure Männer plündern die Stadt, was sie meinetwegen tun dürfen, aber sie wüten auch im Hafen, und der steht unter dem Schutz des Seebundes!«

»Ah, Pelwa, seid Ihr gekommen, um mich zu meinem Sieg zu beglückwünschen?«

»Ich bin jedenfalls nicht gekommen, um mich von Euch verspotten zu lassen, Hoheit!«

»Grämt Euch nicht, Pelwa, es ist doch nicht Eure Stadt – und es ist auch nicht Euer Hafen …«

»Was soll nun das wieder bedeuten? Wir haben eindeutige Vereinbarungen …«

»… die besagen, dass ich Euch den Hafen überlasse, wenn Ihr mir bei der Eroberung der Stadt helft. Aber das habt Ihr nicht getan, Pelwa. Ihr habt draußen auf Eurer schönen Galeasse gesessen und uns die gefährliche Arbeit machen lassen.«

»Wir haben Euch mit Nachschub versorgt, wir haben die Stadt von jedem Nachschub zur See abgeschnitten! Sie hätten nie so schnell klein beigegeben, wenn wir nicht gewesen wären!«

»Erspart mir das Gejammer, Pelwa. Nehmt einfach zur Kenntnis, dass ich meinen Teil der Vereinbarung nicht einhalten kann, wenn Ihr den Euren nicht erfüllt.«

Der Protektor sah kurz so aus, als würde ihn der Schlag treffen, aber dann wurde er plötzlich ganz ruhig. »Soll ich das so verstehen, dass Ihr keinen Wert mehr auf Euren Pakt mit dem Seebund legt, Hoheit?«

»Ich habe nicht vor, ihn zu beenden, Pelwa, doch sehe ich eben auch, dass der Bund den vereinbarten Beitrag nicht leistete.«

»Ich werde das in Frialis berichten, Hoheit.«

»Richtet dem Seerat meine besten Grüße aus. Ganz Oramar ist nun mein, und wenn Frialis in Zukunft Handel mit meinen

Städten treiben will, wird es das wohl zu meinen Bedingungen tun müssen!«

»Oramar ist groß, und es hat eine lange Küste«, entgegnete der Protektor, verneigte sich steif und verschwand. Der Lärm aus der Stadt schwoll an, als er die Tür öffnete. Es klang nicht gut.

»Was sollte nun das wieder bedeuten? Sollte das eine Drohung sein?«, fragte Weszen gut gelaunt in die Runde.

General Ul-Sia räusperte sich. »Entweder, er meinte, dass es genug versteckte Buchten an unserer Küste gibt, um Schmuggel zu treiben, oder er meinte, dass wir von See her verwundbar sind.«

»Unsinn!«, schnaubte Weszen. »Diese Krämerseelen werden schon bald wieder angekrochen kommen, um Geschäfte zu machen. So war es doch immer. Wartet nur ab!«

Jarok teilte die Zuversicht des Schahs nicht. Der Seebund hatte viele Kriegsschiffe, viel mehr als Oramar. Er kontrollierte die Meere, sogar das ferne Südmeer, und selbst Jarok wusste, dass der Reichtum der oramarischen Städte aus dem Handel mit dem Süden stammte.

Die gute Laune des Schahs schlug wieder um. Er wurde ernst und rief: »Na schön, geh dem Protektor nach, Jarok, und nimm eine Schar meiner Garde mit. Ich will nicht, dass diesem alten Narren auf dem Weg zum Hafen ein Unglück widerfährt!«

Jarok eilte Pelwa hinterher. Er war besorgt, dass er ihn nicht rechtzeitig einholen würde, aber der Protektor war am großen Tor der Zitadelle stehen geblieben und starrte hinaus.

Jarok blieb ebenfalls stehen.

Jenseits des Grabens brannte es lichterloh. Menschen irrten zwischen den brennenden Häusern umher, Bürger ebenso wie Krieger, es war schwer zu unterscheiden. Elagdad stand in Flammen. Es wurde geschrien und – gelacht. Ja, tatsächlich, Jarok hörte raues Gelächter durch die dichten Rauchschwaden dringen.

»Seht Ihr, was Euer Schah da angerichtet hat?«, fragte Pelwa.

Der knochige Greis, der sonst so abgebrüht wirkte, machte einen erschütterten Eindruck.

»Ich habe den Auftrag, Euch sicher zu Eurem Schiff zu geleiten, Herr«, entgegnete Jarok.

»Und sollt Ihr dafür sorgen, dass mir unterwegs etwas zustößt, Bannermeister?«

Jarok öffnete den Mund und schloss ihn wieder, weil er nicht wusste, was er auf diese ungeheuerliche Unterstellung erwidern sollte. Traute der Mann ihm so eine Untat zu? *Nein,* dachte er, *nein, er traut sie nicht dir, er traut sie Weszen zu.*

»Ich werde Euer Leben mit dem meinigen verteidigen, Protektor«, entgegnete er schließlich.

»So? Wir werden sehen …«

Jarok schärfte seinen Männern ein, unter allen Umständen zusammenzubleiben und den Protektor mit seiner Eskorte in die Mitte zu nehmen. Er fragte sich, ob sie nicht besser warten sollten, bis sich die Lage beruhigt hatte, aber dann dachte er an die Geschichten, die man sich von früheren Belagerungen erzählte. So eine Plünderung konnte Tage gehen. Also gab er das Zeichen, und sie brachen in dicht geschlossener Formation auf.

Sie marschierten aus dem Palast, und Jarok schlug den kürzesten Weg zum Hafen ein. Bald musste er über die ersten Leichen steigen. Es waren Bürger der Stadt, niedergehauen von der entfesselten Soldateska, die Weszen auf die Stadt losgelassen hatte. Sie waren noch nicht weit gekommen, als ihnen ein Trupp betrunkener Soldaten den Weg versperrte. Sie hatten zwischen zwei niedergebrannten Häusern ihre Beute auf dem Pflaster verteilt. Außerdem hatten sie zwei Frauen, vielleicht Mutter und Tochter, in ihrer Gewalt. Sie lachten, versuchten die völlig Verängstigten zu küssen, schoben, warfen, stießen sie sich gegenseitig zu. Die Kleider der beiden Frauen waren schon vielfach zerrissen, und es war klar, wie das enden würde.

Jarok dachte an seinen Befehl, dann schüttelte er den Kopf und marschierte mit seiner ganzen Schar einfach durch die Plünderer hindurch. Er riss dem einen das Mädchen aus den Armen, dann einem anderen die Mutter. Er erkannte die Männer wieder. Es waren Söldner, die sich ihnen gerade erst angeschlossen hatten.

Der Krieger starrte ihn an, als käme er aus einer anderen Welt. »Was tut Ihr da? Das ist unsere Beute! Sucht Euch Eure Weiber gefällig selbst, anstatt sie uns …« Jarok hatte keine Zeit für Diskussionen, also rammte er dem Mann seinen Schwertgriff in die Magengrube, so dass er einfach zusammenklappte. »Weiter!«, kommandierte er.

Sie bogen in die breite Straße ein, die zum Hafen führte, fanden sie aber von den Mauern eines eingestürzten Hauses blockiert. Ein verkohlter Menschenarm ragte aus den noch schwelenden Trümmern.

Sie bogen notgedrungen ab, marschierten im immer dichter werdenden Rauch durch enge Gassen. Aus den Häusern drangen Hilfeschreie und verzweifelte Rufe, dazwischen das raue Lachen der Krieger, die alles Menschliche abgeschüttelt zu haben schienen.

Sie stiegen über weitere Leichen. Hier waren auch Soldaten darunter, und ein kurzer Blick verriet Jarok, dass sie sich gegenseitig an die Gurgel gegangen waren. Einmal mussten sie umkehren, weil jedes Haus der Gasse, die sie zum Hafen geführt hätte, in Flammen stand und die Hitze den Weg unpassierbar machte. Jarok hatte bald das Gefühl, seit Stunden durch die brennende Stadt zu irren. Endlich tauchten hinter dem Qualm die Masten von Schiffen auf. Sie waren am Hafen.

»Euer Schah kann stolz auf sein Werk sein«, sagte Pelwa mit unendlicher Bitterkeit in der Stimme. Jarok entgegnete – nichts. Er wusste nicht, was er hätte sagen können.

Er stand auf dem Pier, blickte zur Stadt und sah nicht mehr als Feuer und Rauch und davor Männer, die wie rasend durch die Gassen zogen, immer auf der Suche nach Beute jeder Art. Jarok wandte sich ab. Er sah zu, wie der Protektor das kleine Boot bestieg, das ihn hergebracht hatte, und den Hafen nun rasch verließ.

»Diese beiden Weiber, Herr …«, begann einer der älteren Gardisten, als das Boot außer Sicht war.

Jarok hatte die beiden Frauen völlig vergessen. Jetzt hörte er sie weinen. »Ja?«

»Wollt Ihr die für Euch – oder sind die für uns bestimmt?«

10.

Auch nach zwei Tagen schwelten die Trümmer von Elagdad noch. Der Raserei war eine kalte Ernüchterung gefolgt, und als die Obersten und Bannermeister ihre Männer zählten, stellten sie fest, dass sie bei der Plünderung mehr Männer verloren hatten als in der Schlacht an den Nebelseen und während der Belagerung. Aber das war nichts gegen das, was der Stadt widerfahren war.

Jarok stand auf der Stadtmauer und blickte über die rauchenden Trümmer, über die völlig verstörte Gestalten wie Geister hinwegkrochen. Kaum ein Haus war unversehrt geblieben. Selbst Tempel waren niedergebrannt, und Opfertürme standen wie verkohlte Knochen über den Trümmern. Niemand hatte die Toten gezählt. Nur die Festung am anderen Ende der Stadt schien unversehrt. Weszen residierte dort.

Jarok wandte seinen Blick ab, hinaus in das Land, das jedoch ebenfalls verbrannt und vernarbt war. Er konnte die verlassenen Belagerungsgräben und die verbrannten Felder sehen, und dann fiel sein Blick auf den Hügel mit dem Galgen, an dem immer noch der unglückliche Bote hing, den Weszen hatte aufknüpfen lassen. *Vielleicht war er gar nicht so unglücklich. Es ist ihm viel erspart geblieben.* Und daneben war der Speer zu erahnen, auf den der Kopf von Prinz Gilef aufgespießt worden war.

Er blickte zum Himmel. Zahllose Krähen und Geier kreisten über der Stadt, aber Hrima hatte er seit der Feuersbrunst nicht mehr gesehen. Er nahm an, dass das Feuer und diese Orgie der

Zerstörung sie vertrieben hatten. Oder war das vielleicht ihre Art, ihn zu tadeln? Er hatte doch versucht, Leben zu retten und Frieden herbeizuführen. Aber Weszen hatte diesen Versuch mit einem Blutbad beendet. Weszen, der Mann, dem er diente …

»Der Schah hat die ersten Einheiten auf den Heimweg geschickt«, rief Brakas, der gerade über die schwarz verrußten Stufen zu ihm auf die Mauer kam. »Er hat auch für dich neue Befehle.«

»Hast du die beiden Frauen sicher zu ihren Verwandten gebracht?«

»Ja, klar. Erst dachten wir, der Hof sei verlassen, aber die haben sich nur versteckt, als sie unsere Rüstungen sahen. Kein Wunder, wenn man das hier sieht … Na, jedenfalls fragte mich eben ein Läufer aus dem Palast nach dir. Weszen erwartet dich, und ich würde ihn an deiner Stelle nicht warten lassen. Er ist gereizt wie ein verwundeter Stier. Es ist, als würde er wutschnaubend jemanden suchen, dem er die Schuld für *das da* geben kann, dabei wird er, wenn er gründlich sucht, keinen anderen als sich selbst finden. Aber, stell dir vor, er lässt in ganz Oramar die Nachricht verbreiten, dass die Verteidiger die Stadt selbst angezündet hätten, um ihrer gerechten Strafe zu entgehen.«

»Das wird ihm kaum jemand glauben.«

»Weißt du, es ist mir lieber, er gibt diesen armen Teufeln die Schuld als dir oder mir. Denn auch dazu wäre er im Moment fähig.«

Jarok lag die Frage auf der Zunge, was denn der Westgarther während der Plünderung gemacht hatte, aber eigentlich wollte er es nicht wissen. Er begab sich widerstrebend in den Palast.

»Ah, Jarok – endlich!«, rief der Schah, als er die Halle betrat. Sie hatte sich seit der Kapitulation verändert, denn sie war übersät mit Papieren, Nachrichten aus dem Reich, die Weszen gelesen und dann achtlos fallen gelassen hatte, wo immer er gerade saß oder stand.

»Wie lauten Eure Befehle, Herr?«

»Du bist so steif und förmlich, seit du Bannermeister bist. Vielleicht war es ein Fehler, dich zu befördern … was meinst du? Ach, Unsinn. Deine Männer sprechen in den höchsten Tönen von dir. Sie waren allerdings jüngst etwas verstimmt, weil du sie von der Plünderung ferngehalten hast.«

»Jemand musste für einen Rest Ordnung und Sicherheit sorgen, Herr.«

»Wofür? Diese Stadt hat es verdient, dass die Strafe der Götter über sie gekommen ist! Denn das ist sie! Nicht meine Soldaten waren es, nein, es waren die Götter! Wie damals, als mein Vorfahr Bal-Ek Ugir erobern konnte, weil Qutaf, der Weltenerschütterer, und Ghirtab, der Skorpiongott, ihm den Weg bahnten. Ich bete zu den Göttern, dass es anderen Städten eine Lehre sein und dass es in Zukunft niemand mehr wagen wird, sich gegen mich zu stellen, damit sich dieses Strafgericht nie wiederholt.«

»Eure Feinde sind besiegt, Hoheit«, sagte Jarok vorsichtig. Brakas hatte die Stimmung des Schahs treffend beschrieben: Er war gereizt wie ein verwundeter Stier.

»Meine Feinde? Ich fürchte, für jede Kakerlake, die ich zertrete, wird bald eine andere unter irgendeinem Stein hervorgekrochen sein. Und es sind mehr, als ich dachte. Nein, Jarok Blutwolf, meine Feinde sind überall. Kannst du sie nicht wittern?«

Weszen wirkte für einen kurzen Augenblick beinahe verzweifelt, aber Jarok verstand nicht, wovon er sprach. »Doch diese Insekten unterschätzen mich, wenn sie glauben, dass ich warte, bis sie aus dem Hinterhalt zuschlagen. Ich habe bereits gewisse Maßnahmen eingeleitet, und du wirst mir helfen, sie umzusetzen.«

»Was soll ich tun, Hoheit?«

»Ich selbst werde hier noch einige Zeit bleiben müssen. Ich werde die Stadt neu aufbauen lassen, schöner, als sie es je war! Außerdem erwarte ich Botschaft aus der Hauptstadt. Der Rat der Weisen kann meinen Anspruch auf den Thron nicht länger zurückweisen, auch wenn er es mit immer neuen Einwänden versucht. Sie behaupten immer noch, dass der Weichling Baran vor mir in der Erbfolge stehe, obwohl er sich seit Jahren in Damatien verkriecht.«

Jarok kannte Barans Ruf. Man nannte ihn den Adler und die Geißel von Haretien, weil er dort einige siegreiche Schlachten geschlagen hatte, bevor der Bruderkrieg ihn zum Rückzug zwang. Aber obwohl er von allem Nachschub abgeschnitten war, war es dem Seebund nie gelungen, ihn endgültig zu besiegen. Und er kannte den Prinzen von früher. Damals hatte er immer verschlossen und zu ernst gewirkt. Er hatte sich nichts aus der Jagd oder anderen Vergnügungen gemacht und hatte stets auf Abstand zu seinen Brüdern geachtet. *Vielleicht,* so dachte Jarok jetzt, *weil ihm damals schon bewusst war, was das Gesetz der Skorpione eines Tages von ihm, dem ältesten Sohn des Padischahs, verlangen würde.*

Weszen hatte unterdessen ein weiteres Schreiben überflogen. »Stell dir vor, der Rat fordert, dass die Männer, die den Frieden unter seiner Stadtmauer gebrochen haben, ausgeliefert werden. Sie meinen dich und diesen Wüstenreiter …«

»Ursef, Hoheit.«

»Ja, Ursef, genau.«

War er deswegen hier? Weil er ein Hindernis auf dem Weg zum Thron war? Hatte Weszen vor, ihn auszuliefern?

»Diese Narren! Es steht nur dem Padischah zu, über das zu urteilen, was seine Männer in seinem Auftrag tun – und ich *bin* der rechtmäßige Padischah, ob sie mich nun ernennen oder nicht! Doch lassen wir das. Ich habe einen Auftrag für dich, Jarok. Du wirst für mich eine Gefangene nach Ugir bringen. Nimm eine Schar der Leibwache als Bedeckung und bringe Hennara in meinen Palast. Dieses Weib hatte die Unverschämtheit, meine Großzügigkeit zu verhöhnen.«

»Eure Großzügigkeit, Hoheit?«

»Ich habe ihr angeboten, sie zur Frau zu nehmen – und sie hat abgelehnt, hat mich ausgelacht! Der Marsch nach Ugir wird ihren Stolz vielleicht brechen und ihr klarmachen, dass ihre Herkunft nicht mehr viel wert ist. Ihr Stamm mag mächtig sein, doch hat er auch andere Töchter, die ich heiraten kann. Aber sei auf der Hut, Hennara ist listenreich und wird vielleicht versuchen, dich und deine Männer einzuwickeln.«

»Ich soll sie in den Palast bringen, Herr?«

»Der Großwesir wird sich dort um alles Weitere kümmern. Ich habe ihm bereits Anweisungen zukommen lassen. Außerdem wirst du noch jemanden geleiten, einen alten Mann, der in einer Kutsche reisen wird. Er ist hochbetagt, also nimm Rücksicht auf ihn. Wenn er eine Rast verlangt, lass rasten! Und er ist wichtig, viel wichtiger noch als Hennara! Ich verlasse mich darauf, dass du ihn sicher nach Ugir bringst, Jarok. Der Wagen steht bereits im Hof. Ich schlage vor, dass du unverzüglich aufbrichst.«

»Wäre nicht ein Schiff …«

»Nein, kein Schiff. Der Alte verträgt die Seefahrt nicht, und er braucht Zeit und Ruhe, um seine Arbeit zu tun, eine Ruhe, die er wegen all der neugierigen Augen im Palast dort nicht finden wird. Hast du meine Befehle verstanden?«

»Jawohl, Hoheit.«

»Gut, dann geh.« Der Ugir-Schah hob ein Blatt vom Tisch auf, stierte einen Moment auf die Zeilen und ließ es dann zu Boden fallen, um ein anderes vom Tisch zu nehmen.

Jarok verneigte sich und ging. Ein alter Mann? Weszen hatte weder Namen noch Rang des Mannes genannt. Was mochte an ihm so wichtig sein? Und wenn der Alte in der Kutsche saß, was war dann mit Hennara? Hatte der Schah wenigstens ein Pferd für sie bereitgestellt, oder erwartete er wirklich, dass sie den weiten Weg zu Fuß ging? Weszen hatte gesagt, dass der Alte die Seefahrt nicht vertrug, aber war das wirklich der Grund, warum sie den Landweg nehmen mussten? War der Seeweg nicht mehr sicher? Hatte Protektor Pelwa so viel Macht, dass er das Bündnis ohne Rücksprache in Frialis beenden konnte? Vielleicht war es schon beendet, und der Schah hatte es nur nicht für nötig gefunden, es ihm zu sagen. *Nutzlos, sich darüber den Kopf zu zerbrechen,* dachte Jarok. Der Befehl war eindeutig. Sie mussten die Küstenstraße nehmen – wie die Scharen von Kriegern, die vor Weszen kapituliert hatten. Es gab ungefährlichere Straßen.

Er ließ Brakas, der ihm gefolgt war, die Dritte Schar der Garde zusammenrufen. Der Westgarther schien die Lage ähnlich zu beurteilen: »Ich soll dich also begleiten, ja? Es ist schön, dass du an mich denkst, mein Freund, aber warum immer nur, wenn es gefährlich oder mühsam wird?«

»Wir spielen nur Eskorte für eine Gefangene und einen alten Mann.«

»Aber wenn Weszen die Garde mitschickt, dann ist es gefährlich. Und mühsam sowieso – denn der Weg ist weit und Wasser bis zu den Nebelseen knapp.«

Der Alte, der Weszen so wichtig war, war ein kleiner krummer Mann mit großer Nase und wässrigen Augen, in denen so etwas wie Triumph aufleuchtete, als er seine Kutsche und die Gardisten sah. »Schön«, murmelte er, »sehr schön.«

Der Alte kam Jarok bekannt vor, aber er wusste nicht, woher. »Ich bin Bannermeister Jarok von der Leibwache des Schahs. Wir werden Euch nach Ugir geleiten.«

Er erhielt keine Antwort, nur ein sehr zufriedenes Nicken. Ein junger Diener folgte dem Alten und trug sein Gepäck, das allerdings nicht sehr umfangreich war. Die Kutsche war ein plumper Wagen mit flachem Dach, auf dem sie einen großen Teil ihrer Vorräte unterbringen konnten.

»Und warum kriegen wir keine Pferde?«, fragte Brakas, als die Kutschpferde angeschirrt waren.

»Wie du schon sagtest, es gibt wenig Wasser entlang der Straße«, seufzte Jarok.

»Aber für deinen Hengst reicht es?«

»Soll ich ihn dir leihen?«

Brakas sah ihn mit schiefem Blick an. »Schon gut. Laufen wir eben.«

Dann erschien Hennara. Sie trug tatsächlich Ketten an den Handgelenken, was Jarok falsch erschien. Sollte sie auf die dumme Idee kommen fortzulaufen, wäre der beste Jäger von Ugir auf ihrer Fährte. Sie würde nicht weit kommen – auch ohne Ketten.

Seine Verärgerung wuchs, als er herausfand, dass die Ketten vernietet waren – es gab keinen Schlüssel, mit dem er das Los der Gefangenen unauffällig hätte erleichtern können.

Er lud sie ein, im Wagen Platz zu nehmen, doch das wollte der Alte nicht zulassen: »Ich darf nicht gestört werden, von niemandem und zu keiner Zeit! Merkt Euch das! Meine Aufgabe ist wichtig und geheim.«

»Das wird sicher eine sehr vergnügliche kleine Reise«, spottete Brakas.

»Wir werden sehen.« Jarok bestieg sein Pferd und gab das Zeichen zum Aufbruch.

Er fand den Weg durch die niedergebrannte Stadt noch gespenstischer als sonst, weil die schwere Kutsche so laut über das holprige Pflaster rumpelte und der feste Tritt seiner sechzig Männer wie ein Geräusch aus einer anderen Welt durch die Friedhofsruhe hallte.

Er war erleichtert, als sie die Stadt hinter sich gelassen hatten, und als die eigenen Stellungen außer Sicht waren, stieg er von seinem Pferd und bot es Hennara an.

Sie betrachtete ihn lange und sagte dann: »Weszen wird von Eurem Angebot erfahren.«

Er antwortete mit einem Schulterzucken und half ihr in den Sattel. »Er ist leider nicht für Frauen gemacht, Hoheit«, erklärte er verlegen, während sie Halt suchte.

»Es wird bequemer sein, als zu laufen«, sagte sie.

Er nahm das Pferd am Zügel – er war nicht so leichtsinnig, ihr die Zügel anzuvertrauen – und führte den Trupp weiter.

Sie waren noch nicht weit gekommen, als der Alte eine erste Rast verlangte.

»Wir sind doch gerade erst aufgebrochen. Und hier gibt es weder Schatten noch Wasser, Herr«, wandte Jarok vorsichtig ein.

»Einerlei. Ich muss etwas festhalten, dringend, bevor es wieder entschwindet. Also haltet an!« Der Alte blieb in der Kutsche, und bald hörte Jarok das hastige Kratzen einer Feder auf Pergament. Es dauerte nicht sehr lang, dann rief es aus der Kutsche, dass sie nun weiterfahren könnten.

Es verging jedoch keine Stunde, und wieder verlangte der Alte eine Rast, weil er etwas zu notieren habe. »Und das geht eben nicht, wenn dieses elende Gefährt derart schaukelt!«

»Was ist so wichtig, dass Ihr deshalb unsere Reise anhalten müsst?«

»Das geht Euch nichts an, Bannermeister!«

»Ein wirklich freundlicher Mensch«, meinte Brakas, als sie darauf warteten, dass ihr Passagier seine Arbeit vollendete.

»Versuch doch später, ob du nicht etwas aus seinem Diener herausbekommst.«

»Zu Befehl, Bannermeister«, erwiderte der Westgarther mit breitem Grinsen. »Ich verstehe, dass du mit Wichtigerem beschäftigt bist. Zu ihr bist du auch viel höflicher als zu ihm.«

»Witwe Hennara? Nun, ich sehe keinen Grund, sie wie eine Sklavin oder Verbrecherin zu behandeln.«

»Der Schah wünscht es – das könnte Grund genug sein.«

»Weszen ist nicht hier.«

»Aber er hat sicher Augen und Ohren in unserer kleinen Einheit. Man sagt, Hennara habe ihr Bett und ihre Gedanken mit dem Satrapen von Elagdad geteilt. Und es waren Truppen aus Elagdad, die in den letzten Jahren die Dörfer entlang der Küste verwüsteten. Das wissen auch die Jungs in unserer Schar. Also sei auf der Hut, Jarok. Wenn sie nicht laufen soll, kannst du sie doch oben auf die Kutsche setzen.«

»Es ist wohl besser, dass sie in meiner Nähe bleibt, gerade, wenn die Männer sie so hassen, wie du sagst.«

Gegen Mittag rasteten sie unter einem der alten Türme, wo sie wenigstens etwas Schatten fanden. Der Alte war damit zunächst nicht einverstanden, aber Jarok erklärte ihm geduldig, dass die Pferde Rast bräuchten, wenn sie nicht weit vor Ugir verenden sollten.

Sie waren kaum wieder aufgebrochen, als der Alte einen erneuten Halt verlangte.

Brakas winkte Jarok zu sich, der die Zügel einem anderen Gardisten überließ. »Ich habe, wie du gesagt hast, ein paar Worte mit dem Diener gewechselt. Leider kennt er weder den Alten, noch weiß er, was er schreibt, ja, er kann noch nicht einmal lesen. Du wirst eine andere Quelle brauchen – oder du lässt es auf sich beruhen.«

»Das kann ich nicht, Brakas, denn je länger ich diesen Alten sehe, desto stärker wird das Gefühl, dass Unheil von ihm ausgeht.«

Wegen der vielen, wenn auch kurzen Unterbrechungen kamen sie nur langsam voran, und am Abend, als sie die Zelte aufschlugen, prophezeite Brakas düster, dass sie wohl einen ganzen Monat nach Ugir brauchen würden.

Der Alte blieb bis in die Nacht hinein in seiner Kutsche, und von Zeit zu Zeit hörte Jarok ihn leise murmeln, während die Feder über das Papier kratzte. Aber verstehen konnte er nichts. Der Alte schlief jedoch in einem Zelt. Die Pergamente, auf die Jarok so gerne einen Blick geworfen hätte, nahm er mit. Er schien sogar auf ihnen zu schlafen.

»Ein merkwürdiger kleiner Mann«, stellte Hennara fest, als der Alte in seinem Zelt schnarchte. Sie hatte sich den Tag über tapfer gehalten, aber wenig bis gar nicht gesprochen. Sie hatte sehr erschöpft gewirkt, als ihr Jarok aus dem für ihre Art des Reitens ungeeigneten Sattel geholfen hatte, und noch jetzt war sie blass.

»Ihr kennt nicht zufälligerweise seinen Namen, Hoheit?«

»Ich habe diesen Mann noch nie gesehen, und das ist eigenartig, da ich doch fast zehn Jahre in Elagdad wohnte, dessen Herr einst mein Gemahl Algahil war.«

»Könnte er ein Schreiber des Palastes sein?«

»Eine naheliegende Vermutung, aber nein, dann würde ich ihn kennen. Und wäre er in der Stadt jemand von Bedeutung gewesen, wäre er mir ebenfalls sicher begegnet. Er ist mir ebenso ein Rätsel wie Euch.«

»Ein Zauberer ist er jedenfalls auch nicht, denn wenn er über Magie verfügte, würde ich es bemerken.«

»Das könnt Ihr?« In ihren Augen las er Erstaunen.

»Manchmal«, erklärte er ausweichend, weil er ihr unabsichtlich etwas enthüllt hatte. »Sagt, Hoheit, wisst Ihr vielleicht etwas über einen Zauberer, der in Ugir in eine Verschwörung gegen Weszen verwickelt war? Er war ein Meister des Verbergens.«

Sie zögerte, dann zuckte sie mit den Achseln. »Da dieser Krieg verloren und niemand mehr übrig ist, der durch das Geheimnis Schaden nehmen könnte … Der Satrap schickte im Auftrag der Sieben seinen begabtesten Magier nach Ugir. Er sollte Weszen nach und nach alle Vertrauten nehmen und durch Männer ersetzen, die auf unserer Seite waren. Ich war dagegen, denn auf einem Plan, der so viele Unschuldige das Leben kostet, kann kein Segen liegen. Und wie ich es vorhersagte, wurde Meister Nor gefangen, lange bevor er sich um Weszens wichtigste Stützpfeiler kümmern konnte.«

»Und wer war sein Verbündeter im Palast? Irgendjemand hat ihm Gift verabreicht, bevor er reden konnte.«

»Es tut mir leid, aber das weiß ich nicht.«

Jarok nickte und fragte sich, warum sie ihm das verraten hatte.

Wollte sie so sein Vertrauen gewinnen, um es später auszunutzen? Er durfte sich nicht umgarnen lassen.

Am nächsten Tag ging es wieder nur langsam voran. Der Alte hielt sie jedes Mal auf, wenn er etwas aufzuschreiben hatte, und es gelang Jarok nicht herauszufinden, was es war. Doch das Gefühl der Bedrohung, das von dem Alten ausging, wuchs mit jedem Halt.

Hennara schien sich besser an das Reiten auf so unbequeme Art zu gewöhnen, doch blieb sie schweigsam, und Jarok, der Brakas' Warnung im Ohr hatte, hing meist seinen Gedanken nach, daher wurde auf dem Marsch nicht viel gesprochen.

Sie begegneten in den ersten Tagen keiner Menschenseele. Die Gehöfte schienen allesamt niedergebrannt, die Dörfer ebenso, und in den Brunnen verrotteten Tierkadaver.

»Es ist nicht besser geworden, seit wir in die andere Richtung marschiert sind«, meinte Brakas und spuckte in den Brunnen, den sie gerade inspizierten. Eine tote Ziege trieb darin, und das Wasser roch faulig. »Wenn wir weiter so schleppend vorankommen, wird das Wasser vielleicht nicht für die Pferde reichen. Es dauert noch Tage, bis wir in Gegenden kommen, die der Feind auf seiner Flucht nicht zerstört hat. Du solltest mit dem Alten reden.«

Jarok versuchte es, doch biss er auf Granit: »Der Schah selbst hat mir befohlen, dass ich diese Liste fertigen soll. Das Schicksal Oramars hängt davon ab!«

»Aber das Wasser wird nicht für uns *und* die Pferde reichen.«

»Dann besorgt welches – oder sagt Euren Männern, sie sollen weniger trinken! Diese Arbeit muss beendet werden!«

Wieder vergingen zwei Tage mit vielen Unterbrechungen. Jarok fragte Rura, den Gardisten von der Turmküste, ob er sich in dieser Gegend auskenne und vielleicht wisse, ob es abseits der Straße auch Dörfer gebe. Rura kratzte sich verlegen am Kopf und sagte: »Wir sind viele Stunden von meiner Heimat entfernt, Herr. Ihr könntet mich ebenso gut nach der Landschaft von Haretien fragen. Ich weiß es einfach nicht.«

Am nächsten Morgen entdeckte Jarok einen schmalen Pfad, der in die Küstenstraße mündete. Er kam aus dem welligen Hinterland, und es war nicht zu sehen, wohin er führte.

»Wir könnten da hinübermarschieren«, schlug Brakas vor. »Da muss es doch Wasser geben, oder?«

»Es könnte ebenso verseucht sein wie alles, was wir bisher gefunden haben. Wartet hier, ich sehe mir die Sache an.«

Er half der Witwe aus dem Sattel seines Pferdes und schwang sich selbst hinein. Dann trieb er Murafar rasch hinaus in die Hügel. Es musste einfach Wasser dort geben. Er hatte sechzig Mann und die Pferde unter seinem Befehl und würde sie nicht verdursten lassen. Ein Schwarm Sperlinge kam ihm entgegen. Ein gutes Zeichen. Dann sah er dünne Rauchsäulen, erstaunlich viele für eine Siedlung abseits der Straße.

Er stieg aus dem Sattel und schlich zu Fuß weiter. Von der nächsten Kuppe sah er, was er schon befürchtet hatte: Da lag ein großes Gehöft, aber zwischen den sieben Gebäuden flackerten Feuer, an denen viele Männer saßen. Es waren mehrere Dutzend, vielleicht hundert oder mehr – und es mochten noch mehr in den Häusern sein. Waren es Männer, die in Elagdad kapituliert hatten, oder waren sie schon vorher an diesen Ort geflohen?

Jarok fluchte und kehrte eilig zurück.

»Warum vertreibt Ihr sie nicht? Ihr seid Männer des künftigen Padischahs! Sie müssen vor Euch weichen!«, rief der Alte, der erstaunlich gute Ohren haben musste, wenn er verstanden hatte, was Jarok Brakas berichtete.

»Wenn sie aus Elagdad kommen, sind sie nur leicht bewaffnet – wenn überhaupt«, meinte Brakas gedehnt.

»Ich will aber weder eine Schlacht noch ein Gemetzel, nur weil dieser eigensinnige Schreiber uns aufhält. Wir ziehen weiter – und wir werden nicht vor dem Mittag rasten!« Er sprach laut, damit der Alte ihn auch sicher hörte, und als dieser das nächste Mal lautstark eine Rast verlangte, lehnte Jarok rundweg ab.

»Aber meine Liste!«

»Merkt Euch doch einfach, was Ihr notieren wolltet. Am Mittag werdet Ihr ausreichend Zeit haben, es niederzuschreiben. Und spätestens morgen Abend werden wir Gebiete erreichen, in denen es wieder Wasser geben sollte. Dann können wir so langsam reisen, wie es Euch gefällt, Herr.«

»Der Schah wird hiervon erfahren!«

Aber Jarok blieb unnachgiebig, obwohl der Alte sich immer wieder beschwerte und Rast verlangte.

»Ich glaube nicht, dass er ein Herr ist«, meinte Hennara, als sie am Mittag am Wegesrand den Pferden und Männern eine Pause gönnten. Brakas machte sich unbeliebt, weil er bereits die Wasserrationen für die Menschen, aber nicht für die Pferde kürzte.

»Was meint Ihr?«, fragte Jarok, der den Alten dabei beobachtete, wie er in seiner Kutsche missmutig mit seiner Feder über das Pergament fuhr.

»Ihr habt ihn immer wieder mit *Herr* angesprochen, aber er benimmt sich nicht wie einer, der es gewohnt ist, Befehle zu erteilen.«

»Dennoch scheint diese Liste, die er führt, ungeheuer wichtig zu sein. Er tut nichts anderes, als zu schreiben – und doch erscheint mir dieser gebeugte Alte gefährlich.«

»Ihr habt Recht, Meister Jarok. Seine Feder scheint ihm Macht zu verleihen, und die steigt ihm zu Kopf.«

»Du verstehst dich inzwischen recht gut mit der Witwe, wie mir scheint …«, meinte Brakas, als sie am Abend unter ein paar dürren Büschen das Nachtlager aufschlugen.

»Wir reden doch kaum drei Worte.«

»Ich rate nur noch einmal zur Vorsicht, mein Freund. Diese Frau ist klug und auf ihre wenn auch etwas verbitterte Art schön – vor allem aber ist sie eine Hochgeborene! In ihren Adern fließt das Blut von Fürsten, und sie war die Frau eines Erbprinzen. Ich glaube nicht, dass sie in dir je etwas anderes sehen wird als ein Mittel zum Zweck.«

»Und ich sehe in ihr nichts anderes als eine Gefangene, die ich nach Ugir zu bringen habe!«

»Kein Grund, sich aufzuregen, mein Freund. Es ist nur der gut gemeinte Rat, weiterhin mit dem Kopf und nicht mit dem Unterleib zu denken.«

»Das sagst ausgerechnet du?«

»Gerade weil mich die Weiber so oft in Schwierigkeiten brachten – besonders die Frauen anderer Männer –, weiß ich, wovon ich rede!«

Jarok sah da jedoch keine Gefahr. Hennara hatte bislang keinen Versuch gemacht, ihn zu umgarnen, ganz im Gegenteil, sie war sehr zurückhaltend und schien ihn zu respektieren. Er würde sie nach Ugir bringen – wenn ihre endlose Reise sie jemals dort hinführte.

Am nächsten Tag stießen sie endlich auf ein paar unzerstörte Hütten, die jedoch von marodierenden Söldnern ausgeplündert worden waren. Die Bewohner schienen verschwunden, aber wenigstens waren die Brunnen intakt.

»Jetzt müssen wir uns also keine Sorgen mehr ums Wasser machen, aber dafür vielleicht um herrenlose Söldner, die auf Beute aus sind«, meinte Brakas.

»Sie werden sich nicht mit einer gut bewaffneten Schar Gardisten anlegen.«

»Die Götter mögen deine Worte hören, mein Freund.«

Jarok teilte insgeheim die Besorgnis des Westgarthers. Das Land jenseits der Straße war wellig, und es mochten Marodeure auf der Lauer liegen. Und eine so schwer bewachte Kutsche könnte aus ganz falschen Gründen ihr Begehren wecken. Jarok ermahnte die Männer zu erhöhter Wachsamkeit, aber die ungewisse Gefahr brachte ihn auch auf eine Idee.

Er ging zur Kutsche und erklärte dem Alten: »Es liegen Gefahren vor uns, die es leider erfordern, dass Ihr die Gefangene in der Kutsche mitreisen lasst.«

»Aber hier ist kein Platz!«

»Euer Diener wird eine Weile zu Fuß gehen. Oder er kann sich oben aufs Dach zwischen unsere Vorräte setzen.«

»Ich protestiere!«

»Das steht Euch frei. Ihr könnt es sogar aufschreiben, wenn wir das nächste Mal halten.«

Jarok half Hennara in die Kutsche.

»Er wird sich sicher beschweren«, sagte Brakas, der mit ihm die Spitze des Zuges nahm, »und ich bin sicher, das wird noch Streit geben.«

»Meinetwegen. Ich hoffe jedoch, dass sie eine Gelegenheit findet, einen Blick auf die Seiten zu werfen, die der Mann so eifrig beschreibt.«

Sie marschierten weiter, und es schien, als würde der Alte vorerst keine Pausen mehr verlangen. Die Straße verlief hier dicht an der Küste, und der Strand, an dem sich die Wellen brachen, hatte viele schilfbewachsene Dünen hervorgebracht, die auf der anderen Seite der Straße ins Land hinauszuwandern schienen, bis sie sich unter die Hügel des offenen Landes mischten.

Jarok hob die Hand, und der Zug hielt.

Sie wurden beobachtet. Er spürte es. Irgendwo im Schilf lauerte jemand und beobachtete sie. Er versuchte, sich auf diesen Jemand zu konzentrieren. Es war sicher kein Tier, sondern ein Mensch. Doch dann schwand das Gefühl plötzlich, und nach kurzem Zögern ließ er ihre Kolonne weitermarschieren.

»Es war mindestens ein Kundschafter«, sagte er leise zu Brakas.

»Marodeure?«

»Vielleicht.«

»Vielleicht auch nur ein verirrter Soldat, der sich dort versteckt?«

»Nein, es hat sich nicht angefühlt wie etwas, das sich aus Furcht verbirgt. Dieser Beobachter wird zurückkehren. Und vielleicht wird er nicht alleine sein.«

Er ließ den Zug am Abend früher anhalten als üblich. Sie schlugen ihr Lager zwischen hohen Dünen auf, die sie auch vor dem ewigen Wind schützten. Jarok bat Hennara und den Alten, vorerst in der Kutsche zu bleiben, stellte doppelte Wachen auf und veranlasste noch einige weitere Sicherheitsmaßnahmen.

»Glaubst du, dass sie heute Nacht zuschlagen?«

»Ich habe das Gefühl, dass sie nicht weit sind. Siehst du die Möwen dort? Sie kreisen über Land, und das ist ungewöhnlich. Diese Männer werden den Schutz der Dunkelheit nutzen wollen.«

»Hast du eine Ahnung, wie viele es sind?«

»Da sie es wagen, uns zu verfolgen, werden sie nicht weniger sein als wir.«

Jarok sorgte dafür, dass die Wachfeuer klein gehalten wurden. Wäre *er* der Feind, würde er bis kurz vor dem Morgengrauen warten, aber er wusste nicht, ob der unsichtbare Gegner so viel Geduld aufbrachte. Sie wurden aber bereits beobachtet, das fühlte er, und dagegen musste er etwas tun.

Er gab Brakas ein Zeichen, den Befehl zu übernehmen, dann schlich er davon. Er schlug einen weiten Bogen, um in den Rücken derjenigen zu kommen, die sie beobachteten. Die Möwen waren mit der Dämmerung verschwunden, und er konnte nur raten, wo der Feind steckte. Er lauschte auf seine Instinkte und kletterte einen Dünenkamm hinauf. Tatsächlich entdeckte er von dort zwei Gestalten im schwachen Sternenlicht. Sie spähten hinüber zum Lager und hatten keine Augen für das, was hinter ihnen war.

Diese Späher wagten sich nicht sehr nahe ans Lager heran, man konnte sie also vielleicht täuschen. Er schlich zurück und gab seinen Männern Anweisungen. Dann führte er selbst Hennara und den Alten hinter eine entfernt liegende Düne. Nur der Diener und ein Gardist würden bei ihnen sein. »Hier seid Ihr sicher, denn unser Feind kommt von der anderen Seite.«

»Und wenn er es sich anders überlegt?«, fragte der Alte missmutig. Er hatte seine Pergamente mitgenommen.

»Dann ruft eben um Hilfe.«

»Aber ich brauche Licht, wenn ich hier …«

»Selbst Ihr müsst doch einsehen, dass uns das verraten würde! Aber wenn Ihr unbedingt zum ersten Ziel dieser Wegelagerer werden wollt, lasse ich Euch gerne eine Kerze bringen. Nein? Gut, und haltet um der Himmel willen Ruhe!«

Dann geschah – nichts. Das Meer rauschte ans Ufer, die Pferde schnaubten gelegentlich, und manchmal rief ein Nachtvogel. Sonst geschah stundenlang nichts. Gegen Morgen schlich Jarok wieder hinüber. Er fand Spuren im Sand, viele Spuren, aber die Männer – er schätzte ihre Zahl grob auf über siebzig – waren verschwunden. Sie hatten sich die Nacht umsonst um die Ohren geschlagen. Der Feind war fort – vorerst.

Sie brachen auf. Jarok war müde, aber nicht zu müde, um zu spüren, dass der Feind in der Nähe war. Immer wieder glaubte er zu bemerken, dass sie aus den Dünen heraus beobachtet wurden.

Während der Mittagsrast fand er Gelegenheit, mit Witwe Hennara über das zu sprechen, was sie in der Kutsche und in der Nacht gesehen hatte.

»Es war nicht viel, denn der Alte ist ängstlich darauf bedacht zu verbergen, was er schreibt. Nur einmal konnte ich einen kurzen Blick auf ein paar Zeilen werfen. Lesen konnte ich sie nicht, denn sie standen für mich auf dem Kopf. Mir schien es, als habe er Zahlen und Namen oder möglicherweise auch Orte notiert und mit Anmerkungen versehen.«

Das half nicht, und es verstärkte nur Jaroks Sorgen. Zahlen und Orte? Was hatte das nur zu bedeuten? Sie kamen wieder nur langsam und mit vielen Pausen voran, und das lastende Gefühl, von Feinden beobachtet zu werden, wich den ganzen Tag nicht.

Auch an diesem Abend schlugen sie das Lager früh auf, um auf einen Angriff vorbereitet zu sein. Doch obwohl Jarok auch in dieser Nacht die Nähe feindlich gesinnter Späher fühlte, geschah wieder nichts. Hatte er die Stärke und Entschlossenheit des Feindes vielleicht überschätzt?

»Vielleicht sind die auch nur klüger, als du denkst, mein Freund«, meinte Brakas gähnend. »Sie zermürben uns. Unsere Leute schlafen zu wenig und marschieren zu viel. Sie wollen uns mürbe machen. Vielleicht sollten wir einen Gegenangriff versuchen.«

»Dazu müssten wir unsere Kräfte teilen, denn wir können unsere kostbare Fracht nicht unbewacht lassen. Und überraschen könnten wir sie auch nicht, denn wir sind die Leibgarde und nicht eine Schar Jäger, die sich auf die Pirsch verstehen.«

Würde der Feind vielleicht einen Hinterhalt am helllichten Tag wagen? Jarok ritt jetzt öfters ein gutes Stück voraus. Aber die Späher des Feindes waren geschickt. Sie verschwanden, wenn er sich näherte. Langsam fragte er sich, ob da vielleicht Magie im Spiel war. Noch nie hatte er es mit so geschickten Kundschaftern zu tun gehabt. Ob sie ihn in der ersten Nacht doch bemerkt hatten, als er sich hinter sie geschlichen hatte? Das würde erklären, warum sie nicht angegriffen hatten.

Die Landschaft änderte sich allmählich. Am Strand wurden die Dünen weniger, und auch die Hügel zur Rechten der Küstenstraße wurden flacher und schienen sich in die Wüste zurückzuziehen.

»Ist das gut oder schlecht für uns?«, fragte Brakas.

»Gut am Tag, denn der Feind kann sich nicht verstecken, schlecht in der Nacht, denn wir finden keine Deckung für das Lager«, antwortete Jarok besorgt. Das Gefühl der Bedrohung wurde stärker, als sie weiter Richtung Norden zogen – aber plötzlich, von einer Sekunde auf die andere, war es fort.

Jarok brauchte einen Augenblick, um es zu begreifen – die Bedrohung war fort, verschwunden. Er verstand nicht, wie das möglich war. Die letzten Tage war das Gefühl mal stärker und mal schwächer gewesen, aber völlig verschwunden war es nie. Er hielt Murafar an. Hier stimmte etwas nicht. Auch das Pferd schien nervös.

Er wandte sich um, um Brakas nach seiner Ansicht zu fragen, als plötzlich, wie aus dem Nichts, ein Pfeil eine Handbreit an seinem Kopf vorüberzischte.

Einer der Gardisten schrie auf. Es kamen noch mehr Pfeile. Und dann schälten sich aus dem Sand beiderseits der Straße Bewaffnete, die sie brüllend angriffen.

»Schützt den Wagen!«, rief Jarok und zog sein Schwert. Wie hatte ihm das nur entgehen können?

Um ihn herum war der Kampf schon in vollem Gange. Die Angreifer waren in der Überzahl, und sie waren schnell – aber seine Männer waren von der Leibwache des Schahs, die besten Krieger von Ugir, und sie waren besser bewaffnet und gerüstet.

Der Kampf war hart und wild. Jarok wehrte zwei Männer ab und trieb sein Pferd näher an die Kutsche. Wieder kamen Pfeile geflogen, und einer bohrte sich in seinen linken Oberarm. Er schrie vor Schmerz auf. Wo steckten diese Bogenschützen? Er parierte den Angriff eines Mannes, der mit zwei Schwertern herumfuchtelte, riss Murafar herum und ritt einen Marodeur nieder, der einen verwundeten Gardisten töten wollte. Eines der Zugpferde wurde von einem Pfeil getroffen und bäumte sich mit einem unirdischen Stöhnen auf. Einer der Angreifer riss schon die Tür der Kutsche auf. Plötzlich sah Jarok den Alten auf der anderen Seite herausstürzen, die Pergamente ängstlich an sich gedrückt. Er rannte davon und wurde gleich von zwei Kriegern verfolgt.

Jarok wollte ihnen nach, doch erst musste er sich um den Mann an der Kutsche kümmern. Er schlug nach ihm, aber sein

Pferd scheute zur Seite, und seine Klinge verkeilte sich im Holz. Er ließ sie fahren, packte den Mann am Rücken und zerrte ihn aus der Kutsche. Gleichzeitig schien ihn auch von drinnen etwas zu treffen, denn als er auftauchte, schrie er und schlug die Hände vor das blutende Gesicht. Er taumelte zu Boden, und Jarok sah, dass ihm einer der Gardisten den Rest gab. Da war Brakas, und drei regungslose Gestalten lagen zu seinen Füßen. Er lachte wie immer in einem Kampf, schlug zwei andere Männer in die Flucht, und Jarok hätte nicht sagen können, ob es sein furchterregendes Lachen oder seine bluttriefende Axt war, die sie vertrieb.

Sie flohen, und die anderen Marodeure flohen auch. Sie hatten sie in die Flucht geschlagen. *Der Alte!*, durchfuhr es Jarok. Er gab seinem Pferd die Sporen und hetzte es in die Dünen. Der Alte war Richtung Strand geflohen. Vom Dünenkamm aus konnte er ihn sehen. Seine beiden Verfolger hatten ihn schon ans Meer und damit in die Enge getrieben. Er taumelte schreiend durch die Dünung und hielt seine Pergamente immer noch ängstlich an sich gepresst.

Jarok trieb Murafar die Düne hinab und nahm den Bogen vom Rücken. Er ignorierte den stechenden Schmerz im linken Arm, schoss, ohne das Pferd anzuhalten, und hörte einen der Männer aufschreien. Der Pfeil war in seinen Oberschenkel gefahren. Ein Glückstreffer aus vollem Galopp! Der andere fuhr herum, sah ihn kommen und schien einen Augenblick lang unschlüssig. Das gab Jarok Zeit. Er hielt sein Pferd an, spannte den Bogen und zielte. Der andere hätte weglaufen können, aber aus irgendeinem Grund tat er es nicht. Der Pfeil erwischte ihn an der Schulter. Jetzt lief er doch weg, und sein Kamerad hinkte ihm hinterher.

Langsam ritt Jarok hinab zum Strand und sprang aus dem Sattel. Der Alte war in der Dünung stehen geblieben.

»Die Liste, die Liste …«, stammelte der Alte.

»Es ist vorbei. Der Feind flieht. Seid Ihr unverletzt?«

»Sie wollten meine Liste!«

Jarok starrte ihn an. Warum hatte er die beiden Männer nicht ihr Werk vollenden lassen? Dann wüsste er jetzt, woran der Alte arbeitete.

»Dieser Angriff, das galt alles mir und meiner Liste.«

»Was soll denn an diesen Pergamenten so wichtig sein, dass man dafür eine Schlacht riskiert?«

»Das kann ich Euch nicht sagen …«

»Ich muss es wissen, Mann, damit ich weiß, ob es wieder geschehen wird!«

Der Alte schien mit sich zu ringen. »Namen, Herr, es sind Namen …« Schon stockte er wieder.

»Weiter, Mann. Ich werde keinem Menschen etwas verraten. Nicht einmal dem Schah.«

»Es sind die Namen von Frauen, mit denen … nein, ich kann es Euch nicht sagen!«

Jarok schüttelte ungehalten den Kopf, riss dem Mann ein Blatt aus der Hand und las die ersten Zeilen. *»Utemes, im Winter des siebenten Jahrs seiner Herrschaft. Das Auge des Erhabenen fiel mit Wohlgefallen auf eine Dienerin des Statthalters namens Giura. Er teilte viele Nächte mit ihr sein Lager, doch ist nicht bekannt, ob daraus ein Kind …«* Er fand einen anderen Namen, noch einen, und immer ging es um Frauen. Er ließ das Pergament sinken. »Ihr schreibt über die Bettgeschichten des alten Padischahs?«

Er bekam keine Antwort. Stattdessen entriss der Alte ihm mit fahrigen Händen das Blatt wieder. »Das hättet Ihr niemals lesen dürfen, niemals!«

Kopfschüttelnd geleitete er den Alten zurück zur Kutsche. Dort erfuhr Jarok zu seiner Erleichterung, dass Hennara den Angriff unverletzt überstanden hatte. Auch der junge Diener war mit dem Schrecken davongekommen. Andere hatten es weniger gut überstanden.

»Wir haben elf gute Männer verloren, und noch einmal so viele sind verwundet«, berichtete Brakas. »Der Feind hat jedoch weit mehr Tote zu beklagen.«

Tote und Verwundete lagen auf der Straße, meist waren es Angreifer, vielleicht zwei Dutzend.

»Es sind eine Menge entkommen, aber ich glaube nicht, dass sie es noch einmal wagen, uns anzugreifen«, meinte Brakas.

Sie untersuchten die Opfer. »Herrenlose Söldner«, stellte Jarok nüchtern fest, »aus Khat, würde ich sagen, wenn ich die gebogenen Klingen sehe.«

»Nicht nur. Ich sehe auch den einen oder anderen gewöhnlichen Soldaten aus dem Heer der Sieben bei ihnen. Sie haben sich schlechte Gesellschaft gesucht.«

»Ich glaube, es war ein Zauberer bei ihnen, sonst hätten sie sich nicht vor mir verbergen können. Unter den Toten sehe ich ihn aber nicht.«

»Ein Magier? Das würde die böse Überraschung erklären. Doch sag, Bannermeister, was machen wir mit den Verwundeten?«

»Die schwerer Verwundeten können auf und in der Kutsche mitreisen. Die leichter Verwundeten werden weiter laufen müssen. Es kann doch nicht mehr weit sein bis zu den Nebelseen.« Er rief Rura zu sich, der nur ein paar Schrammen abbekommen hatte. »Kannst du reiten?«

»Ja, Herr.«

»Gut, dann nimm mein Pferd und reite nach Ugir. Sag ihnen, sie sollen zwei Wagen und wenigstens einen Feldscher zu den Nebelseen schicken.«

Als Rura verschwunden war, meinte Brakas: »Sag, wann hast du eigentlich vor, dich um das da zu kümmern?«

Jarok blickte auf seinen Arm, aus dem ein abgebrochener Pfeilschaft ragte. Den hatte er völlig verdrängt.

»Du hast Glück, dass sich einer unserer Schildmeister ein wenig auf die Heilkunst versteht. So eine Wunde könnte sonst böse enden.«

Der Schildmeister, ein schweigsamer Ugirer, mit dem er bis

dahin keine zwei Worte gewechselt hatte, besah sich die Wunde. »Die Spitze steckt im Fleisch. Sehr tief. Widerhaken. Schwer herauszuschneiden.«

»Und was schlagt Ihr vor?«

»Habe Heilmoos, gegen die Entzündung. Ansonsten … besser, Ihr haltet es aus, bis der Feldscher kommt. Augenblick …«

Ohne Vorwarnung brach der Mann den Schaft direkt an der Wunde ab. Der Schmerz raubte Jarok fast die Sinne.

»Hole das Moos, Moment, Herr …«

Er brachte das Mittel, aber Hennara nahm es ihm aus der Hand. »Andere bedürfen Eurer Kunst mehr, wie mir scheint. Lasst mich Euren Bannermeister verbinden.«

»Das sieht schmerzhaft aus«, sagte sie, als sie die Wunde umwickelte.

»Es geht«, murmelte er, obwohl ihm der kalte Schweiß auf der Stirn stand.

»Ihr habt den Alten gerettet, wie ich sehe …«

Der Greis. Den hatte er fast vergessen. Er fühlte den prüfenden Blick der Witwe, blieb aber vorsichtig. »Ich konnte einen Blick auf eines der Pergamente werfen. Er scheint da nur einige private Angelegenheiten des Padischahs aufzuschreiben.« Noch während er das sagte, verstand er endlich, was der Mann in Weszens Auftrag notierte und warum. Er musste nur eins und eins zusammenzählen.

»Jetzt weiß ich, wer das ist!«, rief Hennara und hielt mit dem Verbinden inne. »Er war einer der Leibdiener Akkabals! Und ich glaube, er hat ihm schon gedient, als er noch gar nicht Padischah war.«

Jetzt erinnerte sich auch Jarok plötzlich. Der Alte war bei den Jagden immer dabei gewesen, doch war er nie mit auf die Pirsch gegangen und hatte sich so unauffällig im Hintergrund gehalten, dass man seine Gegenwart fast vergessen konnte.

»Aber was für Geschichten notiert er denn?«

»Das weiß ich nicht«, wich Jarok aus. »Er nahm mir das Blatt so schnell wieder aus der Hand, dass ich nur wenig erkennen konnte. Ich danke Euch für den Verband, Hoheit.«

»Wie? Ach, ich hoffe, er hält, denn, um offen zu sein, ich war noch nie in der Verlegenheit, eine Wunde zu verbinden.«

Er versicherte ihr, dass sie großartige Arbeit geleistet habe. Dann, als Hennara wieder in der Kutsche und der Schildmeister mit den anderen Verwundeten fertig war, bat er ihn, den Verband zu erneuern, denn ihrer war zu eng und schnitt ihm das Blut ab.

Ihre toten Kameraden – und nur die – hatten die Männer inzwischen im Sand eher verscharrt als beigesetzt. »Aber die Geier und Möwen finden hier ja noch leichter zugängliches Aas«, meinte Brakas mit Blick auf die toten Angreifer, als Jarok den Aufbruch befahl.

Sie setzten zwei der schwerer Verwundeten in die Kutsche, dreien halfen sie aufs Dach, die anderen behaupteten, durchaus selbst laufen zu können. Sie hatten eines der vier Zugtiere verloren, aber die Straße war so eben, dass sie nur selten schieben mussten. Und mit den Verwundeten kamen sie ohnehin nur langsam voran.

Jarok hatte viel zu tun, um den Zug zusammenzuhalten, und er fand keine Gelegenheit, die Fragen loszuwerden, die ihm auf der Seele brannten. Eigentlich wusste er jetzt, was der Greis tat, aber was daraus folgte, erschien ihm so ungeheuerlich, dass er Gewissheit brauchte.

Erst am Abend konnte er den Alten auf die Seite nehmen. »Ich denke, ich weiß jetzt, was Ihr da verfasst.«

»Es geht Euch nichts an, Herr!«, kam es feindselig zurück.

»Es ist eine Liste aller Frauen, mit denen der Padischah zusammenkam, nicht wahr?«

Er bekam keine Antwort.

»Aber eigentlich interessiert sich Schah Weszen nicht für die Frauen – er will die Namen und das Geschlecht der Kinder wissen, die aus diesen Nächten hervorgingen, nicht wahr?«

Wieder keine Antwort.

»Versteht Ihr denn, was Weszen an diesen Sprösslingen interessiert?«

»Das geht mich nichts an. Ich weiß nur, dass der Schah mich um diese Liste ersucht hat. Er hat nicht vergessen, wer ich war.« Stolz schwang in diesem Satz mit.

»Es ist eine Todesliste, ist Euch das nicht klar? Weszen will jeden Sohn, den der Padischah je zeugte, beseitigen lassen!«

»Ich schreibe nur die Liste. Was der Schah damit zu tun gedenkt, ist seine Sache, nicht meine, und ganz gewiss auch nicht Eure! Und nun lasst mich in Ruhe. Vieles hatte ich vergessen, und ich muss notieren, was mir wieder einfällt, bevor es für immer verschwindet!«

Jarok wandte sich mit Grauen ab. War der Alte tatsächlich so engstirnig? Sah er nicht, was für ein Unheil er anrichtete? Fast hätte er ihn nach Damatien gefragt, nach seiner Mutter. Stand die auch auf dieser Liste? Wusste der Alte vielleicht auch, dass ein Kind aus dieser Verbindung hervorgegangen war? Kannte er vielleicht sogar seinen Namen?

»Du siehst nicht gut aus, mein Freund …«

»Die Wunde, Brakas, nur die Wunde.«

Sie saßen am Lagerfeuer. Der Westgarther erging sich in Spekulationen, wie weit es noch zu den Nebelseen sein mochte, aber Jarok blieb einsilbig. Der Alte war viel gefährlicher, als er vermutet hatte – und er war eben auch gefährlich für ihn. Er machte sich keine Illusionen darüber, was geschehen würde, wenn Weszen erfuhr, dass sie Halbbrüder waren. Er verfluchte den greisen Diener und wusste nicht, was er tun sollte.

Am nächsten Tag war sich Brakas sicher, dass sie es fast geschafft hatten. »Ich wette meine Axt, dass wir heute Abend an einem schönen See lagern werden. Wir können unsere Wunden kühlen und warten, bis der Feldscher aus Ugir kommt.«

»Du hast doch gar keine Wunden, die du kühlen musst.«

»Du hingegen scheinst mir ernster getroffen, als es aussieht. Hat sie sich etwa entzündet?«

»Was?«

»Die Leidenschaft für Hennara natürlich ... Nein, mein Freund, ich rede von deiner Pfeilwunde!«

»Die? Ach, nein, es geht schon.«

Tatsächlich erreichten sie das Schlachtfeld vor dem Mittag. Jarok hatte erwartet, dass hier noch der Geruch der Verwesung in der Luft hängen würde, aber da war nichts. Das nahe Meer mit seinen Winden hatte diese Spur der Schlacht verweht. Bei anderen hatte es weniger Erfolg gehabt. Hier und da lag der halb verweste Kadaver eines Pferdes, abgenagt von Aasfressern. Dort lagen ein paar zerstörte Wagen, hier eine Geschützlafette, überall zerbrochene Speere und Schilde.

»Ich glaube, die Bewohner der Dörfer sind hergekommen und haben alles von Wert mitgenommen.«

»Aber die Dörfer waren doch menschenleer.«

»Wie ich die Oramarer kenne, haben sie sich nur vor dem Sturm versteckt. Jetzt, wo er vorbei ist, kommen sie wieder aus ihren Löchern gekrochen.«

Alle, die nicht verwundet waren, mussten mit anpacken, um den Wagen über die Rampe hinauf zur Böschung zu schaffen. Die Verhaue und Palisaden, die sie hier in aller Eile gezimmert hatten, waren verschwunden.

»Brennholz«, meinte Brakas knapp, als Jarok ihn darauf hinwies.

Sie zogen noch ein Stück weiter, bis sie an einem der kleineren Seen ein Wäldchen fanden, das nicht unter den Äxten ihres Heeres gelitten hatte. Hier befahl Jarok, das Lager aufzuschlagen.

»Aber es ist doch noch hell!«, beschwerte sich der greise Diener.

»Die Männer, die gestern Euer Leben verteidigt haben, sind müde oder sogar verwundet und brauchen Ruhe«, fuhr ihn Jarok an.

»Ihr habt endlich herausgefunden, was dieser Mann tut, oder?«, meinte Hennara etwas später, als sie im Wasser ihre wundgescheuerten Fußknöchel kühlte.

»Ich habe eine ungefähre Ahnung …«

»Die scheint Euch jedoch zu beunruhigen.«

»Es werden Menschen sterben.«

»Alte Feinde des Padischahs?«

»Es ist besser, Ihr wisst nicht mehr darüber, Hoheit.«

»Gut, ich will nicht weiter in Euch dringen, aber ich denke, Ihr solltet die schwere Last, die Euch Euer neues Wissen auf die Schultern geladen hat, nicht alleine tragen.« Ihre Hand berührte leicht seinen Arm.

Er nickte und starrte ins Wasser, das so friedlich in der Sonne glänzte. Vielleicht hatte sie Recht. Er wusste, dass er etwas unternehmen musste, und schon morgen, wenn Rura mit den Wagen aus Ugir kam, konnte es zu spät sein.

Brakas war dabei, abseits der anderen ein Bad im See zu nehmen, als er sich endlich dazu durchrang, ihn einzuweihen. Er setzte sich ans Wasser und umriss mit kurzen Worten, was er herausgefunden hatte.

»Also, wenn ich dich richtig verstehe, war dieser unscheinbare alte Bastard immer dabei, wenn der Große Skorpion seinem kleinen Skorpion Auslauf gönnte? Unfassbar. Und du glaubst, dass Weszen all die Söhne, die aus diesen Affären hervorgingen, umbringen will?« Der Westgarther saß nackt am Seeufer und ließ sich von der Sonne trocknen, was Jarok irritierte, es ihm aber auch irgendwie leichter machte, mit dem Kampfgefährten über die Sache zu reden. »Denk doch nur an die beiden Männer, die wir in Ugir verhafteten! Es hat Weszen gereicht zu erfahren, dass sie illegitime Söhne seines Vaters sind, um sie hinrichten zu lassen.«

»Ja, um Daqur war es vielleicht nicht schade, aber dieser Kaufmann hatte wirklich niemandem etwas getan. Allmählich verstehe ich deine Besorgnis, aber, um offen zu sein – was geht das uns an? Der Schah will jeden möglichen Konkurrenten um den Thron töten lassen … das ist übertrieben, aber er ist der zukünftige Padischah, und nach dieser Schweinerei in Elagdad bin ich fast geneigt zu sagen, dass es auf ein oder zwei Dutzend Tote mehr oder weniger nicht ankommt. Aber du scheinst das irgendwie *persönlich* zu nehmen …«

Es hatte wohl keinen Zweck mehr, ihm etwas vorzumachen. »Es ist gut möglich, dass auch der Name meiner Mutter auf dieser Liste erscheint, Brakas …«

Der Westgarther starrte ihn an, grinste, wurde ernst, schüttelte den Kopf, grinste wieder, öffnete den Mund und sagte dann doch nichts. Aber dann: *»Deine Mutter?* Heißt das, dass du …« Wieder schüttelte er den Kopf. »Verdammt. Ich wusste ja immer, dass an dir mehr dran ist, als man sieht, aber *das* …«

»Weszen wird sich nicht davon abhalten lassen, mich dem Henker zu übergeben, nur, weil wir früher zusammen gejagt haben oder weil ich sein Bannermeister bin. Aber hier geht es nicht nur um mich! Der Schah will eine Menge Leute nur wegen ihrer Abstammung umbringen lassen. Ich kann das nicht zulassen!«

»Und was hast du vor?«

»Das weiß ich eben noch nicht. Aber ich muss es schnell erledigen, denn sobald der Alte in Ugir ist, ist es zu spät.«

Brakas schwieg eine Weile, dann sagte er: »Es wird nicht reichen, ihm die Pergamente wegzunehmen. Du weißt vermutlich ebenso gut wie ich, was zu tun ist, aber du zögerst, es zu tun.«

»Ich kann doch keinen Greis ermorden!«

Der Westgarther legte ihm die Hand auf die Schulter. »Du

bist wirklich zu weich für deinen Beruf, weißt du das? Aber keine Angst, ich lasse mir etwas einfallen.«

»Was hast du im Sinn?«

»Am besten wird sein, du lässt dich überraschen. So kannst du später glaubwürdig leugnen, wenn man dich fragen sollte, wie die Papiere des Alten verschwinden konnten.«

»Aber nur die Pergamente dieses Mannes …«

»Ich sagte, du sollst dich überraschen lassen. Achte heute Nacht darauf, dass immer ein paar Leute in deiner Nähe sind – und dass das Zelt des Alten unbewacht ist. Vielleicht kannst du dich bei den Wachen herumtreiben, sie aufmuntern – und sie ein bisschen ablenken, wenn du verstehst, was ich meine.«

Jarok verstand nur zu gut. Er ahnte, was Brakas vorhatte. Gab es eine andere Möglichkeit? Konnte man den Alten vielleicht bestechen? Nein, der Alte war starrsinnig und viel zu stolz auf die Anerkennung, die er nun nach Jahrzehnten als Diener von Weszen erfuhr, er würde sich nicht mit ein bisschen Silber kaufen lassen – zumal Jarok gar kein Silber hatte, das er ihm hätte anbieten können.

Er verbrachte einen unruhigen Abend und gesellte sich schließlich zu zwei jungen Gardisten, die am Rande des Lagers wachten. Er unterhielt sich mit ihnen über ihre Familien und ihre Pläne. Ihre Antworten bekam er kaum mit. Irgendwann, tief in der Nacht, glaubte er, am Zelt des Alten eine Bewegung zu sehen. Und dann konnte er spüren, wie der Tod das Zelt betrat. Er meinte, die Welle des kurzen, letzten Schmerzes zu fühlen. Und doch blieb es unter den Bäumen bis auf das leise Rauschen des Meeres still.

Er hatte dafür gesorgt, dass bestimmte Teile des Lagers nicht überwacht wurden. Was immer im Zelt des Alten geschah – er war der einzige Zeuge. Jarok blieb bis zum Morgengrauen bei den Gardisten, was ihnen sichtlich schmeichelte.

Allmählich erwachte das Lager. Einer der Schildmeister fragte ihn, ob sie weiterziehen sollten, aber er verneinte. »Die Männer sollen sich ausruhen. Erst wenn der Feldscher mit hoffentlich genug Wagen kommt, werden wir wieder aufbrechen.«

Es dauerte bis zum Frühstück, bis das Fehlen des Alten auffiel. Brakas schickte ungerührt einen der Gardisten zum Zelt, um nachzusehen.

»Bei den Göttern, er ist tot!«, rief der Mann, als er das Zelt geöffnet hatte.

Es fiel Jarok nicht schwer, so zu tun, als sei er überrascht. »Was redet Ihr da?«, rief er hinüber.

»Tot, Herr! Jemand hat ihm die Kehle durchgeschnitten. Und der Diener …«

»Ist er auch tot?« Jarok wurde es kalt. Den jungen Diener hatte er völlig vergessen.

»Nein, Herr, er ist verschwunden!«

Jarok besah sich die Sache selbst. Er brauchte nicht lange, um zu erkennen, was hier geschehen war. Brakas war ins Zelt eingedrungen, hatte den Alten getötet und den Diener entführt. Er musste ihn niedergeschlagen und auf der Schulter fortgeschleppt haben. Er räusperte sich. »Es sieht aus, als ob der Diener den Alten getötet hätte …« Er wies in eine Richtung, die in der vergangenen Nacht schlecht überwacht worden war und dennoch nicht die Richtung war, in der Brakas verschwunden war. »Dort entlang ist er geflüchtet. Seht Ihr, ein geknickter Zweig! Es besteht kein Zweifel.«

»Doch warum hat er das getan, Herr?«, fragte der Schildmeister.

Eine Frage, auf die Jarok zunächst keine Antwort hatte.

»Als ich mit ihm in der Kutsche saß, fiel mir auf, dass der Alte mehr als nur Gefallen an dem hübschen jungen Mann gefunden hatte«, meldete sich plötzlich Hennara zu Wort.

Die Männer tauschten ein paar angewiderte Blicke. Die Lüge war abscheulich genug, um geglaubt zu werden.

»Sollen wir ihm nach, Herr?«, fragte der Schildmeister, und Jarok hörte aus der Art der Frage heraus, dass er dem Jungen jetzt plötzlich wünschte zu entkommen.

»Er hat einen recht großen Vorsprung …«, meinte Brakas gedehnt.

»Ich werde mich trotzdem auf seine Spur begeben«, erwiderte Jarok. Er tat, als führe ihn die Spur erst ein gutes Stück über die Straße, dann hinunter an den Strand. Am Meer hielt er an. »Der Junge ist klüger, als ich dachte. Er hat seine Spuren bis hierher schon gut verwischt, aber ab hier haben die Wellen endgültig jede Spur von ihm getilgt. Ich kann nicht sagen, in welche Richtung er verschwunden ist. Vielleicht hat aber auch ein Boot auf ihn gewartet.« Er tat, als würde er trotzdem noch eine Weile suchen, aber gegen Mittag erklärte er die Sache für aussichtlos.

»Vielleicht hat ihm derselbe Magier geholfen, der an der Straße unsere Feinde vor Euch verborgen hat, Herr«, meinte der Schildmeister besorgt.

»Das ist natürlich möglich«, meinte Jarok dankbar. Er schickte die Männer, bis auf Brakas, zurück zum Lager.

»Wo hast du den Jungen vergraben?«, fragte er dann.

»Musst du das wirklich wissen?«

»Nein, schon gut.«

»Ich weiß, dass er dir leidtut. Mir auch, aber es war die einzig glaubhafte Möglichkeit, die Sache zu drehen. Obwohl mich der Schildmeister eben auf die Idee gebracht hat, es den Marodeuren in die Schuhe zu schieben.«

»Und die Pergamente?«

»Ich habe sie in viele kleine Teile zerrissen und ins Meer geworfen. Ich nehme an, das ist in deinem Sinne, oder?«

»Aber du hast sie vorher gelesen, oder? Hast du den Namen meiner Mutter darauf gesehen?«

Brakas sah ihn mit schief gelegtem Kopf an. »Du weißt doch, dass ich nicht lesen kann, mein Freund …«

Jarok murmelte eine Entschuldigung, denn das hatte er vergessen. Brakas lachte schon wieder. Der Westgarther war nicht nachtragend.

Eigentlich hätte es ihn brennend interessiert, ob der Name seiner Mutter wirklich dort aufgetaucht war, aber es war für alle besser, dass die Liste vernichtet war. Er fühlte sich aber nicht erleichtert, ganz im Gegenteil. Dieser Mord würde viele Leben retten, und doch lastete er schwer auf seinem Gewissen.

Brakas schien er jedoch nicht zu belasten. »Die Sache ist besser gelaufen, als ich dachte. Aber wie geht es jetzt weiter? Glaubst du, dass Weszen uns diese Geschichte abkauft?«

»Ich weiß nicht. Wir werden sehen.« Aber im Grunde seines Herzens wusste er, dass Weszen ihnen nicht glauben würde. Der Schah sah überall Verschwörungen, wo keine waren – und hier gab es eine. Im Grunde genommen waren sie schon so gut wie tot.

Am Nachmittag kehrte Rura mit einem Wagen und einem Feldscher zurück. Obwohl es noch einige Stunden hell sein würde, entschied Jarok, der es nicht eilig hatte, nach Ugir zu kommen, dass sie die Nacht hier verbringen würden. Er ließ den Feldscher alle Wunden versorgen und bestand darauf, dass er sich seinen Arm erst als letzten vornahm. Der Schmerz war gewaltig, als er den Pfeil herausschnitt, aber der Mann schien sein Handwerk zu verstehen, denn die Wunde blutete kaum.

Hennara schien auf eine Gelegenheit zu warten, mit ihm zu sprechen, aber er ignorierte sie bis zum Abend. Er hatte seine eigenen Sorgen und auch das Gefühl, dass man ihm das auch ansah.

Später ließ sich ein Gespräch jedoch nicht vermeiden. Er hatte sich an den kleinen See zurückgezogen und lauschte dem Gesang der Zikaden, als sie zu ihm kam. »Ich werde nicht fragen, was geschehen ist, aber ich habe das Gefühl, dass Ihr etwas Gutes getan habt.«

»Ich weiß nicht, wovon Ihr redet, Hoheit.«

»Natürlich nicht. Wie lange wird es noch dauern, bis wir in Ugir sind?«

»Keine drei Tage, je nachdem, wie es den Verwundeten geht. Wir könnten auch vorausreiten. Seht Ihr, Rura hat ein zweites Pferd mitgebracht. Es hat sogar einen Damensattel.«

»Das ist mir aufgefallen. Ihr seid ein sehr umsichtiger Mann, Meister Jarok.«

Er lauschte auf das Rauschen des Meeres, und dann versuchte er zu erspüren, was in Hennara vorging. Sie schien erstaunlich ruhig zu sein.

»Ich würde Euch sogar vorschlagen, Hoheit, dass wir vorausreiten. Es könnte dann vielleicht geschehen, dass ich einen Sturz erleide – und Ihr entkommt.« Es war zu dunkel, um ihre Miene zu lesen, aber er spürte die Überraschung, die dann der Ernüchterung wich. »Ich werde nicht fliehen, Meister Jarok. Wohin auch? Ganz Oramar ist bald in Weszens Hand.« Und nach kurzem Schweigen: »Außerdem hat der Schah sich noch gar nicht entschieden, ob er mich umbringen oder doch heiraten soll.«

»Ja, Weszen erwähnte, dass er Euch die Ehe angeboten hat …«

Sie schnaubte verächtlich. »Ich bin eine Dschakid, eine Tochter des größten Stammes des Nordens. Es wäre nicht besonders klug, diesen mächtigen Stamm zu verärgern, oder?«

»Klug nicht, aber ich bin mir nicht sicher, ob die Entscheidungen des Schahs derzeit von Klugheit bestimmt werden.«

»Ja, mein Schwager ist unberechenbar, noch unberechenbarer als früher, aber er hat einen starken Instinkt für das, was ihm nutzt und was ihm schadet.«

»Auch darauf könnt Ihr Euch vielleicht nicht mehr verlassen, Hoheit. Weszen sagte vor unserem Aufbruch etwas darüber, dass Euer Stamm auch andere Töchter habe …«

Sie lachte plötzlich. »Eigenartig, dass der Bewacher die Gefangene zur Flucht überreden will. Sollte es nicht umgekehrt sein?«

»Die Welt steht Kopf«, brummte Jarok, der Hennaras Lachen schön fand.

Ihre Hand berührte seinen Arm, und er zuckte vor Schmerz zusammen. Sie bemerkte es nicht. »Ich danke Euch für Euer Angebot, Bannermeister, aber ich werde es nicht annehmen. Dass Ihr den Alten verloren habt, wird Euch mein Schwager schon kaum verzeihen, verliert Ihr auch noch mich, wäre das Euer Todesurteil. Und ich will nicht schuld daran sein, dass der letzte Ritter Oramars auf dem Richtblock landet.«

Darauf wusste er nichts zu sagen.

Sie erhob sich unvermittelt und kehrte ans Feuer zurück. Er lauschte dem leisen Klingen ihrer Ketten nach, das bald vom Zirpen der Zikaden übertönt wurde.

11.

Zwei Tage später erreichten sie Ugir, und Jarok brachte Hennara ohne Umweg in den Palast, um das Unvermeidliche gleich hinter sich zu bringen.

Am Tor beauftragte er Brakas, sich um die Männer zu kümmern, und blieb mit Hennara noch einen Augenblick zurück. Die Mauer ragte hoch und mächtig in den wolkenlosen Himmel. Hrima konnte er nicht sehen. »Das wäre die letzte Gelegenheit, Hoheit …«

Hennara lachte wieder. »Ich weiß Eure Fürsorge zu schätzen, Jarok, aber Ihr müsst Euch um mich keine Sorgen machen. Weszen will etwas von mir, und solange das so ist, bin ich in seinem Palast sicherer als an jedem anderen Ort der Welt. Besorgt bin ich jedoch um Euch, Bannermeister. Der Alte war Weszen wichtig, und das, was er schrieb, vermutlich noch wichtiger. Und Ihr habt … nicht verhindert, dass er ums Leben kam und seine Pergamente verschwanden.«

In ihren dunklen Augen las Jarok echte Sorge. Er zuckte mit den Schultern. »Ich weiß, was ich zu tun habe, Hoheit. Wenn Ihr also wirklich nicht umdrehen wollt, dann folgt mir bitte.«

Der Großwesir schien sie schon erwartet zu haben: »Ihr seid spät!«, rief er, als sie die Halle betraten.

»Der Weg war gefährlich, Herr.«

»Alle Wege sind gefährlich in diesen Tagen, und doch müssen sie beschritten werden«, gab Aphaskar zurück. Er klang gereizt.

»Das ist die Gefangene?« Als hätten die Ketten das nicht längst verraten. »Ich grüße Euch, Hoheit, und ich bedaure die Unbequemlichkeit Eurer Reise ebenso wie der Schah, der Euch seine ergebenen Grüße ausrichten lässt. Er hat für Euch ein Quartier in den Gemächern der Frauen vorbereiten lassen – ohne Ketten, wenigstens vorerst …«

Er winkte einen Soldaten heran, und der führte die Witwe aus der Kammer. Sie blickte nicht zurück.

»Nun, Meister Jarok, dies war doch nur Eure halbe Fracht. Wo ist der Mann, der Euch anvertraut war?«

»Er wurde ermordet, Herr.« Dann erzählte Jarok die Geschichte von dem jungen Diener, der dem Alten wohl zu gut gefallen hatte, der aber vielleicht auch im Auftrag eines anderen gehandelt haben könnte.

Aphaskar hörte ihm schweigend zu. Glaubte er ihm? Seine Miene blieb undurchdringlich. »Euer Bericht wirft einige Fragen auf, Meister Jarok. Ich weiß nicht, was die Aufgabe Eures Schutzbefohlenen war, doch traf vor vier Tagen eine Dhau mit neuen Berichten und Befehlen aus Elagdad ein, und einer der Befehle betraf eine Liste, die dieser Mann verfasst hat oder verfassen sollte. Habt Ihr wenigstens diese Liste?«

»Sie ist mit dem Diener verschwunden, Herr.«

»Bedauerlich, sehr bedauerlich. Kennt Ihr den Inhalt? Nein? Das ist nicht gut, denn der künftige Padischah erwartet von Euch, dass Ihr diese Liste abarbeitet, was immer das auch bedeuten mag. Was ist? Ist Euch nicht wohl?«

Jarok versuchte, seine Gefühle zu verbergen. Weszen hätte von ihm verlangt, dass *er* die Kinder dieser Liste aufspürte und umbrachte? »Ich kenne weder den Inhalt noch die Bedeutung der Liste. Beides war streng geheim, Herr, und der Alte hat sein Geheimnis ängstlich gehütet.«

»Und niemand hat bemerkt, dass der Mann in seinem Zelt ermordet wurde, mitten in Eurem Lager?«

»Nach dem Angriff an der Straße waren wir auf Gefahren von außen gefasst, Herr, nicht von innen.«

»Der Diener, ja, ich verstehe. Es erstaunt mich dennoch, dass Ihr nicht in der Lage wart, ihn aufzuspüren, Meister Jarok.« Aphaskars Misstrauen schien zu wachsen.

»Er war so klug, durch die Dünung zu fliehen, die jede Spur im Sand fortgespült hat. Es wäre sogar denkbar, dass er von einem Boot aufgelesen wurde.«

»Ein Boot? Das spräche für einen Plan. Sagtet Ihr aber nicht, dass der Alte dem jungen Mann zu nahe getreten sein könnte?«

»Das ist nicht sicher, Herr.«

Aphaskar starrte ihn lange an. »Ich verstehe. Aber lassen wir das. Ich habe noch einen Befehl für Euch. Er kam ebenfalls mit dem Schiff. Kennt Ihr das Dorf Irides? Nein? Es liegt drei Tagesreisen den Nerdil hinauf. Die Karawanenstraße nach Elagdad beginnt dort.«

»Dann kenne ich den Ort, aber der Name war mir nicht bekannt.«

»Padischah Akkabal liebte dieses Dorf wegen seiner schattigen Olivenhaine. Er pflegte immer mehrere Tage dort zu rasten, wenn seine Reisen ihn in die Nähe führten. Wusstet Ihr das?«

»Nein, Herr.«

Aphaskar hatte unterdessen ein Pergament hervorgesucht, das er noch einmal las. »Das Dorf wurde zerstört, wie so viele Dörfer entlang des Flusses, und die Bewohner sind nach Ugir geflohen. Weszen wünscht, dass Ihr sie findet.«

»Die Dorfbewohner? Alle?«

»Das klingt schwieriger, als es ist, denn die Flüchtlinge halten in der Fremde doch zusammen. Vermutlich findet Ihr sie im Sandviertel. Weszen wünscht, dass Ihr ihm alle Männer und Frauen bringt, die älter als vier und jünger als vierzig Jahre sind. Vermutlich ist es einfacher, wenn Ihr sie alle bringt.«

»Und … weshalb?«

»Der Schah wünscht es, das sollte Euch genügen. Versprecht ihnen meinetwegen Unterkunft und Verpflegung, dann werden sie Euch gerne in den Palast folgen. Doch müsst Ihr Euch beeilen. Weszens Sieg hat den Krieg beendet, und die ersten Flüchtlinge kehren schon in ihre Heimatdörfer zurück, um sie wieder aufzubauen.«

»Ich verstehe.« Jarok verstand tatsächlich. Der Padischah hatte sich gerne und oft in Irides aufgehalten? Es war doch bekannt, wie der Große Skorpion sich seine Aufenthalte angenehm machte. Weszen wusste das auch.

»Nun geht. Und wenn Ihr zurück seid, werden wir noch den Eid nachholen.«

»Den Eid, Herr?«

»In der Hast Eurer Beförderungen wurde versäumt, Euch auf Weszen zu vereidigen. Ich weiß, Ihr habt als Wache einen Eid geleistet, doch der bezieht sich nur auf die Stadt und ihre Herren. Es wird Zeit, dass Ihr Weszen persönlich Gehorsam und Treue bis in den Tod gelobt, findet Ihr nicht?«

»Gewiss, Herr.«

»Gut. Dann geht und führt Eure Befehle aus. Es heißt, Weszen wird in einigen Tagen zurückkehren. Dann sollten diese Leute hier sein. Vielleicht vermag ihn das mit Eurem Versagen zu versöhnen. Auf jeden Fall rate ich Euch, ihn nicht noch einmal zu enttäuschen. Also geht. Ich werde mich der Witwe Hennara annehmen. Auch für sie hat mir der Schah Befehle erteilt.«

»Darf ich fragen, welcher Art, Herr?« Er hatte es noch nicht ausgesprochen, als er die Frage schon bereute.

»Nein, das dürft Ihr nicht, Bannermeister.«

Jarok verließ den Großwesir mit sehr gemischten Gefühlen. Obwohl er tausend andere Dinge zu tun hatte, ging er zunächst in die Kasernen, um zu sehen, wie es den Verwundeten ging. Der Feldscher war von fröhlicher Zuversicht, dass sie es alle überleben würden. »Vielleicht muss ich den einen oder anderen Arm abschneiden, aber sonst sehe ich keine Probleme.«

»Es gibt Wundbrand?«

»Nein, Herr, noch nicht, aber erfahrungsgemäß kommt der doch immer zu dem einen oder anderen, nicht wahr?«

»Dann schickt nach den Sandmeistern. Wenigstens einer von ihnen versteht sich darauf, den Wundbrand zu verhindern!«

»Ihr meint Meister Pirim, nicht wahr? Ich habe von ihm gehört, doch soweit ich weiß, ist der Zauberer von Weszen mit anderen in die Hauptstadt gesandt worden, um mit dem Rat der Weisen zu verhandeln.«

»Ist das sicher?«

»Wie? Ja, ich hörte es von Großwesir Aphaskar, der gestern hier war.«

Jarok überredete ihn dennoch, die Sandmeister um Hilfe zu bitten, und er versuchte, sich nicht anmerken zu lassen, dass der schöne Plan, den er in den vergangenen Tagen entwickelt hatte, genau in diesem Augenblick zusammengebrochen war. Eilig verließ er den Palast. Er hatte gehofft, Meister Pirim könne Weszen wieder beeinflussen, ihn dazu bringen, die Sache mit all den Bastardprinzen zu vergessen – und, ganz nebenbei, ihm den Tod des Alten zu vergeben. Aber wenn Pirim noch in Elagir war, wenn Weszen nach Ugir zurückkehrte? Jarok fluchte kräftig, und ein Schmuckverkäufer, der seine Arme mit dicken Messingreifen zugehängt hatte, sah ihm sehr irritiert nach, als er weiterhastete.

Und dann noch die Sache mit dem Eid! Jarok hatte gar nicht gewusst, dass die Leibwache auf Weszen persönlich vereidigt wurde. Wie sollte er einem Mann Treue schwören, wenn er doch nicht daran dachte, seine wahnsinnigen Befehle auszuführen, und wenn er außerdem, ohne es zu wollen, durch sein Blut zu seinem Todfeind geworden war?

Er eilte hinüber ins Glutviertel. Möwen und Krähen teilten sich den Himmel, aber von einem Eisgreifen war nichts zu sehen.

Ob Hrima in ihrem Nest auf dem Opferturm war? Oder sollte sie ihn etwa verlassen haben? Er lief schneller.

Brakas hatte in den letzten beiden Tagen darauf gedrungen, einen Plan zu entwickeln. »Wir müssen etwas unternehmen, wenn wir nicht auf dem Richtblock landen wollen«, hatte er gesagt und angedeutet, dass es wohl das Beste sei, die Stadt zu verlassen. Und da Jarok ihm von seinem Plan mit dem Sandmeister nichts erzählen konnte – er hatte Pirim versprochen, sein Geheimnis zu schützen –, hatte er nur ausweichend geantwortet.

»Du nimmst die Sache ja ziemlich gelassen, mein Freund«, hatte der Westgarther schließlich kopfschüttelnd geschlossen. Aber diese Gelassenheit war nun dahin.

Jarok wollte Weszen den Eid nicht leisten, er wollte die Dorfbewohner nicht zusammentreiben, und ganz gewiss wollte er weder all seine Halbbrüder töten noch selbst auf dem Richtblock landen. Als er im Glutviertel ankam, sah er einen Ausweg. Er gefiel ihm nicht, aber er sah keine andere Möglichkeit. Sie mussten fliehen.

Während Jarok die Stufen zu ihrer Wohnung emporeilte, fragte er sich, ob Bors bereit sein würde, Ugir zu verlassen, schließlich waren sie in den letzten fünf Jahren hier so etwas wie heimisch geworden.

»Machst du Witze?«, fragte der alte Falkner, als er ihm nach einem kurzen und an entscheidenden Punkten ungenauen Bericht diese Frage stellte. »Wenn es nach Norden geht, vielleicht gar nach Haretien, bin ich natürlich dabei!«

»Ich weiß noch nicht, wo es hingeht, und wir müssen vorsichtig und schnell sein. Der Großwesir wird es rasch erfahren, wenn wir am Hafen nach einem Schiff suchen.«

»Warum nehmen wir nicht das erstbeste Schiff? Erst einmal raus aus Ugir – irgendwie werden wir dann schon nach Haretien kommen«, rief Bors. Er schien voller Vorfreude zu sein.

»Das ist eine gute Idee. Aber auch dann kann es Stunden dauern, bis dieses Schiff ausläuft, wir müssen die Passage also heimlich erwerben.«

»Ach, das schaffst du schon, mein Junge.« Und dann begann Bors schon zu überlegen, was er packen musste.

Jarok verließ die Wohnung und kletterte endlich hinauf auf den Opferturm. Zu seiner unendlichen Erleichterung war Hrima dort, und sie begrüßte ihn mit einem leisen Ruf, der ihm vorwurfsvoll erschien. Es war, als würde sie ihm die Zerstörung von Elagdad übel nehmen.

»Ich weiß, meine Schöne, die letzten Wochen waren furchtbar, doch ich habe heute gute Nachrichten. Wir lassen all das hinter uns und gehen nach Norden – du wirst endlich die hohen Berge deiner Heimat sehen.« Er fütterte sie mit Leckereien und dachte, dass das nicht ganz die Wahrheit war. Sie würden die Gipfel des Paramar nur von Haretien aus sehen, wenn es nach Bors ging, also gewissermaßen von der falschen Seite.

Er verließ sie, als es schon dunkel wurde – er hatte sich viel zu lange bei ihr aufgehalten.

Er musste dringend mit Brakas reden. So, wie er den Westgarther kannte, würde der vermutlich die richtigen Leute an der Hand haben, die ihnen eine heimliche Passage auf einem Schiff besorgen konnten. Und während Brakas die Flucht organisierte, würde er die Leute aus Irides warnen. Sie waren in Ugir nicht mehr sicher.

Er ging zurück zum Palast, aber er erfuhr schon am Tor, dass der Westgarther nach Hause gegangen sei. Also machte Jarok sich auf den Weg zum Salzviertel.

Er war so sehr damit beschäftigt, seine Pläne zu überdenken, dass er erst spät die Unruhe bemerkte, die sich der Stadt bemächtigt hatte. Er fragte einen Lichtzieher, der vor seiner Werkstadt stand und Kerzen feilbot, nach dem Grund für die Aufregung. »Habt Ihr es denn nicht gehört, Herr? Der Schah ist soeben aus Elagdad zurückgekehrt!«

Jarok wurde es heiß und kalt. Weszen war zurück? Jetzt zählte jede Minute. Er hetzte weiter. Warum musste Brakas auch am anderen Ende der Stadt wohnen? Er erreichte das Haus des Gelehrten, bei dem der Westgarther untergekommen war, nur um von dem zu erfahren, dass Brakas sein Heim sehr in Eile verlassen hatte, und, nein, er wisse leider nicht, wo der Schwertmeister hingewollt habe.

Dummkopf, er will natürlich zu dir!, durchfuhr es Jarok. Sie hatten sich verfehlt, was in einer so riesigen Stadt nicht schwierig war.

Er eilte zurück, aber als er im Alten Suk war, wurde er langsamer. *Hast ist bei jeder Jagd ein Feind,* fiel ihm ein alter Lehrsatz von Bors ein. Er musste nachdenken, bevor er handelte. Weszen war wahrscheinlich schon im Palast. Er würde viel mit Aphaskar zu besprechen haben, aber die verfluchte Liste würde sicher bald zur Sprache kommen. Dann würde der Schah nach seinem Bannermeister schicken. Vielleicht klopften sie jetzt schon an seine Tür – und vielleicht würden sie ihn nicht erst freundlich bitten, sondern gleich verhaften. Jarok wusste, was er zu tun hatte: Er fragte den nächstbesten Lastenträger nach dem Puppenspieler.

»Er spielte zuletzt drüben, in der Straße der Lampenhändler, Herr«, lautete die etwas verwundert klingende Antwort.

Jarok eilte quer durch den Suk und fand den Alten, der gerade eine Vorstellung gab. Wieder ging es offenbar um die Heldentaten des Prinzen Weszen, der ganz allein seine siebenfach überlegenen Feinde mit seinem Schwert und etwas Hilfe der Götter ins Meer trieb. Leider war das erst die Mitte des Stückes. Jarok schob sich unauffällig auf die Rückseite des Wagens und versuchte, dem Puppenspieler Zeichen zu geben, aber der schien ihn nicht zu bemerken.

Die Weszen-Puppe kämpfte gegen die bösen Prinzen, die als Gruppe so meisterhaft vom Puppenspieler geführt wurden, dass Jarok sich fragte, ob vielleicht auch da Magie im Spiel war. Irgendwie entrannen die eben noch besiegten Prinzen dem Meer und legten Feuer in Elagdad, um den edlen Weszen mitsamt der Stadt zu verbrennen. Doch stattdessen kamen sie selbst sehr effektvoll darin um. Rauch hing über der Bühne, als das Stück endete. Das Publikum schien hochzufrieden, aber Jarok saß auf glühenden Kohlen, während Meister Iwar umherging und Münzen in seiner Mütze sammelte.

»Ihr seid ja schnell mit dem Verfassen Eurer Stücke«, sagte er, als der Alte endlich fertig war.

»Mein Publikum ist eben immer begierig auf Neuigkeiten aus dem Krieg. Wenn Ihr morgen Abend wiederkommt, werdet Ihr auch noch sehen können, wie der Prinz nach langer Irrfahrt endlich glücklich in sein geliebtes Ugir heimkehrt.«

»Es wäre mir allerdings lieber, wenn ich morgen schon nicht mehr in der Stadt wäre, Meister Iwar.«

Der Schattenmeister, der ganz gemächlich seine Puppen einpackte, warf ihm einen scharfen Blick zu. »Warum seid Ihr überhaupt wieder nach Ugir gekommen, wenn Ihr am selben Tag wieder fortwollt?«

Der Alte wusste, dass er heute zurückgekehrt war? »Ich nahm an, dass Weszen noch einige Wochen im Süden bleiben würde.«

»Und es scheint, dass Ihr Euch nicht auf ein Wiedersehen freut.«

»Es könnte tödlich für mich enden, denn ich habe etwas getan, was er mir als Verrat auslegen wird.«

Iwar nickte und stellte keine Fragen. »Unter diesen Umständen wird es schwer, Euch in Sicherheit zu bringen, Jarok. Wenn Ihr Weszen zum Feind habt, ist es nicht damit getan, Euch unbemerkt aus der Stadt zu schaffen, nein, ich muss auch sehen, dass Ihr heil aus Oramar herauskommt.«

»Es geht auch nicht nur um mich, Meister Iwar. Bors Falkenauge, der mir wie ein Vater war, und Schwertmeister Brakas müssen mit.«

»Drei Männer? Das ändert einiges, vor allem aber den Preis …«

»Ich dachte, der sei schon bezahlt.«

»Für Euch, nicht für zwei andere.«

»Wie viel?«

Der Schatten war endlich mit dem Abbau seiner Bühne fertig. »Tausend Silberdenar für jeden weiteren Mann.«

»Tausend? Ihr seid nicht billig!«

»Das Leben Eurer Freunde wird es Euch wert sein. Oder wollt Ihr feilschen?«

»Nein, natürlich nicht. Allerdings ist das mehr, als ich flüssig habe.«

»Das dachte ich mir. Ich hörte allerdings, dass Ihr einen schönen damatischen Bogen besitzen sollt. Der würde mir als Sicherheit genügen.«

»Ihr seid wirklich erstaunlich gut informiert. Ich müsste ihn holen …«

Der Schattenmeister schüttelte den Kopf. »Ihr dürft auf keinen Fall noch einmal zurück in Euer Haus, denn es ist nicht sicher, wenn wahr ist, was Ihr sagt.«

»Aber Brakas und Bors sind …«

»Ich werde sie warnen – und mir dabei auch den Bogen holen. Ihr werdet Euch hingegen sofort in den Schwarzen Suk begeben. Kennt Ihr die alte Grablege des Tempels? Gut. Dort werdet Ihr auf mich warten. Ich werde ein oder zwei Dinge veranlassen müssen.«

»Und wie lange …?«

»Ihr wartet dort so lange, wie es eben dauert.«

»Aber wenn etwas schiefgeht, wenn Ihr aufgehalten werdet?«

»Ich bin ein Schatten, Meister Jarok, und wir pflegen unsere Verabredungen einzuhalten. Jetzt geht. Und hier, werft diesen alten Mantel über. Euer Lederwams ist das der Garde, und die sieht man im Schwarzen Suk nicht gerne.«

Jarok warf den Mantel über und verfluchte seine Gedankenlosigkeit. Er hatte die Rüstung abgelegt, aber das Wams anbehalten.

Er hatte jedoch nicht vor, sofort ins Tempelviertel zu laufen. Iwar würde sich um Bors und Brakas kümmern. Das gab ihm hoffentlich genug Zeit, die Leute aus Irides zu warnen, auch wenn das Sandviertel in der falschen Richtung lag. Er hetzte über Nebenstraßen durch das Glutviertel und widerstand der Versuchung, doch noch rasch nach seinen Freunden zu sehen. Er hatte nicht viel Zeit und noch keine Ahnung, wie lange er brauchen würde, diese Flüchtlinge zu finden – und auf das Wort eines Schattens könne man sich verlassen, hieß es.

Das Sandviertel, das im Schatten des Palastes begann, kam ihm noch ärmlicher vor als bei seinen letzten Besuchen. Es war merkwürdig still, und endlich fiel ihm auf, dass die Gassen nicht mehr so überfüllt waren.

Er fragte den erstbesten Menschen, den er auf der Straße traf: »Sagt, Nachbar, dieses Viertel scheint mir verändert. Was ist geschehen?«

»Geschehen, Herr? Wisst Ihr es nicht? Der verfluchte Krieg ist zu Ende. Weszen hat gesiegt, die Feinde sind geschlagen, und viele Flüchtlinge haben sich wieder auf den Weg in ihre Heimat gemacht. Es wurde auch Zeit, denn man konnte doch kaum einen Schritt gehen, ohne angebettelt zu werden.«

»Ich suche die Leute aus dem Dorf Irides.«

»Da kann ich Euch nicht helfen, Herr, denn ich bin aus Ugir und kümmere mich nur um meine Angelegenheiten.«

Jarok fragte dann keine Einheimischen mehr, sondern Flüchtlinge. Erst der vierte gab ihm einen Hinweis: »Ich hörte, dass Leute aus diesem Ort sich im Schatten des Qutaf-Hügels aufhalten sollen, Herr.« Er gab diesem Mann ein paar Münzen und eilte nach Norden zu besagtem Hügel, auf dem ein kleiner, halb vergessener Tempel stand, der dem Weltenerschütterer gewidmet war. Es hieß, Bal-Ek at Hassat habe ihn eigenhändig errichtet, um dem Gott für seine Hilfe bei der Eroberung der Stadt zu danken.

Jarok erreichte die verwinkelten Gassen, fragte sich durch und traf schließlich einen Mann, der aus einem Nachbarort dieses Dorfes stammte. »Für ein paar Denar kann ich Euch vielleicht sagen, wo Ihr diese Leute findet, Herr.«

Jarok feilschte nicht, und tatsächlich führte ihn der Oramarer zu einem überfüllten Hinterhof, in dem – endlich – auch Leute aus Irides waren.

»Ich sehe wohl, dass Ihr das Wams der Wache unter Eurem Mantel tragt, und ich fürchte, es ist kein gutes Zeichen, wenn eine Wache nach uns sucht, Herr«, sagte die alte Frau, die hier das Wort zu führen schien.

»Da habt Ihr Recht. Ihr und Eure Leute, Ihr müsst die Stadt verlassen, so schnell wie möglich, denn Ihr seid hier nicht mehr sicher.«

»Verlassen? Warum? Und wohin, Herr? Unsere Heimat ist zerstört.«

»Dann baut sie wieder auf – oder sucht Euch eine neue. Und warum?« Er zögerte. Konnte er den Leuten die Wahrheit sagen? Er schüttelte den Kopf über sich selbst. Das musste er sogar. Vielleicht würde es sich so herumsprechen und auch andere warnen, die denselben Vater hatten. »Prinz Weszen erhebt Anspruch auf den Thron seines Vaters. Doch fürchtet er, dass einer der vielen Nachfahren des alten Padischahs ihm sein Erbe streitig machen könnte. Also lässt er nach allen Kindern des Großen Skorpions suchen. Und er weiß sehr gut, dass sein Vater oft in Irides war …«

Die Alte sah ihn mit großen Augen an. »Bei den Göttern! Er will die Kinder Akkabals töten? So fallen die Sünden unserer unzüchtigen Töchter doch auf uns zurück!«

Jarok fand, dass das eine eigenartige Betrachtungsweise war, aber er nickte, weil er für Erklärungen keine Zeit hatte. »Sammelt Eure Leute und verlasst die Stadt, gute Frau. Bringt Euch in Sicherheit!«

»Verlassen? Aber wie? Wie haben kein Geld, keine Vorräte, nichts. Alles hat der Krieg genommen!« Plötzlich lag Gier in ihren Augen.

Jarok drückte ihr alle Denar, die er bei sich trug, in die faltigen Hände. Ihr Dank fiel dürr aus, und als er sie zurückließ, fragte er sich, ob die Alte seine Nachricht wirklich weitergeben würde. Oder würde sie das Geld einfach für sich behalten? Aber das lag jetzt nicht mehr in seiner Hand.

Er eilte nach Westen, zur Tempelruine. Als er das Glutviertel durchquerte, kamen ihm Zweifel. Meister Iwar hatte gesagt, dass er sich um ein paar Dinge kümmern müsse. Und wenn er aufgehalten wurde? Wenn er zu spät kam, um Brakas und Bors zu warnen? Die Häscher des Schahs standen vielleicht gerade jetzt schon vor der Tür. Nein, er konnte diese Sache nicht dem Schatten überlassen, er musste sich selbst darum kümmern. Und der Umweg würde nicht so groß sein.

Jarok bog an der nächsten Ecke ab und hastete nach Hause. Er spürte eine seltsame Spannung, die über den Gassen lag, und er schnappte das eine oder andere von dem auf, was die Leute sich erzählten: Weszen war heimgekehrt – und er hatte Gefangene mitgebracht. Ein Prinz sei schon nach der Schlacht in den Kerker des Palastes geschafft worden. Jetzt seien drei weitere Prinzen durch die Straßen geschleift worden, und die Ugirer erwarteten für die vier das Schlimmste: »Er wird sie köpfen lassen, weil er sonst nie vor ihnen sicher sein wird!«, schnappte Jarok auf, und: »Ich habe aber gehört, er will sie schonen, wenn sie mit ihren Familien in die Verbannung gehen.« – »Aber das Gesetz der Skorpione!« – »Er soll schon ein tiefes Loch in der Wüste für sie ausgehoben haben.« – »Wenn die Familien wirklich nach Ugir kommen, wird er sie ebenfalls umbringen, wenigstens die Söhne!« – »Aber er ist von edlem Blut. So etwas würde er nie tun.« – »Er ist vom Blut der Skorpione, und die haben schon Schlimmeres getan.« – »Und die schöne Hennara? Was wird er mit ihr tun?«

Das hätte Jarok auch gerne gewusst. Er erreichte seine Gasse. Noch schien sie friedlich und still unter dem Abendhimmel zu liegen. Rasch stieg er die Treppen hinauf. Brakas stand in der Tür, und Bors war dabei, Sachen zu packen. Von Meister Iwar war nichts zu sehen. *So viel zur Zuverlässigkeit der Schatten,* dachte er.

»Verdammt, lasst alles stehen und liegen. Weszens Männer sind vielleicht schon auf dem Weg hierher!« Er erzählte ihnen kurz von seiner Begegnung mit Iwar und von ihrem Plan.

»Du kennst einen Schatten? Du erstaunst mich täglich aufs Neue, mein Freund!«

»Das gefällt mir nicht«, meinte hingegen Bors. Seine blinden Augen schienen Jarok anzustarren. »Die Schatten sind Diener des Todes, und ihre Pfade führen immer ins Verderben.«

»Wir können es uns nicht leisten, wählerisch zu sein. Und hör auf zu packen! Weszens Häscher können jeden Augenblick hier sein!«

»Aber wenigstens ein bisschen warme Wäsche. Es kann kalt werden in Haretien …«

»Schön, aber beeil dich. Ich bin kurz draußen.«

»Wo willst du denn jetzt noch hin, mein Freund?«

Bors schnaubte verächtlich. »Er sieht sicher noch einmal nach seiner Geliebten!«

»Nur ganz kurz. Geht schon vor, wir treffen uns unten. Und denkt daran – die Gruft der Hohepriester ist unser Ziel.«

Er hastete aus der Wohnung hinüber zum Turm. Den Bogen nahm er mit. Er hatte das Gefühl, dass er ihn vielleicht noch brauchen würde – und er würde dem Schatten einen Weg ersparen.

Hrima schlief schon in ihrem Nest, aber sie öffnete die Augen, als sie ihn hörte. »Ich muss die Stadt verlassen, meine Schöne. Und vielleicht komme ich nie wieder. Ich weiß leider nicht, wie mein Weg sein wird, sonst würde ich dich mitnehmen. Aber du kannst mich suchen. Wirst du das tun? Wirst du nach mir Ausschau halten? Es geht nach Norden – vermutlich.«

Der Eisgreif sah ihn mit schräg gelegtem Kopf an. Hrima war verständig – aber war sie so verständig?

Unten stritten Brakas und Bors, weil der Westgarther der Meinung war, der Falkner würde zu viel Gepäck mitschleppen.

Er strich Hrima noch einmal über das Gefieder. »Such mich, dann sehen wir uns wieder.«

Er bekam keine Antwort. Dafür hörte er etwas anderes – den Marschtritt vieler Stiefel. Er blickte über die Brüstung. Brakas und Bors warteten am Fuß des Turmes. »Verschwindet – sie kommen!«, rief er und begann hastig hinabzusteigen.

Er war zu langsam. Er hörte die Männer um die Ecke biegen, bevor er den Ausgang des Opferturmes erreichte. Sie würden ihn sofort sehen, wenn er jetzt aus dem Turm kam. Er fluchte und kletterte wieder hinauf. Es gab noch einen anderen, einen gefährlichen Weg. Aber vielleicht war es gar nicht nötig, ihn zu nehmen. Die Soldaten würden seine Wohnung durchsuchen, aber sie würden den Turm vielleicht gar nicht beachten. Er riskierte einen Blick. Es war Alseq von der Zweiten Schar. Natürlich, der Mann hatte ihn nie leiden können. Vermutlich hoffte er, dass er in dem Augenblick Bannermeister der Leibwache würde, in dem Jaroks Hals vom Henkersbeil getroffen wurde. Aber noch war es nicht so weit!

Er presste sich an die Wand und hoffte, dass Hrima Ruhe halten würde.

Die Soldaten pochten an die Tür, und dann, als nicht geöffnet wurde, traten sie sie ein. Er hörte Artha, seine Vermieterin, die mit den Soldaten schimpfte und auch mit finsteren Drohungen nicht zum Schweigen gebracht werden konnte. Erst als Alseq sie fragte, wo denn Bannermeister Jarok sein könne, verstummte sie schlagartig.

»Vielleicht im Turm«, meinte ein Soldat. »Wie ich hörte, hält er sich dort diesen Raubvogel.«

Jarok fluchte. Also musste er den gefährlichen Weg versuchen. Er kletterte leise nach oben und blickte hinab. Hrima sah ihm aufmerksam zu. »Ich brauche eine Ablenkung, Hrima. Komm, flieg für mich da hinüber«, flüsterte er ihr zu und wies in die Dunkelheit. Sie sah ihn weiter an. Eisgreifen flogen für gewöhnlich nicht in der Dunkelheit. Noch einen Augenblick zögerte sie, aber dann sprang sie auf die Mauer, breitete die Schwingen aus und flog mit hellen Rufen die Gasse entlang.

»Bei den Göttern! Was für ein riesiges Tier!«, hörte er es unten rufen.

Er konnte nur hoffen, dass Hrima alle Blick auf sich zog, und kletterte auf die Mauer. Drüben, ein kleines Stück tiefer – und für seinen Geschmack zu weit entfernt –, wartete das flache Dach ihres Hauses. Eine Laterne am Hühnerstall des Priesters verbreitete schwaches Licht. Jarok warf seinen Bogen hinüber, sammelte seine Kraft, sprang und rollte sich ab, um den Aufprall zu mindern. Hastig kam er wieder auf die Füße, hob den Bogen auf – und starrte in das Gesicht des feisten Priesters. »Was macht Ihr hier auf meinem Dach?«

»Haltet Ruhe, um der Götter willen!«

»Was macht Ihr hier auf *meinem* Dach, Meister Jarok?« Der Mann hielt einen Knüppel in der Hand. Bewachte er etwa seinen Stall?

»Ich bin schon so gut wie fort. Vergesst am besten, dass Ihr mich gesehen habt.«

»Da ist doch etwas faul! Die Wachen in der Gasse, sind die Euretwegen hier? Haben die Untaten Eures Unglücksvogels endlich ein Ende?«

Der Mann nahm doch nicht etwa an, es ginge hier um tote Hühner?

»Ich beschwöre Euch, seid leise! Hrima und ich verlassen die Stadt. Ihr kriegt Euren Turm zurück!«

Der Priester schüttelte den Kopf. »Ich kann einen Verbrecher nicht laufen lassen. Das würden die Götter mir nie verzeihen.« Er schob Jarok zur Seite und wollte an die Brüstung treten. Da löste sich etwas aus den Schatten, etwas wie dunkler Rauch, unsichtbar eigentlich, und doch bemerkte Jarok die kalte Bedrohung, die sich dort durch die Dunkelheit bewegte. Plötzlich erschien Meister Iwar wie aus dem Nichts hinter dem Priester und brachte ihn mit einer schnellen Bewegung zum Schweigen. Jarok hatte das Messer kaum gesehen, da war es auch schon wieder im Gürtel des Schattenmeisters verschwunden, und der Priester lag mit durchschnittener Kehle auf dem Dach. Seine Hühner beäugten ihn neugierig. Iwar löschte die Laterne. »Was habe ich Euch gesagt, wo Ihr zu warten habt?«

»Ich musste sie doch warnen!«

»Kommt, verschwinden wir von diesem Dach!«

»Vorsicht!«, flüsterte Jarok, weil drüben auf dem Turm plötzlich eine Fackel erschien. Aber ihr Licht wirkte seltsam blass.

»Sie werden uns nicht sehen, denn wir wandeln jetzt im Schutz der Schatten. Doch vielleicht sehen sie den Toten. Kommt jetzt endlich.«

Sie schlichen von diesem Dach auf ein anderes. Dort hebelte Iwar eine verriegelte Falltür auf, und dann ging es durch das Haus hinaus in eine Seitengasse. Ein lautes Horn ertönte. Es war so fordernd, dass Jarok am liebsten umgekehrt wäre. Es war ein Alarmsignal, und es war klar, wem es galt.

»Weszen scheint Euch ja wirklich sehr dringend sehen zu wollen, Bannermeister.«

»Ich glaube, meinen Rang habe ich inzwischen verloren.«

Meister Iwar senkte den schützenden Schatten. »Es ist selbst für mich nicht leicht, zwei Männer lange zu verbergen. Wir müssen auf die Nacht vertrauen, auch sie hat Schatten, die wir nutzen können.«

Sie hasteten nach Norden. Das Tempelviertel war nicht weit, aber Jarok wusste nur zu gut, dass sie jetzt mit einigen Hindernissen rechnen mussten. Das Hornsignal wanderte weiter durch die Stadt. Sämtliche Wachen würden ausschwärmen und nach allem Verdächtigem Ausschau halten, selbst wenn sie noch nicht wussten, was geschehen war.

Plötzlich drang lauter Hufschlag durch die Gassen.

Der Schattenmeister hielt kurz inne. »Weszen schickt seine Wüstenreiter«, murmelte er dann.

»Die Wüstenreiter? Sie waren mit auf dem Schiff?«

»Nein, sie kamen über Land wie Ihr, und sie kamen kurz nach Euch. Habt Ihr sie nicht im Palast getroffen?«

Nein, das hatte er nicht. Ob Ursef und seine Schar wohl unter diesen Reitern waren? Es würde nichts ändern. Sie jagten ihn. Jarok atmete tief durch, um ruhig zu bleiben. *Beute, die die Ruhe verliert, fällt dem Jäger leicht zum Opfer,* hatte Bors ihn einst gelehrt.

Der Mann an seiner Seite schien jedenfalls die Ruhe selbst zu sein. Er führte ihn durch schmale und noch schmalere Seitenstraßen, die er selbst nie zuvor betreten hatte, zu den Ruinen des Tempels. Aber selbst da klang schon Hufschlag von den zerbrochenen Marmorstufen.

»Diese Reiter wissen leider, wen sie suchen«, brummte Meister Iwar, »und sie wissen auch, wo sie suchen müssen. Habt Ihr etwa mit jemandem über unseren Plan geredet?«

»Nur mit Bors und Brakas.«

»Dann haben sie die vielleicht schon erwischt. Nein, denkt nicht einmal daran! Wir können nicht zurück und sie suchen.«

Jarok, der genau das gerade hatte vorschlagen wollen, schüttelte den Kopf. »Ich werde sie nicht im Stich lassen.«

»Wir wissen noch gar nicht, ob es sie wirklich erwischt hat. Es kann auch sein, dass diese Reiter einfach nur vermuten, dass wir uns im Schwarzen Suk verstecken wollen. Es ist das Naheliegendste.«

Sie schlichen zwischen umgestürzten Tempelmauern weiter. Immer wieder kreuzten zwei oder drei der Schwarzen Reiter ihren Weg. »Könnt Ihr uns nicht in einem Schatten an ihnen vorbeibringen?«

»An den Reitern schon, aber vielleicht nicht an den Pferden. Manche dieser Tiere reagieren sehr empfindlich auf Zauberei. Ist Euch das nie aufgefallen?«

Meister Iwar schlug Haken, sie kletterten über bröckelnde Mauern und sogar über die wackligen Dächer einiger Hütten. Ihrem Ziel kamen sie nur sehr langsam näher. Endlich erkannte Jarok ein paar Säulen wieder, die er gesehen hatte, als er selbst noch ein Jäger im Schwarzen Suk gewesen war. Auch seine Beute hatte damals ihr Heil in diesen Grabkammern gesucht und nicht gefunden. Ob das ein böses Omen war?

Er hörte Stimmen. Mehrere Reiter kamen den schmalen Weg entlang. Zwei von ihnen trugen Fackeln. Der Hufschlag, der alle Bewohner dieses Suks längst von der Straße vertrieben hatte, dröhnte laut von den gestürzten Säulen.

»Hier würde ich mich verstecken, wenn ich auf der Flucht wäre«, meinte einer der Reiter, »denn niemand stört gerne die Toten.«

Jarok hörte ein bekanntes Lachen. »Hier wohnen aber eine Menge deiner Niemands, wie es scheint, denn ich sehe hier Licht aus der einen oder anderen Gruft fallen, und ich glaube nicht, dass die Toten Licht brauchen.«

Ursef!

»Du weißt, was ich meine, Bruder.«

»Und ich stimme dir zu. Wir werden uns hier postieren.«

»Sollten wir nicht dort hinüber und …«

»Nein, das ist kein Gelände für unsere Tiere. Sieh nur, wie unruhig sie schon sind. Sie mögen diese Tempelruine nicht. Und auch ich mag es nicht, auf den Knochen einer gefallenen Göttin herumzureiten. Ihr zwei, reitet dort hinüber an diese lange Mauer. Vielleicht versucht unser Freund dort sein Glück. Ihr zwei überwacht die andere Seite, und ich bleibe hier.«

»Allein?«

»Im Gegensatz zu dir habe ich keine Angst vor den Toten, kleiner Bruder, und auch nicht vor den Lebenden!«

Die Reiter nahmen ihre Positionen ein. Das Licht der Fackeln schwand, und nur Ursef und sein Pferd blieben im schwachen Mondlicht zurück. Damit schnitt er ihnen den Weg ab.

»Nur einer«, murmelte Iwar und zog seinen Dolch.

Jarok legte ihm die Hand auf den Arm. »Er ist ein Freund.«

»Er jagt Euch!«

»Wartet nur einen Augenblick, vielleicht fällt mir etwas ein.«

»Ihr könntet auch Euren Bogen benutzen, wenn Ihr sicher seid, dass der da keinen Lärm mehr machen kann. Ist vielleicht sogar besser, denn sein Tier würde mich verraten.«

»Ich sagte doch, dass er ein Freund ist.«

»Im Augenblick ist er nur ein Hindernis. Er steht zwischen Euch und Eurer Freiheit – und der Eurer Freunde! Entscheidet Euch, Damater!«, zischte der Alte leise.

»Wir könnten es dort drüben versuchen, vielleicht sehen sie uns nicht.«

»Ich habe Euch doch schon erklärt, dass uns ihre Tiere wittern. Seht, schon jetzt ist dieses Pferd da unruhig.«

Tatsächlich tätschelte Ursef seinem Pferd beruhigend den Hals. »Was hast du, Freund? Warum so unruhig? Lauert da Gefahr in der Dunkelheit?« Ursef starrte in die Schatten. Er konnte ihn unmöglich sehen, aber Jarok hatte das Gefühl, dass er ihm direkt in die Augen blickte.

»Nun macht schon! Ich komme nicht an ihn heran, solange er auf diesem Pferd sitzt.«

Ganz langsam nahm Jarok den Bogen vom Rücken. Er nahm das Tuch heraus, in dem er die Pfeile im Köcher eingewickelt hatte, damit sie kein Geräusch verursachten. Seine Hand war erstaunlich ruhig, als er den Pfeil auf die Sehne legte, während drüben das Pferd immer unruhiger wurde. Ganz langsam zog Jarok die Sehne zurück. Noch nie war ihm das leise Knarren eines Bogens so laut erschienen. Er wollte es nicht tun, aber hatte er eine andere Wahl?

Plötzlich straffte sich Ursef und zog die Zügel leicht an. »Ich verstehe dich, mein Freund, ich verstehe dich. Komm, wir reiten ein Stück dort hinüber, wo die Dunkelheit nicht so unfreundlich wirkt.« Er schnalzte mit der Zunge und lenkte sein Tier zur Seite. Der Weg war frei.

»Was ist denn das? Eine Falle?«

»Eine Einladung. Er hat uns bemerkt. Schnell, Meister Iwar!«

Sie huschten über den Pfad und hinein zwischen die Grüfte. Auch hier hatten sich die Bewohner versteckt. Iwar führte ihn fast ans Ende des Grabfeldes zu einer halb eingestürzten Grablege. »Wartet hier, ich suche Eure verfluchten Freunde. Schafft Ihr das?«

Jarok nickte, was im Mondlicht kaum zu sehen war. Dann sagte er: »Ich glaube, Ihr findet sie dort drüben, in dieser Richtung.«

»Woher wollt Ihr das wissen?«

»Ich weiß es eben.« Tatsächlich meinte er, in der Dunkelheit etwas gesehen zu haben, was ihm vertraut vorkam. Wenige Augenblicke später kehrte Iwar mit einem Begleiter zurück. Es war Brakas. »Wo ist Bors?«

»Als plötzlich überall Wachen waren, hat er sich geweigert weiterzugehen.«

»Geweigert?«

»Er meinte, er würde mich und dich nur aufhalten, und das wollte er nicht. Du kennst ihn doch. Auch glaubt er, dass ihm hier keine wirkliche Gefahr droht. Selbst Weszen werde sich nicht an einem unschuldigen Blinden vergreifen, sagte er.«

»Und du hast ihm das nicht ausgeredet? Du kennst Weszen viel besser als er!«

»Ich habe es versucht, aber er hat sich hingesetzt und gesagt, ich solle ohne ihn weitergehen. Verdammt, ich sage es nur ungern, so ungern, wie ich ihn zurückgelassen habe, aber er hat Recht, Jarok. Ihm wird schon nichts geschehen, und ohne ihn haben wir eher eine Chance.«

Jarok starrte in die Sterne, die hoch über den alten Säulen blinkten. Er wäre am liebsten umgekehrt, aber inzwischen waren überall Fackeln. Der ganze Tempel wimmelte von Verfolgern.

»Ich werde Ugir nicht ohne ihn verlassen!«

»Passt auf, Damater, ich bringe Euch in Sicherheit, denn das ist meine Aufgabe. Aber sobald ich zurück bin, werde ich ein Auge auf Euren Freund haben. Und jetzt kommt. Diese Gruft bietet eine Überraschung.«

Einen langen Augenblick war Jarok dennoch drauf und dran umzukehren, aber dann verfluchte er Bors für seine Dickköpfigkeit und folgte dem Schattenmeister tiefer hinein in die Gruft.

Iwars Überraschung verbarg sich unter dem Deckel eines Sarkophags. »Dieser alte Gang wurde von den Priestern selbst angelegt, wie es heißt. Dann benutzten ihn eine Weile Schmuggler. Inzwischen sind aber, bis auf mich, alle tot, die davon wussten.«

Jarok fragte sich, ob wohl Iwar dafür gesorgt hatte, dass diese Mitwisser ihren Tod fanden. Er stieg hinab in den Sarg, und seine Füße fanden Stufen, die ihn in die Finsternis führten. Erst war der Weg eng und dunkel, dann schloss sich über ihnen der steinerne Sargdeckel, und Iwar entzündete eine Fackel. Der Weg vor ihnen war sauber gearbeitet und eben. Keine Spur von Verfall und Zerstörung. »Ich sagte ja, Uganas Priester haben ihn einst angelegt. Jetzt folgt mir. Ich bringe Euch aus der Stadt.«

Der Pfad verlief erst schnurgerade, dann wechselte er mehrfach Richtung und Höhe. »Wir umgehen gerade ein paar Felsen vor der Stadt«, erklärte der Schattenmeister.

Der Ausgang fand sich schließlich unter einem Hügel, zwischen kahlen Steinen. Jarok war beeindruckt. Er hätte direkt an diesen Steinen vorübergehen können und wäre nie darauf gekommen, dass hier ein verborgener Eingang zur Stadt lag.

Er kletterte hinaus. Hinter dem Hügel war der Himmel hell erleuchtet. Dort lag das große Ugir.

»Und jetzt?«, fragte er.

»Ihr seid noch nicht in Sicherheit, Damater. Man wird bald in allen Teilen des Landes nach Euch suchen, aber man wird Euch nicht finden, denn Ihr werdet hinunter an die Küste eilen. Seht Ihr den alten Turm dort hinten? Gut. Dort sollte eine schnelle Dhau auf Euch warten. Falls der Kapitän bezweifelt, dass Ihr der Richtige seid, sagt ihm, ein Schatten läge auf dem Tag. Dann wird er Euch an Bord nehmen und nach Gromar bringen.«

Gromar? Genau dort hatte er seine Heimat vor vielen Jahren verlassen. »Und wenn ich nicht nach Damatien will?«

»Dann werdet Ihr entweder unterwegs über Bord springen und an Land schwimmen oder von Gromar aus ein anderes Schiff nehmen müssen, denn diese Stadt ist das Ziel dieses Seglers. Und ich wüsste auch nicht, wo Ihr sonst hinsolltet, Jarok von den Geisterbergen.«

Jarok nickte. Er hatte geplant, Bors nach Haretien zu bringen, aber der war zurückgeblieben. Er hatte vorerst kein anderes Ziel. Er nahm den Bogen vom Rücken.

Iwar sah ihn freundlich lächelnd an. »Was soll ich damit?«

»Wolltet Ihr den nicht als Sicherheit?«

»Was soll ich mit so einem unhandlichen Ding? Ich wollte nur herausfinden, ob Ihr bereit wäret, ihn herzugeben. Aber nun eilt, bevor Weszens Reiter über das Land ausschwärmen!«

Plötzlich war der Alte verschwunden. Er musste in den Gang zurückgekehrt sein, aber Jarok hatte nicht gesehen, wie er das angestellt hatte.

»Verflucht beeindruckend, diese Schatten«, murmelte Brakas, der den ganzen Weg unter der Erde ziemlich schweigsam gewesen war. »Und jetzt komm!«

Sie hasteten hinunter zum Strand. Dort lag wirklich im Wasser der schwarze Umriss einer Dhau, und ein Beiboot lag am Ufer, unweit des Turmes.

Der Kapitän stellte keine Fragen und nur die Bedingung, dass sie sich zwischen den Fässern seiner Ladung versteckt halten sollten. Bevor er in das vorbereitete Versteck kroch, blickte Jarok noch einmal zurück. In der Ferne leuchtete Ugir unter dem Sternenhimmel. Er hatte das Gefühl, dass er die Stadt bald wiedersehen würde.

ZWEITES BUCH
DER ADLER

12.

Alles an Gromar war kleiner, als Jarok es in Erinnerung hatte. Der Hafen, die Stadtmauer und vor allem die Häuser. In seiner Erinnerung waren sie hoch und düster, jetzt sah er, dass es in Wahrheit gedrungene Holzhäuser waren, die ohne allzu viel Ordnung an den Hafen herangerückt waren und die sich unter dem Regen, der sie schon weit vor der Küste empfangen hatte, zu ducken schienen.

»Das also ist der wichtigste Hafen Damatiens?«, fragte Brakas, als ihre Dhau die Hafeneinfahrt durchquerte.

»Eigentlich ist es sogar der einzige.«

»Erinnert mich an Westgarth, vor allem das Wetter. Aber wo sind die Gebirge, für die deine Heimat so berühmt ist?«

»Irgendwo hinter dem Regen. Damatien besteht nicht nur aus Bergen.«

»Dein Vogel sieht jedenfalls enttäuscht aus, und ich … bin es eigentlich auch.«

Tatsächlich saß Hrima auf Jaroks Hand. Sie hatte sie am ersten Tag ihrer Überfahrt eingeholt. Die Seeleute betrachteten sie mit Misstrauen und wollten auch nicht, dass sie auf dem Mast oder an einer anderen Stelle an Bord übernachtete, also schickte Jarok sie Abend für Abend fort, sich einen Platz an der Küste zu suchen, aber sie kam jeden Tag zurück und flog meist ihrem Schiff voraus. Aber dann kam der Regen, und so näherte sich auch das Eisgreifweibchen seiner Heimat per Schiff, so, wie seine Eltern sie einst verlassen hatten.

Es lagen nur wenige Schiffe im Hafen, eines davon war eine Kriegsgaleere, an deren Mast schlaff das Banner des Seebundes – das sternengekrönte Schiff – hing. Auf den Kais waren einige Krieger zu sehen, die Jarok ebenfalls für Männer des Seebundes hielt. Der Kapitän hatte ihnen erzählt, dass der Bund die Stadt eingenommen hatte, ohne einen einzigen Schuss abgefeuert zu haben.

»Bist du eigentlich zu einem Entschluss gekommen?«, fragte Brakas, während ihr Schiff am hölzernen Steg festmachte.

»Entschluss?«

»Seit wir auf diesem Schiff sind, brütest du etwas aus. Das sehe ich dir an. Und jetzt sind wir am Ziel, es wird also langsam Zeit für eine Entscheidung.«

»Lass uns erst einmal an Land gehen.« Eigentlich lag ein Weg vor ihm, hell und klar vorgezeichnet, aber er scheute davor zurück, ihn zu betreten.

Als sie von Bord gingen, wurden sie am anderen Ende der schmalen Planke von einem misstrauischen Hafenmeister in Empfang genommen. »Was führt Reisende aus Oramar in diesen Tagen in eine Stadt des Seebundes?«

»Geschäfte«, gab Brakas knapp zurück.

»Welche Art Geschäfte?«

»Hoffentlich gute, was ich aber bezweifle, wenn ich diese armseligen Hütten sehe.«

»Ich sehe keine Waren, außer vielleicht dieses prächtige Tier auf der Hand Eures Freundes. Ihr werdet aber wohl kaum versuchen, ausgerechnet in Damatien einen Eisgreifen zu verkaufen. Ich nehme also an, dass Ihr mich anlügt, und das mag ich nicht.« Er winkte ein paar Wachen herbei, die bisher unter einem Dachvorstand herumgelungert hatten.

Seufzend drängte sich Jarok an Brakas vorbei. »Ich bin hier, um Verwandte zu besuchen. Mein Freund hier begleitet mich, aber er will seinen Besuch gerne mit guten Geschäften verknüpfen. Er will allerdings kaufen, nicht verkaufen.«

»Ein Damater in oramarischem Gewand? Seltsame Zeiten sind das. Dennoch werde ich die Kopfsteuer für Fremde erheben müssen. Dreißig Schillinge pro Kopf.«

»Schillinge? Wird hier nicht mehr in Denar gerechnet?«

»Nicht mehr, seit der Seebund die Oramarer aus Gromar vertrieben hat.«

Brakas versuchte, mit dem Mann zu feilschen, aber der war unnachgiebig und drohte damit, sie abzuweisen, falls sie weiter Schwierigkeiten machen wollten.

»Ein gastfreundliches Land, deine Heimat«, brummte Brakas, als sie den Mann endlich bezahlt hatten.

»Ich will mich nicht länger in dieser Stadt aufhalten als unbedingt nötig. Sobald wir etwas von Bors gehört haben, will ich verschwinden.«

»Und wohin? Oder willst du mir das immer noch nicht sagen?«

»Warte doch einfach ab. Ein Schritt nach dem anderen. Bis dahin sollten wir uns unauffällig verhalten.«

»Das wird schwierig, solange du deinen Greifen auf dem Arm spazieren trägst. Die Leute starren uns an, vor allem der dort drüben, bei den Fässern. Ein Oramarer, wenn ich mich nicht irre.«

Jarok sah den Mann auch. Er lehnte an einem Fischfass und blickte jetzt schnell in eine andere Richtung, aber seine lauernde Haltung verriet ihn. Als sie den Hafen verließen, folgte er ihnen.

»Soll ich mich um ihn kümmern, Jarok?«

»Wozu? Wir werden schon bald wieder abreisen, und dieser Mann kann noch nicht wissen, dass Weszen unsere Köpfe will.«

Die Stadt war wirklich *viel* kleiner, als Jarok in Erinnerung hatte. Es gab einen kleinen Marktplatz, eine Handvoll schlammiger Straßen und viele dicht gedrängte Häuser aus Holz und Lehm. Das bei weitem größte Gebäude – und das einzige aus grauem Stein – war die Festung, die die Stadt beherrschte. Auch über ihren Türmen hingen nass die Banner des Seebundes.

Am Marktplatz fanden sie ein Gasthaus. Der Wirt war überraschend freundlich, klagte viel über die schlechten Zeiten und vermietete ihnen sein angeblich bestes Zimmer für die Nacht. Er nahm sogar Denar, wenn auch nur gegen einen kleinen Aufschlag.

»Geschäftstüchtig sind sie, diese Damater«, murmelte Brakas.

Jarok ging mit Hrima hinaus, weil der Wirt kein wildes Tier unter seinem Dach dulden wollte. Es gab in dieser Stadt keine Opfertürme, aber der Wirt hatte ihm erlaubt, den Eisgreifen in den Stall zu bringen, wo er es trocken haben würde.

Er öffnete das Stalltor, trat ins Dämmerlicht und hielt inne. Da war noch jemand! War es der Oramarer vom Hafen? Er ließ Hrima auf einen der Balken unter dem Dach fliegen, und seine Hand wanderte zum Schwertgriff.

»Schau an«, sagte eine Stimme aus dem Dunkel, »wenn das nicht der widerspenstige Jarok ist …«

»Hesek? Du lebst?«

»Ich bin nicht so leicht umzubringen. Und du hast dir Zeit gelassen. Ich warte hier schon seit Wochen auf dich, Bruder.«

»Woher wusstest du, dass ich …?«

Der Damater trat aus der Dunkelheit. »Die Seherin kündigte dich an. Leider nannte sie weder Tag noch Monat. So sitze ich in dieser hässlichen Stadt und warte darauf, dass *der Träger des gefiederten Räubers die Stadt am Meer* betritt. So hat sie dich nämlich genannt. Mein Vertrauen in diese Prophezeiung begann schon zu schwinden, so wie auch meine Münzen dahinschwanden. Ich musste vor drei Tagen in die Scheune umziehen, und selbst das hätte ich mir nicht mehr lange leisten können.«

»Die Seherin hat mich angekündigt?«

»Du spielst eine große Rolle in ihren Träumen, sowohl in denen des Tages wie auch denen der Nacht.«

»Hat dieses Weib auch vorausgesehen, dass ich nicht vorhabe, den Willen meiner Mutter zu erfüllen?«

»Eigentlich nicht. Ganz im Gegenteil. Sie erwartet dich, ebenso wie deine Mutter, oben in den Bergen. Und wenn du glaubst, dass du ein Schiff finden wirst, das dich fortbringt, muss ich dich enttäuschen. Der Hafenmeister ist ein Stammesbruder. Er wird dich nicht fortlassen.«

»Dann sitze ich hier fest?« Jarok hatte eigentlich gar nicht vor, Damatien wieder zu verlassen, aber er hielt es für angebracht, Hesek vorerst im Unklaren zu lassen.

»Genau. Und bevor du in dieser traurigen Stadt herumsitzt, kannst du wirklich einen Ausflug in die Berge in Betracht ziehen. Bei den Göttern, Jarok – deine Mutter will dich sehen! Ist dir denn im heißen Oramar das Herz vertrocknet?«

»Mein Herz geht dich nichts an, Bruder. Und meine Pläne noch weniger.«

»Noch genau so schlecht gelaunt und stur wie in Ugir. Aber immerhin bist du hier. Was hat dich eigentlich bewogen, diese Reise auf dich zu nehmen, wenn es nicht die Sehnsucht nach der Heimat war?«

»Ich hatte meine Gründe, die Stadt zu verlassen, und ich war in Eile. Und das erste Schiff, das zur Verfügung stand, nahm eben Kurs auf Gromar.«

»Das Schicksal will dich wohl hierhaben, Bruder, wie die Seherin es vorhergesagt hat. Ich gehe sogar davon aus, dass es dich in den Bergen haben will. Du wirst dort jedenfalls erwartet, und zwar nicht nur von deiner Mutter.«

»Ist Baran auch dort oben?«

»Der Adler? Natürlich. Deine Mutter gehört zu seinen engsten Ratgebern, auch wenn er es nicht zugibt, aber sie ist die Einzige, die die Seherin an sich heranlässt. Selbst die Atmane zollen ihr Respekt, und wenn du die Klanoberhäupter kennen würdest, wüsstest du, wie schwer ihnen das fällt.«

»Vielleicht werde ich dann doch in die Berge gehen, denn ich muss Prinz Baran berichten, was sein Bruder getan hat.«

Hesek schüttelte den Kopf. »Du willst wohl einfach nicht

zugeben, dass es dich zu deiner Mutter zieht. Aber wenigstens schlägst du den Pfad in die richtige Richtung ein. Ich hoffe, du hast ein bisschen Silber mitgebracht, denn wir werden Pferde brauchen.«

»Silber? Nein, ich musste Ugir überstürzt verlassen, wie ich schon sagte. Allerdings kann ich dir deinen Bogen wiedergeben.«

»Dann ist das, was du so nachlässig umwickelt auf dem Rücken trägst, wirklich mein Bogen? Es freut mich, dass du ihn in die Finger bekommen hast. Es wäre eine Schande, wenn er nicht mehr in der Hand eines Jägers wäre! Hast du damit geschossen? Ah, natürlich hast du das, kein Damater könnte seiner Vollkommenheit widerstehen. Dann will ich ihn allerdings nicht zurück, denn dann ist seine Seele nicht mehr mit meiner verbunden. Sieh mich nicht so an, Bruder … spürst du denn nicht, dass diese Schönheit eine Seele hat? Sie ist empfindsam, also achte sie. Meine letzten Pfeile gingen leider fehl, wie du sicher weißt, vermutlich, weil der Bogen spürte, dass ich nicht reinen Herzens war, als ich schoss.«

»Sie waren gut gezielt, Hesek, nur, dass ich sie kommen sah. Wüsste ich, was ich heute weiß, hätte ich Weszen wohl nicht gerettet.«

»Du warst das? Ah, das erklärt mir das Rätsel meines Fehlschusses. Gräme dich nicht. Das Schicksal hat Weszen nicht ohne Grund verschont. Er hat viele deiner Konkurrenten aus dem Feld geräumt.«

Jarok setzte zu einer Antwort an, um dem Damater zu erklären, dass er keinesfalls vorhatte, um den Thron zu kämpfen, aber dann ließ er es. Es war nicht Hesek, den er überzeugen musste.

»Sag, Hesek, eine Frage beschäftigt mich seit längerem. Als du in Ugir warst, hast du dich nach zwei Männern erkundigt …«

»Das hast du herausgefunden?« In seiner Antwort klang Respekt an.

»Warum hast du diese Männer gesucht?«

»Ich habe mich nach ihnen erkundigt, weil sie auf Barans Liste seiner Bastard-Brüder stehen. Ich wollte herausfinden, ob sie für den zukünftigen Padischah eine Gefahr darstellen, doch da sie eher unbedeutend waren, ließ ich sie in Ruhe. Warum fragst du?«

»Diese Männer sind tot. Weszen hat nämlich auch herausgefunden, wer sie waren.«

»Dann hat er uns einen Gefallen getan, nicht wahr?«

Jarok sah das anders, sagte aber nichts.

Sie gingen hinüber in das Wirtshaus, wo Hesek sehr überrascht war, dass Jarok nicht alleine reiste. »Die Seherin hat nichts über Euch gesagt, Westgarther.«

»Offensichtlich weiß sie also doch nicht alles!«

»Sie weiß genug, Bruder, gerade über dich! Es ist gut, wenn ein Freund an deiner Seite ist, doch brauchen wir jetzt drei Pferde, und offenbar haben wir nicht einmal Silber für eines.«

Brakas starrte Hesek lange an, dann fragte er: »Verratet mir eines, Damater, wie habt Ihr überlebt? Ich sah Euch, von einem Pfeil getroffen, ins Hafenbecken stürzen und nicht wieder auftauchen …«

Hesek lächelte. »Ein alter Schamane verriet mir einst, wie man unter Wasser atmet.«

»Wie denn?«

»Gar nicht, Meister Brakas.« Hesek lachte laut über seinen eigenen Scherz, dann fuhr er fort: »Man muss einfach lange genug die Luft anhalten, und wenn man dann hinter einem Schiff wieder auftaucht und Freunde hat, die einen rechtzeitig aus dem Wasser ziehen, kann man auch so einen kleinen Mückenstich von einem Pfeil überleben. Doch lasst uns nun unseren Aufbruch vorbereiten. Wir werden dringend erwartet.«

Jarok meinte jedoch, dass sie noch in der Stadt bleiben müssten, da er auf Nachricht von Meister Iwar über Bors warten musste, aber Hesek entgegnete, dass er zuverlässige Leute in der

Stadt habe, die diese Nachricht in Empfang nehmen könnten. »Und glaube mir, sie werden den Boten schon erkennen.«

Jarok gab nach. Sie beratschlagten in ihrer Kammer, wie sie am schnellsten in die Berge gelangen würden, als sie von einem Diener aufgesucht wurden: »Verzeiht die Störung, edle Herren, aber mein Herr hörte, dass der Winterjäger in unserer Stadt eingetroffen ist, und würde sich freuen, wenn er ihn in seinem bescheidenen Heim besuchen würde.«

Jarok starrte den Diener an. Der Winterjäger? Wer sollte das sein?

»Und wer ist dein Herr?«, verlangte Hesek zu wissen.

»Er wird Tiko Weizenhand genannt.«

»Tiko der Reiche?«

»Auch diesen Namen hört man manchmal, Herr.«

»Und was will er?«

»Er möchte dem Winterjäger Hilfe und Unterstützung anbieten.«

»Seltsam, ich hatte bislang den Eindruck, dass sich dein Herr nicht sehr für die Legenden der Bergstämme interessiert, Mann.«

»Ihr tut ihm unrecht, Herr.«

»Meinetwegen. Ich hörte, dass seine Tafel berühmt ist. Wir werden sie beehren und sehen, ob wir sein Angebot annehmen können …«

»Wer ist dieser Tiko? Und was hat es mit diesem Winterjäger auf sich?«, fragte Jarok, als der Diener wieder verschwunden war.

»Du weißt vielleicht, dass Gromar offiziell von einem Odaling regiert wird, doch der ist alt und krank. Tiko wird vermutlich sein Nachfolger. Er führt jetzt schon die Geschäfte und ist der ungekrönte König dieser Stadt, nein, eigentlich ist er der König der Küste und vielleicht auch einiger Berge. Eine Menge Älteste und Atmane sind ihm und seinem Silber verpflichtet. Er stammt aus einer angesehenen Familie. Sein Urgroßvater war einst Odaling hier, aber damals war das nicht mehr als ein schöner, alter Titel für den ersten Lakaien der Oramarer. Bei Tiko wird es anders sein. Er ist durch seinen sagenhaften Reichtum zu wahrer Macht gelangt und soll sich sowohl im Seebund wie auch zuvor bei den Oramarern ein paar mächtige Freunde gekauft haben. Man hört üble Geschichten aus den Eisenminen im Norden, denen er seinen Reichtum zu verdanken hat, und er hängt sein Mäntelchen gerne nach dem Wind. Wo andere Leute ein Gewissen haben, hat er einen Beutel voller Münzen, wie man sagt.«

»Aber er hat Geld … und das heißt, er hat vielleicht auch Pferde. Und ich will nicht in eure Berge laufen.«

»Ihr habt vielleicht Recht, Brakas, aber er wird uns seine Hilfe nicht ohne Hintergedanken anbieten, und am Ende wird es sich so oder so für ihn lohnen. Seid also auf der Hut.«

Als sie das Gasthaus in der Dämmerung verließen, bemerkte Jarok, dass sie wieder verfolgt wurden. Er fragte Hesek, ob er den Oramarer kenne. Die Miene des Damaters verfinsterte sich. »Ich habe ihn schon einige Male gesehen und glaube, dass er für Weszen die Augen offen hält.«

»Und der Seebund unternimmt nichts gegen ihn?«

Hesek zuckte mit den Achseln. »Es wird sie kaum kümmern, jetzt, da sie mit Weszen verbündet sind.«

»Es kann sein, dass dieses Bündnis gerade zerbricht.« Jarok erzählte Hesek von Elagdad und Protektor Pelwa.

»Das wäre gut für unsere Sache, die im Augenblick noch die Sache von Baran ist«, meinte der Damater, »doch tu mir den Gefallen und erwähne nichts von alldem gegenüber unserem Gastgeber.«

Der zukünftige Odaling wohnte in einem stattlichen Hof inmitten von Gromar, und Hesek wusste zu berichten, dass ihm auch sämtliche Nachbarhäuser gehörten. Der Reichtum war unübersehbar, ja, Jarok hatte das Gefühl, dass ihr Gastgeber ihn zur Schau stellte. Er sah Teppiche aus dem fernen Osten, kunstvolle

Ornamente an den Wänden, silberne Karaffen und Schalen und Zierwaffen, die unter vermutlich nie benutzten, protzigen Schilden an der Wand hingen.

Tiko selbst war ein großgewachsener Mann mit widerspenstig abstehendem dunklem Haar und einem Gesicht, das freundlich Leutseligkeit zur Schau trug. Seine Kleidung war ohne Frage kostspielig. Er kam ihnen quer durch seine hohe Halle entgegen und grüßte überschwänglich: »Ah, endlich – der lange erwartete Held kehrt in die Heimat zurück.« Er packte Jarok an den Schultern und umarmte ihn.

»Ich grüße Euch, Tiko Weizenhand«, gab dieser steif zurück.

»Man merkt, dass du lange unter Fremden gelebt hast, Bruder; diese übertriebene Höflichkeit ist doch etwas für Fremde! Und das ist der berühmte Hesek Graufuchs? Die rechte Hand des ebenso berühmten Schamanen Sterro? Endlich lernen wir uns kennen!«

Jarok spürte, dass ihr Gastgeber hinter der freundlichen Fassade ganz andere Gedanken hegte. Er umarmte sie, aber es war, als wolle er sie dabei auf ihre Gedanken und Pläne abtasten. Tiko klatschte in die Hände, und seine Diener schleppten kalten Braten, Käse, Brot, Gewürzwein und vieles mehr hinein.

»Wie ich erfuhr, kommt ihr aus Ugir? Eine weite Reise – und das fast ohne Gepäck. Sagt, wie geht es meinem Freund, dem edlen Prinz Weszen?«

»Der Schah ist wohlauf.« Tiko kannte Weszen persönlich? Und er nannte ihn Freund? Dann mussten sie sehr vorsichtig sein.

»Richtig, er ist ja Schah von Ugir geworden, und wie man hört, wird er bald sogar Padischah von Oramar. Es ist schrecklich, hier in diesem von den Göttern verlassenen Nest festzusitzen und kaum etwas von den Geschehnissen dieser Welt zu erfahren. Ich hörte, es gab eine große Schlacht, die der Prinz, verzeiht, der Schah, fast ganz alleine gewonnen hat?«

Brakas lachte laut auf. »Er war zumindest dabei, das will ich zugeben, Meister Tiko, aber wir, wir waren mittendrin und das wörtlich!«

Jarok warf ihm einen warnenden Blick zu, aber Brakas, der fleißig dem Gewürzwein zusprach, erzählte von ihrem Versteck im Sand und dem Angriff auf die feindlichen Geschütze. Nach einem Tritt unter dem Tisch ließ er wenigstens Jaroks tödlichen ersten Schuss aus.

»Wie aufregend!«, rief ihr Gastgeber. »Und der Schah hat nun alle sieben Brüder gefangen?«

»Drei sind sogar schon tot, und Jarok, dieser bescheidene Mann an meiner Seite, hat einen von ihnen selbst zur Strecke gebracht.« Und dann erzählte Brakas so anschaulich von der Jagd auf Gilef, als sei er selbst dabei gewesen.

»Ich sehe, du wirst der Legende schon in der Fremde gerecht! Weszen muss dir sehr dankbar sein, Bruder.«

»Das muss er«, erwiderte Jarok vorsichtig. Von welcher Legende sprach er? Hesek war seinen Fragen danach ausgewichen. Er konnte sehen, dass Tiko sich fragte, warum dieser angebliche Held nach Gromar gekommen war.

»Da du dich hier mit Hesek getroffen hast, nehme ich an, dass du in die Berge willst, nicht wahr? Habt ihr denn Pferde? Nein? Nun, ich denke, ich kann euch damit aushelfen.«

»Das ist ein großzügiges Angebot, Bruder, doch darf ich dich fragen, warum du uns helfen willst?«, fragte Hesek.

Tiko lachte leicht ölig und tat verwundert: »Ach, die Bergbewohner und ihr ewiges Misstrauen! Sie mögen mich nicht, Jarok, weil ich nicht mehr in einer dunklen Steinhütte lebe und mich nicht von der Jagd ernähre. Ich bin ein Mann des Handels und Wandels – was ist daran falsch?«

»Nichts, aber es beantwortet meine Frage nicht, Tiko.«

»Verzeih, Hesek. Es schmerzt mich einfach, dass du an mir zweifelst. Auch ich bin ein Damater, und wenn Jarok wirklich der ist, von dem alle reden – dann sollten alle Damater ihm helfen, oder nicht?«

»Bei den Göttern, *was wird* hier denn über mich geredet?«

»Hat Hesek dir das etwa nicht erzählt? Das ist ja köstlich! Dann will ich es tun. Der berühmte Winterjäger soll nach Jahrhunderten wieder erscheinen und die seit ewigen Zeiten zerstrittenen Stämme vereinen. Du kennst diese uralte Legende nicht? Das überrascht mich nicht. Sie war so weit in Vergessenheit geraten, dass man glauben könnte, sie wäre gerade erst neu erfunden worden. Ich musste meine alte Amme fragen, und die erzählte mir vom Winterjäger, der im Zorn über den ewigen Streit der Bergkrieger auf dem Rücken eines Eisgreifen zum Gipfel des Damat reiste, um die Götter, die dort oben wohnen, um Frieden für die Stämme zu bitten.

Seither warten die Damater auf seine Rückkehr. Nun, du kommst offensichtlich nicht vom Vater der Berge herab und reitest gewiss auch nicht auf den Flügeln eines Greifen, aber selbst ich habe schon von dem Raubvogel gehört, der dich begleitet. Du solltest meine Dienerschaft über dich sprechen hören. Sie würden dir am liebsten den Schlüssel dieser Stadt überreichen. Allerdings erwarten sie auch, dass du den Seebund eigenhändig hinauswirfst.«

Jarok starrte den Mann entgeistert an. Man hielt ihn für einen legendären Helden?

Tiko plauderte gut gelaunt weiter. »Nun, Bruder, ich glaube nicht an Legenden, schon gar nicht, wenn sie so zweifelhafter Herkunft sind und neuerdings so verbogen werden, dass es heißt, der Winterjäger kehre nicht vom Damat, sondern aus der Ferne zurück. Außerdem kenne ich die Ältesten und die Atmane. Die schneiden sich eher die Hand ab, als sie einem ihrer Erzfeinde zum Frieden zu reichen, ganz gleich, ob da eine Legende wieder erscheint. So gesehen ist es sogar unvernünftig, dir zu helfen, aber ich mag dich, und falls du auf den Flügeln eines Wunders vielleicht doch irgendwie die blutgetränkten Berge befrieden solltest, wäre es schön, wenn du dich hinterher an einen Freund erinnerst, der dir half, als es noch kein anderer tat.«

Hesek hatte mit düsterer Miene zugehört, jetzt sagte er: »Du glaubst nicht an die Versöhnung der Stämme, weil du an ihrer Uneinigkeit verdienst. Deine Schmieden beliefern doch jeden mit Schwertern, der zahlen kann, und ich weiß nicht, ob ich die Pferde eines Mannes reiten will, der stets nur seinen Vorteil sieht.«

»Ich schon«, warf Brakas ein. Seine Stimme war schwer vom Wein. »Ich setze meinen Hintern auf alles, was mir einen langen Marsch in die Berge erspart. Mir ist es gleich, wem es gehört und was sich der Besitzer davon verspricht.«

»Deine Freunde sind uneins, Jarok, was sagst du?«, fragte Tiko, der bei Heseks beleidigenden Worten nicht einmal mit der Wimper gezuckt hatte.

»Ich stimme Brakas zu, und ich werde nicht vergessen, wer mir geholfen hat, Bruder.«

Hesek sah nicht glücklich aus, aber darauf konnte Jarok keine Rücksicht nehmen. Wenn sie Pferde hatten, kamen sie schneller voran, und das konnte entscheidend sein, falls sie vielleicht doch von Weszens Getreuen verfolgt wurden. Allerdings traute auch er Tiko und seinen Motiven nicht. Der Mann hatte Hintergedanken, das war unübersehbar.

Jarok wich allen Fragen nach seinen Plänen aus und überließ es dem angetrunkenen Brakas, sie den Rest des Abends mit wilden Geschichten von seinen Jahren auf See zu unterhalten.

»Was soll eigentlich das Gerede vom Winterjäger und der Vereinigung der Stämme?«, fragte Jarok, als sie Tikos Hof spät in der Nacht verließen und in ihre Herberge zurückkehrten.

»Deine Mutter meinte, es könne nicht schaden, ein paar alte Legenden aufzuwärmen, auch wenn sie selbst nicht an sie glaubt. Es gibt sie übrigens wirklich, auch wenn Tiko das leugnet. Es heißt, dass es in der alten Zeit nur einen Stamm gab, der am Fuße des Damat, des Vaters aller Berge, lebte. Und der Winterjäger war der Herr dieses Stammes. Es waren glückliche Zeiten, aber dann gefiel es Birsa, dem Gott der Jagd, drei Männer der Berge in Streit über eine gemeinsam erlegte Beute geraten zu lassen. Und da sie sich nicht einigen konnten, wem die Ehre des Fangschusses zuteilgeworden war, erschlug einer die beiden anderen, und so zerfiel das Bergvolk in seine drei Stämme, und es war der Beginn der ersten Blutfehde, die kein Ende nehmen wollte. Sie alle fragten den Winterjäger nach einem Urteil, aber er wusste keines.

Also bestieg er den Rücken eines Greifen und ließ sich hinauf zum Gipfel des Damat tragen, um dort die Götter zu befragen, wie er den Streit beilegen könne. Die Legende besagt, dass er dort immer noch mit den Göttern berät, aber selbst die wissen offenbar nicht, wie man einen Streit zwischen Damatern befriedet.«

»Und seither erwartet ihr seine Rückkehr?«, fragte Brakas mit schwerer Zunge.

»So ist es. Hat Jarok Euch nicht von den Stämmen und Klanen seiner Heimat erzählt? Nein?

Die Klane sind in viele Fehden verstrickt. Außerdem hassen die drei Bergstämme einander und die Küstenbewohner noch mehr – und umgekehrt. Ein Frieden ist also weiter entfernt als der Mond. Aber wie du siehst, tragen diese ausgestreuten Gerüchte schon erste Früchte. In diesem Fall ein paar Reittiere für uns, von sehr unerwarteter Seite spendiert.«

»Aber … *Winterjäger? Ich?* Ich komme aus Oramar, wo die Leute nicht einmal wissen, dass es so etwas wie Schnee gibt.«

»Es kann nicht schaden, wenn ein paar Leute dich für eine Legende halten.«

Jarok hatte dagegen das Gefühl, dass es ihm sehr wohl schaden konnte, für derart einflussreich gehalten zu werden. Vielleicht war das auch der Grund, warum dieser Oramarer immer noch hinter ihnen herschlich.

Als sie am nächsten Morgen aufbrechen wollten, erlebten sie eine Überraschung, denn neben ihren drei Pferden brachte ein Stallknecht namens Lend noch vier weitere Tiere, von denen drei schwer bepackte Maultiere waren. »Mein Herr bittet Euch, mich und diese kleine Karawane bis nach Inmar zu geleiten, was, wenn wir nicht irren, auf Eurem Weg liegt.«

Jarok hatte von diesem Ort noch nie gehört.

»Es liegt zwar auf dem Weg, aber das ist doch unverschämt, selbst für einen Küstenbewohner wie Tiko«, zürnte Hesek. »Er will uns als kostenlose Wache für seine Krämerwaren nutzen? Wir sollten vielleicht doch zu Fuß gehen …«

»Wenn unser Weg wirklich der gleiche ist, können wir uns dem schlecht verweigern«, meinte Brakas gähnend.

»Ihr habt wohl wirklich keine Lust zu laufen, wie?«

»Nein, Hesek, wirklich nicht. Und ich sehe hier auch keinen Schaden für uns, auch wenn es vielleicht ein wenig langsamer vorangeht.«

»Der Schaden wird schon noch kommen«, prophezeite Hesek düster.

Jarok hatte ebenfalls kein gutes Gefühl bei dieser Sache, aber da sie mit den Mulis immer noch schneller sein würden als zu Fuß, willigte er ein. Er war in gewisser Weise sogar beruhigt. Er hatte sich die ganze Zeit gefragt, welche Hintergedanken Tiko bei seinem großzügigen Angebot hegen mochte – jetzt wusste er es. Oder nicht? Steckte mehr hinter diesem Geleit? Ihm ging die Bemerkung über die Diener nicht aus dem Kopf, die ihm den Schlüssel der Stadt überreichen wollten. War es das? Fürchtete Tiko, dass er ihm seinen Platz streitig machen wollte, und war er deshalb so erpicht darauf, ihn loszuwerden?

Sie verließen die Stadt bei einem kalten Schauer durch das breite, aber niedrige Holztor. Hrima saß auf Jaroks Sattelknauf und blickte missmutig in den Regen. Er deckte sie mit dem Mantel ab. Als sie auf See in den Regen geraten waren, hatte er sich gefreut, war es doch ein Zeichen, dass sie die Hitze Ugirs endlich hinter sich ließen. Er hätte nicht für möglich gehalten, dass ihm das Wetter derart schnell gegen den Strich gehen würde.

Der Oramarer, der ihnen seit ihrer Ankunft gefolgt war, war ebenfalls am Tor. Er beobachtete sie, und er blieb noch lange dort stehen, nachdem sie hindurchgeritten waren.

Die Straße, nahe der Stadt noch gepflastert, wurde bald zu einem Pfad aus eingefahrenen Wagengeleisen, der durch abgeerntete Felder führte. Offenbar hatten kurz vor ihnen einige andere Männer zu Pferde die Stadt verlassen, aber die Spur war schon fast vom Regen ausgelöscht, und Jarok konnte auch weit voraus keine Reiter sehen. Sie würden also alleine reisen. Ihr Ziel, die Berge, war immer noch hinter dem Regen verborgen. Hesek schätzte, dass sie drei Tage brauchen würden, um sie zu erreichen.

Jarok roch das mit Regen vollgesogene Land, und bei ihrem langsamen Ritt stiegen vergessene Erinnerungen an seine Kindheit auf. Sie hatten in einem kleinen Fischerdorf weiter nördlich gewohnt, dem Dorf, aus dem sein Stiefvater Sterro stammte. Einige Gerüche und Bilder hatten sich tief eingeprägt: Die satten Weizenfelder hinter Feldsteinmauern, bei deren Aufschichtung er mitgeholfen hatte, die grauen Fischerboote am felsigen Strand, die Muscheln an ihrem Rumpf, die Kinder, für die er immer ein Fremder blieb. Er hatte damals nicht gewusst, warum das so war, aber inzwischen kannte er den Grund: Er war eben nur ein Halb-Damater, und seine Mutter stammte noch dazu aus den Bergen.

Dann blitzten andere Bilder auf, ältere: Schnee und hohe Berge. Das Schreien eines Adlers und ein weißbärtiger Mann mit kahlem Schädel und beeindruckend vielen Narben, der ihn mit strenger Miene musterte. War das sein Großvater gewesen, der Große Jäger der Geisterberge? Er war sich nicht sicher. Aber wer sollte es sonst gewesen sein?

Gegen Mittag rasteten sie in einem Wäldchen, das mit seinem gelben und roten Herbstlaub seltsam fremd in diesem sonst braunen Land wirkte. Lend, der Reitknecht, erklärte sich auch für das Kochen zuständig, aber er wärmte nur einen Eintopf auf, den offenbar seine Frau vorbereitet hatte.

»Du könntest uns doch was jagen, Winterjäger. Oder dein legendärer Greif schlägt uns einen Hirsch«, schlug Hesek spöttisch vor, während er in seinem Blechnapf herumstocherte.

»Ich habe hier kaum Wild gesehen, außer ein paar Sperlingen und Krähen, die ich nicht essen mag.«

»Vor kurzem erst sind wir doch an einer Wiese vorübergekommen, an der recht stattliche Beute stand …«

»Du meinst die Rinder auf der Weide?«

»Leichte Beute.«

»Wenn ihr das immer so seht, ist es kein Wunder, dass die Küstenbewohner euch Bergleute nicht leiden können«, gab Jarok zurück. Der Regen tropfte ihm ins Essen.

»Du verstehst auch keinen Spaß, Bruder, oder?«

»Nicht, wenn mir den ganzen Tag Wasser in den Nacken läuft. Das ist noch schlimmer als in meinen Erinnerungen.«

»Das hört früher oder später schon wieder auf. Meistens mit dem ersten Schnee …«

Jarok war sich nicht sicher, ob Hesek ihn wieder auf den Arm nehmen wollte, aber er ging nicht darauf ein.

Die wenigen Leute, die ihnen begegneten, wichen meist auf die Felder aus, sobald sie sie sahen.

»Die Menschen hier scheinen nicht gerade neugierig auf Reisende zu sein«, stellte Jarok irgendwann gegenüber dem Reitknecht fest. »Sind wir denn so furchteinflößend?«

»Das dürft Ihr ihnen nicht übel nehmen, Herr«, erwiderte Lend. »Es kam schon oft zu Missverständnissen, wenn sich die Bewohner der Ebene und die Männer der Berge begegneten.«

»Und warum glauben sie, dass wir Männer der Berge sind?«

»Der große Bogen, Herr, den Ihr auf dem Rücken tragt. Man sieht ihn schon von weitem, und eine solche Waffe werdet Ihr hier unten nicht finden. Und wer den Bogen nicht erkennt, erkennt Euren Freund Hesek, dem man die Berge doch schon an der Fellweste ansieht.«

Gelegentlich kamen sie an gut befestigten Gehöften vorüber, die fernab der Straße zwischen den abgeernteten Feldern lagen, aber Lend riet davon ab, dort um Quartier für die Nacht zu fragen.

Sie übernachteten im dürftigen Schutz einiger Findlinge, und nach einer kalten Nacht in den Lederzelten wurde es auch am nächsten Tag ein einsamer Ritt durch ein leeres, braunes Land. Hrima saß die meiste Zeit auf dem Sattelknauf halbwegs trocken unter Jaroks Mantel, und selbst sie schien unter dem grauen Himmel zu leiden.

Unter dem Regen wurde die Gruppe Meile für Meile schweigsamer. Dass es morgens und mittags denselben schweren Eintopf von Lends Frau gab, hellte die Stimmung auch nicht gerade auf. Am Nachmittag entdeckte Jarok in Schussweite einen Hasen, aber als er zum Bogen greifen wollte, riet Hesek ihm ab: »Bei so einem Wetter kannst du die Jagd vergessen. Die Sehne ist nass geworden und könnte reißen. Das ist wohl etwas, was dir in der Wüste niemand beigebracht hat, wie?«

Jarok seufzte. Dann wandte er sich an Hrima: »Ich weiß, du bist dieses Wetter nicht gewohnt, meine Schöne, aber was meinst du zu diesem Hasen? Auch dir würde ein bisschen frisches Fleisch sicher munden.«

Hrima warf ihm einen missmutigen Seitenblick zu, aber dann schwang sie sich in die Lüfte. Sie hielt sich nicht lange damit auf, Höhe zu gewinnen, wie sie es sonst tat. In langem Gleitflug zog sie über den Acker, in dessen brauner Furche sich der Hase duckte. Der richtete sich plötzlich auf, aber als er die Gefahr erkannte, war es für ihn zu spät. Hrima kehrte kurz darauf zurück und ließ den Hasen fallen. Den üblichen Triumphschrei ließ sie nicht hören. Es wirkte, als würde sie Jarok die Beute beleidigt vor die Füße werfen.

»Seid Ihr ein Schamane, Herr?«, rief Lend, der das Schauspiel mit großen Augen verfolgt hatte. »Wie bringt Ihr diesen mächtigen Raubvogel nur dazu, Euren Willen zu erfüllen?«

»Ich bin nur ein Falkner, Lend.«

»Er ist zu bescheiden! Jarok ist der Winterjäger, und selbst die Eisgreifen, die Könige des fernen Hrim-Gebirges, beugen sich seinem starken Geist«, rief Hesek.

Lend blieb bis zum Abend sehr schweigsam, und Jarok bemerkte gelegentlich, mit welch großen Augen ihn der Reitknecht heimlich beobachtete.

Der Braten am Abend war nur mangelhaft gewürzt, aber eine willkommene Abwechslung.

»Und noch eine gute Nachricht, wir werden die Stadt Inmar morgen erreichen. Wenn wir diese Mulis los sind, dürften wir schneller vorankommen«, verkündete Hesek nach dem Essen.

»Irgendetwas an dieser Sache kommt mir von Tag zu Tag seltsamer vor«, meinte Jarok zu seinen Freunden, als Lend unterwegs war, um Feuerholz für den nächsten Morgen zu suchen.

»Du meinst, abgesehen davon, dass sich ehemalige Leibwächter des Schahs für unbezahlte Wachdienste hergeben?«, fragte Brakas.

»Nein. Ich meine, dass Tiko drei Mann Bedeckung für diese drei Mulis braucht. Ich habe vorhin einen Blick auf die Ladung geworfen. Ich fand Salz, Tuche, Tongeschirr und Bienenwachs. Nichts, wonach Räuber sich die Finger lecken, oder? Zumal das Land mir bisher auch nicht so aussieht, als würde es viele Wegelagerer hervorbringen. Er will doch meine Freundschaft, warum mindert er seine Gabe dann, indem er so eine überflüssige Gegenleistung einfordert?«

»Der Krämerkönig wird schon irgendeinen Vorteil darin sehen, Bruder. Vielleicht ist ja irgendwas unter den Waren versteckt, etwas, das weit mehr wert ist als das, was du gesehen hast.«

»Ihr solltet ihm zuhören, Damater. Wenn Jarok so ein Gesicht macht, hat er irgendeine Vorahnung.«

»Wie steht Tiko eigentlich zu Baran?«, fragte Jarok weiter.

»Er hat ihn früher beliefert, aber seit der Seebund sich in Gromar breitgemacht hat, hat er seine Geschäftsfreunde gewechselt – und er ist noch reicher geworden.«

»Ich habe das Gefühl, dass mir hier etwas entgeht, aber ich verstehe vielleicht auch nicht genug davon, wie die Damater zueinander und zu den Oramarern und dem Seebund stehen …«, seufzte Jarok.

»Tja, das ist eine lange, verworrene und blutige Geschichte. Die Klane der Berge waren eigentlich Todfeinde der Oramarer, während die Stämme der Küste sich immer jedem fremden Herrn unterwarfen und sogar die eigenen Brüder für sie bekämpften. Manchmal allerdings verstanden es die Oramarer auch, die Klane gegeneinander auszuspielen. Denn die schlimmsten Feinde eines Damaters sind meist andere Damater. Also kämpften sie in den Bergen mal für, mal gegen die Oramarer. Dann kam der Große Skorpion, und er versprach den Bergstämmen Freiheit – und alles Land jenseits der Berge. Halb Haretien sollte uns gehören. Baran war der Feldherr, der uns in die reichen Täler auf der anderen Seite des Paramar führte. Er hat viele Klane für diesen Krieg gewonnen. Die Beute war auch reich – am Anfang. Aber dann ging alles schief, und am Ende wurde aus unserem Siegesmarsch eine wilde Flucht in die Berge. Die meisten Klane haben Baran längst den Rücken gekehrt.«

»Die meisten? Über wie viele Krieger gebietet denn dieser Prinz noch?«, wollte Brakas wissen.

»Ein paar Anhänger hat er schon noch, und da sind auch noch seine Oramarer, auch wenn ihre Zahl mit jedem Winter schrumpft.«

»Also – wie viele?«

»Ich bin kein Mann der Zahlen – und die Klane kommen und gehen, wie es ihnen gefällt.«

Brakas schüttelte den Kopf. »Scheint mir keine sehr feste Basis für jemanden zu sein, der den Stier von Ugir herausfordern will.«

Hesek starrte in das qualmende Feuer. »Ihre Zahl wird rasch wachsen, wenn sie erst hören, dass der Winterjäger sie ruft.«

Jarok schwieg dazu. Sein Entschluss war gereift, aber noch nicht endgültig gefallen. Für ihn stand nur fest, dass er den Plan seiner Mutter nicht erfüllen würde. Er würde unter keinen Umständen um den Thron von Oramar kämpfen. Er wollte sich Baran ansehen, ihm erzählen, was Weszen getan hatte und wie die Sache in Oramar stand – und dann würde er entscheiden.

Er fühlte eine wachsende Anspannung, aus vielen Gründen, die oben in den Bergen lagen. Aber da war noch etwas anderes, eine dunkle Vorahnung, dass Unheil bevorstand, irgendetwas, das vielleicht mit diesen Mulis zu tun hatte. Er versuchte später unauffällig, den Reitknecht auszufragen. Aber Lend war arglos und plauderte bereitwillig das Wenige aus, was er über die Geschäfte seines Herrn wusste. Wenn Gefahr drohte, ging sie nicht von Lend aus.

»Was erwartet mich eigentlich in den Bergen, Hesek?«, fragte er später, als das Feuer schon fast niedergebrannt war. »Wie sind die Stämme der Berge? Sind sie ebenso misstrauisch wie die Damater hier in der Ebene?«

»Du weißt wirklich nicht viel über deine Heimat, oder? Zunächst einmal gehört ein Damater einem Klan an und erst dann seinem Stamm, aber auch die Klane sind sich meist spinnefeind und nur einig, wenn es gegen einen anderen Stamm geht. Inzwischen dürftest du wissen, dass es mehr als nur einen Bergstamm gibt. Der Süden und Westen, da, wo das mächtige Paramar die Wolken kratzt, ist die Heimat der Farr. Und, falls du das auch nicht weißt, das Paramar bedeckt den Süden und Westen unserer schönen Heimat, ja, es schließt auch ganz Haretien von Norden her ein und schützt es vor dem eisigen Nordwind, was dieses Land mild und fruchtbar macht. Aber die Haretier denken dennoch nicht daran, ihren Reichtum mit uns zu teilen. Nördlich des Paramar schließen sich die Geisterberge an, die Heimat der Hel, die man auch die Wolkenleute nennt, weil die Geisterberge die meiste Zeit in Nebel und Wolken verborgen liegen. Auch du bist ein Helim, Bruder, wenigstens von Geburt her.

Noch weiter im Nordwesten liegt das Hrim, ein Gebirge ewiger Kälte, in dessen Tälern selbst im Sommer noch Schnee liegt. Nur die zähesten und stursten Damater halten es dort aus, und sie tragen den Namen des Gebirges voller Stolz. Ich zum Beispiel habe die Ehre, aus diesem Gebirge zu stammen, ebenso wie dein Eisgreif, den du, wie eine Tochter des Stammes, Hrima genannt hast. Wusstest du das eigentlich?«

»Bors hat mir den Namen vorgeschlagen, glaube ich.«

»Ah, dein Ziehvater, der Haretier. Dann scheint er einige Weisheit zu besitzen. Nun kennst du die Stämme der Berge. An der Küste findest du die Boak, und du hast sie bereits kennengelernt. Dein Stiefvater Sterro ist ein Boakim, ein Muschelmann. Wir Bergklane haben noch ein paar andere, wesentlich unfeinere Namen für sie, aber die sollte ich dich vielleicht nicht lehren.

Und dann wäre da noch das endlose Karstland im hohen Norden. Es ist nicht richtig bergig und nicht eben. Es ist weder bewaldet noch fruchtbar und wird vom ewigen Nordwind gepeinigt. Es taugt nicht für den Ackerbau, und die Küste ist zu rau und steil, um dort zu fischen. Es ist eine zerklüftete Hochebene, über die die Kor ihre Ziegenherden treiben. Manche sagen, es seien gar keine richtigen Damater, aber die Kor zählen sich dazu. Ihre Heimat ist jedenfalls so arm, dass nicht einmal die Oramarer versucht haben, sie diesem Stamm streitig zu machen.«

»Dann haben sie Frieden, weil es bei ihnen nichts zu holen gibt?«

»Frieden? Das nun wirklich nicht, denn es sind Damater, und wenn unsere Klane nicht gemeinsam gegen einen fremden Feind ziehen, wird ihnen schnell langweilig, und dann suchen sie Streit untereinander. Ich dachte, das hättest du inzwischen verstanden. Und soll ich dir etwas sagen? Meistens finden sie ihn, den Streit, den sie suchen ... So sind wir eben. Streitfinder, Friedensbrecher, Herdstürzer, Pferdediebe, Bergbeißer ... wir haben viele Namen in den Liedern unserer Feinde, und die meisten haben wir verdient. Aber jetzt sollten wir schlafen. Übernimmst du die erste Wache?«

Jarok saß noch lang am Feuer und dachte über das nach, was Hesek ihm erzählt hatte. Dieses Land und seine Bewohner erschienen ihm so fremd, und er fühlte sich viel weniger als Damater als je zuvor in seinem Leben.

Am nächsten Morgen rissen die Wolken auf, und die Berge waren plötzlich schon sehr nah. Das flache Land wandelte sich zu Hügeln, die Felder wurden weniger, und Wälder deckten die Hügelkuppen. Ihr erstes Ziel, Inmar, lag irgendwo in diesen Hügeln, und als es ganz aufhörte zu regnen, fühlte Jarok, wie die Laune ihrer kleinen Schar beträchtlich stieg. Selbst die störrischen Mulis sahen beinahe vergnügt aus.

»Eigentlich ist es ärgerlich, dass es erst jetzt, wo wir bald unter dem Schutz des Waldes und seines Blätterdaches reiten, aufhört. Dieses Land scheint uns zu verspotten, oder?«, meinte Brakas.

»Dieses Dach ist reichlich dünn, auch wenn es von weitem nicht so aussieht. Viel Schutz bietet es jedenfalls nicht«, meinte Hesek.

Tatsächlich war hier oben das meiste Laub schon gefallen, und nur der Boden der Buchenwälder leuchtete noch in herbstlichem Rot.

Die kräftige Farbe schien Jarok erst als willkommene Abwechslung, aber bald seltsam drohend, weil sie ihn an Blut erinnerte. Sie ritten unter kahlen Stämmen, und der Hufschlag ihrer Pferde wurde durch das auch auf den Wegen dicht liegende Laub verschluckt. Das Land schien den Atem anzuhalten. Und von Schritt zu Schritt wurde das Gefühl der Bedrohung stärker.

Jarok hob die Hand und hielt ihren Zug an. »Hier ist etwas faul.«

Brakas zog sofort seine Axt aus dem Gürtel, und auch Hesek griff zum Schwert.

Lend glotzte ihn jedoch nur groß an. »Was meint Ihr, Herr? Wir sind doch fast da. Wenn wir da vorne den Hohlweg hinter uns haben, können wir Inmar schon sehen.«

Jarok lauschte. Da war das Schnauben der Rösser, das Knarren des Geschirrs, der Atem seiner Begleiter und das Fallen der Blätter. Hrima wurde unruhig. »Los, flieg!«, rief er.

Ja, da war noch etwas: Gefahr! »Runter von den Pferden!«, zischte er.

Hrima flog mit hellem Schrei auf und stieg zwischen den Bäumen in den Himmel.

Er glitt aus dem Sattel. Aus dem Nichts zischte ein Pfeil über ihn hinweg.

Hesek riss sein Pferd herum, Brakas sprang ab, und Lend schrie auf und fasste sich an die Brust. Jaroks Pferd stöhnte und taumelte zur Seite, weil es von einem gefiederten Geschoss getroffen worden war. Dann erwachte der Wald zu Leben. Von beiden Seiten des Hohlweges kamen Krieger herangestürmt.

Jarok hatte seinen Bogen schon zur Hand. Er war plötzlich die Ruhe selbst. Er legte einen Pfeil auf. Er sah sieben Männer heranstürmen, aber er suchte zwischen den Bäumen den einen Mann, der hier das Kommando führte. Er fand ihn und schoss. Der Pfeil flog wie an der Schnur gezogen auf den Hals des Mannes zu, aber im letzten Augenblick bewegte sich die Gestalt zwischen den Bäumen, und so bohrte sich der Pfeil nur in seine Schulter.

Vor ihm tobte der Kampf. Hesek hatte einen Mann niedergeritten, aber zwei andere zerrten ihn jetzt aus dem Sattel. Brakas hatte es gleich mit drei Gegnern aufgenommen. Jarok legte mit fliegenden Händen den nächsten Pfeil auf. Da kam einer auf ihn zu, brüllend, zwei Schwerter in den Händen. Er wich zurück, spannte den Bogen, stolperte über eine Wurzel, und der Schuss löste sich ungezielt. Der Pfeil durchbohrte den linken Arm des Mannes. Der stöhnte, taumelte, ein Schwert glitt ihm aus den Fingern, aber er hatte ja noch ein zweites!

Jarok ließ den Bogen fallen und griff zum Schwert. Er war zu langsam! Plötzlich fiel etwas Dunkles durch das Geäst. Der Krieger hörte die Blätter rauschen und blickte auf. Das Dunkle verwandelte sich in einen Eisgreifen, der mit ausgefahrenen Krallen herabstürzte. Der Angreifer schrie auf, und blutige Striemen durchzogen sein Gesicht. Er stürzte zu Boden, und Hrima stieg mit Triumphschreien wieder zum Himmel auf.

»Zauberei!«, rief einer der Krieger, der mit Hesek rang. »Ein Schamane! Ein Schamane!« Der Kampf stockte – und plötzlich wandten sich die Feinde zur Flucht. Auch weiter voraus, am Hohlweg, sah Jarok Männer fliehen. Er hob seinen Bogen auf, aber als er schussbereit war, hatte der Wald die meisten Angreifer schon verschluckt.

Der Westgarther setzte ihnen brüllend vor Wut nach. Er holte noch einen ein und hieb ihm die Axt in den Rücken. Aus der Ferne hallte Hufgetrappel durch den Wald. Jarok half Hesek auf die Beine und rief Brakas zurück.

Der Spuk war vorüber. Fünf Männer lagen tot oder verwundet im blutroten Laub. Einer von ihnen war Lend, der sich stöhnend die Brust hielt.

Brakas begutachtete die Wunde. »Das sieht böse aus, mein Freund.«

Der Reitknecht sah sie mit weit aufgerissenen Augen an. Er röchelte.

Hesek beugte sich zu ihm hinab. »Hast du das geplant? Sind das Tikos Leute? Rede!«

Lend sah ihn stumm und angstvoll an. Sein Atem ging immer schneller.

»Der Pfeil hat die Lunge durchbohrt. Aus dem werdet Ihr nichts mehr herausbekommen, Hesek«, meinte Brakas.

»Aber dieses Schwein hat uns verraten!«

»Ich glaube nicht, dass er etwas wusste, Bruder«, sagte Jarok sanft. Lends Blick klärte sich. Er richtete sich ein Stück auf, lächelte und fiel tot zurück ins Laub.

»Verdammt!«, entfuhr es Hesek.

»Fragen wir doch die Angreifer«, schlug Jarok vor.

Drei der Männer waren tot, aber da war der Mann, den Hrima im Gesicht erwischt hatte. Er kroch auf allen vieren durch das Laub davon. Weit war er noch nicht gekommen. Hesek lief zu ihm, packte ihn am Kragen und warf ihn auf den Rücken.

»Meine Augen! Ich bin blind!«

»Und gleich bist du tot, wenn du mir nicht meine Fragen beantwortest!«

»Meine Augen, meine Augen!«

»Wer hat euch für diesen Überfall bezahlt, du Hund?«

Der Mann jammerte aber nur, und Hesek ließ von ihm ab. »Dieser Weichling ist sicher kein Mann der Berge!«, zürnte er.

»Lasst mich mit ihm reden.« Brakas beugte sich zu dem klagenden Verwundeten herab. »Ich wette, das tut weh.« Bei diesen Worten drehte er den Pfeil, der den Arm des Mannes durchbohrt hatte.

Der Schrei endete in einem Wimmern, das Jarok nicht ertrug. »Brakas, es reicht!«

»Wir müssen wissen, wer diese Männer angeheuert hat.«

»Es besteht doch kein Zweifel, dass es Tiko war.« Und als die beiden anderen ihn fragend ansahen, erklärte Jarok seufzend: »Da waren Hufspuren im Schlamm, als wir die Stadt verließen. Ich habe ihnen damals keine Bedeutung beigemessen. Aber nun verstehe ich, dass sie Zeit brauchten, um hier einen Hinterhalt vorzubereiten. Lend und seine Maultiere sollten uns einfach nur aufhalten. Habt ihr vorhin nicht ihre Pferde gehört?«

»Stimmt das?«, fragte Brakas und legte die Hand auf die Wunde des Damaters.

Der zuckte stöhnend zusammen und nickte dann.

Hesek ging zum ersten der drei Toten, sah ihm ins Gesicht, dann zum nächsten. Dann erklärte er düster: »Du hast Recht, Bruder. Ich sah diesen dort erst vor wenigen Tagen in Gromar. Es sind wirklich Leute von Tiko. Dieser Hund ist noch hinterlistiger, als ich dachte.«

»Aber was verspricht er sich davon?«, fragte Brakas.

Hesek zuckte mit den Achseln. »Entweder, jemand hat ihn dafür bezahlt, oder er hat etwas dagegen, dass der Winterjäger Barans Lager erreicht.«

Jarok schüttelte den Kopf. »Ich glaube, er hat einfach nur Angst, dass der Winterjäger ihm seinen Platz in Gromar streitig macht. Diese Legende ist eben doch gefährlich.«

»Ich würde gerne zurückreiten und ihm mit meiner Axt die Meinung sagen.«

»Wir werden nichts dergleichen tun, ganz im Gegenteil«, sagte Jarok. »Wir werden seine Mulis nach Inmar bringen und ihm von dort eine Nachricht senden.«

»Ich schlage vor, wir schicken ihm die Leiche von dem da«, rief Brakas. Er meinte den Verwundeten und hob seine Axt.

Jarok fiel ihm in den Arm. »Wir töten keine hilflosen Männer, Brakas! Wir werden seine Wunden verbinden und ihn nach Inmar mitnehmen, ebenso wie Lend, der ein Begräbnis verdient hat.«

»So weit wird es nicht kommen, dass Brakas von Westgarth einem Feind die Wunden verbindet!«

Zu Jaroks Überraschung meinte Hesek jedoch: »Das ist vielleicht gar nicht so dumm. Dieser Blinde soll ruhig erzählen, was hier geschehen ist. Vor allem, dass ein Eisgreif vom Himmel kam und dem Winterjäger gehorchte. Es kann nicht schaden, wenn sich diese Geschichte herumspricht – gerade in Gromar.«

Hesek kümmerte sich selbst um die Wunde seines Feindes, auch wenn er sich dabei nicht allzu viel Mühe gab. »Jammere nicht. Wenn du Glück hast, gibt es in Inmar einen fähigen Heiler, vielleicht sogar einen Schamanen aus den Bergen, denen wir nun schon so nahe sind.«

Sie erlösten das verwundete Pferd von seinen Qualen und zogen weiter. Zwei Stunden später erreichten sie ihr Ziel.

Die kleine Siedlung war von einer beeindruckenden hohen Holzpalisade umgeben. Das Tor stand offen, wurde aber von drei Bewaffneten bewacht.

»Bei den Göttern – was ist geschehen?«, fragte der älteste der drei, als er den Toten und den Verwundeten sah.

»Wir wurden überfallen, nicht weit von hier in *eurem* Wald, Bruder. Es liegen noch drei weitere Tote dort, wo der Hohlweg endet«, erklärte Hesek. »Ihr könnt euch um sie kümmern oder sie den Wölfen überlassen, das ist mir gleich. Aber den Verwundeten hier, den solltet ihr versorgen.«

Der Alte kratzte sich an seinen weißen Bartstoppeln. »Und diese Mulis?«

»Tragen Waren von Tiko aus Gromar, der so freundlich war, diesen Überfall auf uns zu befehlen.«

Der Alte glotzte sie jetzt blöde an. Vermutlich versuchte er zu verstehen, was da vorging.

Hesek schüttelte ungeduldig den Kopf und drückte dem Alten ohne weitere Umstände die Zügel des ersten Mulis in die Hand. »Ihr wisst vielleicht, für wen diese Waren bestimmt sind. Falls nicht, ist es mir aber auch gleich.«

»Ein Überfall?«, fragte der Alte endlich.

»Dieser Blinde wird euch sicher gerne erzählen, was geschehen ist, während ihr euch um seine Wunden kümmert. Wir würden uns eigentlich nur ganz gerne im Gasthaus stärken, bevor wir diesen freundlichen Landstrich wieder verlassen.«

»Ihr seid auf dem Weg in die Berge?«

»Natürlich sind wir das. Lässt du uns jetzt ein oder nicht?«

Der Alte kratzte sich wieder ausgiebig an den Bartstoppeln. »Nur zu, kann aber sein, dass der Älteste noch ein paar Fragen hat ...«

»Solange er mich nicht beim Essen stört, soll es mir Recht sein«, brummte Hesek.

Inmar bestand aus etwa zwei Dutzend Langhäusern, und Jarok schätzte, dass weniger als fünfhundert Menschen in diesem Ort wohnten. Viele von denen strömten jetzt zusammen, um die drei Fremden anzugaffen.

Das Gasthaus war ein hässlicher Kasten, aber drinnen war es trocken und warm, und das Essen war gut. »Übernachten wir hier?«, fragte Brakas und streckte sich.

»Es ist noch ein paar Stunden hell. Das sollten wir nutzen. Außerdem trau ich diesen Dörflern nicht«, meinte Hesek. »Hast du den Klageruf draußen nicht gehört? Könnte sein, dass die Männer, die uns überfallen haben, Verwandte in diesem Ort haben. Und dann würde ich hier lieber nicht schlafen.«

»Eine weise Entscheidung«, sagte eine brüchige Stimme. »Verzeiht, wenn ich euch störe. Ich bin Emek, der Älteste dieser Siedlung. Die Männer, die euch überfallen haben, waren zuvor hier im Ort. Sie saßen an dem Tisch, an dem ihr jetzt sitzt, und sie haben vielleicht das Gleiche wie ihr gegessen. Und, ja, zwei von ihnen hatten Vettern in Inmar. Diese sind jetzt unterwegs in den Wald, um nachzusehen, ob ihr ihre Verwandten erschlagen habt ...«

»Diese Männer haben uns angegriffen. Wir haben uns nur verteidigt«, rechtfertigte sich Jarok.

»Ja, der Mann, dem ein Zaubervogel das Augenlicht geraubt hat, hat das auch erzählt. Das wird aber in den Augen besagter Vettern nichts ändern. Sagt, dieser Zaubervogel, von dem der Blinde redet, ist das der große Vogel, der nun so unheildrohend über unserer Stadt kreist? Ein Adler ist das nicht, oder?«

»Es ist mein Eisgreif«, erklärte Jarok schlicht.

»Dann bist du also wirklich der Winterjäger, von dem hier alle reden …«

»Ich bin Jarok.«

Der Alte sah ihn lange an. »Du bist ein ungewöhnlicher Mann, Jarok. Zwar bist du keine sechs Ellen groß, und aus deinen Augen schlagen weder Eis noch Flammen, wie es in den Geschichten über dich heißt, aber der Gebieter der Lüfte gehorcht dir, und du verbindest die Wunden deiner Feinde. Das ist beinahe noch beeindruckender – auch wenn die Kinder unserer kleinen Stadt sicher enttäuscht sein werden.« Er lächelte kurz, wurde dann aber wieder ernst. »Ich bedaure es, aber ich kann in Inmar nicht für deine Sicherheit bürgen.«

»Hesek rät uns ohnehin zur Eile. Wir werden diesen Ort also bald wieder verlassen.«

»Ich danke dir, Jarok Winterjäger. Ich würde es sehr begrüßen, wenn das geschähe, bevor die Männer aus dem Wald zurückkehren.«

Sie verließen den Ort vor der Dämmerung. Auf dem Weg zum Tor ernteten sie viele finstere Blicke. Ein Mann trat ihnen halb in den Weg und spuckte auf den Boden. Hesek, der die Spitze übernommen hatte, hielt sein Pferd an. »Du solltest einen Heiler aufsuchen, Mann, du sabberst wie ein Hund.«

Der Mann griff nach dem Dolch in seinem Gürtel, aber eine Frau, die neben ihm stand, vielleicht seine Mutter, hinderte ihn daran, etwas Unüberlegtes zu tun.

Bald lag Inmar hinter ihnen, und Jarok war froh, als der Wald sie wiederhatte. Sie ritten, bis es zu dunkel war, dann stiegen sie ab und führten die Pferde am Halfter weiter, denn ohne darüber zu reden, waren sie sich doch einig, dass sie vielleicht verfolgt wurden.

»Eigenartiges Kaff«, meinte Brakas, als sie schließlich rasteten. »Sie schienen sich nicht groß darüber aufzuregen, dass dieser Tiko uns töten lassen wollte.«

»Ich habe Euch doch gesagt, dass er der ungekrönte König der

Küste ist. Viele sind von seinem Silber abhängig, und außerdem waren Verwandte dieser Leute an dem Überfall beteiligt. Ich weiß ja nicht, wie das bei Euch in Westgarth ist, Brakas, aber bei uns ist einem die Familie immer noch näher als das Gesetz oder ein paar Männer, die nicht zum Stamm gehören.«

»Mich würde eher interessieren, wie dieser Älteste zu Baran steht«, meinte Jarok.

Hesek antwortete mit einem Schulterzucken. »Im Augenblick wird Baran von den Flachländern wie eine Laus im Pelz gesehen, nicht gefährlich, aber lästig, und man wird sie nur schwer los.«

»Dafür haben die aber anscheinend eine sehr hohe Meinung von unserem Jarok. Sechs Ellen groß? Flammende Augen? Wer denkt sich denn so etwas aus?«

»So ist das eben mit Gerüchten und Legenden, sie wachsen und werden größer. Wenigstens das solltet Ihr doch aus Westgarth kennen.«

Brakas lachte, nickte und gab dann eine Anekdote über einen betrunkenen König zum Besten, der ganz allein eine feindliche Stadt eingenommen haben wollte.

Jarok war allerdings nicht nach Lachen zumute. Diese Gerüchte über ihn waren vielleicht amüsant, aber doch auch gefährlich. Tiko hätte nicht versucht, ihn umzubringen, wenn er ihn nicht für eine Bedrohung gehalten hätte.

Am nächsten Morgen erreichten sie den Pfad, der sie in die Berge führen würde. Er wand sich in Schlangenlinien einen steilen Hang hinauf. Jarok hatte Sorge, dass er für die Pferde zu steil sein würde, und fragte, ob sie die Tiere nicht besser führen sollten, aber Hesek meinte: »Diese Tiere kennen die Bergpfade gut, Bruder, besser als du, wenn du das da für steil hältst. Ihr Tritt ist vermutlich auch sicherer als deiner, und dir wird nichts geschehen, solange du auf dem Rücken deines Pferdes bleibst.«

In Oramar gab es keine Berge, jedenfalls keine, die den Vergleich mit dem Paramar standgehalten hätten. Jarok fand diesen

Weg, den Hesek so leicht nahm, schwindelerregend und gefährlich. War er als Kind nicht auch in den Bergen gewesen? Er wartete darauf, dass Erinnerungen daran zurückkehren würden, aber da war nichts außer dem alten weißbärtigen Mann, der ihn mit strenger Miene musterte.

Jarok blieb also auf seinem Pferd, das sich keuchend die Windungen des steilen Pfads hinaufkämpfte. Er hielt den Blick immer auf Hesek und sein Pferd gerichtet, denn wenn er nach unten schaute, fühlte er sofort, dass er von Schwindel erfasst wurde. Endlich erreichten sie eine grüne Bergmatte, und Hesek schlug vor, die Pferde rasten zu lassen.

Jarok blickte Richtung Küste, die jedoch nicht zu sehen war. Schon die Hügel mit ihren gelben und roten Herbstwäldern lagen blass unter einem fahlen Schleier, und das Land dahinter wurde vom Dunst verschluckt.

Hesek hielt die Rast kurz. Vor ihnen öffnete sich ein weites Tal, eingerahmt von grauen Bergen, deren Gipfel in den Wolken verschwanden.

»Dein Eisgreif scheint sich hier oben wohl zu fühlen«, meinte Hesek. »Er erinnert sich wohl besser an seine Heimat als du.«

Hrima kreiste hoch über ihnen, und ihre hellen Rufe klangen wirklich, als würde sie sich freuen.

»Er ist eine sie, und sie hat diese Berge noch nie gesehen. Sie schlüpfte in Oramar, aus dem einzigen Gelege, das Eisgreifen je dort gelegt und ausgebrütet haben.«

»Aber dennoch scheint sich ihr Blut an die Berge zu erinnern – und ich hoffe, dir geht es bald ebenso, Bruder. Euch scheinen diese Gipfel jedoch nicht zu gefallen, Brakas.«

»Ich habe eigentlich nichts gegen Berge, Hesek, in Westgarth haben wir schließlich auch ein paar. Aber diese Riesen stehen mir einfach zu weit vom Meer entfernt, und ein Leben ohne das Rauschen oder wenigstens den Geruch des Meeres ist für einen Westgarther schwer auszuhalten.«

Gar nicht weit vom Eingang des Tales zeigte ein dünner Rauchfaden eine Feuerstelle an, und als sie sich vorsichtig näherten, sahen sie einige Männer dort, die auf sie zu warten schienen.

»Ist das gut oder schlecht?«, wollte Brakas wissen.

»Abwarten«, meinte Hesek grimmig.

Jarok musterte die Männer. Sie waren gut bewaffnet und an ihren Pelzwesten leicht als Bergbewohner zu erkennen. Sie schienen ihm jedoch nicht feindselig zu sein.

»Ich grüße euch, Brüder. Was hat euch in dieses Tal geführt?«, rief Hesek, als sie nahe genug herangeritten waren.

»Wir sind vom Klan des Schwarzen Bären und warten auf den Winterjäger, den verlorenen Sohn, der aus der Fremde kommt, um die Stämme zu vereinen. Es heißt, er müsse bald durch dieses Tal kommen, und wenn ich diesen Mann in fremder Tracht, aber mit dem Bogen eines Damaters sehe, glaube ich, dass wir nicht länger warten müssen.«

»Und warum wartet ihr auf Jarok, den Winterjäger?«, fragte Hesek mit freundlichem Ton, aber mit der Hand am Schwert.

»Wir wollen uns ihm anschließen«, verkündete der Sprecher der kleinen Gruppe.

Und bevor Jarok etwas sagen konnte, rief Hesek: »Ihr seid uns willkommen!«

Jarok sah die erwartungsvollen Blicke und verfluchte seine Mutter, die diese Gerüchte in die Welt gesetzt hatte. Ihm dämmerte, dass er sich ihren Plänen vielleicht doch nicht ganz so leicht würde entziehen können, wie er geglaubt hatte.

13.

Ihr Weg führte sie weiter hinein ins Gebirge, und während sie dabei höher hinaufstiegen, wuchs die Zahl ihrer Begleiter an. Am Anfang hatte Jarok noch versucht herauszufinden, wer sich ihnen da anschließen wollte und warum, und er wollte klarstellen, dass er keinesfalls der Winterjäger war, von dem alle sprachen, aber die Männer sahen seinen Eisgreifen und glaubten ihm nicht. Nach der dritten Gruppe gab er auf und überließ Hesek das Reden.

»Dir ist schon klar, dass dieser Damater versucht, deine Anhänger für Barans Sache zu gewinnen, oder?«, fragte Brakas gegen Abend.

»Ich brauche keine Anhänger.«

»Sieht aber so aus, als würden diese Männer dich brauchen, *Winterjäger.* Jedenfalls glauben sie das. Daraus muss sich doch etwas machen lassen …«

»Und was, bitte? Soll ich hier eine Räuberbande gründen?«

»Ich glaube, dafür sind es inzwischen zu viele«, gab der Westgarther grinsend zurück und wies voraus, wo weitere Damater gelagert hatten.

Auch am nächsten Morgen kam ihnen, kurz nachdem sie aufgebrochen waren, eine Gruppe von Kriegern entgegen und bat um Aufnahme in ihre wachsende Schar, aber Hesek war plötzlich dagegen: »Das da sind Männer vom Klan der Bergfalken, und die vertragen sich schlecht mit den Kriegern vom Klan des Widderhorns und dem des Schwarzen Bären, von denen sich uns schon viele angeschlossen haben.«

»Und wenn du sagst, sie vertragen sich schlecht, so heißt das, dass sie sich gegenseitig umbringen wollen, oder?«

»Ich sehe, dass du die Männer der Berge allmählich verstehst, Bruder.«

Jarok ritt hinüber zu dem Anführer der Neuankömmlinge. »Man sagte mir, dass du für diese Männer sprichst.«

»So ist es, Jäger. Ich bin Gerelok von den Bergfalken, und diese Männer folgen dir in den Tod, wenn ich es ihnen sage.«

»Ich hoffe, das wird nicht nötig sein, Gerelok. Es wird mir reichen, wenn sie mir in Barans Lager folgen, ohne mit den anderen Kriegern dieses Zuges einen Streit zu beginnen.«

Der Damater sah ihn mit einem Blick an, als habe er verlangt, übers Wasser zu gehen. »Du erwartest eine Menge, Winterjäger.«

»Wenn schon das zu viel verlangt ist, kann ich euch nicht gebrauchen, Gerelok.«

»Das liegt nicht nur an uns.«

»Ich werde mit den anderen Klanen sprechen – und Jarok ist mein Name.«

Er ließ Hesek die anderen Anführer zusammenrufen. »Ich weiß, dass ihr mit diesem Klan Streit habt, aber das ist mir gleich. Sie wollen sich mir anschließen und sind mir willkommen.«

»Reichen dir unsere Krieger nicht, Bruder?«, wollte ein einäugiger Haudegen wissen.

»Wie ist dein Name, Bruder?«

»Ich bin in den Bergen als Ker Einauge vom Widderhorn bekannt.«

»Schön, Ker Einauge vom Klan des Widderhorns. Wenn du nicht mit diesen Männern marschieren willst, steht es dir frei umzukehren.«

»Du hast gehofft, dass sie beleidigt sind und abhauen, oder?«, fragte Brakas nach der kurzen Unterredung.

»Nein, auch wenn es vielleicht besser wäre, denn sieh dir an, wie sie sich gegenseitig belauern.«

»Aber noch hat hier keiner sein Messer gezogen – und das grenzt an ein Wunder. Ich fange an, die Gerüchte, die deine Mutter über dich gestreut hat, zu glauben, Bruder.«

»Zu welchem Klan gehörst du eigentlich, Hesek?«

»Ich war ein Sohn des Graufuchsklans, der seine Heimat im Hrim-Gebirge hatte, doch wurde dieser vor langer Zeit ausgelöscht. Ich gehöre also zu keinem Klan, auch wenn ich noch seinen Namen trage. Das ist vermutlich auch der Grund, warum deine Mutter mich so nützlich findet – mein Blut liegt mit keinem anderen in Streit.«

»Und wie hat meine Mutter dich gefunden?«

»Ich war lange Zeit ein Wanderer, ein Mann, der seinen Schwertarm für Geld verlieh. Ich hatte keine Heimat und keine Rast. Ich hatte das verloren, was wir Hrim den Leitstern nennen, den Stern, der uns den Weg durch fremde Gebirge weist. Ich marschierte mit Baran nach Haretien, kämpfte, plünderte und trank viel, eigentlich zu viel, um in einer Schlacht zu kämpfen. Ich tat es natürlich dennoch und kann dir bei Gelegenheit die tiefe Narbe zeigen, die mir das einbrachte. Es war dein Stiefvater Sterro, der mich zusammenflickte, und deine Mutter war es, die mir die Augen öffnete und mir ein Ziel gab, für das es sich zu kämpfen lohnt.«

»Du redest hier nicht von der Rückkehr des Winterjägers, oder?«

Hesek sah ihn mit schief gelegtem Kopf lange an, bevor er antwortete. »Ich spreche von dem Mann, den sein Blut für den Thron von Oramar bestimmt hat.«

»Ich habe nicht vor, mich auf einen Thron zu setzen, Hesek. Ich bin ein Jäger, kein Herrscher.«

»Und doch folgen dir schon jetzt viele Männer. Es liegt dir im Blut, Bruder, und schließlich bist du hier. Und welcher Weg könnte dich hierherführen, wenn nicht der Pfad, der auf dem Thron endet?«

Jarok hatte selbst lange über diese Frage nachgedacht und war der Antwort immer ausgewichen. Er war vor Weszen geflohen, weil dieser seinen Kopf wollte. Aber auf dem Schiff hatte er genug Zeit gehabt, seine Lage zu überdenken, und erkannt, dass er Weszen aufhalten musste. Zweimal hatte er dem Prinzen das Leben gerettet, und somit war er verantwortlich für alles, was Weszen tat. Also sagte er: »Ich bin hier, um Baran zu unterstützen. Er ist der legitime Erbe des Padischahs, und ich werde alles in meiner Macht Stehende tun, um ihm zu seinem Recht zu verhelfen.«

Hesek sah ihn an, als sei er von Sinnen, lachte, schüttelte den Kopf und schwieg.

Eine Weile ritten sie nebeneinander, dann fragte Jarok, um das lastende Schweigen zu brechen: »Sag, Hesek, zu welchem Klan gehören eigentlich meine Mutter und ich?«

»Du weißt es nicht? Dann wird es Zeit, dass du fragst. Du bist von Geburt ein Helim, und als Enkel des Großen Jägers der Geisterberge gehörst du eigentlich zum Klan der Steinwolken, jedoch ist fraglich, ob dein Klan das auch so sieht, denn dein Vater war ein Oramarer, und deine Mutter wurde seinetwegen verstoßen. So kommt es, dass sie sich selbst nur als Kind der Geisterberge bezeichnet, und das solltest du auch tun, wenn man dich fragt – und hoffen, dass die Klane sich damit zufriedengeben.«

Sie schlugen in einem dünnen Bergwald ihr Nachtlager auf, und einer der Männer brachte Jarok einen Pelzumhang. »Es liegt Frost in der Luft, und deine Kleidung scheint mir nicht dafür geeignet, der Kälte zu trotzen. Möge dieser Mantel dich wärmen.«

Tatsächlich spürte auch Jarok, dass das Wetter umschlug. Kalter Nebel zog in den Wald, und als Jarok sich morgens durchgefroren aus seinem Mantel schälte, sah er das erste Mal seit seiner Kindheit wieder Schnee vom Himmel fallen, dabei war es erst Anfang Herbst.

»Wir nähern uns dem Ziel, und wenn wir dort vorne die Kuppe überquert haben, werdet ihr den Vater aller Berge sehen, den Damat«, erklärte Hesek, als sie aufbrachen. Ihm schien die Kälte nichts auszumachen. Jarok hingegen begann, die gnadenlose Hitze der oramarischen Wüste zu vermissen.

Der Schnee hatte eine dünne Decke über das Tal gelegt, doch als die Herbstsonne über die Berge kam, wurde es schnell wärmer, und bald war alles Weiße verschwunden. Sie erreichten besagte Kuppe, und selbst Jarok war beeindruckt von dem, was er sah. Bisher hatten andere Berge den Blick verstellt, doch jetzt erhob sich vor ihnen eine unendlich hohe graue Wand, die überhaupt kein Ende zu finden schien. Irgendwo hoch über dem Schleier der Wolken schien sie sich direkt in den Himmel bohren zu wollen.

»Solche Berge haben wir in Westgarth wirklich nicht. Doch sag, ich sehe da unten Zelte und Hütten, ist das einer von Barans Außenposten?«

»Es ist Barans Lager, Meister Brakas.«

»*Das* ist Barans berühmtes Lager?«

Jarok besah sich die Zelte und die Männer, die dazwischen zu sehen waren, und hätte fast gelacht. Am Fuß des Berges standen viele kleine Zelte und einige grasgedeckte Steinhütten, eingehegt von einem niedrigen Steinwall. Er zählte die Zelte – dort unten konnten nicht mehr als ein paar hundert Krieger hausen. Waren das die Überbleibsel der gefürchteten Streitmacht, die halb Haretien verwüstet hatte? Er schüttelte den Kopf. Seine Mutter mochte große Pläne haben, doch das da unten war lächerlich. Seine Hoffnung, dass Baran Weszen daran hindern könnte, Padischah zu werden, schmolz schneller dahin als der Schnee, den er am Morgen gesehen hatte.

Sie ritten hinab, und als sich ihre Schar den Hütten und Zelten näherte, erwachte das Lager zum Leben. Krieger kamen aus ihren Behausungen und sammelten sich hinter dem Wall, der, wie Jarok bald erkannte, nur aus Bruchstein geschichtet und nicht gemauert war.

Ihm folgten inzwischen über hundert Männer. So gesehen brachte er Prinz Baran eine stattliche Verstärkung. Er erkannte, dass das Lager auf einer Art Absatz errichtet war, der den Talgrund um einige Ellen überragte. Der einzige Zugang führte über eine Rampe, an deren Ende eine hölzerne Palisade mit einem Tor errichtet worden war.

Ein Oramarer trat ihnen durch das offene Tor entgegen: »Ich grüße Euch, Hesek Graufuchs. Sagt, wen bringt Ihr?«

»Dies ist Jarok von den Geisterbergen, der Winterjäger. Und mit ihm kommen seine Krieger. Ich hoffe, Ihr findet Platz für sie, General Ubeq.«

Jarok warf ihm einen wütenden Blick zu, doch der Damater schien das zu ignorieren.

»Der Winterjäger? Wirklich? Ich dachte, seine Augen müssten Feuer sprühen … Aber er bringt Krieger, also ist er willkommen. Was den Platz betrifft, so haben wir reichlich. Doch was Zelte, Nahrung und Decken angeht, so müssen diese Krieger mit dem auskommen, was sie selbst mitbringen. Unsere Vorräte sind knapp.«

Plötzlich drängte sich jemand durch die Schar der Krieger, die sich am Tor gesammelt hatten. Jarok erkannte den Stab des Schamanen, der die Menge teilte. Der Mann war gealtert, seit er ihn zum letzten Mal gesehen hatte; sein Rücken war gebeugt, das Haar weiß und licht, aber Jarok erkannte ihn trotzdem gleich wieder. Es war sein Stiefvater Sterro. Der Heiler starrte ihn an, nickte und verkündete: »Bei den Göttern, er ist es wirklich! Es ist Jarok, Schiwaras Sohn – der Winterjäger!«

Ein Raunen lief durch die Menge.

Jarok sprang aus dem Sattel. »Sterro …«

Der Schamane packte ihn an der Schulter. Seine Augen leuchteten. »Früher nanntest du mich Vater.«

»Das ist lange her, Sterro, und du bist nicht mein Vater, sondern nur der Mann an der Seite meiner Mutter.«

»Höflichkeit gehörte noch nie zu den Stärken deiner Familie«, gab Sterro zurück, und sein Blick verfinsterte sich. Dann schüttelte er den Kopf und lächelte wieder. »Du hast reichlich Gefolge gewonnen, mein Sohn. Komm, einer deiner Männer kann sich um dein Pferd kümmern. Deine Mutter erwartet dich voller Ungeduld.«

Jarok hatte plötzlich Angst, dass seine Beine ihn nicht tragen würden. Fünfundzwanzig Jahre hatte er seine Mutter nicht gesehen. Er hätte sie vielleicht sogar vergessen, wenn sie nicht alle paar Jahre Nachrichten gesandt hätte, meist verbunden mit der Forderung, sich auf sein hohes Schicksal vorzubereiten. Auf dem Weg hierher war er sich sicher gewesen, dass sie ihm nichts mehr bedeutete, aber jetzt fürchtete er sich davor, ihr unter die Augen zu treten. Er drückte Brakas die Zügel in die Hand und bat Hesek, sich um die Versorgung der Männer zu kümmern.

Sterro bahnte ihnen mit seinem Stab einen Weg durch die Menge. Jarok hörte Flüstern, das irgendwie enttäuscht klang. Die Männer hatten offensichtlich vom Winterjäger gehört und mehr erwartet. Er war eben nicht sechs Ellen groß …

Doch gerade, als sich die Enttäuschung wie ein schweres Tuch über die Menge zu legen schien, zog Hrima mit lauten Schreien dicht über die Männer hinweg. Aufgeregte Rufe ertönten, und plötzlich sah Jarok einen Oramarer den Bogen spannen. Ein Damater fiel ihm gerade noch rechtzeitig in den Arm: »Du Narr, das ist ein Eisgreif, ein heiliger Vogel! Du darfst ihn nicht töten!«

»Es ist Jaroks Eisgreif. Er hat ihn hierhergeführt und wacht über ihn!«, rief Hesek laut. Wieder warf ihm Jarok einen wütenden Blick zu, und wieder wirkte Hesek völlig ungerührt.

Sterro packte ihn am Arm und zog ihn weiter. »Wie groß du geworden bist, Jari«, sagte er leise.

So hatte ihn seine Mutter früher genannt, nie aber der Mann an ihrer Seite. »Sie hat dich wirklich vermisst, das kannst du mir glauben.«

Jarok war jedoch entschlossen, dem Heiler kein Wort zu glauben. Sie standen plötzlich vor einer niedrigen grauen Hütte.

»Sie ist dort drin. Geh nur hinein. Ich warte hier, denn ich denke, das ist eine Sache zwischen euch beiden.«

Ein Fell war vor die niedrige Tür gehängt. Jarok zögerte, aber dann atmete er tief durch, schob das Fell zur Seite und trat ein.

Drei Kerzen verbreiteten Licht, aber es war kalt in dieser Hütte. Jarok sah Holz vor einem gemauerten Ofen liegen, aber das Feuer war erloschen. Seltsamerweise war das das Erste, was ihm auffiel.

Da stand seine Mutter, mitten in der Kammer. Sie war hochgewachsen, hielt sich kerzengerade, und ihr Blick war klar und streng, so wie früher.

Jarok wusste nicht, was er sagen sollte.

»Jari, endlich.« Eine Feststellung, es lag keine Wärme in der Stimme.

Er nickte verlegen. »Warum machst du den Ofen nicht an, Mutter?«, fragte er, um überhaupt etwas zu sagen.

»Du hast lange gebraucht, um heimzufinden.«

»Ich hatte nicht den Eindruck, dass ich hier vermisst wurde. Soll ich mich um das Feuer kümmern?«

»Groß bist du geworden und stattlich. Du ähnelst deinem Großvater.«

Sie kam ihm nicht entgegen, versuchte nicht, ihn zu umarmen. Er machte einen halben Schritt in ihre Richtung, aber dann ging er zum Ofen und bemühte sich mit zitternden Händen, das Feuer zu entfachen.

»Ich musste dich damals fortschicken. Dein Schicksal verlangte es.«

»Schon besser«, murmelte er, als sich die ersten Flammen durch Stroh und Zunder in die dünnen Zweige fraßen.

»Hast du jemandem dein Geheimnis verraten, Jari?«

War da ein Anflug von Besorgnis und Weichheit in ihrer Stimme zu hören? Er schloss die Ofenklappe und hielt die Hände an die eiserne Platte. Sie passte nicht ganz und schien aus einer alten Rüstung geschnitten worden zu sein. »Nur Brakas, dem Mann, der mit mir gekommen ist. Und der ist ebenso verschwiegen wie verlässlich. Du aber hast es Hesek erzählt.«

»Es war unumgänglich, jetzt, da die Dinge sich zuspitzen und wir ernten, was vor so langer Zeit gesät wurde.«

Jarok hätte sie gerne gepackt und geschüttelt, oder hätte er sie lieber umarmt? »Du meinst die Worte dieser Seherin? Die Lilien, die der Schnitter holt? Diese Ernte … das ist Unsinn. Weszen hat schon jetzt halb Oramar seinem Willen unterworfen, und bald wird er sich zum Padischah machen. Er ist ein Erbprinz und gebietet über zehntausende Krieger. Ich bin dagegen nur ein Bastard, ein nie anerkannter Sohn, und mir laufen vielleicht hundert Mann nach, die nicht einmal wissen, wer ich wirklich bin. Und Baran? Ich hatte gehofft, dass er seinen Bruder herausfordern könnte, aber was ist von seinem stolzen Heer übrig? Wenn Weszen wüsste, wie es hier steht, würde er sich vermutlich totlachen.«

»Baran ist nur eine Figur, ein Opfer, das wir auf dem Altar deiner gerechten Sache bringen werden. Halb Oramar mag Weszen folgen, doch die andere Hälfte wartet nur auf Rettung durch einen würdigeren Prinzen. Lass sie vorerst nur glauben, dass Baran dieser Prinz ist, aber am Ende werden sie erkennen, dass nur du das Erbe des Großen Skorpions antreten kannst. Baran wird helfen, Weszen zu besiegen – aber dann nimmst du seinen, nein, *deinen* Platz ein!«

Das hieß doch nichts anderes, als dass er den Prinzen irgendwann beseitigen sollte. Jarok schloss die Augen. Fünfundzwanzig Jahre hatten sie sich nicht gesehen. Sie waren Mutter und Sohn – und jetzt redeten sie über Intrigen und Mord?

Sie fragte nicht, wie es ihm ergangen war, und er fragte ebenfalls nicht, er konnte nicht. Das Feuer im Ofen flackerte, aber es wollte einfach nicht wärmer werden, und Rauch brannte in seinen Augen. »Der Abzug ist nicht besonders gut, wie mir scheint.«

»Es ist das Wetter, es drückt ins Tal und treibt den Rauch in die Häuser. Es hatte einen Grund, dass dieser Ofen aus war, Jari.«

»Ich verstehe.«

»Ich habe gesehen, wie du das Tal heruntergekommen bist, Jari. Viele Männer sind dir gefolgt, dabei bist du gerade erst ein paar Tage wieder in der Heimat. Der Strom der Krieger wird anschwellen, denn sie alle wollen den sehen, der unter dem Schutz des Greifen wandelt, so wie Ila es gesehen hat.«

»Ist das der Name dieser Seherin, von der Hesek erzählt hat? Ist sie der Strohhalm, an den sich deine Hoffnung klammert?«

»Du glaubst ihren Worten nicht? Deine Anwesenheit beweist doch, dass sie das Schicksal sehen kann! Du solltest sie bald treffen, aber zunächst ist es wichtig, dass du Baran kennenlernst. Ich denke, ich muss dir nicht sagen, dass er nicht wissen darf, dass du sein Halbbruder bist, oder?«

»Nein, Mutter.«

»Sei vorsichtig. Er hat Listen mit den Namen seiner Halbbrüder, und er führt sie peinlich genau, doch der deine steht noch nicht darauf. Dabei muss es bleiben, verstehst du? Gut. Bisher kennen nur du, ich, Hesek, Sterro und nun leider auch dein Freund Brakas die Wahrheit. So sollte es auch bleiben.«

»Wird mich diese angebliche Seherin, die doch alles weiß, nicht verraten?« Es klang spöttischer, als er es beabsichtigt hatte.

»Ila sieht viel und sagt viel, doch nur wenige kommen ihr nahe genug, um all ihre Worte zu hören.«

»Wenige?«

»Sterro und die Atmane wachen über sie, doch scheuen die Männer ihre Nähe und wagen es nicht, ihr Fragen zu stellen. Das ist deiner Mutter vorbehalten.«

»Und Baran?«

»Er will sie nicht sehen. Etwas an ihr scheint ihn zu ängstigen. Selbst, wenn sie nach ihm verlangt, zögert er, ihrem Ruf zu folgen. Warum das so ist, vermag ich nicht zu sagen, doch ist es für uns von Vorteil, denn so kann ich auswählen, welche ihrer Worte ich an ihn weitergebe – und welche nicht.«

»Du *benutzt* sie?«

»Sie ist ein Werkzeug der Götter, das mir in die Hand gegeben wurde. Ich glaube, auch das ist Teil des Planes, den das Schicksal für dich hat. Wir wären dumm, diesen Vorteil nicht zu nutzen. Doch jetzt komm, ich will dich Baran vorstellen.«

»Ich kenne ihn bereits, Mutter. Hast du vergessen, dass ich in der Fremde ein Diener des Großen Skorpions war?«

»Du warst sein Jäger«, berichtigte sie.

»Ein Diener, und so hat er mich behandelt. Nie hat er mich Sohn genannt, wie es Sterro nun tut, obwohl es ihm nicht zusteht. Und auch Baran kennt mich als Diener seines Vaters – falls er sich überhaupt an mich erinnert.«

»Wenn er dich vergessen haben sollte, werden wir dafür sorgen, dass sich das ändert. Nun komm, du hast auf deinem Weg hierher wirklich schon genug Zeit vertrödelt!«

Jarok öffnete den Mund zu einer harschen Erwiderung, aber er brachte kein Wort heraus. Sie tadelte ihn? Fünfundzwanzig Jahre lang hatte sie ihn nicht sehen wollen – und nun beklagte sie sich darüber, dass er *getrödelt* hatte? Wieso traf ihn ihre Missbilligung? Diese Frau müsste doch eigentlich nicht mehr als eine Fremde für ihn sein. Aber sie war es nicht. Verdrossen folgte er ihr aus der verqualmten Hütte.

Im Lager war viel Betrieb. Die neuen Krieger waren dabei, ihre schlichten Zelte – so sie denn welche hatten – aufzuschlagen, Hesek war damit beschäftigt, einen Streit zu schlichten, und Brakas schien ein paar Oramarer gefunden zu haben, mit denen er würfeln konnte.

Baran bewohnte das größte Gebäude dieses Lagers – das dennoch nicht mehr als eine Hütte war. Sie war aus Bruchstein und Lehm wie alle anderen, ihr schiefes Dach war grasgedeckt, und sie hatte dünne Tierhäute und nicht etwa Glas vor den kleinen

Fenstern. Tiko der Reiche hätte sich vermutlich geweigert, dort einzuziehen.

Die Hütte lehnte sich an einen Felsen, und als Jarok mit Sterro und seiner Mutter eintrat, sah er, dass der Erbauer sich etwas dabei gedacht hatte: Der Berg hatte hier eine natürliche Höhlung, die beinahe ebenso groß war wie der ummauerte Raum. Und in dieser Höhlung hatte Baran einen Thron aufgestellt. Er saß aber nicht dort, sondern stand an einem Tisch, auf dem eine große Karte lag. Neben der Karte lag ein sorgsam geordneter Stapel von Pergamenten. Baran schien zu lesen.

Er war gealtert, seit Jarok ihn vor einigen Jahren in der Jagdoase das letzte Mal gesehen hatte. Seine frühere Ernsthaftigkeit wirkte jetzt schwermütig, und die Tränensäcke unter seinen Augen waren groß und schwer geworden.

Seine Mutter räusperte sich, weil der Prinz sie gar nicht beachten wollte. »Die Prophezeiung der Seherin hat sich erneut bewahrheitet, edler Prinz. Der Winterjäger ist eingetroffen, und viele Krieger sind ihm gefolgt.«

Baran blickte auf. Jarok sah erst jetzt, dass sie nicht alleine waren. Im Halbdunkel saß eine Frau an einem Tisch mit zwei Jungen von vielleicht zehn und zwölf Jahren. Er konnte sich gar nicht erinnern, dass Baran Kinder gehabt hatte.

»Krieger? Wie viele?«

»Etwa einhundert, Hoheit«, erwiderte Jarok. Baran schien ihn nicht zu erkennen. Er suchte ein Pergament aus dem Stapel und nahm die Feder zur Hand. »Wie viele genau? Habt Ihr sie denn nicht gezählt? Wie soll ich dieses Heer führen, wenn ich seine Zahl nicht kenne!«

»Einhundertundsiebzehn, edler Prinz«, behauptete Sterro, der die Krieger wohl ebenso wenig gezählt hatte wie Jarok.

»Ah, na also …« Baran notierte das umständlich, schien ein paar Zahlen zusammenzurechnen und legte das Blatt wieder zur Seite.

»Also Ihr seid der legendäre Winterjäger, von dem alle reden?

Wartet – ich kenne Euch! Ihr habt einst meinem Vater gedient. In dieser schrecklichen Oase am Rande der Wüste, in der mein Vater so gerne jagte.«

»So ist es, Hoheit.«

»Ihr seid zur Hälfte Oramarer, nicht wahr? Wer war Euer Vater?«

»Firis war sein Name, er war …«

»Scharmeister Firis von den Roten Schwertern? Eine berühmte Einheit, damals. Sie hat sich ihren Namen in diesen Bergen verdient.«

»Sie war seinerzeit auch sehr verhasst, Hoheit«, sagte Sterro. »Es wäre von daher günstiger, sie gegenüber den Atmanen nicht zu erwähnen.«

»Wie? Ja, meinetwegen, doch notieren will ich das.« Prinz Baran nahm ein anderes Pergament zur Hand und schrieb dort fein säuberlich Jaroks Namen und den seines angeblichen Vaters auf. »Wisst Ihr zufällig, wann Euer Vater geboren wurde und an welchem Tag er starb? Nein? Weder noch? Ich weiß bei Letzterem wenigstens noch das Jahr. Er fiel nicht in der Schlacht, sondern wurde erdolcht, wenn ich mich nicht irre. Vielleicht weiß es Ubeq. Ich werde ihn fragen. Damals waren wir so viele …« Stirnrunzelnd blickte der Prinz auf das Pergament. Er schien nicht in der Lage, es zur Seite zu legen, solange der Eintrag so unvollständig war.

Jarok versuchte, sich sein Erstaunen, das eher ein Erschrecken war, nicht anmerken zu lassen. Das also war aus dem ältesten Sohn des Großen Skorpions, dem letzten Herausforderer Weszens, geworden? Ein Erbsenzähler, der sich hinter Zahlen und Daten verschanzte? War das wirklich der Mann, den sie einst den Adler und die Geißel Haretiens genannt hatten?

»Es wird später noch Zeit sein, Ubeq zu befragen«, sagte seine Mutter, »wir sollten hören, was mein Sohn aus Oramar zu berichten hat. Er ist auf geradem Weg von dort gekommen, und seine Berichte dürften genauer sein als all die Gerüchte, die durch die Berge schwirren.«

»Genauer, ja«, sagte Baran mit leicht verklärtem Blick. »Ich vermisse Oramar, wisst Ihr? Der Sommer in diesen Bergen ist kälter als der Winter meiner Heimat, und die Winter … nun, sie sind unvorstellbar. Dann erzählt, Jarok. Wie steht es im Reich? Hat mein Bruder Weszen wirklich unsere minderen Brüder besiegt?«

»So ist es, Hoheit, und er hat sie alle gefangen oder getötet.« Und dann erzählte Jarok von der Schlacht an den Nebelseen und vom Fall Elagdads. Er wollte gewisse Details gerne überspringen, aber Baran war ein aufmerksamer Zuhörer und wollte alles genau wissen. »Ihr habt also mit diesen Abtrünnigen verhandelt? Weszen muss Euch sehr schätzen, Jäger, wenn er Euch die Verhandlungen mit Elagdad übertragen hat.«

»Ich führte sie nicht allein, Hoheit …«

»Richtig, Ihr sagtet, dass ein Zauberer bei Euch war. Sein Name war Pirim? Wisst Ihr auch, welcher Schule er angehört und aus welcher Stadt er stammt? Ein Sandmagier, natürlich. Und seine Herkunft? Nein? Schade. Es ist wichtig, solche Verbindungen zu kennen, denn die können entscheidend sein!«

Immer wieder unterbrach der Prinz Jaroks Bericht mit Zwischenfragen. Meist ging es um genaue Zahlen, die Jarok nicht liefern konnte. Er kannte weder die Zahl der Einheiten, geschweige denn der Männer der beiden Heere, die an den Nebelseen gekämpft hatten, noch wusste er, wie viele Geschütze den Beschuss von Elagdad begonnen hatten. »Ich weiß nur, dass leider sehr viele Menschen bei dem Brand umgekommen sind, den Euer Bruder zu verantworten hatte, Hoheit.«

»Ja, das sagtet Ihr bereits. Wisst Ihr denn, wie viele Menschen genau? Oder wenigstens die Zahl der zerstörten Häuser? Ich würde mich in diesem Fall auch mit einer Schätzung zufriedengeben … Ich habe selbst Männer, die für mich in Oramar die Augen offen halten, doch ihre Berichte sind oft schrecklich lückenhaft.«

Durch Barans Detailversessenheit zog sich Jaroks Erzählung immer weiter in die Länge, aber der Prinz schien nicht müde zu werden, immer neue unwichtige Einzelheiten zu erfragen, während ihn andere, wichtige Dinge überhaupt nicht zu interessieren schienen.

»Wollt Ihr nicht wissen, was Weszen mit Euren Brüdern vorhat?«, fragte Jarok, dessen Geduld allmählich zur Neige ging.

»Wie? Sagtet Ihr nicht, dass er ihnen ein Leben in der Verbannung versprach?«

»Und das glaubt Ihr, nach allem, was Ihr gehört habt?«

Der Prinz sah ihn befremdet an. »Weszen hat sein Wort gegeben. Er mag ein grausamer Mann sein, aber er hat auch Ehre und weiß, was er dem Ruf unseres Namens schuldet.«

»Von Euch denkt er weit weniger freundlich, muss ich leider sagen.« Und als Baran nicht nachfragte, rief Jarok: »Er hält Eure Ehrenhaftigkeit für eine Schwäche, die er nicht mit Euch teilen will. Er hat den Satrapen von Elagdad getäuscht und ermordet, wie Ihr eben gehört habt, und über Euch hat er gelacht, als Ihr Euch nicht mit den Sieben Prinzen verbünden wolltet. Haben sie Euch nicht die Herrschaft über das Reich angeboten, wenn Ihr ihnen nur vorangeschritten wäret?«

Jetzt funkelten Barans Augen. »Angeboten? Diese Männer waren die Söhne von niederen Nebenfrauen! Sie haben und hatten nicht das Recht, mir, dem ältesten Erbprinzen des Großen Skorpions, irgendetwas anzubieten! Und was ist aus ihnen geworden? Gefangen sind sie oder tot. Das zeigt doch wohl, dass es weise war, sich nicht mit diesen Kakerlaken gemein zu machen. Und Weszen? Ja, er glaubt an brutale Macht, doch daran wird er zugrunde gehen, denn das Recht, es ist auf meiner Seite!«

Jarok zuckte innerlich zusammen, als Baran seine Halbbrüder genauso nannte, wie Weszen es zu tun pflegte. Und er war erstaunt, bei diesem Prinzen plötzlich doch so etwas wie Kampfgeist zu sehen.

»Schnell ist die Jugend mit dem unbedachten Wort, doch sollten wir ihr verzeihen, denn sie kann nicht anders«, rief Sterro salbungsvoll.

Baran starrte ihn an, schüttelte den Kopf und sagte: »Wem ich verzeihe und wem nicht, ist meine Sache, Schamane. Nun geht. Ich habe viel erfahren, und das muss notiert sein, wenn es nicht dem Chaos anheimfallen soll, das doch unser aller Feind ist.«

»Wir sollten auch über die Deutung der jüngsten Prophezeiung reden, Prinz.« Das kam von Jaroks Mutter.

Unwillen war in der Miene des Prinzen zu lesen. »Jetzt nicht, Weib. Andere wichtige Arbeiten müssen erledigt werden, und niemand außer mir scheint sich darum zu kümmern.«

»Ist dieser Mann noch bei Verstand?«, fragte Jarok, kaum dass sie die Hütte verlassen hatten.

»Er ist nur vorsichtig und sehr genau, mein Sohn«, erklärte Sterro mit nachsichtigem Lächeln. »Du musst das verstehen. Baran befehligte ein riesiges Heer, aber viel ist davon nicht übrig geblieben. Seine Oramarer holte nach und nach der Winter, und die Damater kommen und gehen, wie es ihnen gefällt. Er versucht auf seine Art, die Dinge zusammenzuhalten. Die Krieger achten ihn, denn er hat sein Geschick in der Schlacht mehrfach unter Beweis gestellt.«

»Achte auch du diesen Mann, Jari. Er wird eine große Macht über das Wasser führen. Ila hat es gesehen.«

Er nickte missmutig und fragte sich, von welcher Prophezeiung seine Mutter in der Hütte gesprochen hatte. »Wer waren eigentlich die Frau und die beiden Knaben?«

»Seine Familie, Jari. Du fragst dich, warum sie sich abseits hielten? Nun, Baran will nicht, dass seine Frau sich in Staatsgeschäfte einmischt, also schweigt die gute Guscha die meiste Zeit.«

»Und die Söhne?«

»Akka und Benal sind noch zu jung für Staatsgeschäfte, aber sie sind sehr beliebt im Lager, und Baran lässt sie von den Kriegern in den Kampfkünsten schulen. Es ist ihnen offenbar noch nicht bewusst, dass sie eines Tages Todfeinde sein werden«, erklärte Sterro.

»Baran könnte das Gesetz der Skorpione doch abschaffen oder umgehen, wie Weszen das angekündigt hat. Die Brüder müssen einander nicht mehr umbringen.«

»Aber Weszen wird sich nicht an das halten, was er seinen Brüdern versprochen hat, Jari.«

»Woher willst du das wissen?«

»Erstens hast du selbst gesagt, dass du nicht daran glaubst, zweitens hat Ila es gesehen. Sie verkündete erst gestern, dass Weszen sich seine Hände mit dem Blut seiner Brüder waschen wird. Ich wollte es Baran sagen, aber nun wird er es eben später erfahren. Es macht wohl auch keinen Unterschied.«

»Wann lerne ich diese Prophetin endlich kennen?«

»Ich könnte dich zu ihr führen, aber es ist besser, wenn sie nach dir ruft. Vielleicht kann ich sie dazu überreden, später, wenn ich sie wasche.«

»Sie wäscht sich nicht selbst? Das scheint ja eine merkwürdige Prophetin zu sein …«

»Verspotte sie nicht, Jari! Die Götter haben ihren Geist berührt. Da ist es kein Wunder, dass sie vergisst, womit wir einfachen Menschen uns aufhalten.«

»Meinetwegen. Ich brauche keine Seherin, um zu wissen, dass Barans Sache verloren ist, und ich weiß nicht, wo diese Macht herkommen soll, die der Prinz angeblich über das Wasser führt. Seht euch doch das Lager an! Ein paar heimwehkranke Oramarer und ein paar hundert Bergkrieger, die sich am liebsten gegenseitig umbringen würden. Weszen wird uns auslachen, wenn wir ihn damit herausfordern wollen.«

»Ihm wird das Lachen schon noch vergehen, Jari, und deine Zweifel werden hoffentlich bald schwinden. Komm, lass uns essen, und dann erzähle deiner Mutter, was du erlebt hast in der

Fremde. Sag, hast du ein Weib, oder gar mehrere? Und was hat dich jetzt so plötzlich aus Ugir vertrieben? Schau nicht so überrascht. Mir ist nicht entgangen, dass du Baran etwas Wichtiges verschwiegen hast.«

Seine Mutter bereitete einen kräftig gewürzten Haferbrei zu. Jarok hatte vieles vergessen, und seine Gefühle für die Familie waren erkaltet, aber dieser Brei erinnerte ihn an seine Kindheit, und das gab ihm ein seltsames Gefühl der Wärme. Er erzählte also seiner Mutter, die ihn vor fünfundzwanzig Jahren fortgeschickt hatte, von seinem Leben in der Oase, von Bors Sillwa, der wie ein Vater zu ihm gewesen war, vom Großen Skorpion, der ihn nicht besser behandelt hatte als seine anderen Jäger, dann von den Jahren in Ugir und schließlich von den Ereignissen der letzten Wochen, bis zur Ermordung des alten Dieners an den Nebelseen. »Er wollte nicht einsehen, dass diese Liste, die er da schrieb, eine Liste von Todesurteilen war.«

»Und dein Freund hat diese Liste vernichtet?«, fragte seine Mutter, als er mit seiner Flucht aus Ugir geendet hatte.

War das wirklich ihre größte Sorge? »Er hat sie zerrissen und ins Meer geworfen, was das Beste für alle war, die darauf notiert waren.«

»Das war ein Fehler. Diese Namen … jeder dieser Söhne kann ein Konkurrent für dich werden, denn jeder Abkömmling des alten Padischahs könnte mit dem gleichen Recht wie du nach dem Thron greifen, und Barans Liste ist unvollständig.«

»Ich habe *nicht* vor, mich auf diesen Thron zu setzen, Mutter!«

»Mach dich nicht lächerlich! Warum wärst du denn sonst hier? Oder fehlt es dir wirklich derart an Ehrgeiz, dass du ausschlägst, was das Schicksal dir anbietet?«

Jarok fühlte sich, als sei er wieder neun und habe irgendetwas ausgefressen. Aber das hatte er nicht. Wortlos erhob er sich und trat vor die Tür.

Der Vater der Berge ragte vor ihm in einen wolkenlosen Nachthimmel auf. Hoch und unerreichbar blinkten zahllose Sterne. Ein bitterkalter Wind zog durch das Lager. Warum war er hier?

Sein vager Plan hatte darin bestanden, Baran zu helfen, Weszen zu stürzen. Aber das war aussichtslos. Baran und sein Heer waren ein schlechter Witz. Und seine Mutter war verrückt, wenn sie immer noch glaubte, er könne über Baran zum Thron aufsteigen. Das Schicksal hatte kein Angebot für ihn. Er hätte sich den Weg sparen können.

Die Nacht verbrachte Jarok im Zelt und nicht etwa in der Hütte seiner Mutter, denn die war der Meinung, er solle sich so schnell wie möglich an das raue Klima der Berge gewöhnen. Er war nicht böse darüber, denn er fühlte sich in ihrer Nähe unsicher. Noch vor dem Morgengrauen wurde er jedoch geweckt. Sterro stand im Zelt und sah stirnrunzelnd auf ihn herab.

»Was gibt es denn?«

»Die Seherin, sie verlangt nach dir!«

»Mitten in der Nacht?«

»Lass sie nicht warten. Eigentlich wollte deine Mutter dafür sorgen, dass sie dich nach dem Frühstück ruft, wenn alle es sehen können, doch sie verlangt jetzt nach dir. Vielleicht hatte sie ein Traumgesicht.«

»Sie träumt ihre Prophezeiungen?«, fragte Jarok, als er neben Sterro durch das Lager stolperte. Es brannten nur wenige Wachfeuer, und am Himmel war noch kein Zeichen des kommenden Tages zu sehen.

»Manche schon, andere Gesichte ereilen sie am Tag. Es ist manchmal schwer zu erkennen, ob sie wach ist oder schläft. Aber das wirst du gleich selbst sehen.« Sterro blieb stehen. »Ich weiß, dass du zweifelst, Sohn, aber das solltest du nicht. Und nun erwarte ich, dass du ihr Respekt erweist. Lass sie deinen Unglauben nicht merken. Ihr Geist ist ... zerbrechlich, und ein falsches Wort kann sie für lange Zeit in einen dunklen Abgrund der Verzweiflung schicken. Dann isst und trinkt sie nicht, schweigt tagelang und fürchtet den Schlaf, der sie durch grausame Träume zu treiben scheint. Also bedenke deine Worte, Jarok!«

Die Seherin hauste in einer Höhle am Rande des Lagers. Ein Feuer brannte vor dem Eingang, und die drei damatischen Krieger, die dort kauerten, betrachteten Jarok mit Blicken, in denen er ebenso viel Misstrauen wie Neugier las. Der Eingang des Heiligtums – so nannte es Sterro – war mit Fellen verhängt. Sterro schlug ein Fell zurück, und Jarok trat hindurch.

Hier war etwas anders. Seine Sinne waren sofort alarmiert. Es lag etwas in der Luft, das er nicht greifen oder benennen konnte. Er hörte Wasser tropfen und das gedämpfte Plätschern eines kleinen Gewässers. Ein schwaches Feuer brannte in der Mitte der Höhle, und der Rauch zog durch einen schmalen Felsspalt an der Decke ab. Zwei Männer saßen dort und unterhielten sich halblaut. Sterro stellte sie einander vor. Es waren Tinbul und Ume, Klanführer aus den Bergen, die bei weitem nicht so begeistert von seiner Ankunft zu sein schienen wie ihre Krieger.

Seine Mutter stand weiter hinten in der niedrigen Höhle und winkte ihn heran. »Sprich leise, wenn sie dich etwas fragt. Antworte, aber sag so wenig wie möglich. Sie ist leicht zu verwirren.«

Sie nahm ihn am Arm und zog ihn durch einen steil abfallenden Durchgang in eine zweite Kammer. Und dort endlich saß die Seherin.

Sie kauerte auf einem Felsen inmitten eines kleinen Teiches, in den unablässig Tropfen von der Decke fielen. Fackeln warfen unruhiges Licht. Sie war in ein vielfach geflicktes, pelzbesetztes Gewand gehüllt, und ihr schwarzes Haar hing ihr in wirren Strähnen bis auf den Gürtel hinab. Jarok konnte ihr Gesicht nicht sehen, denn sie wandte ihm den Rücken zu.

Seine Mutter zog ihn zum Teich. »Er ist hier, Seherin.«

Sagte sie etwas? Ja, aber ihr Flüstern war leiser als das stetige Plätschern des Wassers, das von irgendwo herandrang. Es machte ihn nervös, dass er nicht erkennen konnte, von wo dieses Geräusch kam. Das Andere, das Fremde, das schon beim Eintreten in die Höhle seine Sinne alarmiert hatte, war hier viel stärker. Es ging von dieser Seherin aus, kein Zweifel. Seine Mutter gab ihm einen Wink. Er musste ins Wasser? Der Teich war flach, ging ihm kaum bis zu den Knöcheln, aber seine Stiefel waren nicht für die Kälte und schon gar nicht fürs Wasser gemacht. Eiskalt drang es durch die Nähte.

Er watete die paar Schritte zu dem feuchten Stein, auf dem die Seherin ihm nach wie vor den Rücken zudrehte. Er konnte knochige Arme erkennen, aber sie flüsterte immer noch in die andere Richtung. Er räusperte sich.

Sie fuhr herum, und plötzlich war ihr Gesicht dicht vor seinem. Unwillkürlich wich er zurück. Dieses Gesicht – Wahnsinn lag in diesen Zügen, und ihr Blick flackerte unstet. Sie zuckte ihrerseits zurück, starrte auf den Boden. *»Du bist es. Der Greifenschatten und Bogenmeister. Dein schlimmster Feind ist vom selben Blut.«* Er konnte ihr Flüstern kaum verstehen. *»Ich sehe dich im Sand vergraben. Tausende sind dort, endlose Reihen, Speere in der Sonne, der Lärm, ein Mann, der das Wasser zwingt. Das Sterben. Dein Pfeil.«* Sie sprach von der Schlacht? Nun, das hatte er seiner Mutter erzählt. Das bewies gar nichts. Er versuchte zu ignorieren, dass er seinen Meisterschuss nicht erwähnt hatte.

»Durch die Staubwolke zieht der Pfeil. Das Pferd, ich höre es schreien. Es wirft ihn ab. Die Axt. Ein Fremder. Er steckt den Pfeil in den Toten. Ein toter Prinz, zweimal getötet.«

Jarok starrte sie an. Wovon redete sie da? Welche Axt? Brakas hatte erzählt, dass man ihn früher auf seinem Schiff so genannt hatte. Sollte sie ihn meinen? Aber das ergab keinen Sinn. »Du hast mich rufen lassen?«, fragte er, und seine Stimme klang belegt.

»Du bist in meinen Träumen. Jetzt am Tag. Jetzt in der Nacht. Du wanderst, du jagst, du bist … Veränderung … und Tod. Der Ruf aus der Wüste. Das Blut. Der Regen. Der Knochenmann naht auf einer Truhe voll Silber.«

Er konnte ihren Blick kaum ertragen. Ihr Gesicht … sie war

viel jünger, als er erwartet hatte, jünger als er. Sie war vielleicht sogar einmal hübsch gewesen, doch das Schicksal hatte tiefe Spuren auf ihrem Antlitz hinterlassen. Sie war hohlwangig, die Lippen rissig, die einst wohl schönen dunklen Augen waren Spiegel des Wahnsinns. Sie trug etwas um den Hals, eine Art Amulett, wie er es noch nie gesehen hatte. Es schien mit der Haut verwachsen zu sein. Ihr Blick wurde klarer, ihre Stimme fester. *»Du zweifelst. Ich sehe den alten Mann am Meer. Blätter an der Brust. Er tanzt in den Wellen, und seine Verfolger lachen. Du rettest ihn. Du lässt ihn töten.«*

Als sie überfallen worden waren, hatte es wirklich ausgesehen, als würde der Alte mit seinen Pergamenten in der Dünung tanzen. Woher wusste sie diese Einzelheiten? Brakas war nicht dabei gewesen. Er konnte ihr das nicht verraten haben. Brakas! Er musste dringend mit dem Westgarther reden. Die Seherin lachte plötzlich schrill, wechselte in die Hocke, wiegte sich hin und her und lachte heiser. Ihre Hände strichen durchs kalte Wasser, und plötzlich sang sie ein einfaches Lied ohne Worte, ein Kinderlied vielleicht. Es kam ihm bekannt vor.

»Komm, Jari. Mehr wird sie dir nicht sagen.«

Seine Mutter stand am Rand des Teiches. In ihren harten Zügen war keinerlei Staunen zu erkennen. Sie war das wohl schon gewohnt. Er folgte ihr, und das Singen folgte ihm.

Die beiden Atmane am Feuer sahen ihn erwartungsvoll an, aber er hatte ihnen nichts zu sagen.

»Du brauchst bessere Stiefel«, stellte seine Mutter fest, als sie die Höhle verließen. Am Himmel zeichnete sich zartes Morgenrot ab.

»Was hat sie gesagt?«, fragte Sterro.

»Wirres Zeug. Ich habe nicht viel verstanden.«

»Aber sie hat über deine Zukunft gesprochen, oder?«

»Schwer zu sagen. Es war irgendwas von Veränderung und Tod und einem Knochenmann, der auf einer Truhe voll Silber kommen soll. Aber das kann alles und nichts bedeuten.«

»Dennoch wirkst du beeindruckt. Hältst du sie immer noch für eine Schwindlerin, Sohn?«

Er warf Sterro einen bösen Blick zu. Begriff der Mann nicht, dass er es nicht mochte, von ihm so genannt zu werden? »Ich muss darüber nachdenken«, sagte er und stapfte in seinen nassen Stiefeln davon. Er musste vor allem mit Brakas reden, denn er glaubte inzwischen etwas von dem verstanden zu haben, was die Seherin ihm enthüllt hatte.

Der Westgarther schlief noch in seinen Fellen, aber Jarok weckte ihn mit einem nicht sehr freundlichen Tritt. Er musste es einfach wissen. »Nach der Schlacht warst du plötzlich verschwunden …«

»Schlacht? Was ist denn in dich gefahren? Verflucht, es ist noch nicht einmal Tag! Was denn für eine Schlacht? Ach, du meinst bei den Nebelseen? Kann sein. Aber deswegen weckst du mich?« Brakas gähnte ausgiebig.

»Du warst weiter vorne, dort, wo Prinz Harat gefallen ist, oder?«

Der Westgarther hörte auf zu gähnen. »Schon möglich …«

»Sag, Brakas, war es wirklich *mein* Pfeil, der Harat getötet hat?«

Brakas grinste breit. »Wie kommt es, dass du es plötzlich erraten hast?«

»Es war *nicht* mein Pfeil?«

Der Westgarther kratzte sich am Kinn. »In gewisser Weise doch. Ich bin eigentlich nur zum Feldherrenhügel, weil ich mir da gute Beute sichern wollte. Dein Pfeil hat wohl das Pferd getroffen, und das hat seinen Reiter abgeworfen. Ich nehme an, dass der Prinz sich beim Sturz das Genick gebrochen hat, denn eine andere Wunde konnte ich nicht finden. Aber es wäre doch schade um den Ruhm und die Belohnung gewesen, oder? Hätte ich geahnt, dass Weszen nur dich befördert, hätte ich es vielleicht gelassen. Aber so habe ich irgendeinen Pfeil aufgelesen, ihn dem

Prinzen tief in die Schulter gesteckt und dann den Schaft abgebrochen, damit der kleine Betrug nicht auffällt. Er hat sich nicht beschwert, denn er war ja schon tot. Vielleicht ist er mir sogar dankbar, denn so kann er drüben angeben und behaupten, ein Meisterschuss habe ihn ins Jenseits befördert.«

»Ich habe ihn *nicht* getroffen?« Jarok war fassungslos.

»Nur sein Pferd. Ich könnte dich jetzt verspotten, *Winterjäger*, aber ich war ja dabei. Und bei dem Staub, der Entfernung und den vielen Männern und Pferden auf dem Hügel war es doch ein Wunder, dass du am Ende doch den Richtigen erwischt hast.«

»Und wann wolltest du mir das erzählen?«

»Bei passender Gelegenheit. Aber die war einfach noch nicht gekommen. Sag, wie hast du es herausgefunden? Es war bei Tiko, oder? Weil ich sagte, dass du *einen* Prinzen zur Strecke gebracht hast? Ich habe noch gemerkt, dass ich mich verplappere, aber da war es schon zu spät.«

»Wie? Nein, daran kann ich mich gar nicht erinnern. Die Seherin … sie wusste es. Sie hat es tatsächlich gesehen!«

»Du nimmst mich auf den Arm …«

»Nein, sie sagte, die Axt habe den Pfeil in den Toten gesteckt.«

»Die Axt? Woher kennt sie meinen alten Kampfnamen?«

»Von mir gewiss nicht, Brakas. Sie muss es wirklich gesehen haben … sie ist entweder wirklich eine Seherin, oder jemand kann unsere Gedanken lesen und hat es ihr zugetragen.«

Dem Westgarther schien das Grinsen vergangen zu sein. »Ich mag es nicht, dass sie mich gesehen hat. Was hat sie noch über mich gesagt? Was hat sie noch gesehen? Verdammt! Ich will nicht, dass sie mich sieht!« Es schien ihn wirklich aufzubringen, und Jarok fragte sich, ob das nur wegen seines Aberglaubens war oder ob Brakas noch mehr zu verbergen hatte.

14.

In den nächsten Tagen sah Jarok immer wieder Gruppen von Damatern und auch einzelne Krieger ins Lager kommen, um sich dem Winterjäger anzuschließen – oder sich ihn und seinen mächtigen Eisgreifen wenigstens einmal anzusehen, bevor sie wieder in die Berge davonzogen.

»Du solltest zu ihnen sprechen, mein Sohn«, sagte Sterro, als sich wieder einmal eine ganze Schar von Damatern im Lager eingefunden hatte.

»Wozu?«

»Diese Männer sind von weither gekommen, um dich zu sehen. Aber sie marschieren vielleicht wieder ab, da es einige Klane im Lager gibt, mit denen sie in Fehde liegen.«

»Du überschätzt mich, wenn du glaubst, dass ich ihnen ihre Streitlust austreiben kann, Sterro.«

»Es kann doch nicht schaden, wenn du es versuchst. Baran wird dir für jeden Mann dankbar sein, den du zum Bleiben überreden kannst.«

»Dennoch werde ich mich nicht dazu hergeben, diese Männer anzulügen. Ich bin nicht der Winterjäger. Wenn sie Baran folgen sollen, musst du ihnen einen anderen Grund nennen, Sterro. Und der muss gut genug sein, damit sie zu Tausenden kommen. Die paar Männer werden einfach nicht reichen.«

»Aber die Seherin sagt voraus, dass Baran eine große Macht über das Meer führen wird!«

»Wenn sie das voraussagt, dann soll sie auch dafür sorgen, dass es geschieht. Und nun entschuldige mich. Hrima hat nach mir gerufen. Es wird Zeit für die Jagd.«

Als er das Lager verließ, erkannte er, dass er einen Fehler gemacht hatte. Die Damater sahen den Eisgreifen, und das war wohl genug, um sie davon zu überzeugen, dass er der war, den sie sehen wollten. »Winterjäger! Winterjäger!«, so riefen sie, und von den kahlen Berghängen hallten die Rufe noch wider, als er das Lager schon weit hinter sich gelassen hatte.

»Trotzdem, das hätte ich früher machen sollen«, sagte er zu dem Eisgreifen auf seiner Hand. Hatte die Jagd ihm nicht immer geholfen, einen klaren Kopf zu bekommen? Es störte ihn auch nicht, dass er das Land und das Wild gar nicht kannte, denn er brauchte keine Beute – was er brauchte, war die Pirsch.

Irgendetwas an diesen Bergen kam ihm doch noch vertraut vor. »Es ist vielleicht wirklich Stein in meinem Blut, wie die Damater sagen«, erklärte er Hrima, als sie bei einer Rast auf einem Felsen saß und sich füttern ließ. »Was meinst du, werden wir hier oben ein Wild finden, das wir erlegen können?«

Sie schwieg, aber später erwischte sie zwei Murmeltiere und einen jungen Bergwidder. Die Jagd war gut und aufregend, aber als er am Abend ins Lager zurückkehrte, wusste Jarok immer noch nicht, was er tun sollte. Barans Sache schien ihm verloren, warum also ließ er das alles nicht einfach hinter sich? Auf keinen Fall würde er den Damatern erzählen, dass er der ersehnte Sendbote der Götter war. Ob die Seherin ihm vielleicht einen Hinweis geben konnte, was er tun sollte?

Er brachte seine Beute zu Brakas und ging zur Höhle, um sie zu besuchen, aber Atman Tinbul, der bei den Wachen vor der Höhle war, stellte sich ihm in den Weg. »Du magst vielleicht der Winterjäger sein, Jarok von den Geisterbergen, aber sie hat nicht nach dir verlangt. Also können wir dich nicht zu ihr lassen.«

Jarok machte kehrt und suchte widerstrebend seine Mutter

auf, doch die dachte nicht daran, ihm zu helfen: »Du hattest deine Gelegenheit und hättest sie nutzen sollen, Jari. Warum sollte die Tochter des Schicksals noch einmal nach dir verlangen, wenn du dich dem Schicksal und dem, was dein Blut von dir fordert, verweigerst?«

Er war nicht gerade bester Laune, als er zu seinem Zelt zurückkehrte. »Wo sind die Tiere, die ich gebracht habe?«, fuhr er Brakas an.

»Ich habe sie einem deiner Anhänger gegeben, damit er ihnen das Fell abzieht.«

»Einem meiner Anhänger?«

»Diese Männer verehren dich, mein Freund. Ich weiß zwar nicht so genau, warum, aber ich finde, wir sollten das wenigstens ein bisschen ausnutzen. Schau mich nicht so an. Übrigens hat Baran nach dir gefragt, heute Mittag schon.«

Jarok ging hinüber zu Barans Hütte.

»Ah, Winterjäger! Kommt herein. Ihr müsst mir sagen, ob die Zahlen, die ich in meinem Bericht über Weszens Feldzug verwende, ungefähr stimmen.«

»Eurem Bericht, Hoheit?«

»Ich muss doch versuchen, die Dinge zu ordnen. Seht, auch andere Männer haben mir von den Ereignissen Meldungen geschickt, doch die sind leider ungenau. Und wie soll ich die Lage richtig einschätzen, wenn diese Zahlen einander alle widersprechen? Aber Ihr, Ihr wart dabei!«

Jarok, der nicht verstand, warum der Mann auf so etwas seine Zeit verschwendete, stimmte dem Bericht meist zu und korrigierte nur sanft, wenn er das Gefühl hatte, dass der Prinz sich so unsicher war, dass er Verbesserungen erwartete.

Als sie fertig waren, sagte Baran plötzlich: »Ich sehe, dass Ihr zweifelt, Falkner. Ihr glaubt nicht, dass ich Weszen besiegen kann. Nein, streitet es nicht ab! Ich bin kein Narr, Jarok, ich weiß, dass er im Augenblick über zehn- oder vielleicht sogar hundertmal mehr Krieger gebietet als ich. Aber Ihr dürft nicht vergessen, dass das Recht auf unserer Seite ist – und Weszens Grausamkeit ist es ebenfalls. Die Leute fürchten ihn, das ist wahr. Das war schon immer so, und es gefällt ihm. Aber sie hassen ihn auch, eben weil er so grausam ist, und am Ende wird diese Grausamkeit seine Untertanen in unsere Arme treiben. Dann werden wir den Tyrannen vom Thron vertreiben, nicht wahr? Es wird sein wie in den alten Liedern – der Prinz, obwohl scheinbar ohne Aussicht auf Erfolg, wird am Ende siegreich sein.«

Jarok wusste nicht, was er dazu sagen sollte. Er verneigte sich stumm und ging.

Er bemerkte jedoch bald, dass der Prinz nicht so untätig war, wie er geglaubt hatte. Täglich kamen Kundschafter ins Lager, die Nachrichten aus allen Teilen der Welt brachten, und täglich verließen Boten seine Hütte mit neuen Botschaften an Männer, die an irgendeinem Hebel der Macht in irgendeiner Stadt am Goldenen Meer saßen und die der Prinz in seine Pläne einzubinden versuchte.

»Er bemüht sich, die Empfänger geheim zu halten«, erklärte Hesek, als er ihn danach fragte, »aber einige der Boten sind Damater und mir gegenüber nicht so verschwiegen, wie sie es vielleicht sein sollten. Er knüpft ein weitgespanntes Netz, unser Prinz. Es ist nicht sehr fest, muss ich leider sagen, und im Augenblick würde es wohl beim kleinsten Windhauch zerreißen, aber, wer weiß, eines Tages mögen sich all diese Verbindungen, die er so fein säuberlich in seinen Pergamenten sortiert, auszahlen.«

In solchen Momenten glaubte Jarok, es sei vielleicht doch möglich, dass Baran irgendwie Padischah werden könnte, und dann dachte er, er könne vielleicht seinen Teil beitragen und dann – verschwinden …

Gleichzeitig wartete er mit wachsender Ungeduld auf Nachricht von Bors. Was hinderte den Schatten nur daran, die versprochene Nachricht zu senden? War etwas geschehen? Er dachte daran, nach Gromar zurückzukehren. Wenn der Bote nach ihm fragte und Heseks Leute nicht fand, kehrte er vielleicht unverrichteter Dinge um …

Er sprach einige Tage später mit Brakas darüber, doch der riet ihm mit einem Achselzucken zu mehr Geduld. »Die Nachricht wird schon noch kommen. Aber vielleicht solltest du dich mit irgendwas anderem beschäftigen. Es macht mich nämlich ganz nervös, wenn ich dich hier so unruhig auf und ab laufen sehe. Warum gehst du nicht wieder auf die Jagd? Zeig doch deinen Stammesbrüdern, was für ein guter Waidmann du bist, Winterjäger.«

Obwohl er den Spott nicht überhörte, fand er den Rat des Westgarthers nicht einmal schlecht. Er nahm seinen Bogen, rief nach Hrima und verließ, von vielen neugierigen Blicken verfolgt, das Lager. Er schlug einen Weg ein, den er noch nicht kannte. Er hatte keine Ahnung, was ihn an seinem Ende erwarten würde, und das war eine Herausforderung, die ihm zusagte.

Am Nachmittag sah er hoch oben ein paar Bergwidder über einen Geröllhang ziehen. Sie waren außer Reichweite für den Bogen, und aus irgendeinem Grund wollte er Hrima dieses Mal nicht auf diese Tiere hetzen. »Wir machen es wie die Damater«, murmelte er. Und unter den spöttisch klingenden Rufen des Eisgreifen, der leicht und hoch seine Kreise über ihm zog, stieg er den Widdern durch die Felsen hinterher. Er brauchte Stunden, um auch nur in Schussweite zu kommen, aber das machte ihm nichts aus. Ganz im Gegenteil. Er war auf der Jagd, und unter dem Fieber, das mit der Pirsch kam, lag eine unendliche Ruhe. Er bedauerte es sogar, als er mit einem einzigen gut gezielten Schuss ein Tier erlegte.

Der Widder stürzte einen langen Geröllhang hinab, und Jarok bekam noch mehr Achtung vor den Leistungen der damatischen Jäger, als er merkte, wie schwierig es war, die Beute auch noch einzusammeln. Die Dämmerung war bereits angebrochen, als er den Widder endlich aus dem Felsspalt ziehen konnte, in den er hineingestürzt war. Das Tier lebte noch, und er musste ihm den Gnadenstoß geben. »Wie ist das wohl, Hrima? Bitten die Damater das Wild um Vergebung, wie es die Inselstämme im Süden tun?«

Er hatte an einem Platz, der ihm als Nachtlager geeignet schien, ein kleines Feuer entzündet. Er hatte es nicht eilig, in das Lager zurückzukehren. »Jedenfalls bin ich diesem Widder dankbar. Er hat mir eine gute Jagd beschert.«

Hrima schien derselben Meinung zu sein, jedenfalls widersprach sie ihm nicht. Schnee fiel in einzelnen großen Flocken, kaum genug, die Erde zu bedecken. Aber er hatte seinen warmen Pelzumhang und entschloss sich, die Nacht in den Bergen zu verbringen.

Als er am nächsten Nachmittag – er ließ sich auch auf dem Rückweg viel Zeit – ins Lager zurückkehrte, wurde er von Brakas erwartet. »Ich habe Neuigkeiten aus Ugir, von Bors!«

»Von Bors? Wie geht es ihm?«

»Er beschwert sich über die harten Zeiten und dass du ihn mit eurer Nachbarin alleingelassen hast. Aber sonst sagte der Bote nur, dass es ihm gut gehe.«

Ja, das klang nach Bors. »Wo ist dieser Bote, ich muss ihn sprechen?«

»Er hat das Lager bereits wieder verlassen, denn Hesek hatte irgendeine dringende Nachricht zu versenden.«

Jarok fluchte und suchte Hesek. Der hörte sich seine Beschwerde jedoch gelassen an und erwiderte: »Du weißt jetzt, dass es dem Alten gut geht – und das ist doch die Hauptsache.«

»Aber ich hätte es gerne von dem Boten selbst gehört.«

»Aber der hatte die Nachricht doch auch nur aus zweiter oder dritter Hand, Bruder, denn er war nicht selbst in Ugir, sondern hat die Nachricht in Gromar aus zuverlässigem Munde erhalten und weitergetragen. Jetzt musste ich eine dringende Nachricht in die Geisterberge schicken. Dein Klan hat dich zwar einst mit deiner Mutter verstoßen, aber wenn sie hören, dass der berühmte Winterjäger am Damat ist, werden sie ihre Entscheidung von damals vielleicht überdenken. Es könnte nicht schaden, wenn die Steinwolken dich als einen der Ihren anerkennen würden. Ihr Wort hat viel Gewicht bei den Helim.«

Jarok seufzte. Kaum war er im Lager zurück, schon hatte die Politik ihn wieder. Aber wenigstens ging es Bors gut, und das war viel wert – oder hätte viel wert sein sollen, denn aus irgendeinem Grund beruhigte ihn die Nachricht nicht. Er hatte das Gefühl, dass etwas nicht stimmte, aber dann dachte er, dass er sich wohl wieder nur einfach zu viele Sorgen machte, und ließ die Sache auf sich beruhen.

Ein paar Tage nach seinem Jagdausflug saß Jarok unweit des Tores auf der Steinmauer, was ihm einen guten Blick über das Lager erlaubte, und hing seinen Gedanken nach, als ihm die Bewegungen eines bestimmten Kriegers auffielen.

Brakas kam zu ihm geschlendert. »Dieses Lager ist langweiliger als die Totentempel von Menemon. Es saugt allen Lebenssaft aus meinen Knochen. Ich habe nicht einmal mehr Lust, den Damatern das Würfeln und Verlieren beizubringen. Aber du siehst aus, als würde dich etwas beschäftigen, mein Freund …«

»Siehst du den Mann dort, da, bei den Ställen?«

»Den Damater? Ja, was ist mit ihm?«

»Er kam heute ins Lager, angeblich, um den Winterjäger zu sehen. Allerdings hat er noch keinen Versuch unternommen, sich mir zu nähern.«

»Woher weißt du dann, dass er deinetwegen hier ist?«

»Ich habe mich am Tor erkundigt, denn irgendetwas an diesem Mann stimmt nicht.«

Schulterzucken. »Ein Damater in seinen Pelzen. Für mich sieht der aus wie alle anderen.«

»Aber seine Haltung, sein Benehmen. Er verbirgt etwas, eine dunkle Absicht. Sie hängt über ihm wie eine dunkle Wolke.«

Brakas kratzte sich am Bauch. »Vielleicht hat er irgendwo etwas ausgefressen und hat am Tor einfach gelogen.«

»Nein, er verfolgt ein Ziel. Ich beobachte ihn seit einer Stunde. Er streunt nicht umher, er erkundet das Lager sehr genau.«

»Und was soll es da am Stall geben – außer Pferden?«

»Aber er sieht sich nicht nur die Pferde an, sondern auch das Gatter und die Wachen. Er hat auch schon nach einer Stelle in der Mauer gesucht, wo er mit einem Pferd hinüberkönnte.«

»Bist du sicher? Vielleicht käme man an der einen oder anderen Stelle mit einem Gaul über den Wall, aber wir sind doch auf einer Felsplatte. Auf der anderen Seite geht es etliche Ellen hinab. Er würde sich und dem Pferd alle Knochen brechen.«

»Mit etwas Glück könnte es gelingen. Aber er scheint auch unschlüssig, ob er es auf diese Art versuchen soll.«

»Bei den Göttern, du sprichst in Rätseln. Was denn versuchen?«

»Nach vollbrachter Tat zu fliehen. Er ist hier, um jemanden zu töten. Ich weiß nur noch nicht, wen.«

Brakas starrte hinüber. »Jeden anderen würde ich auslachen, aber bei dir … Andererseits – diese Damater leben für ihre Blutfehden. Vielleicht geht es hier um Rache zwischen zwei Klanen, und dann kann es sein, dass es uns nichts angeht.«

Jarok warf dem Westgarther einen missbilligenden Blick zu. »Er wirkt nicht wie einer, der hier eine alte Fehde ausfechten will. Er sieht viel zu oft hinüber zu den Hütten der Oramarer. Ich würde sogar sagen, dass er sich für *eine* Hütte ganz besonders interessiert.«

»Warte … etwa Barans Hütte? Er hat es auf den Prinzen abgesehen?«

»Wahrscheinlich.«

»Worauf warten wir dann noch? Wir sollten ihn unschädlich machen. Ich bin sicher, dass Baran sich erkenntlich zeigen würde.«

»Ich könnte mich aber auch irren, Brakas.«

»Das wäre das erste Mal.«

»Aber wenn wir Baran warnen, wird das diesen Mann verschrecken, und wir können nicht beweisen, dass er wirklich Böses plant.«

»Dein Wort wäre mir Beweis genug, aber meinetwegen – was schlägst du vor?«

»Er wird sein Glück kaum bei Tage versuchen. Wir suchen uns heute Abend einen Platz dort drüben.«

»Bist du sicher, dass er bis heute Abend wartet? Sieh nur, er schlendert so unauffällig Richtung Hütte, dass es jetzt sogar mir auffällt.«

Jarok nahm seinen Bogen zur Hand. »Ich sagte doch, dass mein Gespür mich vielleicht täuscht.« Er legte einen Pfeil auf. Der Mann war tollkühn. Glaubte er vielleicht, in dem nach einem Mord üblichen Durcheinander entkommen zu können?

Plötzlich brach unweit der Hütte ein Streit zwischen zwei Damatern aus. Sie brüllten sich an, rangelten miteinander, andere mischten sich ein. Ein Zufall? Es wurde laut, Männer beschimpften und verfluchten einander, es wurde gedroht und gestoßen. Es war wohl nur noch eine Frage der Zeit, bis dort die Messer gezogen würden. Jarok sah Sterro schon über den Platz eilen, um zu schlichten.

Der Fremde schien die Gelegenheit nutzen zu wollen. Er ging schneller. Selbst die Wache vor Barans Hütte war durch den Tumult abgelenkt und bemerkte den Mann nicht, der sich ihr in einem Bogen näherte. Der Fremde drückte sich an die Mauer der Hütte, glitt von hinten an den ahnungslosen Wächter heran.

Brakas war aufgesprungen. »So schieß doch!«

Jarok lauschte auf seinen Atem. Er musste plötzlich an Bors denken, der ihm das beigebracht hatte. Wie sehr er ihn vermisste! Er atmete aus und ließ die Sehne fahren. Der Pfeil zischte hinüber. War er zu spät? Der Fremde hatte sich dicht hinter den Wächter geschlichen und setzte ihm schon mit der Rechten das Messer an den Hals, während die Linke ihm den Mund zuhielt.

Plötzlich zuckte er zusammen, und der Wachmann fuhr herum, fasste sich an die Kehle und starrte auf den Mann, der vor ihm auf dem Boden lag und sich den Oberschenkel hielt.

»Guter Schuss!«, jubelte Brakas.

Immer noch schien kaum jemand den Attentäter zu bemerken. Alle Augen waren auf den Streit gerichtet. Die Wache rief auch nicht um Hilfe. Sie zog zögernd ihr Schwert, als könne sie nicht glauben, was da gerade geschehen war.

»Wir brauchen ihn lebend!«, rief Jarok Brakas hinterher, der schon hinüberrannte. Er hatte einen zweiten Pfeil auf der Sehne. Der Pfeil überholte den Westgarther und bohrte sich ins Holz eines Pfostens, eine Handbreit über dem Kopf des Wächters, der gerade mit dem Schwert ausholte. Jetzt endlich entdeckte der Wächter Jarok und den Westgarther, der ihm etwas zubrüllte, was im allgemeinen Tumult aber unterging. Der Mann blickte von Jarok zu Brakas und dann zurück zum Attentäter, der versuchte, wieder auf die Beine zu kommen, ließ sein Schwert sinken und schlug dem Mann zu seinen Füßen dafür mit aller Gewalt seinen Schild ins Gesicht.

Der Fremde fiel zu Boden, rührte sich nicht mehr, und als der Wächter endlich Alarm schlug, fragte sich Jarok, ob er den Angreifer umgebracht hatte.

Noch Stunden später war das Lager in Aufruhr, und die Atmane und Offiziere gingen durch die Reihen der Zelte und suchten nach Männern, die verdächtig erschienen. Dazu war es im Augenblick ausreichend, wenn sie von der Küste stammten oder keinem Klan angehörten, oder wenn sie alleine im Lager erschienen waren und kein Atman hier war, der sich schützend vor sie stellte.

»Diese Männer haben nichts getan, Hoheit«, sagte Jarok, als die Verdächtigen zusammengetrieben wurden.

»Aber vielleicht hat der Mann, der mein Leben nehmen wollte, nicht alleine gearbeitet.« Baran war erstaunlich ruhig.

»Das ist möglich, Hoheit.« Jarok hatte sogar zwei Verdächtige, nämlich die beiden Streithähne, die den Tumult ausgelöst hatten, den der Attentäter ausgenutzt hatte.

Hesek hatte ihn jedoch davor gewarnt, in dieser Richtung Fragen zu stellen: »Wenn du einem Damater unterstellst, er habe Baran verraten, ist das eine Beleidigung, die Blut verlangt, deines oder seines«, erklärte Hesek. »Nimmst du aber sein Blut, so wird sein ganzer Klan nach Vergeltung trachten, gewiss aber Baran verlassen. Es gibt andere Wege, das zu regeln.« Und Sterro fügte hinzu: »Wenn diese Männer beschuldigt und überführt werden, verlieren ihre Atmane das Gesicht. Und dann müssen sie uns verlassen. Wir können es uns aber nicht leisten, zwei Klane zu verlieren.«

Jarok nahm es kopfschüttelnd hin, aber er merkte sich die Gesichter der beiden Männer. Er musste ein Auge auf sie haben.

Sterro kam aus dem Stall zurück. Sie hatten den Gefangenen dort hingeschafft, damit er nicht von aufgebrachten Damatern erschlagen wurde. Ein Dutzend Männer bewachten ihn.

»Wie geht es dem Verletzten, Meister Sterro? Ist er zu sich gekommen? Können wir ihn befragen?«

»Die Wunden sind nicht tödlich, Prinz, aber die Wache hat ihm den Kiefer zerschmettert. Es ist schwierig zu verstehen, was er sagt.«

»Eigentlich ist nicht schwer zu erraten, wer ihn geschickt hat. Mein Bruder Weszen wird den wahren Erben des Pfauenthrons beseitigen wollen.«

»Dennoch sollten wir in Erfahrung bringen, wer ihm geholfen hat, Hoheit«, meinte General Ubeq.

»Dann befragt ihn, General. Ich will diesen Mann nicht sehen.«

Der Prinz schien die verwunderten Blicke der Atmane und Offiziere nicht zu bemerken. Er schickte sich an, in die Hütte zurückzukehren, blieb in der Tür aber noch einmal stehen. »Auf ein Wort, Jäger …«

Jarok folgte ihm.

»Ich bin kein Folterknecht, Meister Jarok, und das, was dort drüben im Stall geschieht, wird auf Folter hinauslaufen. Ich nehme doch an, dass Ihr Euch gerade gefragt habt, warum ich nicht dabei sein will, oder?«

»Nicht nur ich, Hoheit.«

»Mag sein. Aber ich bin nicht hier, um zu tun, was man von mir erwartet. Ich möchte Euch noch einmal danken, dass Ihr mir das Leben gerettet habt, Falkner. Leider kann ich mich kaum angemessen erkenntlich zeigen. Ich sollte Euch mit Silbermünzen überhäufen, doch besitze ich keine.«

»Das ist auch nicht nötig, Hoheit. Ich habe getan, was jeder andere in dieser Situation auch getan hätte.«

»Ich habe aufmerksam zugehört, was Euer Freund Brakas über dieses Ereignis zu berichten hatte. Es kann schon sein, dass andere ähnlich gehandelt hätten, doch wer hätte so einen kühlen Kopf bewahrt, den Mann nicht zu töten? Ihr seid ein wahrhaft bemerkenswerter Bogenschütze. Noch einmal, ich danke Euch!«

Als Jarok die Hütte verließ, traf er seine Mutter, die dort auf ihn zu warten schien. »Willst du mich tadeln, weil ich erneut eine Lilie vor dem Schnitter bewahrt habe, Mutter?«

»Im Gegenteil, Jari. Wir werden Baran noch eine ganze Weile brauchen, und nun hast du auch noch sein Vertrauen gewonnen. Das wird unserer Sache sehr dienlich sein.«

»Es ist deine Sache, Mutter, nicht *unsere.*«

»Du wirst nicht ewig vor deinem Schicksal davonlaufen können, Jari.«

»Aber ich bezweifle, dass das Schicksal mich zum Erben meines Vaters machen will, Mutter.«

»Ah, Zweifel, schon wieder! Wie kann ein so kühner Jäger und meisterhafter Schütze nur derart unentschlossen sein? Du wirst herrschen, Jarok, es liegt dir im Blut. Und wenn du schon nicht ans Schicksal glauben willst, dann glaube doch wenigstens an die Macht des Blutes!«

Sie wurden durch General Ubeqs Rückkehr unterbrochen.

»Dieser Fremde kann kein verständliches Wort sprechen, denn die Wache hat ihm nicht nur die Kiefer zerschmettert, er hat sich dabei auch noch die Zunge halb abgebissen. Wir werden ihn morgen früh befragen müssen. Vielleicht geht es dann besser.«

Am nächsten Morgen war der Attentäter jedoch tot. Sterro berichtete, dass er sich irgendwie seine Zunge ganz abgebissen habe und an ihr erstickt sei.

Jarok ging in den Stall und sah sich den Toten an, denn er fragte sich, wie das bei einem gebrochenen Kiefer möglich sein sollte. Er brauchte nur einen kurzen Blick, um zu erkennen, dass der Mann nicht erstickt war. Seine Zunge war tatsächlich abgebissen und steckte im Hals, aber er hatte auch getrockneten Schaum vor dem Mund. Jarok wusste, was hier geschehen war, und auch durch wen, aber er behielt das vorerst für sich.

Als er den Stall verließ, sah er ungefähr zwei Dutzend Männer, die aus dem Lager vertrieben wurden. Es waren die »Verdächtigen«, die Ubeq, Brakas und Hesek die ganze Nacht verhört hatten, ohne dass auch nur einer gestanden hätte, etwas mit dem Attentäter zu tun gehabt zu haben. Man hatte auch ihre Sachen durchsucht, aber nichts Belastendes gefunden. Dennoch wurden diese Männer nun wie geprügelte Hunde aus dem Lager gejagt. Er hielt das für einen Fehler. Wenn diese Männer bisher keine Feinde Barans gewesen waren, dann würden sie es jetzt vermutlich sein. Es war offensichtlich, dass die Atmane nur zeigen wollten, dass sie nicht untätig waren.

Er suchte und fand Sterro in der Hütte seiner Mutter und bat ihn für ein Gespräch unter vier Augen vor die Tür. »Ich habe mir den Toten noch einmal angesehen, Sterro.«

»Bedauerlich, dass er uns nicht mehr verraten konnte.«

»Du bedauerst es? Warum hast du ihn dann vergiftet? Versuche nicht, es zu leugnen, denn der Schaum vor dem Mund mag getrocknet sein, aber ich habe so etwas schon einmal gesehen. Hast du ihm die Zunge abgeschnitten und in den Hals gesteckt?«

Sterro hob anerkennend die Augenbrauen und versuchte nicht weiter, seine Tat zu leugnen; »Ich habe dir bereits gestern erklärt, dass wir es uns nicht leisten können, auch nur einen Klan zu verlieren, geschweige denn zwei. Sein Wissen hätte uns gefährlich werden können.«

»Hat der Mann denn gesagt, dass diese beiden Krieger ihm geholfen haben?«

»Das brauchte er nicht, denn es ist offensichtlich.«

»Dann willst du also zwei verräterische Klane in Barans Nähe dulden?«

»Wir reden über zwei Männer, nicht Klane, mein Junge. Es ist übrigens möglich, dass die beiden nicht ahnten, was der Attentäter vorhatte. Hast du sie dir nicht angesehen? Sie wirkten erschrocken, als offenbar wurde, was der Fremde beinahe getan hätte. Vor allem aber glaube ich nicht, dass ihre Atmane eingeweiht waren, und auf die kommt es an.«

Jarok musste ihm insgeheim Recht geben. Er hatte sich die beiden Streithähne aus der Nähe angesehen. Sie fühlten sich schuldig, das war leicht zu spüren, aber sie wirkten auch … überrascht. Und ihre Atmane waren einfach nur wütend gewesen. »Dennoch können wir sie nicht einfach so davonkommen lassen, Sterro.«

»Keine Sorge, Sohn, wir wissen, was zu tun ist. Warte es nur ab.« Aber er erklärte ihm nicht, was er vorhatte.

Jarok hielt sich den ganzen Tag über in der Nähe der Hütte des Prinzen auf, die jetzt von einer vierfachen Zahl von Wachen beschützt wurde. Er machte sich Vorwürfe, dass er das nicht hatte kommen sehen. Es war doch zu erwarten gewesen, dass Weszen seinen Bruder töten lassen wollte. Und er würde es vermutlich wieder versuchen.

Am nächsten Morgen waren die beiden Klane, aus denen die zwei Verdächtigen stammten, verschwunden.

»Sie sagten, sie hätten eine Blutfrage zu klären«, sagte die Torwache, als Jarok sich erkundigte. Er fragte Hesek, was das bedeuten könne, aber der meinte nur, er solle einfach abwarten.

Am Abend kehrten die Klane zurück. Die Mienen der Krieger waren grimmig, und niemand stellte ihnen Fragen, auch nicht, als offenbar wurde, dass zwei Männer fehlten …

»Sie haben über die beiden gerichtet«, erklärte Hesek, den er wieder fragte. Er hatte langsam das Gefühl, dass der Damater es genoss, dass er ihn um Rat fragen musste.

»Sie haben sie umgebracht?«

»Vielleicht auch verstoßen, was noch schlimmer wäre. Die beiden haben durch ihren Verrat die Ehre ihrer Klane verletzt, und nun sind sie und ihre Namen ausgelöscht. Wenn du einen ihrer Verwandten nach ihnen fragen solltest, wirst du keine Antwort bekommen, ja, es wird sein, als hätten sie nie gelebt.«

Tatsächlich stellte niemand Fragen, auch Baran nicht, obwohl er, wie Jarok dachte, wahrscheinlich irgendwo in seinen Pergamenten notiert hatte, dass zwei Männer weniger ins Lager zurückgekehrt waren.

Am nächsten Tag bat der Prinz Jarok erneut zu sich. »Verzeiht, dass ich erst heute Zeit für Euch habe, doch musste ich einige Depeschen verfassen, um die Welt über das zu unterrichten, was Weszen hier versucht hat. Ich habe nicht vergessen, dass Ihr der Leibwächter meines Bruders wart. Nein, ich mache Euch deswegen keinen Vorwurf, Jarok, ganz im Gegenteil, ich hoffe, ich kann daraus Nutzen ziehen, denn ich würde es gerne Euch übertragen, für meine Sicherheit zu sorgen. Nun schaut nicht so überrascht. Auch Ubeq meint, dass es Zeit wird, meine Leibwache neu aufzustellen.« Der Prinz schüttelte mit einem wehmütigen Lächeln den Kopf. »Als ich vor nun fünf Jahren in den Krieg zog, da wachten einhundert Männer über meine Sicherheit, die besten Krieger, die Oramar hervorgebracht hat. Und wo sind sie nun? Gefallen, oder dem Winter und seinen Krankheiten erlegen. Doch das ist Vergangenheit. Es ist Zeit, neu anzufangen.

Wollt Ihr das tun, Jarok? Wollt Ihr der Bannermeister meiner Leibwache sein?«

Jarok zögerte. Irgendwie hatte er das Gefühl, dass das in den Augen der Damater unter der Würde des Winterjägers sein würde. Zumindest würde seine Mutter wohl so denken. Und das war ihm schließlich Grund genug, die Aufgabe zu übernehmen.

Er wählte mit Hilfe von Hesek und Ubeq geeignete Krieger aus und stellte sofort Doppelposten auf die umliegenden Berge. Dann brachte er den Torwachen bei, worauf sie zu achten hatten, wenn neue Krieger ins Lager kamen.

»Fast wie in Ugir, wie?«, sagte Brakas, als Jarok ihn fragte, ob er nicht ebenfalls Bannermeister der neuen Leibgarde werden wolle. »Meinst du denn, mir bleibt dann noch genug Zeit, den Damatern mit meinen Würfeln das Silber aus der Tasche zu ziehen?«

»Du solltest das ernst nehmen, Brakas. Mir wäre wohler, wenn noch jemand mit Erfahrung ein Auge auf die Dinge hätte. Ich werde schließlich auch nicht immer über Baran wachen können.«

»Wird es denn anständig bezahlt?«

»Im Grunde genommen schon – nur dass der Prinz derzeit nicht flüssig ist. Wir werden uns also in Geduld üben müssen.«

»Schön, weil du es bist, aber dafür schuldest du mir etwas ...«

Für ein paar Tage war Jarok mit der neuen Aufgabe ausgefüllt. Weszens langer Schatten mochte bis in diese Berge reichen, aber er hatte dem nun etwas entgegengesetzt.

Zu seinem Verdruss hatte sein angeblicher Meisterschuss – oder vielmehr das, was Brakas in seiner farbenprächtigen Erzählung daraus machte – auch seinen Ruhm beträchtlich gesteigert. Viele Damater kamen zu ihm und wollten ihn, seinen Greifen und seinen legendären Bogen sehen. »Ist es wahr, dass die Erdgeister ihn aus dem Holz eines Wunderbaumes geschnitzt haben?«, fragte ihn ein älterer Krieger einmal.

»Er ist aus Holz, und Menschen haben ihn gemacht«, gab Jarok seufzend zurück und lehnte es ab, ihn herumzuzeigen.

Der Krieger war enttäuscht, aber dann nickte er und sagte: »Ich verstehe, dass du dieses Geschenk der Erdgeister verborgen halten willst. Aber gesehen hätte ich ihn schon gerne, und auch den magischen Pfeil, mit dem du drei Bergwidder mit einem einzigen Schuss erlegt hast.«

»Solch einen Pfeil gibt es nicht.«

»Natürlich nicht«, sagte der Damater gedehnt und ging.

Jarok nahm die Sehne vom Bogen, um sie zu schonen, schlug ihn in schützende Felle ein und ließ ihn fortan im Zelt. Er brauchte ihn nicht, um sich um Barans Sicherheit zu kümmern. Aber das wurde allmählich zur Routine, und als nach Tagen immer noch nichts Verdächtiges geschehen war, kehrte die Langeweile zurück, und dann verließ er das Lager doch hin und wieder, um mit Hrima auf die Jagd zu gehen.

Das war für die Krieger aber auch wieder ein Ereignis, und es kostete ihn viel Mühe, sie so weit auf Abstand zu halten, dass sie das Wild nicht verscheuchten. Hrima blühte in den Bergen regelrecht auf. Ihr Gefieder glänzte schöner, als es je in Oramar geglänzt hatte, und sie flog, wenn er sie nicht rief, oft hinauf zu den Gipfeln und kam erst am Abend wieder. Und auch das beeindruckte die Damater schwer.

Einmal hörte er zufällig einen jüngeren Damater, der einen älteren aufgeregt fragte: »Sag, ist das da oben der mächtige Greif, von dem alle reden?«

»Nein, das ist bloß ein Adler. Hast du noch nie einen Adler gesehen? Ah, da, dort drüben. Das ist der Greif!«

»Aber er ist ja noch kleiner als der Adler!«

»Dummkopf! Er fliegt viel höher, deshalb sieht er kleiner aus. Siehst du, wie er wächst und wächst? Da, der Adler hat ihn auch bemerkt und sucht das Weite.«

»Bei Birsa, du hast Recht! Jetzt kann ich glauben, dass dieser Vogel den Winterjäger auf seinen Schwingen über das Meer getragen hat!«

Jarok sah ein, dass es aussichtslos war, gegen all diese Legenden zu kämpfen, aber er musste auch zugeben, dass er es nicht mehr sehr ernsthaft versuchte. Hrima blieb bald ganze Tage fort, und manchmal fragte er sich, ob sie eines Tages dort oben bleiben würde.

»Was ist, wenn sie dort oben andere Eisgreifen findet?«, fragte er Hesek.

Der seufzte, schüttelte den Kopf und erwiderte: »Ich bin froh, dass uns niemand zuhört. Der Winterjäger sollte wirklich wissen, dass es am Damat keine Greifen mehr gibt. Du findest sie nur im Hrim-Gebirge, meiner Heimat. Hier gibt es bloß Adler, aber nach allem, was ich gesehen habe, haben die schnell gelernt, dass sie deiner Hrima besser aus dem Wege gehen sollten. Sie hat also keinen Grund, in den Bergen zu bleiben.«

Dennoch wurde Jarok unruhig, wenn die Dämmerung kam und das Eisgreifweibchen sich nicht zeigte. Manchmal kam sie auch gar nicht, obwohl er nach ihr rief.

Zum Glück fiel das den Damatern nicht auf, aber er lernte, dass es klüger war, sie erst zu rufen, wenn sie in Sichtweite war. Für die Krieger im Lager, gerade die neu eingetroffenen, war es ein Erlebnis, wenn er sie rief und sie in der Abenddämmerung mit majestätischer Anmut auf seinem Arm landete. Ihm wurde erst jetzt bewusst, dass die Falknerei in Damatien eine ganz und gar unbekannte Kunst war.

»Ein Mann und sein Bogen – so jagen wir hier«, erklärte ihm Hesek, »und es ist ein seltsamer Gedanke, dass man diese herrlichen Tiere abrichten kann. Es scheint allem zu widersprechen, wofür sie stehen.«

»Der Falkner richtet sie nicht einfach nur ab, er sorgt auch für sie. Er ersetzt ihnen die Eltern, bringt ihnen das Jagen bei.«

»Er müsste sie nicht ersetzen, wenn man die Jungen nicht ihren Eltern wegnehmen würde, oder? Aber ich will nichts gesagt haben, Bruder, denn dein Greif ist unserer Sache äußerst dienlich. Einer der Männer, der gestern im Lager eintraf, erzählte mir ganz ernsthaft, dass du mit diesem Vogel sogar schon Bären gejagt hast.«

Jarok schüttelte den Kopf. »Du hast dem Mann doch hoffentlich gesagt, dass man ihm den Bären nur aufgebunden hat, oder?«

»Nein, warum sollte ich? Deine Hrima zieht die Leute an, und wenn das hilft, einen Skorpion zur Strecke zu bringen, soll es mir recht sein, und ich werde nie wieder ein Wort gegen die Falknerei sagen.«

Seine Mutter schien Hrima dagegen nicht zu mögen, und er spürte ihre Missbilligung, wenn er von ihr sprach wie von einer Vertrauten. Meist nutzte sie dann die Gelegenheit zu fragen, warum er noch nicht mit einem Weib zusammen sei. Eines Tages überraschte sie ihn jedoch mit der Aussage: »Es ist aber vielleicht ganz gut, dass du noch kein Weib an dich gebunden hast. Es hätte sich auf deinem Weg als hinderlich erweisen können. Und wenn du unser Ziel erreicht hast, wirst du darauf achten müssen, dass dein Weib dir Nutzen bringt.«

»Sag, Mutter, warum gibt es in diesem Lager eigentlich so gut wie keine Frauen?«

»Die Farrim, wie alle Damater, halten nicht viel von Frauen in einem Kriegslager. Es würde auch nur Streit geben, gerade wenn so lange nichts geschieht wie jetzt. Hast du einen bestimmten Grund, nach den Frauen zu fragen, Jari?«

»Nein, es fiel mir nur auf, dass es außer dir, der Seherin und Guscha hier keine Frauen gibt. Und Guscha zeigt sich fast nie außerhalb von Barans Hütte.«

»Sie ist ein stilles Weib, aber sie steht fest zu ihrem Gemahl Baran, so, wie es sein sollte. Ich habe gesehen, dass du ihren Söhnen erlaubt hast, deinen Eisgreifen zu füttern.«

War das ein Tadel in ihrer Stimme? »Es sind aufgeweckte Kinder, zu jung für dieses Leben unter Kriegern. Ich dachte, es könne nicht schaden, wenn sie noch etwas anderes lernen, als mit

Schwert und Schild umzugehen. Und die Falknerei ist eine gute Schule. Was stört dich daran?«

»Nichts, Jari, gar nichts. Es ist gut, dass Baran dir vertraut. Nun kommst du jederzeit so nah an ihn und seine Familie heran, dass es leicht sein wird, das zu tun, was getan werden muss – wenn es so weit ist.«

Er gab ihr keine Antwort, und die Gespräche, die sie allabendlich beim gemeinsamen Mahl führten, wurden von diesem Tag an immer einsilbiger.

Sie wären wohl ganz verstummt, wenn Sterro nicht irgendwann das Reden übernommen hätte. Er erzählte Jarok von den Klanen und den Stämmen und den blutigen Fehden, die das Land seit Menschengedenken plagten. »Das betrifft auch dich, Jarok, denn es kann durchaus geschehen, dass eines Tages ein Krieger von dir Vergeltung fordert, weil vielleicht dein Urgroßvater den seinen beleidigt hat. Das Gedächtnis der Berge ist aus Stein, sagen die Farrim, und nichts, was dort hineingemeißelt wird, wird je vergessen.«

An diesem Abend wurde ihr Mahl durch einen durchdringenden Schrei unterbrochen. Es war der Schrei einer Frau. Sie schrie wieder.

»Die Seherin!«, rief Jaroks Mutter und war schon aus der Tür.

Er folgte ihr. Die Schreie waren markerschütternd und kamen tatsächlich aus Richtung der Höhle. Am Feuer saß die Seherin, und die Krieger, die den Eingang bewachten, wichen vor ihr zurück. Sie legte den Kopf in den Nacken und schrie die Sterne an: »Sie sterben! Das Urteil der schweigenden Richter. Seine Faust beugt sie. Er zermalmt sie!« Sie starrte in die Menge, die zusammengelaufen war, und selbst Jarok zuckte zusammen: Ihre Augen waren milchig weiß, Iris und Pupille waren verschwunden. »Väter und Söhne!«

Jaroks Mutter war plötzlich bei der Seherin, streckte die Hand in einer beruhigenden Geste aus, doch dann zog sie sie wieder zurück. »Was siehst du, Seherin?«

»Eine Mauer, hoch und stolz, erbaut auf den Knochen einer unterworfenen Göttin. Der Henker. Die Maske. Das Beil. Männer senken den Nacken. Die Menge. Keine Hand rührt sich. Das Beil. Schwarz unter den Sternen. Die Väter vor der Mauer. Die Söhne hinter der Mauer.« Sie stieß die Worte rasch hervor, Schaum trat ihr vor den Mund. »Die Mütter. Blumen vor dem Altar. Die zitternde Hand des Priesters. Der gewundene Kranz.« Sie richtete sich auf, das eben noch schmerzverzerrte Gesicht verzog sich zu einem zuckenden Lächeln, und plötzlich taumelte sie zur Seite.

Jaroks Mutter fing sie auf. Sie ließ feuchte Tücher bringen und kühlte die Stirn der Seherin, die langsam die Augen wieder aufschlug. Sie waren immer noch weiß, nur dass jetzt Tränen daraus flossen. »Warum weine ich?«, fragte sie flüsternd, aber klar.

»Ein böser Traum«, erwiderte Schiwara.

»Nein, es ist mehr. Ein Echo. Ich kann noch den Tempel sehen. Die Braut. Den Bräutigam. Der Priester fleht seinen Gott um Vergebung an. Der Knochenmann kommt. Silber und Blut, Silber und Blut.« Alle Klarheit war wieder gewichen, und sie murmelte immer wieder dieselben drei Worte: *Silber und Blut.*

»Hast du eine Ahnung, was das bedeuten soll?«, fragte Brakas.

Jarok sah abergläubische Furcht in seinem Gesicht, aber nicht nur in seinem. Die meisten Krieger wirkten beklommen, und dann begriff er, dass die meisten von ihnen die Seherin noch nie gesehen hatten. Aber auch er selbst war erschüttert. Er konnte den Schmerz dieser Unglücklichen körperlich fühlen. Was hatte sie nur gesehen?

»Seid unbesorgt, Krieger. Habt Ihr nicht gehört? Silber und Blut – das heißt, bald gibt es reiche Beute!«, rief Sterro in die betretene Stille hinein.

»Das war nicht, was ich gehört habe«, meinte Brakas düster.

Die dunkle Prophezeiung war noch für Tage in aller Munde, und jeder hatte seine eigene Ansicht, was sie bedeuten könnte.

Jarok machte sich auch seine Gedanken: *Die Knochen einer unterworfenen Göttin?* Das passte auf Ugir. Und Väter und Söhne, in einem Atemzug erwähnt mit dem Henkersbeil? Nein, das durfte nicht bedeuten, was er befürchtete. Und was hatte es mit dem Knochenmann auf sich?

Zwei Wochen später meldete ein Läufer, dass unerwarteter Besuch zu erwarten sei.

»Wer ist es?«, fragte Jarok, der gerade zur Jagd aufbrechen wollte.

»Die Männer sagen, es sei ein Oramarer von Rang, aber der Melder hatte sich den Namen nicht gemerkt«, meinte Brakas, der ihm die Nachricht überbrachte. »Lass deinen Eisgreifen ruhig noch eine Weile auf seinem Baum. Ich habe das Gefühl, dass das wichtig sein könnte.«

Jarok verschob die Jagd mit einem Seufzer auf später und suchte sich einen Platz auf der Mauer, um zu sehen, wer da kommen mochte. Dann sah er ihn und konnte es nicht glauben.

»Sag, täuschen mich meine Augen, oder ist es unser Großwesir, der da mit Leichenbittermiene naht?«, rief Brakas.

»Es ist Aphaskar, und jetzt glaube ich auch, dass das wichtig sein wird. Komm, ich will vor ihm an der Hütte sein«, sagte Jarok.

Viele Damater hatten sich am Tor gesammelt und folgten dem Neuankömmling bis zu Barans Hütte. Der Prinz war hinausgetreten und ließ Aphaskar herankommen.

Jarok beobachtete den Großwesir und versuchte zu ergründen, was er vorhatte. Es war etwas Dunkles in ihm, aber es war keine verborgene Bedrohung, eher so etwas wie Schmerz und … Angst. Aphaskar wurde von Angst getrieben!

»Ich grüße Euch, edler Prinz Baran, und ich bitte um Euren Schutz!«

»Meinen Schutz? Seid Ihr nicht Anar Aphaskar, der erste Diener meines Bruders?«

»Ich war es, Hoheit, doch musste ich aus Ugir fliehen. Euer Bruder Weszen ist eine Gefahr für alle, die in seiner Nähe sind. Und ich bringe Nachrichten, die ich lieber nicht bringen würde, Hoheit. Doch sollten wir das zunächst unter vier Augen besprechen.«

Baran nickte knapp und trat in die Hütte. Als Aphaskar ihm folgen wollte, hielt Brakas ihn auf. »Nicht so schnell, Herr. Ihr werdet verstehen, dass ich Euch auf Waffen durchsuchen muss ...«

»Ihr seid der Westgarther, der mit Bannermeister Jarok geflohen ist ... ah, und da steht der Blutwolf selbst. Dann haben unsere Spione also Recht, wenn sie sagen, dass der geheimnisumwitterte Winterjäger kein anderer ist als Weszens ehemaliger Leibwächter ... Aber nur zu, durchsucht mich, wenn Ihr glaubt, dass Weszen nun seinen Großwesir aussendet, um seinen Bruder zu töten.«

»Zutrauen würde ich es ihm«, gab Brakas zurück und nahm Aphaskar seinen zierlichen Dolch ab.

Jarok geleitete Aphaskar hinein, aber Baran schickte ihn wieder hinaus. »Dieser Mann bat um eine Unterredung unter vier Augen, Winterjäger, und ich habe sie ihm gewährt.«

Fluchend trat Jarok wieder vor die Tür. Ihm dämmerte, dass Aphaskar einige Dinge berichten konnte, die er Baran verschwiegen hatte.

Brakas sah aus, als wolle er eine spöttische Bemerkung machen, als er so schnell wieder vor die Tür trat, aber Jarok warf ihm einen finsteren Blick zu, und der Westgarther beschränkte sich auf ein breites Grinsen.

»Was ist da drinnen los?«, fragte Tinbul, der sich nun durch die Menge drängte. Er nahm für sich in Anspruch, erster aller Atmane im Lager zu sein, weil er am längsten hier war. Jarok mochte ihn immer noch nicht.

»Baran hat Besuch aus Ugir.«

»Ein Oramarer, wie ich hörte? Was will er?«

»Lass dich doch überraschen, Bruder.« Jarok hätte es selbst zu gern gewusst.

Es dauerte nicht sehr lange, bis die Pforte sich wieder öffnete und Akka, Barans älterer Sohn, die Atmane und Offiziere in die Hütte bat.

Der Prinz saß bleich hinter seinem Tisch, Aphaskar stand an der Seite. Sein Gesicht war eine undurchdringliche Maske.

Jetzt erhob Baran sich schwerfällig. »Anar Aphaskar kommt aus Ugir, der Stadt meines Bruders, dessen Berater er lange war. Er bringt Kunde, die so schwarz ist, dass ich sie nicht wiederholen mag. Es ist besser, Ihr erzählt den Männern das, wofür mir die Worte fehlen, Aphaskar.«

Der Großwesir deutete eine Verbeugung an. »Ich war Weszens Großwesir, seine rechte Hand, wenn Ihr so wollt. Doch bin ich es nicht mehr, denn es sind Dinge geschehen, die alles übersteigen, was eine rechte Hand tun kann.« Er seufzte. »Zehn Tage ist es nun her, dass Weszen mich mit der Nachricht überraschte, dass er zu heiraten gedenke. Dies war jedoch keine freudige Nachricht, wie ich zuerst annahm. Wie Ihr vielleicht wisst, hat er vier seiner Halbbrüder gefangen genommen, die sich gegen ihn verbündet hatten. Er hatte versprochen, sie zu verschonen, sie in eine abgelegene Wüstenfestung zu verbannen, wenn ihre Familien nach Ugir kommen und sich seiner Gnade ausliefern. Nun, sie kamen, um ihre Männer zu retten, doch das war ein Fehler, denn er hatte entschieden, eben die Frauen dieser Familie zu heiraten. Ihr werdet fragen, wie das angehen kann, wo sie doch bereits verheiratet waren. Die Antwort ist einfach. Weszen beschloss nämlich, diese Unglücklichen am Morgen vor der Hochzeit zu Witwen zu machen.«

Atemlose Stille breitete sich in der überfüllten Hütte aus. Jarok traute seinen Ohren nicht.

Aphaskar fuhr fort. »Schon das erschien mir … barbarisch.

Doch es kam noch schlimmer. Weszen sah nicht nur in seinen Halbbrüdern eine Gefahr, sondern auch in ihren Söhnen. Und während die Henkersaxt vor der Mauer des Palastes und unter dem Jubel des Volkes die vier Prinzen köpfte, erwürgten seine Getreuen die Söhne hinter der Mauer. Fünf junge Leben, das jüngste gerade erst drei Jahre alt, wurden so beendet. Dann schritt Weszen zur Hochzeit. Und er nahm nicht nur die Witwen zu Frauen, er ehelichte auch die Töchter, drei junge Mädchen von weniger als zehn Jahren, die er nun im Frauenreich des Palastes einsperrt wie die trauernden Witwen.«

»Er lässt Kinder ermorden?«, rief einer der Atmane.

»Und diese Frauen haben eingewilligt? Eine Damaterin hätte sich eher in ihren Dolch gestürzt, als den Mörder ihres Mannes zu heiraten.« Das kam von Tinbul.

Baran warf ihm einen finsteren Blick zu. »Die Witwe von Prinz Haisal ist Eurem Vorschlag gefolgt, wie ich erfahren habe, und so heiratete Weszen nur ihre Tochter. Die Witwe von Prinz Hamaq hat sich ihm jedoch ganz verweigert, und er ließ sie und ihre Töchter aufhängen.«

»So ist es«, fuhr Aphaskar fort. »Danach haben die anderen Unglücklichen eingewilligt, um ihren Töchtern wenigstens das Leben zu retten. Ich habe Weszen angefleht, das nicht zu tun. Doch er sagte mir, er müsse das tun, um zu verhindern, dass diese Frauen und Mädchen ihren toten Männern oder Vätern einen Rächer gebären. Und nach der Hochzeit hat er sie alle in einem eigens geschaffenen Kerker im Frauenbereich einsperren lassen.«

»Er hat völlig den Verstand verloren«, murmelte General Ubeq.

»Natürlich hat er das!«, brüllte Baran und donnerte mit der Faust auf den Tisch. »Weszen ist wahnsinnig geworden! Er lässt Frauen und Kinder erwürgen? Das ist …« Er brach den Satz ab und ließ sich auf einen Stuhl fallen. »Außerdem erfuhr ich, dass die Witwe von Prinz Gilef, die so klug war, nicht nach Ugir zu gehen, in Utemes ermordet wurde.«

Der Wesir nickte. »Weszen fürchtet nichts mehr, als dass ein anderer Nachfahre seines Vaters ihm um des Thrones willen ans Leben will. Er lässt im ganzen Reich nach illegitimen Kindern des Großen Skorpions suchen.«

»Die Seherin hat es gesehen! Sie hat diese Bluttaten vorhergesehen!«, rief Sterro in Erinnerung, was ohnehin niemand in der Hütte vergessen hatte.

Nur Baran ist nicht dort gewesen, dachte Jarok. *Er kann den Aufruhr vor ihrer Höhle doch nicht überhört haben. Warum empfindet er so eine Scheu vor ihr?*

»Hätte er das in Damatien gemacht, wir würden ihn ins Meer jagen!«, knurrte Tinbul. »Und wenn die Oramarer Männer sind, werden sie das Gleiche tun. Oder hat er ihnen mit dieser Geschichte das Rückgrat gebrochen?«

»Das ist nicht so einfach, wie es von diesen Bergen aus aussehen mag!«, rief Aphaskar. »Weszen herrscht durch Angst und Schrecken. Jeder, der gegen ihn aufsteht, muss damit rechnen, in seinem Kerker oder unter dem Richtbeil zu landen. Auch mein Leben war in Gefahr, sobald ich begann, seine Entscheidungen anzuzweifeln. Deshalb floh ich, und ich zweifle nicht, dass mein Todesurteil inzwischen schon geschrieben ist.«

»Er wird es bereuen. Die Städte werden sich erheben und sich meiner Sache anschließen!«, presste Baran hervor. »Aphaskar hat mir auch berichtet, dass es im ganzen Reich brodelt. Das Volk wird sich gegen den Tyrannen erheben. Ich werde sofort Botschaften an die Satrapen verfassen. Geht und berichtet Euren Kriegern von dieser abscheulichen Tat! Alle sollen wissen, was Weszen getan hat.«

»Er schreibt, wo er doch besser zum Schwert greifen sollte«, zürnte Tinbul, als sie vor der Tür waren.

»Er kann jetzt mit dem Schwert wenig ausrichten, aber das

richtige Wort, an die richtige Stelle gesandt, kann viel bewirken«, meinte Jarok.

Der Atman war einen Kopf kleiner als er, hatte es aber bei ihren wenigen Begegnungen immer geschafft, auf ihn herabzusehen. »So kann nur ein halber Oramarer reden.«

»Du kannst gerne im gerechten Zorn dein Schwert ziehen, Bruder, aber verlier es nicht unterwegs, wenn du nach Ugir schwimmst, um dir Weszen vorzuknöpfen.«

Der Atman schnaubte verächtlich und ließ ihn stehen.

»Gut gesprochen, Sohn, aber du solltest ihn nicht verprellen. Wir werden ihn und seine Krieger noch brauchen.«

»Mir ist es gleich, ob ihr ihn braucht oder nicht, Sterro, daran hat sich nichts geändert.«

»Aber du bist immer noch hier, Jari. Und du wachst sogar über das Leben dieses Prinzen.«

Seine Mutter hatte sich im Hintergrund gehalten, wie meistens. Dennoch war sie es, die hier die Fäden zog, das wurde Jarok von Tag zu Tag klarer. Sterro und Hesek sagten und taten, was sie wollte, und Baran ließ sie gelegentlich nach Einbruch der Dunkelheit rufen und sich von ihr von der Seherin erzählen. Jetzt blickte sie ihn mit ihren grauen Augen kühl und tadelnd an. Es sah gar nicht so aus, als *wollte* sie, dass er bliebe.

Aber konnte ihm das nicht gleich sein? »Ich fürchte, dass Tinbul Recht hat«, sagte er jetzt. »Mit dieser grausamen Tat könnte Weszen jeden Widerstand gebrochen haben. Wer in Oramar soll sich noch gegen ihn auflehnen, wo er doch weiß, dass selbst die Familien vor ihm nicht sicher sind? Und vergesst nicht Elagdad! Ich glaube, keine Stadt im Reich will das Schicksal dieser Stadt teilen.«

»Die Seherin hat gesagt, dass Baran eine große Macht über das Meer führen wird. Zweifelst du immer noch an ihr, obwohl sie auch diese Untaten Weszens vorhergesehen hat?«

Jarok schwieg darauf. Im Gegensatz zu der Seherin konnte er

weit und breit keine Macht sehen, die der Prinz nach Oramar führen könnte, und Baran würde sehr viele Krieger und noch mehr Silber brauchen, wenn er den Thron einfordern wollte. Weszens Grausamkeit hatte sogar die rauen Damater empört, aber sie würde sie gewiss nicht in Scharen zu Barans Fahnen treiben und noch weniger über das Meer tragen.

Ihn beschäftigte aber noch eine andere Frage, und deshalb kehrte er noch einmal in die Hütte zurück. Barans Frau Guscha, die sich sonst immer stumm im Hintergrund hielt, hatte ihm eine Hand auf die Schulter gelegt. Sobald sie Jarok bemerkte, huschte sie in die Schatten der Hütte zurück. Baran wirkte sehr bedrückt. Aphaskar stand bei ihm. Wollte er etwa seine alte Stelle unter einem neuen Herrn einnehmen?

»Verzeiht, Aphaskar, aber es gab da doch noch eine Witwe … Hennara. Hat Weszen sie ebenfalls …?«

»Wie? Algahils Witwe?« Baran blickte auf. »Warum interessiert Euch das, Bannermeister?«

Eine unbequeme Frage. »Ich habe sie von Elagdad nach Ugir eskortiert, Hoheit, und fühle mich daher für ihr Schicksal verantwortlich.«

»Ich erinnere mich an sie. Eine eher herbe Schönheit, doch durchtrieben. Sie passte zu Algahil. Was wurde aus ihr, Aphaskar?«, wollte jetzt auch der Prinz wissen.

»Weszen hat auch sie geheiratet, Hoheit. Sie ist eine Dschakid, und Weszen will diesen mächtigen Stamm an sich binden, aber ich denke, er wird mehr als eine erzwungene Ehe brauchen, um diesen Stamm für sich zu gewinnen.«

»Ich werde es notieren. Und nun lasst mich allein. Ich will meiner Brüder gedenken, auch wenn sie meine Todfeinde waren.«

Jarok verließ die Hütte und überdachte die neue Lage. Weszen beherrschte das riesige Oramar beinahe vollständig, und selbst die Hauptstadt würde sich seinen Forderungen, ihn als Padischah anzuerkennen, nicht mehr lange verweigern können. Der einzige Stachel in seinem Fleisch war Baran, der sich aber hinter seinen Pergamenten verschanzte und mit dieser Handvoll Krieger nicht viel ausrichten konnte. *Das,* so dachte Jarok, *müssen doch auch die Damater früher oder später begreifen, und dann werden sie ihn verlassen.* Er hielt es ohnehin für ein Wunder, dass sie ihm schon so lange die Treue hielten.

Dennoch spürte er in den nächsten Tagen eine Veränderung der Stimmung im Feldlager: Das ziellose Treiben, das er seit seiner Ankunft beobachtet hatte, war vorüber. Er sah Männer, die ihre Rüstungen ausbesserten und ihre Waffen schärften. Er sah sogar Krieger, die mit Schwert oder Bogen übten, und die Jäger pökelten Fleisch, als wollten sie Vorräte für einen Feldzug anlegen.

Brakas gab sich alle Mühe, diesen Stimmungswandel zu unterlaufen. Er hatte ein Zelt eigens für das Würfelspiel organisiert und spielte, wann immer sein Dienst es zuließ. Er gewann regelmäßig.

»Eines Tages wird einer merken, *wie* du gewinnst, Brakas. Und die Damater verstehen keinen Spaß bei Falschspielern«, mahnte Jarok eines Abends.

»Wer spielt denn hier falsch? Sie kennen das Spiel nicht, und sie merken einfach nicht, wenn ich den Gewinn für einen Wurf einsacke, den ich so gar nicht angesagt hatte. Fängst du etwa an, dir Sorgen um *deine* Krieger zu machen, *Winterjäger?*«

»Merkst du nicht, dass der Wind sich gedreht hat? Plötzlich reden alle von Schlachten und Beute und nicht mehr vom Trinken und den Weibern.«

»Das geht vorüber. Das ist nur eine Scheinblüte ihrer Kampfeslust, die der erste Frost tilgen wird.«

»Erstens haben wir andauernd Frostnächte, zweitens kennst du die Gewohnheiten der Damater nicht, Brakas. Der Winter – das ist die Zeit, um aus den Bergen herabzusteigen und auf Beutezug zu gehen. Wir sind da anders als die Leute in wärmeren Gefilden.«

»Bemerkenswert, Jarok, vor allem, dass du *wir* gesagt hast ...«

Am nächsten Morgen kam ein Fremder ins Lager geritten, und kurz darauf rief Prinz Baran die Anführer erneut zusammen. »Ich habe gute Nachrichten, bessere, als ich zu hoffen wagte. Ein Gesandter des Seebundes ist in Gromar eingetroffen und ersucht um ein Treffen.«

»Was will er?«, fragte Sterro in das beifällige Murmeln hinein.

»Meine Kundschafter haben mir in den letzten Tagen zugetragen, dass das Band zwischen Weszen und dem Seebund wieder einmal zerrissen ist. Er hat viele ihrer Kaufleute aus seinen Häfen vertrieben und verlangt hohe Zölle für alle Waren, mit denen die übrigen handeln wollen. Wir können also davon ausgehen, dass diese Krämer sich nun endlich daran erinnern, dass es noch einen anderen Erben des Padischahs gibt.«

Das war in der Tat eine Neuigkeit. »Aber was bietet der Seebund an, Hoheit?«, fragte General Ubeq.

»Es ist noch kein Angebot, nur eine Einladung zu einem Treffen in Gromar. Natürlich werde ich die nicht annehmen.«

»Ihr wollt das Angebot ausschlagen. Seid Ihr verrückt?« Das kam wieder von Atman Tinbul.

Der Prinz sah ihn kalt an. »Ein einfacher Gesandter lädt *mich*, den zukünftigen Padischah von Oramar, zu einem Treffen in eine Stadt, die mir gehört, aber widerrechtlich vom Seebund besetzt ist? Das ist eine Beleidigung!«

»Aber der Seebund … er könnte uns die Mittel geben, die uns fehlen, um Euren Bruder zu besiegen, Prinz.«

»Wenn ich mich und meinen Rang verleugnen muss, um diese Mittel zu bekommen, Tinbul, dann will ich sie nicht. Ich wollte Euch dennoch über dieses Angebot informieren. Auch wenn ich es nicht annehmen kann, zeigt es doch, dass sich die Dinge zu unseren Gunsten entwickeln.«

»Dieser Mann ist ebenso verrückt wie sein Bruder!«, rief Tinbul vor der Hütte. Der Prinz hatte die Zusammenkunft beendet, ohne sich weiter zu erklären.

Jarok widersprach ihm schon aus Prinzip: »Ein Prinz wie Baran, der nicht viel mehr als seinen Ruf besitzt, muss sehr darauf achten, dass dieser nicht beschädigt wird. Uns mag das lächerlich erscheinen, aber wenn der Seebund es ernst meint, wird er sein Angebot zu anderen Bedingungen erneuern.« Er dachte plötzlich an das, was die Seherin gesagt hatte: Der Knochenmann, der kommen würde. War damit vielleicht Protektor Pelwa gemeint? Die Beschreibung wäre zutreffend, denn der Greis bestand wirklich nur aus Haut und Knochen. Und Pelwa hatte doch schon mit Weszen verhandelt. »Ich sage dir voraus, Bruder, dass wir schon bald hohen Besuch bekommen werden. Sag also deinen Kriegern, sie sollen ihre Zelte aufräumen.«

Ein paar Männer lachten. Tinbul sah ihn von oben herab an. »Ich habe wenigstens Männer, die mir folgen, Krieger, die durch das Blut an den Klan der Tausend Wasser und damit an mich gebunden sind! Und was hast du? Ein paar Knaben und Träumer, die einer Legende nachrennen, die du gewiss nicht bist. Und jetzt bist du auch noch der Wachhund dieses fremden Fürsten geworden. Du bist wirklich kein Damater.« Und damit ließ er sie stehen.

Sterro sah besorgt aus. »Ein paar der Krieger bewundern dich dafür, dass du den Atmanen die Stirn bietest, aber Tinbul hast du gekränkt, Sohn, und das nicht zum ersten Mal. Sei vorsichtig, wir Damater verzeihen nicht leicht, und Tinbuls Wort hat Gewicht bei den Farrim.«

»Ich habe dir schon einmal gesagt, dass es mich nicht kümmert, wie die Damater von mir denken, und bei Tinbul ist es mir besonders gleichgültig.«

»Du hast die Sturheit deiner Mutter geerbt, Sohn, aber leider nicht ihre Weitsicht.«

»Weitsicht? Weil sie ihren Jungen wegschickt für einen Plan, der fünfundzwanzig Jahre später scheitern wird?«

Sterro zog ihn zur Seite. »Erstens solltest du nicht von diesen

Dingen sprechen, wenn andere in der Nähe sind, zweitens … hat sie dir denn nicht erklärt, warum wir dich damals fortgeschickt haben?«

»Was meinst du? Sie wollte, dass ich in der Nähe des Großen Skorpions aufwachse …«

»Hat sie das gesagt?« Der Schamane war sehr ernst geworden.

»Damals, ja.«

»Aber das war doch nur der Grund, warum sie dich nach Oramar und nicht irgendwo anders hin sandte. Hast du sie etwa nie gefragt? Bei den Göttern – ihr habt *nicht* darüber gesprochen? Mein Junge, sie *musste* dich damals fortschicken! Sie war die Geliebte eines Oramarers, und vor fünfundzwanzig Jahren sah es so aus, als könnten die Bergstämme in seltener Einigkeit die Küste überrennen. Hätten sie Erfolg gehabt, dann wäre es einem Halbblut wie dir übel ergangen. Weißt du denn nicht mehr, dass wir mitten in der Nacht aus unserem Haus fliehen mussten und Gromar nur mit knapper Not erreichten? Sie musste dich fortschicken, um dein Leben zu retten!«

An nichts von dem, was der Gefährte seiner Mutter da erzählte, konnte sich Jarok erinnern. Wenn es stimmte, dann … nein! »Warum hat sie mich dann nicht zurückgeholt, als es wieder besser wurde, Sterro?« Seine eigene Stimme klang plötzlich seltsam belegt.

»Das war nicht so einfach, mein Junge. Du warst in Ehren aufgenommen worden. Dein wahrer Vater hat sich um dich gekümmert, auch wenn dir das nicht bewusst war. Glaubst du denn, dass jeder damatische Junge, der nach Oramar kommt, ein Leibjäger des Padischahs wird? Sie konnte dich nicht einfach von dort fortholen, auch wenn sie sich nichts sehnlicher gewünscht hatte.«

Jarok starrte seinen Stiefvater wütend an. Er wusste nicht genau, was ihn so zornig machte, aber irgendetwas an dieser Geschichte, die Sterro ihm hier auftischte, war faul, das spürte er. Es musste einfach so sein. »Wenn meine Mutter es wirklich gewollt hätte, dann hätte sie auch einen Weg gefunden!«, brach es aus ihm heraus. »Sieh doch, wie erfindungsreich sie in diesem Lager die Fäden zieht! Selbst der Prinz tanzt doch nach ihrer Melodie, auch wenn er es nicht merkt.«

Der Schamane schüttelte den Kopf. »Es steht dir nicht zu, an deiner Mutter zu zweifeln. Sie hat getan, was getan werden musste und was das Beste für dich war. Sie wird dich sogar zum Padischah machen, wenn du endlich deinen lächerlichen Widerstand aufgibst und dein Schicksal wie ein Mann annimmst. Welche Mutter hätte je mehr für ihr Kind getan?«

Er würdigte Sterro keiner Antwort und ging von da an seiner Mutter erst recht aus dem Weg. Und sie rief auch nicht nach ihm, obwohl er die gemeinsamen abendlichen Essen jetzt ausließ. Aber das Viele, was ungesagt blieb, lastete von Tag zu Tag mehr auf seinem Gemüt, und er musste mit jemandem darüber reden. Leider kam dazu nur ein Mann in Frage …

»Ist das dein Ernst? Jetzt willst du mit mir reden? Ich habe gerade eine sagenhafte Glückssträhne!« Brakas gewann immer noch beim Würfeln. Er wurde allmählich übermütig, und die Krieger, die einmal mit ihm gewürfelt hatten, taten es nicht wieder. Zu seinem Glück kamen inzwischen täglich neue Männer ins Lager, die er ausnehmen konnte.

Jarok beugte sich zu ihm hinab. »Wenn du keine Zeit hast, kann ich dir welche verschaffen, indem ich deinen Opfern rate, sich deine Würfel ein bisschen genauer anzusehen.«

»Du verstehst wirklich keinen Spaß, wie?« Der Westgarther steckte die Würfel weg und folgte ihm.

Jarok führte ihn zum Rand des Lagers, zu der Pinie, auf der Hrima ihr Nachtlager aufgeschlagen hatte. Die meisten Krieger hielten respektvollen Abstand zum Greifen des Winterjägers, und so würden sie ungestört bleiben.

»Ich brauche deinen Rat, Brakas, in einer ziemlich schwierigen Frage …«

»Im Ernst?« Der Westgarther grinste breit.

Jarok seufzte. Vielleicht war es eine dumme Idee, aber er hatte das Gefühl, dass er an dieser Sache ersticken würde, wenn er nicht mit jemandem redete, der nicht auf der Seite seiner Mutter stand. »Du weißt doch noch, dass ich ein Sohn des Großen Skorpions bin, oder?«

»Es würde mir schwerfallen, das zu vergessen, Jarok.«

»Meine Familie hat große Pläne für mich geschmiedet.«

»Du meinst diese Sache mit dem *Winterjäger* und so? Das weiß ich doch längst. Auch wenn ich nicht verstehe, was das einbringen soll. Dieser hinterhältige Hund Tiko hatte schon Recht – die meisten Atmane werden dir nicht wegen einer halb vergessenen Legende folgen.«

»Meine Mutter hat größere Pläne, Brakas. Sie will, dass ich Padischah werde.«

Der Westgarther sah ihn mit großen Augen an, lachte, schüttelte den Kopf und rief: »Im Ernst? Das ist verrückt! Wie hat sie sich das vorgestellt? Soll Weszen zu deinen Gunsten abdanken?«

»Nein, sie will Baran unterstützen, bis er Weszen besiegt hat – dann will sie mich an Barans Stelle setzen. Ich habe lange gedacht, dass es nie so weit kommen wird, weil Baran einfach zu schwach ist, aber jetzt wird ihm der Seebund ein Bündnis anbieten, und das könnte alles ändern.«

»Verstehe. Und du hast nicht vor, an seine Stelle zu treten, so wie ich dich kenne, was – wenn du mir die Bemerkung erlaubst – ziemlich eigenartig ist. Ich kenne eine Menge Männer, die ihren rechten Arm hergeben würden, um Herrscher von Oramar zu werden.«

»Das ist mir gleich. Ich will nicht Padischah werden. Wie sollte ich auch? Ich habe keine Ahnung, wie man ein so riesiges Reich lenkt.«

»Die haben viele Herrscher auch nicht und tun es trotzdem. Aber welchen Rat willst du nun von mir hören? Soll ausgerechnet *ich* dir sagen, was du tun sollst? Schön. Das Einfachste wäre, du würdest verschwinden, aber das willst du offenbar nicht, denn sonst wärst du längst fort. Ich sehe auch, wie du mit dir ringst, und ich kann dir sogar sagen, warum das so ist. Du hast Weszen das Leben gerettet, damals, als Hesek mit dem Bogen ein Loch in ihn schießen wollte. Hättest du ihn sterben lassen, wäre alles anders gekommen. Elagdad würde noch stehen, und tausende Menschen könnten noch leben. Das lastet dir auf der Seele, obwohl es dazu keinen Grund gibt. Weszen hatte damals doch noch sieben andere Brüder, die nach seinem Tod übereinander hergefallen wären. Wer kann schon sagen, wie viele Städte dabei vernichtet und wie viele Leben ausgelöscht worden wären?«

»So ist es aber nicht gekommen.«

»Richtig, dank deines Eingreifens. Vielleicht hast du Tausende gerettet, vielleicht hast du Tausende verdammt, ja, vielleicht trägst du wirklich Verantwortung für Weszens Untaten. Jedenfalls ist es doch das, was *du* glaubst, und das ist hier wohl das Entscheidende. Ich brauche dir nicht zu erklären, wie verrückt mir das vorkommt. Auch ich war dort, als Weszen wütete – aber ich fühle kein Stück Verantwortung dafür. Es war einfach dein, nein, unser Schicksal, zur falschen Zeit am richtigen Ort zu sein.

Gut, du willst also meinen Rat, du sollst ihn haben ... Bekämpfe Weszen, bis er besiegt und tot ist, dann hast du deine angebliche Verpflichtung gegenüber dem Schicksal auf jeden Fall erfüllt. Und solltest du dann wirklich nicht der mächtigste Herrscher der Welt werden wollen, kannst du dich immer noch davonmachen und Baran den Thron überlassen. Dann kannst du dich mit deinem Greifen auf irgendeinen Berg setzen und zusehen, wie ein anderer dein Reich regiert – oder zugrunde richtet.«

»Das ist dein Rat?«

»Das ist er, und er ist kostenlos. Aber nun lass mich weiter würfeln, die Nacht ist noch jung, und dieser Damater hat noch einige Münzen, um die ich ihn gerne bringen würde.«

Eine Woche nach dem ersten Boten des Seebundes sah Jarok einen zweiten ins Lager kommen. Er brachte den Vorschlag, dass sich der Prinz mit dem Sondergesandten Pelwa am Fuß der Berge treffen könne.

Baran schien unschlüssig, ob er darauf eingehen sollte, und er fragte die Atmane und Offiziere nach ihrer Meinung. »Es ist ein Entgegenkommen, das wir honorieren sollten, Hoheit«, meinte General Ubeq.

»Wir müssen die Gelegenheit nutzen!«, rief Tinbul. »Die Krieger haben schon von dem ersten Angebot gehört und wittern fette Beute. Habt Ihr nicht bemerkt, dass sie neuerdings in Scharen kommen? Wenn Ihr sie enttäuscht, Prinz, werden sie Euch das sehr übel nehmen. Ja, ich sage voraus, dass sie nie wieder kommen werden, wenn sie jetzt mit leeren Händen zu ihren Hütten zurückkehren müssen.«

Jarok räusperte sich. »Pelwa wird noch weiter nachgeben.«

»Woher willst du das wissen, Jäger? Hat dein Eisgreif dir etwas zugetragen?«, höhnte Tinbul.

»Die Seherin hat zu mir gesprochen, schon vor Wochen. Ihre Worte waren mir damals aber ein Rätsel. Sie sagte, dass ein Knochenmann ins Lager kommen werde. Damit hat sie Protektor Pelwa gemeint, da bin ich nun sicher.«

»Du bist kein Schamane, und die Worte der Seherin können vieles bedeuten!« Tinbul konnte ihm wohl einfach nicht Recht geben. Auch Baran schien noch nicht überzeugt.

»Sie sagte auch, dass er auf einer Truhe voller Silber kommen werde. Sie sagte aber nichts von Silber am Fuß der Berge.«

Damit hatte Jarok die richtigen Worte gefunden, denn die Atmane waren jetzt doch bereit, sich etwas länger in Geduld zu fassen. Baran lehnte also auch das zweite Angebot des Seebundes ab. Die Sache mit der Truhe voll Silber sprach sich schnell herum, ja, bald war die Rede von zwei Truhen, dann vier; die Zahl der Truhen schien sich täglich zu verdoppeln, und bald war das

Lager zu klein, um all die Krieger aufzunehmen, die nun aus den Bergen heranzogen, um bei dem kommenden Kriegszug gegen Oramar dabei zu sein.

Eine Woche später war Jarok zufällig am Tor, als ein dritter Bote ins Lager kam und für den Sondergesandten des Seebundes um die Erlaubnis nachsuchte, den Prinzen in seinem Heerlager besuchen zu dürfen, was Baran huldvoll erlaubte.

In den nächsten Tagen brachte der Spätherbst immer wieder leichten Schnee in das Tal. Zunächst legte er sich wie ein festlicher Schleier über das ganze Lager, aber bald wurde er von tausenden von Stiefeln zu Matsch zertreten und war nur noch etwas, was die Stiefel durchnässte.

Protektor Pelwa kam an einem Tag ohne neuen Schnee, und er kam nicht allein. Einhundert Mann eskortierten ihn, aber, und darin waren sich die Krieger einig, sie bewachten vor allem den schweren Wagen, in dem der sagenhafte Silberschatz liegen musste, den die Seherin versprochen hatte.

Viel interessanter als den Wagen fand Jarok jedoch den Mann, der an Pelwas Seite ritt. Es war ein Damater, vielleicht um die sechzig, mit glattrasiertem Gesicht und listigen Augen.

»Wer ist das?«, fragte er Hesek, der mit ihm auf einem Felsen am Rande des Lagers stand und den Zug beobachtete.

»Der hat uns gerade noch gefehlt! Das ist Gamutak vom Schneewindklan, ein Schamane, nein, ich sollte eher sagen, er ist *der* Schamane. Niemand hat größeren Einfluss auf die Klane als er, und das weit über das Paramar hinaus. Wir Damater haben zwar nicht so etwas wie einen Hohen Priester oder Obersten einer Bruderschaft, aber wenn wir so jemanden hätten, wäre es Gamutak. Sein Wort ist Gesetz. Leider weiß er das, und er versteht es, seine Macht auszunutzen. Wenn in diesem Wagen wirklich Silber für Baran liegen sollte, dann wird der Prinz es wohl mit Gamutak teilen müssen.«

Jarok sah seinen Stiefvater drüben vor der Hütte seiner Mutter stehen. Sterro war auch ein Schamane, aber er stammte von der Küste, und er hatte seinen Ruhm als Heiler und Kräuterkundiger erworben. Ihm fehlte die Aura des Geheimnisvollen, wie Jarok sie bei den Magiern in Ugir bemerkt hatte, und er hatte ihn auch nie irgendwelche Zauber wirken sehen.

Gamutak aber war aus einem anderen Holz geschnitzt. Er hielt seinen Stab wie einen Speer in der Faust, und viele graue Federn flatterten daran. Er trug seinen pelzbesetzten Mantel offen, und eine schwere Kette mit Knochen und Amuletten lag um seinen Hals. Seine Haltung verriet Jarok, dass er es gewohnt war, Befehle zu erteilen. Er schien sich als wenigstens gleichrangig mit dem Protektor zu sehen. Jetzt rief er Pelwa eine Bemerkung zu, in der es offenbar um das Lager ging, und der Protektor nickte zustimmend. »Anscheinend legt Pelwa viel Wert auf seine Meinung …«

»Gut beobachtet, Winterjäger«, spottete Hesek, wurde aber gleich wieder ernst. »Wenn dieser Mann auf unserer Seite wäre, würde uns das viele Krieger einbringen. Leider ist Gamutak grundsätzlich nie auf jemandes Seite, außer auf seiner eigenen. Es kann also sein, dass das Heer eher ihm als Baran – oder einem anderen Prinzen der Skorpione – folgt.«

»Sieh mich nicht so an, Hesek. Ich brauche kein Heer, wie oft soll ich das eigentlich noch sagen?«

»Bis ich dir glaube, Bruder. Höre, Jarok, ich weiß, dass du nicht vorhast, deinen Vater zu beerben, aber ich weiß nicht, ob dir etwas anderes übrig bleibt. Willst du, dass der Tyrann Weszen auf deinem Thron sitzen bleibt? Oder dieser schwermütige Erbsenzähler Baran ihn gewinnt? Wirklich? Du willst das Offensichtliche nicht sehen, darum muss ich es dir wohl sagen. Beide sind viel weniger zum Herrscher geeignet als du! Finde dich damit ab, oh künftiger Padischah. Und jetzt komm, du darfst die Versammlung nicht verpassen.«

Baran hatte sich eigens in einen kostbaren oramarischen Brustpanzer gezwängt, und er begrüßte den Gesandten mit salbungsvollen Worten, die Pelwa sich mit offensichtlich wachsender Ungeduld anhörte.

»Ihr seid zu gütig, Hoheit«, rief er, als der Prinz geendet hatte. »Erlaubt mir jedoch endlich, von diesem Gaul zu steigen. Bei allen Himmeln, Eure Wege sind schlecht, und die Pferde in diesem Land kaum besser!«

Der Protektor stieg langsam und stöhnend ab, aber Jarok hatte das Gefühl, dass er seiner Umgebung nur etwas vorspielte. Er gab den gebrechlichen Greis, aber seine Augen waren hellwach, und sein Geist würde es nicht minder sein.

Da seine Hütte ihm für dieses wichtige Zusammentreffen zu armselig erschienen war, hatte der Prinz einen Bereich direkt am Fuße des Damat mit Pelzen und Zelttuchbahnen abtrennen lassen. Man hatte Baumstümpfe als Sitzgelegenheiten vorbereitet und einen großen Baldachin improvisiert, um die Verhandlungsführer wenigstens etwas vor der Witterung zu schützen. Es schneite nicht, aber der Damat sandte einen eisigen Wind seine Flanken hinab.

»Wie ich sehe, mögt Ihr die frische Luft, Hoheit«, begann Pelwa, der immer noch genauso missmutig wirkte, wie Jarok ihn in Erinnerung hatte.

»Sie befördert das Denken, wie die Weisen sagen«, gab Baran steif zurück.

»Meinetwegen. Vielleicht beschleunigt sie auch unsere Verhandlungen. Lasst uns gleich zur Sache kommen, Hoheit. Euer Bruder Weszen ist ganz offensichtlich dem Wahnsinn verfallen. Leider wird ihn das nicht daran hindern, das Erbe Eures Vaters anzutreten. Da nun all Eure Halbbrüder tot sind, seid Ihr der letzte, der seinen Anspruch noch anfechten könnte.«

»Das tue ich mit aller Entschiedenheit!«

»Ihr habt den Willen, das ist gut, doch, machen wir uns nichts vor, Euch fehlen die Mittel. Ich sehe hier ein paar tausend Bergkrieger, und es mögen noch mehr werden, aber die sind hier völlig nutzlos, da Weszen zwar wahnsinnig ist, aber gewiss nicht so verrückt hierherzukommen.«

»Da Ihr hier seid, gehe ich davon aus, dass Ihr mir anbieten wollt, die Lage entscheidend zu ändern«, erwiderte Baran steif. Auf seinen Knien lag ein dünner Stapel von Pergamenten. Wollte er etwa *jetzt* aufschreiben, was Pelwa anbot?

»Ganz recht. Wir haben eine Truhe mit Silber im Wagen, genug, um Euren Kriegern einen Vorschuss auf reiche Beute zu geben. Und im Augenblick versammelt sich unsere Flotte vor Gromar, um Euer Heer nach Utemes überzusetzen. Dann könnt Ihr Euren Bruder verjagen.«

»Ihr erwartet vermutlich eine Gegenleistung …«

»Unsere Ansprüche sind gering. Wie erwarten nicht viel mehr als die Widerherstellung und Garantie gewisser Handelsprivilegien.«

Beifälliges Raunen lief durch die Reihe der Damater.

»Gromar ist widerrechtlich vom Seebund besetzt …«

»Hoheit, ich hoffe, Ihr wollt meine Zeit nicht mit läppischen Statusfragen verschwenden?«

»Dies ist weit mehr als nur eine Statusfrage, Pelwa. Gromar ist der Schlüssel zu Damatien!«

»Ohne Zweifel, allerdings sind die Damater der Meinung, dass dieser Schlüssel in ihren Händen liegen sollte, nicht wahr?«

Die letzten Worte richtete der Protektor an Gamutak, der sie mit einer leichten Verneigung aufnahm und sagte: »Ich kann Euch zwanzigtausend Krieger bringen, Prinz, doch ist die Freiheit meiner Heimat der Preis, den ich verlange.«

»Freiheit?« Der Prinz war sichtlich irritiert.

»Die Stämme der Berge, der Küsten und der Ebenen sind es leid, dass die Oramarer oder andere sie auspressen. Dies ist unser Land, geboren vom ewigen Damat, dem Vater aller Berge, an dessen Fuß wir sitzen. Es wird Zeit, dass Ihr uns verlasst, Prinz.

Ist Oramar nicht zehnmal größer als dieses Land? Genügt Euch das nicht?«

»Seit Generationen gehört Damatien uns! Es waren die Skorpione, die den Hafen Gromar überhaupt erst gründeten. Ohne uns wäre dieses Land immer noch so arm wie ...«

»Ich bitte Euch, Ihr Herren, lasst uns nicht streiten.« Der Protektor hielt die Arme in übertrieben dramatischer Geste erhoben. »Ich will die Sache für Euch auf den Punkt bringen, Hoheit. Ihr wollt Weszen besiegen? Das wollen wir alle. Der Seebund hilft Euch mit Silber und einer Flotte, die Damater stellen Euch ein Heer. Beides werdet Ihr aber nur bekommen, wenn Ihr auf gewisse Bedingungen eingeht. Die wesentlichen haben wir Euch gerade genannt.«

Baran war blass geworden. Seine Hände krampften sich um seine Pergamente. »Die Städte des Nordens erflehen mein Kommen. Sie werden sich gegen Weszen erheben, sobald ich in Oramar eintreffe. Ich brauche also weder die Damater noch Eure Flotte, Protektor. Ein Fischerboot und ein paar Getreue werden mir genügen!«

Pelwa verdrehte die Augen. »Hoheit, ich kenne die Hilferufe Eurer Städte ebenso gut wie Ihr, denn auch uns flehten sie um Hilfe an. Bitten sie Euch nicht händeringend, mit großer Macht zu erscheinen? Sie zittern vor Weszen und bekommen kaum genug Krieger zusammen, um ihre Mauern im Falle eines Angriffs zu verteidigen. Glaubt Ihr wirklich, mit ihrer Hilfe könntet Ihr Weszen herausfordern? Ihr braucht ein starkes Heer – und Gamutak kann es Euch besorgen. Und was verlangt er schon dafür? Ein bisschen Land, das Euch ohnehin mehr Mühe als Ertrag einbrachte. Wie viele Kriege haben die Padischahs von Oramar hier ausgefochten? Und doch haben sie nie einen dauerhaften Sieg errungen.«

General Ubeq beugte sich hinüber zum Prinzen und flüsterte ihm etwas ins Ohr. Baran schüttelte den Kopf und erhob sich.

»Ich vermute, Ihr habt die Bedingungen Eures Angebots schriftlich vorbereitet, Pelwa? Gut. Dann will ich sie lesen und mit meinen Leuten beraten. Seid mein Gast, bis wir darüber beraten haben. Doch erwartet nicht, dass ich meine Hand zum Verrat am Erbe meiner Väter hergebe, und nichts anderes verlangt Ihr von mir. Eure Bedingungen sind …« Er verstummte und wurde leichenblass.

Jarok drehte sich um und sah, dass die Seherin zwischen den Tüchern hervorgetreten war. Ihre Augen waren wieder milchweiß, und sie deutete mit ausgestrecktem Arm auf Baran. Ihre Stimme war ein Zischen: *»Der Verrat trägt dein Siegel, Baran, der Sieg deinen Namen. Du stimmst zu. Das verlorene Heer siegt.«* Sie begann zu einer unhörbaren Melodie zu tanzen. *»Der Regen besiegelt das Schicksal. Ich sehe Blut auf weißen Steinen. Ich sehe Verrat. Ich sehe die falsche Hand am falschen Messer. Ich höre flüsternde Stimmen. Sie verfluchen dich, Baran. Ich tanze im Blut meines Bruders.«* Sie lachte leise, drehte sich ein paar Mal im Kreis, sang – und sank dann ohnmächtig zusammen.

Der Bann, der sich mit ihrem Auftritt über die Versammlung gelegt hatte, löste sich nur langsam.

»Das also ist diese berühmte Seherin.« Pelwa tat so, als sei er unbeeindruckt, aber seine Stimme zitterte.

Gamutak, der wie erstarrt neben ihm saß, machte mehrmals das Zeichen gegen den bösen Blick. Wieder schlug jemand die Zeltbahn zur Seite. Es war Schiwara, Jaroks Mutter. »Habt Ihr nicht gehört, Ihr Männer? Sie hat den Sieg prophezeit! Ist Euch der Schreck so sehr in die Glieder gefahren, dass Ihr die gute Nachricht nicht hört?«

»Dieses Weib hat Recht!«, rief Gamutak. »Die Seherin hat unseren Sieg gesehen, und Euer Siegel unter unserem Pakt, Prinz. Wollt Ihr wirklich noch beraten, jetzt, wo doch schon feststeht, wie diese Verhandlung endet?«

Doch so leicht war Baran nicht zu übertölpeln. »Ich gebe Euch morgen meine Antwort, morgen, Gamutak, nicht eher!«

Pelwa ging langsam hinüber zur Seherin, die immer noch bewusstlos im Schnee lag. Er beugte sich zu ihr hinab, sah ihr ins Gesicht und murmelte so leise, dass Jarok es beinahe nicht gehört hätte: »Unglaublich ... aber das ist ... unglaublich!«

»Erlaubt, dass ich mich um sie kümmere, Herr«, rief Schiwara, die Tinbul und einen anderen Atman nötigte, die Seherin fortzutragen. Jarok sah der seltsamen Gruppe nach und fragte sich, was der Protektor gemeint haben könnte.

Baran verlangte also Bedenkzeit, die Pelwa ihm widerwillig gewährte, doch Gamutak wartete seine Entscheidung nicht ab. Er ließ Männer in alle Himmelsrichtungen aussenden, die die Klane der Berge und der Küste nach Gromar rufen sollten.

»Er ist voreilig«, meinte General Ubeq später, »noch hat der Prinz nicht entschieden, sich auf dieses Abenteuer einzulassen.«

Sie saßen an einem Lagerfeuer unweit von Barans Hütte, in der der Prinz seit Stunden Pergamente studierte. Es war bereits Nachmittag, und noch hatte Baran sich nicht entschieden.

»Und was hindert ihn?«, fragte Brakas missmutig. Er hatte sich in ein Bärenfell gewickelt, um den schneidenden Wind abzuhalten.

»Diese Bergkrieger sehen den Krieg nur als etwas, das dazu dient, Beute zu machen. Ich weiß es, denn ich war dabei, als sie Haretien verwüsteten. Baran kann nicht wollen, dass sie plündernd durch sein künftiges Reich ziehen.«

Hesek stocherte mit einem verkohlten Ast in der Glut des Feuers. »Ich glaube nur, dass er keine Wahl mehr hat. Die Atmane sind fest entschlossen, diese Gelegenheit zu nutzen, General.«

»Sie können ihn nicht zwingen.«

»Vielleicht werden sie genau das aber versuchen. Die Beute ist einfach zu verlockend.«

Ubeq starrte finster in die Flamme.

Jarok erhob sich. »Ich werde noch einmal mit ihm reden.«

»Du?«, fragte Brakas gedehnt.

Er würdigte ihn keiner Antwort. Der einzige Weg, Weszen vom Thron zu stoßen und den Wahnsinn zu beenden, war es, Baran zum Sieg zu verhelfen. Und das würde er tun. Was danach kam … nun, das ging ihn dann nichts mehr an.

Er fand den Prinzen, in seine Papiere vertieft. Guscha war bei ihm, wich aber augenblicklich zurück, als Jarok eintrat. Die beiden Jungen hatte er draußen gesehen. Sie versuchten, mit Fleischstückchen Hrima von ihrem Baum zu locken, aber die ließ sich nicht auf so etwas ein, wenn er nicht dabei war.

»Bringt Ihr mir Zahlen, Jäger? Hat dieser Schamane sich geäußert, wie viele Krieger seinem Ruf folgen werden? Pelwa hat wenigstens die Zahl der versprochenen Schiffe angegeben.«

Aphaskar war bei ihm. Der Großwesir hatte sich in den letzten Tagen meist im Hintergrund gehalten. Auch bei den Verhandlungen hatte er nicht ein Mal das Wort ergriffen. Jarok hielt das nicht unbedingt für ein gutes Zeichen. Es verstärkte sein Misstrauen gegen den Mann nur. Aber er war nicht wegen Aphaskar hier. »Ihr müsst Euch entscheiden, Hoheit. Die Männer wollen nicht mehr warten.«

»Wie kann ich das, wenn ich so wenig weiß? Dieser Feldzug wird eine Fahrt ins Ungewisse, solange ich nicht über genauere Angaben verfüge.« Der Prinz starrte auf seine Pergamente. »Die Städte schreiben von Truppen, aber wie viele Männer werden sie zu meiner Unterstützung wirklich aussenden? Die Spione melden, dass Weszen im Süden Söldner anwirbt. Doch wie viele? Und wann werden sie in Ugir sein? Niemand weiß es, und doch erwarten alle, dass ich mich in dieses Abenteuer stürze!«

In den vergangenen Tagen hatte der Prinz auf Jarok selbstbewusst gewirkt, und er hatte souverän auf die Verhandlungsangebote des Seebundes reagiert. Was hatte ihn nur derart erschüttert, dass er sich jetzt wieder hinter seinen Pergamenten verkroch? Vielleicht musste er ihn mit ein paar harten Worten aufrütteln: »Die Entscheidung ist eigentlich bereits gefallen, Hoheit …«

»Wie? Gewiss nicht, Falkner, denn ich bin es, der sie treffen muss!«

»Nicht mehr, Hoheit. Die Damater brennen darauf, in die Schlacht zu ziehen. Bis vor kurzem war das hier noch Euer Heer, Prinz, doch jetzt ist Gamutak da, und der Seebund hat den Kriegern reiche Beute in Aussicht gestellt. Die werden sie sich nicht entgehen lassen, ob Ihr es wollt oder nicht. Ihr habt nur noch die Wahl, ihnen voranzugehen oder wie eine Marionette einfach mitgeschleift zu werden.«

Baran glotzte ihn für einen Augenblick so hasserfüllt an, als wäre er ein Sendbote der untersten Hölle, dann barg er plötzlich das Gesicht in den Händen. »Aber die Seherin! Ihre Worte sind dunkel und unheildrohend. Sie wird im Blut ihres Bruders tanzen? Versteht Ihr nicht, wie dunkel diese Worte in meinen Ohren klingen müssen?«

»Nun, die Damater nennen einander Bruder …«

»Ihr versteht es wirklich nicht! Sagte sie nicht auch, dass das Schicksal im Regen entschieden werde? Wann hätte es in Oramar je geregnet? Heißt das also nicht vielleicht, dass ich hierbleiben sollte? Und das verlorene Heer? Werde ich es verlieren? Oder bin ich es, der verloren ist?«

Aphaskar räusperte sich, und dann sagte er sanft: »Ihre Worte sind schwer zu verstehen, Hoheit, aber sie sprach auch von einem Sieg, Eurem Sieg, Hoheit.«

»Und von Verrat! Seht Ihr denn nicht, dass sie verrückt ist? Ebenso verrückt wie Weszen! Ängstigt Euch das nicht? Nein, wie sollte es … Aber mich, mich beunruhigt es!«

Ein seltsamer Gedanke, die Seherin mit Weszen zu vergleichen, dachte Jarok, der aber sogar verstand, dass Baran vor der Entscheidung zurückschreckte. Wenn er einwilligte, würde er mit einem Heer blutrünstiger Damater über seine Heimat herfallen, mit einem Heer, über das er kaum Gewalt hatte. Aber es gab nun einmal keine andere Möglichkeit, es sei denn … Jarok räusperte sich. »Es gäbe vielleicht noch einen anderen Weg, Hoheit.«

»Einen anderen?«

»Weszen hat versucht, Euch umbringen zu lassen – Ihr könntet es ihm mit gleicher Münze heimzahlen.«

»Ihr schlagt mir vor, auf die Stufe meines Bruders zu sinken und einen Mord zu befehlen?« Der Prinz runzelte unwillig die Stirn.

»Es würde uns einige schwere Schlachten ersparen und viele Leben retten. Ich weiß, dass Weszen gut beschützt wird, aber wir könnten uns an die Schatten wenden, Hoheit …«

»Wieder versteht Ihr es nicht, Jarok, vermutlich, weil Ihr im Grunde Eures Herzens doch nur ein einfacher Mann seid, ein Krieger und kein Fürst. Weder will ich durch Meuchelmord meinen Weg zum Thron beschmutzen, noch könnten wir uns an die Schatten wenden, denn die haben mit Weszen einen Pakt geschlossen.«

»Aber er scheint nicht auf ihre Dienste zurückgreifen zu können …«

»Natürlich nicht, denn er hat ihre Festungen an den Seebund verraten. Er war nur so schlau, ein neues Bündnis mit ihnen zu schließen, bevor sie das herausfanden. Sie würden ihn wohl liebend gerne töten, aber sie sind durch einen Eid gebunden. Und ich habe Euch bereits erklärt, warum ich weder ihre Dienste noch die eines anderen gedungenen Mörders in Anspruch nehmen will! Und nun entschuldigt mich. Pelwa will eine Antwort, und die muss gut überlegt sein. Vielleicht habt Ihr ja Recht, und ich kann nur noch zustimmen, doch vorher will ich wenigstens ungefähr wissen, was ich von diesem Bündnis zu erwarten habe. Und dazu will ich diesen Vertrag noch einmal lesen.«

Jarok war ziemlich verstimmt, als er die Hütte verließ. Was wusste dieser Prinz schon von dem, was er verstand und was nicht? Von wegen einfacher Mann! Er würde Baran eines Tages schon klarmachen, dass er mehr war als das. Er hielt inne und schüttelte den Kopf über sich selbst. Der Prinz hatte doch Recht: Er war ein einfacher Mann, ein Jäger, der nicht mehr zum Leben brauchte als seinen Greifen, einen Bogen und eine gute Jagd. Er ging zu seinem Zelt, um seinen Bogen zu holen. Er wusste, was er zu tun hatte.

Brakas erwartete ihn. »Na, wie war dein Gespräch mit unserem erlauchten Prinzen?«

»Er wird zustimmen. Er ziert sich nur noch, weil er nicht einsehen will, dass er seinen Preis nicht mehr in die Höhe treiben kann.«

»Schön. Und was willst du mit dem Bogen?«

»Ich muss hier raus, Brakas, wenigstens für ein paar Stunden. Ich überlasse es dir, für die Sicherheit unseres Prinzen zu sorgen. Die werden ihren Krieg schon nicht ohne mich anfangen, und wenn doch, ist es mir auch egal. Ich gehe auf die Jagd.«

Brakas kratzte sich am Kopf. »Das wird deiner Mutter nicht gefallen.«

»Muss es auch nicht. Wenn jemand fragen sollte, erzähle einfach, ich müsse meinen Geist für den bevorstehenden Feldzug reinigen!«

Als er mit dem Bogen über der Schulter das Lager verließ, folgten ihm viele neugierige Blicke, aber niemand hielt ihn auf. Einige junge Krieger wollten sich ihm an die Fersen heften. Aber er drehte sich nur um, warf ihnen einen finsteren Blick zu, und sie begriffen, dass sie ihn besser in Ruhe ließen.

Er rief Hrima, mit der er für seinen Geschmack in letzter Zeit ohnehin viel zu wenig Zeit verbracht hatte, und ignorierte die aufgeregten Rufe der jungen Damater, als sie vom Lager herübergeschossen kam. Sie kreiste über ihm unter dunklen Wolken, aber bald musste er sie tragen, denn die Dämmerung setzte ein. Der Marsch durch die frische Luft, mit Hrima auf dem Arm, war genau das, was er jetzt brauchte.

War es wirklich eine gute Idee, diesen überheblichen Kleingeist Baran auf den Thron zu setzen? Nein, diese Zweifel entstammten dem Gift, das seine Mutter ihm ins Ohr geträufelt hatte. Baran war der rechtmäßige Erbe, bestimmt durch das Blut. Vielleicht brauchte Oramar gerade jemanden, der sich auf Pergamente verließ und nicht auf Schwerter.

Ohne es zu bemerken, war Jarok auf einen Pfad geraten, der steil einen Berg hinaufführte. Er hatte diesen Weg schon ein paar Mal gesehen, war ihm aber nie gefolgt, weil er sich nicht vorstellen konnte, dort oben etwas für die Jagd zu finden. Aber warum gab es dann diesen Pfad?

Er folgte den engen Kehren steil nach oben, bis er schließlich – es war schon dunkel geworden – eine Felsnase erreichte – und überwältigt stehen blieb. Da unten lag das Lager, klein und unbedeutend vor dem gewaltigen Massiv des Damat, dessen Haupt die Wolken durchstieß. Schnee und Eis glänzten dort oben im Mondlicht. Es war leicht zu glauben, dass der Vater der Berge bis in den Himmel reichte. Angeblich war es Menschen nicht gegeben, seinen Gipfel zu besteigen. »Was meinst du, Hrima, soll ich es wagen? Du warst doch schon dort oben, beginnt dort wirklich das Reich der Götter?«

Aber das Eisgreifweibchen antwortete nicht.

Der Berg zog ihn an. Er war alles andere als ein geübter Kletterer, aber da wartete eine Herausforderung, die er lieber angegangen wäre als all das, was in den Niederungen des Tals auf ihn wartete.

Das Rollen eines Steines riss Jarok aus seinen Gedanken. Weiter unten kam Fackelschein den Pfad hinauf. Es waren drei Männer, Damater. Konnten sie ihn nicht wenigstens für eine Nacht in Ruhe lassen? Woher wussten sie überhaupt, wo er war?

Er ließ sie herankommen. Bald konnte er in der Mitte Gamutak, den Schamanen, erkennen. Er dachte daran, einfach weiter hinaufzusteigen, denn es interessierte ihn nicht, was der Mann von ihm wollte, aber der Pfad schien gar nicht weiterzuführen. Erst jetzt entdeckte er im schwachen Mondlicht einen schlichten Schrein, den irgendjemand hier oben in den Fels gemeißelt hatte.

»Ein weise gewählter Platz, Jäger«, keuchte Gamutak, völlig außer Atem, als er oben angekommen war.

»Abgelegen und ruhig«, gab Jarok gallig zurück.

»Ruhig, ja. Seid so gut, Brüder, und geht doch ein Stück den Pfad hinab. Ich habe mit diesem Mann etwas zu bereden. Den Schrein könnt ihr später besuchen.«

»Wem ist dieser Schrein gewidmet?«

»Du weißt nicht einmal das, *Winterjäger?* Er ist Birsa gewidmet, dem zweigesichtigen Gott der Jagd. Kennst du wenigstens ihn?«

»Die Männer im Lager erwähnten ihn.«

»Und mehr weißt du nicht? Birsa ist der Hüter der Jagd. Er zeigt ein Gesicht dem Jäger und das andere der Beute. Eines von beiden lacht, während das andere weint, je nachdem, wie die Jagd endet.«

»Bist du mir gefolgt, um mir von den Göttern zu erzählen, Gamutak?«

»Als mir einer der Jünglinge, der dir nachschlich, sagte, dass du den Weg zu Birsas Schrein eingeschlagen hast, dachte ich, du hättest diesen Platz mit Bedacht gewählt. Aber es war wohl doch nur ein Zufall, wie so vieles im Leben.«

Jarok ließ den Schamanen reden. Er würde schon mit der Sprache herausrücken, wenn er etwas von ihm wollte. Und er wollte etwas, sonst hätte er sich den Aufstieg gespart.

»Die Krieger, vor allem die jungen, glauben an dich, Jarok. Sie halten die alten Legenden für wahr, dass da einer käme, der die Stämme vereint gegen unsere Feinde führt und das Land vom Damat bis zur Küste befreit.«

»Diese Beschreibung scheint mir auf Baran zu passen. Ich habe jedenfalls nie behauptet, dieser Winterjäger zu sein.«

»Das war klug von dir, aber es ändert nichts an dem, was die

Krieger glauben. Man sagte mir auch, dass der Prinz auf deinen Rat hört. Er soll dir sein Leben verdanken, heißt es.«

»Baran hört eher auf seinen Stolz und sein Blut als auf mich.«

»Du bist bescheiden, das gefällt mir. Höre, Jäger, ich will dir sagen, wie ich die Sache sehe. Diese Legende vom Winterjäger – das ist nichts anderes als ein Haufen Mist, den irgendwer ausgeschissen hat, um an langen Winterabenden die Leute am Lagerfeuer zu unterhalten. Falls es diesen Jäger wirklich geben sollte, bin ich sicher, dass du es nicht bist. Du bist ja nur ein halber Damater und kennst noch nicht einmal unsere Götter und Bräuche.«

»Dann sind wir uns ja einig«, gab Jarok grimmig zurück.

»Fast, aber was ich dir jetzt sage, ist etwas, was unter uns und Birsa bleiben wird. Ich glaube nicht an dich, aber die Männer tun es. Und wenn sie mich fragen, werde ich sagen, dass du vielleicht doch der sein könntest, den sie erwarten. Ich denke nämlich, dass das ungeheuer nützlich sein wird.«

Vielleicht erwartete er, dass Jarok Fragen stellen würde, aber den Gefallen wollte er ihm nicht tun.

»Schon bald sammeln sich die Stämme an der Küste, Jarok. Dann kommen die Farrim, die Helim, die Boak, vielleicht sogar die Hrim. Ich habe zwar heute einen Fehdefrieden für die Zeit des Feldzuges verkündet, doch zweifle selbst ich daran, dass meine Macht ausreicht, all das böse Blut zwischen den Klanen und Stämmen zu unterdrücken. Wenn sie jedoch glauben, der Winterjäger ritte ihnen voran, wird sie das vielleicht von den alten Fehden ablenken. Ganz zu schweigen davon, dass dein Ruf sie anlocken wird.«

»Und warum erzählst du mir das, Gamutak?«

»Du sollst wissen, dass ich nicht dein Feind bin. Sterro mag mich nicht besonders, und seine Gefährtin, deine Mutter, hasst mich sogar. Und wir beide wissen, dass sie diejenige ist, die in deiner Familie die Entscheidungen trifft. Ich bin sicher, dass sie früher oder später versuchen wird, dich gegen mich aufzuhetzen.

Daher fand ich, dass ein Spiel mit offenen Karten zwischen uns nicht schaden kann. Vielleicht kannst du die schöne Schiwara davon überzeugen, dass es auch für euch von Vorteil ist, mich auf eurer Seite zu haben.«

»Jetzt verstehe ich ... du hast Sorge, der Winterjäger könnte deinen Führungsanspruch bei den Stämmen untergraben.«

Der Schamane schnaubte missmutig. »Bilde dir bloß nichts ein. Ich weiß, wie diese Atmane denken. Sie fürchten meine Macht, sogar sehr. Und wenn du sie kennen würdest, würdest du sie ebenfalls fürchten. Glaube mir, Jarok, eher schlachten sie eine Legende, als sich gegen mich zu stellen.«

»Es ist nicht nötig, mir zu drohen, Gamutak. Ich habe nicht vor, dir irgendetwas streitig zu machen.«

»Du bist viel vernünftiger als deine Mutter.«

»Mag sein. Verrätst du mir, warum sie dich hasst?« Er war erstaunt, dass Gamutak so gut über ihn und seine Familie Bescheid wusste.

Der Schamane zuckte mit den Achseln. »Eine alte Geschichte. Sie bat mich vor vielen Jahren um Schutz für ihren Bastardsohn, also dich. Aber es wäre damals sehr unklug gewesen, ihn zu gewähren, denn ich war noch jung und hatte gerade erst begonnen, Einfluss zu gewinnen. Ich hätte nicht viel für euch tun können – außer mit euch unterzugehen.«

»Sie bat um Schutz für mich?«

»Wie wir sehen, hattest du ihn gar nicht nötig. Doch lassen wir die alten Geschichten. Begleitest du mich hinunter ins Tal?«

Es war offensichtlich, dass Gamutak zusammen mit ihm gesehen werden wollte. Aber ganz so leicht wollte Jarok sich nicht vor den Karren dieses Schamanen spannen lassen. »Geh nur schon vor, Gamutak. Ich werde noch ein wenig Zwiesprache mit Birsa halten, um herauszufinden, welches seiner beiden Gesichter er mir wohl zeigen wird.«

»Dann gib acht, dass du nicht erfrierst. Es wird eine kalte

Nacht, und Birsa mag dir lächeln, doch wird er dich gewiss nicht wärmen.«

Aber dann bot einer von Gamutaks Begleitern, nachdem er am Schrein gebetet hatte, Jarok seinen Pelzumhang an. Der Schamane erlaubte es mit einem sauren Lächeln.

Jarok hatte das Gefühl, einen kleinen Sieg über diesen ehrgeizigen Mann errungen zu haben. *Jetzt begreife ich schon das Angebot eines Mantels als Kampf,* dachte er, als er wieder mit Hrima alleine war. Er seufzte, denn genau das war gerade geschehen, er war in einen Kampf mit dem mächtigsten Schamanen der Damater eingetreten, auch wenn dieser behauptete, er wolle ein Bündnis. Es gab wahrscheinlich nicht viele Männer unten im Lager, die ihm gefährlicher werden konnten.

Er ging hinüber zum Schrein. Ein Bild des Gottes war in den Stein geschnitten, sehr grob, und im Mondlicht waren Einzelheiten kaum zu erkennen, aber irgendwie sah es so aus, als würde er Jarok beide Gesichter zuwenden.

Missmutig wickelte er sich in den Mantel des Damaters ein und lehnte sich an den Schrein, um zu schlafen. Er würde am Morgen vielleicht klarer sehen.

Als er hochschreckte, war es stockfinster. Wo war er? Hrima ließ leise Rufe hören. Eine Warnung! Er schüttelte sich. Der Schrein. Er war eingeschlafen. Hastig schälte er sich aus dem Mantel. Auf dem Pfad waren leise Schritte zu hören. Jemand schlich hier herauf!

Seine Hand suchte wie von selbst nach Feuerstein und Zunder, aber nein, er durfte nicht so dumm sein, ein Feuer zu entfachen. Er versuchte, die verfluchte Müdigkeit loszuwerden. Langsam, ganz langsam zog er seinen Dolch aus der Scheide. Und doch konnte er nicht verhindern, dass seine vor Kälte zitternde Hand die Klinge leicht über den Rand der Scheide schleifen ließ.

Die Schritte hielten inne. Plötzlich flammte helles Licht auf, so hell, dass Jarok geblendet die Augen schloss. Er warf sich blind zur Seite und fühlte etwas an sich vorüberzischen. Er öffnete die Augen, aber immer noch geblendet, sah er nur pechschwarze Nacht. Er hörte den anderen herankommen. Im letzten Augenblick drückte er den Arm des Angreifers zur Seite und fühlte, wie die Spitze einer Klinge sein Wams aufriss. Er erahnte einen zweiten Angriff und bekam einen Arm zu fassen. Er stieß selbst zu, aber der andere umklammerte sein rechtes Handgelenk. Jetzt rangen sie Brust an Brust. Hrima schrie misstönend, und er wünschte, sie würde schweigen, denn er versuchte, mit dem Gehör die Bewegungen des Feindes zu erraten. Die Wirkung des Blendfeuers ließ nach, und jetzt sah Jarok, dass schwache Glut den Boden bedeckte und den Birsa-Schrein in dunkelrotes Licht tauchte. Sein Gegner war ein Damater, oder wenigstens trug er die entsprechende Kleidung. Er konnte ihn kaum sehen, aber er roch den typischen Geruch nach Schweiß, Branntwein, gegerbtem Fell und Wolfspelz. Der andere war stark, vielleicht stärker als er. Ganz langsam drückte die Messerhand des Feindes seine Linke zurück. Es war nur eine Frage der Zeit, bis er die Waffe an der Kehle haben würde. *Nachgeben,* dachte er plötzlich, *starke Tiere fängt man besser mit einem Netz als mit einem Gatter.* Er gab dem Druck nach, wich einen Schritt zurück, und er spürte, dass der andere aus dem Gleichgewicht geriet.

Er drehte sich halb, wich, spürte die Verwirrung seines Feindes und stemmte sich ihm wieder mit aller Kraft entgegen. Sein Dolch kam jetzt seinem Ziel näher. Keuchend rangen sie miteinander, doch sein Feind hatte sich wieder gefangen. Der kurze Vorteil war dahin. Der andere kämpfte konzentriert, planvoll, nicht mit blindem Hass. Dann änderte sich etwas, unmerklich nur, aber der Griff seines Feindes schien sich zu lockern. *Eine Finte,* dachte Jarok, doch es war zu spät. Der andere riss sich los und brachte ihn dabei aus dem Gleichgewicht. Er stürzte aufs Knie und hörte seinen Gegner einen Schritt zurückweichen. Jarok war immer noch halb geblendet, konnte die Richtung des

Angriffs bestenfalls erahnen. Er duckte sich instinktiv, hörte ein Geräusch, das er nicht deuten konnte, und dann ein verblüfftes Keuchen, gefolgt von einem Rutschen und einem kurzen Schrei. Sein Gegner war über den Rand des Felsens getreten!

Der nächste Schrei klang eher erstaunt als ängstlich. Er endete jäh mit einem dumpfen Aufprall, weit unten am Hang, kurz darauf ein zweiter Aufprall. Der andere stürzte und rutschte den Hang hinab. Ein letztes Stöhnen, dann polterten Steine zum Tal, und der Lärm übertönte den Fall seines Gegners. Der letzte Aufprall war so leise, dass Jarok ihn kaum hörte.

Er entzündete das Feuer neu und leuchtete in den Abgrund, ohne viel erkennen zu können. Er hatte im Kampf selbst nicht mehr bedacht, wo sie eigentlich kämpften. »Hätte genauso gut mich erwischen können«, murmelte er. Er besah sich die Reste der Glut, die auf der Felsnase rasch zu Asche zerfiel, und fand eine kleine Dose, die halb verbrannt war. »Irgendein Feuerzauber, Hrima.«

Der Eisgreif! Er bekam kurz einen Schreck, aber dann hörte er ihn leise rufen. Er saß auf einer Felsspitze unweit des Schreins und wippte unruhig auf und ab. »Es ist vorbei, Hrima. Und danke für die Warnung.«

Er blickte noch einmal in den Abgrund. Wer hatte den Mann geschickt? Gamutak? Das war naheliegend. Vielleicht zu naheliegend? Er hoffte, dass der Leichnam des Angreifers ihm am Morgen mehr verraten würde.

Sobald es hell wurde, machte er sich auf die Suche, aber er konnte den Körper nicht finden. Er fand die Stellen, an denen der Unglückliche aufgeschlagen war, aber dort, wo er liegen sollte, war nichts, nur etwas Blut. War er vielleicht an einer anderen Stelle aufgeschlagen? Nein, er müsste hier liegen!

»Findest du nicht auch, dass das nach Schamane aussieht?«, fragte er das Eisgreifweibchen, als seine Suche erfolglos blieb, aber er bekam keine zufriedenstellende Antwort.

Er kehrte zurück ins Lager, um Gamutak zur Rede zu stellen, und wurde von Brakas begrüßt. »Hast du es schon gehört? Wir brechen bald auf! Baran hat sich tatsächlich entschlossen, gegen seinen Bruder in den Krieg zu ziehen! Ehrlich, ich hätte nicht gedacht, dass er den Mut dazu aufbringt.«

»Wirklich erstaunlich«, murmelte Jarok. Er ging hinüber zu Barans Hütte und sah Gamutak, der mit einigen Kriegern sprach. Der Schamane winkte ihm freundlich zu und schien nicht im Geringsten überrascht, dass Jarok noch lebte. Aber war er nicht der Einzige, der gewusst hatte, wo Jarok die Nacht verbringen würde? *Nein,* gestand er sich ein, *einige Krieger haben mich den Pfad zum Schrein betreten sehen.* Und die konnten es jedem erzählt haben.

»Komm herüber, Winterjäger. Diese Männer wollen mir sonst vielleicht nicht glauben, dass es dich leibhaftig gibt!«

Er folgte der Aufforderung, begrüßte die Männer und versuchte doch die ganze Zeit nur, Gamutak zu durchschauen. Aber wenn der Schamane etwas mit dem Anschlag der vorigen Nacht zu tun hatte, dann verstand er es vollkommen, das zu verbergen.

Jarok versuchte den ganzen Tag herauszufinden, wer ihm den Feind auf den Hals gehetzt hatte, ohne irgendjemandem gegenüber den Angriff auch nur zu erwähnen. Er sprach mit Baran, mit Gamutak, mit dem undurchsichtigen Aphaskar, sogar mit Pelwa und mit Atman Tinbul, aber bei keinem der Männer fand er einen Hinweis auf Schuld. War der Mann vielleicht von Weszen gekommen? Oder von Tiko dem Reichen? Fürchtete der immer noch, dass Jarok ihm seinen Rang streitig machen wollte? Das erschien ihm am Ende am wahrscheinlichsten. Und wenn jemand den Toten versteckt hatte, dann war dieser Jemand vermutlich noch im Heer, und er konnte ihn nicht finden.

Die Entscheidung war also gefallen, Baran würde in den Krieg ziehen. Am liebsten wären die Damater sofort aufgebrochen, aber dann dauerte es doch noch eine Woche, bis der Tag des Aufbruchs kam.

Jarok erinnerte sich gut daran, wie lange es gedauert hatte, bis Weszens Heer sich in Bewegung gesetzt hatte, aber als hier der Tag gekommen war, ging alles sehr schnell. Die Zelte verschwanden, als hätte sie der Frost getilgt, und schon vor dem Mittag verließen die ersten Scharen das Lager. Als die Sonne im Zenit stand, war die Hauptmacht auf dem Marsch.

Jarok hatte Baran überredet, eine Vorhut zu entsenden, um unliebsamen Überraschungen vorzubeugen. Der Prinz war am späten Morgen aufgebrochen, Brakas ritt an seiner Seite, und auch der Protektor und Gamutak verließen mit Baran das Lager.

Jarok zögerte seinen Aufbruch hinaus, denn Hrima war im Morgengrauen zum Damat hinaufgeflogen und noch nicht zurück. Ihn beschlich die Sorge, sie könne vielleicht in diesen Bergen bleiben wollen. Er lenkte sich ab, indem er so tat, als kümmere er sich um die richtige Beladung der Packtiere. Er hatte auch ein Auge auf die Kutsche, die Pelwa in die Berge gebracht hatte. Eine ganze Truhe Silbermünzen hatte der Protektor Baran übergeben, der sie unter den Atmanen verteilt hatte, die sie dann an ihre Krieger weitergaben – oder auch nicht.

Jarok konnte das böse Blut förmlich riechen, das das Silber ausgelöst hatte. Die Männer belauerten einander, jeder hatte den Verdacht, ein anderer könne mehr bekommen haben. Außerdem weigerten sich die meisten zu glauben, dass es wirklich nur *eine* Truhe Silber in der Kutsche gegeben haben sollte.

Doch so war es, Jarok überzeugte sich selbst davon, als er Barans Familie, die in der Kutsche reisen würde, half, ihr weniges Gepäck auf dieser Kutsche zur verstauen. Es war das erste Mal, dass er Guscha außerhalb ihrer Hütte sah. Es war fast, als würde sie das Sonnenlicht fürchten. Sie hastete hinüber zur Kutsche und war so schnell verschwunden, dass sie kaum jemand bemerkte. Sie wirkte fahrig und aufgeregt.

»Ist Euch nicht wohl, Hoheit?«

»Nein, Bannermeister, alles in Ordnung«, lautete die leise

Antwort. »Ich bin froh, die Berge endlich wieder zu verlassen. Doch ich fürchte das, was vor uns liegt.« Und bei diesen Worten drückte sie ihre beiden Söhne fest an sich.

Jarok verstand ihre Besorgnis gut. Weszen würde auch ihre Söhne töten, wenn er sie in die Finger bekam – und jetzt zogen sie ihm entgegen. Andererseits würde sie wohl nirgendwo sicherer sein als inmitten des Heeres. Und die Damater, die immer noch glaubten, dass dieses Gefährt einen Silberschatz transportierte, würden sehr gut auf den Wagen achten.

Der Wagen sollte, bewacht von einigen Oramarern und einigen Männern des Seebundes, den Schluss des Zuges bilden, und Jarok entschloss sich, vorerst dort zu bleiben. Es war immer noch nichts von Hrima zu sehen.

Seine Mutter war plötzlich an seiner Seite. Er nickte ihr knapp zu, und sie erwiderte seinen Gruß ebenso knapp. Aber dann sagte sie: »Nun bist du also doch bereit, deinem Schicksal zu begegnen.«

»Ich begleite Baran, mehr nicht, Mutter. Du brichst mit uns auf?«

»Natürlich. Ohne mich wird dieser Zug nicht gelingen. Was glaubst du denn, wer Baran letztlich davon überzeugt hat, dass er diesen Krieg gewinnen kann?«

Sehr bescheiden klang das nicht. »Er schien mir ohnehin schon geneigt, sich auf den Vorschlag …«

Seine Mutter unterbrach ihn unwirsch. »Zaudern und zögern, das ist alles, was dieser Mann noch kann. Aber die richtigen Worte der Seherin, überbracht von mir, haben seine Entschlusskraft wenigstens lange genug gestärkt, um endlich den Aufbruch zu befehlen.«

»Und – die Seherin?«

»Auch sie begleitet das Heer. Gamutak hat letzte Nacht versucht, sie mir wegzunehmen. Aber sie hat sich geweigert, auch nur mit ihm zu reden. Hast du sie nicht schreien gehört, als er versuchte, sie am Arm aus der Höhle zu schleifen? Dieser Narr! Jetzt sitzt Ila zusammengesunken in ihrer Höhle, und selbst ich kann nicht sagen, ob sie wach ist oder schläft. Ich werde versuchen, sie in diese Kutsche zu setzen, wenn diese Schwachköpfe, die über das Silber wachen, es erlauben.«

Wegnehmen? Sie sprach über die Seherin, als sei sie eine Sache. »Sie wachen nicht über das Silber, sondern über Barans Familie. Glaubst du, dass Gamutak es wieder versuchen wird?«

»Natürlich. Er erträgt es nicht, dass sie nicht ihm, sondern mir folgt! Stell dir vor, er hat sich sogar auf dich berufen, als er sie holen wollte, sagte, der Winterjäger sei auch der Meinung, ein Schamane müsse über sie wachen.«

»Ich habe nichts dergleichen gesagt, Mutter.«

»Das weiß ich. Es war ein Versuch, Macht zu gewinnen – und das liegt dir ja anscheinend fern.«

Das war ein Vorwurf, kein Lob. Er fragte sich, ob er ihr von seinem Gespräch mit dem Schamanen in der vergangenen Nacht erzählen sollte. Er verschob es dann aber doch auf später. Er hatte eine ungefähre Vorstellung davon, wie schwer es seiner stolzen Mutter damals gefallen sein musste, irgendjemanden um Hilfe zu bitten. Ihre Not musste groß gewesen sein – und der Schamane hatte sie abgewiesen. Das wollte er nicht vergessen …

Jetzt, im Licht des Tages, wunderte er sich, dass der Mann das so freimütig erzählt hatte. Wollte er damit nur verhindern, dass seine Mutter ihm zuerst davon berichtete? Oder hielt er sich für so unangreifbar, dass er meinte, Jarok würde wegen der alten Geschichte schon keine Schwierigkeiten machen?

Er seufzte, ging hinüber zu Pelwas Leuten und versuchte, ihnen klarzumachen, dass die Seherin keine Gefahr für die Reisenden in der Kutsche darstellte. Aber Guscha wollte nicht, dass diese Frau ihren Söhnen zu nahe kam.

»Was ist mit dem Dach? Kann sie dort oben mitreisen?«

Der Hauptmann, der die Schar des Seebundes befehligte,

zuckte mit den Schultern. »Wenn sie zwischen dem Gepäck Platz findet, soll es mir recht sein. Aber es geschieht auf Eure Verantwortung, Herr.«

»Hauptsache, es geschieht!«, gab er zurück und ging, immer mit einem Blick zum Himmel, um sich um andere Dinge zu kümmern. Er fragte sich erst jetzt, wie Pelwa den schweren Wagen hier heraufbekommen hatte. Es musste noch einen anderen Weg geben als den, den er genommen hatte.

Er gehörte zu den Letzten, die das Lager verließen. Die Kutsche ruckelte schwer beladen die schmale Rampe hinab, und oben auf dem Dach, eingehüllt in Wolfsfelle, kauerte die Seherin. Seine Mutter war bei ihr, hielt sie fest und achtete darauf, dass diese seltsame Frau nicht hinunterfiel.

Hrima war immer noch nicht zu sehen, aber er konnte nicht länger warten und verließ als einer der Letzten das Tal, in dem er viel länger geblieben war, als gedacht. Er blickte zurück. Ein paar Steinhütten, verwaiste Feuerstellen und zerbrochenes Gerät – das war alles, was von Barans Lager übrig war. Dann richtete er den Blick nach vorn. Hrima würde ihn schon einholen, wenn sie wollte.

Und wenn sie nicht wollte? Er fragte sich, ob er das nicht als Zeichen sehen sollte: Wenn sie ihn nicht begleitete, war sie mit diesem Kriegszug nicht einverstanden. Ob die Damater das ebenso sehen würden? War der Eisgreif fort, würde er auch einen großen Teil seines Rufes verlieren. Vielleicht würde das seine Mutter überzeugen, ihre viel zu ehrgeizigen Pläne aufzugeben – oder wenigstens zu überdenken.

Doch gerade, als er anfing, daraus einen Plan zu schmieden, ertönte über ihm der heisere Ruf des Eisgreifen. Hrima zog hoch über sie hinweg, und die Männer begrüßten sie mit lautem Jubel.

15.

Jarok übernahm die Führung der Nachhut, was er eigentlich nicht vorgehabt hatte, aber Baran sandte ihm eine Botschaft, in der er ihn bat, weiterhin auf seine Familie achtzugeben. Er fand es seltsam, dass das nicht vor dem Aufbruch geklärt worden war.

»So willst du es dir also gefallen lassen, dass sie dich von Baran trennen?«, fragte seine Mutter vom Dach der Kutsche herab.

Er zuckte mit den Schultern. Er war eigentlich froh darüber, für eine Weile von den Anführern getrennt zu sein, denn die Männer, die das Heer gemeinsam führten, waren doch in vielen Dingen auch erbitterte Rivalen, und er hatte genug von den ewigen Streitereien um Kleinigkeiten.

Er erfuhr bald, dass die Damater noch einen anderen, längeren Weg aus den Bergen hinab kannten, einen, den auch der schwere Wagen bewältigen konnte. Er war viel länger, aber auch das störte Jarok nicht, und die ungehaltenen Blicke und Bemerkungen seiner Mutter beachtete er nicht. Die Nachhut war schon bei ihrem Aufbruch stattlich, weil viele Krieger in der Nähe der Kutsche und der darin vermuteten Schätze bleiben wollten. Unterwegs sammelte Jarok weitere Scharen auf, die auf ihn, den Winterjäger, gewartet hatten, und so erreichte er Gromar an der Spitze eines eigenen kleinen Heeres. Das gefiel seiner Mutter wieder: »Sie folgen lieber dir als Baran«, stellte sie eines Abends zufrieden fest, als sie unter leichtem Schneefall ihr Lager errichteten.

»Sie folgen mir, weil ich sie zu Baran bringe. Und sie folgen

Baran, weil der sie zu reicher Beute führen wird. Sind ihre Taschen voll, werden sie sowohl ihn wie auch mich schnell vergessen«, gab er zurück. Er war sich nicht sicher, ob das stimmte. Die Krieger, gerade die neuen, betrachteten ihn mit einer gewissen Scheu, und der Eisgreif, der über ihnen seine Bahnen zog, flößte ihnen Achtung ein.

Für den Weg nach Gromar brauchte er volle zwei Tage länger als auf dem Hinweg, und schon von weitem sah Jarok, dass sich das Vorland sehr verändert hatte. Eine riesige Zeltstadt hatte Gromar eingeschlossen, und der Rauch vieler Lagerfeuer wurde von einem wechselhaften Wind in dünnen Fetzen über die Mauern getrieben.

»Es müssen tausende sein, viele tausende!«, jubelte Sterro, der mit ihm ein Stück vorausgeritten war.

Jarok nickte düster. »Der Seebund wird viele Schiffe brauchen.«

»Zur Not setzen sie eben zweimal über«, meinte Sterro. Seine Augen leuchteten.

Zwei Reiter kamen ihnen entgegen. Einer davon war Brakas, der andere einer aus der neuen Leibwache.

»Das wurde aber auch Zeit, oh großer Winterjäger! Baran war schon in Sorge, seiner Familie könnte etwas widerfahren sein.«

»Ich grüße dich auch, Brakas. Wir haben doch Boten vorausgesandt. Haben die das Lager nicht erreicht?«

»Doch, natürlich, aber sie hatten nichts Schriftliches und konnten ihm auch die Stunde eures Eintreffens nicht genau nennen. Du weißt, dass er so etwas nicht erträgt.«

»Dann kannst du ihm jetzt ja melden, dass wir da sind. Und seine Frau und seine Kinder sind wohlauf.«

Brakas gab seinem Begleiter ein Zeichen, und dieser galoppierte zurück zum Lager. »Riechst du das, Jarok? Dieser herrliche Duft von Salz, den der Wind vom Meer herüberträgt?«

»Ich rieche hier nur angebranntes Fleisch.«

»Deine Laune war auch schon besser, mein Freund. Sieh dich um – dieses große Heer versammelt sich einzig und allein zu dem Zweck, Weszen kräftig in den Arsch zu treten. Und ich erwähne an dieser Stelle nicht, dass sie einem gewissen Jemand zu einem Thron verhelfen könnten, wenn der denn wollte.«

»Wie steht es denn im Lager?«, wollte Sterro wissen.

»Gut so weit, Meister Sterro. Dabei hatte ich unterwegs meine Zweifel, dass es ohne Blutvergießen abgehen würde. Diese Damater finden immer einen Grund zu streiten. Und wenn Ihr dort hinten den schwarzen Rauch seht, so gehört der zu einem Bauernhof, den ein paar Schwachköpfe unbedingt plündern mussten.«

Jarok sah die Rauchsäule. Die Berge und Hügelkuppen dahinter waren schon weiß bedeckt. Es sah aus, als seien sie gerade noch rechtzeitig aus den Bergen heruntergekommen. Brakas fuhr fort: »Die Atmane haben viel zu tun, und dieser Gamutak vollbringt wahre Wunder, wenn es darum geht, Streit zu schlichten. Er war überall, meistens aber bei Baran, auf den er schon einigen Einfluss gewonnen hat, wie ich sagen muss.«

»Das war wohl unvermeidlich«, murmelte Sterro, dessen gute Laune verflogen schien.

»Jedenfalls muss Baran außerhalb der Stadt lagern, weil der Seebund, der die Stadt noch regiert, und Tiko, der inzwischen Odaling geworden ist, das Heer nicht innerhalb der Mauern haben wollen.«

»Tiko der Reiche? Der Mann, der unseren Tod wollte?«

»Tja, auch ich hätte ihn gerne mit meiner Axt bekannt gemacht, aber Gamutak hat einen Fehdefrieden verkündet, der sich leider auch auf diesen Mann erstreckt. Tiko ist unter den Mantel des Schamanen gekrochen, und man munkelt, dass viel von dem Seebundsilber, das Baran so großzügig unter den Atmanen verteilte, eigentlich aus Tikos Taschen stammt. Mein Trost ist, dass dieser Fehdefriede irgendwann enden wird. Und dann setze ich darauf, dass dieser Hund irgendwo in der Nähe ist. Aber jetzt komm. Ich hoffe, du hast ein paar schöne Zahlen für Baran, denn er erwartet dringend deinen Bericht, Winterjäger.«

Auf dem Weg zu Baran fiel Jarok auf, dass er oft angestarrt wurde. Die Männer flüsterten miteinander, wenn er in der Nähe war. Und dann schrie Hrima hoch in der Luft, und ein aufgeregtes Raunen lief von Lagerfeuer zu Lagerfeuer.

Der Seebund hatte für Baran ein prachtvolles Zelt vor die Stadt gestellt, aber der Prinz war dennoch gereizt. »Meine eigene Stadt – und sie wollen mich nicht hineinlassen«, zürnte er, als Jarok eintrat.

»Sie werden Euch hineinlassen müssen, Hoheit«, meinte General Ubeq begütigend. »Wie sonst sollen wir die Schiffe erreichen, die im Hafen liegen?«

Baran warf ihm einen finsteren Blick zu. »Sie öffnen mir nur die Tore, damit sie mich gleich wieder hinauswerfen können. Sie demütigen mich, Ubeq, und sie genießen es!«

»Sie werden es bereuen, Hoheit«, sagte Ubeq trocken. »Noch sind wir auf ihre Schiffe angewiesen, aber wenn wir erst das Meer überquert haben, werden sie wieder lernen, uns zu fürchten.«

Der Prinz nickte düster, aber Jarok dachte, dass sie den Seebund nicht so einfach verprellen konnten, denn schließlich mussten all die beutehungrigen Damater Oramar doch auch wieder verlassen.

»Ja, vielleicht habt Ihr Recht, Ubeq, aber seht, da ist der vielgerühmte Winterjäger! Wie ist es Euch ergangen, Jarok? Habt Ihr meine Frau und unseren Tross wohlbehalten hergeführt?«

»Das habe ich, Hoheit. Und es haben sich uns auf dem Weg viele Krieger angeschlossen.«

»Viele?«

»Nicht ganz siebentausend, Hoheit«, erwiderte Jarok, der auf die Frage vorbereitet war.

Baran gab sich mit dieser Angabe zufrieden. »Eine Woche,

Falkner, so lange werden wir hier vor den Toren meiner Stadt ausharren müssen. Dann sollen das Heer und die Flotte vollzählig sein. Ich fürchte, Ihr werdet nicht viel Ruhe finden, denn die Klane sind unruhig. Es sind nicht mehr nur Farrim, sondern auch viele Helim und Männer der Küste, die sich uns anschließen wollen, und zwischen diesen Stämmen gibt es viel böses Blut. Redet mit Gamutak. Er war der Meinung, dass Ihr die Männer beruhigen könnt. Ich hatte keine Ahnung, dass diese Geschichten, die man sich über Euch und Euren Raubvogel erzählt, derart mächtig wirken.«

»Geschichten, Hoheit?«

»Tut nicht so bescheiden, *Winterjäger.* Es heißt, Ihr wäret von den Göttern gesandt, den Damatern Freiheit und Beute zu bringen, ist es nicht so? Und ich denke, das Zweite ist ihnen wichtiger als das Erste …«

Jetzt also fing Baran an, Fragen zu stellen. »Das sind nur Legenden, Hoheit.«

»Bemerkenswert, dass Ihr Euch in diesem Punkt mit Gamutak und Protektor Pelwa einig seid. Ich halte auch nicht viel von diesen alten Geschichten, doch frage ich mich, warum Ihr an meiner Seite seid, wenn Ihr selbst nicht daran glaubt?«

»Ich folge Euch, weil Ihr das Ungeheuer Weszen stürzen wollt, Hoheit, und weil Euch der Pfauenthron zusteht.«

Baran sah ihn lange an. Dann sagte er: »Eure Loyalität endet also, wenn ich den Thron gewonnen habe?«

»Nein, Hoheit, doch glaube ich, dass unsere Wege sich dann trennen werden.«

Der Prinz nickte, dann lachte er plötzlich, was ziemlich verbittert klang, und rief: »Wie schade, ich hatte gehofft, dass Ihr mir, wenn dieser Feldzug vorüber ist, auch meine Stadt Gromar wieder beschafft.«

»Ich glaube, die Damater sehen mich nicht als diese Art Anführer, Hoheit«, gab Jarok vorsichtig zurück. »Und ich glaube, wenn sie erst einmal ihre Beute haben, werden sie nur noch nach Hause wollen, ganz gleich, wohin der Winterjäger gehen wird.«

»Meint Ihr? Na, wenn Ihr Euch da nicht unterschätzt ...«

Jarok verließ das Zelt und suchte nach Hesek, denn er dachte, dass er von ihm am besten erfahren konnte, wie die Stimmung im Lager war – und ob die Krieger tatsächlich versessen darauf waren, ihm zu folgen. Er konnte Hesek nicht finden, begegnete aber stattdessen seiner Mutter, die mit der Seherin an einem Feuer saß und zusah, wie ein paar junge Krieger ein Zelt für sie aufbauten.

»Ist dieses Zelt für dich oder die Seherin?«

»Für uns beide, Jari. Ich kann sie nicht allein lassen. Gamutak wartet doch nur darauf, sie in die Finger zu bekommen.«

Er nickte. Sie war offensichtlich nicht in Sorge um die Seherin, sie war in Sorge um ihren Einfluss auf sie.

Seine Mutter erhob sich, und die Seherin blickte ihr ängstlich nach. »Nur ruhig, Schatz, ich bin gleich wieder da. Komm, Jari, ich will dir etwas zeigen.« Sie zog ihn durch die Reihen der Zelte, bis sie alleine waren. Hinter den Zelten konnte er das Stadttor von Gromar sehen.

»Dieses Tor, Jari ... nie werde ich es durchschreiten können, ohne zugleich an die schönsten und an die schlimmsten Stunden meines Lebens denken zu müssen. Ich weiß, dass du es nicht glauben willst, aber dich fortzugeben war das Schwerste, was ich je tun musste.«

Meinte sie das ernst? Er fragte rau: »Und warum die schönsten Stunden?«

Sie seufzte, ein Zeichen von Weichheit, das er so an ihr nicht kannte, und sie lächelte sogar, als sie antwortete: »Es ist schwer zu glauben, dass diese wenigen glücklichen Stunden über dreißig Jahre in der Vergangenheit liegen. Du musst wissen, ich habe damals meinen Vater, deinen Großvater Urre, nach Gromar begleitet. Die Klane der Geisterberge verhandelten mit den Oramarern über einen Frieden, und dein Großvater war einer der Wortführer, obwohl er kein Atman war. Die Verhandlungen zogen sich über Wochen hin, und jeden Abend wurde ein großes Fest gefeiert.

Bei einem dieser Feste fiel das Auge des Padischahs, der damals noch ein junger Mann und nicht lange an der Macht war, auf mich. Nun, ich war jung und leichtgläubig, und dieser Mann hatte eine Aura, die schwer zu beschreiben ist. Aber du kanntest ihn ja persönlich. Ich gebe es zu, er musste nicht lange um mich werben. Und obwohl er mir nichts versprach, gab ich mich ihm bald hin. Und so wurdest du gezeugt, ein Spross der Berge und der Wüste, ein würdiger, ja, der einzig würdige Erbe des Großen Skorpions!«

»Und was geschah dann?«, fragte Jarok, gebannt von der Geschichte, die sie ihm noch nie erzählt hatte.

Das Gesicht seiner Mutter verhärtete sich. »Als wir in die Geisterberge zurückkehrten, wurde bald offensichtlich, was geschehen war. Ich gab zu, dass der Vater des werdenden Kindes kein Damater war, aber ich verriet den Namen nicht, denn ich wusste, sie würden diese angebliche Schande rächen wollen. Ich nannte also den Namen eines jungen Offiziers, Firis, der ebenfalls ein Auge auf mich geworfen hatte, so dass die Rache ihn und nicht meinen Geliebten traf.«

»Akkabal hatte Dutzende Frauen – warum hat er dich nicht ebenfalls zu einer gemacht?«

»Er hatte schon eine damatische Frau gewählt, eine Atmanstochter. Du wirst verstehen, dass er sie schon um des jungen Friedens willen nicht entehren konnte, und das hätte er getan, wenn er gestanden hätte, dass er eine geheiratet, aber einer anderen ein Kind gemacht hatte.«

»Und wie bist du an Sterro geraten?«, fragte Jarok, der etwas ganz anderes hatte sagen wollen, die richtigen Worte aber nicht fand.

»Als ich mit dir aus den Bergen floh, denn dein Leben war in Gefahr, wurde ich krank – und du ebenso. Sterro war damals ein junger Heiler, und ihm war es egal, dass ich eine Ausgestoßene war. Er nahm uns auf, pflegte uns gesund und schickte uns auch nicht fort, als diese Arbeit getan war. Und wir blieben, fast neun gute Jahre lang, bis die Zeiten wieder unruhiger wurden, die Stämme sengend und brennend aus den Bergen herabkamen und wir dich fortschicken mussten.«

»Von alldem wusste ich nichts, Mutter.«

»Du weißt es jetzt, und ich hoffe, dass du dem Mann, der damals dein junges Leben rettete, von nun an mit etwas mehr Achtung begegnest.«

Ob sie ihm wirklich die Wahrheit sagte? Jarok fühlte, wie sehr sie die Erinnerung an diese lang zurückliegenden Ereignisse aufwühlte, aber er spürte auch, dass sie ihm etwas verschwieg.

Sie seufzte wieder. »Doch das war gestern, und was zählt, ist das Heute. Sieh dich um, Jari! All diese Krieger – sie kommen deinetwegen!«

»Sie kommen eher, weil Gamutak sie gerufen hat.«

Sie schüttelte sichtbar verärgert den Kopf. »Erfüllt es dich denn gar nicht mit Stolz, dass all diese Männer bereit sind, dir ins Feindesland zu folgen?«

»Es erfüllt mich eher mit Sorge, Mutter. Dieser Kriegszug … er ist wie ein Strom, der alles mit sich fortreißt, was er berührt. Sind wir erst einmal in Oramar, wird es sehr schwer werden, diesen Strom zu lenken.«

»Dir fehlt es an Zuversicht und Willen, dabei sind die Vorzeichen so günstig. Wie bist du nur so … schwach geworden?« Ihr kühler Blick war schwer zu ertragen.

»Die Vorzeichen … sprichst du von der Seherin? Hat sie auch nur einmal gesagt, dass sie mich auf dem Thron sieht?«

Sie wandte sich ab, blickte hinüber zur Stadt. »Es gibt viele andere gute Zeichen.«

»Aber dieses eine – das wichtigste – nicht, Mutter. Aber das willst du wohl nicht wahrhaben.«

Sie erwiderte darauf nichts, sondern erklärte, dass sie sich nun wieder um ihren Schützling kümmern müsse, und ging. Er blieb noch eine Weile stehen und sah hinüber zu den abweisenden Mauern der Stadt, in der er gezeugt worden war.

In der Nacht und auch am Tage kamen immer weitere Scharen von Kriegern nach Gromar.

»Sie kommen deinetwegen – aber sie gehen dir aus dem Weg«, stellte Brakas irgendwann fest.

»Sie kommen wegen der Beute, Brakas, oder weil Gamutak gerufen hat. Mich halten sie eher für eine Art Wundertier. Etwas, das man besser aus der Entfernung anstaunt. Und dann sind sie enttäuscht, weil ich weder ein Riese bin noch Feuer spucke. Ich habe da schon unterwegs ein paar sehr aufschlussreiche Gespräche belauschen können … Wäre die Lage nicht so ernst, könnte ich mich totlachen. Wo steckt eigentlich Gamutak?«

»Er ist dort drüben, siehst du ihn nicht? Inmitten dieser besonders wild aussehenden Damater. Sag, sind das Schamanen? Sie sehen jedenfalls schon eher so aus, wie ich mir Bergzauberer immer vorgestellt habe. Nicht wie Sterro oder Gamutak mit seinem glattrasierten Gesicht. Nein, Felle, Bärte, verfilzte Haare – so sollte ein Schamane daherkommen. Da weiß man wenigstens, woran man ist.«

Jarok wusste ungefähr, was der Westgarther meinte. Er selbst hatte nie darüber nachgedacht, wie ein Schamane auszusehen hatte. Er war die ersten neun Jahre unter dem Schutz Sterros aufgewachsen, und er hatte wohl irgendwie angenommen, dass alle Zauberer so wären wie der Gefährte seiner Mutter. Aber der war ein Boakim, ein Mann der Küste, kein Krieger der Berge, und er war ein Heiler, kein Zauberer.

Ja, die Männer dort drüben, die Gamutak folgten, die waren aus einem anderen Holz geschnitzt. Aber so wild die Schamanen der Berge auch aussehen mochten, es war unverkennbar, dass sie Gamutak als ihren Ersten und Obersten ansahen. Er führte, und sie folgten ihm. Vielleicht glaubten sie, dass er sie zu Beratungen zusammengerufen habe, aber am Ende lauschten sie nur auf das, was der Schamane des Schneewindklans zu sagen hatte.

Hesek Graufuchs tauchte plötzlich neben Jarok auf. »Gamutak schwört die Schamanen darauf ein, dass sie den Fehdefrieden zu überwachen haben. Er behauptet übrigens gerne, dass ihr beste Freunde seid.«

»Solange er die Leute damit ruhig hält, soll es mir recht sein. Wo bist du gewesen?«

»Auch ich versuche dafür zu sorgen, dass die Klane den Fehdefrieden nicht vergessen. Ich weiß gar nicht, mit wie vielen Atmanen ich schon gesprochen habe, aber es scheinen stündlich immer neue zu kommen. Und einige kommen tatsächlich deinetwegen, Winterjäger.«

Im Laufe des Vormittags kamen in der Tat immer wieder Krieger einzeln oder in Gruppen zu Jaroks Zelt, um den Winterjäger zu bestaunen. Er fand das immer noch eigenartig, vor allem, weil die Männer sich eigens seinetwegen auf den Weg quer durchs Lager machten, dann aber oft mit einem Schulterzucken wieder gingen. Sie schienen wirklich nur neugierig, aber nach dem ersten Erstaunen nicht besonders ehrfürchtig zu sein, etwas, was ihm schon im Lager am Damat aufgefallen war. Er fragte Sterro, warum das so war.

Der Heiler lächelte. »Es sind Damater, die mit Wundern und Legenden aufgewachsen sind. Sie empfinden beim Anblick des Winterjägers vielleicht Scheu, vielleicht auch Bewunderung, so, wie sie sie gegenüber einem Schamanen empfinden. Aber auch Schamanen sind nur Menschen, und von Märchen und Legenden wird niemand satt.«

»Eine ziemlich vernünftige Einstellung. Trotzdem haben sie den weiten Weg auf sich genommen, um mich zu sehen.«

Sterro zeigte ein sehr feines Lächeln. »Es sind ja auch noch Ruhm und die Aussicht auf fette Beute im Spiel.« Plötzlich verfinsterte sich seine Miene. »Diese da kommen jedoch ganz gewiss deinetwegen – und ihr Besuch verheißt nichts Gutes.«

Drei Damater näherten sich ihnen. Der älteste von ihnen schien Sterro zu kennen, denn er nickte ihm kurz zu, dann rief er: »Das ist er also? Der angebliche Winterjäger – Schiwaras Bastard ...«

Jarok erhob sich. »Sei vorsichtig mit dem, was du sagst, Mann. Und sag mir vor allem deinen Namen!«

Der Alte verschränkte die sehnigen Arme vor der Brust und legte den Kopf schief. »Es wundert mich nicht, dass du dich nicht an mich erinnerst, Neffe. Ich bin Terok vom Klan der Steinwolken, der Bruder deiner Mutter.«

»Ich wusste nicht, dass ich einen Onkel habe.« Jarok versuchte, die Lage einzuschätzen. Die beiden jüngeren Krieger musterten ihn kritisch, und Terok wandte sich ihnen zu: »Das ist euer Vetter, von dem nie gesprochen wurde, jedenfalls nicht, wenn euer Großvater in der Nähe war.«

»Er ist viel kleiner, als alle sagen«, meinte der eine.

»Was willst du hier, Terok?«

»Ich will meinen Neffen sehen, Sterro, den Mann, von dem jetzt so viele Geschichten erzählt werden. Ich will herausfinden, ob es ein Fehler war, seine Mutter und ihn damals zu verstoßen.«

»Das war es gewiss!«, rief die schneidende Stimme von Schiwara. »Denn nun trägt der größte Sohn Damatiens nicht den Namen der Steinwolken.«

»Schiwara ... es ist lange her.« Der Krieger zeigte keinerlei Gefühlsregung, obwohl er doch seine Schwester über drei Jahrzehnte nicht gesehen hatte.

»Nicht lange genug, wenn du mich fragst«, zischte sie.

»Vielleicht ist das wahr. Denn ich sehe, dass Stolz und Zorn in dir immer noch so hell brennen wie damals, als wir dich verjagen mussten. Ich habe jedoch Neuigkeiten für dich, Schwester. Der Klan wäre bereit, deinen Bastard wieder aufzunehmen.«

Schiwara lachte bitter auf. »Das glaube ich gern, jetzt, da ihr euch in seinem Ruhm sonnen wollt. Aber niemals werde ich zulassen, dass …«

Jarok hob die Hand. »Mutter, ich glaube, das ist meine Sache.« Er fing einen vernichtenden Blick seiner Mutter ein. Dann sagte er: »Ihr habt nach meiner Geburt meine Mutter verstoßen, als sie euch brauchte, Onkel. Es ist schön zu sehen, dass euch das jetzt reut. Aber wie, um alles in dieser Welt, kommst du auf den Gedanken, ich könnte dein Angebot annehmen? Ich brauche den Schutz deines Klans nicht, Terok Steinwolke, nicht mehr. Und selbst wenn ich ihn bräuchte, würde ich ihn nicht wollen.«

Sein Onkel sah ihn wieder mit schief gelegtem Kopf an. Er schien nicht einmal verärgert zu sein. »Kommt, Jungs«, sagte er dann, »vielleicht müssen noch einmal fünfunddreißig Jahre vergehen, bevor die alte Geschichte vergessen ist. Vielleicht finden wir bald Gelegenheit, uns einmal in Ruhe zu unterhalten, Jarok. Du solltest nämlich nicht glauben, dass uns irgendeine Macht der Welt daran hindern könnte, an diesem größten aller Beutezüge teilzunehmen.« Dann drehte er sich um und stolzierte mit seinen Söhnen davon.

Zu seiner Verblüffung spürte Jarok plötzlich die Hand seiner Mutter auf der Schulter. Sie sagte nichts, aber in ihrem Blick lagen Stolz und Dankbarkeit.

»Eine gute Antwort«, meinte Sterro und zerstörte damit den Augenblick der Verbundenheit.

»Aber los werden wir sie damit nicht«, sagte Schiwara schlicht. Ihr Blick war starr in die Ferne gerichtet, und Jarok hatte das Gefühl, dass da noch etwas anderes war, das sie beschäftigte. Aber wie immer sagte sie nicht, was das war.

Am Abend trafen sich die Anführer in Barans Zelt, um den weiteren Verlauf des Feldzuges zu planen. Es war beinahe zu klein, um all die Atmane aufzunehmen.

Der Prinz schien es auf einmal nicht mehr eilig zu haben.

»Unsere Zahl wächst täglich«, erklärte er. »Wir haben jetzt achtundzwanzigtausend Krieger vor dieser Stadt versammelt. Aber wenn wir noch eine oder zwei Wochen warten, dann bekommen wir vielleicht noch einmal zehntausend dazu.«

»Warten?«, rief Tiko Weizenhand, der neue Odaling, der seine eigenen Leibwächter mitgebracht hatte und jeden Blickkontakt mit Jarok mied. »Diese Krieger fressen meine Speicher leer. Gromar wird verhungern, wenn sie auch nur noch eine Woche bleiben!«

Protektor Pelwa ließ ein ziemlich geringschätzig klingendes Schnaufen hören. »Eure Speicher werden sich rasch wieder füllen, Tiko. Aber ich bin ebenfalls der Meinung, dass wir so bald wie möglich aufbrechen sollten. Der Norden Oramars hat sich Eurer Sache angeschlossen, Prinz. Zwanzigtausend Mann sind auf dem Weg, um sich südlich von Utemes mit Eurem Heer zu vereinigen. Wir sollten sie nicht warten lassen, denn wenn ihre Begeisterung erlahmt, überlegen sie es sich vielleicht noch einmal anders.«

»Das sind nicht ganz die Zahlen, die ich aus Oramar habe, Protektor«, gab Baran zurück und begann in seinen Pergamenten zu blättern.

»Tausend mehr oder weniger, was macht das schon? Unsere Flotte ist hier und bereit. Aber im Hafen ist sie nutzlos. Wir sollten so bald wie möglich nach Süden segeln, Prinz.«

»Verzeiht, doch liegt dieses Utemes nicht zu weit im Süden?«, meldete sich einer der Atmane zu Wort.

»Es liegt eigentlich schon zu weit nördlich von Ugir, um von dort aus anzugreifen, Kamak«, lautete die Antwort des Protektors.

Der Atman ging nicht darauf ein. »Ich spreche für die Klane der Geisterberge, die den weitesten Weg hierher auf sich genommen haben. Meine Leute sind hier, weil ihnen Beute versprochen wurde. Aber der Süden ist karg und heiß, dort gibt es nicht viel für uns. Wir dachten, wir könnten weiter im Norden landen, wo die Weiden fett und reich sind.«

Jaroks Onkel Terok saß dicht hinter diesem Mann und nickte zustimmend. Er war also ein wichtiger Mann der Geisterberge, aber war er auch ein Atman? Er nahm sich vor, Hesek danach zu fragen. Vielleicht wusste der auch mehr über die alten Geschichten.

»Dies ist kein Überfall auf ein Dorf, Kamak von den Eisenraben«, rief Pelwa. »Wir entscheiden das Schicksal von ganz Oramar!«

»Was aus diesem Reich wird, ist mir gleich. Ich bin meinen Leuten verpflichtet, nicht irgendeinem Prinzen, der um einen weit entfernten Thron kämpft.«

»Die Krieger der Geisterberge waren noch nie besonders weitsichtig«, spottete Tinbul, der im Schatten Gamutaks erstaunlich schnell zum Sprecher der Klane der Farrim aufgestiegen war. »Wie sonst wäre es zu erklären, dass sie einst den Winterjäger davonjagten?«

Jarok traute seinen Ohren nicht: Tinbul, der ihn bisher bei jeder Gelegenheit bekämpft hatte, schwang sich hier zu seinem Fürsprecher auf?

»Das ist immer noch nur eine Legende – und eine Sache zwischen diesem Verstoßenen und uns, Tinbul«, gab Kamak scharf zurück.

»Dann geht doch heim in eure Berge und klärt das dort. Wir kommen auch ohne euch ans Ziel, Kamak Eisenkrähe.«

Kamak sprang auf, und Terok und einige andere Atmane ebenfalls. Auch Tinbul hatte sich mit seinen Leuten erhoben, und beide Seiten begannen, einander wüst zu beschimpfen. Pelwa versuchte vergeblich, sich Gehör zu verschaffen, und auch General Ubeq schaffte es nicht, die Männer zu beruhigen.

»Ruhe!«, zischte Gamutak mit schneidender Stimme zweimal in das Durcheinander, aber als das keinen Erfolg zeigte, donnerte er mit der Rechten seinen federgeschmückten Stab auf die Erde und brüllte: »Ruhe!«

Der Streit verstummte augenblicklich. Er verebbte nicht etwa, nein, er hörte schlagartig auf. Jarok öffnete den Mund, um Sterro etwas zuzuflüstern, aber er brachte keinen Ton heraus. Kamak fasste sich an die Kehle, aber auch er konnte nicht sprechen. Die Atmane wurden sehr blass. Jarok konnte Angst in ihren Augen sehen.

»Besser«, knurrte Gamutak. Die Knöchel seiner Rechten, die den Stab hielt, waren weiß verfärbt. »Ich denke, ihr Krieger seid hier versammelt, um gegen Prinz Weszen und nicht gegeneinander in den Krieg zu ziehen. Ist es nicht so? Ihr nickt? Schön. Dann werde ich den Zauber nun lösen. Aber ich werde ihn wieder wecken, wenn ihr eure Stimmen nur einsetzt, um euch zu streiten. Dies ist der kühnste und größte Feldzug, zu dem wir Damater je aufgebrochen sind, ein Feldzug für Lieder und Legenden. Wer das bezweifelt, soll jetzt umkehren, ohne Beute heimgehen und sich von Frauen und Kindern verspotten lassen, während kühne Männer weiter voranschreiten – und dabei sorgsam auf die Worte ihrer Anführer hören!« Er hob den Stab, aber die gespenstische Stille blieb.

Schließlich räusperte sich Pelwa. »Ich danke Euch, Meister Gamutak. Dann haben wir also Einigkeit erzielt? Wir beginnen morgen damit, die Krieger einzuschiffen.« Er wandte sich an Baran.

»Morgen?«, rief der Prinz empört.

»Es muss sein, Hoheit. Schon jetzt wird unsere Flotte die vielen Krieger kaum fassen, es wäre also müßig, auf weitere zu warten. Wir segeln nach Süden, um uns an der Turmküste, ein Stück südlich von Utemes, mit den Streitkräften Eurer oramarischen Gefolgsleute zu vereinen.«

»Dies ist eine seltsame Art, die Atmane um Rat zu bitten, Pelwa«, sagte Kamak, der immer noch leichenblass war.

Pelwa zeigte sich ungerührt. »Wir werden für Euren Rat immer dankbar sein, edler Kamak, aber die Entscheidung ist durch äußere Umstände erzwungen. Es ist, wie Tiko Weizenhand es sagte – die Vorräte Gromars gehen zur Neige. Außerdem fühle ich in meinen alten Knochen den Winter nahen. Und der Winter kommt gerne mit Sturm über das Goldene Meer. Schon einmal haben wir durch so eine Unbill eine Flotte verloren. Wir wollen das nicht noch einmal erleben. Wir müssen also bald aufbrechen, und wir müssen weit im Süden landen, weil es im kargen Oramar schwierig sein wird, dieses große Heer lange zu versorgen. Ich hielt es jedoch für ein Gebot der Höflichkeit, Euch hier und heute über das Notwendige zu unterrichten, Kamak Eisenrabe.«

»Und wo bleibt unsere Beute?«, fragte Kamak, der offensichtlich nicht nachgeben wollte.

Der Protektor zuckte mit den Achseln. »Ugir ist eine der größten Städte der Welt, Atman. Sie muss Euch genügen.«

Als Pelwa so leichthin Ugir zur Beute erklärte, sah Baran kurz aus, als wolle er widersprechen, aber dann blätterte er wieder nur in seinen Papieren, und Pelwa ging dazu über, mit ihm Einzelheiten der Verteilung der Krieger und Vorräte auf die Schiffe zu erörtern. Hier war der Prinz wieder in seinem Element. Er hatte tatsächlich einen genauen Plan dafür erarbeitet, den er auf vielen Pergamenten festgehalten hatte. Er bemerkte gar nicht, dass die Atmane das Zelt nach und nach verließen. Jarok ging mit ihnen hinaus, weil er annahm, dass es sicher wieder einen Streit zu schlichten gäbe, aber die Männer trennten sich wortlos und kehrten zu ihren Klanen zurück.

»Dein Freund Gamutak hat da eben ziemlich eindrucksvoll für Ruhe gesorgt«, meine Brakas, der am Eingang des Zeltes wachte.

Jarok schüttelte den Kopf. »Er ist nicht mein Freund, und er hat den Streit nur unterdrückt, nicht beendet. Das wird uns noch viel Ärger bescheren.«

»Es ist gut, dass du erkennst, dass dieser Schamane nicht dein

Freund ist, Neffe. Gamutak ist mit Erdgeistern und Dämonen im Bunde!« Terok Steinwolke schien auf ihn gewartet zu haben.

»Dennoch scheinen die Klane seine Führung anzuerkennen, Terok.«

»Das gilt vielleicht im Paramar, in den Geisterbergen sehen wir das anders.«

»Und dennoch seid ihr hier.«

»Wegen der Beute, Junge, nur wegen der Beute«, rief Terok und lachte dabei. Dann wurde er wieder ernst. »Ich bedaure übrigens wirklich, was damals geschah. Deine Mutter ... sie ist eine starke Frau. Wenige hätten das, was sie erdulden musste, mit so viel Würde ertragen.«

»Ich weiß nicht, ob sie dir je verzeihen wird, Terok.«

Terok sah für einen Moment überrascht aus, dann nickte er. »Ja, natürlich. Das erwarte ich auch nicht. Sage ihr doch einfach, dass mir leidtut, was damals geschehen ist. Sie wird verstehen, was ich meine.«

»Du bist das Klanoberhaupt, wenn ich das richtig sehe. Warum bietest du ihr nicht an, sie wieder aufzunehmen, wie du es mir angeboten hast?«

»Ich bezweifle, dass sie ein solches Angebot annehmen würde, denn sie ist stolz. Aber ich kann es ihr auch nicht anbieten, ohne die Ältesten zu fragen. Du weißt nicht viel über unsere Klane, oder?«

»Je mehr ich erfahre, desto weniger will ich wissen«, gab Jarok verstimmt zurück. Aber es stimmte auch: Je mehr Einblick er in die Welt der Damater bekam, desto stärker wurde das Gefühl, nicht dazuzugehören. Und es half nicht, wenn er sich sagte, dass er das auch gar nicht wollte. Vielleicht verstand er seinen Onkel deshalb nicht.

Er richtete seiner Mutter Teroks Worte aus. Sie starrte ihn auf eine sehr kalte, aber auch seltsame Art an und sagte schließlich: »Ich will nicht, dass du mit Terok redest. Du kannst seinen

Worten nicht trauen. Ich habe es einst getan – und bitter bereut. Begehe du nicht denselben Fehler!«

Am nächsten Morgen öffnete Gromar seine Tore, und die ersten Klane marschierten durch die Stadt zum Hafen, wo ihre Schiffe auf sie warteten. Pelwa und Baran – vor allem aber Odaling Tiko – hatten eine Menge Soldaten und Krieger aufgeboten, die am Rand der Strecke wachten.

»Das ist wirklich beleidigend«, meinte Hesek, der mit Jarok den langen Zug beobachtete. »Hat Tiko denn Angst, wir würden unsere eigene Stadt plündern?«

»Ich habe nicht den Eindruck, dass die Krieger diese Stadt als die ihre betrachten, Bruder. Und es ist leicht zu erkennen, dass zwischen den Damatern der Küste und denen der Berge nicht viel Liebe herrscht.«

»Mag sein«, murmelte Hesek, »aber nun marschieren wir doch gemeinsam, und der Winterjäger führt uns! Ich hörte, dass selbst Tiko zweitausend Speerträger ausgerüstet hat.«

»Wirklich? Das ist ein gutes Zeichen, denn es heißt, dass er an einen Erfolg dieses Unternehmens glaubt.«

Hesek Graufuchs schnaubte verächtlich. »Unternehmen? Hier geht es doch um weit mehr, Jarok.«

»Du glaubst wirklich daran, oder? Du glaubst, dass die Damater endlich ihrer Streitereien beilegen und sich vereinigen.«

»Was ist daran falsch?«

»Nichts, solange du nicht vergisst, dass ich nicht wirklich der Winterjäger bin und diese alte Legende von meiner Mutter ganz schön zurechtgebogen wurde.«

»Aber sie wirkt, Bruder, siehst du das nicht? Die Männer folgen dir!«

Jarok seufzte und verzichtete darauf, schon wieder darauf hinzuweisen, dass die Männer vor allem der Aussicht auf Beute folgten. Es erstaunte ihn, dass Hesek so leidenschaftlich auf die Vereinigung der Damater hoffte, die, wenn er an den Zusammenstoß in Barans Zelt dachte, in weiter Ferne zu liegen schien. »Täusche ich mich, oder halten die zerstrittenen Klane des Paramar plötzlich wie Pech und Schwefel zusammen, wenn es gegen die aus den Geisterbergen geht?«

»Du siehst das schon richtig, Bruder. Die Helim sehen sich als den ältesten Stamm, die Klane des Paramar aber auch, und schon deshalb streiten sie. Wir haben noch Glück, dass die Hrim und die Kor aus der Hochebene nicht dabei sind, weil ihre Stammesgebiete einfach zu weit entfernt sind, um sie hierherzurufen. Aber verlass dich darauf, dass sie beleidigt sein werden, wenn sie von diesem gewaltigen Heer erfahren, bei dem sie nicht dabeisein dürfen. Wahrscheinlich gibt das wieder neues böses Blut zwischen den Stämmen. Aber die Farrim und Helim reichen mir auch schon. Und die von der Küste halten nichts von denen aus den Bergen und umgekehrt. Ich dachte, du hättest das langsam begriffen. Deshalb marschieren im Augenblick auch nur Männer aus den Geisterbergen zum Hafen. Es ist besser, sie auf See getrennt zu halten. Ich hörte, du segelst mit Prinz Baran?«

»Wie auch die Seherin und meine Mutter. Ich nahm an, du fährst auf demselben Schiff, Hesek.«

»Deine Mutter war der Meinung, ich solle ein Auge auf Gamutak und Tinbul haben, außerdem wird auch Tiko der Reiche auf meinem Schiff sein. Schiwara will wissen, ob die etwas aushecken.«

»Ich bin sicher, dass sie das schon die ganze Zeit tun. Dir mag es ja vorkommen, als zöge dieses Heer geschlossen wie ein Mann gegen den Feind, aber ich spüre viele Kräfte, die in verschiedene Richtungen wollen und Ziele verfolgen, die nicht denen von Prinz Baran gleichen. Und – bevor du fragst – noch weniger den meinen!«

Hesek lächelte plötzlich. »Wir werden sehen, Winterjäger. Es kann dir nur zum Vorteil gereichen, wenn Barans Macht auf nicht allzu festen Säulen ruht. Wann geht ihr an Bord?«

»Ganz zuletzt natürlich, und ich habe das Gefühl, dass dieser kurze Weg durch die Stadt ein sehr gefährlicher sein wird. Wir haben schon zu lange nichts von Prinz Weszen gehört, dabei wird der doch ganz sicher versuchen, seinen Bruder zu töten, schon, um diesem Heer den Kopf abzuschlagen.«

»Das ist auch meine Befürchtung. Kann ich dir irgendwie helfen?«

»Hast du noch Leute in der Stadt? Dann sollen sie die Augen offen halten. Ich habe mit Aphaskar und Ubeq zusammen schon alle Vorsichtsmaßnahmen getroffen, die zu treffen sind. Und doch wird immer irgendwo eine Lücke sein, durch die ein Attentäter vielleicht ans Ziel kommen kann.«

Als Hesek sich zu den Schiffen verabschiedete, kehrte Jarok zu Barans Zelt zurück, das bereits abgebaut und verladen wurde. Er versuchte, den Prinzen dazu zu überreden, einen der schweren Wagen zu besteigen, die der Seebund für die größeren Lasten bereitgestellt hatte, doch Baran wollte davon nichts wissen. »Das ist meine Stadt, Bannermeister, auch wenn derzeit andere Fahnen darüber wehen mögen. Ich werde mich meinem Volk zeigen, hoch zu Ross, wie es dem Erben des Großen Skorpions ansteht.«

»Euer Volk fühlt sich Euch vielleicht weniger verbunden als umgekehrt, Hoheit.«

Baran ließ sich aber nicht umstimmen: »Ich bin sicher, Ihr werdet alles tun, um mein Leben zu beschützen, Winterjäger. Schon Euer Ruf und Euer Greif, der seit Tagen über der Stadt kreist, werden jeden Mörder daran erinnern, wie aussichtslos sein Unterfangen ist.«

Jarok war davon nicht so überzeugt wie der Prinz. Natürlich würden die vielen Wachen einen gewöhnlichen Attentäter abschrecken, aber was, wenn es *kein* gewöhnlicher Attentäter war? Was, wenn ein Schatten oder ein anderer Zauberkundiger sein Glück versuchte? Oder wenn ein Mann, dem sein eigenes

Leben nichts mehr wert war, sich auf Baran stürzte? Aber Baran hatte sich entschieden, und Jarok würde über ihn wachen müssen.

Sie rückten als Letzte in die Stadt ein, und Baran richtete es so ein, dass er sogar ein wenig Zeit verstreichen ließ, bevor er ihre Gruppe in Marsch setzte. Jarok ging voraus, und Brakas war bei ihm. Drei Dutzend Männer hatten sie eingeteilt, über den Prinzen zu wachen, und die Soldaten, die der Seebund, und die Krieger, die Tiko an die Straße gestellt hatten, waren auch noch da.

»Hältst du die eigentlich für hilfreich oder für eine Gefahr?«, fragte der Westgarther leise, als sie durch das Tor schritten.

»Abwarten.« Er hätte mehr Leute auf den Straßen erwartet, und als er sich einmal umdrehte und in Barans Gesicht so etwas wie Enttäuschung sah, war klar, dass der Prinz ebenfalls mehr Aufmerksamkeit erwartet hätte.

Jarok schlug ein schnelles Marschtempo ein. Er wünschte, der Prinz hätte darauf verzichtet, zu Pferd in die Stadt zu reiten. Sein Pferd war nervös und tänzelte die ganze Zeit. Was, wenn es erschrak und ausbrach?

Hrima kreiste über ihnen, und als sie tiefer sank und mit hellen Schreien auf sich aufmerksam machte, rief jemand: »Da ist er, der Greif des Winterjägers!«

»Und da ist der Winterjäger selbst, siehst du ihn? Der Mann mit dem roten Bogen!«

Jarok musste sich nicht umdrehen, um die bohrenden, neidvollen Blicke Barans zu spüren. Aber er konnte es nicht ändern. Da waren Väter, die ihre Kinder hochhoben, weil die den berühmten Winterjäger sehen sollten. Wenn Brakas wenigstens nicht so dämlich gegrinst hätte! »Dir macht das wohl Spaß, wie? Achte lieber auf die Dächer!«

»Zu Befehl, oh großer Jäger!«

Sie kamen gut voran, aber irgendwie schien sich plötzlich die Nachricht vom Winterjäger, der durch die Straßen marschierte, in Windeseile herumzusprechen, denn die Menge wurde rasch zahlreicher.

Jarok fühlte wachsendes Unbehagen. Er versuchte, die Rufe, die alle ihm galten, zu ignorieren. Sein Unbehagen stieg, und dann merkte er, dass es nicht an der merkwürdigen Begeisterung für ihn lag. Er sah es in Blicken, in Gesten. Diese Leute hatten etwas gesehen, etwas, das sie selbst vielleicht gar nicht einschätzen konnten, das aber Gefahr bedeutete. In der Menge lauerte eine Bedrohung wie ein Raubtier im Unterholz.

»Es wird ernst, Brakas.«

»Siehst du etwas?«

»Du nicht? Die Leute sind unruhig. Es wird gefährlich.«

Sie gingen weiter, und er verlangsamte seine Schritte nicht, denn er wollte dem Angreifer, den er in der Nähe vermutete, nicht zeigen, dass er etwas ahnte. Er gab Brakas ein Zeichen und ließ sich jetzt doch zurückfallen, um in Barans Nähe zu sein, wenn es losging. Er musterte die Leute entlang der Straße. Sie alle waren neugierig, starrten ihn und manchmal auch Baran an, aber irgendwo unter ihnen war einer, der nicht in die Menge passte, einer, der *nicht* neugierig war.

Sie bogen schon fast am Hafen um eine Straßenecke, als sich plötzlich ein Mann aus den Schatten löste, seinen Dolch herausriss und losstürmte. Er war nur drei, vier lange Sprünge von Baran entfernt.

»Vorsicht!«, brüllte Jarok und riss sein Schwert heraus. Er wollte sich dem Mann in den Weg stellen und bemerkte verwundert, dass der Angreifer direkt auf ihn zuhielt, auf ihn, nicht auf den Prinzen! Er war so überrascht, dass er den Angriff erst im letzten Augenblick parierte. Er taumelte zurück, und der andere brüllte ihn voller Wut und Verzweiflung an und holte erneut mit dem Messer aus. Seine Bewegung stockte jedoch, und dann sah Jarok eine Speerspitze aus seiner Brust fahren. Der Damater tat noch einen Schritt nach vorne, das Messer fiel ihm aus der Hand, und es war fast, als wolle er Jarok umarmen. Nein, er versuchte tatsächlich noch im Sterben, ihn auf die Speerspitze zu ziehen, die aus seiner Brust ragte. Doch seine Kraft war schon fast erloschen, und Jarok wehrte ihn leicht ab.

Brakas war plötzlich da. »Ihr habt ihn erwischt, gut.«

»Ist er tot? Wer ist der Mann?«, rief Baran vom Rücken seines tänzelnden Pferdes herab.

Brakas drehte den Toten mit dem Fuß um. »Ein Damater, Hoheit.« Er bückte sich, durchsuchte den Mann, fand aber nichts, nicht einmal ein paar Münzen. Etwas stimmte nicht. Der Mann trug die Kleidung eines Bergkriegers, aber die passte irgendwie nicht zu ihm. »Wir sollten uns umhören, um mehr zu erfahren, Hoheit.«

»Nein, wir gehen weiter!«, entschied Jarok. »Erst an Bord werden wir sicher sein.«

Der Prinz musterte ihn, und für einen Augenblick glaubte er, Hass in Barans Augen zu lesen. *Er hat es auch gemerkt,* dachte er, *er hat gemerkt, dass der Angriff mir galt und nicht ihm.* Aber wer hatte den Mann gesandt? Weszen? Gamutak? Tiko?

»Was ist los, mein Freund, du siehst besorgt aus?«, fragte Brakas.

»Ich bin es nicht mehr gewohnt, dass mich jemand umbringen will«, knurrte er. Ein düsterer Scherz, obwohl ihm gar nicht nach Scherzen zumute war. »Aber wir müssen weiter, diese Menge ist das perfekte Versteck für einen Attentäter.«

Ein Hauptmann des Seebundes drängte sich durch die Menge und versuchte, für Ordnung zu sorgen. Erst jetzt kamen Wachen von überall herangelaufen. Reagierten sie absichtlich so spät? Steckte also Pelwa hinter diesem Mordversuch?

Jarok nahm dem Hauptmann das Versprechen ab, sich um den Toten zu kümmern und auch Nachforschungen nach den Hintermännern anzustellen. Er glaubte allerdings nicht, dass der Mann viel in Erfahrung bringen würde. Er müsste sich selbst darum kümmern, doch das konnte er nicht.

Sie eilten weiter und gingen jetzt schneller, denn irgendwie hatte Jarok das Gefühl, dass das noch nicht alles war. Vielleicht war dieser Angriff auf ihn auch nur ein Versuch gewesen, den berühmten Leibwächter des Prinzen auszuschalten.

Bis zum Hafen geschah jedoch nichts weiter. Den Hafen selbst fanden sie überfüllt vor. Zwei Galeeren und ein großes Handelsschiff lagen am Kai, und davor drängten sich Hunderte Krieger, die an Bord wollten oder auf ein Boot warteten, das sie zu ihrem Schiff draußen vor dem viel zu kleinen Hafen bringen würde. Und dazwischen tänzelten zwei Dutzend Pferde unruhig umher, die auf den tief liegenden Frachtkahn verladen werden sollten.

»Das sieht nicht gut aus«, meinte Brakas. »Hunderte Krieger, hunderte Messer ...«

Jarok nickte und schlug Baran vor, im Haus des Hafenmeisters zu warten, bis ihr Boot eintraf, denn auf sie wartete vor dem Hafen eine mächtige Galeasse. Aber natürlich wollte sich der Prinz so lange wie möglich den Gromarern zeigen.

Jarok schickte Brakas los, um herauszufinden, ob ihr Boot schon bereitlag. Es dauerte eine Weile, bis Brakas zurückkehrte. »Die Barkasse ist da, aber sie liegt am Ende des Kais, und ihr Steuermann sagt, dass es keinen anderen Anlegeplatz gibt, solange die anderen Schiffe noch im Hafen sind.

»Dann gehen wir eben dorthin!«, rief Baran.

»Wir sollten warten, bis der Kai sich geleert hat, Hoheit.«

»Es kann nicht schaden, wenn ich mich inmitten meiner Krieger zeige. Das habe ich früher, in Haretien, oft getan. Auf geht's!«

Jarok fluchte und gab seinen Leuten ein Zeichen. Sie beeilten sich, aber auch Baran lief schnell. »Dieser Mann hat es wohl eilig, seinem Tod zu begegnen«, murmelte Brakas.

»Drückt einfach alles zur Seite – selbst wenn die Krieger im Hafenbecken landen!«, rief Jarok und überholte den Prinzen.

Sie drängten sich durch die Menge. Die Damater waren viel zu beschäftigt, um zu bemerken, wer da kam. Falls Baran gehofft hatte, sie würden ihm zujubeln, wurde er erneut enttäuscht. Die Leibwache drängte voran, aber schnell begannen die Krieger sich zu beschweren und zu wehren. Es wurde geflucht, geschoben und gedrängt. Jarok fand sich plötzlich am Rand des Kais wieder und wäre fast selbst im Wasser gelandet.

»Der Winterjäger!«, rief die laute Stimme des Westgarthers. »Macht Platz, hier kommt der Winterjäger!«

Das wirkte. Die Drängelei ließ nach, und endlich versuchten die Männer, ihnen auf dem schmalen Kai Platz zu machen.

Aber immer noch war es ein dichtes Gedränge, und plötzlich – das warnende Gefühl kam spät – sah Jarok aus dem Augenwinkel eine Klinge aufblitzen. Er wich zurück. Ein Arm im Gedränge, eine Faust mit einem Messer, das seine Fellweste ritzte – und verschwand. Es war einfach in der Menge verschwunden.

Jarok starrte die Krieger an, hatten sie denn nichts bemerkt? Da war eine Bewegung in der Menge. Jemand drängte sich durch die Reihen, um zu verschwinden. Er war drauf und dran, ihm nachzusetzen, aber da war auch Prinz Baran, ungeschützt, mitten zwischen den Kriegern. Er fluchte wieder und rief dann: »Ein Hoch auf den Adler, ein Hoch auf Prinz Baran!«

Der Jubel war nicht sehr laut, aber es reichte doch, ihnen etwas mehr Platz zu verschaffen. Wenig später saßen sie in der Barkasse, und ein mürrischer Steuermann lenkte sie hinaus aufs Meer, wo ein Schiff auf sie wartete.

Jarok blickte noch einmal zurück. Der Hafen quoll immer noch über vor Kriegern. Gromar war eben doch eine kleine Stadt, viel kleiner, als er sie von früher in Erinnerung hatte.

16.

Das Schiff war überfüllt, jedenfalls kam es Jarok so vor. Er war noch nie an Bord eines so großen Schiffes gewesen und ziemlich beeindruckt, ganz im Gegensatz zu Brakas. »Groß, schwerfällig, langsam«, lautete sein vernichtendes Urteil.

»Schwer bewaffnet«, meinte Jarok und wies auf die Reihe der bronzenen Geschütze, die auf beiden Bordseiten aufgestellt waren.

»Trotzdem, jedes Westgarther Langboot segelt dem hier davon. Und dann dieser Geruch …«

»Besser als auf einer Galeere«, meinte Jarok.

»Aber nicht viel.«

Jarok blickte auf die Ursache des Gestanks: Zu fünft saßen die Ruderer angekettet auf ihren Bänken. Er nahm an, dass Baran vermutlich schon ausgerechnet hatte, dass das bei achtunddreißig Rudern genau dreihundertneunzig Mann ergab, die auf ihren Plätzen aßen, schliefen – und ihre Notdurft verrichteten. Aber wenigstens hatten die Baumeister auf diesem Schiff Rinnen angelegt, auf denen man die Exkremente hinausspülen konnte.

»Dieses Schiff speit also nicht nur Feuer und Tod – sondern auch Scheiße«, kommentierte Brakas sarkastisch, als ihn Jarok auf die sinnige Konstruktion unterhalb der Geschütze hinwies.

Baran hatte dafür gesorgt, dass auch die beiden Bannermeister seiner Leibwache einen Platz im unteren Achterkastell fanden, in Hängematten zwischen all den Offizieren des Schiffes.

Auf dem Niedergang zu seinem beengten Quartier traf Jarok seine Mutter, die sich eine winzige Kabine mit der Seherin teilte. »Fast wie ein Fürst«, sagte sie, und er hörte den unausgesprochenen Satz, dass er schon bald ebenso bequem reisen könne, wenn er nur wolle.

Jarok hatte seine wenigen Habseligkeiten noch nicht verstaut, als er das Kommando hörte, die Anker zu lichten. Er eilte zurück an Deck, um einen letzten Blick auf Gromar zu werfen, stellte aber bald fest, dass er meist im Weg stand. Die Matrosen rannten hin und her und bereiteten das Setzen des Segels vor, und eine Menge Krieger, die auf Deck schlafen würden, stritten sich noch um die besten Plätze. Schließlich fiel ihm auf, dass es auf dem Vorderkastell ruhiger zuzugehen schien.

Als er dort ankam, fand er die Seherin, die an Backbord verzückt auf das Meer hinausschaute. Seine Mutter war bei ihr. Er nickte beiden zu und ging hinüber auf die Steuerbordseite. Erst jetzt konnte er ermessen, wie groß ihre Flotte war. Es mussten über fünfzig Schiffe sein: Er sah schnelle Galeeren, plumpe Handelsschiffe und mächtige Galeassen, und überall wurden Segel gesetzt und Ruder ausgefahren.

Die ganze Flotte kam in Bewegung. Jarok sah zu, wie sich an diesem kalten Herbsttag unzählige Segel über dem tiefblauen Meer entfalteten und sich das Durcheinander der Masten und Rümpfe entwirrte und über den Wellen zu langen Reihen entfaltete, während im Hintergrund die ewigen Berge des Paramar unverrückbar in den Himmel ragten.

»Wie der Schlag meines Herzens. Hörst du es?« Die Seherin stand plötzlich neben ihm. Sie hielt den Kopf leicht schräg und schien zu lauschen.

»Die Ruderer? Ja, tatsächlich«, sagte er verlegen.

»Das Meer trägt mich«, flüsterte sie ihm verschwörerisch zu. »Blumen wehen über das Wasser. Schleier wehen im Wind.«

Er starrte sie an.

»Was siehst du, Ila?«, fragte seine Mutter, die sofort hinzugetreten war.

»Wellen und Schaumkronen, dauerhafter als die Krone des Adlers«, sagte die Seherin kichernd und zeigte auf das Meer.

»Das wollen wir für uns behalten, nicht wahr, mein Kind?«

»Und den Mann am Strand sehe ich. Den Mann mit der Axt.« Das Kichern verebbte. »Ein dunkler Turm in der Nacht. Pergamente. Pergamente voll Blut …« Ihr Blick klärte sich.

Jarok hielt den Atem an. Sprach sie von Brakas? Ja, das musste der Moment sein, an dem er die Pergamente des alten Dieners zerrissen und ins Meer geworfen hatte.

»Er gräbt im Sand. Mit den Händen, mit der Axt. Er vergräbt Blut und Pergament.«

»Er *vergräbt* sie?« Er hatte die Seherin an den Armen gepackt. Sie sah ihn plötzlich aus ihren schönen braunen Augen ganz klar an, nur einen Augenblick, dann seufzte sie: »Blumen folgen dem Schiff. Delfine schwimmen ihm voraus. Ein glücklicher Tag, ein glücklicher Tag.«

Er ließ sie wieder los, wollte immer noch nicht glauben, was er da gerade gehört hatte.

»Sie sprach von deinem Freund, dem Westgarther, nicht wahr, Jari?«, fragte seine Mutter, die die Seherin fürsorglich in den Arm genommen hatte. Eine Geste, die auf Jarok unvertraut wirkte.

Er schüttelte den Kopf. »Das kann nicht sein«, murmelte er.

»Ich ahne, um welche Pergamente es geht, Jari. Dein Freund ist klüger, als ich dachte.«

Klüger? Verschlagener, das war das Wort, das ihm einfiel, aber er sagte es nicht. Er verließ die beiden Frauen, drängte sich durch das überfüllte Oberdeck zum Achterkastell. Wo steckte Brakas? Er fand ihn nicht in ihrem Quartier und auch nicht vor der Kajüte Barans. Die beiden Posten, die er dort aufgestellt hatte, hatten ihn auch nicht gesehen. »Er ist vielleicht im Unterdeck, Herr«, meinte eine der Wachen, ein Oramarer.

»Wie kommst du darauf?«

»Ich hörte, dass die Matrosen des Schiffes dort zu spielen pflegen, wenn sie nicht im Dienst sind.«

Jarok stieg hinab ins Unterdeck. Hatte er bislang geglaubt, er selbst sei beengt untergebracht, sah er nun, dass es noch viel enger ging. Dicht an dicht hingen die Hängematten, so eng, dass die Männer, die darin ruhten, beim sanften Schaukeln des Schiffes einander berührten. Eine rußige Lampe spendete mehr Qualm als Licht, und ein Dutzend Männer saß in einer Ecke auf dem Boden und würfelte. Natürlich war der Westgarther unter ihnen.

»Kann ich mit dir reden, Brakas? Es ist wichtig.«

»Wenn es unbedingt sein muss. Spielt einstweilen ohne mich weiter, Freunde. Aber lasst mir etwas Glück übrig.« Er folgte Jarok unter den Niedergang, wo sie ungestört reden konnten. »Es ist gar nicht so schlecht, dass du mich da rausgeholt hast, mein Freund. Diese Seeleute verstehen verflucht viel mehr vom Würfeln als die Damater. Es wird harte Arbeit sein, hier ein paar Münzen zu verdienen.«

»Du hast die Pergamente also nicht ins Meer geworfen.«

»Wovon redest du?«

»Die Liste des Dieners. Oder hast du vergessen, was an der Turmküste geschah?«

»Wie könnte ich? Schließlich habe ich dir die Dreckarbeit abgenommen und dir auch noch den Hals gerettet.«

»Und die Pergamente? Hast du sie wirklich vergraben?«

»Woher weißt du … nein, sag nichts. Die Seherin? Verflucht sei dieses Weib!« Brakas' Miene verfinsterte sich nur kurz, dann zeigte er wieder sein typisches Grinsen. »Was soll ich sagen? Ich bringe es einfach nicht über mich, etwas, das so wertvoll ist, wegzuwerfen.«

»Wertvoll? Doch nur für Weszen! Willst du sie ihm zum Kauf anbieten?«

»Nicht doch! Aber auch Baran wird vielleicht wissen wollen,

wer noch als Erbe seines Vaters in Frage kommt. Ich habe mir sagen lassen, dass seine eigenen Listen da ziemlich kurz sind.« Er senkte die Stimme. »*Jeder* künftige Padischah sollte sich eigentlich dafür interessieren ...«

»Du hast mich getäuscht, Brakas!«

»Zu deinem Besten, mein Freund, nur zu deinem Besten! Denn ganz gleich, wer Padischah sein wird, es kann immer vorkommen, dass sich einer von dieser Liste gegen ihn verschwört. Wäre es nicht besser, eine solche Verschwörung im Keim zu ersticken? Wie soll der Herrscher von Oramar ruhig schlafen können, wenn er nicht weiß, ob einer seiner Diener nicht vielleicht ein Halbbruder ist, der ihn umbringen will? Jetzt schau mich nicht so strafend an! Ich habe getan, was getan werden musste. Du wirst mir eines Tages noch dafür danken. Aber hat denn noch jemand gehört, was diese Seherin leider gesehen hat?«

»Nur meine Mutter.«

»Ich bin sicher, sie wird mein Handeln verstehen.«

»Möglich, aber vielleicht versteht sie es auch falsch – als eine Bedrohung für ihren Sohn. Und rate, wie sie darauf reagiert ...«

Der Westgarther zuckte mit den Schultern. »Deine Mutter muss sich da keine Sorgen machen, mein Freund. Und wenn du erst einmal ein oder zwei Nächte darüber geschlafen hast, wirst du ebenfalls einsehen, dass ich richtig gehandelt habe. Und jetzt entschuldige mich. Ich will mein Glück mit den Würfeln versuchen, denn ich will nicht, dass es einrostet, jetzt, so kurz vor den Schlachten, die bald kommen werden.«

Der Westgarther kehrte zu den Matrosen zurück, und Jarok starrte ihm hinterher. Brakas hatte offensichtlich nicht die Spur eines schlechten Gewissens. Missmutig kehrte er an Deck zurück. Er begab sich wieder auf das Vorderkastell. Seine Mutter und die Seherin waren verschwunden. Er war nicht böse darüber.

Er blickte hinaus auf das Meer, sah die hellen Flecken der weit verstreuten Segel über dem endlosen Blau und lauschte auf den

Takt der Ruder, die ihn langsam, aber sicher weiter Richtung Süden brachten, immer näher an Ugir und Prinz Weszen und an den Tag der Entscheidung. Fünf Tage, so erfuhr er von einem der Offiziere, würden sie brauchen, um ihr Ziel zu erreichen. Der Mann erklärte ihm, dass die Flotte einen Umweg entlang der Morgenrotinseln in Kauf nahm, weil Wind und Strömung sie dort schneller voranbrachten, als es auf der anderen Seite des breiten Meeresarmes der Fall wäre. »Es wäre eine andere Sache, wenn wir nach Utemes wollten, aber unsere Befehle lauten, dieses Heer weiter im Süden abzusetzen«, erklärte der Offizier weiter. »Ich weiß, dass euch Damatern das nicht gefällt, aber es erspart euch viele Tage Marsch.«

Jarok nickte. Auch wenn er den Kampf gegen Weszen nicht herbeisehnte, so schien er ihm doch unausweichlich. Und dann war es besser, ihn so schnell wie möglich hinter sich zu bringen. Hrima folgte dem Schiff in großer Höhe. Er fragte sich, ob sie am Abend zu ihm kommen würde, aber sie verschwand in der Dämmerung und schien sich einen Ruheplatz auf einer der vielen Inseln zu suchen.

Am zweiten Tag der Reise bat der Gesandte Pelwa ihn um ein Gespräch. Der Protektor hatte eine winzige Kabine im Achterkastell bezogen, und sie wurde von einem viel zu großen Tisch ausgefüllt, auf dem sich eine unfassbare Anzahl unterschiedlicher Speisen stapelte. Der Protektor saß hinter diesem Tisch, löffelte eine Suppe und machte keinerlei Anstalten, ihm einen Platz oder etwas zu essen anzubieten. »Ich hörte, dass die Seherin oft zu Euch spricht, Meister Jarok.«

»Sie spricht viel öfter mit meiner Mutter.«

»Ja, die schöne Schiwara, sie scheint die Einzige zu sein, die mit dieser Frau umzugehen versteht.«

»Das ist möglich.«

»Ich muss Euch etwas anvertrauen … Ich bin froh, dass sie die Seherin vor Gamutak beschützen konnte.«

»Ist der Schamane nicht einer Eurer wichtigsten Verbündeten, Exzellenz?«

Der Protektor schnaubte verächtlich und schob den Suppenteller zur Seite. »Er hat für meinen Geschmack etwas zu viel Einfluss auf die Damater, und es ist wichtig, dass er nicht noch mehr Einfluss auf Prinz Baran gewinnt.« Er nahm sich ein paar gebratene Wachteln von einer großen Platte und legte sie nebeneinander auf den Tisch. »Ich nehme an, dass er auch versucht, Euch zu umgarnen, Winterjäger.«

Jarok antwortete mit einem Schulterzucken.

»Ich werte das als ein Ja. Ist Euch eigentlich bewusst, wie hoch Euer Ansehen bei Euren Stammesbrüdern ist?«

»Vielleicht glauben die Damater an diese Legende, aber ihr Glauben ist nicht sehr stark. Sie sind wegen der Beute hier, nicht meinetwegen.«

»Ja, das mag sein. Zumal die Seherin über den Winterjäger noch kein Wort verloren hat. Zumindest hat niemand außer Eurer Mutter bisher ein Wort von ihr über Euch gehört. Eigenartig, nicht wahr?« Der Alte knabberte ziemlich lustlos an seinen Wachteln.

Wieder hatte Jarok nur ein Schulterzucken als Antwort. Er fragte sich, wo der Protektor all diese Köstlichkeiten bloß herhatte – und ob das vielleicht sein Versuch war, ihn irgendwie abzulenken, während er ihn ausfragte. Er bekam langsam Hunger.

»Wie denkt Ihr eigentlich über Baran, Meister Jarok?« Das klang lauernd.

»Er ist der rechtmäßige Erbe des Pfauenthrones.«

»Natürlich ist er das. Und was denkt Ihr über ihn und seine … und die Seherin? Er scheint ihr aus dem Weg zu gehen, nicht wahr? Kommt Euch das nicht auch eigenartig vor?«

Das war eine eigentümliche Frage, zumal Pelwa sich mitten im Satz verbessert hatte, als hätte er etwas anderes fragen wollen.

Jarok war auf der Hut. »Es gibt viele Männer, die dem aus dem Weg gehen, was sie nicht verstehen.«

»Ihr seid ein vorsichtiger Mann«, meinte der Protektor lächelnd. Fett tropfte von seinem knochigen Kinn. »Was wisst Ihr eigentlich über Erdgeister?«

»Erdgeister, Exzellenz?«

»Schaut nicht so verblüfft. Die Damater scheinen den Glauben an sie doch zu pflegen. Wie nennen sie sie noch gleich? Mahre, nicht wahr?«

»Es gibt sie wohl nur in Geschichten für Kinder, Exzellenz. Und als Kind war ich nicht sehr lange in Damatien.«

»Ach ja, ich hörte davon. Ihr seid in Oramar aufgewachsen, nicht wahr? Schön, schön. Nun will ich Euch nicht länger aufhalten, Winterjäger. Ihr habt sicher Besseres zu tun, als einem alten Mann Rede und Antwort zu stehen.«

Und als Jarok schon fast aus der Tür war, fragte der Alte: »Sagt, habt Ihr auch dieses Gerücht gehört? Ich meine das Gerücht, dass da ein Damater im Heer ist, der ein Sohn des Großen Skorpions sein soll?«

Jarok schaffte es gerade noch, seine Betroffenheit hinter seiner Überraschung zu verbergen. »Ein Sohn des Padischahs? Nein, das höre ich zum ersten Mal.«

»Das dachte ich mir. Mir scheint, die Damater bewundern oder vielmehr bestaunen Euch, aber ihre Geheimnisse wollen sie wohl nicht mit Euch teilen. Ein eigenartiges Volk.«

Wieder antwortete Jarok nur mit einem Achselzucken, aber innerlich war er aufs Äußerste alarmiert. Wenn es dieses Gerücht wirklich gab, dann konnte ihm das sehr gefährlich werden. Er suchte seine Mutter und fand sie in dem kleinen Verschlag, den sie mit der Seherin teilte.

»Du riechst nach gebratenem Huhn«, stellte sie fest, als er eintrat. Die Seherin hatte sich in einer Ecke zusammengerollt und schien zu schlafen.

»Ich hatte eine Unterredung mit Protektor Pelwa. Er isst gerne gut – und allein. Aber deswegen bin ich nicht hier.«

»Sprich leiser. Ila ist eben erst eingeschlafen.«

»Pelwa erzählte mir von einem Gerücht, das bei den Damatern umgehen soll. Angeblich gibt es einen Bastardsohn von Akkabal in ihren Reihen.«

»Er scheint seine alten Ohren überall zu haben.«

»Also hast du das in die Welt gesetzt?«

»Natürlich. Das Heer muss doch allmählich erfahren, wem es zu folgen hat.«

»Das Heer muss Baran folgen!«, rief er leise.

»Bis Weszen geschlagen ist«, stellte seine Mutter mit einem Achselzucken fest.

Er fragte sich, ob er diese Geste von ihr geerbt hatte. »Und kümmert es dich nicht, dass mich das in höchste Gefahr bringt?«

»Sie wird nicht größer sein, als sie jetzt schon ist. Hat man nicht erst in Gromar versucht, dich zu töten?«

»Du hast davon gehört?«

»Dein Freund Brakas hat es mir erzählt. Aber keine Sorge, er erzählt überall herum, der Anschlag habe dem Prinzen gegolten.«

Man hatte ihren Sohn töten wollen, aber sie schien deswegen kein bisschen beunruhigt zu sein. »Es gab einen zweiten Versuch, im Gedränge am Hafen«, zischte er wütend.

»Wirklich? Davon hat Brakas nichts gesagt. Wer hat …«

»Ich weiß es nicht. Es war eine Klinge im Gedränge. Ein Damater vermutlich. Ich habe also schon genug Feinde. Es ist nicht nötig, dass mir meine Mutter noch ein paar mehr verschafft.«

Sie schnaubte verächtlich. »Wer einen Berg besteigen will, darf keine Angst vor der Höhe haben.«

»Aber ich *will* diesen Berg doch gar nicht … ach, lassen wir das!«

Einen kurzen Augenblick herrschte verlegenes Schweigen im

engen Verschlag. Dann fragte Schiwara: »Was wollte der Protektor eigentlich von dir?«

»Ausfragen wollte er mich. Er wollte zu allem Möglichen meine Meinung hören, zu Gamutak, zu Baran und sogar zu Erdgeistern.«

»Zu den Mahren?«

»Ja, es war eigenartig. Vielleicht macht das Alter ihn langsam sonderbar. Aber eine Sache war besonders merkwürdig. Er fragte mich nach Baran und warum er der Seherin aus dem Weg gehe, was ich ebenso wenig weiß wie er. Kennst du vielleicht den Grund?«

»Er fürchtet sie, seit er sie zum ersten Mal gesehen hat. Doch hat er mir nie erklärt, warum das so ist.«

»Das Blut, er fürchtet das Blut«, flüsterte die Seherin im Liegen. Sie hatte die Augen geöffnet und starrte ins Leere. »Welches Blut?«, fragte Jarok, und seine Mutter blitzte ihn zornig an. »Nicht fragen!«, zischte sie.

»Mein Blut, sein Blut, das Blut, das meinen Worten folgt. Die falsche Hand, das falsche Messer, die falsche Tat.« Sie wiederholte den letzten Satz wieder und wieder, bis er zu einem Flüstern verebbte und sie abermals einschlief.

Jarok spürte wieder die schwer zu beschreibende Aura, die die Seherin umgab. Es war, als sei ein Teil von ihr gar nicht hier, sondern an einem weit entfernten Ort – oder in einer weit entfernten Zeit. »Was bedeutet das?«, fragte er seine Mutter.

»Das wissen die Götter. Es wird offenbar werden, doch vorerst sollten wir darüber schweigen. Wir wollen die Fürsten und Krieger nicht durch dunkle Worte beunruhigen.«

Ausnahmsweise war er mit seiner Mutter einer Meinung. Er hatte keine Ahnung, wovon die Seherin gesprochen hatte, nur dass es unheilvoll klang, das wusste er.

Immer weiter schoben die gleichmäßigen Ruderschläge und der Wind die Flotte nach Süden. Jarok war die meiste Zeit auf dem Vorderkastell, weil dort der Geruch nicht so schlimm war. Auf der Steuerbordseite sah er Inseln vorüberziehen, die ganz anders waren als Damatien oder Oramar. Es gab dort weder schroffe Berge noch glühende Wüsten: Weinberge und Olivenhaine zogen sich über sanfte Hügel, und die Häuser in Städten und Dörfern leuchteten weiß unter einer Sonne, die kaum etwas Herbstliches hatte.

»Wir sind gar nicht weit von Damatien und seinen schneebedeckten Gipfeln entfernt, aber doch ist es, als wäre man um die halbe Welt gesegelt«, meinte Brakas, der neuerdings seine Nähe zu suchen schien.

Jarok war jedoch nicht bereit, die Sache mit den Pergamenten so schnell zu vergessen, und er antwortete meist nur einsilbig, wenn der Westgarther, so wie jetzt, versuchte, ein Gespräch anzuknüpfen.

In diesem Augenblick rief der Mann im Ausguck: »Das Kap der Gebete!«

Jarok blickte nach Westen und sah unter der tief stehenden Abendsonne einen hellen Felsen, der sich weit ins Meer vorgeschoben hatte und von einem verfallenen Tempel gekrönt war.

»Was hat es damit auf sich?«, fragte er einen Matrosen, der ebenfalls nach steuerbord starrte.

»Dieses Kap ist eine Wegmarke, denn sie beschreibt die engste Stelle des nördlichen Schlangenhalses, wie dieser breite Meeresarm genannt wird. Auch schwenkt die Strömung hier nach Osten. Wir werden ihr folgen, und schon morgen werden wir die Küste von Oramar sehen.«

»Und warum heißt es Kap der Gebete?«

»Früher standen dort in dem Tempel die Frauen aus Bukas, wenn ihre Männer zu Schiff Richtung Schwertmeer aufbrachen. Sie beteten für gute Fahrt und opferten den Göttern, denn unter der günstigen Strömung schläft die Sturmschlange in ihrem Nest. Also beteten sie, dass sie nicht erwachen möge.«

»Und warum ist der Tempel verfallen?«, fragte Brakas.

»Als die Zeiten schwer waren, wurden dort nicht mehr nur Tiere geopfert, und die Totenbeschwörer, angelockt vom Ruch des vergossenen Blutes, nisteten sich dort ein. Sie wurden am Ende vertrieben und der Tempel zerstört. Heute bringt dort niemand mehr den Göttern Opfer, und wir müssen selbst dafür beten, dass die Sturmschlange ihr Haupt nicht erhebt. Doch wenn ich in diesen tückisch wolkenlosen Himmel schaue, glaube ich, dass sich schon bald etwas zusammenbrauen wird. Hat sie nicht schon einmal eine Flotte des Seebundes verschlungen? Manchmal glaube ich, dass sie mit den Oramarern im Bunde ist. Ja, vielleicht hat ja Weszen, den sie zu Recht den Verfluchten nennen, die Kinder seiner Brüder ermordet, um sie der großen Schlange zu opfern und so seine Küsten zu schützen! Diese Fahrt ist noch lange nicht zu Ende. Betet zu den Göttern, an die Ihr glaubt, dass sie uns beschützen mögen.«

»Abergläubisches Geschwätz«, murmelte Brakas, als der Matrose gegangen war, aber Jarok sah, dass er später unter den Seeleuten war, die an Backbord ein Rauchopfer brachten und Münzen ins Meer warfen, um die gefürchtete Schlange zu besänftigen.

Die Ruderer bekamen in dieser Nacht keine Pause, und der Takt der Riemen, die das Schiff nach Osten schoben, verschaffte Jarok unruhige Träume. Er schreckte ein paar Mal hoch, doch nichts geschah, bis kurz nach Sonnenaufgang der Ausguck meldete, dass Land in Sicht sei. Er kehrte zurück an Deck, das jetzt von Kriegern überquoll. Sie alle wollten die Küste sehen. Bald darauf wurde auch von Deck aus unter morgendlichen Dunstschleiern Land sichtbar. Ein langgezogener Strand mit den verfallenen Türmen der Vorzeit, dazwischen kleine Bauern- und Fischerdörfer, und im Landesinneren schüttere Haine. Sie hatten Oramar erreicht.

Noch eine ganze Weile ging es nach Süden, bis ihr Schiff eine kleine Stadt passierte. Jarok sah, dass eines der Transportschiffe aus ihrem Kielwasser Kurs auf den Hafen nahm, während die Galeeren ihren Kurs beibehielten. Kurz darauf bellte der Kommandant des Schiffes seine Befehle, und der Anker ihres Schiffes rauschte mit rasselnden Ketten ins Wasser. Jarok fragte einen der Matrosen nach dem Namen dieser Stadt und erfuhr, dass sie Dega genannt wurde. Er hatte noch nie von ihr gehört.

»Du hast doch schärfere Augen als ich, mein Freund. Kannst du da drüben irgendein Lager erkennen?«, fragte Brakas. »Wir sollen doch hier auf ein paar tausend Oramarer treffen …«

»Nein, da ist nichts. Diese Hafenstadt hat vielleicht zwei Dutzend Häuser, viel zu wenige, um ein Heer unterzubringen. Sonst ist da drüben außer ein paar Feldern und ein paar Olivenbäumen nicht viel zu sehen, schon gar kein Lager oder Truppen.«

»Ich dachte, Baran würde hier von einer jubelnden Heerschar seiner Landsleute empfangen.«

»Sieht so aus, als müssten wir uns mit ein paar jubelnden Bauern und Fischern begnügen«, gab Jarok grimmig zurück.

Er ging zum Achterkastell, um Näheres zu erfahren. Schon auf dem Aufgang hörte er den Prinzen mit dem Protektor streiten. Baran war außer sich. »Wir sind viel zu weit im Süden, Pelwa! Wenn wir hier unser Lager aufschlagen, werden wir noch viele Tage auf meine Truppen aus dem Norden warten müssen.«

»Sie werden schneller hier eintreffen, als Ihr denkt, Hoheit.«

»Nein, das werden sie nicht! Ihr habt doch die Berichte ebenso studiert wie ich. Sie sind bestenfalls in Utemes – und dorthin sollten wir segeln, um uns mit ihnen zu vereinigen!«

»Die Berichte sind alt und längst überholt, Hoheit. Wir werden Eure Truppen hier ausschiffen, dann einige Schiffe nach Norden schicken, um Eure Krieger heranzuschaffen. Aphaskar, erklärt Eurem Herrn bitte, dass dies die beste Lösung ist. Ihr werdet sehen, dass die Verstärkung schon hier ist, bevor Ihr das Lager aufgeschlagen habt.«

Baran ließ den Großwesir jedoch nicht zu Wort kommen. »Ich

will hier kein Lager errichten! Hier ist nichts! Ein Lager zu errichten wäre Zeitverschwendung.«

»Denkt nur an all die Meilen Marsch, die Ihr Euren Kriegern erspart! Nein, Prinz, dies ist der ideale Ort für den Beginn des Feldzuges. Er liegt weit genug von Ugir entfernt, um sich auf einen – unwahrscheinlichen – Angriff von dort vorzubereiten, und doch nah genug, um die Stadt in wenigen Tagen zu erreichen.« Der Protektor senkte die Stimme. »Und auch wenn es nicht so wäre, Hoheit, würden wir das Heer hier an Land bringen, denn unsere Schiffe werden anderweitig gebraucht. Das Goldene Meer ist groß, und viele Küsten müssen geschützt werden. Aber ich werde meine Befugnisse überschreiten, um Euch einen weiteren Gefallen zu tun, Hoheit. Ich werde nicht zehn, sondern sogar fünfzehn Schiffe nach Norden schicken, um Eure Verstärkung einzusammeln und herzubringen. Mehr ist nicht möglich, und weitere Versuche, darüber zu verhandeln, solltet Ihr mir und Euch ersparen.«

Aphaskar räusperte sich. »Mir scheint einige Weisheit in dem zu liegen, was der Protektor sagt, Hoheit.«

Baran wurde rot vor Zorn, aber scheinbar schluckte er seinen Ärger hinunter. »Gut, Pelwa, wenn Ihr das so entscheidet. Dann lasst uns die Boote zu Wasser bringen, und hoffen wir, dass Weszen keine unliebsamen Überraschungen für uns vorbereitet hat. Mir reichen die Überraschungen, die ich mit Euch erlebe. Ich werde nicht vergessen, wie Ihr Eure Bündnisverpflichtungen einhaltet, Pelwa, ich werde es nicht vergessen!«

»Wir werden Euch daran erinnern, Hoheit, mit jedem Schiff, das Weizen für Eure hungrigen Krieger an diese Küste schafft«, gab der Protektor trocken zurück, und Jarok fragte sich, welches Spiel Pelwa hier spielte. Und war Aphaskar etwa auf seiner Seite?

Pelwa ließ das Signal zum Ausschiffen geben, und überall wurden nun Boote zu Wasser gelassen. Das Städtchen namens Dega hatte einen Hafen, aber der war klein und offenbar den Frachtern in der Flotte vorbehalten.

Bald sah Jarok tausende Damater an der Küste ausschwärmen. Nur Baran schien nicht daran zu denken, an Land gehen zu wollen. Der Prinz war nach dem Streit unter Deck verschwunden und nicht wieder aufgetaucht. Die Barkasse war bereit und wartete. Jarok begab sich ins Achterkastell und fand Baran, in seine Pergamente vertieft. »Hoheit, es wird Zeit, dass Ihr Euren Fuß auf Eure Heimaterde setzt und Euer Recht einfordert.«

»Seht Ihr das, Jarok? Dies sind die Meldungen der Städte des Nordens. Sie besagen, dass sie nicht vor dem elften Tag nach dem Schwarzen Mond in Utemes sein können. Das wäre vor drei Tagen gewesen. Wir sind aber zweihundert Meilen südlich dieser Stadt. Schaffen sie zwanzig Meilen am Tag, was für einen Heerzug eine beachtliche Strecke wäre, so können sie frühestens in einer Woche hier eintreffen – wenn sie denn überhaupt wissen, dass wir sie hier erwarten. Versteht Ihr, was das heißt, Bannermeister? Wenn Weszen von unserer Anwesenheit hier erfährt, könnte er vor ihnen hier eintreffen und uns angreifen.«

»Aber der Protektor versprach doch, Schiffe zu senden, Hoheit.«

»Er versprach auch, mich nach Utemes zu bringen. Und fünfzehn Schiffe werden kaum reichen, um ein ganzes Heer heranzuschaffen.«

»Das mag sein, Hoheit, doch Eure Krieger gehen nun an Land, und es erscheint mir nicht klug, sie ohne Führung zu lassen.«

»Ich werde kommen, sobald ich eine Depesche an unsere Verbündeten in Utemes verfasst habe. Sie müssen eilen.«

Brakas trat in die enge Kabine. »Verzeiht, Hoheit, aber es gibt Schwierigkeiten. Die Krieger an Land sind offenbar mit einigen Fischern in Streit geraten. Sie haben Hütten in Brand gesteckt.«

»Hütten?«

»Nun, die Fischerhütten am Strand, außerhalb der Stadt, Hoheit.«

»So ruft sie doch zur Ordnung, Meister Brakas.«

»Ich fürchte, wir brauchen jemanden, dessen Wort bei den Damatern mehr Gewicht hat, Hoheit.«

»Wie? Dies hier ist wichtig!«, rief Baran und hielt ein unbeschriebenes Pergament hoch. Dann ließ er sich kopfschüttelnd auf seinen Stuhl fallen. »Geht Ihr, Jarok, und sorgt in meinem Namen für Ruhe und Ordnung!«

»Was hält ihn denn jetzt schon wieder auf?«, fragte der Westgarther, als sie in die Barkasse stiegen.

»Er will unsere Verbündeten, die aus dem Norden kommen, zur Eile antreiben.«

»Und das hätte nicht noch eine Stunde Zeit gehabt? Manchmal frage ich mich, ob er wirklich das Zeug hat, sich auf einen Thron zu setzen …«

Jarok warf Brakas einen warnenden Blick zu. Der Westgarther hatte nicht so leise gesprochen, dass die Männer im Boot ihn nicht hören könnten.

»Wo ist der Prinz?«, fragte der Steuermann.

»Er wird bei der nächsten Fahrt dabei sein. Nun bringt uns schon an Land, Mann!«

»Ganz, wie Ihr befehlt, Herr.«

Ihr Gefährt brachte sie dicht ans flache Ufer, so dicht, dass sie den Rumpf schon über den steinigen Boden schleifen hörten. Sie sprangen ins Wasser und wateten an Land.

»Das erinnert mich an früher«, meinte Brakas. »Wenn wir irgendein Dorf ausgespäht hatten, das sich zu plündern lohnte, gingen wir ganz ähnlich an Land. Nur waren wir viel weniger, und wir kamen meistens in der Nacht.«

»Wir sind nicht hier, um zu plündern.«

»Sag das den Damatern, mein Freund, sag das den Damatern.«

Grimmig entschlossen marschierte Jarok mit einem Dutzend Männern der Leibwache hinüber zu den Fischerhütten, von denen eine in Brand geraten war. Über ihnen zog Hrima ihre Kreise.

Die Fischer hatten sich in der Mitte der kleinen Siedlung versammelt. Sie versperrten den Damatern den Weg zu ihren Frauen und Kindern, was Jarok ziemlich mutig fand, denn die Männer waren nur mit Äxten und Knüppeln bewaffnet. Ein lebloser Körper lag bei den Booten, ein Fischer, und an der Hütte, die in Brand geraten war, lehnten mit schmerzverzerrten Gesichtern zwei Damater, die aussahen, als seien sie verprügelt worden.

Jarok wunderte sich. Die Fischer hatten sich gewehrt – und lebten noch? Dann sah er den Anführer dieser Männer: Ein junger Mann, drahtig, in jeder Hand ein langes Messer, und so, wie er sie hielt, verstand er damit umzugehen.

»Was geht hier vor?«, fuhr Jarok den Anführer der Damater an.

»Diese Männer weigern sich, Tribut zu entrichten, Winterjäger. Und der da« – er wies auf den Mann mit den beiden Messern – »hat zwei von uns niedergeschlagen.«

»Und wer hat ihnen den Tribut auferlegt? Prinz Baran war es nicht, denn dann wüsste ich davon. Hat er nicht vielmehr verboten, dass wir uns an seinen Leuten vergreifen?«

»Du redest wie ein Oramarer.«

»Weil ich meinen Verstand gebrauche und nicht so dumm bin, zu Beginn eines langen Feldzuges meine Taschen vollzustopfen? Weil ich nicht so dumm bin, es mir mit den Leuten, die mich mit Essbarem versorgen, zu verderben? Was wollt Ihr hier erbeuten – Fisch?«

»Dennoch, der da hat uns angegriffen.«

»Ich sehe dort zwischen den Booten einen Toten, der mir eine andere Geschichte erzählt. Jetzt verschwindet. Diese Hütten stehen unter meinem persönlichen Schutz. Sagt das den anderen Klanen!«

Der Damater sah ihn erst kopfschüttelnd an, dann gab er seinen Leuten einen Wink, und sie zogen murrend ab.

»Ich schulde Euch Dank, Herr«, sagte der Fischer mit den Messern. »Diese Männer waren weniger an Beute als an unseren Frauen interessiert. Und ich hätte sie nicht lange schützen können.«

Irgendetwas an dem jungen Mann kam Jarok vertraut vor, aber er wusste nicht, was es war. Ein Junge, vier oder fünf Jahre alt, tauchte plötzlich bei dem Fischer auf und umklammerte sein Bein. Der Fischer steckte die Messer weg und fuhr dem Jungen beruhigend übers Haar. »Ist schon gut, Anuq, geh zu deiner Mutter. Sag ihr, die Gefahr sei vorüber.«

»Ich werde hier ein paar Leute als Wache abstellen. Es könnte sonst sein, dass diese Krieger die Kränkung rächen wollen.«

»Dann schulden wir Euch noch mehr Dank, Herr. Aber sagt, was ist das für eine Streitmacht, die in unserer friedlichen Stadt an Land geht?«

»Dies ist das Heer von Prinz Baran, dem rechtmäßigen Erben des Großen Skorpions. Wir sind gekommen, um den Thron zu fordern.«

»Der Adler bekämpft also den Stier ...«

»Ihr scheint mir für einen Fischer recht weltläufig zu sein ...«

Der Oramarer lächelte. »Ich war nicht immer ein Fischer, Herr. Früher diente ich in der Leibwache des alten Padischahs. Doch verließ ich sie, noch bevor der Krieg begann.«

»Ah, vielleicht kommt Ihr mir deshalb bekannt vor. Ich war einst Falkner, in der Oase Lyraca. Der Padischah pflegte dort zu jagen.«

»Ich erinnere mich an die Oase, Herr, und auch an Euch. Und nun seid Ihr hier, um Weszen, mit dem Ihr früher gejagt habt, zu töten?«

Die Frage war direkt, und sie brachte Jarok in Verlegenheit. Er wich einer Antwort aus: »Wir könnten tüchtige Männer wie Euch in Barans Leibwache gut gebrauchen. Habt Ihr nicht Lust, Euch uns anzuschließen? Es bringt sicher mehr ein als die Fischerei ...«

Der Fischer lächelte wieder. »Danke, aber ich habe Frau

und Kind und werde gewiss nie wieder in den Krieg ziehen. Und schon gar nicht für einen Skorpion. Das alles liegt hinter mir.«

Jarok nickte. Irgendetwas an diesem Mann faszinierte ihn, und er konnte nicht benennen, was es war. Er ärgerte sich jetzt über sich selbst, weil er den Fischer derart plump gefragt hatte, was doch sonst gar nicht seine Art war.

»Dann wünsche ich Euch Frieden … Sagt, wie ist Euer Name?«

»Man nennt mich Sahif, Herr.«

»Dann wünsche ich Euch und Euren Hütten den Frieden, den Ihr verdient habt, Sahif.«

»Und ich wünsche Euch, dass Ihr den Krieg unbeschadet übersteht, Herr.«

»Was hattest du so lange mit dem Mann zu bereden?«, fragte Brakas, als sie zurückmarschierten.

»Ein tapferer Mann. Er hat sich alleine gegen einen ganzen Klan gestellt.«

»Es war nur ein halber Klan, und es ist ein Wunder, dass er das überlebt hat. Und du warst es, der die Männer in die Flucht geschlagen hat. Du bist eben der geborene Befehlshaber.«

»Ich wollte, Baran oder Gamutak wären hier, irgendjemand, der den Kriegern sagt, was sie zu tun haben.«

»Aber im Augenblick scheinst du der Einzige hier zu sein, auf den sie – vielleicht – hören, Jarok Winterjäger.«

Zu seiner unendlichen Erleichterung war er dann doch nicht der Einzige. General Ubeq erschien am Strand und begann, Ordnung in das Chaos zu bringen. Unter anderem schickte er die wenigen oramarischen Einheiten in die Stadt, und es war nicht ganz klar, ob sie die Stadt nun besetzen oder vor den Damatern beschützen sollten. Vermutlich war es beides.

Auf seinen Wunsch hin griff Jarok sich einzelne Atmane heraus und gab ihnen Aufträge, denn er wollte die nähere Umgebung erkundet wissen. Er schärfte ihnen ein, dass sie zu erkunden, nicht zu plündern hätten, aber er war nicht sicher, ob sie den Unterschied verstehen wollten. Die meisten Klane suchten sich einen mehr oder weniger geeigneten Platz zum Lagern und ließen sich dort ohne weitere Umstände nieder.

Ubeq versuchte, einige von ihnen zu Schanzarbeiten zu bewegen, aber da stellten sich die Krieger taub. »Sie sagen, dass wir ohnehin nicht hierbleiben werden, und sie sagen, dass sie nicht nach Oramar gekommen seien, um Gräben auszuheben«, rief Ubeq ungehalten.

»Nehmt doch die Oramarer«, meinte Tinbul, den das wachsende Chaos nicht zu kümmern schien.

»Unsere Leute bewachen die Stadt, damit sie nicht von Euren Leuten geplündert wird«, zürnte der General.

»Dann kann ich Euch auch nicht helfen«, meinte der Atman ungerührt. Und immer noch war von Baran nichts zu sehen. Auch Protektor Pelwa zeigte sich nicht an Land, und Jarok konnte nicht viel mehr tun, als zuzusehen, wie sich das Heer in unendlich vielen kleinen Grüppchen über das Land verteilte.

»Wenn Weszen uns jetzt angreifen würde, hätte er leichtes Spiel«, meinte Brakas.

»Aber er greift uns nicht an, jedenfalls nicht gleich, nicht wahr?« Das kam von Gamutak, der endlich erschienen war. Er kaute auf einem Apfel und besah sich das Durcheinander, als ginge es ihn nichts an.

»Willst du hier nicht für Ordnung sorgen, Bruder?«, fragte ihn Jarok.

Der Schamane warf ihm einen schiefen Blick zu. »Wer fragt mich das? Der Winterjäger, der Leibwächter des Prinzen, oder gar der verborgene Erbe des Großen Skorpions?«

Jarok verschlug es kurz die Sprache. Bis zu Gamutak hatte sich das unselige Gerücht schon herumgesprochen? Er sammelte sich. »Ich weiß nicht, was du meinst, Bruder, aber als Bannermeister des Prinzen bitte ich dich, die Scharen der Damater zu ordnen. Oder übersteigt das deine Macht?«

Gamutak lächelte aus seinem glattrasierten Gesicht. Dann nickte er. Er rief ein paar Atmane herbei, erteilte ihnen Anweisungen, die weitergetragen wurden, und nach und nach wurde aus dem planlosen Haufen so etwas wie ein halbwegs geordnetes Lager.

Dann kam Gamutak auf die Idee, den Kriegern von Tiko dem Reichen die Aufgabe zuzuschanzen, jenseits eines Bachlaufes einen Graben im felsigen Grund auszuheben.

Die Männer versuchten sich damit herauszureden, dass ihnen dazu doch das Werkzeug fehle, aber da hatte General Ubeq gute Nachrichten für sie: Der Seebund hatte daran gedacht, das Heer mit reichlich Hacken und Schaufeln auszurüsten.

Jarok glaubte zwar nicht, dass sie einen Graben brauchen würden, aber er fand es beruhigend zu sehen, dass wenigstens im Süden ein solcher ausgehoben wurde. Vereinzelt sah er Zelte aus dem Boden wachsen, aber die meisten Krieger waren wohl der Meinung, dass sie in diesem warmen Land keine Zelte brauchten. Lieber gingen sie in die nahen Gehölze, um Holz für die Feuer zu besorgen. Ubeq sorgte dafür, dass die Zelte für die Offiziere und für Baran errichtet wurden, aber der Herr dieses Lagers war immer noch auf See.

In einem der letzten Boote kam die Seherin an Land. Jaroks Mutter war bei ihr, und Jarok nahm sie am Ufer in Empfang. Die Barkasse kam so dicht wie möglich ans Ufer, aber die Seherin schien sich vor dem Wasser zu fürchten. Jarok watete hinein und bot ihr an, sie an Land zu tragen. Sie ließ sich tatsächlich darauf ein, schmiegte sich sogar an ihn, lächelte und sagte: »Dein Blut ist dein Feind. Ich bin es nicht.«

Verwirrt setzte er sie am Strand ab. Das mit dem Blut hatte sie schon einmal gesagt, aber er hatte es schon da nicht verstanden.

»Du bringst sie durcheinander!«, herrschte seine Mutter ihn

an. Brakas hatte sie auf seinem Rücken an Land getragen. Die beiden schienen sich inzwischen gut zu verstehen. Hatten sie über die vergrabenen Pergamente gesprochen? Er würde sie später fragen. Er wollte sie zu ihrem Zelt geleiten, aber die Seherin wollte sich nicht rühren. Er bot ihr in einer Eingebung seine Hand an, und jetzt folgte sie ihm wie ein Kind mit einem entrückten Lächeln. Er fragte sich, wo sie mit ihren Gedanken gerade war. Sie schwieg, und die Krieger, die sie kommen sahen, verstummten. Jarok sah den einen oder anderen das Zeichen gegen den bösen Blick machen.

»Wir werden vielleicht ein Zelt brauchen, das etwas weiter abseits der Menge steht, Jari. Diese vielen Menschen ängstigen sie.«

»Bei meiner Hochzeit sind es mehr«, erklärte Ila mit kindlichem Trotz in der Stimme.

»Deine Hochzeit, Seherin?«, fragte er vorsichtig.

»Blüten überall. Sie ertrinken im Meer.«

»Komm, du musst dich ausruhen«, schnitt ihr Jaroks Mutter das Wort ab und führte sie in das kleine Zelt, das Ubeq für sie hatte errichten lassen.

»Wer wäre so verrückt, eine Verrückte zu heiraten?«, fragte Brakas.

»Sie ist eine Seherin, keine Verrückte«, gab Jarok zurück. Diese Hochzeit – war das etwas, was noch kam, oder war es etwas, was sie erlebt hatte? Er hatte inzwischen begriffen, dass sie Vergangenheit, Gegenwart und Zukunft nicht auseinanderhalten konnte, und er fragte sich, wann die Götter ihren Geist berührt hatten. War sie vielleicht einst eine einfache junge Frau gewesen, eine Frau, die sogar eine schöne Hochzeit erlebt hatte? Oder wandelte sie schon immer in den Reichen jenseits des Verstandes?

»Deine Mutter scheint sich rührend um diese junge Frau zu kümmern.« Das kam von seinem Onkel Terok, der plötzlich bei ihnen auftauchte.

»Ja, sie ist fast wie eine Mutter zu ihr.«

»Ich höre da eine gewisse Bitterkeit in deiner Stimme, Neffe. Beneidest du die Seherin?«

»Wie? Nein, gewiss nicht.«

»Ich hätte mit deiner Mutter zu reden, und dann vielleicht auch mit dir.«

»Worüber, Terok?«

»Es geht hier ein Gerücht um, das scheinbar dich betrifft, Neffe, ein Gerücht um deine Abstammung.«

»Meine Abstammung?«

»Es wird zwar kein Name genannt, allerdings ist da die Rede von einem Damater, dessen Vater der Große Skorpion sein soll. Und es gibt nicht viele Damater, die einen oramarischen Vater haben – oder hatten.«

»Dieses Gerücht stammt nicht von mir, Terok.«

»Aber du streitest nicht ab, dass es sich auf dich bezieht?«

Bevor Jarok antworten konnte, stand seine Mutter plötzlich zwischen ihnen. »Was willst du, Terok? Willst du mich meinem Sohn entfremden, wie du mich einst meinem Klan entfremdet hast?«

»Nicht ich habe damals deine Verbannung beschlossen, kleine Schwester.«

»Aber du hast sie auch nicht verhindert!«

»Das ist eine alte Geschichte, und wir sollten sie ruhen lassen, Schiwara. Ich hätte über etwas anderes mit dir zu reden. Doch nicht hier. Lass uns hinunter zum Strand gehen, wo wir ungestört sind.«

Es war klar, dass sie ihn nicht dabeihaben wollten, aber Jarok beobachtete sie. Sie standen am steinigen Strand, die Wellen schlugen hinter ihnen ans Ufer, und sie stritten gestenreich miteinander. Wenn er sich nicht sehr täuschte, dann verlangte Terok irgendetwas von seiner Mutter, sie lehnte jedoch mit heftigem Kopfschütteln ab. Er sprach auf sie ein, sie schien schließlich nachzugeben. Ihre Haltung änderte sich plötzlich. Sie bat ihren

Bruder offenbar um etwas, doch jetzt war es an ihm, mit einem Kopfschütteln abzulehnen. Sie schien ihn regelrecht anzuflehen. Jarok folgte dieser Unterhaltung, von der er kein Wort verstand, mit angehaltenem Atem. Er hatte das Gefühl, dass sie seinetwegen stritten. Und seine Mutter flehte? Das hatte er noch nie gesehen. Terok hielt die Arme eine ganze Weile verschränkt, aber dann schien er doch nachzugeben. Danach standen sie schweigend nebeneinander und starrten lange aufs Meer hinaus.

Jarok richtete es ein, dass sie an ihm vorüberkamen, als sie den Strand schließlich verließen. Aber sie sagten nicht, worüber sie gestritten hatten, sondern stapften schweigend nebeneinander durchs Lager. Er folgte ihnen. Vor dem Zelt der Seherin sagte Terok schließlich: »Ein Tag, Schiwara, keine Stunde länger.«

»Was ist in einem Tag, Mutter?«, fragte Jarok, als Terok gegangen war.

»Nichts, Jari, gar nichts«, erwiderte sie, aber zum ersten Mal, seit er sie kannte, sah sie bekümmert aus.

Prinz Baran erschien schließlich mit der untergehenden Sonne. Ein einzelner Kanonenschuss vom Flaggschiff kündigte ihn an. Die Sonne versank im fernen Westen, und die Barkasse näherte sich mit wehenden Fahnen dem Ufer. Viele Damater sammelten sich, als sie das große Boot näher kommen sahen. Baran stand im Bug, die Hand auf das Schwert gelegt und den Helm unter dem Arm. Sein schütteres Haar wehte im Wind. Der Rumpf der Barkasse scheuerte über die Steine, und er sprang leichtfüßig ins Wasser, watete an Land und zog sein Schwert. »Ich bin Baran at Hassat«, rief er laut, »rechtmäßiger Erbe des Großen Skorpions. Dies ist mein Land, und ich fordere es für mich und meine Kinder ein!«

Die Damater jubelten, und sie bildeten ein Spalier, als Baran wie ein König aus lange vergangener Zeit den Strand hinaufmarschierte. Einer seiner Leibwächter trug ein Banner, das Baran nun in die harte Erde pflanzte. Es entfaltete sich und zeigte den goldenen Adler über dem Skorpion auf rotem Grund. »Dies ist mein Wappen. Schon bald wird es über allen Städten des Reiches wehen, denn ich bin der rechtmäßige Padischah von Oramar!«

Wieder brandete Jubel auf.

Aber dann geschah nichts weiter, und die Menge zerstreute sich wieder. Draußen auf dem Meer lichteten die ersten Galeeren die Anker und verschwanden. Nur die Frachtschiffe blieben zurück, und Seeleute schafften in einem steten Strom von Booten Vorräte an Land.

Den Rest des Abends war Jarok damit beschäftigt, die Damater daran zu hindern, die Vorratsstapel, die sich am Ufer türmten, zu plündern.

Dann erschien Gamutak und begann, die Vorräte großzügig unter den Klanen zu verteilen, und alle Mahnungen von Ubeq, Aphaskar und auch Jarok, sich die Vorräte für den Feldzug einzuteilen, verhallten ungehört. Bald brannten große Feuer, und lebendes Vieh, das in der Stadt ausgeladen worden war, wurde geschlachtet. Die Damater schienen fest entschlossen, ihre erste Nacht in Oramar mit einem Gelage zu feiern.

Jarok hatte vor, mit seinem Onkel Terok zu reden, und begab sich mit Brakas auf den Weg zum Lagerfeuer des Steinwolkenklans, doch wurde er von Gamutak entdeckt und aufgehalten. Der Schamane winkte ihn heran und nötigte ihn, an seiner Seite Platz zu nehmen. »Du solltest einen Augenblick hier verweilen, Bruder, beim Klan des Schneewindes«, sagte der Alte mit listigem Zwinkern, »denn an unseren Feuern werden doch immer die größten und besten Geschichten erzählt.« Und dabei drückte er ihm ein Trinkhorn mit Wein in die Hand. Und auch Brakas lud er ein zu bleiben. Jarok wollte sich eigentlich nicht darauf einlassen, aber der Westgarther hatte schon Platz genommen, und sogar ihm war klar, dass er den Klan beleidigen würde, wenn er die Einladung ausschlug.

Seufzend setzte er sich. Er hatte mit Terok zu sprechen, aber das musste wohl warten.

In ihrem Lager am Damat war auch jeden Abend am Feuer getrunken und erzählt worden, aber das hier war anders. Zunächst schien die Stunde der Alten zu schlagen, denn ein weißbärtiger Krieger erhob sich und begann in singendem Ton von den Heldentaten früherer Kriege zu berichten. Er erzählte, wie die Damater in Haretien eingefallen waren, angeführt von einem Adler, der sie von Sieg zu Sieg führte. Er wusste von schier unglaublichen Heldentaten zu berichten, vom einarmigen Jon, der ganz allein eine Brücke gegen hundert Feinde verteidigte, vom listigen Tammu, der in dunkler Nacht zwei feindliche Scharen so in die Irre führte, dass sie sich gegenseitig niedermachten.

Die Damater hörten zu wie Kinder, fand Jarok. Aber auch er konnte sich dem Sog der im melodischen Singsang vorgetragenen Erzählungen nicht entziehen. Allerdings hätte er den Alten schon gerne gefragt, wieso die Damater trotz ihrer makellosen Reihe von Siegen am Ende aus Haretien vertrieben worden waren. Aber dann fragte er doch nicht, und als Gamutak meinte, es sei genug mit den Geschichten, begannen die Lieder.

Es gab gute Sänger unter den Damatern, und ihre Lieder handelten nicht nur vom Krieg, sondern auch von den Bergen, den Sternen, alten Legenden und von Jünglingen und Mädchen. »Höre gut zu und lerne, Winterjäger«, raunte der Schamane ihm bei einem der Lieder zu. »Vielleicht wirst ja auch du bald eine Frau der Berge freien wollen – aber die sind nicht leicht zu haben.«

»Das höre ich«, gab er verdrossen zurück und nahm einen Schluck aus seinem Trinkhorn, das sich auf magische Weise immer wieder zu füllen schien. Er wusste nicht, warum der Schamane so plump vertraulich tat.

Brakas war irgendwann verschwunden. Vermutlich suchte er jemanden, den er beim Würfelspiel ausnehmen konnte, und dafür waren die Männer des Schneewindklans inzwischen wohl schon zu betrunken. Sie wollten nicht spielen, sondern erzählen und singen. »In den Dörfern würden jetzt die Frauen für uns tanzen«, erklärte ihm Gamutak, »aber erst, nachdem wir die Kinder ins Bett geschickt haben, denn unsere Frauen können tanzen … dir würden die Augen übergehen!«

»Bestimmt.«

»Ich bin froh, dass wir uns verstehen, Winterjäger.«

»Dass ich am Feuer mit dir sitze, heißt nicht, dass ich auf deiner Seite bin, Bruder.«

Gamutak lachte und klopfte ihm auf die Schulter. »Du bist so misstrauisch, wie alle Brüder aus den Geisterbergen. Sei beruhigt. Ich will dich nicht auf irgendeine Seite ziehen, es reicht mir schon, wenn du dich nicht gegen mich stellst.«

»Solange wir in die gleiche Richtung marschieren, wird das nicht geschehen, Gamutak.« Es fiel ihm schon schwer, seine Gedanken klar zu formulieren, und er nahm sich vor, weniger Wein zu trinken.

Plötzlich stellte er fest, dass er die Männer beneidete. Sie waren Stammesbrüder, fest miteinander verbunden. Nicht nur durch das Blut, nein, sie waren gemeinsam aufgewachsen, hatten gemeinsam gejagt und gekämpft. Sie hatten eine Heimat, die ihnen so selbstverständlich war, dass sie nie darüber nachzudenken schienen. Und was hatte er? Er war von seinem Klan verstoßen, in der Fremde aufgewachsen bei einem Vater, der ihn nicht zu kennen schien, und weit weg von seiner Mutter, deren Ehrgeiz größer war als ihre Liebe zu ihm. Er wurde schwermütig.

Die Lieder wurden trauriger, die Männer stiller, aber das ging vorbei, denn an anderer Stelle im Lager war Streit an benachbarten Lagerfeuern ausgebrochen. Gamutak ging hinüber, um ihn zu schlichten, und Jarok, der eigentlich das Gefühl hatte, dass ihn das nichts anging, folgte ihm trotzdem. Es waren Männer der Geisterberge, die mit Kriegern aus dem Paramar stritten.

Jarok schien es unmöglich herauszufinden, wer den Streit, der anscheinend schon vor Jahrzehnten begonnen hatte, erneut hatte aufflammen lassen, und worum es überhaupt ging. Gamutak redete den Männern ins Gewissen, redete vom Ruhm des Feldzuges, der vor ihnen lag, und der Beute, die sie gemeinsam gewinnen könnten. Er forderte sie schließlich auf, den Streit zu begraben, aber die Männer, vor allem die der Geisterberge, zeigten sich bockig. »Das glaube ich wohl, Gamutak Schneewind, dass du zum Frieden rätst, denn es sind deine Farrim, die hier im Unrecht sind! Du willst sie vor der gerechten Strafe bewahren!«

»Ich will, dass Ihr den Fehdefrieden beachtet, den ich ausgerufen habe, Bruder.«

»Auch damit beschützt du deine Männer, denn jeder weiß doch, welch bitteres Unrecht die Männer der Geisterberge durch euch erleiden ...«

»Ruhe!«, brüllte Gamutak. Er donnerte den Stab auf die Erde, und augenblicklich wurde es im weiten Umkreis totenstill. »Ich kenne deinen Namen nicht und nur mit knapper Not den Klan, dem du angehörst, Mann, aber ich weiß auch nicht viel mehr über diese Farrim, die du hier anklagst. Doch werde ich nicht dulden, dass ihr mit eurer Hitzköpfigkeit diesen großen, den größten aller Feldzüge hintertreibt, ist das klar?

Schön, da niemand mehr etwas sagen will, nehme ich an, dass die Sache geklärt ist. Hört auf zu streiten wie die unreifen Kinder und gebt einander die Hand wie verständige Krieger.«

Die Männer, die kein Wort herausbrachten, starrten Gamutak erschrocken an. Er löste den Bann, aber der Krieger aus den Geisterbergen drehte sich um und ging einfach davon.

Gamutak blickte ihm kopfschüttelnd hinterher. Dann stapfte er mit grimmiger Miene zurück zum Lagerfeuer seines eigenen Klans. Jarok folgte ihm nicht. Gamutak hatte eben so getan, als würde er den Klan aus dem Paramar kaum kennen, um zu unterstreichen, dass er unvoreingenommen war, aber das stimmte nicht. Jarok hatte den Atman schon öfter in der Nähe des Schamanen gesehen. Vielleicht wussten das auch die Männer aus den Geisterbergen. Nach seinem Empfinden fühlten sie sich jedenfalls zu Recht gekränkt.

Das Fest schien verdorben. Zwar hatten in dem weitläufigen Lager viele den Streit gar nicht bemerkt, aber die Nachricht sprach sich offenbar herum, und bald wurde es still an den Lagerfeuern.

Jarok zog sich in sein Zelt zurück. Er hatte Kopfschmerzen, und ihm dämmerte, dass er mehr Wein getrunken hatte, als gut für ihn war. Dann sank er auf sein Lager und hoffte, dass der morgige Tag einmal keinen Streit und Ärger bringen möge. *Auch wenn das vermutlich ein Wunschtraum bleibt,* dachte er und schlief ein.

17.

»Wach auf, es gibt Ärger.«

Jarok öffnete ein Auge. Brakas stand vor dem Zelt und musterte ihn kritisch. »Du siehst furchtbar aus. Hier, nimm einen Schluck Wasser.«

Er nahm den Trinkschlauch dankbar an. Sein Schädel dröhnte.

»Besser?« fragte der Westgarther. Er wirkte beunruhigt, was Jarok bei ihm selten erlebt hatte.

Erst jetzt nahm er den Lärm draußen wahr. »Was ist denn nun schon wieder?«

»Es gab einen Toten.«

Jarok schloss die Augen. Wollte er wirklich da hinaus? Er seufzte, dann riss er sich zusammen. »Was ist passiert?«, fragte er. Er suchte sein Schwert und fand es, draußen ans Zelt gelehnt. Die Rüstung hatte er wohl vergessen abzulegen. Er nahm noch einen Schluck Wasser. Merkwürdig, dass Brakas gar keine Witze über seinen Zustand machte.

»Hörst du das nicht? Es gibt hier gleich Mord und Totschlag!«

Jarok schüttelte den Kopf. »Das war nicht meine Frage, Brakas.«

»Ach so, ja, eine traurige Nachricht, wenn man so will. Vor allem für dich. Dein Onkel ist tot …«

»Was?« Mit einem Schlag war er hellwach.

»In seinem Zelt ermordet. Wie es aussieht, von einem Mann des Schneewindklans.«

»Was?«

Brakas sah ihn mit zusammengekniffenen Augen an. »Da steht ein Eimer. Du solltest dir einen Schlag Wasser ins Gesicht werfen, bevor du dich den Männern zeigst.«

»Terok ist tot?«

»So ist es leider. Deshalb auch der Lärm. Die Männer der Geisterberge verlangen Rache.«

Jarok stolperte zu dem Wassereimer und wusch sich das Gesicht. Terok ermordet? »Sag mir genau, was passiert ist, Brakas.«

»Terok lag heute Morgen tot in seinem Zelt, ein Dolch in seiner Brust. Und dieser Dolch gehört offenbar einem Mann aus Gamutaks Klan.«

Jarok schüttelte den Kopf. »Das ergibt keinen Sinn.«

»Wie du siehst, ergibt das für die Damater durchaus einen Sinn.« Der Westgarther wies mit einer Bewegung des Kinns in die Richtung von Gamutaks Lagerfeuer.

Dort war die Hölle los.

Jarok sah Gamutak auf einem Hocker sitzen, leicht erhöht über der Menge, die auf ihn einbrüllte. Er hatte seinen Stab auf den Knien und starrte finster auf die Krieger hinab. Selbst auf diese Entfernung konnte Jarok ihm die Anspannung ansehen.

»Los, komm!«, rief er und lief hinüber. Gamutak war ein mächtiger Schamane – und er war ein ungeduldiger Mann. Jetzt wurde er von Dutzenden von Kriegern bestürmt. Das konnte böse enden.

Als er näher kam, dröhnte eine Stimme über den Lärm, und dann erkannte er, dass die Menge in zwei Hälften zerfiel. Zur Linken hatten sich Männer des Paramar versammelt, zur Rechten die Helim aus den Geisterbergen. Sie waren weniger, aber sie waren lauter. Irgendwie schien es, als seien die Krieger Gamutaks in der Defensive. Weil sie sich ihrer Schuld bewusst waren?

Kamak von den Eisenraben war der Wortführer der Geisterberge. Er war es, dessen Stimme Jarok gehört hatte. Kamak stand zwischen den beiden feindlichen Lagern und war offenbar mitten in einer flammenden Rede. Er hielt eine blutige Klinge: »Dieser Dolch gehört einem bestimmten Mann, und dieser Mann gehört zu einem bestimmten Klan, deinem Klan, Gamutak Schneewind. Gib ihn heraus, damit er die Sühne leistet, die er leisten muss. So will es das Gesetz der Berge!«

Wütender Widerspruch zur Linken, großer Beifall zur Rechten.

Gamutak erhob sich. Sein Gesicht war rot angelaufen. »Ja, das ist unser Dolch, doch wurde er meinem Neffen gestohlen. Ein anderer hat ihn genommen! Findet und straft den!«

»Ein Schneewindmann lässt sich seinen Dolch stehlen? Das sollen wir glauben? Wo ist dein Neffe, warum verteidigt er sich nicht selbst? Warum stellt er sich nicht?«

»Er wurde zu den Schiffen gerufen.«

Das Gebrüll wurde so laut, dass es Jarok körperlich weh tat. Der brodelnde Zorn hing beinahe greifbar über der Menge, wie eine dunkle Gewitterwolke, die sich jederzeit entladen konnte. Jarok wurde mit eisiger Kälte klar, dass dieser Zorn ihr Heer sprengen konnte, wenn er nicht gebändigt wurde. Und er hatte noch keine Ahnung, wie das gehen sollte. Selbst Gamutak schien Zweifel an der Unschuld seines Neffen zu haben. Jetzt verstand er, warum die Männer des Paramar so defensiv wirkten.

»Wir verlangen unser Recht, hier und jetzt!«, brüllte Kamak.

»Ich gebe euch das Recht, das ihr verdient!«, schrie Gamutak. Er donnerte seinen Stab auf die Erde, und augenblicklich war Totenstille. »Ich bin der Schamane der Schamanen! Mein Wort war selbst euren Stämmen immer Gesetz, Kamak Eisenrabe«, zischte er. »Und so sei es auch dieses Mal. Mein Neffe ist unschuldig, die Götter können es bezeugen.«

Er zog den Stab wieder aus der Erde und löste den Bann. Sein Gesicht war kreidebleich.

»Du kannst uns mit Zauberei zum Schweigen bringen, Gamutak, doch du kannst deinen Neffen nicht vor dem Gesetz schützen! Gib ihn uns.«

»Was ist hier los?«, fragte die Stimme von Prinz Baran, der sich durch die Menge drängte.

»Ah, der Anführer dieses Heeres, endlich!«, rief Kamak. »Werdet Ihr uns Gerechtigkeit verschaffen, Prinz?«

»Es gab einen Toten, wie ich hörte …«

»Terok, der Atman des Steinwolkenklans, wurde ermordet, Prinz. Vom Neffen des Mannes, der dort auf seinem Stuhl sitzt.«

»Ist das wahr, Gamutak?«

»Kein Wort davon, Hoheit.«

»Wir haben sein Messer in Teroks Brust gefunden!«

»Es wurde gestohlen!«

»Und doch scheint es mir ein schwerwiegender Beweis zu sein, nicht wahr?«, sagte Baran.

Gamutak warf dem Prinzen einen warnenden Blick zu. »*Ich* bin das Gericht der Berge, Prinz. Was ein Beweis ist und was nicht, entscheide ich. Und wenn es hier jemanden gibt, der das anzweifelt, werde ich in die Berge zurückkehren, um darüber nachzudenken, ob diese Zweifel berechtigt sind – mit meinen Kriegern.«

Baran schien erst jetzt die Gefahr zu erkennen, die seinem Heer drohte. Er sah plötzlich sehr nachdenklich aus.

Kamak Eisenrabe trat einen Schritt auf ihn zu. »Ihr seid der Herr dieses Heeres, Prinz. Wir erwarten, dass Ihr uns zu unserem Recht verhelft. Tut es – oder unser Bündnis ist erloschen!«

Baran blickte von einem zum anderen. Er schien abzuwägen. Jarok trat schnell zu ihm. »Eine Untersuchung, Hoheit«, raunte er ihm zu. »Lasst mich den Fall prüfen, und fällt dann ein Urteil.«

»Eine Untersuchung, ja …«, murmelte Baran. »Wir müssen Beweise sammeln und sichten …«

»Der eine Beweis liegt in einem Zelt – Terok, im Schlaf ermordet. Der andere Beweis liegt dort im Staub, der Dolch, der Gamutaks Neffen Immas gehört. Und Immas selbst ist verschwunden! Was braucht Ihr noch, Prinz?«

»Nun, ich denke, der Winterjäger hat Recht. Dieser Fall bedarf …«

»Nein, Prinz. Fällt Euer Urteil – hier und jetzt!«

Baran, eben noch unsicher, straffte sich. »Ihr redet mit dem nächsten Padischah von Oramar, Mann. Ich bin der Herr von hundert Städten und tausend Stämmen. Niemand sagt mir, wann ich wie zu entscheiden habe!«

»Ist das Euer letztes Wort, Prinz?«

»Das ist es, Kamak.«

»Kein Urteil ist auch ein Urteil. Wir gehen.«

»Gehen? Wohin?« Aber der Prinz bekam keine Antwort. Kamak ging mit stolz erhobenem Haupt, und die Atmane der Helim folgten ihm schweigend.

»Das darf doch nicht wahr sein!«, rief General Ubeq.

»Lasst sie gehen. Sie taugen ohnehin nicht viel«, höhnte Gamutak.

Der Prinz warf ihm einen eisigen Blick zu.

Jarok stand für einen Augenblick wie gelähmt da. Dann lief er Kamak hinterher und packte ihn am Arm. »Was habt ihr vor?«

»Wir gehen, wie ich sagte, Jarok. Und du solltest mit uns gehen, Winterjäger.«

»Aber wo wollt ihr denn hin? Die Schiffe sind fort.«

»Die Atmane werden entscheiden, wohin wir gehen, aber ich denke, wir werden nach Norden ziehen, wie wir es von Anfang an hätten machen sollen.«

»Augenblick – ihr wollt die reichen Provinzen plündern?«

Kamak lächelte und löste seinen Arm aus Jaroks Griff. »Langsam fängst du an, wie ein Damater zu denken.«

»Aber das sind unsere Verbündeten!«

»Nicht mehr.«

Jarok war stehen geblieben. Er kam einfach nicht mit. So schnell und leicht sollte dieses Bündnis zerbrechen?

»Die Oramarer werden sich das nicht gefallen lassen, Kamak!«

»Wir haben fast zehntausend Krieger hier. Sie können ja versuchen, uns aufzuhalten.« Dann verschwand der Atman in der Menge der anderen Damater.

Jarok war ratlos. Dann dachte er, dass er einfach das tun sollte, was er vorgeschlagen hatte – er würde diesen Mord untersuchen und aufklären, wie früher, als er noch ein Blutwolf gewesen war. Vielleicht konnte er diese Katastrophe noch verhindern.

Als er das Lagerfeuer des Steinwolkenklans erreichte, war es schon fast zu spät. Die Krieger hatten eine einfache Trage gebaut und den Leichnam vor dem Zelt aufgebahrt.

»Was willst du hier?«, fragte Isre, der ältere von Teroks Söhnen, der den Leib bewachte.

»Ich will herausfinden, was geschehen ist.«

»Mein Vater wurde ermordet, das ist geschehen.«

»Ich sehe es. Bitte, ich will nur einen Blick in sein Zelt werfen, wenn du erlaubst. Er war immerhin mein Onkel.«

»Aber du bist nicht Teil unseres Klans. Er hat dich zwar gefragt, ob du es sein willst, aber du hast ihn zurückgewiesen.«

Jarok ließ sich nicht beirren. Er schob Isre zur Seite und untersuchte das Zelt. Es war unschwer zu erkennen, was geschehen war: Jemand war hineingeschlichen und hatte Terok im Schlaf erstochen. Jarok versuchte, ein Gefühl für das Geschehen zu bekommen. Er sah das Blut, fühlte fast den kurzen, heftigen Schmerz seines Onkels. Und der Täter? Ein Mann, eher groß und schwer, das verrieten die wenigen Spuren, die nicht zertrampelt waren. Jarok kannte Gamutaks Neffen nicht. War er es gewesen? Warum sollte der Neffe des Schamanen Terok ermorden? Hass? Er las die wenigen Spuren, die nicht zerstört waren. Nein, die Tat war kühl und überlegt geschehen. Hier war kein Hass im Spiel gewesen. Er verließ das Zelt so ratlos, wie er es betreten hatte. Sein Onkel war tot, ermordet. Er fühlte keine Trauer, nur Sorge, und die galt nicht seinen Vettern, sondern dem Heer. Lag es nur an seinem dröhnenden Schädel, dass er so wenig empfand? »War meine Mutter schon hier?«, fragte er Isre.

»Ich habe sie nicht gesehen.«

Jarok warf einen letzten Blick auf den Leichnam. Aber der war bewegt worden, und jetzt konnte er ihm nicht mehr verraten, was hier geschehen war.

Er hörte Kamak Eisenrabe, der durch die Zeltreihen lief und die Krieger zur Eile mahnte. Überall wurden Zelte abgebaut, und Jarok konnte nichts tun, um das zu verhindern. Er lief hinüber zum Zentrum des Lagers. Baran war dort und beriet sich mit Aphaskar und General Ubeq. Gamutak war nicht bei ihnen.

»Habt Ihr etwas erfahren, Winterjäger?«

»Nein, Hoheit, nichts, was uns weiterhelfen würde.«

»Wir können es uns nicht leisten, diese Krieger zu verlieren«, meinte Ubeq düster.

»Aber wir können es uns noch weniger erlauben, Gamutak und die seinen zu verlieren«, entgegnete ihm Aphaskar.

Baran hielt Pergamentrollen in der Hand. *Vermutlich rechnet er gerade die Zahlen der beiden Stämme gegeneinander auf,* dachte Jarok.

»Und wenn wir einen Sündenbock hätten, Hoheit?« Das kam wieder vom General.

»An was denkt Ihr, Ubeq?«

»Ein Fischer oder Bauer vielleicht …«

»Sie würden das kaum glauben, Hoheit«, warf Jarok ein. »Denn wie sollte ein Fischer an das Messer von Gamutaks Neffen gekommen sein?«

»Warum musste dieser Narr es auch in der Brust des Toten lassen!«

Jarok fand, dass der General hier eine wirklich gute Frage stellte, auch wenn er es nicht als Frage gemeint hatte. Das passte alles nicht zusammen: Wenn Immas Schneewind wirklich Streit mit Terok gehabt hatte, warum hatte er ihn dann nicht einfach herausgefordert? Und wenn Immas so heimtückisch war, Terok heimlich zu ermorden, warum war er dann so dumm, seine Waffe zu vergessen? Nein, es war zweifellos jemand anderes gewesen. Aber wer?

Plötzlich sah er Brakas aus dem Zelt der Seherin kommen. Brakas? Der abergläubische Westgarther hatte doch bisher alles getan, um der Seherin aus dem Weg zu gehen. Was wollte er in ihrem Zelt?

Und dann trat nach ihm seine Mutter ins Lager hinaus. Sie wechselte einen kurzen Blick mit dem Westgarther, nur einen Wimpernschlag lang, und doch verriet dieser Blick Jarok, dass die beiden im Einvernehmen standen. Aber worüber? Warum war Brakas schon den ganzen Morgen so ernst, riss keinen einzigen Witz? Lag ihm etwas auf der Seele? Plötzlich kamen ihm die Worte der Seherin wieder in den Sinn: *»Die falsche Hand, das falsche Messer, die falsche Tat …«*

»Und wenn wir einen von Tikos Leuten opfern?«, fragte Aphaskar jetzt.

Der Prinz schien es in Erwägung zu ziehen.

»Da bleibt immer noch die Frage, wo der das Messer herhaben sollte …«, sagte Jarok. Das Messer … Brakas hatte mit Gamutaks Kriegern am Feuer gesessen und gezecht. Er hätte die Gelegenheit gehabt, das Messer zu stehlen. Doch warum sollte er einen Damater erstechen? Er studierte die Gesichtszüge seiner Mutter, die doch gerade ihren Bruder verloren hatte. Trauer? Konnte er nicht erkennen, eher eine Art verhärtete Düsternis, als sei etwas Unvermeidliches eingetreten, das es hinzunehmen galt.

Die Eiseskälte, die sie ausstrahlte, nahm jetzt von seinem Innersten Besitz, als seien sie irgendwie miteinander verbunden. Und aus dieser Kälte trat hell und klar die Erkenntnis hervor, dass der Mord das Werk seiner Mutter war. Seine eigene Mutter hatte Brakas beauftragt, Terok zu töten. Es war offensichtlich.

Sie hatte doch mit Terok gestritten, er hatte ihr eine Frist gesetzt, etwas zu tun, was sie nicht tun wollte – und jetzt war er tot. Jarok fühlte, wie sich eine weitere Last auf seine Schultern legte: In diesem Streit war es vermutlich um ihn gegangen. Terok hatte mit ihm sprechen wollen – und seine Mutter hatte das verhindert. Aber was konnte so schwerwiegend sein, dass sie deswegen ihren eigenen Bruder ermorden ließ? Da stand sie, ungerührt und mit jener Härte im Gesicht, die er schon so oft bemerkt hatte. Das Grauen packte ihn, und er wandte sich ab.

Ausgerechnet jetzt rief der General nach ihr. Ubeq fragte sie, ob die Seherin nicht irgendeine Prophezeiung habe, die die Krieger zur Umkehr bewegen könne.

»Sie hat nichts gesehen, seit wir gelandet sind, General.«

»Aber das weiß doch niemand außer uns!«, zischte Aphaskar. »Lasst Euch etwas einfallen, Weib!«

»Ebenso gut könntet Ihr verlangen, dass ich mit einem Wort einen Fluss aufhalte. Sie sind entschlossen zu gehen, und das ist das kleinere Übel, Herr.«

»Das kleinere?«

»Diese Untat schreit nach Rache, Herr. Es ist erstaunlich, dass sie davon absehen, aber auch gut für uns, denn ansonsten wäre dieses Lager längst ein Schlachtfeld.« Sie sagte es völlig ungerührt. Jarok entdeckte an ihr nicht die Spur eines schlechten Gewissens, nur eine tiefe Verbitterung.

»Seht, Hoheit – der Protektor bequemt sich endlich dazu, sein Schiff zu verlassen!«

Der General hatte Recht. Die Barkasse näherte sich dem Ufer, und der Protektor stand groß und hager wie der Tod in ihrem Bug.

»Alles in Ordnung, Jari?«, fragte seine Mutter und legte ihm die Hand auf die Schulter.

Er fuhr herum. Es brauchte alles an Selbstbeherrschung, das er aufbringen konnte, sie nicht anzuschreien. »Onkel Terok ist tot, Mutter!«

Achselzucken. »Du hast ihn doch kaum gekannt.«

»Er war dein Bruder!«

»Nur bis zu jenem Tag, an dem er *nicht* für uns aufstand, als der Klan uns verstieß.« Es schien sie wirklich kaltzulassen. Er wich unwillkürlich einen Schritt vor ihr zurück. »Ich weiß, was geschehen ist, Mutter«, presste er leise hervor.

Sie sah ihm mit dem Ausdruck kühler Neugier ins Gesicht. »Wirklich? Du bist klug, mein Sohn, das habe ich immer gesagt. Aber du weißt dennoch viel weniger, als du glaubst.«

Er hätte sie gerne gepackt und geschüttelt. »Wir werden später darüber reden, Mutter.«

»Vielleicht«, erwiderte sie kühl. Dann drehte sie sich um, ließ ihn stehen und kehrte ins Zelt der Seherin zurück. Verdächtigte er sie vielleicht zu Unrecht? Sie wirkte so ungerührt, dass er Zweifel bekam.

Er musste mit Brakas reden, aber jetzt kam der Protektor von Felisan mit langen Schritten den Strand heraufgestürmt. »Was hat dieser Aufbruch zu bedeuten, Prinz?«, verlangte er lautstark zu wissen.

Baran stand mit einem wehmütigen Lächeln da und hielt seine Pergamente umklammert. »Sie geht dahin, unsere Größe«, antwortete er schließlich.

»Erklärt Ihr mir, wohin Eure Krieger gehen?«

»Es sind nicht mehr meine Krieger, Pelwa«, gab der Prinz würdevoll zurück.

Aphaskar übernahm es, dem Gesandten des Seebundes zu erklären, was geschehen war.

»Verdammt, warum hat Gamutak seinen Neffen nicht ausgeliefert? Und wo steckt dieser verfluchte Schamane überhaupt?«

»Er ist unten bei den Fischerhütten und redet mit Immas«, erklärte Sterro, der mit Hesek Graufuchs vom Strand heraufkam.

»Wie? Wozu? Der Mann soll seine Tat gestehen und sich unter das Richtbeil legen! Wir können es uns noch nicht leisten, das halbe Heer zu verlieren.«

Jarok stutzte bei dieser letzten Bemerkung. Das klang, als habe der Protektor den Verlust des halben Heeres zu einem späteren Zeitpunkt durchaus einkalkuliert.

»Er beharrt darauf, unschuldig zu sein«, erklärte Sterro, »und was mich betrifft, so bin ich geneigt, ihm zu glauben.«

Pelwa starrte ihn missmutig an. »Ihr seid vom selben Stamm?«

»Ich bin ein Boakim, ein Mann der Küste, Herr, und gewiss nicht von Gamutaks Stamm.«

»Aber wer hat dann diesen Atman erstochen?«

»Vielleicht hat irgendjemand in diesem Heer daran Interesse, dass die alten Fehden wieder ausbrechen, Herr.«

»Jemand will meinen Anspruch untergraben?«

»So sieht es aus, Hoheit«, warf Hesek ein. »Und mir fällt eigentlich nur ein Mann ein, der dafür in Frage kommt.«

»Und wer soll das sein?«, fragte Ubeq mit finsterer Miene.

»Tiko der Reiche. Der Odaling will vielleicht sicherstellen, dass ihm weder die Oramarer noch die Krieger der Berge nach einem Sieg in Oramar seine Stadt streitig machen.«

Jarok musste zugeben, dass das irgendwie schlüssig klang. Tiko hätte wirklich Grund, Streit zwischen den Stämmen zu schüren. Aber doch noch nicht jetzt, nicht, solange er selbst Teil dieses Heeres war.

»Ich bezweifle, dass dieser Händler Manns genug ist, so etwas zu tun«, wandte Ubeq ein.

»Er würde es nicht selbst tun, General. Habt Ihr vergessen, dass er den Winterjäger auch schon umbringen lassen wollte?«, erklärte Hesek.

»Und wo ist Tiko?«

»In der Stadt, Exzellenz. Ihr habt ihn und seine Speerträger mit der Bewachung der Tore und des Hafens beauftragt.«

»Schnell doch!«, rief Pelwa. »Vielleicht können wir so die Krieger doch noch zur Umkehr bewegen!«

»Ihr habt ihn gehört, Meister Jarok. Bringt mir diesen Damater her!«, rief der Prinz, plötzlich wieder entschlossen.

Jarok salutierte, aber er wusste nicht, was er tun sollte. Pelwa hatte Recht: Ein Sündenbock wie Tiko mochte die Lage vielleicht retten, und der Odaling hatte mindestens ein Mal versucht, ihn umbringen zu lassen. Er hatte also keinen Grund, diesem Mann zu helfen. Leider war Tiko in diesem Fall völlig unschuldig.

Er rief ein Dutzend Männer der Leibwache zusammen und marschierte zur Stadt. Er würde ihn festnehmen und dann weitersehen. Sein Gewissen meldete sich hartnäckig, aber er versuchte, es zu beruhigen: Tiko der Reiche war eine treulose Ratte, der man nicht trauen konnte, und sein Tod wäre ein geringer Preis, um den Zerfall des Heeres zu verhindern. *Aber unschuldig ist er trotzdem,* mahnte sein Gewissen. *In diesem Fall, ja,* gab Jarok zu, *aber nur in diesem Fall.*

Er fand den Damater im größten Haus der Stadt. »Ah, der Winterjäger! Willkommen in meinem bescheidenen Heim!«

»Es ist nicht dein Heim, Tiko – und bescheiden ist es schon gar nicht«, meinte Hesek, der sich Jaroks Schar angeschlossen hatte.

»Hesek Graufuchs – immer noch so schlecht gelaunt?«

»Meine Laune bessert sich gerade, Tiko, denn wir sind hier, um dich festzunehmen.«

»Ein merkwürdiger Scherz ...«

»Kein Scherz. Willst du etwa behaupten, dass du nicht weißt, was geschehen ist?«

Tiko zuckte mit den Schultern. »Streit, wie immer. Nur ein Toter, soweit ich höre. Also kann es kein großer Streit gewesen sein.«

»Mord, Tiko, und dass du so tust, als wüsstest du das nicht, macht dich nur umso verdächtiger.«

Tiko der Reiche sah von Hesek zu Jarok und wieder zurück. *Vermutlich dämmert ihm endlich, dass es ihm an den Kragen geht,* dachte Jarok und gab seinen Leuten ein Zeichen, den Mann festzunehmen.

»Aber ich habe nichts getan! Wache! Wache!«

Drei seiner Speerträger stürmten in die Stube. Sie versperrten ihnen den Ausgang. »Das ist nicht euer Ernst, Brüder, oder?«, fragte Jarok freundlich.

Die Wachen tauschten einen kurzen Blick, dann zogen sie sich zurück.

»Aber ich bezahle euch, ihr Feiglinge!«, keifte Tiko.

»Offenbar nicht gut genug«, höhnte Hesek.

»Wir hätten ziemliche Schwierigkeiten bekommen können, wenn seine Leute ein bisschen entschlossener gewesen wären«, meinte Jarok, als sie die Stadt verließen.

»Waren sie aber nicht. Es sind Männer von der Küste, ohne Ehre, wie ihr Herr«, erwiderte Hesek.

Als sie durch das Lager marschierten, waren viele Lagerfeuer schon verwaist. Kamak Eisenrabe schien es eilig zu haben. Jarok konnte ihn nirgends entdecken. War er schon fort?

Sie schleppten Tiko in die Mitte des Lagers, und viele neugierige Damater folgten ihnen. Baran hatte in der Zwischenzeit drei Hocker und einen Tisch auf einer Erhebung aufstellen lassen. Er schien sich gefangen zu haben und wirkte jetzt sehr entschlossen. Ubeq und Pelwa hatten bereits Platz genommen, Aphaskar stand hinter dem Prinzen. Ein Schnellgericht?

»Schickt nach Gamutak«, rief Baran.

»Das wird nicht nötig sein, denn ich bin hier!«, dröhnte die Stimme des Schamanen durch das Lager. Er kam mit seinem gesamten Klan. War sein Neffe Immas auch darunter? Jarok wusste immer noch nicht, wie dieser Mann aussah. Der Schamane hatte ihn nie erwähnt, aber es war doch auch zu erwarten, dass er einen nahen Verwandten im Klan hatte.

»Ihr kommt gerade rechtzeitig, Gamutak. Wir haben den Verdacht, dass vielleicht Tiko hinter diesem Mord steckt.«

»Und da maßt Ihr Euch an, über einen der Unseren zu richten?«

Baran kam durch diesen Einwand sichtlich aus dem Konzept. »Ich bin der Heerführer. Die Männer unterstehen meinem Befehl, Schamane.«

»Dieser Mann ist ein Damater. Die Zeiten, da andere über unsere Männer richteten, sind vorbei, Prinz.«

Protektor Pelwa erhob sich von seinem Hocker. »Dann schließt Euch uns an, Gamutak. Sprecht Recht mit uns!«

»Aber ich habe nichts getan!«, zeterte Tiko.

Gamutak trat an ihn heran, sah ihm tief in die Augen und verkündete laut: »Dieser Mann lügt.«

Tiko wurde kreidebleich. »Ich bin unschuldig!«

Gamutak schnaubte verächtlich. »Das warst du noch nicht einmal, bevor du diesen Mord befohlen hast.«

Plötzlich drängte sich Kamak Eisenrabe durch die Menge, die sich in erstaunlicher Geschwindigkeit versammelt hatte. Er schenkte den drei Männern hinter dem improvisierten Richtertisch keine Beachtung und rief: »Ich verlange mehr Beweise für Tikos Schuld als die Worte eines Schamanen, der seinen Neffen beschützten will, Gamutak.«

»Dann frag einen Mann, dem du glaubst, Kamak, frag den Winterjäger.«

Alle Augen richteten sich jetzt auf Jarok. Eine gespenstische Stille breitete sich aus. Er hatte keine Ahnung, was er sagen sollte. Konnte er einen Unschuldigen opfern? Über ihm schrie Hrima, die ihre Kreise zog. Es kam ihm fast vor, als wäre sie nicht einverstanden mit dem, was da tief unter ihr geschah.

»Dem Wort dieses Mannes kann ich *vielleicht* Glauben schenken«, verkündete Kamak.

Jarok räusperte sich. Gamutak stand mit völlig unbewegter

Miene dort, aber seine Augen blitzten. *Er weiß, dass Tiko nichts damit zu tun hatte,* durchfuhr es Jarok.

Tiko sah ihn flehend an. »Bitte, Winterjäger, du musst mir glauben! Ich weiß doch gar nicht, warum ich hier bin.«

Ein böses Raunen ging durch die Reihen: »Feiger Hund!«, rief einer. »Verhöhne uns nicht!«, ein anderer. Tiko verstand es, die Leute gegen sich aufzubringen.

»In der vergangenen Nacht wurde Terok Steinwolke ermordet. Weißt du etwas darüber, Tiko?«, fragte er.

»Terok? Ich kenne keinen Terok! Ich weiß nicht, wer das sein soll!«

»Du Lügner!«, fuhr ihn Kamak an. »Er saß mit dir an einem Tisch, als wir berieten. Du hast mit ihm Wein getrunken – und jetzt verleugnest du ihn?«

»Wie? Verzeiht! Ich vergaß ... da waren so viele Männer ... so viele Atmane. Ich wusste seinen Namen nicht! Ich habe niemanden töten lassen. Bei den Göttern, ich schwöre es!«

»Beleidige die Götter nicht, Tiko«, forderte Gamutak ruhig. »Nun, was sagst du, Jarok? Es heißt, der Winterjäger habe ein untrügliches Gespür für Schuld und Unschuld. Sag uns also – spricht dieser Mann die Wahrheit?«

Jarok starrte Tiko an. Warum machte der Mann es ihm so leicht, ihn zum Lügner zu erklären? Er atmete tief durch. »Dieser Mann hat schon oft gelogen ...«

»Da hört Ihr es, Männer!«, jubelte Gamutak. »Der Winterjäger hat es gesagt. Immas ist unschuldig! Tiko ist der Mörder!«

Jarok widersprach nicht, obwohl es nicht das war, was er gesagt hatte.

Kamak sah Jarok durchdringend an. Er schien dem Klang seiner Worte nachzulauschen.

Von dem inzwischen völlig in Vergessenheit geratenen Richtertisch erklang die Stimme Barans: »Gamutak Schneewind und Jarok Winterjäger bestätigen, was wir vermuteten – Tiko ist für den Tod von Terok Steinwolke verantwortlich! Ich lege sein Schicksal in die Hände der Damater.«

»Tod!«, rief Gamutak. »Tod!«, wiederholte er, und dabei sah er Kamak herausfordernd an. Der Atman schien noch einen Augenblick nachzudenken, dann nickte er und sagte: »Tod.«

»Und was sagt der Winterjäger?«, verlangte Gamutak zu wissen.

Jarok wurde blass. Damit hatte er nicht gerechnet. In die gespannte Stille hinein fiel das schrille Lachen einer Frau. Die Seherin war aus ihrem Zelt gekommen und stand oben am Richtertisch. Sie wies auf Tiko und rief: »Das falsche Messer, die falsche Tat, das falsche Urteil!«

»Ila, Kind, was redest du?« Das war Schiwara, die versuchte, die Seherin zu beruhigen, aber sie riss sich los. Baran wich entsetzt vor der Seherin zurück, auch Ubeq war erschrocken aufgesprungen, und Aphaskar war leichenblass geworden. Der Protektor schien sie hingegen nur mit großem Interesse zu mustern.

Die Seherin lachte wieder, dann wies sie in den Himmel, wo Hrima helle Rufe ausstieß. »Sie wittert ein Meer von Lügen! Ihr werdet alle darin ertrinken. Alle! Der Regen erfüllt das Schicksal! Der Stier ist gefesselt und kann nicht – der Adler ist frei und will nicht. Und im Norden mischt sich Dreck mit Blut.« Dann verstummte sie, setzte sich in den Sand, und sosehr Schiwara auch bat, sie rührte sich nicht von der Stelle.

»Dein Urteil, Jarok«, forderte Gamutak noch einmal.

»Tiko ist ein Lügner und Mörder … aber Terok Steinwolke hat er nicht ermordet.«

»Auch ich glaube das nicht mehr. Die Seherin hat es gesagt. Unser Urteil war falsch!«, erklärte Kamak düster.

»Das sagte ich doch!«, schrie Tiko. »Bei den Göttern. Ihr Bergwilden hättet fast einen Unschuldigen getötet.«

Gamutak warf ihm einen mitleidigen Blick zu. »Ich bin immer noch der Meinung, dass du hinter diesem Verbrechen steckst.

Das Urteil ist gefallen, Tiko. Zwei zu eins haben wir entschieden.«

»Aber … Kamak… er sagte doch … Ihr müsst das Urteil aufheben!«

Kamak Eisenrabe nickte. »Ich stimme dem zu. Doch bin ich nicht der einzige Richter, und das Gesetz der Berge sagt, dass ein einmal gesprochenes Urteil nur einstimmig aufgehoben werden kann. Jarok?«

Jarok nickte knapp, doch Gamutak betrachtete Tiko mit verächtlicher Miene und schüttelte den Kopf. »Ich bleibe bei meinem Urteil, denn es ist nicht gesagt, dass die Seherin dieses Verbrechen meinte, als sie zu uns sprach. Und wie es der Winterjäger schon sagte – du bist ein Lügner und Mörder.«

»Das ändert nichts, Gamutak, du hast uns verloren«, erklärte Kamak finster.

»Was soll denn nun wieder dieser Unsinn bedeuten?«, polterte der Protektor.

»Ihr könnt diesen Mann da hinrichten lassen, Pelwa, aber das ändert nichts daran, dass die Krieger der Geisterberge gehen. Ihr habt uns mit einem Sündenbock täuschen wollen.«

»Gehen? Wohin? Wollt Ihr nach Damatien schwimmen?«

»Wir werden schon einen Weg finden, Pelwa. Wir sind Damater!«

»Das ist Wahnsinn«, murmelte der Protektor, während ein paar Krieger den kreischenden Tiko davonschleiften. Gamutak führte diese Gruppe an.

»Was haben die vor? Wollen die wirklich diesen Mann töten?«

Pelwa schnaubte verächtlich. »Ihr habt sie doch gehört, Aphaskar. Das Urteil wurde gesprochen. Wir können sie jetzt nicht mehr aufhalten.«

»Aber dann verlieren wir nicht nur die Krieger aus den Geisterbergen, sondern auch Tikos Speerträger!«

Der Alte zuckte mit den Schultern. »Es sind Söldner, Aphaskar. Gebt ihnen genug Silber, und sie werden für Euch kämpfen.« Er wandte sich an Jarok. »Ihr hattet eben viel Glück, Winterjäger.«

»Glück, Herr?«

»Dass die Seherin Eurem Urteil zuvorkam. Mir ist nicht entgangen, dass Ihr nie geglaubt habt, dass der Mann schuldig ist. Aber natürlich hättet Ihr ihn trotzdem verurteilt, nicht wahr?«

»Woher wollt Ihr das wissen, Protektor?«

Pelwa lachte, klopfte ihm auf die Schulter und sagte: »Tut nicht so unschuldig. Ihr seid viel gerissener, als Ihr ausseht. Oder wollt Ihr mir ernsthaft weismachen, dass Ihr das Heer hättet zerbrechen lassen, um diese Ratte zu retten?«

»Es kam doch nicht mehr auf mein Urteil an.«

»Es war auch geschickt, den anderen den Vortritt zu lassen. Ich glaube, ich habe Euch unterschätzt, Jarok Winterjäger.«

»Die Männer der Geisterberge haben wir dennoch verloren.«

»Bedauerlich, wirklich. Aber immerhin können wir sagen, dass wir alles versucht haben, nicht wahr?«

Pelwa schien den Verlust von zehntausend Mann plötzlich erstaunlich leicht zu nehmen. Und wieder hatte Jarok den Verdacht, dass der Protektor hier ein falsches Spiel spielte. Wollte er inzwischen nicht mehr, dass Baran über ein starkes Heer gebot?

Ein durchdringender Schrei vom Strand riss ihn aus den Gedanken. Tinbul war dort unten und hielt im Triumph einen abgetrennten Kopf in die Höhe. Es gab jedoch keinen Jubel unter den Kriegern, jedenfalls keinen, der lauter war als die Wellen, die ans Ufer schlugen.

Ein leises Lachen erklang hinter seinem Rücken. Es war die Seherin, die von Sterro und Schiwara zurück ins Zelt geführt wurde. Baran blickte ihr kreidebleich nach. Der Protektor trat zu ihm und redete leise auf ihn ein. Redeten sie über die Seherin?

»Ich bin mir nicht sicher, ob das eben gut oder schlecht für dich gelaufen ist, Bruder.« Hesek setzte sich auf einen der Richterstühle.

»Gut ganz sicher nicht. Es hätte nicht viel gefehlt, und ich hätte ein falsches Urteil gesprochen.«

»Tiko zum Tode zu verurteilen war nicht falsch, es war höchstens zu spät. Denk an die Männer, die er uns auf den Hals gehetzt hat!«

»Aber Tiko war die Seele von Gromar, vielleicht eine verdorbene, schwarze Seele, aber er war der Einzige, der dem Seebund in der Stadt etwas entgegenzusetzen hatte.«

Hesek kratzte sich am Kinn. »Da ist etwas dran. Glaubst du, der Seebund vergisst seine Versprechen?«

»Ich befürchte es. Unsere Krieger sind doch hier in Oramar, und ich frage mich inzwischen, ob auch nur einer von ihnen die Heimat wiedersehen wird. Der Süden Damatiens ist also von Kriegern entvölkert und eine leichte Beute. Aber warum lächelst du?«

»Du hast *unsere Krieger* gesagt. Vielleicht wirst du doch noch ein richtiger Damater.«

»Als wenn es *das* wäre, was meine Mutter sich für mich wünscht, Hesek …«

Er hätte sie gerne zur Rede gestellt, aber sie war im Zelt der Seherin, und er scheute sich, dort einzudringen. Ila wirkte auf ihn noch zerbrechlicher als in Damatien. Aber sie verfügte über große Macht, auch wenn sie die nicht wollte. Hätte sie geschwiegen, wären Kamak und die Helim vielleicht geblieben. Und Brakas?

Er konnte den Westgarther nirgends entdecken. Er fragte Hesek nach ihm, aber der hatte ihn auch nicht gesehen. »Hast du eigentlich vor, Baran zu warnen?«, fragte der Damater.

»Wovor?«

»Kamak und seine Krieger … Zehntausend beutehungrige Damater, die nicht mit leeren Händen in die Heimat zurückkehren wollen. Und im Norden liegen fette Weiden mit fetter Beute.«

»Ich weiß, Hesek, aber irgendetwas hindert mich daran, den Prinzen zu warnen.«

»Du bist vielleicht wirklich schon zu sehr Damater. Du scheust davor zurück, deine Brüder zu verraten.«

»Stimmt, die Damater verraten einander nicht, sie bringen sich nur gegenseitig um«, erwiderte Jarok bitter.

»Du willst Kamak Eisenrabe also gewähren lassen?«

»Ich weiß es nicht. Ich werde mir etwas überlegen. Vielleicht kann ich Pelwa davon überzeugen, dass er sie nach Damatien zurückschafft.«

»Viel Glück«, meinte Hesek, und es war Jarok nicht möglich zu erkennen, ob er ihn verspottete oder ob er das ernst meinte.

Er fand Pelwa in Barans Zelt und damit beschäftigt, den Prinzen zu ermutigen: »Es ist wahr, wir haben zehntausend Krieger verloren, aber ich habe gute Nachrichten aus Ugir, Hoheit. Das Volk ist unruhig, und Euer Bruder hat alle Hände voll damit zu tun, es unter seiner Knute zu halten. Er kann kaum Truppen entbehren.«

»Kaum? Wie viele sind *kaum*, Pelwa? Hundert? Tausend? Hunderttausend?«

»Bis jetzt hat er noch nicht einmal ein Heer in Marsch gesetzt, Prinz. Er weiß vielleicht noch nicht einmal, dass wir hier sind! Wenn wir rasch zuschlagen, können wir ihn überraschen!«

»*Wir*, Pelwa? Es sind meine Krieger, die hier den Kopf hinhalten werden. Und solange die Verstärkung aus dem Norden nicht hier ist, werde ich gewiss nicht gegen die Mauern von Ugir ziehen.«

»Unsere Schiffe sind doch schon auf dem Weg nach Utemes, Hoheit. Sie werden Eure Truppen einladen und nach Süden bringen.«

»Wann, Pelwa – und wohin? Werdet Ihr sie ebenso im Niemandsland aussetzen wie uns?«

»Denkt an die Worte der Seherin, Hoheit – der Stier ist gefesselt! Euer Bruder sitzt in Ugir fest. Die Menschen dort warten sehnlichst auf einen, der sie von seinem Joch befreit!«

»Sie ist wahnsinnig, genau wie Weszen. Ihre Worte sind … die Worte einer Verrückten!«

»Hört, Baran, wenn Ihr nur schnell und entschlossen handelt, dann …«

»Nein, Pelwa, ich bitte Euch … ich bitte Euch, mich nicht zu bedrängen. Ich muss die Meldungen der Kundschafter lesen und herausfinden, wie es wirklich steht. Nun geht und lasst mich alleine. Ihr auch, Winterjäger. Geht!«

Das war ohnehin Jaroks Absicht. Er hatte mit Pelwa zu reden.

»Es ist schwer zu glauben, dass dieser Mann einst ein kühner Feldherr war«, murmelte Pelwa, als sie das Zelt verlassen hatten, dann betrachtete er Jarok mit scharfem Blick. »Seid so freundlich und begleitet mich ein Stück, Jarok Winterjäger.«

Jarok nickte. Er ging mit dem Protektor hinunter zum Strand, wo die Barkasse auf Pelwa wartete. Aber der Gesandte bog vorher ab und ging hinüber zu der Stelle, an der Tiko enthauptet worden war. Der Kopf war fort, aber der Körper war einfach liegen gelassen worden. Möwen liefen mit trippelnden Schritten um den Leichnam und pickten in der offenen Wunde.

»Bedauerlich, dass sein Tod so sinnlos war«, stellte Pelwa naserümpfend fest.

»Wird der Seebund sich nicht freuen, dass er einen so gewieften Widerpart losgeworden ist? Er war sehr geschickt in den Verhandlungen, wie ich hörte.«

»Das war er. Zum Glück für uns hatte er weder ein Gewissen noch besonders viel Rückgrat. Von daher bin ich unsicher, ob sein Tod nicht doch ein Verlust für uns ist. Der Mann dachte wenigstens wie ein Händler, nicht wie ein Wilder aus den Bergen. Aber Euch sollte sein Tod doch willkommen sein – oder wusstet Ihr nicht, dass er hinter den letzten Anschlägen auf Euer Leben steckte?«

»Der Angriff in Gromar? Das kam von Tiko?«

Pelwa lächelte dünn. »Von wem denn sonst? Ich kann es ihm nicht verübeln. Über viele Jahre hat er unter großen Mühen und unter Einsatz seines Vermögens daran gearbeitet, seinen Einfluss bei den Damatern auszubauen, hat Zwiste befriedet, Abhängigkeiten erschaffen. Er hat Atmane bestochen, Dorfälteste gefügig gemacht, und das alles mit dem Ziel, erst Odaling und am Ende der mächtigste Mann Damatiens zu werden. Selbst Gamutak hing doch schon von seinem Silber ab – auch wenn er verstand, das zu verbergen. Was glaubt Ihr denn, warum der Schamane darauf bestanden hatte, dieses falsche Urteil zu vollstrecken? Und warum haben die Atmane es einfach so hingenommen? Die meisten waren Tiko durch Silber verpflichtet, und jetzt ist diese Verpflichtung erledigt, denn Tiko hat keine Söhne. Der arme Tiko. Er war auf einem schweren, aber erfolgversprechenden Weg. Und dann kommt Ihr auf den Schwingen einer Legende daher und überflügelt ihn einfach. Er hat Euch aus tiefster Seele gehasst, Winterjäger.«

»Ich habe nie versucht …«

»Lassen wir das. Ich wollte mit Euch nicht über Tiko den Reichen sprechen, denn er spielt keine Rolle mehr. Baran ist es, um den ich mir Sorgen mache.«

Jarok konnte seinen Blick einfach nicht von den Möwen lösen, die den Leichnam umkreisten. Tiko sollte also hinter diesen Attentaten stecken. Was Pelwa sagte, klang einleuchtend. Aber er traute dem Mann nicht.

»Der Prinz hört auf Euch, Meister Jarok. Euer Urteil ist ihm wichtig!«

»Und Ihr wünscht nun, dass ich seine Gedanken in eine bestimmte Richtung lenke?«

Pelwa kniff ein Auge zusammen. »Ich denke, wir haben ein gemeinsames Anliegen, nämlich Weszen aus Ugir zu vertreiben. Ich will von Euch nur, dass Ihr Baran dazu bringt, seinen Teil zu tun und seinen Bruder mit aller Macht anzugreifen.«

»Ein Angriff auf Ugir wäre aussichtslos, da stimme ich Baran zu.«

»Das weiß ich auch. Fordert ihn heraus, lockt ihn aus der Stadt und schlagt ihn auf offenem Feld!«

»Weszen ist nicht so leicht zu schlagen. Ich war selbst dabei, als er eine große Übermacht bezwungen hat.«

»Auf jeden Fall ist er nicht zu besiegen, wenn Ihr Euch hier wie die Sandflöhe eingrabt!«

Jarok wusste natürlich, dass der Protektor Recht hatte, aber er spürte immer deutlicher, dass der Mann im Namen des Seebundes eigene Absichten verfolgte. Er hatte plötzlich einen Verdacht, wie diese aussehen könnten: »Ihr wollt gar nicht, dass Baran Weszen tötet. Ihr wollt, dass dieser unselige Bruderkrieg sich noch ein paar Jahre hinzieht. Ein einiges Oramar unter einem unangefochtenen Padischah kann doch nicht im Interesse des Seebundes liegen.«

Der Alte zeigte ein sehr dünnes Lächeln. »Es heißt, dass selbst die Weisen nicht immer wissen, was Frialis will, aber meiner Meinung nach will Frialis grundsätzlich immer alles. Was der Seebund jedoch gewiss nicht will, ist eine sich über Monate hinziehende Belagerung Ugirs, denn das wäre für uns todsicher ein Verlustgeschäft. Was mich persönlich betrifft … nun, da ich die Verwüstung von Elagdad mit eigenen Augen gesehen habe, wünsche ich mir Weszens baldigen Tod. Der Mann ist unberechenbar, auch wenn das in Frialis noch nicht alle glauben wollen. Wird er nur besiegt und in die Wüste gejagt, nun, so mag die Zukunft zeigen, was das für unsere Geschäfte bedeutet. Glaubt Ihr denn, dass uns ein Prinz Baran auf dem Thron Sorgen machen würde? Seht ihn Euch an! Er ist schon jetzt ein Wrack, ja, er wurde an diese Küste geworfen wie ein untergehendes Schiff. Nun klammert er sich an diesen Strand, weil er fürchtet, doch noch zu ertrinken. Aber das Einzige, worin er untergehen wird, ist dieses Meer aus Pergamenten, das er mit sich herumschleppt. Und deshalb setze ich auf Euch, Winterjäger! Bringt ihn dazu, dieses Heer zu führen, gerade weil die Damater Euch mehr respektieren als ihn.«

»Sagt, Protektor, was genau ist es eigentlich, das Baran so in Angst versetzt? Ich habe das Gefühl, dass es mit der Seherin zu tun hat – und dass Ihr mehr darüber wisst.«

Pelwa zögerte einen Augenblick mit seiner Antwort. »Ja, vielleicht sollte ich es Euch erzählen, damit Ihr begreift, dass ich Euer Vertrauen verdiene. Jedoch muss das, was ich Euch enthülle, unter uns beiden bleiben. Selbst Baran gegenüber dürft Ihr mit keiner Silbe erwähnen, was Ihr nun erfahrt. Habe ich Euer Wort?«

Jarok hatte ein ungutes Gefühl bei der Sache. Pelwa war dabei, ihn zu einem Mitwisser zu machen. Lockte der Protektor ihn mit dem Geheimnis vielleicht in eine Falle? Dann nickte er. »Ich werde darüber schweigen.«

»Gut. Wisst Ihr, wie dieser Krieg ausgebrochen ist, Winterjäger?«

Jarok runzelte die Stirn über die merkwürdige Frage. »Nur, was alle wissen. Der Padischah wollte dem Seebund einen gewaltigen Schlag versetzen und ihm Haretien entreißen. Von drei Seiten fielen seine Heere über das Land her, aber dann wurde der Große Skorpion in einer Stadt namens Atgath ermordet, und der Krieg um sein Erbe begann …«

»Ihr seid zu bescheiden, Jarok. Tatsächlich wisst Ihr viel mehr als die meisten, aber doch etwas Wichtiges nicht. Padischah Akkabal hatte eine Tochter namens Shahila, die er an einen haretischen Fürsten von bescheidenem Rang verheiratete, um einen Vertrag zwischen Oramar und dem Seebund zu besiegeln. Ein simples Täuschungsmanöver, um uns in Sicherheit zu wiegen.«

»Shahila? Ich erinnere mich nicht an eine Tochter dieses Namens.«

»Die unbedeutende Tochter einer unbedeutenden Nebenfrau – so dachten wir. Wir konnten nie ganz herausfinden, welche Rolle sie beim Ausbruch dieses Krieges spielte, aber es war sicher kein Zufall, dass sie zu der Zeit in Atgath war, als der Padischah auf diese Stadt zumarschierte.«

»Sollte sie ihm die Tore öffnen?«

»Vielleicht, vielleicht war sie aber auch dort, um die Pläne ihres Vaters zu durchkreuzen. Eine sehr verworrene Geschichte, und Einzelheiten sind auch kaum noch von Belang, denn die Skorpione wurden geschlagen und aus Haretien vertrieben. Über Shahila aber gibt es merkwürdige Geschichten. Es heißt, die Erdgeister hätten sie geholt.«

»Erdgeister?«

»Die Mahre, ja. Ich habe das ebenso wenig geglaubt wie Ihr jetzt, bis ich Akkabals Tochter, in Lumpen gehüllt, am Fuße des Damat wiedersah …«

»Augenblick – die Seherin …?«

»… ist Barans Halbschwester Shahila. Ich war auf ihrer Hochzeit. Und da ich ihre Augen gesehen und ihre Weissagungen gehört habe, glaube ich wirklich, dass die Berggeister sie geholt haben. Fragt mich bitte nicht, wozu und wieso. Ich weiß, dass das schwer zu glauben ist, und Ihr könnt mir gerne eine andere gute Erklärung geben, wie sie von Atgath aus ans andere Ende des Paramar gelangt ist. Sicher ist nur, dass diese Reise sie ihren Verstand gekostet hat. Dafür hat sie offenbar etwas anderes empfangen.«

»Und Baran weiß das?«

»Wie könnte er nicht? Er hat sie wiedererkannt, und er fürchtet sie und noch mehr ihren Wahnsinn. Versteht Ihr nicht? Weszen ist offensichtlich verrückt geworden, seine Schwester ebenso – er hat Angst um seinen Verstand!«

Jarok musste das erst einmal verdauen: Die Seherin war eine Tochter des Padischahs? Berggeister sollten sie geholt und in den Wahnsinn getrieben haben? Erst langsam sickerte die Erkenntnis in seine Gedanken ein, dass sie somit auch seine Halbschwester war …

Pelwa sprach ungerührt weiter. »Es ist mir ehrlich gesagt gleich, ob aus Barans Verzagtheit Wahnsinn wird – wenn er erst seinen Bruder bezwungen hat! Sorgen mache ich mir also nicht darüber, dass der Bruderkrieg zu Ende gehen könnte, sondern darüber, dass Baran es nicht schafft, das Notwendige zu tun. Und deshalb brauche ich Euch, Winterjäger. Er hört auf Euch. Sprecht ihm Mut zu. Sitzt er erst auf dem Pfauenthron, mag sein Geist meinetwegen zur Hölle fahren. Dann kommt es nicht mehr auf ihn an. Selbst der Große Skorpion hatte seine Wesire, Zauberer und Ratgeber, die das Reich in seinem Namen führten. Und, wer weiß, vielleicht seid auch Ihr bald ein wichtiger Ratgeber des nächsten Padischahs, ein Mann mit Macht und Ansehen. Würde Euch das nicht gefallen, Jarok Winterjäger? Werdet Ihr also tun, worum ich Euch bitte?«

»Das werde ich, doch müsst Ihr mir im Gegenzug auch einen Gefallen tun, Protektor. Die Damater, die nach Norden ziehen, müssen irgendwie über das Meer – am besten, bevor sie das halbe Reich geplündert haben.«

»Ihr wollt, dass der Seebund sie übersetzt?«

»Ich erwarte es, und zwar so schnell wie möglich.«

»Überschätzt Euch und Eure Bedeutung nicht, Bannermeister. Unsere Flotte wird anderweitig gebraucht. Gerade schafft sie Oramarer aus dem Norden hierher, und außerdem haben wir unsere Schiffe nicht gebaut, um andere Völker über das Meer zu tragen. Aber ich werde Euren Vorschlag nach Frialis weiterleiten. Vielleicht wird er dort gehört.«

»Ich dachte mir schon, dass es Euch nicht kümmert, ob Oramar geplündert wird oder nicht.«

»Wie ich bereits sagte, Winterjäger, Ihr seid ein kluger und hellsichtiger Mann. Aber ich glaube nicht, dass diese Damater ernsthafte Schwierigkeiten machen werden.«

Jarok konnte den Optimismus dieses Mannes nicht teilen, denn seiner Einschätzung nach waren die Bergkrieger Meister darin, Schwierigkeiten zu machen. Und er hatte das unangenehme Gefühl, dass er irgendetwas, was sie betraf, nicht bedacht hatte.

Der Protektor kehrte auf sein Schiff zurück, und Jarok ging Brakas suchen, aber der Westgarther blieb verschwunden, und niemand schien ihn gesehen zu haben.

Erst allmählich begriff er die volle Bedeutung dessen, was Pelwa ihm enthüllt hatte: Die Seherin war seine Halbschwester. Wusste seine Mutter das?

Er ging zu Barans Zelt, aber Aphaskar stand davor und ließ ihn nicht hinein. »Der Prinz entwirft eine neue Strategie und darf nicht gestört werden«, erklärte der Wesir mit versteinerter Miene. Jarok sah ihm an, dass er nur verschleiern wollte, dass Baran einfach in seiner Schwermut versunken war.

»Es sind Entscheidungen zu treffen, Aphaskar.«

Der Wesir zuckte mit den Achseln. »Dann muss sie ein anderer treffen, denn Baran ist beschäftigt.«

Jarok fragte sich, ob auch Aphaskar hier ein doppeltes Spiel spielte. Der Mann hatte in Ugir hinter Weszens Rücken immer seine eigenen Ziele verfolgt, ganz gleich, was er jetzt sagte. Doch Jarok wusste nicht, was diese Ziele sein könnten. »Wo ist General Ubeq?«

»Er beaufsichtigt die Schanzarbeiten.«

»Also hat Baran vor, sich hier einzugraben?«

»Es hätte doch wenig Sinn aufzubrechen, bevor die Verstärkung hier ist, oder?«

»Das scheint Euch nicht zu bekümmern, Aphaskar, dabei hätte ich angenommen, dass Ihr darauf brennt, Eure geliebte Stadt zu befreien.«

Der Wesir senkte die Stimme. »Das tue ich, doch habe ich gelernt, meine Ungeduld zu zügeln, Winterjäger. Und ich habe gelernt, Weszen nicht zu unterschätzen. Es mag sein, dass seine Krieger alle Hände voll zu tun haben, Ugir unter seinem Joch zu halten, aber das kann sich von einem Tag auf den anderen ändern. Und vergesst nicht, dass Weszen mächtige Magier dienen und er sich nicht davor scheut, sie einzusetzen. Und Ihr werdet doch wohl nicht glauben, dass er sich noch um die Große Vereinbarung schert, wenn er sich erst einmal in die Ecke getrieben fühlt, oder?«

Jarok nickte verdrossen. Er hatte doch selbst erlebt, wie Weszen diesen unglücklichen Zauberer aus seinem Kerker gezwungen hatte, das Heer der Sieben davonzuspülen. Und auch die Sandmeister hatten ihren Teil dazu beigetragen, den Feind zu besiegen, und sich dabei bis an den Rand dessen gewagt, was ihnen noch erlaubt war. Würde Weszen sie vielleicht dazu zwingen, ganz auf die alte Vereinbarung zu pfeifen? Dann waren sie vielleicht fähig, die Damater mit einem Sandsturm ins Meer zu wehen.

Er ging hinüber zu den Schanzarbeiten, die Ubeq beaufsichtigte. Der Graben, den Tikos Männer am Vortag ausgehoben hatten, war weder viel länger noch tiefer geworden, was vor allem daran lag, dass nur ein Dutzend Oramarer hier zu Schaufel und Hacke gegriffen hatten. Der General saß auf dem niedrigen Wall hinter dem Graben und starrte nach Süden. Jarok beschloss, ihn in Ruhe zu lassen.

Er musste Brakas finden. Wo würde sich der Westgarther aufhalten? Vermutlich würde er an irgendeinem Lagerfeuer sitzen und würfeln, aber vielleicht nicht mit den Damatern, denn dann würde sich vielleicht der eine oder andere daran erinnern, dass er mit Gamutaks Neffen zusammengesessen hatte, als dessen Dolch verschwunden war. Die Stadt! Er würde sich bei den Oramarern herumtreiben, die über die Sicherheit der Stadt wachen sollten.

Es dämmerte bereits, als er das Lager durchquerte. Die Damater versammelten sich um ihre Feuer, aber die Stimmung war gedämpft. Die Schwermut, die den Prinz gepackt hatte, schien sich von seinem Zelt aus wie Mehltau auf das ganze Lager zu legen. Nirgendwo wurde erzählt oder gesungen. Die Krieger schienen ihren Gedanken nachzuhängen. *Es ist fast, als würden sie ihre feindlichen Brüder aus den Geisterbergen vermissen,* dachte Jarok.

Da war Gamutak, er stand vor seinem Zelt, mit verschränkten Armen. Die Atmane hatten sich um ihn versammelt. Sie saßen im dichten Kreis, und einer von ihnen war aufgestanden und hielt eine Rede. Jarok schlug einen Bogen um sie, denn er hatte keine Lust, wieder um ein Urteil gebeten zu werden, und es war offensichtlich, dass die Atmane Rechenschaft von Gamutak forderten.

Er erreichte das niedrige Stadttor und fragte die Wachen, ob sie Brakas gesehen hätten. Sie verwiesen ihn auf ein Haus am Hafen. »Wir hatten dieses Lagerhaus eigentlich für unsere Proviantvorräte reserviert, aber die Damater haben schon so viel davon genommen, dass nun reichlich Platz für ein oder zwei Spieltische ist. Und der Westgarther hat nach einem Spiel gefragt«, erklärte ihm einer der Oramarer.

Jarok fand das bezeichnete Lagerhaus schnell. Brakas saß dort im Schein der Laternen und spielte, als sei nichts gewesen. Die Oramarer würfelten jedoch nicht, sondern spielten ein Brettspiel, bei dem man seine Steine über die des Gegners hinweg ins Ziel bringen musste. Schon auf den ersten Blick sah Jarok, dass Brakas verlor. Er war angetrunken, und seine Bewegungen waren fahrig. Er beobachtete ihn eine Weile. Brakas setzte zu viel, riskierte zu viel und verlor immer wieder.

Endlich trat er aus dem Schatten ins Licht. Der Westgarther sah ihn, wich seinem Blick aus und verlangte ein neues Spiel. Sein Gegner wollte aber nicht, da Brakas ihm schon eine Menge Silber schuldete.

Jarok trat an den Tisch. »Ich habe ohnehin mit diesem Mann zu reden. Spielt ohne ihn weiter.«

»Und mein Silber, Herr?«

»Er wird seine Schulden bezahlen«, versicherte Jarok.

»Ein verdammt guter Spieler, dieser Schildmeister«, brummte Brakas, als sie an die Luft traten. Der Hafen war klein. Ein paar

Fischerboote lagen dort vertäut. Daneben war nur Platz für einen letzten Frachter des Seebundes, der von ein paar Matrosen gemächlich entladen wurde. Wasser schwappte an die Mole, und eine Dunstwolke versperrte die Sicht auf die Sterne.

»Du kannst mir nicht zufällig ein paar Münzen leihen? Dreißig oder vierzig Denar würden es tun.«

»Ich weiß, wer meinen Onkel ermordet hat, Brakas.«

»Einer von Tikos Leuten, oder? Oder vielleicht doch dieser Damater ...«

»Du solltest damit aufhören. Hast du vergessen, mit wem du redest? Der Geruch von Teroks Blut hängt noch an dir, Brakas.«

Der Westgarther verstummte.

»Ich weiß also, dass du es getan hast, und ich weiß, dass meine Mutter dahintersteckt. Doch ich weiß nicht, warum sie ihren eigenen Bruder ermorden ließ ...«

Brakas nickte. »Viel kann ich dir nicht sagen, Jarok, nur, dass es zu deinem Besten war.«

»Zu *meinem* Besten?«

»Das sagte sie. Sie sagte, Terok sei eine Gefahr für dich. Und nicht nur für dich, sie sagte, er könne diesen ganzen Feldzug scheitern lassen.«

»Und das hat er geschafft, oder? Wir haben beinahe die Hälfte des Heeres verloren. Warum hast du ausgerechnet den Dolch von Gamutaks Neffen genommen?«

»Das war ein Fehler, das gebe ich zu. Deine Mutter sagte, ich solle den Dolch eines Farrim nehmen, damit es nach einer Fehde aussieht, und für mich ist da einer so gut wie der andere. Ich wusste einfach nicht, dass dieser Trottel Immas der Neffe des Schamanen war. Hätte ich es gewusst, hätte ich einen anderen ausgewählt.«

»Dir ist klar, was dir blüht, wenn sie es herausfinden, oder?«

»Gamutaks Neffe war so betrunken, dass er sich gewiss nicht an mich erinnern wird, denn ich saß nicht neben ihm, sondern lieh mir den Dolch im Vorübergehen. Und du wirst mich doch nicht verraten, mein Freund, oder?«

»Nein, denn dann würde ich auch meine Mutter ans Messer liefern. Aber das wird dich vielleicht nicht schützen. Gamutak ist nicht dumm. Er wird sich erinnern, dass ich dort war und dass du mit seinen Kriegern getrunken hast. Er wird vielleicht eine Weile brauchen, denn im Augenblick ist er damit beschäftigt, die Atmane zu besänftigen. Die wissen, dass Tiko nur ein Sündenbock war, und sie glauben immer noch, dass es Immas war, der mit diesem heimtückischen Mord Schande über alle Klane des Paramar gebracht hat. Aber irgendwann wird sich ein Krieger erinnern, dass zwei Fremde mit am Feuer saßen. Und glaube nicht, dass ich meinen Kopf für dich hinhalten werde, Brakas.«

»Dann ist das also der Dank dafür, dass ich für dich wieder einmal die Kastanien aus dem Feuer geholt habe?«

Jarok packte den Westgarther am Kragen. Der Geruch von Branntwein schlug ihm entgegen. »Ich habe dich nie darum gebeten, meinen Onkel umzubringen, Brakas!«

»Aber deine Mutter hat es! Rede mit ihr, und lass deinen Zorn nicht an einem Mann aus, der dir nur helfen wollte.«

Jarok ließ ihn los. Glaubte Brakas etwa, was er da sagte?

»Eigentlich«, sagte der Westgarther und glättete sein Wams, »bin ich ganz froh, dass du jetzt Bescheid weißt. Ist mir nicht leichtgefallen, das hinter deinem Rücken zu tun.«

»Das war doch nicht das erste Mal!«

Brakas lachte. »Auch wieder wahr. Doch bisher wusste ich immer, warum ich gewisse Dinge für dich erledigt habe. Dieses Mal habe ich keine Ahnung. Wenn du mehr wissen willst, dann rede mit deiner Mutter. Und jetzt entschuldige mich. Ich will ein bisschen Geld zurückgewinnen. Du hast nicht vielleicht doch ein paar Münzen übrig? Nein? Nun, ich hoffe, ich kann diese ehrenwerten Krieger überreden, mir doch noch etwas Kredit zu geben.« Er schlug Jarok auf die Schulter und ging zurück zur Lagerhalle. Einen Augenblick war er noch im breiten Lichtstreifen, der aus dem offenen Tor fiel, zu sehen, dann war er verschwunden.

Jarok blieb am Hafenbecken zurück. Bald hörte er Brakas wieder laut lachen. Er schien zu gewinnen. Offenbar war das Glück zu ihm zurückgekehrt.

Erst am nächsten Morgen erwischte er seine Mutter, als sie an einem der Bewässerungsgräben in den Feldern Wasser holen ging. »Wir haben zu reden, Mutter.«

Sie stand auf der anderen Seite des schmalen Gewässers, sah ihn an, kalt wie ein Stein, und erwiderte: »Ich wüsste nicht, worüber.« Der Eimer tauchte ins Wasser, füllte sich.

In ihrem Blick glaubte er jedoch ein leichtes, unsicheres Flackern zu sehen.

»Über Terok und seinen Tod. Bei den Göttern – er war dein Bruder!«

»Schon lange nicht mehr.« Sie zog den Eimer wieder hoch.

Er sah sich um. Es war früh am Morgen, die meisten Damater schliefen noch. Sie waren ungestört. Er trat über das Rinnsal, fasste sie am Arm. Es war selten, dass er ihr so nahe kam. »Ich weiß, was Brakas für dich getan hat. Aber ich will wissen, warum!«

Noch einen Augenblick hielt sie die eiserne Fassade aufrecht, dann stellte sie den schweren Eimer ab und seufzte. »Es war zu deinem Schutz, Jari, nur zu deinem Schutz.«

»Schutz? Wovor?«

»Die Gerüchte, die im Heer umgehen, dass es noch einen Erben des Großen Skorpions unter uns gibt … Terok wusste natürlich, dass es dabei um dich ging. Er hatte vor, es Baran zu verraten. Deshalb haben wir vorgestern miteinander gestritten. Er hat verlangt, dass wir die Wahrheit über dich Baran offenbaren, sonst wollte er es tun.«

»Aber … warum sollte er?«

»Mein Bruder war ein ehrgeiziger Mann, Jari. Ich glaube, dass er noch höher hinauswollte. Und dazu brauchte er Barans Gunst.«

Jarok sah sie zweifelnd an. Sie nahm den Eimer wieder auf. »Und vergiss nicht, dass wir von seinem Klan verstoßen wurden. Er neidete dir, dem Verstoßenen, den Erfolg. Vielleicht wollte er auch verhindern, dass der schreckliche Fehler, den die Steinwolken vor so vielen Jahren begingen, in seiner ganzen Größe offenbar wird. Du siehst, er hatte genug Gründe, dich zu verraten. Und ich hatte einen guten Grund ihn zu töten. Mehr brauchte ich nicht. Ich werde immer alles tun, um dich zu schützen, mein Sohn.« Sie drehte sich um und schleppte den Eimer zurück zu den Zelten.

Er sah ihr nach – und zweifelte. War das wirklich die Wahrheit oder wieder nur eine Lüge? Seine Mutter war ihm ein Rätsel, das er nicht lösen konnte.

18.

Baran berief am Mittag ein Treffen der Befehlshaber ein, um das weitere Vorgehen zu beraten: »Wir haben zehntausend Krieger verloren, ohne eine Schlacht zu schlagen. Selbst mit der Verstärkung aus Utemes werden wir zu schwach sein, Ugir zu stürmen. Was also sollen wir tun?«

»Ich habe gute Nachrichten, Prinz«, erwiderte Pelwa, der wieder von seiner Galeasse herübergekommen war. »Der Seebund hat zehntausend Mann in Bukas zusammengezogen, die bereit sind, Euch zu unterstützen.«

»In Bukas? Da nützen sie mir nicht viel.«

»Sie werden bald in See stechen. Doch schlage ich vor, das Heer nicht hier zu vereinigen, sondern weiter südlich. Es gibt da eine kleine Stadt namens Losra, etwa auf halbem Wege nach Ugir. Dort sollten wir unsere Truppen sammeln. Auch die Truppen aus Utemes können wir dorthin kommen lassen.«

»Und wenn sie nicht kommen, Pelwa? Wenn auch nur ein Sturm verhindert, dass die Männer aus Bukas und Utemes sich rechtzeitig in Losra einfinden? Dann stehe ich mit zwanzigtausend Mann zwei Tagesmärsche vor Ugir. Weszen könnte mit geballter Macht über uns herfallen, denn er müsste die Stadt nur für wenige Tage verlassen.«

»Unsere Agenten melden, dass die Unzufriedenheit in der Stadt täglich wächst. Er wird nur einen kleinen Teil seiner Truppen schicken können. Und doch wird er uns den Gefallen tun, denn seine Spione werden nur die Kräfte sehen, die über Land kommen.«

»Ihr wollt, dass ich den Köder spiele?«

»Wie Ihr schon sagtet, Hoheit, sind Eure Truppen zu schwach, um die Mauern von Ugir zu stürmen. Ihr könnt also entweder darauf warten, dass das Volk sich für Euch erhebt – oder Weszen herauslocken. Und bedenkt, dass Eure Vorräte nicht unbegrenzt sind, auch wenn die Damater das zu glauben scheinen.«

»Unsere Krieger brauchen Kraft, Pelwa«, rief Tinbul. »Schafft einfach mehr heran!«

»Unsere Flotte ist nicht dazu da, Euch den Bauch zu füllen, Tinbul. Eure Männer sind faul und gefräßig und nicht einmal in der Lage, ein Lager zu befestigen.«

»Die Männer des Paramar werden Euch schon zeigen, dass sie zu kämpfen verstehen. Bringt uns einfach einen Feind, und dann ..!«

Gamutak unterbrach den Atman. »Der Protektor verkennt die Stärke der Damater, doch stimme ich ihm zu, dass sie für das Lagerleben in dieser Wüste nicht geschaffen sind. Wir sollten aufbrechen, Prinz. Wir werden die Oramarer auch ohne die Männer des Seebundes schlagen, so, wie wir es schon seit Jahrhunderten immer wieder bewiesen haben.«

»Ich sehe dennoch keinen Vorteil darin, Weszen entgegenzuziehen«, meinte Baran. »Nicht, wenn die Hälfte meiner Krieger noch auf See ist. Was meint Ihr, Aphaskar?«

»Wenn Ugir erwacht und sich entschließt, den Tyrannen loszuwerden, kann seine Herrschaft schnell zu Ende sein. Doch wenn er aus Ugir nur vertrieben wird, kann er an anderer Stelle vielleicht neue Kräfte sammeln, also müssen wir ihn stellen. Auch wird die Stadt sich eher gegen sein Joch auflehnen, wenn er sie mit den besten seiner Truppen verlassen hat – und ein anderer Prinz vor den Toren steht.«

»So soll ich die Entscheidung in offener Schlacht suchen? Was meint Ihr, Winterjäger?«

Jarok fragte sich, ob er den geheimen Gang in die Stadt erwähnen sollte. Er entschied sich dagegen. Dazu war noch Zeit, wenn sie Ugir erreichten. »Vieles spricht dafür, Weszen hervorzulocken, Hoheit. Allerdings beruht der Plan darauf, dass unsere Verstärkung zur rechten Zeit am rechten Ort erscheint. Aber Ihr habt Recht – was, wenn ein Sturm oder ungünstige Winde die Flotten aufhalten?«

»Genau, wie ich es sagte!«

»Etwas anderes sollte Euch mehr Sorgen machen, Prinz«, polterte Pelwa. »Die Vorräte! Sie werden Euch noch eine Woche nähren, vielleicht weniger, wenn ich den Appetit der Damater sehe. Wie wollt Ihr ohne Versorgung nach Ugir marschieren, mit einem Heer, das doppelt so groß ist wie das, das Ihr jetzt ernähren müsst?«

»Aber der Seebund hat mir zugesagt, ausreichend Proviant heranzuschaffen.«

»Das war, bevor wir beschlossen, Eure Verstärkungen per Schiff herzubringen und tausende Krieger in Bukas zu sammeln. Ich sagte Euch schon einmal, dass wir nicht über eine unendliche Zahl von Schiffen verfügen. Wenn Ihr also mich fragt, Hoheit, so habt Ihr nur zwei Möglichkeiten. Ihr könnt entweder hier Wurzeln schlagen und dann mit einem hungernden Heer nach Ugir ziehen – oder Ihr zeigt Euch von Eurer kühnen Seite wie einst in Haretien und lockt Weszen zur Entscheidung vor die Mauern der Stadt und damit in eine Falle.«

Baran schien immer noch unschlüssig, aber Ubeq und Aphaskar und schließlich auch Gamutak schlugen sich auf die Seite des Protektors. Baran starrte lange auf seine Pergamente, dann schlug er mit der Faust auf den Tisch. »Dann soll es so sein. Locken wir den Stier aus seinem Stall. Und sehen wir zu, dass er uns nicht überrennt.«

»Eine weise Entscheidung, Hoheit. Ihr könnt auf den Seebund zählen.«

»Das hoffe ich, Pelwa, das hoffe ich.«

Dann legte der Prinz fest, dass das Heer am nächsten Morgen nach Süden ziehen würde, um sich in der Stadt Losra mit den Truppen des Seebundes und denen aus dem Norden zu vereinen. »Dann beten wir zu den Göttern, dass die Winde uns wohlgesinnt bleiben«, schloss Baran und beendete die Versammlung.

Jarok holte den Protektor auf seinem Weg zur Barkasse ein. »Auf ein Wort, Pelwa!«

»Ah, der Winterjäger! Viel habt Ihr ja bisher nicht getan, um unsere Vereinbarung zu erfüllen.«

»So, wie auch Ihr bisher nicht mehr als halbe Versprechungen für mich hattet. Und ich habe nicht vor, Baran in den Untergang zu schicken. Deshalb frage ich mich, wie sicher Ihr Euch seid, dass diese Soldaten aus Bukas in Losra sein werden, wenn wir dort eintreffen.«

Der Protektor reckte sich, und Zorn lag in seiner Stimme. »Sie werden dort sein! Ihr habt das Wort des Protektors von Felisan, Damater! Und nun entschuldigt mich!«

Jarok kehrte zurück zu Baran, der seine Pergamente zur Seite geräumt hatte. Jetzt, da er sich entschieden hatte, las Jarok Entschlossenheit in seiner Miene. »Ich weiß nicht, Winterjäger, ob dieser Zug zu meinem Triumph oder in meinen Untergang führt, aber es ist gut, dass es vorangeht.«

»Der Meinung bin ich auch, Hoheit. Ich würde allerdings vorschlagen, den Aufbruch vorzuverlegen. Wir sollten in der Nacht marschieren und in den Mittagsstunden ruhen, denn die Damater sind die Hitze nicht gewohnt.«

Baran stimmte dem Vorschlag zu, und so brachen sie das Lager in den Abendstunden ab und marschierten noch vor Mitternacht nach Süden. Sie folgten der alten Küstenstraße und kamen gut voran. Bei Sonnenaufgang legten sie eine kurze Rast ein, dann trieb Baran sie wieder zum Aufbruch.

»Plötzlich scheint er es eilig zu haben«, meinte Brakas, der neben Jarok mitten im Zug marschierte.

»Vermutlich sehnt er sich ebenso wie wir nach der Entscheidung.«

»Sagt, Meister Brakas«, fragte einer der Damater, den sie in die Leibwache aufgenommen hatten, »ist Ugir wirklich so groß, wie alle sagen, sogar größer als Gromar?«

»Gromar? Bei den Göttern der Meere! Gromar ist ein Dorf, nein, ein Bauernhof im Vergleich zu Ugir. Eine halbe Million Menschen leben in dieser Stadt – und dabei habe ich die unzähligen Flüchtlinge noch gar nicht mitgerechnet. Ihre Mauern sind so hoch wie die schwarzen Türme, die hier an der Küste stehen, und sie sind unüberwindlich, wenn man kein Erdbeben auf seiner Seite hat. Sie hat fünf Häfen, von denen der kleinste immer noch größer ist als der von Gromar. Und jedes ihrer Häuser ist so groß wie das von Tiko dem Reichen, aber viel schöner!«

»Bei Birsa, das kann ich nicht glauben. Und ist die Stadt denn ebenso reich wie groß?«

»Reicher, mein Junge, viel reicher. Auch wenn ihr Glanz in den letzten Jahren etwas gelitten hat, so ist sie doch das strahlendste Juwel am Goldenen Meer, und der Reichtum ihrer Kaufleute ist legendär.«

»So erwartet uns dort also fette Beute?«

Brakas stockte einen Augenblick, dann sagte er: »Langsam, mein Junge, an diesem Bissen könntest du ersticken. Er ist nämlich zu groß, um ihn runterzuschlucken.«

»Wir Damater haben einen gesunden Appetit, Meister Brakas.«

»Scheint mir auch so. Aber ich kann mir nicht vorstellen, dass Baran euch die Stadt zum Plündern überlässt.«

»Aber Tinbul sagte es.«

Der Westgarther schüttelte den Kopf. »Er redet da von Dingen, die er nicht versteht. Nein, junger Freund, ich würde nicht darauf rechnen, dass der Prinz euch die schönste seiner Städte schänden lässt.«

»Hast du das gehört, Jarok?«, fragte Brakas, als sie gegen Mittag lagerten. »Ich habe ja eigentlich nichts gegen ein bisschen Plündern einzuwenden, aber so etwas wie Elagdad will ich nicht noch einmal erleben.«

»Eigentlich war es zu erwarten. Die Damater sind wegen der Beute hier, und eine reichere als Ugir werden sie nicht finden. Ich werde Baran warnen.«

Als er den Prinzen unterrichtet hatte, runzelte dieser die Stirn und sagte: »Die Krieger können nicht ernsthaft glauben, dass ich sie die Stadt plündern lasse.«

»Im Augenblick glauben sie es, Hoheit.«

Aphaskar, der dem Prinzen kaum noch von der Seite wich, räusperte sich und sagte: »Und wir sollten sie vorerst in dieser Annahme bestärken. Sie werden dann besser kämpfen.«

»Wenn Ihr sie zu lange in dem Glauben lasst, kann es sein, dass sie darauf bestehen, Aphaskar.«

»Wir werden ihnen dann etwas anderes anbieten«, entgegnete der Großwesir, aber er sagte nicht, was das sein sollte.

Gegen Mittag erhob sich der Cural, der heiße Wüstenwind, und malträtierte die Krieger mit Staub und Sand. Einer schien davon unbeeindruckt: Gamutak. Jarok sah ihn das Lager verlassen und hinaus in die flachen Hügel gehen. Bald hatte ihn der Staub verschluckt.

»Was macht er da?«, fragte er Hesek, der sich gerade mit dem Schamanen unterhalten hatte.

»Er sagte, er will hinausgehen und mit dem Land reden. Es ist ihm fremd, aber er wird es ergründen.«

»Er redet mit dem Land?«

Hesek sah ihn verwundert an. »Er ist Gamutak, der größte Schamane des Paramar, und er zieht seine Kraft aus der Erde, über die er wandelt. Aber das ist schwer, wenn er die Erde nicht versteht.«

Mit den anderen Schamanen im Heer hatte Jarok bisher nicht viel zu tun gehabt. Er hätte nicht gesagt, dass sie ihm aus dem Weg gingen, aber sie kamen auch nicht, um ihn anzugaffen, wie es die Krieger manchmal immer noch taten. Er fragte Sterro, wie er diese Männer einschätzen sollte.

»Die Schamanen sind etwas Besonderes. Einige von ihnen verlassen ihren Klan, wenn sie ihre Berufung erfahren, und dann werden sie als Richter und Schlichter ebenso gebraucht wie als Heiler und Beschwörer. Die, die bei ihrem Klan bleiben, sind oft mächtiger als die Atmane, ja, einige, wie dein Freund Gamutak, ersetzen sie sogar völlig.«

»Und ihre Zauberkraft?«

»Ist bei jedem anders. Die meisten verstehen sich auf die Heilkunde, so wie ich, doch ist das etwas, was wir lernen, nichts, was uns geschenkt wird.«

»So bist du mehr als ein Heiler, Sterro?«

Sein Stiefvater lächelte. »Ein echter Schamane wird nie viel Aufhebens um die Gabe machen, die er besitzt, man könnte sogar sagen, dass er sie verborgen hält, wenn sie nicht wirklich gebraucht wird. Gamutak ist auch da anders. Er ist der Einzige, der mit seinen Spielereien und Kunststückchen so offen umgeht – und es hat ihn weit gebracht.«

Jarok musste wieder daran denken, wie Gamutak ihnen die Stimme genommen hatte. *»Kunststückchen?«*

Sterro lächelte immer noch. »Die Farrim glauben, dass er unglaublich mächtig ist, denn sie sind davon überzeugt, dass er ihnen nur einen Zipfel seiner Macht zeigt, so wie alle Schamanen es tun. Wenn es also nur eine Kleinigkeit für ihn ist, eine ganze Versammlung verstummen zu lassen – was mag da geschehen, wenn er seine ganze Macht enthüllt?«

»Und glaubst du auch, dass er so mächtig ist?«

»Er ist stark, das kann ich spüren, doch vielleicht ist er auch nur geschickt darin, die Krieger glauben zu lassen, dass er noch viel stärker ist.«

Gegen Abend ließ der Cural nach. Gamutak kehrte aus den Hügeln zurück, und der Wind schlief ganz ein. Bald erzählten sich die Damater, der Schamane habe den Wind gezähmt.

»Schön wär's«, erklärte Brakas. »Aber der Cural geht immer mit der Sonne, und er kehrt mit ihr zurück. Ihr werdet sehen …«

Auch Hrima zeigte sich wieder und landete sogar zum ersten Mal, seit sie in Oramar waren, auf Jaroks Arm. Er stellte besorgt fest, dass sie abgenommen hatte, und fütterte sie ausgiebig.

»Entweder, die Damater beneiden deinen Vogel, weil du ihn mästest, oder es gibt einen anderen Grund, warum sie dich so anstarren, mein Freund.«

»Der Eisgreif erinnert sie wohl an die Legende, die sie nicht richtig glauben wollen.«

»Dann ist es gut, dass sie nicht wissen, dass es deine Mutter war, die die Legende in die Welt gesetzt hat.«

»Sie hat sie nicht erfunden, Brakas, nur ein wenig verändert.«

»Jetzt sag mir nicht, dass du anfängst, diesen Unsinn vom Winterjäger zu glauben.«

»Nein, natürlich nicht, aber diese Legende ist vielleicht nützlicher, als ich dachte.«

Der Westgarther warf ihm einen eigenartigen Blick zu, sagte aber nichts.

Dann stieg Hrima wieder in den glutroten Abendhimmel, und das Heer brach zu einem zweiten Nachtmarsch auf.

»Wie weit mag diese Stadt noch entfernt sein?«, fragte Hesek beim Aufbruch. Er sollte dem Heer mit den übrigen Spähern voranreiten, war aber bisher auf keine Spur des Feindes getroffen.

Jarok gähnte. »General Ubeq, der die Gegend gut kennt, sagte, dass wir sie morgen Nacht erreichen werden, aber er sagte auch, dass wir vorher durch totes Land marschieren müssen.«

»Und was meint er damit?«

»Er erzählte mir, dass hier einst ein sehr fruchtbarer Landstrich mit vielen Quellen und Bächen gelegen habe. Aber als Ugir erobert wurde, da seien auch alle Quellen versiegt, und deshalb ist das Land verdorrt und verlassen.«

»Der Gelehrte, bei dem ich früher wohnte, sagte mir, das sei durch das Erdbeben geschehen«, warf Brakas ein.

»Hier gibt es Erdbeben?«

»Seit Jahrhunderten nicht mehr, Freund Hesek.«

»Ich bin übrigens der Meinung, dass du dich ebenfalls zu den Spähern gesellen solltest, Brakas«, meinte Jarok, als Hesek davongeritten war.

»Warum sollte ich? Hier im Heer geht es viel lustiger zu.«

»Dann hast du die Blicke also noch nicht bemerkt, mit denen Gamutak dich beobachtet?«

Der Westgarther wurde plötzlich ernst. »Meinst du, er ahnt etwas?«

»Er wird nicht vergessen haben, dass du an seinem Feuer gesessen hast, als die Waffe verschwand. Und immer, wenn er dich sieht, wird er sich daran erinnern. Deshalb wäre es besser, er sähe dich nicht.«

»Du seist verflucht für deine einleuchtenden Gedanken. Ich werde mir ein Pferd suchen und mich weit vor dem Heer herumtreiben. Hoffentlich hat Weszen da draußen in der Dunkelheit keinen Hinterhalt gelegt, und hoffentlich tritt das Pferd in der Dunkelheit nicht fehl und bricht mir das Genick. Es wäre doch schade um deinen Freund, nicht wahr?«

Jarok hielt sich auch in dieser Nacht von der Führungsspitze fern, und Baran verlangte auch nicht nach ihm. Er fragte sich, wann der Prinz wohl von dem Gerücht hören würde, das unter den Damatern kursierte – dass da noch ein anderer Sohn des Padischahs unter ihnen sei. Eigentlich dürfte er dann nicht lange brauchen, um zu erraten, wer dieser andere Sohn sein könnte.

Er fragte sich, ob er sich ihm besser offenbaren sollte – verwarf diesen Gedanken aber wieder. Sein Vorsatz stand von Tag zu Tag fester: Er würde verschwinden, sobald Baran auf dem Thron saß. Warum also schlafende Hunde wecken?

Bei der ersten Rast an einigen verfallenen Gehöften kam er eher zufällig in die Nähe seiner Mutter, die sich um die Seherin kümmerte. Sie hatte ein Maultier für die junge Frau aufgetrieben.

»Sag, Mutter, was weißt du eigentlich über Ila?«, begann er unverfänglich.

»Nicht mehr als du. Sie ist eine Seherin, von den Göttern berührt.«

»Und weißt du etwas über ihre Herkunft? Sie kann doch nicht vom Himmel gefallen sein.«

»Der Mann, der sie gefunden hat, fand sie hoch oben in den Bergen. Also ist sie vielleicht doch vom Himmel gefallen. Wer kann das wissen? Falls du wissen willst, wer ihre Eltern sind, so glaube ich nicht, dass sie welche hat. Ich hörte sie nie von einer Mutter oder einem Vater reden.«

»Aber sie sprach von einer Hochzeit …«

»Sie hat sie gesehen, wie so viele andere Dinge. Vielleicht war es ja deine Hochzeit, wer weiß? Es wäre doch wohl auch an der Zeit, oder? Du wirst Kinder brauchen, um das zu erhalten, was du begründen wirst.«

Er starrte seine Mutter an. »Ist das etwa dein neuer Plan für mich – mich zu verheiraten?«

»Ohne meine Hilfe scheinst du es nicht zu schaffen«, kam es kühl zurück. Dann ging sie, um Wasser für das Maultier zu besorgen. Aber Wasser war knapp. Das tote Land, von dem General Ubeq gesprochen hatte, hatte schon begonnen. Plötzlich stand die Seherin hinter ihm. »Ich tanze«, flüsterte sie, »ich tanze im Blut meines Bruders, auf Steinen, herrlich kühl. Der Mann mit dem Stab wird verschlungen. Mondlicht. Der Schatten dreier Häuser. Die Menge schreit. Die Krieger stehen.«

Leises Grauen beschlich ihn. Das Blut ihres Bruders? Er war einer ihrer Brüder. Wusste sie das? Schon einmal hatte sie etwas Ähnliches gesagt und Baran in Angst und Schrecken versetzt. Jetzt klang es auch in seinen Ohren unheilvoll.

Sie lächelte plötzlich. »Die Sterne, ich kann sie fast berühren. Alles ist so klein. Alles vergeht so schnell. Du bist unbedeutend.« Dann drehte sie sich um und lief in die ausgebreiteten Arme von Sterro, der sie dazu brachte, sich hinzusetzten und etwas zu essen.

Anschließend kam er zu Jarok: »Ich habe ihre Prophezeiung gehört«, sagte der Heiler leise, »jedenfalls teilweise. Sag den Damatern nicht, was sie über das Blut ihrer Brüder gesagt hat.«

Sterro hatte sich offensichtlich verhört und glaubte, sie habe die Damater gemeint. Jarok nickte nur. Anscheinend hatte wenigstens Sterro keine Ahnung, wer Ila wirklich war. Oder hatte der Protektor ihn über sie belogen? Nein, Barans Verhalten sprach dagegen.

Sie marschierten weiter bis zum Morgen. Die Späher kehrten zurück und meldeten, dass Losra nur noch knappe drei Stunden Marsch entfernt läge.

»Und sind die Soldaten des Seebundes schon dort?«

»Nein, Hoheit, wir haben sie nicht gesehen, doch haben wir uns der Stadt auch nicht genähert. Bannermeister Brakas ist alleine hinübergeritten, um zu erkunden, ob der Feind vielleicht Krieger dort hat.«

»Ein tapferer Mann«, brummte Ubeq.

»Sollen wir weitermarschieren – oder hier rasten?«, fragte Baran und starrte aufs Meer hinaus. Pelwas Galeasse hielt mit dem Heer mühelos Schritt. Möwen folgten dem Schiff, sie ahnten nichts von der Gefahr, die hoch über ihnen kreiste. Selbst Jaroks geübtes Auge konnte Hrima kaum sehen.

»Wir sollten auf den Westgarther und seinen Bericht warten«, meinte Aphaskar.

»Ich bin dagegen der Meinung, dass wir weiterziehen sollten, Hoheit«, hörte Jarok sich selber sagen. Hrima war in den Sturzflug übergegangen, aber dann verlor er sie im Wirbel der auseinanderstiebenden Möwen aus den Augen und konnte nicht erkennen, ob sie ein Opfer gefunden hatte. Dann erst bemerkte er die fragenden Blicke und ergänzte. »Hier ist nichts, weder Schutz noch Wasser. Warum sollten wir also hierbleiben? Ist der Feind dort, so ist er auch immer noch dort, wenn wir noch länger warten.«

»Ich bin jedoch beunruhigt, dass die Schiffe aus Utemes noch nicht hier sind«, sagte Baran langsam. »Sie hätten uns längst einholen müssen. Und auch die versprochene Verstärkung aus Bukas scheint doch nicht am verabredeten Ort zu sein.«

»Die Damater marschieren schneller, als ich es für möglich gehalten hätte«, meinte Ubeq, »und deshalb sind wir vielleicht einfach zu früh hier. Und ich stimme dem Winterjäger zu. Wir sollten uns die Quellen von Losra sichern, denn hier können wir ohnehin nicht bleiben.«

Gamutak hatte der Beratung bisher schweigend zugehört. Jetzt erhob er sich und deutete mit dem Stab hinaus in die flachen Hügel des endlosen Hinterlandes: »Der Wind, den ihr Cural nennt, wird sich bald wieder erheben und den Männern den Marsch erschweren. Es ist, als wolle das Land nicht, dass wir es durchqueren. Doch fragen die Damater nicht nach den Wünschen des Landes – sie unterwerfen es. Wir sollten aufbrechen.«

Jarok fand es merkwürdig, dass Baran immer noch zögerte. Es gab doch keine andere Möglichkeit. Aber Baran wollte rasten, bis Brakas zurückkehrte, und Jarok hoffte inständig, dass der Westgarther nicht an einem Würfeltisch hängengeblieben war.

Eine Stunde später tauchte Brakas aus den Staubwolken auf, die der Cural über das Land trieb. »Die Stadt ist nahezu unverteidigt, Hoheit«, meldete er. »Wie eine reife Frucht wartet sie darauf, gepflückt zu werden. Die Torwachen haben mich allerdings gefragt, ob ich auf meinem Weg nicht das Heer gesehen hätte, das aus dem Norden kommen soll. Sie wissen also Bescheid. Aber ich denke, sie sind nicht so dumm, dieses Kaff gegen uns verteidigen zu wollen.«

Baran gab den Befehl zum Aufbruch, und die Damater stemmten sich fluchend gegen den beißenden Wind und seine Staubwolken.

Plötzlich tauchte Gamutak neben Jarok auf. »Wir haben zu reden, Winterjäger«, erklärte er trocken.

»Worüber?«

»Über Dinge wie verlorene Messer, den brennenden Ehrgeiz einer Mutter und gute Freunde.«

»Was willst du, Gamutak?«

»Jetzt nicht, Bruder, später, wenn wir lagern.«

Nach drei Stunden Marsch schälte sich endlich der Umriss der Stadt aus dem Staub. Groß war sie wirklich nicht, ein paar Dutzend Hütten, um ein Hafenbecken gebaut. Jarok schätzte sie auf weniger als fünfhundert Einwohner. Das Heer hielt in Sichtweiter der Mauern an, und Jarok wurde ausgewählt, zum Tor zu reiten und der Garnison die Lage zu erklären.

»So ist dort wirklich Prinz Baran in diesem Heer?«, fragte der Befehlshaber, der vor das Tor getreten war.

»Er führt es an.«

»Und sein Heer, wird es stark genug sein, Weszen zu besiegen? Der Cural verhindert, dass ich die Schemen dort drüben zählen kann.«

»Unsere Flotte bringt noch mehr Krieger, Scharmeister. Also öffnet Eure Tore und macht Euren Hafen frei. Ihr müsst keine Angst mehr vor Weszen haben.«

Der Scharmeister schüttelte den Kopf. »Ich werde Angst vor Weszen haben, solange er lebt. Und selbst, wenn der Stier tot ist, werde ich fürchten, dass er einen Weg aus den untersten Höllen findet, um sich an seinen Feinden zu rächen. Dennoch werde ich unser Tor für Euch öffnen. Baran soll nun über die Stadt und über meine Männer befehlen. Ich hoffe, ich muss das nicht bereuen.«

Die Damater, die eigentlich das Lager vorbereiten sollten, zogen in die Stadt. »Wir haben genug von Sand und Staub«, erklärte Tinbul, als General Ubeq ihn aufhalten wollte. »Es wird gut sein, diesem verfluchten Wind eine Weile zu entkommen. Und wir wollen herausfinden, wie groß die Gastfreundschaft der Oramarer ist.«

»Dann sagt den Kriegern um der Himmel willen, dass die Menschen von Losra nicht ihre Feinde sind!«

»Das wird sich noch herausstellen«, gab Tinbul zurück. Der Scharmeister, der die Stadt übergeben hatte, stand auf der anderen Seite des Tores, als die Damater hineinzogen. Sein Blick war eine Anklage, und Jarok wäre dem gerne ausgewichen. Aber er musste in Losra bleiben. Er schnappte sich jeden Atman, den er sah, und redete ihm ins Gewissen. Bald drang raues Lachen aus vielen Häusern.

»Noch plündern sie nicht«, meinte Ubeq und wirkte besorgt.

»Ich habe ihnen gesagt, dass es sinnlos wäre, sich jetzt schon mit Beute zu beschweren – und ich habe ihnen gesagt, dass sie sich nirgendwo hin zurückziehen können, wenn sie die Stadt niederbrennen. Solange sie nicht zu betrunken sind, könnte das wirken.«

»Wir müssen sie irgendwie dazu bewegen, die Stadt vor dem Abend zu verlassen. Beginnt erst einmal die Sauferei, wird das hier böse enden«, sagte Aphaskar, der zu ihnen kam.

»Wo ist der Prinz?«

»Am Hafen, Winterjäger. Er will sich mit Protektor Pelwa beraten, aber eigentlich hält er wohl Ausschau nach der Verstärkung.«

»Bei dem Staub werden wir sie erst sehen, wenn die Schiffe schon fast im Hafen sind«, seufzte Ubeq. »Und wenn Weszen auf dem Weg hierher ist und vor ihnen eintrifft ...«

»Vielleicht ist das die Lösung!« Jarok hatte eine Eingebung.

»Dass der Feind uns in der Stadt überrascht? Die eine Hälfte unserer Krieger auf dem Meer, die andere betrunken?«, fragte Aphaskar sarkastisch.

»Nein, aber wenn die Späher melden, dass eine feindliche Macht oder wenigstens eine verdächtige Staubwolke aus dem Süden herankommt ...«

»Die Späher haben nichts dergleichen berichtet«, erwiderte der Wesir mit einem Stirnrunzeln, aber der General lächelte plötzlich. »Ein guter Vorschlag, Bannermeister. Geben wir den Männern noch eine Stunde, um sich von dem harten Marsch zu erholen, dann werden wir sie zur Schlacht rufen.«

»Aber da ist doch kein Heer.«

»Hoffentlich bleibt das auch so, Aphaskar. Aber die Männer sind mir in Schlachtformation einfach lieber als in den Betten dieser Stadt. Ich werde sofort ein paar zuverlässige Männer anweisen, für die gewünschte Meldung zu sorgen.«

Ubeq schien wirklich ein fähiger General zu sein. Jarok überließ ihm die Organisation und besorgte sich ein Pferd. Er wollte sich vergewissern, dass nicht vielleicht doch schon ein Feind im Anmarsch war.

Vor dem Tor hatte sich eine kleine Schar Damater niedergelassen. Er ritt dichter heran, denn er wollte sehen, wer hier draußen seine Zelte aufschlug, statt die Annehmlichkeiten der Stadt zu suchen. Es waren die Männer des Schneewindklans, und Gamutak war bei ihnen. Er ritt hinüber.

»Du wolltest mit mir reden, Bruder.«

»Ja, doch nicht jetzt. Ich werde, wenn die Sonne untergeht und der Wind einschläft, hinausgehen, um dem Land zuzuhören. Es hat viel zu erzählen, weißt du? Was uns betrifft, so kannst du mich an dem verfallenen Hof finden, den wir kurz vor der Stadt passierten. Er liegt hinter einem Hügel.«

»Ich weiß, welchen du meinst, aber ich weiß nicht, ob ich Zeit habe, mich mit dir dort zu treffen.«

»Die solltest du dir nehmen. Wir haben wichtige Dinge zu bereden.«

Jarok nickte knapp. Er wusste, dass er Gamutak treffen musste, und er war besorgt, weil der Mann ihn in der Hand hatte. Er trieb sein Pferd aber zunächst nach Süden.

Etwa eine Stunde ritt er gegen den Wind an. Er traf einige ihrer Späher, die sich entweder irgendwo ein Versteck gesucht hatten oder gerade auf dem Rückweg waren, um Meldung zu machen. Sie hatten noch keine Spur von Weszens Heer gesehen, jedoch einige verdächtige Reiter, die rasch umgekehrt waren, als sie ihnen begegneten. Er schärfte ihnen ein, dass sie ausschließlich General Ubeq Meldung machen durften, und ritt mit erhöhter Vorsicht weiter. Der Wind trieb den Staub in immer dichteren Wolken hinaus aufs Meer. *Vielleicht hat er das auch mit uns vor,* dachte Jarok. *Der Cural will uns offensichtlich vertreiben.* Dann fiel ihm ein, dass Weszens Sandmeister tatsächlich so etwas konnten. War es vielleicht gar nicht der Cural, der sie mit Sand und Staub malträtierte? Blendete Weszen sie auf diese Art und war längst in ihrer Flanke? Oder vielleicht tarnten sie so das heranmarschierende Heer, und die Wolke, die er sah, stammte nicht aus dem Inneren der Wüste, sondern wurde von vielen tausend Stiefeln aufgewirbelt.

Er nahm seinen Bogen vom Rücken. Er hatte das Gefühl, dass irgendwo vor ihm andere waren, und wenn der Feind hier Späher hatte, konnte es auf jede Sekunde ankommen. Dann stieß er auf die Hütte am Wegesrand. Und auf der windabgewandten Seite stand mit hängendem Kopf ein Pferd.

Er stieg ab und schlich im dichten Staub an die Hütte heran. Er umging die verfallenen Mauern in einem Halbkreis, um freies Schussfeld zu bekommen. Da saß ein Mann, das Gesicht mit einem Tuch gegen den Staub geschützt. Der Mann blickte nach Süden und sah ihn noch nicht. Er legte einen Pfeil an, spannte den Bogen und hielt inne. Nein, das war keiner von Weszens Männern, er spähte in die falsche Richtung.

Jetzt erhob sich der Mann, und Jarok seufzte erleichtert. Es war Brakas. Er zeigte sich, rief hinüber und nahm den Schal vom Gesicht.

Brakas' Hand fuhr zum Schwert, aber dann erkannte er ihn. Auch er nahm das Tuch ab. »Verdammt, Jarok, was machst du hier so weit vorne?«

»Ich will sehen, wie nah uns Weszen schon gekommen ist.«

»Sehen? Bei dem Cural? Er könnte mit zehntausend Mann auf dem nächsten Hügel stehen, und wir würden es nicht merken.«

»Sind noch weitere Späher von uns hier vorne?«

»Ich habe ein paar Männer noch weiter nach vorne geschickt und erwarte sie hier. Aber du siehst besorgt aus. Was ist denn los, mein Freund?«

»Du meinst, abgesehen davon, dass unsere Verstärkung noch nicht in Losra ist?«

»Ja, abgesehen davon.«

»Gamutak weiß Bescheid, Brakas. Er weiß, wer das Messer genommen hat – und er weiß, dass meine Mutter dahintersteckt.«

»Verdammt. Was wird er jetzt tun? Bin ich noch sicher?«

»Ich werde mich heute Abend mit ihm treffen, dann werde ich wohl erfahren, was er dafür will, dass er euch nicht ans Messer liefert.«

»Er will mich nicht tot sehen?«

»Vermutlich schon. Aber er wird dich leben lassen, wenn es sich für ihn lohnt.«

»Und was wirst du tun?«

»Mit ihm reden, was sonst. Vielleicht will er seinen Preis erst, wenn wir in Ugir sind. Und da ich nicht vorhabe, dort zu bleiben …«

Brakas grinste plötzlich. »Du willst dich immer noch da herauswinden?«

»Mehr denn je, Brakas, mehr denn je.«

»Auf deine Art bist du genauso stur wie deine Mutter.«

»Mag sein. Ich reite jetzt zurück. Dir empfehle ich, so lange wie möglich hier draußen zu bleiben, denn ich kann dir nicht versprechen, dass ich mich mit Gamutak wirklich einigen kann.«

»Das verstehe ich, mein Freund. Ich bin ganz froh, dass ich nicht du bin.«

»Was?«

»Na, ich an deiner Stelle würde mich ans Messer liefern. Aber du bist eben ein Mann von Ehre. Das bewundere ich manchmal sogar an dir, auch wenn dann immer ein anderer kommen muss, der sich für dich die Hände schmutzig macht …«

Der Westgarther schaffte es doch immer wieder, ihn zu verblüffen. Mit dieser unverblümten Ehrlichkeit hatte Jarok jedenfalls nicht gerechnet. Er ritt zurück nach Losra. Der Abend rückte näher, und bald würde er erfahren, welchen Preis er für die Taten seiner Mutter zahlen musste.

Als er sich der Stadt näherte, schlief der Cural langsam ein, und er sah, dass die Damater Aufstellung auf den Hügeln östlich der Stadt genommen hatten. Einige waren auch nahe der Stadt geblieben und bildeten einen schmalen Riegel im flachen Land. Auch auf der Mauer entdeckte er jetzt viele Speerträger und Bogenschützen. Was er jedoch nicht sah, waren Schiffe des Seebundes, die doch tausende weitere Krieger bringen sollten.

Im Schein der Feuer wehte Barans Banner auf den Hügeln, und Jarok ritt hinüber. Auf dem Weg traf er General Ubeq, der einigen Atmanen erklärte, was sie zu tun hatten. »Zum Glück stellen sie nicht viele Fragen«, sagte er, als die Männer zu ihren Klanen zurückkehrten. »Sie sind begierig auf den Kampf und haben nichts dagegen, dafür eine Nacht hier draußen auszuharren. Gibt es Neues von Weszen?«

»Nein, unsere Kundschafter haben außer feindlichen Spähern nichts gesehen, aber wir sollten auf Überraschungen gefasst sein. Ich schlage vor, dass Ihr ein paar Männer ins Hinterland schickt. Vielleicht kommen Weszen und seine Generäle auf den Gedanken, uns zu umgehen.«

»Das wäre ein harter Weg. Dort gibt es kein Wasser.«

»Und Ihr glaubt, Weszen würde seine Truppen schonen, Ubeq?«

»Ihr habt Recht. Ich werde ein paar unserer Oramarer schicken. Die kommen da draußen sicher besser zurecht als diese Bergkrieger. Was denkt Ihr, wird es reichen, ihnen gegen Morgen zu sagen, dass der Feind zögert und sie doch noch ihre Zelte aufbauen können?«

»Das wird reichen. Aber wenn sie anfangen, sich zu langweilen und auf dumme Ideen zu kommen, solltet Ihr sie früher damit beginnen lassen.«

Der General lachte, und dann ritt er hinüber zu ein paar Damatern, die ein Feuer vor den eigenen Linien entzünden wollten.

Wo war Gamutak? Jarok konnte ihn nicht sehen. Er ritt die Reihen ab. Die Damater hatten sich meist einfach auf den Boden gesetzt. Einige standen auf, als sie ihn erkannten. »Winterjäger, Winterjäger!«, riefen sie.

»Haltet Ruhe!«, zischte sie Tinbul an, der wohl zufällig in der Nähe war. »Der Feind soll nicht zu früh erfahren, wo wir sind.« *Als wenn es da auf ein paar leise Rufe ankommt,* dachte Jarok und ritt weiter.

Er konnte den Schamanen nicht entdecken. Er spürte auch wenig Lust, ihn zu treffen, aber es brachte doch nichts, das Unvermeidliche hinauszuzögern. Solange er in Sichtweite des Heeres war, tat er, als wolle er das Hinterland erkunden, erst dann schlug er einen Bogen. Er hielt es für besser, wenn niemand wusste, dass er sich mit Gamutak traf. Er fand bald die drei verfallenen Häuser, die der Schamane genannt hatte. Sie lagen im Dunkeln, als er sich näherte. Der Wind verwehte die Geräusche des Heeres, dafür war die Luft erfüllt vom Gesang der Zikaden. Dazu klang nur gedämpft von Ferne das Rauschen des Meeres und nun der Hufschlag seines Pferdes durch die Nacht.

Aus den Mauern löste sich ein Schatten und hob einen Stab. Es war der Schamane.

»Hier bin ich«, begrüßte ihn Jarok knapp.

»Steig doch aus dem Sattel und schone dein Pferd. Nimm an meiner Seite Platz, Winterjäger, und lass uns reden.«

Er wartete nicht, bis Jarok abgestiegen war, sondern setzte sich wieder in den Sand.

Jarok nahm ihm gegenüber Platz und wartete.

Gamutak lächelte, und seine Hand strich durch den Sand. »Dieses Land ist so ganz anders als unseres. Unsere Berge, sie sind alt und stark und fest verwurzelt, aber dieses Land hier ist jung und zerrissen. Spürst du seine Wunden? Nein? Gerade hier kann ich sie fühlen. Wie ein Riss, tief unter uns. Man sagte mir, dass das hier einst ein fruchtbarer Landstrich war, mit Kornfeldern und Olivenhainen. Doch dann sind die Quellen versiegt, und das Land verdorrte.«

»Hast du mich hierherbestellt, um über Ackerbau zu reden?«

»Wir sind Jäger, keine Bauern, so viel solltest du doch über dein Volk wissen, Jarok Winterjäger. Aber ansonsten unterscheiden sich die Menschen in diesem Land nicht sehr von uns.«

»Da bin ich anderer Meinung.«

»Wirklich? Die Oramarer folgen wie wir ihren Anführern, nur nennen sie sie Prinz und Padischah, nicht Atman …«

»… oder Schamane.«

Gamutak lachte leise. »Für deine Feindseligkeit besteht kein Grund, Bruder. Ich glaube, wir haben viel gemeinsam. Sind wir nicht beide auf das Wohl der Damater bedacht?«

»Mir muss entgangen sein, dass du dich um die Helim oder Boakim sorgst.«

»Aber das tue ich. Nun, ich gebe zu, dass mir mein eigener Stamm vielleicht etwas mehr am Herzen liegt als andere. Aber ist das falsch?«

»Du hast mich also herbestellt, um über die Stämme zu reden …«

»Warum so gereizt? Aber schön, lass uns zum Wesentlichen kommen. Ich weiß also, dass der Westgarther es war, der deinen Onkel tötete und die Tat meinem Neffen in die Schuhe schob. Und es ist keine Frage, dass deine Mutter dahintersteckt.«

»Bloße Vermutungen …«

»Mein Wort hat genug Gewicht, um die beiden schon durch den Verdacht zum Tode zu verurteilen, vergiss das nicht, Winterjäger. Und wenn ich es will, wird auch dein Leben durch meine Anklage beendet. Dein Freund Kamak Eisenrabe ist fort. Niemand wird für dich sprechen.«

»Aber du hast etwas anderes vor …«

»Natürlich, sonst säßen wir nicht hier unter diesem prachtvollen Sternenhimmel und würden uns so verständig unterhalten. Ich biete dir an, die Sache auf sich beruhen zu lassen.«

»Und was ist dein Preis, Gamutak?«

»Du bist der Winterjäger, und manche sagen, dass du auch der bist, von dem im Heer geraunt wird, er sei der Erbe des Skorpions. Etwas, das Baran sicher gerne erfahren würde. Du bist bei den Kriegern hoch geachtet, Jarok, obwohl du weder Stamm noch Klan angehörst. Wie wird dein Ansehen erst steigen, wenn du ein Angehöriger des mächtigen Schneewindklans bist?«

»Du willst, dass ich mich deinem Klan anschließe?«

»Du wärst ohne Zweifel ein Gewinn für uns. Und ich habe da eine Nichte, die nur auf einen Mann wie dich wartet.«

»Ich soll heiraten? Du klingst wie meine Mutter.«

»Eine kluge Frau, vielleicht ein bisschen zu ehrgeizig. Aber sie hat dich weit gebracht.«

»Bis in den Schneewindklan, wie es aussieht.«

»Du willigst ein?«

»Ich denke darüber nach, Gamutak.«

»Dann denke schnell, Bruder, denn ich erwarte deine Entscheidung, bevor wir Ugir erreichen, nein, eigentlich erwarte ich sie morgen. Ja, morgen. Oder jemand wird Baran erzählen, welche Schlangen er an seinem Busen nährt.«

»Du erwartest doch mehr von mir, als nur deinem Klan beizutreten, oder?« Und als der Schamane nicht antwortete, sagte er: »Ich werde nichts entscheiden, bevor du mir nicht reinen Wein einschenkst, Gamutak.«

»Ist das so schwer zu erraten? Die Krieger verlangen nach Beute. In Ugir gibt es genug davon. Du sollst Baran dazu bringen, die Stadt für uns freizugeben. Und kein erfundener Feind im Anmarsch soll sie aus der Stadt locken, wie es heute geschah.«

»Ugir ist zu groß für euch. Und ich will nicht, dass ihr wie Wölfe über eine wehrlose Stadt herfallt.«

»Die Damater haben breite Schultern und können viel Beute tragen, wenn sie müssen. Und sie könnten auch einen Jäger bis auf den Thron von Oramar tragen, *Prinz* Jarok.«

»Ich bin kein Prinz, ich bin ein Jäger, wie du gesagt hast. Und ich strebe nicht nach diesem verfluchten Thron.«

»Natürlich tust du das nicht«, spottete der Schamane. »Du hast all diese Mühen und Lasten auf dich genommen, um Baran zum Padischah zu machen. Mir ist klar, dass du vermutlich ebenso wenig ein Prinz wie der Winterjäger bist, aber dennoch … du könntest viel für dein Volk tun, wenn du erst auf dem Thron von Oramar sitzt.«

»Dazu wird es nicht kommen.«

Der Schamane zuckte mit den Schultern. »Zur Not werden wir uns auch mit Ugir begnügen. Wer weiß, vielleicht bleiben wir auch dort. Das Leben in diesem warmen Land könnte mir gefallen.«

»Ich kann dir nicht geben, was du verlangst, Gamutak.«

»Das wäre bedauerlich. Du würdest deine Mutter und diesen Westgarther nicht lange überleben.«

Jarok sprang wütend auf. »Ich werde nicht zulassen, dass du sie in Gefahr bringst!«

Auch der Schamane erhob sich, jedoch sehr gemächlich, und klopfte dann umständlich den Sand aus seinen Kleidern. »Du willst mich aufhalten?«, fragte er freundlich.

Jaroks Hand ruhte plötzlich auf dem Schwertgriff. *Warum nicht?*, schoss es ihm in den Sinn. *Gamutak ist eine Gefahr, solange er lebt!* Er zog sein Schwert aus der Scheide. Das Geräusch zerschnitt den Gesang der Zikaden.

Gamutak lachte leise, dann stieß er den Stab auf den Boden, ganz leicht nur.

Die Zikaden verstummten.

Jarok fühlte, wie etwas durch den Boden schoss, ihn an den Beinen packte und plötzlich seinen ganzen Leib umklammert hielt. Er konnte sich nicht rühren. Der Schamane trat nah an ihn heran und strich mit der Linken über das Schwert. Der Stab berührte den Boden nicht mehr, aber dennoch war Jarok gelähmt.

»Eine gute Klinge«, sagte der Schamane, »besser als der Mann, der sie führen will. Ich sehe ein, dass das eine schwere Entscheidung für dich ist, deshalb will ich dir etwas Zeit verschaffen, über mein Angebot nachzudenken. Ich denke, hier bist du ungestört.«

Der Schamane klopfte ihm auf die Schulter und schritt davon.

Jarok konnte sich immer noch nicht rühren. Er bot alle Kräfte auf, aber sein Leib war wie versteinert und gehorchte ihm nicht. Eine Stunde lang kämpfte er vergebens, aber plötzlich löste sich die Versteinerung, und er fiel schwer atmend in den Sand. Dieser verfluchte Schamane! Und seine verfluchte Mutter! Und der dreimal verfluchte Brakas!

Er setzte sich mit zitternden Knien in den Sand. Er wusste nicht, was er jetzt tun sollte. Er bestieg sein Pferd und kehrte zu ihren Linien zurück. Ihm würde schon etwas einfallen – außerdem … sie waren im Krieg. In einer Schlacht konnte so viel geschehen – auch einem Schamanen … Bei diesem Gedanken ging es ihm gleich besser.

Als er die Krieger erreichte, sah er, dass Ubeq offenbar entschieden hatte, die Damater doch ihre Zelte errichten zu lassen. Jarok fand das weise, denn wenn der Cural auch am nächsten Morgen wehte, wäre der Schutz der Zelte sehr willkommen.

Er sah Gamutak an einem Feuer mit einigen Atmanen sprechen. Erzählte er ihnen gerade, dass der Winterjäger bald einer von ihnen sein würde? Jarok suchte das Zelt der Seherin. Vielleicht hatte sie irgendetwas gesehen, woraus er Hoffnung schöpfen könnte. Das Zelt war bewacht, aber die Wache ließ ihn ohne Umstände hinein. Baran hatte dafür gesorgt, dass die Schwester, die er verleugnete, eines der größten Zelte im Heer bekam. Auch Jaroks Mutter schlief dort auf ein paar Fellen. Die Seherin aber saß in der Mitte und starrte gebannt in die Flamme einer Kerze.

»Erlaubst du, dass ich mich zu dir setze?«, fragte er flüsternd.

Sie gab ihm keine Antwort. Vielleicht hatte sie ihn nicht einmal gehört.

Er setzte sich trotzdem, in respektvollem Abstand. Sie starrte weiter ins Licht.

»Siehst du etwas?«, fragte er.

Sie seufzte, zwinkerte ihm zu und wisperte verschwörerisch: »Kerzenlicht.«

Sie machte einen Scherz? »Weißt du, wer ich bin, Ila?«

»Winterjäger. Sie rufen deinen Namen.«

»Und weißt du, wer du bist?«

Sie lächelte unsicher. »Ich bin überall und zu jeder Zeit. Nie gleich, immer ähnlich.«

»Der Name Shahila, sagt er dir etwas?«

»Sie ist eine Prinzessin. Eine Tochter. Eine Verkaufte. Eine Mörderin. Sie schwimmt in der Tiefe. Sie wandert auf dem Gipfel der Welt.«

Er fragte sich, ob es möglich war, sie ganz behutsam aus ihrem umnachteten Zustand herauszuführen. »Und wo ist sie jetzt?«

»Überall. Zu jeder Zeit.«

Es war wohl nicht möglich. »Kennst du Gamutak, den Schamanen?«

»Der Mann mit dem Stab. Der Mann mit den Gliedern im Stein, im Sand. Er versteht die Erde. Er lügt. Er betrügt.«

»Siehst du ihn, jetzt gerade? Oder in der Zukunft? Weißt du, was er tun oder was ihm widerfahren wird?«

»Er küsst ein kleines Mädchen auf die Stirn. Er streichelt einer Alten die Wange. Er ruft die Krieger. Er lauscht auf das Land. Er marschiert. Er steht im Schatten. Er sitzt in der Sonne. Er redet. Er schweigt.«

Jarok seufzte. Das konnte alles und gar nichts bedeuten. Er würde wohl keine klare Antwort bekommen. Vielleicht stellte er aber auch nur die falschen Fragen. »Weißt du, dass wir Geschwister sind?«

»Ich habe viele Brüder, viele Schwestern. Manche liegen beweint im Grab. Andere sind vergessen. Mein Vater. Er gibt viele Leben. Er nimmt noch mehr.«

Er gab es auf. Er konnte einfach nicht auseinanderhalten, wann sie von etwas Vergangenem und wann von etwas Kommendem redete. Wahrscheinlich konnte sie das selbst nicht. Ihr war das alles gegenwärtig.

Als er das Zelt verließ, flüsterte sie. »Ein Schiff kommt.«

Er drehte sich noch einmal um. »Was für ein Schiff?«

»Es segelt schnell. Die Mastspitze ist golden.« Sie lächelte wieder. »Der Cural weht nicht mehr.«

Jarok starrte sie an. Sie kannte den Namen des Windes? Hatte sie den aufgeschnappt, oder war es der letzte Beweis dafür, dass sie aus Oramar stammte? Ihr Lächeln war jetzt völlig entrückt. Er verließ das Zelt, roch Salz in der Luft. Der Wind hatte also gedreht. Wenn es dabei blieb, dann hatte die Seherin Recht: Der Cural würde nicht wiederkommen. Wenigstens das war eine gute Nachricht.

Der Morgen war schon nah. Er ging hinüber zu Barans Zelt. Da es ohnehin zu spät war, sich noch einmal hinzulegen, wollte er nachsehen, welcher der Befehlshaber noch – oder schon – wach war.

Er fand Ubeq und Aphaskar über eine Karte gebeugt. Sie unterhielten sich leise. Der Prinz und seine Familie schienen in der abgetrennten Nebenkammer friedlich zu schlafen. Er konnte ihren ruhigen Atem hören.

»Ah, Meister Jarok, was bringt Ihr?«

»Der Cural wird uns nicht mehr belästigen.«

»Eine gute Nachricht«, meinte Aphaskar.

»Kommt darauf an, ob der Feind stärker oder schwächer ist als wir«, sagte General Ubeq. »Ist er stärker, wäre mir der Cural als Verbündeter willkommen, da er doch den Feind über unsere Zahl täuscht. Ist er aber schwächer …«

»Verstehe«, murmelte Aphaskar.

»Gibt es denn Neues von den Kundschaftern?«

»Nichts. Wenn Weszen sich locken lässt, lässt er sich Zeit«, brummte Aphaskar.

»Und aus Ugir?«

»Widersprüchliches, Meister Jarok. In der Nacht kam ein Fischerkahn aus dem Süden. Er meldete, dass täglich mehr Söldner in der Stadt eintreffen und Weszen eine Ausgangssperre verhängt hat und willkürlich Leute verhaften lässt. Das Volk soll sehr wütend, aber auch sehr verängstigt sein.«

»Dann können wir also nicht mit einem allgemeinen Aufstand gegen Weszen rechnen?«

»Fruchtlose Gedanken«, rief Ubeq leise. »Es ist wie bei jedem Feldzug. Erst sammelt man Nachrichten über den Feind und plant voller Sorgfalt – aber dann kommt doch alles ganz anders.« Er warf einen resigniert wirkenden Blick auf die Karte. »Wir können es ebenso gut lassen, Aphaskar. Kommt. Lasst uns aus diesem engen Zelt hinaustreten und die aufgehende Sonne begrüßen.«

Plötzlich verstand Jarok eine Bemerkung der Seherin, und er trat hastig hinaus ins Freie.

»Ihr habt es aber eilig …«

»Die Seherin. Sie sagte etwas über ein Schiff mit goldener Mastspitze. Es muss jeden Augenblick eintreffen.«

»Sie hat etwas gesehen? Eure Mutter sagte gar nicht …«

»Meine Mutter hat geschlafen. Da, seht!«

Er wies nach Norden. Eine Dhau segelte dicht unter der Küste. Und die tief stehende Sonne beleuchtete nur ihre Mastspitze.

»Nur eine Dhau. Ein paar mit Kriegern schwer beladene Galeeren wären mir lieber …«

»Aber dieses Schiff bedeutet etwas, Aphaskar, sonst hätte die Seherin es nicht erwähnt.«

»Wenn es nur ein Schiff ist, das da aus dem Norden kommt, dann bedeutet es nichts Gutes«, sagte Ubeq düster.

Die Dhau hielt auf den Hafen zu. Sie kam dabei dicht an die Galeasse von Protektor Pelwa heran. Jarok glaubte, ein paar Punkte auf den Schiffen ausmachen zu können. Plötzlich sah er Hrima über dem Hafen aufsteigen. Für einen Augenblick lenkte ihn das ab, und dann war die Dhau hinter den Häusern nicht mehr zu sehen.

»Ich wecke Baran.« Aphaskar verschwand im Zelt.

Jetzt hatte sich die Sonne ganz über den Horizont erhoben, und das Heer mit ihr. Es war, als wüssten die Männer, dass eine wichtige Botschaft aus dem Norden eingetroffen war. Die Damater ordneten ihre Scharen zur Schlachtformation, ohne dass Ubeq oder ein anderer es erst befehlen musste.

Unten in der Ebene öffnete sich das Stadttor, und ein Reiter erschien. Er trieb sein Pferd zur Eile und hielt auf Barans Banner zu.

Der Prinz trat aus dem Zelt, noch damit beschäftigt, den Schwertgurt zu schließen. »Nur ein Schiff? Eine Vorhut?«

Niemand antwortete. Andere Offiziere und Atmane erschienen, und Jarok sah Gamutak und Tinbul durch die Reihen schreiten. Sie schienen es nicht eilig zu haben, aber er sah doch, dass Tinbul immer wieder einen Blick über die Schulter warf, um zu sehen, wie weit der Reiter gekommen war. Sie gingen etwas schneller. Vermutlich wollten sie rechtzeitig eintreffen, ohne in würdeloses Rennen zu verfallen.

Barans Banner flatterte leicht im Morgenwind, sonst war es still. Alle Augen waren auf diesen einen Reiter gerichtet, der durch die Ebene kam und endlich die Hügel hinaufstrebte. Es war ein Oramarer. Er sprang aus den Sattel, grüßte Baran, der leicht an seinem goldschimmernden Brustpanzer zu erkennen war, ehrerbietig und rief: »Ich bringe dringende Nachricht aus Utemes, Herr!«

»Und wie lautet sie?«, fragte Baran.

»Die Stadt erbittet Eure Hilfe, Herr.«

»Meine Hilfe? Wollte sie mir nicht tausende Krieger schicken?«

»Das hat sie auch getan, doch ist etwas Unvorhergesehenes geschehen, Herr. Wir hatten fünfzehntausend Mann in Utemes versammelt, und der Seebund schickte Schiffe, um sie zu Euch zu bringen. Unsere Reiterei, dreitausend Pferde stark, war jedoch bereits aufgebrochen, um Euch in Dega zu treffen. Eines Nachts wurden sie jedoch überfallen, Herr.«

Jarok wusste jetzt, was ihn seit Aufbruch der Helim beunruhigt hatte. Der Bote bestätigte seine Befürchtungen.

»Die Männer wähnten sich sicher, Herr, und hatten kaum Wachen aufgestellt, als plötzlich zehntausende Damater über ihr Lager herfielen. Sie haben die meisten getötet und viele Pferde und Waffen erbeutet. Danach zogen sie weiter Richtung Utemes. Die Flotte, die die Reiterei fast eingeholt hatte, sah am Morgen darauf einige versprengte Überlebende am Strand. Von ihnen erfuhren wir, was geschehen war. Die Kommandanten befahlen daher die Umkehr, um Utemes vor den Wilden zu schützen.«

»Sie sind *umgekehrt?*«

»Ja, Herr, ihre Heimat ist in Gefahr.«

»Alle?«

»Sie schickten mich, um Euch zu unterrichten und darum zu bitten, diesem Feind nachzusetzen und ihn aufzuhalten.«

Jarok konnte Baran ansehen, wie schwer es ihm fiel, die Fassung zu wahren.

»Jetzt haben wir schon fünfundzwanzigtausend Krieger verloren, ohne eine einzige Schlacht gegen den Feind geschlagen zu haben«, murmelte Hesek, der dicht hinter Jarok stand.

Er hatte fast das Gleiche gedacht. Wenn er nun in die Gesichter der Atmane sah, war er sich jedoch nicht ganz klar, wie er ihre Mienen zu deuten hatte. Waren sie ebenso erschüttert wie ihre Verbündeten, dass sie nun ohne Verstärkung aus Utemes gegen Weszen ziehen mussten, oder waren sie neidisch auf die fette Beute, die ihre Stammesbrüder gemacht hatten? Waren sie vielleicht sogar stolz auf den Sieg ihres Volkes?

»Seht, das Schiff!«, rief eine Stimme.

Jarok hob den Blick und sah, dass Pelwas Galeasse Segel gesetzt hatte. Die Ruder wurden ausgefahren. Sie hörten das Rasseln der Ankerkette bis hinauf auf den Hügel. Dann nahm das große Schiff Kurs aufs offene Meer.

»Was hat das zu bedeuten?«, stellte Tinbul laut die Frage, die sie sich wohl alle stellten.

Wesir Aphaskar verstand am schnellsten: »Wenn Pelwa nicht hier bei uns im Rat sitzt, wenn er ohne Erklärung in See sticht, dann bedeutet das, dass die Männer aus Bukas auch nicht kommen werden! Vielleicht gibt es diese Männer gar nicht! Der Seebund hat uns hierhergelockt, und nun wirft er uns Weszen zum Fraß vor! Vielleicht hat ihm der Stier ein besseres Angebot gemacht ...«

»Verrat!«, zischte Baran. Und dann noch einmal, leiser, und es klang wehmütig: »Verrat. Es gibt keine Treue mehr.«

»Und vermutlich«, so General Ubeq, »hat Pelwa gesehen, was auch ich jetzt dort sehe.« Er wies nach Süden. Eine große Staubwolke stand über der Küstenstraße. Der Feind war im Anmarsch.

19.

Die Kundschafter meldeten, dass der Feind mit großer Macht heranrücke, aber ihre Angaben waren widersprüchlich.

»Es ist der Staub, sie können kaum vernünftig schätzen«, meinte Ubeq, bemüht gelassen.

»Aber ihre Angaben können nicht stimmen!« Baran hatte ein Pergament vor sich liegen. Sieben Kundschafter hatten inzwischen berichtet, sieben Zahlen hatte Baran notiert.

»Ich kann mir nicht vorstellen, dass es fünfzigtausend sind.« Auch Aphaskar gab den Gelassenen, was Jarok ihm aber nicht abkaufte. Dem Wesir stand der Angstschweiß auf der Stirn.

»Die Wahrheit wird irgendwo in der Mitte liegen, wie immer.« Das war wieder Ubeq, der dabei auf die 20 000 deutete, die Baran ganz unten notiert hatte.

Baran nagte an seiner Unterlippe. »Das ist nicht die Mitte, General.«

»Es ändert nichts«, rief Tinbul. »Wir haben hier zwanzigtausend Damater, und jeder von denen wiegt zwei Oramarer auf.«

Jarok konnte in Gamutaks Miene lesen, dass das selbst ihm zu großspurig war. Aber der Schamane sagte bedächtig: »Sie werden kämpfen wie die Löwen, wenn sie fette Beute wittern.«

»Die Beute mag fett sein, aber sie hat Krallen und Zähne und weiß sich gewiss zu wehren«, murmelte Ubeq.

»Ich werde mir selbst ein Bild machen, Hoheit.«

»Der Winterjäger wagt auch endlich etwas?«

»Wer ist Qutaf?« Wieder war es Gamutak, der fragte. Er wirkte von alldem am wenigsten beeindruckt.

General Ubeq konnte seinen Blick hingegen kaum von der Seherin lösen, aber er antwortete: »Er ist der Gott der Erdbeben, der Weltenerschütterer und Weltenerbauer. Es heißt, er habe einst dem ersten Skorpion geholfen, Ugir zu erobern, indem er die Mauern der Stadt einstürzen ließ.«

»Gibt es häufig Erdbeben in diesem Land?«

»Das letzte liegt lange zurück. Qutaf wird schon lange nicht mehr verehrt, daher verstehe ich nicht, was sie meint.«

»Sie hat den Sturz Weszens vorausgesagt, das sollte uns genügen«, meinte Aphaskar.

»Hat sie das?«, fragte Ubeq irritiert.

»Er kreist hoch und fällt schnell! Das kann sich nur auf Weszen beziehen. Der Sieg ist nah, das solltet Ihr den Kriegern sagen.«

Jarok sah ein Zucken in Barans Gesicht, den man den Adler nannte. Es war offensichtlich, dass er den Spruch der Seherin ganz anders verstand. Aber er straffte sich jetzt und rief: »Ja, der Sieg ist nah! Doch bevor ich mein Heer gegen andere Oramarer führe, will ich General Ul-Sia Gelegenheit geben, seine Lage zu überdenken und die Seiten zu wechseln. Schickt einen Boten dort hinüber und sagt ihm, dass ich ihn treffen will.«

Jarok sah kurz darauf einen Reiter die Ebene durchqueren. Er hielt den Palmzweig als Zeichen des Unterhändlers in der Hand und näherte sich zielstrebig der Mitte der Staubwolke, die auf der anderen Seite des Schlachtfeldes verharrte. Inzwischen war offensichtlich, dass sie nicht natürlichen Ursprungs war, denn sie stand weiter hoch und dicht, obwohl der Feind nicht mehr marschierte. Es musste also Sandmeister dort drüben geben, die das Heer vor ihren Blicken verbargen. Jarok hatte gesehen, dass sie noch zu ganz anderen Dingen fähig waren, und wenn sie sich nicht mehr an die Große Vereinbarung gebunden fühlten, dann waren sie gefährlicher als tausend Krieger.

Ihm wurde plötzlich klar, wie schlecht es um ihre Sache stand. Noch vor einer Woche waren sie alle voller Zuversicht in Oramar gelandet. Ein Drittel der Damater war fort, die versprochenen Verstärkungen waren nicht eingetroffen, der Seebund ließ sie offenbar im Stich, und der Feind hatte mächtige Zauberer in den Reihen. Und was hatten sie? Damater, die noch nie in der Wüste gekämpft hatten, Krieger, die nicht viel auf Disziplin und Schlachtordnung gaben, und ein paar Schamanen, über deren Kräfte er nichts wusste.

Der Reiter war im Staub verschwunden, aber es dauerte nicht lange, bis er zurückkehrte. Ein zweiter Reiter war an seiner Seite. Die beiden kamen den Hügel herauf, und der Abgesandte des Feindes grüßte ehrerbietig, bevor er sagte: »General Ul-Sia dankt Euch für das Angebot zu Verhandlungen, Hoheit. Er sieht jedoch nichts, was es zu verhandeln gäbe. Er fordert Eure Krieger auf, die Waffen niederzulegen und nach Hause zu gehen. Euch aber, Prinz Baran, bittet er, dem Schicksal nicht länger Widerstand zu leisten. Wenn Ihr Euch ihm ergebt, wird er dafür sorgen, dass Eurer Familie nichts geschieht.«

»Das waren seine Worte?«, fragte General Ubeq aufgebracht.

»Er gibt Euch eine Stunde, Euch zu beraten. Dann wird die Schlacht beginnen.«

Baran trat näher an den Reiter heran. »Sag, woher stammst du, mein Freund?«

Der Abgesandte war sichtlich irritiert. »Aus einem Dorf am Oberlauf des Nawar, Herr.«

»Die Gegend kenne ich gut. Sie bringt tapfere Männer hervor. Sag deinem Herrn, dass ich keine Stunde brauche, mich zu bedenken. Ich biete ihm an, sein Heer zu behalten und es nur unter meine Führung zu stellen. Er muss ebenso gut wie wir alle erkannt haben, dass mein Bruder Weszen den Verstand verloren hat. Frag ihn, ob er wirklich für einen Wahnsinnigen sterben will. Wenn dies sein Wunsch ist, sind wir bereit, ihn zu erfüllen.«

Der Reiter nickte, wendete sein Pferd, aber plötzlich stand die Seherin ihm im Weg. Sein Pferd scheute.

»Qutaf«, sagte sie. Und dann noch einmal: »Qutaf.«

»Wer ist dieses Weib?«, fragte der Abgesandte und versuchte sein Pferd zu beruhigen.

»Sie ist eine Seherin. Und sie hat unseren Sieg vorausgesehen«, rief Aphaskar schnell. »Auch das solltest du deinem Herrn bestellen.«

Der Mann hatte sein Tier endlich wieder im Griff. Er gab ihm fluchend die Sporen und galoppierte davon. Aber noch zweimal drehte er sich im Sattel nach der Seherin um, die verloren und schmächtig auf dem Hügel stand.

»Worte allein werden nicht reichen, die da drüben zu schlagen«, knurrte General Ubeq. »Sagt den Männern, sie sollen sich bereit machen.«

»Sollen wir sie nicht einfach über den Haufen rennen?«, fragte einer der Atmane.

»Nein, wir lassen sie kommen. Das Gelände ist auf unserer Seite. Ich hoffe, Ihr könnt Eure Männer im Zaum halten, Atman.«

Ubeq erntete einen beleidigten Blick, aber die Atmane gingen zu ihren Scharen, um sie vorzubereiten, und bald darauf wanderten die Schamanen durch die Reihen und schwenkten ihre Stäbe.

»Sie segnen sie für die Schlacht«, erklärte Hesek. »Und für den Weg hinüber in Birsas Reich der ewigen Jagd, falls sie diesen Kampf nicht überleben sollten.«

»Werden sie mitkämpfen?«

»Nicht mit Zaubern, wenn du darauf hoffst, Bruder. Aber ihre Anwesenheit verleiht den Kriegern Mut und Kraft.«

Plötzlich sah Jarok in der Ebene einen Mann, der von ihrer Seite aus aufs Schlachtfeld hinauswanderte. Er ging mit gemessenen Schritten und stützte sich dabei, das konnte er gerade noch erkennen, auf einen Stab. War das Gamutak? Jarok war sich nicht sicher. Der Schamane hielt vielleicht hundert Schritt vor ihren Linien an, klopfte mit seinem Stab dreimal auf die Erde, kehrte um und ging zurück zu ihren Reihen, wo Jarok ihn im Gewimmel der Krieger aus den Augen verlor.

Aber er hatte auch Wichtigeres zu tun. Eine Schlacht lag vor ihm, und die Anspannung war schlimmer als vor der gefährlichsten Löwenjagd. Er versuchte, sich nichts anmerken zu lassen, kümmerte sich um seine leichte Rüstung, prüfte sein Schwert, Schild und Bogen und strich die Federn seiner Pfeile noch einmal glatt, obwohl das gar nicht nötig war. Eine Stunde, hatte der Unterhändler gesagt. Sie schien sich zu einer Ewigkeit zu dehnen.

Hrima zog hoch oben ihre Kreise. Hatte die Seherin vielleicht von dem Eisgreifen gesprochen? Würde Hrima sich vielleicht in die Schlacht stürzen, um ihm zu helfen? Das durfte nicht geschehen.

»Jetzt wird es wohl ernst, wie?« Brakas stand plötzlich neben ihm.

Jarok war sich nicht sicher, ob sein Grinsen nur der Anspannung geschuldet war oder ob der Westgarther das alles wirklich für einen Witz hielt. »Ich habe dich lange nicht gesehen.«

»Nachdem Gamutak leider weiß, was ich getan habe, erschien es mir klüger, mich fernzuhalten, so wie du es mir geraten hast. Hast du ihn inzwischen getroffen?«

»Habe ich.«

»Und – was will er?«

»Zu viel.«

Der Westgarther sah ihn mit zusammengekniffenen Augen an. »Was hast du ihm geantwortet?«

»Noch nichts.«

Brakas schüttelte den Kopf, und sein Grinsen kehrte zurück. »Nein, du hast nicht vor, deine eigene Mutter und deinen besten Freund ans Messer zu liefern. Das wäre nicht deine Art.«

»Ich habe mich noch nicht entschieden. Und wenn die Schlacht so schlecht läuft, wie ich es voraussehe, dann muss ich das vielleicht auch nicht mehr.«

»Ja, auch ich habe kein gutes Gefühl bei dieser Sache.« Der Westgarther prüfte mit dem Daumen gedankenverloren die Schärfe seiner Axt. »Wir hatten bisher verdammt viel Glück, mein Freund. Vielleicht ist es aufgebraucht. Und wenn meine Ahnen der Meinung sind, dass es an der Zeit ist, sich zu ihnen zu gesellen, dann ist es eben so. Nicht, dass ich Sehnsucht hätte, sie zu treffen. Die meisten meiner Verwandten konnte ich schon im Diesseits nicht leiden. Aber wenn ich meinen Vater treffe, der nichts anderes als Schläge für mich hatte, bekomme ich vielleicht doch noch die Gelegenheit, ihm endlich den Schädel zu spalten, wie es mir zu Lebzeiten leider nie vergönnt war. Ja, darauf will ich mich freuen.«

Hörner erklangen, und dann begannen die Damater einen rauen Gesang.

»Was singen sie da?«, fragte Brakas.

»Wenn ich es richtig verstehe, geht es um eine Schlacht der Götter und Helden in grauer Vorzeit.«

»Wer hat gewonnen?« Da war er wieder, der alte, ewig spottende Brakas.

»Am Ende die Menschen.«

»Tja, ich fürchte, heute werden eine Menge Menschen verlieren …«

Sie gingen hinüber zu den Standarten der Heerführer. Jarok ordnete noch einmal die Doppelreihe der Leibwache des Prinzen. Er tat es wortlos, blickte jedem Mann noch einmal ins Gesicht und sah Nervosität, aber keine Angst.

»Der Winterjäger ist bei euch, ihr Helden«, rief Brakas, »damit ist uns der Sieg sicher. Seht – der Eisgreif. Er kreist über unseren Reihen. Sagen eure Legenden nicht, dass der Greif der Bote der Götter sei? Wie kann die Nachricht lauten, die er uns bringt? Ich sage es euch! Sieg! Nichts anderes. Sieg!« Er brüllte die Männer jetzt geradezu an, und die erwiderten: »Sieg!«

»Ich will es hören! Der Feind soll es hören!«, forderte Brakas.

»Sieg!«, brüllte die Leibwache. Die Damater nahmen den Schlachtruf auf, und bald brüllten die Scharen von den Hügeln bis hinüber zur Stadt immer wieder dieses eine Wort: »Sieg!«

Aber der Feind kam nicht, und irgendwann verebbte das Gebrüll.

Auf der anderen Seite des Schlachtfeldes herrschte gespenstische Ruhe. Kein Schreien, keine Hornsignale, keine Befehle. Bewegte sich die Staubwolke nicht auf sie zu? Jarok lauschte angestrengt hinüber, aber er konnte den tausendfachen Tritt der Soldaten nicht hören.

»Mahnt die Männer zur Ruhe!«, rief Baran. Er hatte sein Ross bestiegen und wohl auch irgendwo seinen Kampfgeist wiedergefunden. Er ritt in die Ebene hinab, mit hochgerecktem Schwert. Ganz allein ritt er die Reihen ab, und die Damater jubelten ihm zu. Er ritt bis zu General Ubeq, der den Befehl über die Scharen in der Mitte übernommen hatte. Auch der zog sein Schwert und reckte es in den Himmel. Die Sonne glitzerte auf beiden Klingen, und die Männer brüllten und johlten. Baran kehrte zurück. Er stieg vom Pferd, übergab die Zügel einem jungen Krieger und trat an Jaroks Seite. »Nun, was meint Ihr, Winterjäger?«

»Es ist zu still dort drüben, Hoheit.«

Immer noch wehte vom Feind kein Laut herüber. Aber gerade jetzt setzte sich die Wolke in Bewegung.

»Sie verstecken sich hinter der Kunst der Sandmeister«, erklärte der Prinz düster.

»Vielleicht wollen sie so nur verschleiern, wie wenige sie sind, Hoheit.« Brakas hatte seinen Optimismus wiedergefunden.

Die Staubwolke rückte näher. Die Damater brüllten Schmährufe hinüber, erhielten aber keine Antwort.

Jarok entdeckte einen einzelnen Mann hinter ihren Linien, der mit schnellen Schritten davonstrebte. War das wieder Gamutak? Es sah so aus, aber er war wieder zu weit entfernt, um ihn sicher zu erkennen. Warum aber sollte dieser mächtige Schamane sie gerade jetzt verlassen? Jarok hatte keine Zeit, sich darüber Gedanken zu machen, denn die Schlacht begann. Ubeq brüllte einen Befehl, und die damatischen Bogenschützen hasteten nach vorne und schossen ihre Pfeile auf den Feind ab. Ein Hagel aus schwarzen Geschossen erhob sich hoch in den klaren Himmel und senkte sich über der Wolke wieder hinab. Jarok konnte ihr leises, aber tausendfaches Sausen hören. Sie verschwanden im Staub und dann – kehrten sie um. Ja, es sah so aus, als würde die gelbliche Wolke die Pfeile erst schlucken und nun wieder ausspeien. Sie wirbelten durch die Luft und fielen kraftlos zur Erde.

Die Bogenschützen hatten schon eine zweite Salve ausgesandt, aber der erging es ebenso.

»Sandmeister«, stellte Prinz Baran lapidar fest.

Ubeq rief die Bogenschützen zurück in die zweite Reihe. Einige blieben stehen und schossen noch einmal, aber auch das schien vergeblich.

»Verdammt«, murmelte Brakas. »Aber – wo sind eigentlich deren Bogenschützen?«

Als hätte der Feind ihn gehört, stieg auf einmal eine schwarze Wolke aus der gelben hervor. Pfeile sausten herüber und prasselten auf die Damater nieder. Und dann, in flacherem Winkel, kam eine große Zahl von Armbrustbolzen aus der Wolke geflogen.

Jarok sah, wie Krieger sich hinter Schilde duckten, andere getroffen zu Boden stürzten. Schreie von Schmerz und Wut wurden der Wolke entgegengeschleudert, ohne dass sie mehr Schaden angerichtet hätten als zuvor die Pfeile.

Die gelbe Staubwand verharrte auf der Stelle und sandte eine zweite, dann eine dritte Welle von Geschossen aus, und jedes Mal schrien die Damater vor Schmerz und Wut, als sei das eine gleichwertige Waffe.

»Sie rücken nur in der Ebene vor – und sie vernachlässigen

ihre Flanke«, stellte Baran kühl fest. »Wenn die Damater sie noch ein wenig näher herankommen lassen, werden wir sie von der Seite packen und aufrollen.«

Jarok hatte Zweifel. Es erschien ihm unwahrscheinlich, dass der Feind nicht an seine Flanke gedacht haben sollte. Die nächste Salve schoss aus dem Staub hervor, und jetzt hatten die Damater genug: Plötzlich, ohne dass ein Befehl erteilt wurde, und doch wie ein Mann, stürmten die Krieger vor. Sie schwangen ihre Äxte und Schwerter und gingen mit Gebrüll auf den unsichtbaren Feind los.

»Narren«, murmelte Baran. »Macht Euch bereit, ihnen zur Hilfe zu eilen!« Er bestieg sein Pferd und hob sein Schwert.

»Wartet noch, Hoheit!«, rief Jarok.

»Was habt Ihr? Der Gott der Schlachten ruft nach uns! Wie in den alten Tagen, als größere und bessere Männer um eine bessere Welt stritten.«

»Dort!« Jarok deutete hinaus in das Hinterland, wo sich eine weitere Staubwolke zeigte. Sie war anders als die, die soeben die Damater verschluckte. Sie war dünn und bewegte sich schnell. Plötzlich tauchte auf den Hügeln eine lange Reihe von Reitern auf.

»Verdammt. Ul-Sia hat die Flanke wohl doch nicht vergessen«, rief Brakas.

»Schnell doch, Stellungswechsel!«, rief Jarok und hetzte seine Männer auf die andere Seite der Hügelkuppe.

»Einen Kreis!«, brüllte Baran. »Bildet einen Kreis!«

Die Reiter kamen rasch näher.

»Kopf hoch, Männer!«, rief Brakas. »Holt sie von ihren Gäulen, und sie taugen nichts mehr!« Er senkte die Stimme. »Und du, mein Freund, könntest langsam mal anfangen, von deinem Bogen Gebrauch zu machen!«

Jarok legte einen Pfeil auf. Die Reiter stürmten heran. Offenbar waren ihre Pferde doch nicht so erschöpft, wie er angenommen hatte. Waren das Naurier? Der schwarzen Kleidung nach schon. Ob sein Freund Ursef sie anführte?

Er spannte den Bogen und schoss. Für solche Gedanken war es jetzt zu spät. Er sah einen Mann von seinem Pferd sinken und sandte den nächsten Pfeil.

Irgendetwas veranlasste ihn, sich umzudrehen. Da unten in der Ebene tobte eine Schlacht, aber sie war fast nicht zu hören, weil der Staub jedes Geräusch zu ersticken schien. Aber eine große Schar hatte sich aus der Wolke gelöst, Oramarer, die den Hügel heraufstürmten.

»Achtung, Männer!«, rief er.

Aber dann waren die Reiter da. Sie preschten in die Reihen hinein. Pferdeleiber prallten gegen Schilde und Speere. Männer brüllten, Pferde schrien vor Schmerz, und dann wandelte sich der Hügel in ein Durcheinander aus Schwertern, Schilden, Speeren und Äxten, so vielen Waffen, dass Jarok sich wunderte, dass dazwischen noch Platz für Männer war. Aber da war kein Platz, nicht für die Lebenden. Er sah abgetrennte Gliedmaßen und fallende Krieger. Jarok bekam irgendwie einen fremden Schild in die Hand, hieb mit dem Schwert um sich und wehrte sich seiner Haut, so gut es eben ging.

Ein tiefes Stöhnen lief durch die Erde. Er achtete nicht darauf. Es wiederholte sich. Seine Beine zitterten, nein, das waren nicht seine Beine, es war die Erde selbst, die bebte!

»Qutaf«, murmelte er.

Das Beben wurde stärker. Lauter Donner stieg aus der Erde, und dann bebte sie so heftig, dass er sich kaum auf den Beinen halten konnte. »Qutaf!«, schrie er.

»Qutaf ist auf unserer Seite!«, brüllte Brakas geistesgegenwärtig.

»Qutaf! Qutaf!«, riefen die Männer. Sie alle hatten gehört, was die Seherin gesagt hatte. Donner grollte.

Plötzlich änderte sich alles. Die Reiter rissen ihre Pferde herum und flüchteten – wenn ihre Tiere ihnen denn gehorchten. Andere irrten zwischen den Leibwächtern umher, aber die waren viel zu erschrocken, um sich um ihre Feinde zu kümmern.

Jetzt endlich drang der Lärm der Schlacht aus der Ebene. Jarok fuhr herum, aber er war nicht auf das gefasst, was er zu sehen bekam: Der Staub hatte sich gelichtet, und unter dem dünnen Schleier flohen sie. Sie rannten in alle Richtungen. Damater, Oramarer, Söldner. Sie stoben auseinander, als sei ein Blitz zwischen sie gefahren, und suchten das Heil in der Flucht. Etwas war dort unten in der Ebene, etwas Dunkles, das dort nicht hingehörte. Er musste zweimal hinsehen: Die Erde war auf viele hundert Schritt aufgerissen, ein Spalt hatte sich aufgetan und die Heere getrennt. War das nicht die Stelle, an der der Schamane vor der Schlacht sein kurzes, merkwürdiges Ritual ausgeführt hatte?

»Sieg!«, brüllte einer der Leibwächter, und ein anderer wiederholte es: »Sieg!«

»Unentschieden«, meinte hingegen Brakas trocken. Er hatte keinen Kratzer abbekommen, während Jarok erst jetzt, da der Kampf vorbei war, eine Schnittwunde am rechten Unterarm bemerkte.

Da unten herrschte das Chaos. Alle liefen sie davon. Die Schlacht war zu Ende. Doch wer hatte gewonnen? Von der Stadt stieg Rauch auf. Jarok sah erst jetzt, dass ein Teil der Stadtmauer verschwunden war. Auch schienen einige Häuser eingestürzt zu sein.

»Bei den Göttern, ich werde Qutaf zum Schutzgott meiner Familie machen, denn er hat uns gerettet!«, rief Baran.

»Sollten wir dem Feind nicht nachsetzen und ihn vernichten, bevor er sich wieder sammelt?« Aphaskar wies auf die fliehenden Oramarer. Während des Kampfes hatte Jarok ihn gar nicht gesehen.

»Und mit welchen Kriegern?«, fragte Baran.

In der Tat hatten sich auch die Damater unten in der Ebene

zerstreut. Ein großer Teil floh in die Stadt, andere in die Wüste. Jarok sah General Ubeq auf seinem Pferd. Er versuchte vergeblich, die Scharen zu sammeln. Selbst die Schamanen, die Jarok hier und da erspähte, konnten die Männer nicht beruhigen.

»Vielleicht will Qutaf auch nicht, dass wir uns gegenseitig umbringen«, sagte Jarok, »und vielleicht hat das auch General Ul-Sia begriffen. Es wäre eine gute Gelegenheit für einen Waffenstillstand, Hoheit.«

»Er hat mein Verhandlungsangebot zurückgewiesen. Es wäre an ihm, ein neues zu unterbreiten.«

»Der Winterjäger hat Recht. Wir sollten verhandeln.« Aphaskar hatte seine Meinung offenbar geändert. »Und zwar schnell, bevor der Schock beim Feind nachlässt.«

Jarok suchte sich ein Pferd. »Wo willst du hin, mein Freund?«, fragte Brakas. »Baran hat doch noch gar nicht entschieden, dass er verhandeln will.«

»Ich will auch nicht zu Ul-Sia, ich will jemanden suchen.«

»Und verrätst du mir auch, wen?«

»Nein.«

Brakas Grinsen flackerte kurz, aber dann lachte er nur und ließ ihn davonreiten.

Jarok hatte eine Ahnung, wo er zu suchen hatte. Er ritt mitten durch die zerstreuten Damater und versuchte, ihnen Mut zuzureden: »Nur ein Erdbeben, Männer. Die gab es in diesem Land schon oft«, behauptete er. »Sammelt Euch, Ihr Krieger, oder lassen sich Damater von einem Wackeln der Erde erschüttern?«

So oder ähnlich sprach er ihnen Mut zu, aber sein Erfolg hielt sich in Grenzen. Inzwischen liefen sie zwar nicht weiter davon, aber sie sahen auch nicht so aus, als seien sie bereit, sich wieder in die Schlacht zu stürzen.

Er ließ die letzten der Versprengten hinter sich und ritt weiter zu der Ruine, in der er sich mit Gamutak getroffen hatte. Sie wirkte verlassen. Er stieg von seinem Pferd und sah sich um. Der

Schamane war hier gewesen, vor kurzem erst, das konnte er fühlen, denn eine ungeheure magische Kraft hatte hier gewirkt. Er hielt inne und betrachtete die Spuren. Sie führten ihn zu einem verfallenen Haus.

Er kletterte über eine umgestürzte Mauer und sah Gamutak dort liegen. Sein Stab steckte fast bis zum Kopfende in einer schwarzen Erdspalte. Sie sah frisch aus. Jarok fühlte einen Schauer seinen Rücken hinablaufen. Dieser Mann gebot über viel mehr Macht, als er sich hatte vorstellen können.

Der Schamane atmete flach, und seine Haut war bleich, wächsern, fast durchscheinend. Er schien mehr tot als lebendig zu sein. Jarok trat zu ihm, befühlte mit der Hand seine Brust. Das Herz schlug langsam und schwach. »War das dein Werk, Gamutak?«

Der Schamane öffnete die Augen und lächelte. Er flüsterte etwas, aber Jarok musste sich weit hinabbeugen, um es zu verstehen.

»Hat es den Sieg gebracht?«

»Nein, beide Seiten sind um ihr Leben gerannt. Du hättest uns vielleicht vorher warnen sollen, Gamutak.«

»Wusste nicht, ob meine Kraft reicht.«

Jarok schwieg darauf. Dieses Wunder zu bewirken hatte den Zauberer offenbar fast umgebracht. Fast. Wenn es auch nur ein wenig mehr Kraft erfordert hätte, hätte es ihn töten können? Er wäre ein großes Problem losgeworden. Jetzt lag Gamutak zu seinen Füßen, wehrlos …

»Durst …«

Er starrte ihn an. Der Schamane war ein machtvoller Verbündeter – oder eine fürchterliche Bedrohung, je nachdem, ob man auf seiner Seite war – oder nicht. Gamutak konnte die Erde beben lassen. Eine größere Macht konnte Jarok sich kaum vorstellen. Er war eine Gefahr. Und dennoch … er brachte es nicht über sich, einen wehrlosen Mann umzubringen. Außerdem – Gamutak hatte sie gerettet. Sie wären alle tot, wenn der Schamane nicht gewesen wäre. Er hatte sogar Weszens Sandzauberer in die

Flucht geschlagen. Er war mehr wert als zehntausend Krieger. Mit ihm konnten sie sogar die Mauern von Ugir zu Fall bringen. Und doch …

»Durst …«

»Wie hast du das gemacht?«

Gamutak hustete, dann flüsterte er. *»Eine alte Wunde in der Erde, ein kleiner Zweig davon. Das reichte, Qutaf zu reizen. Er hatte viel Kraft angesammelt … Wasser …«*

Jarok stand auf, starrte den bleichen Gamutak lange an und beschloss, die Entscheidung dem Schicksal zu überlassen. Er ging zu seinem Pferd und wollte davonreiten. Er hatte schon einen Fuß im Steigbügel, aber dann fluchte er, kehrte um und brachte dem Schamanen seinen Wasserschlauch. Er half ihm sogar, ein paar Schlucke zu trinken, da Gamutak nicht einmal die Kraft hatte, den Schlauch alleine an die Lippen zu heben. Der Schamane lächelte dankbar. Jarok ließ ihm den Schlauch, verließ die Ruine wortlos und ritt zurück zum Heer.

Er hatte ein ungutes Gefühl. Hatte er sich falsch entschieden? Er erinnerte sich an die Worte der Seherin. Sagte sie nicht, der Mann mit dem Stab sei von einem Loch in der Erde verschlungen worden? Das war nicht geschehen. Aber sie hatte die Schatten der drei Häuser erwähnt und ganz unzweifelhaft diesen verlassenen Hof gemeint.

Je näher er den eigenen Truppen kam, desto unruhiger wurde er. Er hielt sein Pferd an. Er hatte etwas übersehen, aber was? Die Unruhe war so stark, dass er schließlich seinem Pferd die Sporen gab und umkehrte.

Als er die Ruine wieder erreichte, sah er schon von weitem einen Rappen stehen, an einen toten Olivenbaum gebunden, ein gutes Stück von den drei Häusern entfernt. Er trieb sein müdes Tier zu noch größerer Eile. Jemand war in den Ruinen, bei Gamutak. Er ritt hinüber, sprang aus dem Sattel und sah, dass er zu spät kam: Ein Mann kletterte schwer beladen über die umgestürzte Mauer, hinter der er den Schamanen gefunden hatte. Er hatte sich Gamutaks leblosen Körper über die Schulter geworfen. Es war Brakas. Der Westgarther war offenbar so in seine Arbeit vertieft, dass er ihn nicht hatte kommen hören. Erst jetzt blickte er auf. »Ah, Jarok! Hilfst du mir eben mal?«

»Was tust du da?«

»Ich versuche, diese Leiche loszuwerden.«

»Du hast Gamutak ermordet?«

»Ich würde eher sagen, dass ich lediglich der Natur etwas nachgeholfen habe. Er war sehr schwach, weißt du …«

»Verdammt, Brakas, dieser Mann hat uns da draußen gerettet! Er hat das Erdbeben gerufen!«

»Tatsächlich? Hätte ich ihm nicht zugetraut. Hilfst du mir jetzt, oder nicht? Hier muss es doch irgendwo einen alten Brunnen oder sonst ein Loch geben …«

Jarok konnte es nicht fassen. Alles, was er sagte, schien an Brakas einfach abzuprallen. »Du hast ihn allein umgebracht, jetzt kannst du ihn auch allein loswerden!«

»Es hätte mich auch gewundert, wenn du dir die Hände schmutzig machen würdest. Aber bedenke, dass du jetzt mit in der Sache drinhängst. Oder hast du etwa vor, deinen alten Freund, der dir nur wieder einen Gefallen getan hat, dem Henker zu übergeben? Nein? Dann kannst du mir auch helfen, oder nicht?«

»Der Brunnen ist bei jenem Haus dort.«

Es gab dort tatsächlich einen alten, ausgetrockneten Brunnenschacht. Brakas ließ den leblosen Leib ohne weitere Umstände hineinfallen. »Jetzt sollten wir ihn mit Sand abdecken, bevor die Geier auf ihn aufmerksam werden.«

Jarok blickte in den Himmel. Da waren tatsächlich viele Aasfresser in der Luft, aber sie zogen zum Schlachtfeld. Hrima konnte er nirgends sehen.

Jetzt half Jarok Brakas, und er gestand sich widerwillig ein, dass der Westgarther nur vollbracht hatte, was er selbst beinahe getan hätte. Sie schütteten Sand und dann Steine in den Brunnen, bis keine Spur mehr von Gamutak zu sehen war. Zufrieden klopfte sich Brakas den Staub aus den Kleidern. »Ich würde sagen, ich habe dir wieder die Dreckarbeit abgenommen, mein Freund.«

»Wie hast du eigentlich … Du bist mir gefolgt!«

»Als du mir nicht sagen wolltest, was du vorhast, beschlich mich die Ahnung, dass es auch mit mir zu tun haben könnte. Und das hatte es ja auch.«

»Dieser Schamane hätte uns die Tore von Ugir öffnen können.«

»Uns? Du meinst Baran?«

Wenn er sich wenigstens den ewigen Spott abgewöhnen würde! »Ja, ich meine Baran.«

»Gamutak und Baran? Nein, das hätte keine Zukunft gehabt, mein Freund. Dieser Mann war viel zu ehrgeizig für jeden anderen Anführer. Du kannst ruhig zugeben, dass du froh bist, ihn los zu sein.«

Jarok sagte darauf aber nichts. Sie kehrten zu ihren Pferden zurück. »Der Stab!«, rief er. »Wir haben seinen Stab vergessen.«

»Nein, haben wir nicht. Ich habe ihn vorerst versteckt, denn ich glaube, dass wir ihn noch gebrauchen können.«

»Wozu?«

»Warte es ab, mein Freund, warte es ab.«

Als sie im Lager zurück waren, wurden sie bereits von Wesir Aphaskar erwartet. »Ihr braucht gar nicht erst abzusteigen, Jarok. Wo habt Ihr nur gesteckt? Ul-Sia ist bereit, sich mit uns dort unten zu treffen, und die Damater verlangen, dass Ihr dabei seid.«

»Die Damater?«

»Einige von ihnen, nicht alle. Wundert Euch also nicht, wenn Atman Tinbul von Eurer Anwesenheit nicht sehr begeistert ist.« Der Wesir trat näher an ihn heran. »Es geht das Gerücht um, dass Ihr Qutaf herbeigerufen hättet.«

»Ich?«

»Nun, Ihr seid der Winterjäger, und auch wenn ich nicht genau weiß, was das heißt, so glaube ich zu verstehen, dass die Damater Euren Greifen für eine Art Götterboten halten. Und ganz offensichtlich hat uns wenigstens ein Gott eine sehr mächtige Botschaft gesandt.«

»Unsinn«, murmelte Jarok, der so eine Ahnung hatte, wo das Gerücht herkam. Er sah Hesek Graufuchs mit seiner Mutter sprechen. Auch Sterro war dort. *Noch eine Verschwörung,* dachte er.

Baran kam aus seinem Zelt. Er hatte seine Rüstung poliert und sah aus wie ein Feldherr glorreicherer Zeiten. Er wirkte zuversichtlich. »Lasst uns hinabreiten und diese Schlacht in einen Sieg ummünzen.« Er bestieg sein Pferd und lenkte es zu Jarok hinüber. »Ich habe dieses Gerücht gehört, von Eurem Eisgreifen und der Hilfe der Götter. Es mag nützlich sein, wenn der Feind glaubt, dass Ihr Qutaf auf unsere Seite gebracht habt. Meine Abgesandten haben es deshalb auch gegenüber Ul-Sia erwähnt, aber vergesst nicht, wessen Heer dies ist und unter wessen Befehl Ihr kämpft, Bannermeister.«

»Natürlich nicht, Hoheit.«

»Gut, dann folgt mir!«

General Ul-Sia erwartete sie am Rande des Schlachtfeldes. Oramarer und Damater wanderten zwischen den Gefallenen umher. Sie kümmerten sich um Verwundete oder plünderten die Toten, aber sie schienen sehr auf Abstand zu diesem seltsamen Erdspalt zu achten, der die Heere getrennt hatte.

Jarok entdeckte Ursef, den Anführer der Wüstenreiter, an der Seite des Generals. Dann waren es also seine Männer, gegen die er oben auf dem Hügel gekämpft hatte? Vielleicht hatte er sogar auf ihn geschossen. Wer konnte das bei dem Durcheinander schon wissen? Ursef grüßte ihn mit einem schlichten Nicken. Ul-Sia und seine Begleiter waren nicht abgestiegen, also blieb auch Barans Delegation im Sattel.

Der Prinz hielt sich nicht mit der Begrüßung auf. »Seid Ihr gekommen, Euch meiner Sache anzuschließen, General? Ihr habt gesehen, dass sogar die Götter auf meiner Seite stehen.«

»Eure Krieger sind ebenso geflohen wie die meinen, aber ja, ich gebe zu, dass es wohl Qutaf war, der Euch vor einer Niederlage bewahrte.«

»Er bewahrte uns davor, Blut von Männern zu vergießen, die die Götter lieber miteinander verbündet sähen, General.«

»Mag sein, aber der Wille der Götter ist schwer zu deuten, und die Gesetze der Menschen verhindern oft, dass sie ihm folgen. So bin ich durch einen starken Eid an Euren Bruder Weszen gebunden, Prinz, und kein Gott kann erwarten, dass ich meinen Schwur breche.«

»Euch ist bewusst, dass er dem Wahnsinn verfallen ist?«

»Er kann ein grausamer Herr sein, das ist wahr, aber Grausamkeit hat schon so manchen segensreichen Frieden erzwungen.«

»So wollt Ihr ihm weiter dienen, Ul-Sia? Wollt Ihr Eure Männer einer ungerechten Sache opfern?«

»Auch sie sind auf Weszen eingeschworen, ob seine Sache nun gerecht ist oder nicht.«

Jarok merkte dem General an, dass er gerne die Seiten gewechselt hätte. Aber Ul-Sia war ein Mann von Ehre – er konnte sein Wort nicht brechen.

Er räusperte sich. »Ein Waffenstillstand …«

Baran warf ihm einen zornigen Blick zu, aber Ul-Sias Augen leuchteten. »Das wäre möglich …«

»Und in der Zwischenzeit könnten wir jemanden nach Ugir schicken, der Weszen, sagen wir, *überzeugt*, seine Ansprüche aufzugeben«, meinte Aphaskar schnell.

Jarok war ebenso klar wie wohl allen anderen, die dort versammelt waren, dass Weszen seinen Anspruch niemals aufgeben würde, nicht, solange er lebte … Aber niemand sprach das Offensichtliche aus.

»Eine Woche«, meinte Ul-Sia. »Lasst die Waffen eine Woche ruhen. Ich werde einen Bericht der Schlacht nach Ugir senden und um Anweisung bitten. Der Weg ist weit, und der Bote wird sein Pferd schonen müssen. Ein schneller Segler könnte also vor ihm in der Stadt eintreffen …«

Baran war nicht glücklich mit dieser Entwicklung, das sah Jarok ihm sogar von hinten an, aber dann presste der Prinz hervor: »Der Waffenstillstand soll gelten. Auch ich werde Botschaft an meinen Bruder senden. Doch vielleicht nicht, wie manche es hier erwarten.«

Dann wendete er sein Pferd und ritt zurück. Auch Ul-Sia und seine Begleiter ritten davon. Nur Ursef blieb noch, und Jarok ebenso.

»Das ist nicht das Pferd, das wir dir schenkten, Jarok.«

»Ich musste es in Ugir zurücklassen, Ursef.«

»Ich weiß. Es steht in den Stallungen des Palastes, und ich habe mir erlaubt, mich während deiner Abwesenheit ein wenig darum zu kümmern. Ich habe es sogar ein wenig über den Reitplatz bewegt, doch das geht nun nicht mehr, wie du feststellen wirst, denn Weszen hat dort sein Zelt aufgeschlagen.«

»Er hat seine Gemächer verlassen?«

»Er fühlte sich in den Mauern nicht mehr sicher. Aber da draußen, da wachen seine Leibwächter und die Sandmeister über ihn. Du wirst es nicht leicht haben, ihm deine Botschaft zu überbringen.«

»Es ist nicht gesagt, dass Baran mich damit betraut, Ursef.«

Der Naurier lachte leise. »Wen sollten sie sonst schicken? Bist du nicht der Mann, der den Weltenerschütterer in die Schlacht gerufen hat?«

»Woher …?«

»Eure Boten haben diese Nachricht verbreitet. Die Oramarer glauben es, denn so können sie sich den Ausgang dieser Schlacht leichter erklären.«

»Ich bin froh, dass du diesen Unsinn nicht glaubst, Ursef.«

Wieder lachte der Naurier heiser. »Wer sagt, dass ich es nicht tue? Jedenfalls wünsche ich dir, dass die Götter dir weiter gewogen sein mögen, denn ich sehe voraus, dass du ihren Segen noch bitter nötig haben wirst.« Und damit wendete er sein Pferd und ritt Ul-Sia hinterher.

Jarok holte Barans Abordnung gerade rechtzeitig ein, um den erwarteten Streit mit anzuhören: »Ich werde meinem Bruder keinen Mörder auf den Hals hetzen. Dies ist nicht der Weg des Adlers!«

»Weszen hatte seinerseits keine Skrupel, so etwas zu tun, Hoheit«, wandte Aphaskar vorsichtig ein.

»Ich bin nicht mein Bruder. Und ich habe nicht vor, wie er zu werden! Seine Taten haben ihn in den Wahnsinn getrieben, habt Ihr das vergessen?«

»Nein, Hoheit, natürlich nicht. Und wenn Ihr so entscheidet, werden wir dem folgen. Lasst uns also beraten, welche Nachricht wir ihm schicken wollen«, erwiderte der Wesir.

Er gab so schnell nach, dass Jarok ihm nicht abnahm, das ernst zu meinen. Und tatsächlich kam Aphaskar zu ihm, noch bevor die Beratung in Barans Zelt beginnen sollte. Hesek war an seiner Seite.

»Wir haben einen Auftrag für Euch, Winterjäger.«

»Lasst mich raten – Ihr wollt, dass ich Weszen eine Botschaft überbringe, die nicht niedergeschrieben werden kann?«

Hesek nickte lächelnd. »Ich wusste, dass du es verstehen würdest, Bruder.«

»Und Baran soll es nicht erfahren?«

»Ich denke, wir müssen den Prinzen zu seinem Glück zwingen, Meister Jarok. Wir werden uns vermutlich die ganze Nacht damit herumschlagen, in wohl gesetzten Worten ein Schreiben an Weszen zu verfassen und das Ergebnis morgen mit einem Fischerboot nach Ugir schicken. Es liegt jedoch noch eine schnelle Dhau im Hafen von Losra …«

»Und warum sollte ich tun, worum Ihr bittet, Großwesir?«

»Ihr seid der Einzige, der es kann, Winterjäger. Ihr kennt die Stadt und den Palast, und Ihr seid ein Meister mit dem Bogen. Weszen wird gut bewacht, und ich kann mir vorstellen, dass Ihr nicht sehr nah an ihn herankommen werdet. Wenn Ihr also der Meinung seid, dass der Tyrann sterben muss – und davon gehe ich aus, denn sonst wäret Ihr kaum hier –, dann seid auch Manns genug zu tun, was getan werden muss.«

»Ich bin an deiner Seite, Bruder«, erklärte Hesek ruhig.

Jarok antworte nicht, denn er sah die Seherin aus ihrem Zelt treten, und sie kam direkt auf ihn zu. »Eine Mauer aus Sand. Ein Freund ist ein Feind«, sagte sie in singendem Tonfall. »Ich werde den Granatapfelbaum sehen. Eine Lüge. Sie reicht bis in den Himmel. Dort ist kein Platz mehr.«

»Siehst du Weszen? Siehst du den Stier?«, fragte Aphaskar.

»Ich sehe den Freund, der gegen den Freund kämpft. Ich sehe Verrat. Ich sehe Blut. Das Blut meines Bruders. Es klebt an meinen Füßen. Ich tanze. Mein blutiges Gesicht. Ein zerbrochenes Schwert. Der Granatapfelbaum. Der Regen.« Plötzlich sah sie Jarok direkt in die Augen. »Du bist an einem dunklen Ort. So viel Schmerz und Verzweiflung.«

Er konnte nichts gegen den kalten Schauer machen, der ihm das Rückgrat hinunterjagte.

Dann drehte sich Ila um und ging mit unsicheren Schritten zurück zum Zelt. Sterro und Schiwara empfingen sie dort und stützten sie. Aber dann überließ seine Mutter die Seherin ihrem Gefährten und gab Jarok einen Wink. Offenbar wollte sie mit ihm sprechen.

Aphaskar schien beeindruckt, er schüttelte den Kopf, als wolle er sich von etwas befreien. »Es ist alles gesagt. Wartet nicht länger, brecht sofort auf, Meister Jarok! Je schneller Ihr diese Sache hinter Euch bringt, desto schneller kehrt der Friede nach Ugir zurück.« Dann verschwand er in Barans Zelt.

»Schlecht? Ihr … ihr habt mich hintergangen? Wie lautete die Nachricht?«

»Er wurde verhaftet, Bruder. Wir haben es dir nicht gesagt, weil wir wussten, dass du alles stehen und liegen lassen würdest, um ihn zu retten.«

»Verhaftet?«

»Er wurde beschuldigt, sich mit dir verschworen zu haben. Wir haben natürlich einen Boten an Meister Iwar gesandt, doch kam keine weitere Nachricht über Meister Bors aus der Stadt.«

»Aber Bors ist blind! Er ist hilflos!«

»Du weißt, dass das Weszen nicht kümmert, mein Freund. Lass uns einfach hoffen, dass der Mann so zäh ist, wie ich glaube, und dass er inzwischen den Kerker hinter sich gelassen hat.«

»Ihr habt mich getäuscht!«

»Ich bedaure das, Bruder. Ja, vermutlich war es sogar ein Fehler. Doch geschehen ist geschehen. Ich dachte nur, wir sollten dir das sagen, bevor wir Ugir erreichen.«

Jarok starrte ins Nichts. Sie hatten ihn schamlos belogen. Und er? Er hatte nicht nachgefragt, hatte nie selbst versucht, Bors eine Nachricht zu senden.

Brakas klopfte ihm auf die Schulter. »Keine Sorge, mein Freund. Er ist ein zäher Hund. Ich bin sicher, es geht ihm gut.«

Aber Jarok glaubte das nicht. Ein Blinder in Weszens Kerker … was hatte der schon für Aussichten, ihn wieder zu verlassen?

»Sagt, Herr, ist dieser Turm vielleicht jener, den Ihr meint?«, rief der Kapitän vom Heck und riss ihn damit aus seinen Gedanken.

Jarok sah hinüber. Ein auseinandergefallener Haufen dunkler Steine lag am Ufer. Selten hatte er etwas gesehen, das verlorener und hoffnungsloser wirkte. »Nein, Kapitän, das ist er nicht.«

»Es sind nicht mehr viele bis zur Stadt, Herr, deshalb fragte ich.«

»Ich glaube, es ist der nächste, oder?«, rief Brakas. »Ich erinnere mich, diesen traurigen Haufen Steine bei unserer Abreise gesehen zu haben.« Der Westgarther stand an der niedrigen Reling. Sorglos hatte er sich weit hinausgelehnt, um Ausschau zu halten. Jarok wurde bewusst, dass er begann, diesen Mann zu hassen.

Kurze Zeit später kam der gesuchte Turm in Sicht. Mit dem Beiboot der Dhau gingen sie an Land. Brakas sog die Luft ein. »Merkwürdig, aber ich glaube, ich kann die Stadt schon riechen.«

»Der Wind kommt aus dem Süden«, murmelte Jarok, der die Stadt ebenfalls roch. Es war ihm nie aufgefallen, dass Ugir einen eigenen Geruch verströmte. Er roch Rauch, das Meer, Vieh, Gerbereien und auch Unrat, aber darüber lag unverkennbar ein feiner Duft von fremdländischen Spezereien. Jahrelang hatte er dort gelebt, aber erst jetzt verstand er, warum man Ugir die Stadt der Gewürze nannte.

Hesek zeigte sich beeindruckt, als sie in den verborgenen Tunnel einstiegen und Jarok die Fackeln auspackte, die er mitgebracht hatte. »Du hattest schon bei unserem Aufbruch einen Plan?«

Er gab dem Damater keine Antwort. Den Tunnel zu nutzen war so naheliegend, dass man darüber nicht nachdenken musste. Die nächsten Schritte waren weitaus schwieriger. Er nahm sich vor, es wie bei der Jagd zu machen. Ein Jäger wusste nicht immer, was die Beute als Nächstes tun würde, aber ein guter Jäger kannte ihre Möglichkeiten und war auf jede davon vorbereitet. Und war er nicht ein guter Jäger gewesen, in besseren, einfacheren Tagen? Bevor er die Falltür schloss, blickte er noch einmal zum Himmel. Der Morgen dämmerte bereits, und hoch oben kreiste Hrima vor dem schnell verblassenden Sternenhimmel. Bis hierhin war sie ihm gefolgt. Würde er sie am Ende dieses Tages wiedersehen? Er versuchte die düsteren Prophezeiungen der Seherin über den stürzenden Greifen zu vergessen, entzündete die Fackel und ging den anderen voran.

Sie erreichten die Grabkammer im Tempel nach einem langen, schweigsamen Marsch ohne Zwischenfälle. Jarok lauschte an der steinernen Pforte. »Ich höre das Krächzen der Krähen. Sonst scheint es da draußen merkwürdig ruhig zu sein, was mir nicht gefällt.«

»Niemand kann wissen, dass wir kommen, Bruder. Eine Dhau ist schneller als der schnellste Reiter.«

Jarok öffnete die schwere Tür vorsichtig und spähte hinaus. Er war nicht gefasst auf das, was er sah. Als sie von hier geflohen waren, hatten sich schäbige Hütten und Bretterverschläge zwischen die Gräber gedrängt. Die waren jedoch zerstört und verbrannt. Die Mauerreste des Tempels waren hier und da schwarz verkohlt. Ein Schwarm Krähen flog auf.

»Verdammt, was ist denn hier passiert?«, fragte Brakas.

Jarok entdeckte eine alte Frau, die zwischen den Überbleibseln etwas zu suchen schien. Er rief sie an, und sie blickte auf. Er näherte sich ihr langsam, um ihr keine Angst zu machen. Er las jedoch keine Furcht, sondern Feindseligkeit in ihren Blicken. »Verzeih, Mütterchen, kannst du mir sagen, was hier geschehen ist?«

»Dies ist mein Gebiet! Du und deine Freunde, ihr solltet hier verschwinden.«

»Wir haben nicht vor, dir etwas wegzunehmen.«

»So? Aber was wollt ihr hier? Hier gibt es nichts außer Dingen, die jetzt mir gehören. Dinge, die niemand mehr braucht. Alle sind sie fort, tot oder vertrieben! Und ihr geht jetzt besser auch. Denn jetzt gehört das alles mir! Und verflucht sollt ihr sein, wenn ihr versucht, mir das zu nehmen!« Er sah erst jetzt, dass sie einen zerbrochenen Kerzenständer und eine Kinderpuppe an sich gedrückt hielt.

»Komm, mein Freund, die Alte ist doch verrückt. Und es ist nicht schwer zu erraten, was hier geschehen ist. Irgendjemand hat hier mit Feuer und Gewalt aufgeräumt. Ich vermute, dass unser alter Freund Weszen dahintersteckt.«

Sie durchquerten den Ugana-Tempel und fanden nichts anderes vor als zerstörte und niedergebrannte Hütten. Selbst die besseren Häuser, die schon lange in der Ruine gestanden hatten, waren zerstört worden.

Sie erreichten den ehemaligen Eingang des Tempels. Vor ihnen lag die Stadt, aber irgendetwas kam Jarok sehr merkwürdig vor. Er brauchte eine Weile, um zu verstehen, dass das von der großen Stille kam, die über dem sonst brodelnden Ugir hing. Die Alte Prozessionsstraße, einst ein Ort der Straßenhändler, lag verlassen in der Morgensonne.

»Ich nehme an, du hast einen Plan, Bruder? Wie kommen wir in den Palast?«

»Wir müssen zum Alten Suk im Herzviertel, Hesek. Und hoffentlich ist der nicht ebenso gespenstisch leer wie das, was wir hier vor uns sehen.«

Sie hasteten über die Straße und hielten sich dabei instinktiv im Schatten. Wo waren all die Menschen? Als sie an einer Kreuzung hielten und sich umsahen, hörten sie ein leises Rufen. Es kam aus einer nahen Haustür, die nur einen Spalt weit geöffnet wurde.

»Seid Ihr wahnsinnig, Freunde? Macht, dass Ihr von der Straße kommt!«

»Was ist denn hier los?«, fragte Jarok in den dunklen Türspalt hinein.

»Seid Ihr vom Himmel gefallen, dass Ihr das nicht wisst? Der Ugir-Schah lässt seine Männer in der ganzen Stadt nach Verrätern suchen. Und jeder, der auf der Straße angetroffen wird, ist verdächtig und damit auch schuldig.«

»Aber ich sehe hier keine Soldaten …«

»Sie waren eben erst hier, und sie werden bald zurück sein. Und jetzt verschwindet vor meinem Haus, bevor sie auf mich aufmerksam werden!«

Die Tür fiel ins Schloss, und Jarok hörte, wie sie hastig verriegelt wurde. »Und ich hatte gehofft, wir könnten in der Menge untertauchen …«, murmelte er.

»Das wird schwierig, mein Freund. Willst du immer noch zum Alten Suk? Es gibt da eine recht fähige Wache, wenn du dich erinnerst ...«

»Ich weiß, Brakas. Aber wir müssen dorthin.« Jarok war sich dessen aber nicht mehr sicher. Er suchte den Puppenspieler, doch wenn die ganze Stadt wie ausgestorben war, wem sollte Meister Iwar dann noch seine Stücke zeigen?

Sie wichen in Nebenstraßen aus und schlichen vorsichtig weiter. Zweimal hörte Jarok das Trampeln der Soldatenstiefel gerade noch rechtzeitig, um hastig ein Versteck zu suchen. Einmal sahen sie aus einiger Entfernung zu, wie ein Trupp Krieger ein Haus stürmte und dann die jammernden Bewohner hinausschleifte.

»Das sind Männer aus Westgarth«, stellte Brakas fest.

»Ist das gut oder schlecht für uns?«, fragte Hesek.

»Schlecht. Denn sie dienen jedem treu, der sie bezahlt. Sie stellen keine Fragen, und sie haben meist nicht viel übrig für Oramarer oder Damater oder überhaupt irgendwen, der kein Westgarther ist.«

»Weiter!«, drängte Jarok.

Der Alte Suk lag verlassen, und Jarok fragte sich, wie lange das schon so gehen mochte. Die Stadt würde doch verhungern, wenn die Leute nicht mehr vor die Tür konnten, um sich zu versorgen. Und wo waren all die Flüchtlinge abgeblieben, die vor einem halben Jahr hier noch alle Straßen verstopft hatten?

Es waren Wachen in den Straßen unterwegs.

»Blutwölfe!«, rief Brakas überrascht.

Auch Jarok hatte Uschum, den alten Schildmann ihrer Wache, wiedererkannt. Aber er konnte das Risiko nicht eingehen, sich ihm zu zeigen, also führte er sie über ein paar winzige Hinterhöfe zum Haus eines bestimmten Schmuckhändlers.

»Ah, *Meister Nowal – Gemmen und Edle Steine.* Eine gute Wahl, mein Freund.« Dann erklärte er Hesek: »Wir haben den Mann mal vor einem schweren Verlust bewahrt, weil wir die Einbrecher fingen, die ihn bestohlen hatten.«

Jarok klopfte vorsichtig an die hintere Pforte, und es dauerte eine Ewigkeit, bis sich eine leise Stimme auf der anderen Seite meldete.

»Ich bin's, Meister Nowal, Jarok von den Blutwölfen.«

»Der ist tot!«, kam es gedämpft durch die Tür.

»Und sagt man das auch über mich?«

»Meister Brakas?«

»Macht Ihr nun auf, oder wollt Ihr uns hier stehen lassen?«

Eine Weile blieb es still. Dann: »Was wollt Ihr von mir? Der Ugir-Schah hat Euch für Verräter und für tot erklärt.«

»Wie Ihr seht, sind wir nicht tot. Und Verräter sind wir nur in den Augen eines verrückten Prinzen. Jetzt macht schon die Tür auf.«

»Aber das ist gefährlich!«

»Verdammt, Nowal, habt Ihr vergessen, dass wir Euch einst Euren Schmuck wiederbeschafft haben?«

»Nein, schon gut«, beschwichtigte Jarok. »Ihr müsst uns nicht einlassen. Aber könnt Ihr mir sagen, wo ich den alten Puppenspieler finde?«

»Iwar? Er schläft immer noch in seinem Wagen, mitten im Suk. Aus irgendeinem Grund lassen ihn diese Krieger in Ruhe. Was wollt Ihr von ihm?«

»Nichts, was Euch kümmern müsste, Nowal. Passt auf Euch auf.«

Sie schlichen weiter durch winzige Hinterhöfe und schmale Nebenstraßen. Ab und zu hörten sie Soldaten durch die engen Gassen stampfen. »Ich hätte darauf kommen können, dass du Meister Iwar um Hilfe bitten willst, Bruder. Aber ich fürchte, er wird sie dir nicht anbieten können. Hast du vergessen, dass die Schatten einen Pakt mit Weszen eingegangen sind?«

»Er wird uns trotzdem helfen, wenn er erst erfährt, was ich ihm zu sagen habe, Hesek.«

»Ich wünschte, ich hätte deine Zuversicht, Bruder.«

Jarok war nicht so zuversichtlich, wie er tat. Er hatte keine Ahnung, ob der Schattenmeister ihnen helfen würde. Aber er musste, denn so, wie es stand, war Iwar der Einzige, der sie ungesehen in den Palast bringen konnte.

Jarok versuchte, sich die Plätze in Erinnerung zu rufen, an denen er den Wagen des Puppenspielers gesehen hatte. Davon gab es wenigstens ein halbes Dutzend.

Sie brauchten über eine Stunde, um den richtigen zu finden.

Der Wagen stand auf einem kleinen Platz, der früher fest in der Hand der Obsthändler gewesen war. Jetzt stritten sich nur ein paar Sperlinge um halb verfaulte Granatäpfel, die auf der Straße zurückgeblieben waren. Der Wagen stand mitten auf dem Platz in der prallen Sonne. Es gab keine Deckung auf dem Weg dorthin. Jarok lauschte, konnte aber keine Soldaten hören. Er bat die anderen beiden zu warten und lief kurzerhand hinüber.

Er hatte noch nicht richtig an der Tür geklopft, als sie schon aufflog, eine Hand hervorschoss, ihn packte und ins Dunkel hineinzog. Die stickige Hitze war schwer zu ertragen. Durch winzige Klappen in der Decke gelangte kaum Licht und noch weniger frische Luft in den Wagen.

»Sieh an, der Falkner ist zurück …«

»Ich grüße Euch, Meister Iwar.«

»Meine Antwort lautet nein.«

»Ihr habt meine Frage doch noch gar nicht gehört.«

»Ihr seid hier, um mich zu fragen, ob ich Weszen für Euch töten werde. Und da lautet die Antwort nein.«

»Eigentlich wollte ich Euch fragen, ob Ihr wisst, dass es Weszen war, der die Festungen der Schatten an den Seebund verraten hat …« Das war die Schlüsselfrage. Denn das würde den

Pakt, den die Bruderschaft mit dem Prinzen eingegangen war, in Frage stellen.

Iwar schüttelte seufzend den Kopf. »Natürlich wissen wir das. Wir sind die Schatten!«

»Aber … Ihr habt Euch dennoch mit ihm verbündet?«

»Wir wussten es nicht, als der Vertrag geschlossen wurde. Und wir werden ihn halten – vorerst, wenigstens, bis wir nicht mehr so nah am Rand der Vernichtung stehen, an den das Schicksal uns gebracht hat. Unsere Feinde sind zahllos, und Weszen ist der einzige Fürst am Goldenen Meer, der uns Zuflucht gewährt. Und deshalb werde ich ihn heute nicht töten.«

Jarok hatte diese Antwort insgeheim befürchtet, denn Baran hatte schon am Damat doch das Gleiche gesagt. Er hatte nur gehofft, dass der Prinz sich einmal geirrt hätte.

»Und selbst wenn ich wollte, wäre nicht gesagt, dass ich es könnte«, fügte der Schatten gelassen hinzu.

»Aber … Ihr seid ein Schatten!«

»Weszen wird gut beschützt. Ihr habt vielleicht schon gehört, dass er sein Zelt auf dem Reitplatz im Palast aufgeschlagen hat? Dort können seine Sandmeister Tag und Nacht über ihn wachen. Ein paar Männer aus dem Palast, Anhänger von Aphaskar, hatten sich gegen ihn verschworen und wollten ihn töten. Sie kamen nicht einmal in die Nähe der Zelte. Es ist vermutlich der Sand. Diese Zauberer haben ihre Fühler darin. Sie spüren es sofort, wenn jemand den Platz betritt. Wenn Ihr also nicht fliegen könnt …«

»Es würde mir schon reichen, auf Schussweite heranzukommen.«

Iwar lachte. »Wenn es nur so einfach wäre! Eine Wolke aus Staub umgibt die Zelte. Ich glaube nicht, dass Euer Pfeil hindurchkäme.«

»Aber es muss doch einen Weg geben …«

»Nun, vielleicht könnt Ihr einen Sturm entfachen, der allen

Sand fortbläst. Dann würden die Sandmeister Weszen nichts mehr nutzen. Habt Ihr diese Fähigkeit?«

Jarok seufzte. Er hatte zwei vage Pläne entwickelt, wie Weszen zu töten war, und beide waren gerade binnen Sekunden zerronnen.

»Diese verfluchten Zauberer!«

Iwar lachte wieder. »Wie ist eigentlich die Schlacht ausgegangen, die Ul-Sia für Weszen schlagen sollte? Wenn Ihr mit einem starken Heer anrückt, die unüberwindlichen Mauern der Stadt überwindet, die zahllosen Söldner besiegt, die Weszens Silber mit fanatischer Treue dienen – dann habt Ihr vielleicht die Möglichkeit, Weszen zu töten.«

»Die Schlacht endete mit einem Waffenstillstand, der aber nicht ewig halten wird. Ul-Sia steht leider zu dem Eid, den er auf Weszen geleistet hat.«

»Dann weiß ich leider keinen Weg für Euch, Jäger.«

Doch dann wusste es Jarok plötzlich selbst. Es stand klar und deutlich vor seinen Augen. »Aber ich weiß einen, Meister Iwar! Und deshalb noch einmal meine Frage, ob Ihr mich und meine Freunde ungesehen in den Palast bringen könnt.«

»Ihr habt einen Plan?«

»Ja, ich habe einen. Ich werde den Sandmeistern den Sand nehmen. Seid Ihr dabei?«

Iwar ließ sich mit seiner Antwort Zeit. Dann sagte er: »Das will ich zu gerne sehen … allerdings wäre meine Mitwirkung an gewisse Bedingungen geknüpft.«

»Bedingungen?«

»Ich bin ein Schatten. Wir töten nicht umsonst. Und wenn ich Euch helfen soll, den zukünftigen Padischah von Oramar zu töten, wird Euch das eine Kleinigkeit kosten.«

»Wie viel?«

»Einhunderttausend Denar.«

»Einhun… Glaubt Ihr, dass ich so viel Geld mit mir herumschleppe? Dieser Mann hat Euch verraten. Ihr solltet mit Freuden dabei sein, wenn es darum geht, ihn zu töten.«

»Das bin ich – für einhunderttausend Denar. Mir ist klar, dass Ihr das nicht sofort zahlen könnt. Aber ich erwarte eine verbindliche Zusage von Euch, dass die Schuld beglichen wird.«

Jarok zögerte. Baran wusste hiervon nichts – und er hatte auch nicht die Mittel, das zu bezahlen, jetzt, wo der Seebund seine Truhen nicht mehr für ihn öffnete.

»Ich verspreche es«, sagte er schließlich.

»Sehr gut, *Winterjäger.* Und ich nehme an, Ihr wisst, dass man Schatten besser nicht hintergehen sollte.«

Er kannte diesen Namen? Hatten sich die Lügen seiner Mutter bis nach Ugir herumgesprochen? Jarok nickte seufzend. Dann stellte er die zweite Frage, die ihm auf der Seele brannte: »Wisst Ihr, was aus meinem Ziehvater Bors geworden ist?«

»Er wurde verhaftet, wie ich Euch mitteilen ließ. Er verschwand im Kerker des Palastes und ist seither nicht mehr aufgetaucht.«

Jarok schloss die Augen. Der Gedanke, dass Bors im Verließ saß und litt, war unerträglich. Allerdings brachte sein Plan mit sich, dass er daran etwas ändern konnte …

»Ihr müsst also ungesehen in den Palast – und Ihr seid zu dritt, wenn mich meine alten Augen nicht täuschen … Oder sind da noch mehr?«

Iwar hatte Hesek und Brakas also bemerkt. Seine Augen waren vielleicht alt, aber bemerkenswert gut. »Nein, nur wir drei.«

»Euch ist doch klar, dass er nicht nur von Zauberern, sondern auch von seiner Leibwache bewacht wird, oder?«

»Wie viele?« Jarok hatte das befürchtet, aber in seinem Plan bisher nicht bedacht, weil er mit der Frage beschäftigt gewesen war, wie er die Zauberer überwinden konnte.

»Der Ugir-Schah misstraut inzwischen zwar selbst den Treuesten der Treuen, wie Ihr noch sehen werdet, aber es sind sicher noch fünfzig oder mehr Männer an seiner Seite. Je länger ich über die Schwierigkeiten nachdenke, desto neugieriger werde ich, wie Ihr sie überwinden wollt.«

»Lasst Euch überraschen.«

»Gut. Wartet hier auf mich. Ich sorge dafür, dass wir ungesehen in den Palast gelangen werden.«

Der Schatten verschwand, und Jarok saß in dem stickigen Wagen fest und überlegte fieberhaft, wie er die Leibwache ausschalten sollte. Plötzlich wurde die Tür aufgerissen, und Brakas und Hesek drängten in den Wagen. »Der Schatten hat uns geschickt, Bruder. Er meinte, wir seien da draußen nicht sicher.«

»Er hat Recht. Ich höre Soldatenstiefel.«

Wirklich marschierte kurz darauf ein Trupp in die Gasse und hielt an. Auf einmal war großes Geschrei, weil wieder eine Tür eingetreten, Leute hinausgezerrt und fortgeschleppt wurden. Jarok konnte die Frauen des Hauses klagen hören, aber der Befehlshaber, der Klangfarbe seiner Worte nach kein Oramarer, lachte sie nur aus. Die Soldaten verschwanden, und nur das leiser werdende Jammern einer Frau war noch zu hören. Aber dann zog sich die Frau auf Bitten einer jüngeren Stimme wieder ins Haus zurück, und gespenstische Stille legte sich über den Platz.

Wieder öffnete sich die Tür, und Meister Iwar warf etwas in den Wagen. »Zieht das an.«

Jarok hob das lederne Wams hoch. »Das ist eine Rüstung der Blutwölfe!«

»Es sind genauer gesagt vier Rüstungen«, meinte Brakas, der schon dabei war, sich umzuziehen. Auch Hesek zögerte nicht. Jarok starrte das Wams an. Er suchte nach Blutflecken, aber er fand keine.

Als sie umgezogen waren, traten sie hinaus in die Mittagssonne. Jarok strich das Wams glatt. Es fühlte sich vertraut an. Der Schattenmeister trug bereits eine Rüstung.

»Und wieso dann vier weitere Rüstungen?«

»Sie waren nun einmal zu fünft, und es kann ja nicht schaden, etwas Auswahl zu haben.«

»Meint Ihr, die Verkleidung reicht, um uns in den Palast zu bringen?«, fragte Hesek, der an seinem Wams zerrte, als sei es zu eng.

»Wenn Ihr aufhört, Euch so zu benehmen, als wäre diese Rüstung Euch fremd, kann es gelingen. Und falls die Wachen an den Toren zweifeln, habe ich Wege, sie zu überzeugen.«

Sie marschierten am hellen Tag über die Neue Prozessionsstraße Richtung Palast. Es kamen ihnen Truppen entgegen, einmal wurden sie auch von einer Schar überholt, aber es waren stets Söldner. Jarok nahm die Hand nicht vom Schwert. Niemand stellte Fragen, niemand hielt sie auf.

Die äußere Mauer des Palastviertels tauchte vor ihnen auf. Eine ganze Schar Krieger hatte sich dort gelagert. Iwar hob die Hand, und sie hielten an. »Als ich das letzte Mal hier war, standen sich da gerade nur fünf Mann die Beine in den Bauch.«

»Und was jetzt?«, fragte Brakas.

»Seht doch!«, rief Hesek leise.

Ein Söldnertrupp kehrte aus der Stadt zurück. Die Männer marschierten hinein, ohne dass die Wachen viel Notiz von ihnen nahmen.

»Jetzt wir«, kommandierte Iwar.

»Sieh an, wer kommt denn da?«, grüßte der Söldner mit viel Häme in der Stimme. »Ein paar Stadtwachen trauen sich in den Palast.«

»Was kümmert es dich?«, gab Brakas grob zurück.

»Schon gut. Kommt eben nicht oft vor«, meinte der Söldner, der dem Aussehen nach von einer der Fieberinseln im Süden stammte, und winkte sie durch.

»Was meinte er damit?«, fragte Jarok leise.

»Weszen vertraut lieber Söldnern als Einheimischen, seit der Sache mit Aphaskar.«

»Was war denn mit dem Großwesir?«

»Der Ugir-Schah glaubt, dass der Mann ihn stürzen wollte, um Ugirs Unabhängigkeit wiederherzustellen.«

»Aphaskar? Wirklich? Dann hat er aber reichlich Gelegenheiten verstreichen lassen, sich gegen Weszen zu stellen.«

»Er ist eben ein schlauer Fuchs und hat abgewartet, welcher Prinz am Ende übrig bleibt. Aber dann war er wohl zu langsam, und plötzlich musste er selbst um sein Leben rennen. Wusstet Ihr denn nicht, dass er von den letzten Hohepriestern der Ugana abstammt? Er hat davon geträumt, den alten Glanz seiner Göttin wiederherzustellen, in einem Ugir, das nicht mehr zu Oramar gehört.«

Das Tor der eigentlichen Palastmauer tauchte vor ihnen auf, und jetzt sah Jarok, was der Schattenmeister vorhin mit seiner Bemerkung über die Treuesten der Treuen gemeint hatte. Oben auf den Zinnen waren ein Dutzend gepfählter Männer ausgestellt, und fünf von ihnen trugen die Rüstung der Leibwache.

Am Tor standen Söldner, Westgarther, und sie nahmen ihre Aufgabe ernst. »Zu wem wollt Ihr, Männer?«

»Zu Bannermeister Alseq«, antwortete Jarok und dachte, dass er sich besser hätte erkundigen sollen, ob der Mann noch im Amt war.

»Alseq? Den kenne ich nicht.«

»Aber ich kenne ihn«, sagte ein zweiter Westgarther. »Geht hinein. Ihr werdet ihn selbst nicht sprechen können, denn er ist beim Ugir-Schah, doch gibt es im Palast noch genug Lakaien, die ihn für Euch rufen können.«

»Bis jetzt war es fast zu einfach«, murmelte Brakas, als sie die breite Treppe zum Palast hinaufliefen.

»Der schwierige Teil kommt jetzt. Wir müssen in den Kerker.«

»Augenblick, mein Freund. Du hast doch nicht etwa vor, deinen Ziehvater jetzt zu befreien?«

»Vielleicht habe ich das, Brakas, aber ich will nicht deswegen dorthin.«

Sie hetzten durch lange Palastgänge, die beinahe ebenso ausgestorben wirkten wie die Stadt. Nur hier und da sahen sie einen Diener vorüberhuschen. Aber wenn Jarok in die Gänge spähte, die nach Westen zum großen Reitplatz führten, sah er jede Menge Krieger dort. Und er war sich immer noch nicht im Klaren darüber, wie er die überwinden sollte. *Eines nach dem anderen,* dachte er. *Solange ich nicht weiß, ob der erste Schritt gelingt, muss ich mir keine Gedanken über den zweiten machen.*

Sie erreichten den Zugang zum Kerker, und die Wache hielt sie nicht auf, als sie die dunkle Treppe hinabstiegen. Aber am nächsten Tor baute sich der Kerkermeister vor ihnen auf. »Wer kommt da? Ihr bringt keine Gefangenen. Was wollt ihr hier?«

»Wir sind hier, um einen Gefangenen abzuholen, Herr«, erwiderte Jarok. »Der Ugir-Schah wünscht ihn zu sehen.«

»Und habt ihr ein Schreiben von Alseq?«

»Er meinte, das sei nicht nötig.«

Der Kerkermeister trat einen Schritt näher an Jarok heran. »Ich kenne Euch doch …«

Jarok sah, dass Brakas schon die Hand am Dolch hatte. Aber er wollte einen Kampf vermeiden. Da waren noch vier andere Wachen, die dem Gespräch bis jetzt mit mäßigem Interesse zu folgen schienen. »Der Ugir-Schah ist kein geduldiger Mann, wie Ihr wisst, Herr. Wollt Ihr ihn wirklich warten lassen?«

»Verdammt! Ihr seid dieser Damater, der Verräter! Wa…«

Der Kerkermeister kam nicht weiter. Er lag tot auf dem Boden, bevor Jarok wusste, wie es geschehen war. Und als er verdutzt aufblickte, sah er Meister Iwar an der nächsten Pforte lehnen. Die vier anderen Wachen hatten sich nicht gerührt. Sie wirkten wie gelähmt. Aber ihre Erstarrung löste sich jetzt, und eine nach der anderen sank sterbend in sich zusammen.

»Wie habt …?«, fragte Brakas.

»Habt Ihr noch nie einen Schatten bei der Arbeit gesehen? Nein? Das hätte mich auch gewundert.« Iwar zwinkerte ihnen kalt lächelnd zu.

Jarok riss sich zusammen. »Sucht die Schlüssel. Und dann weiter!«

Sie stiegen weiter hinab in den Kerker, und jetzt hielten die gelegentlichen Wachen sie nicht mehr auf. Vermutlich nahmen sie an, dass es schon in Ordnung sei, da sie doch die Wachstube am Eingang passiert hatten ... Wie bei seinen letzten Besuchen beschlich Jarok ein Gefühl der Beklemmung, und es war sogar stärker als früher. Irgendwann begriff er, dass es daran lag, dass die Zellen viel voller waren. Das Gefängnis war einfach überfüllt.

»Wie tief geht es denn hier noch hinunter?«, fragte Hesek irgendwann.

»Wir haben es gleich geschafft«, murmelte Jarok. Endlich lag die Pforte des untersten Kerkers vor ihm.

Hier wollten die beiden Wächter sie nicht einlassen, aber sie waren tot, bevor sie zu Ende gesprochen hatten, und Meister Iwar sah danach immer noch so vergnügt und gelassen aus, als sei er auf einem Spaziergang.

»Musstet Ihr sie denn gleich umbringen?«

»Was erwartet Ihr von einem Schatten, Winterjäger?«

Jarok suchte eine bestimmte Zelle. Ob der Mann überhaupt noch lebte? Er öffnete die niedrige Tür. Drinnen herrschten Stille und Dunkelheit. Aber er spürte, dass jemand dort war. »Meister Ured?«

Ein leises Klirren von Ketten antwortete ihm. Dann kroch eine ausgemergelte Gestalt in das schwache Licht, das von der offenen Tür in den Kerker fiel. Der Mann sah furchtbar aus.

»Wer ist dieses Skelett?«, fragte Hesek.

Aber Iwar an seiner Seite war einen Schritt vorgetreten. »Faran Ured? Er ist noch am Leben? Nun, vielleicht ist Eure Sache nicht ganz so aussichtslos, wie ich dachte, Damater.«

»Brakas, besorge Essen und Wasser. Und du hilf mir, ihn in den Gang zu schaffen, Bruder.«

»Was wollt Ihr?«, fragte der Gefangene flüsternd.

»Wir wollen Euch hier hinausschaffen, Meister Ured. Und wir wollen Euch helfen, Euch an Eurem Peiniger zu rächen.«

»Meine Töchter …«

»Sie sind fort, aber wir werden Euch helfen herauszufinden, an wen Weszen sie verkauft hat.«

Brakas brachte Wasser, und der Gefangene stürzte es hinunter. Danach machte er sich über das Brot her.

»Ich verstehe nicht, wie dieses Skelett uns helfen soll, Bruder.«

»Das ist der Mann, der die Schlacht an den Nebelseen fast ganz allein gewonnen hat, Hesek. Er ist der mächtigste Zauberer, dem ich je begegnet bin.« Dann dachte Jarok an Gamutak, der Erdbeben heraufbeschwören konnte, aber den erwähnte er lieber nicht.

»Die Ketten …«, flüsterte Meister Ured.

Sie probierten ihre Schlüssel, aber als keiner passen wollte, schob Meister Iwar sie zur Seite. Er besah sich die Ketten und die magischen Symbole, die sie trugen. »Das wird nicht einfach.« Er begann, leise zu murmeln, und irgendwie schien es um ihn herum dunkler zu werden. Schweißperlen traten ihm auf die Stirn. Endlich sprang das erste Schloss auf. Iwar ächzte und machte sich an das zweite. Auch das schien sich zu wehren, aber am Ende waren alle Schlösser geöffnet, und ein schwer atmender Iwar lehnte sich an die Wand. »Ich fange an zu glauben, dass ich zu wenig Silber für meine Arbeit verlange, Winterjäger.«

»Es gab hier noch einen anderen Gefangenen, einen Schmied«, sagte Jarok. »Vielleicht kann der uns auch von Nutzen sein.« Aber die Zelle, in der er den kleinwüchsigen Schmied gesehen hatte, war leer.

»Wird es gehen, Meister Ured?«

»Ihr sagtet, ich könne mich an Weszen rächen?«

»So ist es.«

»Dann wird es gehen«, verkündete der Zauberer grimmig, aber Hesek musste ihn doch stützen, als sie aufbrechen wollten.

»Wenn wir ihn ohne Ketten hier rausschaffen, werden die Wachen nicht mehr glauben, dass alles in Ordnung ist«, gab Hesek zu bedenken.

Plötzlich hatte Jarok die Lösung. »Wir lassen einfach alle frei!«

»Was?«

»Wir befreien die Gefangenen!«

»Und dann hetzen wir sie auf die Söldner!«, rief Brakas begeistert.

»Es wird reichen, wenn sie sie ablenken«, murmelte Jarok, der sich nicht eingestehen wollte, dass Brakas' Vorschlag gut war.

Im nächsthöheren Stock öffneten sie alle Kerkertüren, und die Wächter, die so dumm waren, das verhindern zu wollen, waren zu schnell tot, um es zu verhindern.

Die Gestalten, die ihnen aus den Zellen entgegenwankten, waren so mitleiderregend, dass selbst Brakas sie nicht mehr in einen Kampf hetzen wollte. »Bors? Bors Falkenauge?«, fragte Jarok immer wieder, aber niemand konnte ihm etwas über ihn sagen.

In den oberen Stockwerken waren die Gefangenen in besserer Verfassung, und als Brakas ihnen verkündete, dass sie nur durch Kampf ihre Freiheit erlangen konnten, waren viele bereit, zu den Waffen zu greifen. Aber sie hatten nicht viele, nur die der Wachen, der toten wie der wenigen klügeren, die sich ergeben hatten.

»Oben gibt es noch mehr!«, rief Brakas. »Aber Ihr müsst sie Euch mit Gewalt nehmen!«

Vergeblich versuchte Jarok, ihn zu bremsen. Der Westgarther schwang sich jetzt zum Anführer der Befreiten auf. Und als sie endlich die Tür zum Palast geöffnet hatten, da brannten die ausgemergelten Gestalten auf einen Kampf. Brakas führte, und wer sich auf den Beinen halten konnte, schien ihm voller Begeisterung in die Schlacht zu folgen.

»Das ist Mord!«, murmelte Jarok, als er sah, wie die Söldner die Gefangenen niederschlugen. Aber die waren in der Überzahl, und als die ersten Soldaten überwältigt waren, bekamen sie mehr Waffen in die Hände. Und dann lieferten sich diese Bäcker, Händler, Seeleute, Priester, Schuster und Tagelöhner eine regelrechte Schlacht mit den Männern, die zwischen ihnen und ihrer Freiheit standen.

»Weiter, Jarok!«, rief Hesek.

Sie stiegen über die Leichen in einen Gang, der sie zum großen Reitplatz führte. Jarok wollte ins Freie treten, aber Iwar hielt ihn auf der Schwelle zurück. Vor ihnen lag die Fläche, die früher von den berittenen Truppen der Stadt genutzt worden war. Die Stallungen dahinter waren nur schemenhaft zu erkennen, denn eine Staubwolke wirbelte in der Mitte des Platzes. Jarok glaubte, die Umrisse von Zelten in der Wolke zu sehen. Weszen hatte sich wirklich ein Stück Wüste in der Mitte der Stadt geschaffen.

Zwei Gefangene, die aus einem der Nebengebäude taumelten, traten in den Hof hinaus, wurden plötzlich von einer Böe aus Wind und Sand erfasst und in die Mitte des Platzes gezogen. Jarok hörte ihre Schreie, die sehr abrupt endeten, als sie innerhalb der Wolke waren.

»Hier kann ich nicht viel tun. Ich bin ein Meister des Wassers«, murmelte Faran Ured.

Meister Iwar, der kurz verschwunden gewesen war, stand plötzlich mit einer großen silbernen Karaffe neben ihm.

»Das wird nicht reichen«, erklärte der Zauberer.

Jarok sprach ihm Mut zu. »Ihr könnt Wasser von weit her bewegen, Meister Ured, das habe ich gesehen. Könnt Ihr keinen Regen rufen? Weszens Zauberer können den Sand nicht mehr beherrschen, wenn er nass ist.«

»Regen? Hier? Wisst Ihr eigentlich, was Ihr da verlangt?«

»Könnt Ihr es, oder könnt Ihr es nicht!«, herrschte Jarok ihn an. »Dort drüben sitzt der Mann, der Eure Frau ermordet und Eure Töchter in die Sklaverei verkauft hat!«

Der Zauberer schüttelte die mageren Arme, und seine Augen blitzten zornig. »Reizt mich besser nicht, Meister Jarok, und jetzt geht mir aus dem Weg.« Er hockte sich auf die Schwelle, goss sich Wasser über die rechte Hand und dann in den Sand und begann eine Beschwörung zu murmeln.

Jarok sah fasziniert zu und achtete kaum noch auf den Lärm der Schlacht, die in den Gängen des Palastes tobte. Brakas kam herangeschlendert. Er hatte in dem ganzen Chaos offenbar keinen Kratzer abbekommen. »Wie steht der Kampf?«, fragte Hesek leise.

»Wir haben die Söldner weitgehend vertrieben, aber ich fürchte, sie werden bald Verstärkung bekommen, und dann wird es hässlich. Das da« – er wies auf die Staubsäule in der Platzmitte – »sollte bald beendet sein. Sonst kann es übel ausgehen.«

Faran Ured hob die Hände zum Himmel. Er rief Worte in einer Sprache, die Jarok noch nie gehört hatte, verstummte und senkte die Hände. Er zitterte am ganzen Leib.

Jarok spähte zum Himmel. Er war wolkenlos, wie zuvor. Unwillkürlich suchte er nach Hrima, aber die war nicht zu sehen. Dann bemerkte er, dass der Himmel sich verfärbte. Das Blau wurde dunkler, fast schwarz, und irgendetwas von dort oben schien sich wie eine Last auf den Platz zu legen. Jarok fiel das Atmen schwer.

Dann zerriss der Himmel mit einem gleißenden Blitz, und ein heftiger Schauer ging über dem Reitplatz nieder. Der Donner war so laut, dass die Scheiben zitterten. Jarok starrte hinüber. Die Staubwolke war verschwunden. Hatte es gereicht?

»Komm schon!«, schrie Brakas und stieß ihn in die Seite.

Sie stürmten los. Brakas ließ schrille Pfiffe hören, und aus den anderen Nebengebäuden kamen jetzt die Gefangenen hervor, brüllten und stürzten sich auf die Zelte in der Mitte. Aber sie wurden erwartet. Pfeile flogen, rissen den einen oder anderen Mann von den Füßen. Auch über Jarok sauste ein Geschoss hinweg. Und plötzlich blieb Hesek, der dicht neben ihm rannte, mit einem gurgelnden Schrei zurück.

»Weiter!«, schrie Brakas und schwang seine Axt.

Die Gefangenen prallten auf den Schildwall, den die Leibwache gebildet hatte. Stöhnen und Schreie erklangen, Waffen klirrten. Jarok hatte sein Schwert in der Faust. Er suchte eine Lücke in dem Wall aus Leibwachen. Wie von Geisterhand tat sie sich plötzlich vor ihm auf. Männer sanken nach rechts und nach links, und hinter ihnen tauchte der schmächtige Umriss von Meister Iwar auf.

Jarok stürmte voran, mitten hinein in das Durcheinander. Er konnte das beenden! War Weszen erst einmal tot, war die Schlacht vorbei! Er sah Brakas, der mit einem Mann in einer Robe kämpfte. Das war Sandmeister Pirim, der Mann, der mit ihnen an den Nebelseen gekämpft hatte. Er hatte nur ein Messer, stieß damit ungeschickt nach dem Westgarther, und bevor Jarok etwas rufen konnte, hatte Brakas den Zauberer mit einem Hieb seiner Axt niedergestreckt. Die Worte der Seherin kamen ihm wieder in den Sinn. *Der Freund kämpft gegen den Freund.* Hatte sie das gemeint? Oder war da noch mehr?

Er schüttelte die Gedanken ab und stürmte auf Weszens Zelt zu, als plötzlich ein Mann vor ihm auftauchte. Es war Alseq, der Bannermeister, der ihn früher schon gehasst hatte. Mit einem Schrei griff er Jarok an. Der parierte den Schwertstoß mit seiner Klinge, aber Alseq schlug mit seinem Schild nach ihm, erwischte ihn am Kopf, und er stolperte benommen zurück. Plötzlich hielt der Bannermeister inne, drehte sich einmal um die eigene Achse und fiel. Wieder stand Iwar scheinbar völlig gelassen dort. »Ihr solltet Euch beeilen, Winterjäger, bevor niemand mehr übrig ist, der Euren Sieg feiern könnte.«

Jarok stürmte in Weszens Zelt. Der Prinz war dort. Er saß in einer leichten Lederrüstung auf einem Hocker, den Ellenbogen auf das Knie gestützt, und schien ihn zu erwarten. »Ah, also bist du es, Jarok. Ich habe dir vertraut. Bist du gekommen, um mich zu ermorden, Verräter?«

Jarok sagte nichts. Er hatte mit allem gerechnet, aber nicht da-

ihn nicht umbringen. Ich werde in deinem Namen sehen, was ich da draußen tun kann. Die Leute warten nämlich auf Anweisungen ...« Der Westgarther verschwand wieder.

»Ihm scheint viel an Eurem Aufstieg gelegen«, sagte der Schattenmeister.

»Er hofft, mit aufzusteigen.«

»Ich habe diese Gerüchte übrigens auch gehört, von denen Weszen sprach. Aber ich nehme an, dass Ihr diesen Unsinn nicht glaubt, oder?«

»Was tut das zur Sache?«

Der Schattenmeister erhob sich. »Nichts, eigentlich. Ihr würdet Euch auf dem Pfauenthron vermutlich nicht schlechter machen als der Schlächter Weszen, oder Baran, von dem man sagt, er sei in seine Pergamente verliebt.«

»Fangt Ihr jetzt auch davon an, dass mir die Bestimmung im Blut liege, so wie meine Mutter?« Jarok musste wieder an seine Halbschwester, ihren Wahnsinn und ihre Prophezeiung denken. Sie hatte gesagt, sie würde im Blut ihres Bruders tanzen. Einer lag dort, aber der blutete nicht. Dann blieben nur noch zwei übrig ...

»Ganz im Gegenteil. Ich sagte Euch doch schon, dass ich einst in Damatien war. Jetzt sollte ich Euch vielleicht sagen, dass ich gewissermaßen dabei war, als Ihr gezeugt wurdet, Winterjäger.«

»Ihr wart dort?«

»Ich wachte über den Padischah, den großen Freund und Förderer der Schatten. Er war in Gromar, um ein äußerst wichtiges Abkommen mit den Damatern auszuhandeln, das am Ende doch wieder das Pergament nicht wert war, auf dem es geschrieben stand. Jedenfalls war ihm viel am Gelingen der Verhandlung gelegen. Euer Großvater, obwohl er weder Atman noch Schamane war, führte das Wort für die Damater. Er hatte seine Kinder nach Gromar mitgebracht. Daraus ergab sich eine unglückliche Verkettung der Umstände, und am Ende tat ich das, was ich eben tat.«

Jarok hatte immer noch keine Ahnung, was der Schattenmeister ihm sagen wollte.

Iwar seufzte. »Die Tochter Eures Großvaters, Eure Mutter, war jung und wild. Sie gefiel den Männern, denn sie war auch eine Schönheit. Einigen Männern gefiel sie zu gut.«

»Dem Padischah, ich weiß …«

»Nein, nicht Akkabal, der war viel zu beschäftigt, aber dreien seiner Leibwächter. Die, trunken vom Wein, fingen die junge Frau abseits des allabendlichen Festes ab und nahmen sie mit Gewalt. Dann kam ein Bruder Eurer Mutter ihr zur Hilfe. Er muss etwas geahnt haben, sonst hätte er das Fest kaum verlassen.«

»Terok? Mein Onkel Terok kam meiner Mutter zu Hilfe?«

»Es gab einen Kampf, und ich … mischte mich ein. Ich konnte nicht zulassen, dass die Kinder des vielleicht wichtigsten Damaters bei diesen Verhandlungen getötet wurden. Die Leibwächter hingegen waren entbehrlich. Eure Mutter flehte mich an, niemandem davon zu erzählen. Ich habe mich bis heute daran gehalten, obwohl ich es ihr damals nicht versprach, denn so etwas tut ein Schatten nur ungern. Ich wusste jedoch lange nicht, dass dieser unseligen Nacht ein Kind entsprang.«

Jarok starrte den Mann einfach nur an. Es war zu viel. Seine Mutter war vergewaltigt worden? Er war kein Sohn des Padischahs, sondern eines betrunkenen Leibwächters? Und Terok hatte das gewusst? Er hatte seine Schwester damals gerettet, und die hatte ihn zum Dank dafür vor einer Woche umbringen lassen?

Jarok setzte sich auf Weszens Stuhl und begann zu lachen. Er konnte nicht anders. Das alles war unendlich traurig, düster und zum Verzweifeln, aber er, er musste lachen, und obwohl er fast vom Sitz fiel, konnte er einfach nicht damit aufhören.

21.

»Was ist so lustig?«, fragte Brakas, der zurückgekommen war.

Jarok bekam sich wieder unter Kontrolle. Er setzte sich auf und wischte sich die Lachtränen aus den Augen. Die Frage war berechtigt. »Nichts, Brakas, gar nichts. Sind die Verwundeten versorgt?«

»Einer der Sandmeister hat seine Hilfe angeboten. Aber ich weiß nicht, ob wir ihm trauen können.«

Jarok erhob sich. Er nahm Weszens Schwert an sich, da sein eigenes zerbrochen war, und trat wieder aus dem Zelt. Die Überlebenden trugen die Toten zusammen. Er sprach einen älteren Gefangenen an, der hier das Kommando übernommen zu haben schien. »Seid Ihr gewillt, hier die Verantwortung zu übernehmen? Gut, dann nehmt dem Mann in der Robe die Fesseln ab. Die Hilfe eines Sandmeisters ist willkommen. Und schickt ein paar Männer hinüber in die Kaserne. Sie sollen den Feldscher holen und alle, die sich aufs Heilen verstehen. Sendet auch Boten in die Stadt. Es gibt ein paar fähige Heiler im Glutviertel.«

»Ich kenne auch einige im Palastviertel. Ich hatte dort ein Geschäft für kostbare Öle, bevor der verfluchte Weszen der Meinung war, dass ich im Kerker besser aufgehoben sei.«

Jarok fragte den Mann, ob er Bors im Verließ gesehen oder von ihm gehört habe, doch der Ölhändler wusste nichts von einem Blinden. Jarok übertrug Brakas das Kommando über die Truppen, suchte Hesek auf, der nicht sprechen konnte, aber sonst erstaunlich wohlauf war, und eilte dann wieder in den Palast. Er musste noch einmal in den Kerker. Verängstigte Diener tauchten auf und wollten wissen, was geschehen war. Er hielt sich nicht mit Erklärungen auf und übertrug einem der Wesire die Verantwortung dafür, die Leichen aus dem Palast zu schaffen.

Der Kerker wirkte merkwürdig leer. Auch hier lagen überall Tote, und wann immer Jarok einen Mann in zerlumpter Kleidung irgendwo liegen sah, durchfuhr ihn ein Stich, weil er dachte, es könne Bors sein. Aber er war nicht unter den Toten und auch nicht unter den Lebenden, die zu schwach waren, das Gefängnis zu verlassen. Er befragte die wenigen Wachen, die überlebt hatten, aber auch die konnten ihm zunächst nicht helfen. Dann fand er einen feisten Kahlkopf, der, wie sich herausstellte, in der Gefängnisküche arbeitete, aber Bescheid wusste. »Früher wurde peinlich genau Buch geführt, Herr, über jeden, der herkam, und jeden, der ging oder hinausgetragen wurde. Doch in letzter Zeit kamen einfach zu viele, und niemand ging. Und die, die hinausgetragen wurden, wurden bestenfalls noch gezählt. Es war eben nicht mehr wie früher, Herr.« Er schien den alten Zeiten nachzutrauern.

Jarok wurde wütend. »Und die Leichen? Wo hat man die Toten hingeschafft?«

»Erst wie früher durch das Sandtor in die Wüste, Herr. Es gibt dort Massengräber für die Armen, wusstet Ihr das nicht? Zuletzt jedoch starben viele an Hunger und Schwäche, und die ließ Weszen wagenweise in den Fluss werfen, damit die Strömung sie davontrug. Ich selbst habe einige dieser traurigen Fuhren zum Ufer geleitet, weil die Wachen allmählich knapp wurden, so wie auch das Essen für die Gefangenen.«

»Und habt Ihr dort keinen Blinden gesehen? Einen Haretier, mit einer Narbe über der Schläfe?«

»Sind die Toten nicht alle blind? Aber ein Haretier, sagt Ihr, mit einer Narbe? Ja, ich glaube, so einen Mann habe ich gesehen.

Er war sehr alt und dünn, aber seine Finger waren auffallend kräftig. Könnte das der Mann gewesen sein?«

Jarok durchfuhr ein kalter Stich. Die kräftigen Finger kamen vom Spannen des Bogens. Bors war wirklich tot? Jarok packte den Mann am Kragen und drückte ihn gegen die Wand. »Und Ihr habt ihn einfach in den Fluss geworfen?«

»So lautete unser Befehl, Herr«, rief der feiste Koch, und Jarok konnte die Angst in seinen Augen sehen. Bors war tot und nicht einmal beerdigt worden? Er hätte diesem abgestumpften Mann gerne sein Schwert in den Wanst gerammt, aber dann ließ er ihn doch los. »Kümmert Euch um die Gefangenen, die zu schwach sind, dieses Höllenloch auf eigenen Beinen zu verlassen. Bringt sie ans Licht, und dann macht ihnen etwas zu essen, verstanden?«

Der Koch nickte eifrig.

Jarok fühlte sich, als müsse er ersticken, und das wurde nur wenig besser, als er den Kerker hinter sich gelassen hatte. Bors war tot. Er fühlte eine entsetzliche Leere.

Er bekam keine Zeit zum Trauern. Ein Dutzend der wichtigeren Wesire des Palastes wartete auf ihn, die eine Hälfte, weil sie seine Befehle erwarteten, die andere Hälfte, weil sie ihm sagen wollten, dass sie keine Befehle von ihm entgegennehmen würden. Jarok war nicht in Stimmung für lange Diskussionen: »Ihr habt doch bestimmte Aufgaben hier im Palast, oder nicht? Gut. Dann tut, was Ihr immer getan habt!«

»Ihr habt nicht die Autorität …«, begann ein alter Wesir, aber Jarok zog sein Schwert, und der Alte verstummte.

»Prinz Baran, der nächste Padischah von Oramar, wird bald hier sein. Er wird mich fragen, wer von den Dienern des Palastes seine Arbeit gut tat und wer nicht. Meine Antwort hängt von Euch ab. Wenn Ihr also Eure Köpfe und Eure schönen Posten behalten wollt, solltet Ihr Euch nützlich machen, verstanden?«

»Denen hast du es aber gezeigt«, meinte Brakas, der durch einen Nebeneingang in die Halle gekommen sein musste.

»Eitles, faules Pack«, murmelte Jarok. »Ich glaube nicht, dass sie zu viel nütze sind, aber ich hoffe, sie stehen jetzt wenigstens nicht mehr im Weg.« Er steckte sein Schwert wieder in die Scheide.

»Schön. In der Thronhalle sind noch ein paar Männer, die dich gerne sprechen wollen, mein Freund.«

Jarok seufzte. »Hat das nicht Zeit?«

Brakas grinste. »Es sind Söldner. Wenn du willst, dass sie plündernd durch Ugir ziehen, kannst du sie ruhig vertrösten. Wenn nicht, solltest du mit ihnen reden. Und ich fürchte, dass sie sich von einem gezogenen Schwert nicht beeindrucken lassen.«

Also lief Jarok hinüber in die Halle. Unterwegs befahl er drei Dienern, ihn zu begleiten, denn er hatte das Gefühl, dass er sie brauchen würde.

Er wurde von zwei Dutzend Söldnerführern erwartet, die viele Fragen stellten, vor allem aber lautstark den Sold für sich und ihre Männer verlangten. Jarok ließ den Schatzmeister des Palastes holen, doch der eröffnete ihm in einer geflüsterten Unterredung, dass Weszen die Schatzkammer mit der Anwerbung der Söldner zur Gänze geleert hatte.

»Sie sind also schon bezahlt?«, fragte er irritiert.

»Nein, Herr, angeworben, doch nicht ausbezahlt.«

Jarok unterdrückte ein Seufzen. Er sah sich die Männer an. Sie waren Fremde, Südländer, Westgarther, sogar ein paar Männer aus Alt-Melora und aus anderen fernen Ländern. Aber ihnen war gemein, dass sie nicht so aussahen, als würden sie sich einfach mit nichts abspeisen lassen. Dann sah er die bewundernden Blicke, die einer der Männer auf die silbernen Leuchter warf.

»Gefallen Euch diese Kerzenleuchter?«, fragte er freundlich.

»Silber?«, lautete die Gegenfrage.

»Pures Silber. Hört, die Schatzkammer ist leer, doch bin ich bereit, Euch mit silbernen Leuchtern und allem zu bezahlen, was sich sonst noch von Wert in diesem Palast befindet.«

»Wir dürfen den Palast plündern?«, fragte ein Westgarther.

»Nein, das dürft Ihr nicht. Ich schicke meine Leute aus. Wir wollen doch nicht, dass es hier zu Missverständnissen mit den Wachen kommt, nicht wahr?«

Die Söldner sahen einander an. Dann sagte ein Westgarther: »Ihr könnt damit beginnen, es herzuschaffen. Doch haben wir nicht gesagt, dass uns das genügen wird …«

Jarok schickte den widerstrebenden Schatzmeister los, alles an Silber zusammenzukratzen, das er finden konnte.

»Baran wird das nicht gefallen«, prophezeite Brakas.

Jarok zuckte mit den Achseln. »Bevor sie seine Stadt niederbrennen … aber geh du und trommle unauffällig alle Wachen zusammen, die bereit wären, für Baran zu kämpfen, und bringe sie in den Palast.«

Brakas kratzte seine Bartstoppeln. »Ich finde mehr, wenn ich frage, wer bereit ist, für uns zu kämpfen. Ich glaube nicht, dass Baran sehr beliebt ist in dieser Stadt. Ich schicke dir jedenfalls gleich ein paar von unseren neuen Freunden aus dem Kerker. Mir ist nicht wohl, dich mit diesen Halsabschneidern allein zu lassen.«

Jarok nickte. Das hatte er gar nicht bedacht, aber er glaubte auch nicht, dass die Männer Ärger machen würden, solange sie auf Bezahlung hofften.

Schon während er mit den Söldnern verhandelt hatte, war Jarok ein Mann aufgefallen, der sich an der großen Hauptpforte herumdrückte und sich nicht in den Saal hineinzutrauen schien. Er winkte ihn heran. »Ihr habt ein Anliegen, Freund?«

Der Mann drehte verlegen seine Kappe in den schmalen Händen. »Es ist wegen des Brotes, Herr. Die Bäckereien sind geschlossen, wie Ihr vielleicht wisst.«

»Dann öffnet sie doch wieder. Ich hebe die Ausgangssperre auf.«

»Ich danke Euch, Herr.« Der Mann schien jedoch noch ein weiteres Anliegen zu haben.

»Es nützt nicht viel, wenn die Bäckereien öffnen, Bannermeister, da sie kein Korn mehr haben«, erklärte eine bekannte Stimme. Jarok fuhr herum. Hennara! Sie war es wirklich. »Kein Korn mehr?«, fragte er, weil er nicht wusste, was er sagen sollte.

»Weszen hat die Speicher schließen lassen, die Häfen und die Stadttore ebenso, so dass auch keine Lieferungen in die Stadt gelangen konnten.«

»Kein Korn …«, wiederholte er.

Vermutlich machte er ein ziemlich dummes Gesicht, denn Hennara deutete ein spöttisches Lächeln an und sagte leise: »Ihr wisst doch, dass Bäcker Korn zum Backen brauchen – oder weiß das ein Jäger nicht?«

Er sammelte sich. »Ich lasse die Speicher öffnen. Und auch alles, was sonst erforderlich ist. Wer ist dafür zuständig?«

Die Diener trieben die entsprechenden Wesire auf, die sich widerstrebend seinen Befehlen beugten, sichtlich irritiert von dem Haufen aus silbernen Leuchtern, Tellern und Teppichen, der inzwischen in der Halle wuchs.

»Wenn Ihr einen Augenblick Eurer Zeit erübrigen könnt, Bannermeister, dann solltet Ihr hinüber in den Frauenbereich des Palastes kommen. Auch dort braucht man Eure Hilfe«, erklärte Hennara.

Er versprach es, und er war froh, dass sie sich wieder zurückzog. Er hatte bei den Söldnern einige Blicke gesehen, die ihm nicht gefielen.

Es dauerte Stunden, bis die Krieger mit dem zufrieden waren, was die Dienerschaft an Wertgegenständen zusammengetragen hatte. Dann riefen sie ihre Leute herbei, um es fortzuschaffen, und natürlich gab es sofort Streit um die besten Stücke. Jarok ließ die Männer streiten. Er war zu müde, um dazwischenzutreten, und auch irgendwie der Meinung, dass ihn das eigentlich nichts mehr anging. »Ihr habt, was Ihr wolltet. Die Stadttore stehen Euch offen – also zieht ab.«

»Höflich seid Ihr nicht gerade, Bannermeister«, meinte einer der Anführer.

»Ich bin sicher, Prinz Baran, der bald mit seinem Heer hier eintreffen wird, ist viel höflicher, wenn er seinen silbernen Leuchter in Euren Händen sieht, und sein Henker ist für seine Höflichkeit berühmt«, rief Jarok gereizt.

Der Mann, ein Südländer, lachte schallend, trieb aber dann seine Leute zur Eile an.

Jarok beauftragte Brakas, den Abzug dieser Männer im Auge zu behalten, dann lief er hinüber in den Frauenbereich. Die Eunuchen, die sonst die Pforte bewachten, waren verschwunden, also trat Jarok nach kurzem Zögern ein. Es brannten nur wenige Kerzen, und durch die schmalen, vergitterten Fenster fiel fahles Licht in den Empfangsraum. Der Morgen graute bereits? Jarok hatte das Zeitgefühl verloren. Auf einem Diwan lag einer der Eunuchen und schnarchte. Jarok weckte ihn mit einem Fußtritt und schickte ihn in die eigentlichen Frauengemächer. Er war immer noch der Meinung, dass er dort nichts zu suchen hatte. Der Eunuch verschwand und kehrte nicht zurück. Stattdessen erschien Hennara mit Caisa, Weszens Witwe und der Mutter seines einzigen Sohnes. Beide sahen übernächtigt aus. Hennara verbarg ihre Gefühle, was Caisa offenbar nicht vermochte. »Jarok Blutwolf, ich erflehe Euren Schutz!«, rief sie.

Einen Augenblick lang befürchtete Jarok, sie würde vor ihm auf die Knie fallen, aber das tat sie dann doch nicht. »Meinen Schutz?«

»Für mich und für alle Witwen des Schahs! Vor allem aber für meinen Sohn!«

»Weszens Witwen, natürlich …«, murmelte Jarok.

»Sie will mir nicht glauben, dass Baran nicht so ein Monster wie sein Bruder Weszen ist, Meister Jarok«, erklärte Hennara ruhig.

»Das ist er gewiss nicht.«

»Aber er ist ein Skorpion wie mein Mann. Und die Skorpione waren schon oft grausam.«

»Prinz Baran ist anders.«

»Aber Alassa ist Weszens Sohn. Er wird ihn als Gefahr betrachten!«

»Eurem Sohn wird nichts geschehen.«

»Habe ich Euer Wort? Habe ich Euer Wort, dass mein Sohn und ich sicher sind? Und werdet Ihr mit Eurem Leben dafür bürgen?«

»Natürlich«, murmelte Jarok.

Jetzt fiel ihm Caisa doch noch um den Hals. Sie schluchzte leise, und als sie ihn wieder losließ, sah er Tränen in ihren schönen Augen.

Er war froh, als er nach mehrmaliger Zusicherung, dass niemandem im Frauenbereich Gefahr drohe, den Empfangsraum wieder verlassen konnte.

»Das war leichtsinnig, Meister Jarok«, sagte Hennara, die ihm, ohne dass er es bemerkt hatte, gefolgt war.

»Was meint Ihr?«

»Euer Wort zu geben. Ihr wisst doch gar nicht, ob Baran es achtet.«

»Ich habe für ihn einen Krieg gewonnen. Ein bisschen Achtung kann ich da doch wohl erwarten.«

Sie sah ihn mit unverhohlener Skepsis an. »Nicht immer bekommt man, was man zu Recht erwartet.«

Er zuckte mit den Achseln, weil er einfach zu müde für eine kluge Antwort war. Dann bat er sie, ihn zu entschuldigen. Er kehrte zurück in die Thronhalle, aber auf halbem Weg entdeckte er eine offene Kammer mit einem ungenutzten Bett. Er rief einen Diener herbei, der müde durch den langen Flur schlurfte, trug ihm auf, Scharmeister Brakas zu sagen, wo er zu finden sei, warf sich in voller Rüstung aufs Bett und war fast sofort fest eingeschlafen.

Es war Brakas, der ihn weckte.

»Verdammt, wie spät ist es?«

»Früher Morgen. Ich würde dich schlafen lassen, mein Freund, doch die Stadt ist erwacht und mit ihr all die Probleme, die man sich nur denken kann. Und wie es aussieht, bist du derjenige, der hier Entscheidungen treffen muss.«

Jarok fluchte und begab sich missmutig auf den Weg in den Thronsaal. Schon vor der Schwelle hörte er den Lärm vieler Stimmen. Er blieb stehen. Wie sollte er das nur schaffen? Dann hatte er eine Eingebung. Er winkte einen Diener heran. »Zwei Befehle habe ich: Erstens, du sorgst dafür, dass mir jemand Frühstück in diese Halle bringt, zweitens, du gehst in den Frauenbereich und bittest Ihre Hoheit Hennara, in den Thronsaal zu kommen.« Der Diener verschwand. Jetzt war Jarok schon zuversichtlicher. Hennara wusste, wie man eine Stadt verwaltete, aber er freute sich auch einfach darauf, sie wiederzusehen.

Er hatte nicht viel Zeit, ihre Gegenwart zu genießen, denn die Stadt schien vor Schwierigkeiten schier überzulaufen. Vertreter von Handelsgilden verlangten Gehör, Kapitäne verlangten Schadensersatz, weil sie so lange nicht hatten auslaufen dürfen. Es hatte Schlägereien vor den Kornspeichern gegeben, Kaufleute baten um die Wiedererteilung gewisser Privilegien, die ihnen Weszen entzogen hatte, Wachen baten um ausstehenden Lohn, und einfache Bürger trugen endlose Beschwerden über die Söldner vor, die doch die Stadt bereits verlassen hatten.

Jarok hörte sich all das mit wachsender Ungeduld an und versuchte zu schlichten und zu besänftigen, aber die Leute waren unzufrieden, wenn er sie auf die Rückkehr von Baran vertrösten wollte.

Also folgte er schließlich dem Rat, den Hennara ihm früh gegeben hatte: »Die meisten Fälle gehören vor ein Gericht, nicht vor einen Herrscher oder Verwalter. Und es gibt doch ein Gericht in Ugir, oder?«

Er spürte, dass die Leute enttäuscht waren, wenn er ihnen nicht zu dem verhalf, was sie für ihr Recht hielten, aber Hennara hatte es gesagt: Die meisten Fälle gehörten vor ein Gericht, und da schickte er sie auch hin.

Aber dann kamen die Handels- und Handwerkergilden, allen voran die Sandmeister, die über die neue Lage unterrichtet werden wollten. Und die konnte er nicht wegschicken, denn sie bildeten das Rückgrat der Stadt. Ehe er sich's versah, war es über die Beratungen und all die tausend kleinen Entscheidungen, die er treffen musste, schon wieder Nacht geworden.

Am nächsten Tag wurde es nicht besser. Abgesandte aus den Küstendörfern baten um Unterstützung beim Wiederaufbau, Flüchtlinge baten um Hilfe für die Rückkehr, und Einheimische baten darum, die Flüchtlinge endlich aus der Stadt zu werfen, jetzt, wo der Krieg vorbei sei.

Es wurde dennoch besser, denn Hennara war wieder an seiner Seite, und jetzt gesellte sich auch Hesek dazu. Er konnte kaum sprechen, aber dennoch war sein Rat gut, und allmählich, ganz allmählich, bekam Jarok das Gefühl, die Stadt in den Griff zu bekommen. Aber dann gab es Streit zwischen Männern der ehemaligen Leibwache Weszens und einigen Wachen der Stadt, und er musste lange mit beiden Seiten reden, um zu schlichten, ja, um überhaupt erst herauszufinden, warum dieser Streit entbrannt war. Irgendwann war auch dieses Problem gelöst. Hesek geleitete die Wachen zurück in die Stadt und Brakas die Leibwache in die Kaserne, wo sie eigentlich unter Bewachung stehen sollte. Aber es fehlten eben überall Leute. Jarok unterdrückte ein Gähnen. Er hatte der Leibgarde, der er schließlich selbst einmal angehört hatte, versprochen, bei Baran für sie zu bürgen. *Ich habe vieles versprochen, und ich hoffe, Hennara irrt sich, und Baran zeigt mir die Dankbarkeit, die ich verdient habe.* Hennara war nicht mehr in der Halle. Sie hatte sich irgendwann zurückgezogen. Jarok blickte durch die hohen Fenster. Graute da etwa schon wieder der

Morgen? Er war zu müde, um in sein Quartier zurückzukehren. Er würde sich einen Moment hinsetzen und dann ins Bett gehen. Es war angenehm still geworden in diesem Palast, der doch sonst nie Ruhe zu finden schien. Sein Plan kam ihm selbst etwas wirr vor, aber er folgte ihm, setzte sich und schloss für einen Augenblick die Augen.

Eine Stimme störte den Frieden. Jarok öffnete die Augen wieder.

»Warum weht mein Banner nicht über dem Palast?« Baran hatte die große Halle betreten. Aphaskar war bei ihm, und dann traten General Ubeq und Atman Tinbul in die Halle.

»Und wo sind die großen Leuchter und die Wandteppiche, die den Palast einst schmückten?«

Helles Licht kam durch die Fenster. Wie war das möglich? Er hatte doch nur einen Moment … Jarok rieb sich die Müdigkeit aus dem Gesicht. »Die Leuchter und Teppiche? Damit habe ich die Söldner ausgezahlt, Hoheit.«

»Mit meinen Schätzen? Es waren Weszens Leute. Ihr hättet sie ohne Lohn davonjagen sollen. Und was ist mit der Schatzkammer?«

»Leer, Hoheit.« Er gähnte.

»Alles fort? Habt Ihr wenigstens eine Liste erstellt?«

»Nein, Hoheit.« Als wenn er dafür Zeit gehabt hätte.

»Meine Schwägerin Hennara hat sich erdreistet, mich in meinem eigenen Palast willkommen zu heißen. Wieso ist sie nicht mit den anderen Frauen Weszens eingesperrt?«

»Sie war sehr hilfreich in den vergangenen Tagen, Hoheit.«

»Eine *Frau* bestimmt über die Geschicke meiner Stadt? Sie sollte bei den anderen Witwen sein und wenigstens so tun, als trauere sie! Sie hat gerade erst ihren Mann verloren!«

»Ja, Hoheit.« Meinte Baran das ernst? Niemand trauerte um Weszen, nicht einmal Caisa, seine Hauptfrau.

»Und Witwe Caisa?«, fragte Baran jetzt. »Sie hat einen Sohn.

Ich hoffe, Ihr habt Euch wenigstens um diese beiden gekümmert.«

»Sie erwarten Euch mit den anderen Witwen im Frauenbereich, Hoheit. Ich habe ihnen mein Wort gegeben, dass ihnen nichts geschieht.«

»Euer Wort? Das übersteigt Eure Macht, Jäger.«

Brakas war am Vortag in einem der wenigen ruhigen Momente zu ihm gekommen und hatte vorgeschlagen, *reinen Tisch* zu machen: »Dieses Kind ist eine Bedrohung für *jeden*, der auf dem Pfauenthron sitzt. Jetzt ist es noch wehrlos. Ich weiß, das liegt dir nicht, aber ich könnte mich darum kümmern.«

Jarok hatte das entsetzt abgelehnt. Er wollte ganz gewiss nicht das Blut von Kindern an den Händen haben, und es würde nicht sein Thron sein, den der Knabe vielleicht in ferner Zukunft beanspruchen würde.

Baran starrte ihn mit einem merkwürdigen Blick an, den Jarok, müde wie er war, einfach nicht deuten konnte. Jetzt rief der Prinz: »Bei den Göttern, erhebt Euch endlich von *meinem* Thron, Jäger!«

Erst jetzt wurde Jarok bewusst, wo er Platz genommen hatte. Drei Tage war er nahezu ununterbrochen auf den Beinen geblieben, hatte Befehle und Anweisungen erteilt, das Leben der Stadt wieder in geordnete Bahnen gelenkt. Er hatte sich auf den nächstbesten Stuhl gesetzt, um für einen Moment die Augen zu schließen. Dass es der Thron war, hatte er gar nicht mehr bemerkt. Jetzt sprang er auf.

»So hübsch leer, so hübsch leer. Viel Platz, um zu tanzen.« Die Seherin tänzelte in die leere Halle. Vor drei Tagen hatte er sie noch für seine Schwester gehalten. Jetzt beunruhigte ihn ihr Wahnsinn viel weniger. Seine Mutter war an ihrer Seite, mit Sterro, ihrem Gefährten. Er sah die Augen seiner Mutter leuchten. Es gab noch mehr Damater, und wenn er es richtig sah, gehörten sie alle zu Tinbuls Klan. Und was hielt der Atman da in der Hand? War das etwa Gamutaks Stab?

Baran warf seiner Schwester einen Blick zu, aus dem Jarok Wut und … Angst las. Hatte sie nicht prophezeit, dass sie im Blut ihres Bruders tanzen würde? Weszen war auf dem Reitplatz gestorben. Doch geblutet hatte er nicht. *Sie muss das irgendwie anders gemeint haben,* dachte er.

Baran trat an den Thron heran, seine Hand strich über die kunstvoll geflochtene Lehne, aber er nahm nicht Platz. »Aphaskar, ruft die Oberhäupter der Gilden zusammen, auch die Priester und alle anderen, die sonst noch etwas zu sagen haben in dieser Stadt. Es wird Zeit, dass sie ihrem neuen Herrn huldigen. Und besorgt ein neues Kissen für diesen Stuhl.«

Störte er sich so sehr daran, dass Jarok darauf gesessen hatte?

»Ihr habt gegen meinen Befehl gehandelt, Jäger, ja, Ihr habt mich hintergangen! Ihr habt Weszen gegen meinen Willen getötet. Streitet es nicht ab! Ich wollte Gnade vor Recht ergehen lassen – doch da wusste ich noch nicht, dass Ihr meinen Palast geplündert habt. Auch hörte ich, dass Ihr so töricht wart, Korn an das Volk zu verschenken – mein Korn! Geht mir aus dem Augen. Ich werde mit meinen Beratern überlegen, was daraus zu folgen hat.«

Jarok starrte den Prinzen stumm an. Er hatte nicht viel Zeit gehabt, darüber nachzudenken, was geschehen würde, wenn Baran erst die Stadt betreten hatte. Was hatte er erwartet? Dankbarkeit? Immerhin hatte er Weszen besiegt und diese Stadt fast ohne Blutvergießen für Baran erobert. Aber offensichtlich hatte der zukünftige Padischah nicht vor, ihm dafür zu danken. Er verließ den Thronsaal und wich dem missbilligenden Blick seiner Mutter aus. Er war viel zu müde, um sich mit Baran, seiner Mutter oder irgendeinem anderen Menschen zu streiten.

»Er ist jetzt auch verrückt geworden, wie es aussieht«, meinte Brakas grinsend, der von der Tür aus zugesehen hatte.

»Ist mir gleich, Brakas«, murmelte Jarok.

»Brakas – den Namen … ich höre ihn in dunklen Gassen!« Die Seherin war Jarok nachgelaufen.

Der Westgarther wich vor ihr zurück, und sein ewiges Grinsen erlosch. Jarok blieb stehen.

»Eine alte Stimme ruft. Brakas, wo bist du? Brakas, warum lässt du mich allein? Brakas, ich bin doch blind? Brakas, sie kommen … Die alte Stimme ruft den Namen in der Dunkelheit, wieder und wieder, bis sie verstummt.«

Jarok hörte die Worte – und konnte sie nicht glauben. Kalte Schauer liefen ihm über den Rücken. Brakas hatte behauptet, Bors hätte zurückbleiben wollen, hätte ihn geradezu fortgejagt, weil er sie nicht hatte aufhalten wollen …

»Dieses Weib lügt!«, stieß der Westgarther hervor.

Die Seherin tanzte vergnügt zu einer unhörbaren Melodie.

»Brakas, was hast du getan?«

»Was ich getan habe? Alles, was nötig war, damit wir überleben, mein Freund! Und es war nötig. Mit diesem Blinden hätten wir es nie aus der Stadt rausgeschafft. Sieh mich also nicht so an!«

Jaroks Hand ging zum Schwert. »Geh mir aus den Augen, bevor …«

»Bevor *was?* Wo warst du eigentlich in jener Nacht, mein Freund?«

»Du bist nicht mein Freund, Brakas.«

Der Westgarther starrte ihn noch einen Augenblick zornig an, die Hand ebenfalls an der Waffe, aber dann schien er sich plötzlich zu entspannen. Das Grinsen kehrte zurück, und mit einem Schulterzucken fragte er: »Was soll das? Der Mann war seines Lebens doch schon müde, und mit ihm wären wir nie entkommen. Ich bin ihn für dich losgeworden. Wie so oft musste ich für dich die Dreckarbeit übernehmen. Und wie so oft willst du mir nicht dafür danken.« Er drehte sich um und schlenderte davon.

Jarok spürte rasenden Zorn. Am liebsten hätte er Brakas den

Schädel eingeschlagen, aber er konnte nicht. Er war wie gelähmt, unfähig, irgendetwas zu unternehmen.

Seine Mutter stand plötzlich vor ihm. »Willst du dir das gefallen lassen, Jari? Willst du dir gefallen lassen, dass dein Halbbruder so mit dir umspringt?«

Er öffnete den Mund zu einer Erwiderung, aber dann winkte er nur kopfschüttelnd ab. »Lass mich in Ruhe, Mutter. Ich kenne die Wahrheit. Also lass mich bloß in Ruhe.«

Dann drehte er sich um und ging davon. Er wusste, dass sie ihm nachstarrte, aber er widerstand der Versuchung, sich umzudrehen. Er war es leid. Aber es war vorbei. Er würde seine Sachen packen und die Stadt verlassen. Er besaß nicht viel mehr als seinen Bogen. Er ging in seine Kammer, nahm ihn in die Hand und setzte sich auf das Bett. Die Jagd, wie er sie vermisste! Und Hrima vermisste er noch mehr. Erst jetzt fiel ihm auf, dass er sie seit seinem Sieg nicht gesehen hatte. Er hatte einfach keine Zeit gehabt, nach ihr zu sehen. Er schloss die Augen und atmete tief durch. Brakas hatte Bors im Stich gelassen. Es war unfassbar. Es war schlimmer als all die Lügen, die seine Mutter um ihn und seine Herkunft herum gewoben hatte, schlimmer als der Undank, den er von Baran empfing. Das würde er dem Westgarther nie verzeihen. Und doch hatte die Bemerkung des Westgarthers ihn getroffen – er hatte Brakas das Leben seines Ziehvaters schließlich anvertraut. Er hätte mit Meister Iwar umkehren und nach den beiden suchen müssen. Meister Iwar? Wo war der Schatten eigentlich abgeblieben in den letzten Tagen? Und wo war Meister Ured? Er hatte dem Mann versprochen, ihm zu helfen, aber auch an ihn hatte er drei Tage nicht gedacht, weil einfach keine Zeit gewesen war. Jarok verfluchte sein schlechtes Gewissen und schlief dann doch ein … Er träumte von der Jagd. Er war auf einer hellen Waldeslichtung, Hrima landete gerade auf seinem ausgestreckten Arm, und dort, am Waldesrand, bewegte sich etwas im Unterholz. Er spürte Gefahr – seine Sinne waren angespannt, und er fühlte sich unglaublich wach. Aber etwas war anders als bei anderen Jagden. Da war noch jemand auf der Lichtung. Eine Frau. Sie rief ihm etwas zu …

»So wacht doch auf, Meister Jarok!«

Er schlug die Augen auf. Alles war pechschwarz. »Wer ist da?«

»Sie kommen, um Euch zu töten.«

Er war mit einem Schlag hellwach. »Hennara, seid Ihr das?«

»Baran schickt seine Leute, um Euch ebenfalls umzubringen.« Sie war nur eine Stimme im Dunkeln.

»Ebenfalls? Was, woher …?«

»Ich habe ihre Versammlung belauscht. Ich dachte mir schon, dass mein Schwager Böses plant. Er hat General Ul-Sia und seine Leute bereits festnehmen und töten lassen.«

»Baran will mich tot sehen?«

»Er fürchtet Euch. Wisst Ihr das nicht?«

»Still!«, rief er leise.

Auf dem Gang klangen Schritte heran.

Sein Schwert, seine Rüstung! Es war immer noch die, die ihm Meister Iwar besorgt hatte. Er war zu müde gewesen, sie abzulegen. *Wie günstig,* dachte er grimmig.

Die Schritte wurden leiser, kamen aber immer noch näher. »Vier Mann«, flüsterte er.

»Soll ich Licht machen?«

»Nein, natürlich nicht! Versteckt Euch möglichst weit von der Tür entfernt und seid leise.«

Die Schritte waren jetzt ein Huschen. Kettenhemden rasselten leise.

Oramarer, stellte er nüchtern fest. Er zog seine Waffe, suchte mit ausgestreckter Hand vorsichtig nach der Tür und versteckte sich daneben in der Finsternis.

Die Männer waren jetzt vor der Pforte. Er hörte sie leise beratschlagen. Dann wurde die Tür lautlos und sehr langsam geöffnet. Das Licht einer Fackel warf lange Schatten in die Kammer. Die Männer schienen sich nicht einig zu sein, wer die Kammer zuerst betreten sollte, dann huschte der erste hinein, der zweite, schließlich der dritte. Der mit der Fackel blieb auf dem Gang, was naheliegend war. Die Männer zogen ihre Schwerter. »Los«, zischte einer, und plötzlich hackten sie wild auf das leere Bett ein.

Jarok zögerte nicht länger. Hennara war dort irgendwo im Dunkeln. Wenn sie sie fanden … Er tauchte hinter den dreien auf und verpasste dem ersten einen harten Schlag auf den Schwertarm. Weszens Schwert schien das Fleisch ganz leicht zu durchtrennen. Der Mann schrie auf, und Jarok stach dem zweiten in die Seite. Er konnte nicht viel sehen, aber seine Gegner waren nicht zu verfehlen. Er traf den dritten, der herumfuhr, irgendwo in der Brust. Die Männer brüllten vor Schmerz, Waffen klirrten zu Boden, und Jarok rannte zur Tür. Der Mann mit der Fackel sah ihn kommen, ließ seine Fackel fallen – und lief davon. Jarok ließ ihn rennen. Er hob die Fackel auf und kehrte in die Kammer zurück.

Hennara stand an der gegenüberliegenden Wand neben einem hohen Schrank. Sie war blass, schien aber unverletzt. Die drei Angreifer sahen schlimm aus. Einer hielt sich den Armstumpf. Die Klinge hatte den Arm tatsächlich abgetrennt. Weszens Schwert … Ob es von demselben seltsamen kleinen Meisterschmied gemacht worden war wie seine Rüstung?

Ein Mann lag stöhnend auf dem Bett, eine klaffende Wunde an der Seite, während der dritte an der Wand lehnte, dem Blut aus einem langen Schnitt über der Brust sickerte.

Jarok entzündete mit der Fackel eine Kerze, steckte das Schwert weg, nahm seinen Bogen an sich und winkte Hennara heran.

Wortlos verließen sie die Kammer. Plötzlich fiel sie ihm um den Hals. Dann ließ sie ihn wieder los, lächelte verlegen, vielleicht, weil er, völlig überrascht, und mit Fackel und Bogen in den Händen, die Umarmung nicht erwidert hatte. »Ich bin froh, dass Euch nichts geschehen ist«, stieß er hervor.

Sie nickte. Dann fragte sie: »Wollt Ihr diese Männer wirklich lebend zurücklassen?«

»Wenn sie klug sind, werden sie sich gegenseitig verbinden. Wenn sie dumm sind, werden sie verbluten. Aber sagt, was genau hat Baran befohlen?«

»Ich konnte nicht alles verstehen, nur, dass er den Winterjäger tot sehen wollte.«

»Mehr nicht?«

»Er sagte etwas davon, die Dinge zu bereinigen.«

»Verdammt! Sagt, wisst Ihr, wo meine Mutter und die Damater sind?«

»Die Damater? Sie haben eine Halle auf der Nordseite bezogen, jedenfalls meine ich, sie dort feiern gehört zu haben. Doch warum fragt Ihr?«

»Baran kann nicht mich umbringen und meine Mutter am Leben lassen! Sie ist in Gefahr.«

»Ich führe Euch!«

»Nein, das ist zu gefährlich.« Er zog sie in den nächsten Seitengang und stieß die erstbeste Tür auf. Ein junger Mann, vielleicht ein Wesir, schreckte von seinem Nachtlager hoch. »Hier, Ihr bürgt mir mit Eurem Leben für sie, verstanden!« Der Mann nickte verängstigt, und Jarok schob die protestierende Hennara über die Schwelle. »Schließt die Tür, verrammelt sie und lasst niemanden außer mir herein, verstanden?«

Dann rannte er los. Die Nordseite also. Verdächtige Stille erfüllte den Palast. Jedenfalls waren keine feiernden Damater zu hören. Wo mochten sie lagern? Wenn sie feiern wollten, brauchten Damater ein Feuer. Der Reitplatz! Jarok hetzte weiter. Er sah dunkle Blutflecken auf dem hellen Steinboden. Die stammten noch von der Schlacht der Gefangenen gegen Weszens Leute. Er erreichte den Platz. Da hatte es ein Feuer gegeben, aber es war bis auf einen letzten Rest Glut niedergebrannt. Aus einer der Hallen drang rötliches Licht. Es war so verflucht still. Er rannte weiter. Kam er zu spät? Die Tür stand offen. Ein toter Damater lag auf der Schwelle. Jarok sprang über ihn hinweg und erstarrte.

Im schwachen Licht einiger Fackeln lagen Oramarer und Bergkrieger, dicht an dicht. Und da war Sterro, der sich über einen Körper beugte. Nein – es war nicht seine Mutter. Der Heiler verband einen verwundeten Damater.

»Sterro, was ist hier geschehen?«

»Diese verräterischen Hunde haben uns angegriffen. Hätte die Seherin uns nicht gewarnt, wären wir wohl jetzt tot, im Schlaf erschlagen.«

»Wo ist meine Mutter?«

»Sie ist mit Tinbul und einigen Männern auf dem Weg zu einem Gegenbesuch. Hast du sie nicht getroffen?«

Jarok schüttelte den Kopf und rannte aus der Tür. Er war zu spät gekommen, um die Damater zu warnen. Jetzt waren sie auf dem Weg, um sich zu rächen. Er rannte, aber er rannte nicht, um es zu verhindern, nein, er wollte sie wieder warnen. Er hatte Meister Iwar lange nicht gesehen, aber er hatte nicht vergessen, dass die Schatten für gewöhnlich über die Sicherheit des Padischahs wachten. Und wenn Meister Iwar Prinz Baran bewachte, war jeder Angriff auf ihn Selbstmord.

Er rannte schneller, sah zwei Tote im Gang, zwei Diener, die wohl das Pech gehabt hatten, den Damatern in die Quere gekommen zu sein. Dann hörte er Kampfeslärm. In der Thronhalle wurde gekämpft!

Er war schon völlig außer Atem, aber noch einmal verdoppelte er seine Anstrengungen. Er zog sein Schwert, ließ seinen Bogen fallen und stürmte in die Halle.

Er stolperte, nein, rutschte in einen Kampf. Der Marmorboden war glatt, und seine Ledersohlen waren es auch. Um ein Haar wäre er in ein Schwert gelaufen. Er sah ein groteskes Bild: Männer, die keuchend und fluchend miteinander rangen und keinen sicheren Stand auf dem glatten Boden fanden. Doch der Kampf hatte schon Tote und Verwundete gefordert, Damater und Oramarer lagen in ihrem Blut. Aphaskar war einer von ihnen.

Mit weit aufgerissenen Augen starrte der ehemalige Großwesir tot an die hohe Hallendecke.

Und Baran? Er saß immer noch auf seinem Thron, klammerte sich bleich an die Armlehnen und sah zu, wie seine Männer für ihn kämpften. Und da war auch Meister Iwar, er stand, an eine Säule gelehnt, und schien nicht gewillt einzugreifen. Wo war seine Mutter? Jarok konnte sie nicht sehen.

General Ubeq kämpfte mit Atman Tinbul, beide waren schon leicht verwundet, aber irgendwie schien dieser Kampf gerade in der Schwebe. Alles schien in der Schwebe, und er konnte nicht sehen, wie das enden würde. Ein Angriff! Jarok parierte instinktiv einen Speerstoß, der ihn fast erwischt hätte. Ein Oramarer hatte ihn von hinten angegriffen, ein Mann, den er einst selbst am Damat für Barans Leibwache ausgewählt hatte. Aber jetzt musste er mit ihm kämpfen. Er parierte noch einen Stoß und ging zum Gegenangriff über. Der Oramarer geriet ins Straucheln.

Plötzlich trat noch jemand in die Kammer. Es war Ila, die Seherin, und sie war nackt. Sie lachte und tanzte, drehte sich im Kreis.

Die Männer wichen vor ihr zurück, und seltsamerweise brachte das den Kampf zum Erliegen – oder war es nur eine Pause? Ila blieb stehen, kicherte, deutete auf ihren Bruder, der sie doch stets verleugnete, und sang: »Kein Schwert, kein Speer, keine Axt, kein Bogen tötet dich.«

Baran starrte sie mit offenem Mund an, und die Damater wirkten verunsichert. Erst jetzt sah Jarok, dass Brakas unter ihnen war. Er stand schwer atmend unweit des Throns und wog seine Axt in der Faust. Wollte er sie schleudern? Wollte er so die Seherin Lügen strafen?

»Ihr habt es gehört, Abschaum! Ihr könnt mich nicht töten!« Barans Stimme überschlug sich. »Lasst Eure Waffen fallen, und vielleicht gewähre ich Euch einen schnellen Tod! Habt Ihr nicht gehört? Lasst Eure …« Der Prinz zuckte zusammen und beendete den Satz mit einem Stöhnen. Er erhob sich, ganz langsam. Alle Farbe war aus seinem Gesicht gewichen. Hoheitsvoll und bleich wie die Statue eines Königs längst vergangener Zeiten stand er da. Dann kippte er vornüber. Auf seinem Rücken zeigte sich ein schnell wachsender dunkler Fleck, und auf der fein geflochtenen Lehne des Throns zeigte sich ein Fleck gleicher Farbe.

Jaroks Mutter trat aus den Schatten hervor. »Ein Dolch tut es eben manchmal auch«, sagte sie kalt. Von der Klinge in ihrer Rechten tropfte Blut.

Die Seherin juchzte, tänzelte zu dem Toten, befühlte mit der Linken die Wunde und schmierte sich das Blut ins Gesicht. Dann begann sie langsam um ihn herumzutanzen. Jarok sah, wie ihre nackten Füße rote Abdrücke auf dem hellen Marmor hinterließen.

»Baran!«, stöhnte General Ubeq und ging in die Knie.

»Prinz Baran ist tot, es lebe Prinz Jarok at Hassat, rechtmäßiger Padischah von Oramar!«, rief Jaroks Mutter.

Niemand antwortete.

Ubeq kam wieder auf die Beine. »Dann stimmt es also, dass noch ein Sohn Akkabals in unserem Heer war? Ich hätte mir denken können, dass Ihr es seid, Winterjäger.«

»Ich bin nicht …«

»Lange lebe Jarok at Hassat!«, brüllte Brakas dazwischen.

»Lang lebe Jarok!«, riefen die Damater.

Ubeq schüttelte den Kopf. »Dann solltet Ihr vielleicht wissen, dass Baran in dieser Nacht nicht nur Mörder zu Euch geschickt hat, Hoheit.«

»Ich bin nicht … Was meint Ihr?«

»Die Gemächer der Frauen … Schahsana Caisa und ihr Sohn …«

Jarok fluchte. Warum hatte er daran nicht gedacht? »Verdammt. Folgt mir!«

»Warte!«, rief seine Mutter. »Warum lässt du sie nicht ihr

Werk vollenden? Dieses Weib und ihr Kind sind gefährlich. Aber es ist besser, ein anderer ist für ihren Tod verantwortlich.«

Jarok schüttelte den Kopf, weil das nicht einmal eine Antwort verdiente, und hastete auf den Gang hinaus. Hoffentlich würde er wenigstens dieses Mal nicht zu spät kommen. »Nein, lasst ihn! Wenn er so dumm ist …«, rief seine Mutter.

Aber dann hörte er doch Schritte hinter sich. Brakas folgte ihm. Ausgerechnet Brakas!

Jarok war schon völlig außer Atem, aber er rannte trotzdem.

Brakas holte auf. »Was ist los, mein Freund, wirst du alt und langsam?«

»Was willst ausgerechnet du hier?«

»Auf dich aufpassen!«

Keuchend erreichten sie das Reich der Frauen. Zwei Eunuchen lagen tot vor der Pforte. Ihre schönen goldenen Rüstungen hatten ihnen also nichts genutzt. Die Tür hing in den Angeln. Jarok stürmte hindurch, hörte Frauen laut schreien. Wieder zog er sein Schwert.

Sie durchquerten den Empfangsraum. Dahinter lag eine Art Bad. So etwas hatte Jarok noch nie gesehen. Üppige Pflanzen rankten sich um schön geschnitzte Säulen, und aus mehreren Schalen lief Wasser in ein großes Becken, das von zahllosen Öllampen erhellt wurde. Das Wasser war ganz klar, und vom Grunde des Beckens glitzerte ein grüngoldenes Mosaik. Doch mitten in diesem Becken trieb die leblose Gestalt einer Frau, und eine dunkle Wolke umgab ihren Körper. Es war nicht Caisa.

Da lag noch ein getöteter Wächter auf einem Diwan, die Hände noch um seinen Speer geklammert. Jarok hörte Holz splittern. Hinter einer der Säulen entdeckte er Barans Männer. Sie waren dabei, eine Tür einzutreten.

»Halt! Baran ist tot!«, rief er.

Die Männer hörten nicht auf. »Lüge!«, schrie einer.

Jarok entwand dem toten Wächter den Speer und schleuderte

ihn auf die Oramarer. Es war kein Speer, wie er ihn auf der Jagd verwendet hatte, aber er flog dennoch gerade und schnell an der Säule vorbei, durchschnitt einen Vorhang und traf sein Ziel. Einer der Soldaten stöhnte auf und taumelte zurück. Der Speer hatte sich in seine Seite gebohrt.

Brakas stürmte an Jarok vorüber. Ihre Gegner waren nur noch zu dritt. Der erste hob seinen Schild. Brakas ließ die Axt niedersausen, verhakte sie im Schildrand und riss seinen Gegner nach vorn. Leicht löste er seine Waffe wieder aus dem Holz und tötete den Mann. Er blockte den Angriff des zweiten und wich dem dritten aus. Jarok kam ihm zu Hilfe. Er hatte keinen Schild, aber Weszens Schwert erwies sich wieder einmal als gute Waffe. Die Klinge seines Gegners zerbrach daran. Der Mann wich zurück, aber nun griff ihn der andere an. Wo war Brakas? Jarok wehrte den Angriff ab, und es gelang ihm nach einer Finte, seinen Gegner am Bein zu verwunden.

»Verdammt, Baran ist tot!«, rief er wieder. »Lasst die Waffen fallen!«

Die Krieger zögerten, dann griffen sie an. Jarok hörte einen schrillen Schrei aus der Nachbarkammer. Die Soldaten hörten ihn auch. Sie wandten sich um. Jarok erwischte den einen schwer an der Schulter, und als der andere herumfuhr, stieß er ihm die Klinge in den Leib. Er riss das Schwert heraus und stürmte in die nächste Kammer.

Brakas stand dort, die Axt in der Faust. Eine Frau lag zu seinen Füßen in einer Blutlache. Es war Guscha, Barans stille Frau. Der Westgarther hatte sie getötet. Ihm standen jetzt zwei Frauen gegenüber, kleine Messer in den Händen. Eine von ihnen presste ein Kind an ihren Körper. Caisa. Und Hennara war an ihrer Seite. Warum war sie nicht in der Kammer geblieben?

»Brakas, halt!«

Der Westgarther drehte sich nicht um. »Verdammt, siehst du nicht ein, dass es sicherer für dich ist, wenn die Kinder tot sind?«

»Das ist mir gleich, Brakas. Lass die Axt fallen, sonst ...«

Endlich drehte sich der Westgarther um. Er grinste breit. »Sonst was? Willst du wirklich die Klingen mit mir kreuzen, Kleiner?«

»Wenn du diesen Frauen oder ihren Kindern auch nur noch ein Haar krümmst, werde ich dich töten, Brakas.«

Das Grinsen wurde noch breiter, noch selbstgewisser. »Du kannst es versuchen, aber ich rate dir ab. Du hast es doch nicht so mit dem Töten.«

Sie begannen, einander zu umkreisen.

»Höre, Jarok, warum bist du nicht vernünftig und lässt mich meine Arbeit vollenden? Deine Mutter hat mir einen Haufen Silber und Gold dafür versprochen.«

Jarok gelang es, sich zwischen Brakas und die Frauen zu schieben. »Was glaubst du – wie viel Gold wird dir meine Mutter geben, wenn du ihren Sohn tötest?«

Das Grinsen flackerte und erlosch. »Ich muss dich nicht töten, Jarok, und deine Mutter wird nichts dagegen haben, wenn ich dich ein bisschen verbeule.«

Er drehte seine Axt um, so dass er nun nicht mehr mit der schlanken Klinge, sondern dem schweren Auge zuschlagen würde. Jarok hatte nicht bedacht, dass er die Waffe auch als Keule benutzen konnte. »Versuch es doch«, rief er.

Brakas stieß einen Fluch aus und sprang, täuschte einen Hieb an, tänzelte zur Seite und schlug hart zu. Jarok sah den Hieb kaum kommen, riss im letzen Moment sein Schwert hoch und parierte den Angriff. Es gab ein hässliches Geräusch. Etwas flog an Jarok vorbei und streifte sein Gesicht.

Brakas stand wie erstarrt, in seiner Hand den beschlagenen Stiel seiner Axt. Er war zersplittert. Die Waffe war an Weszens Schwert zerbrochen.

Der Westgarther stöhnte auf, ließ den nutzlosen Stiel fallen und sackte in die Knie. Er stammelte etwas, das Jarok nicht verstand. Plötzlich stürmten noch mehr Männer in die Kammer. Es waren Tinbul und General Ubeq mit einigen Damatern.

»Ihr kommt spät«, keuchte Jarok.

»Aber jetzt sind wir hier, Winterjäger«, sagte Tinbul. »Hesek war der Meinung, das sei das Richtige.«

»Nehmt diesen Mann fest! Diese Frauen und ihre Kinder stehen unter meinem Schutz!«, rief Jarok. Dabei lag Guscha schon in ihrem Blut und rührte sich nicht mehr. Brakas hatte sie getötet. Er war wieder zu spät gekommen. Wo waren ihre beiden Söhne?

»Wir werden sie schützen, und Euch, wenn es nötig ist, Hoheit«, rief General Ubeq.

Plötzlich sprang einer von Barans Männern, den Jarok für tot gehalten hatte, auf und ging mit einem wilden Schrei auf Jarok los. Jarok hatte sein Schwert weggesteckt. Seine Hand fuhr zum Griff, und gleichzeitig erkannte er, dass er zu langsam sein würde. General Ubeq schrie ebenfalls und versuchte, den Angreifer aufzuhalten, aber er war zu weit entfernt. Für einen Wimpernschlag war der Raum wie erstarrt, nur dieser Mann, aus dessen aufgerissener Rüstung Blut rann, bewegte sich mit erhobenem Schwert auf Jarok zu. Sein Gesicht war vor Wut verzerrt.

Jaroks Erstarrung löste sich, er wollte zurückweichen, doch eine Säule versperrte ihm den Weg. Sollte das seine letzte Sekunde sein?

Plötzlich stockte die Bewegung des Mannes. Etwas hielt ihn auf. Da war so etwas wie gekräuselter Rauch, wie ein Schatten in der Luft. Der Rauch verdichtete sich zu einer Gestalt mit einer Klinge. Eine rasche Bewegung – und Barans letzter Krieger war tot.

Meister Iwar steckte seinen Dolch weg und drehte sich gelassen um. »Ihr habt Glück, dass die Schatten seit Generationen über das Wohl der Padischahs von Oramar wachen, Hoheit, so, wie auch der Padischah über das Wohl unserer Bruderschaft zu wachen pflegt. Und Ihr habt Glück, dass ich meine Wache schon begonnen habe, bevor Ihr das schwere Amt Eures Vaters offiziell antretet.« Er senkte seine Stimme. »Außerdem schuldet Ihr meiner Bruderschaft hunderttausend Denar, Hoheit.«

Jarok starrte ihn an. »Meines Vaters?« Der Schatten kannte doch die Wahrheit.

»Aber ja, Euer Vater. Ihr braucht Euch nicht länger im Verborgenen zu halten, Prinz Jarok. Es wäre auch zwecklos, denn inzwischen weiß es längst die ganze Stadt. Hört Ihr den Jubel nicht? Ich bin sicher, Akkabal wäre stolz auf Euch, denn ein würdigerer Thronfolger als Ihr scheint mir kaum denkbar, Hoheit.«

22.

Noch am selben Morgen verbreiteten die Ausrufer der Stadt die Nachricht, dass Jarok at Hassat, letzter Sohn des Großen Skorpions, der sich lange im Verborgenen gehalten hatte, nun, entbrannt in der Liebe zum Volk von Ugir und von Oramar, die Last der Herrschaft auf seine Schultern laden würde, nachdem er seine Brüder in ehrlichem Kampf besiegt hatte. Des Weiteren kündigten die Ausrufer an, dass der neue Ugir-Schah anlässlich seiner bevorstehenden Hochzeit am nächsten Neumond einen Feiertag für die Stadt ausrufe.

Eine Woche später stand Jarok mit Hennara auf dem Skorpionturm, der den Palast wie ein Stachel weit überragte, und blickte über die Stadt. Er war noch nie hier oben gewesen, was nicht erstaunlich war, denn dieser Bereich war dem Herrn der Stadt und seinen Frauen vorbehalten. Die Turmkuppel war aus Bronze geschmiedet, und – das fand er am erstaunlichsten – sie ließ sich öffnen. Hier oben hatten die Architekten eine Art Garten angelegt, in dessen Mitte sich ein Granatapfelbaum der Sonne entgegenreckte. Die Seherin saß im Schatten der Zweige und summte. Sie trug ein weißes Gewand, ihr langes schwarzes Haar war gekämmt, und jetzt konnte man glauben, dass sie eine Prinzessin von Oramar war. Nur das Amulett, das sie trug, schien mit ihrer Haut verwachsen zu sein und hatte sich nicht entfernen lassen. Sie wirkte selbstvergessen wie ein Kind.

Jarok wandte sich ab und blickte über die Stadt. Die alte Geschäftigkeit war nach Ugir zurückgekehrt. Er sah ein Gewimmel von Menschen auf den Straßen, und er sah Schiffe auf dem Fluss und dem offenen Meer. Hennara, die so dicht neben ihm stand, dass er sie atmen hörte, würde vermutlich sagen, dass er es war, der die Stadt wiederbelebt hatte.

Noch jemand war dort oben in der Kuppel: Faran Ured.

»Ihr wollt uns also verlassen, Meister Ured?«

»Ja, Hoheit. Ich habe endlich den Namen und das Ziel des Mannes erfahren, der meine Töchter verschleppt hat.«

»Ich verstehe. Und noch einmal – ich kann Euch Männer geben, oder ein Schiff, falls Ihr es wünscht.«

»Ich danke Euch, Hoheit, aber ich reise schneller allein.«

Jarok nickte. »Ich hoffe, Ihr findet sie. Und wenn Ihr sie gefunden habt, seid Ihr hier jederzeit willkommen, das wisst Ihr.«

»Ich danke Euch erneut, Hoheit, und werde darüber nachdenken.«

»Er wird nicht zurückkehren, oder?«, fragte Hennara, als der Magier gegangen war.

»Nein, vermutlich nicht. Er erzählte mir, dass er eine eigene kleine Insel besitzt, weitab von den Schifffahrtswegen und den Geschäften dieser Welt. Ich nehme an, er will mit seinen Töchtern dorthin zurück.« Der Zauberer hatte ihm die Insel beschrieben. Sie schien ein Ort des Friedens zu sein.

»Ich hoffe, auch du kannst dich eines Tages an deinem Glück erfreuen, Geliebter, auch, wenn diese Stadt keine einsame Insel ist.«

Er spürte ihren warmen, leicht spöttischen Blick und wandte sich ihr zu. Sie lächelte, und ihre Lippen waren leicht geöffnet. Jemand räusperte sich. Es war sein neuer Großwesir, außer Atem von den vielen Stufen.

»Was gibt es denn noch?«

»Verzeih, Bruder, ich meine, verzeiht, Hoheit, aber es sind einige dringende Angelegenheiten zu besprechen. Die geplante Hochzeit, zum Beispiel …« Hesek Graufuchs trug die Robe eines Wesirs, als habe er nie etwas anderes getragen. Seine Stimme war immer noch heiser, aber die Pfeilwunde war gut verheilt.

»Es ist nur eine Zeremonie, Hesek.«

»Ich weiß, aber dass du diese Caisa zu deiner Frau machen willst …«

»Das muss sein, Meister Graufuchs«, erklärte Hennara. »Ihr gehört von Rechts wegen das mächtige Terebin, und damit haben wir beim Seebund einen Fuß in der Tür. Und der Seebund soll für seinen Verrat büßen.«

Sie sagte es so leichthin. Jarok bewunderte sie dafür. Er hatte sie zu seiner – seiner einzigen – Frau machen wollen. Aber sie hatte es abgelehnt, weil es *unvernünftig* sei.

»Ich finde, der Winterjäger sollte nur die Frau heiraten, die er will«, wiederholte Hesek jetzt fast wörtlich, was Jarok selbst gesagt hatte.

Und Hennara gab dem neuen Großwesir die gleiche Antwort, die sie ihm gegeben hatte: »Der Winterjäger könnte das vielleicht, der künftige Padischah kann es nicht. Oramar ist ein großes Reich, und es wurde immer durch Hochzeiten zusammengehalten, denn der Vater des Landes nahm immer aus jeder großen Stadt und von jedem wichtigen Stamm eine Braut.«

»In Damatien gibt es so einen Unsinn nicht«, brummte Hesek.

»In Damatien gehen sich die Stämme ja auch ständig an die Kehle, oder nicht, Bruder?«

»Da ist etwas dran. Also muss ich wirklich noch mehr Hochzeiten planen?«

»Halte sie kurz und schlicht, Hesek. Die Leute sollen ruhig merken, dass nur eine Braut von Bedeutung für mich ist, und ich werde sie zu meiner Hauptfrau machen, ob es den Satrapen gefällt oder nicht.«

»Darüber sollten wir noch einmal reden, Geliebter«, sagte Hennara. »Du musst die alten Bräuche respektieren, wenn du in

Frieden herrschen willst – und eine Witwe kann nicht Hauptfrau werden.«

Er wusste, dass sie nicht glücklich darüber war, ihn mit so vielen anderen teilen zu müssen. Sie hatte nichts gesagt, hatte versucht, diese Gefühle vor ihm verborgen zu halten, hatte immer von Bräuchen und Vernunft gesprochen, aber er hatte ihr Innerstes gesehen.

»Es ist wohl an der Zeit, ein paar der alten Bräuche zu ändern.« Seine Augen suchten den Himmel ab. Möwen zogen über die Stadt.

»Noch einmal wegen deiner Mutter, Bruder ...« Hesek schien nicht merken zu wollen, dass er störte. »Willst du sie wirklich in die Verbannung schicken?«

»Ich hoffe doch, dass sie schon unterwegs ist, Hesek. Die Oase Kafur ist kein übler Ort, und Sterro ist an ihrer Seite. Was will sie mehr? Und so ist sie weit genug weg, dass ich sie nicht mehr sehen muss. Es könnte sonst geschehen, dass ich sie doch noch eigenhändig erwürge.«

»Und der Westgarther? Er ist ein tapferer Krieger. Wirst du ihn eines Tages zurückkehren lassen?«

»Er ist und bleibt verbannt, Hesek. Es klebt zu viel Blut an seinen Händen. Er hat Guscha, eine wehrlose Frau, ermordet, und er hätte auch noch ihre Söhne erschlagen, wenn ich ihn nicht aufgehalten hätte – und das auf Befehl der Frau, die sich meine Mutter nennt!«

»Er hat übrigens gelacht, als ich ihm deine Entscheidung mitteilte. Er scheint zuversichtlich, dass du es dir überlegen und ihn bald zurückrufen wirst, Bruder.« Der neue Großwesir hatte sich an einige Einzelheiten des oramarischen Hofprotokolls noch nicht gewöhnen können.

»Und denkst du das auch, Hesek?«

»Ich denke, dass ein weiser Herrscher immer jemanden brauchen wird, der all die schmutzigen Dinge erledigt, die getan werden müssen, die er aber nicht selbst tun darf. Und, bevor du mit den Schatten kommst, die von nun an über dich wachen … ich traue diesem Meister Iwar und seiner Bruderschaft nicht.«

Hrima kreiste hoch über der Stadt. Er hatte sie nicht ein einziges Mal auf dem Arm gehabt, seit er wieder in Ugir war. Es war, als würde sie ihn meiden.

Hesek war hingegen nicht loszuwerden. »Unten in der Halle wartet übrigens eine Delegation aus Elagir auf dich, Bruder.«

»Schon? Unsere Botschaft kann sie doch noch gar nicht erreicht haben.«

»Sie kommen auf ein Schreiben von Baran hin. Sie wollten ihn nach Elagir einladen, wo er den Pfauenthron besteigen sollte.«

»Sie haben seinen Anspruch anerkannt? So schnell?«

»Sie dachten, er sei der letzte Anwärter. Aber jetzt ziehen sie eine andere Bewerbung in Betracht. Es gibt schließlich einen neuen Skorpion, und der gebietet über eine ziemlich beeindruckende Streitmacht.«

»Nein, es gibt *keinen* neuen Skorpion.«

»Aber Baran hat dich vor Zeugen als seinen Bruder bezeichnet. Du wirst doch nicht immer noch …«

»Nein, keine Sorge, Hesek, du und Hennara, ihr habt mir klargemacht, dass ich den Thron besteigen *muss,* weil dieses Reich sonst in einem langen und blutigen Kampf untergehen würde. Ich werde den Platz auf dem Thron also einnehmen, aber ich werde eine neue Dynastie begründen. Die Dynastie der Greifen. Wie findest du das?« Er hatte Hennara und Hesek die Wahrheit gesagt, hatte ihnen verraten, dass er nicht der Sohn des Großen Skorpions war, aber sie waren unbeirrt dabei geblieben, dass er Padischah werden musste.

Hesek grinste. »Weise gewählt, Bruder. Aber was werden die Oramarer sagen?«

»Sie werden sich daran gewöhnen. Das Gesetz der Skorpione wird jedenfalls nie wieder angewandt. Es hat den Krieg nicht verhindert, ganz im Gegenteil. Sollte ich mehrere Söhne haben, werden die sich nicht gegenseitig umbringen müssen.«

»Und … gilt das auch für Caisas Sohn Alassa und Guschas Söhne Akka und Benal?«

»Ganz besonders für diese drei, Hesek.« Natürlich waren sie eine Gefahr, natürlich konnte er nicht wissen, ob sie sich nicht eines Tages gegen ihn wenden würden. Aber ihre Erziehung lag nun in seiner Hand. Er freute sich schon darauf, den Knaben beizubringen, wie man mit Falken jagte, so, wie Bors es ihm einst beigebracht hatte. Er hatte dabei weit mehr als das Jagen erlernt.

Hrima näherte sich dem Turm in eleganten Kreisen.

»Auch unser Freund Protektor Pelwa wartet unten in der Halle und ersucht um eine Audienz. Es geht um gewisse Handelsrechte, die er angeblich mit Weszen oder Baran – oder beiden – vereinbart hatte.«

»Sag ihm, er soll nach der Hochzeit wiederkommen, und lass ruhig offen, nach welcher … Sag ihm ruhig, dass das zu seinem eigenen Besten ist. Noch habe ich nicht vergessen, dass er und sein Seebund uns im Stich gelassen haben.«

Hesek lächelte flüchtig, machte aber immer noch keine Anstalten, sich zurückzuziehen. Sah er denn nicht, dass er mit Hennara allein sein wollte?

»Oh, eines noch … Atman Tinbul ist unten. Er will wissen, wie er und seine Krieger zurück nach Damatien gelangen – und wann es endlich die versprochene Belohnung gibt. Er hat dir auch etwas mitgebracht; einen gewissen gefiederten Stab, den er fürsorglich für dich verwahrt hat. Er meint, dass du seinem alten Träger nachfolgen sollst.«

»Tinbul will mir freiwillig Gamutaks Stab überlassen? Ist er ihm doch zu schwer? Was bedeutet das, Hesek? Du kennst die Bräuche der Damater besser als ich.«

»Tja, ich würde sagen, dass Tinbul dich endlich als Winterjäger anerkennt. Theoretisch könntest du damit zum Herrscher von Damatien werden, aber praktisch … Ich glaube, die Atmane werden schnell in alte Gewohnheiten zurückfallen, wenn sie erst einmal wieder in der Heimat sind. Aber dennoch ist es natürlich ein Vorteil, sie *theoretisch* auf deiner Seite zu wissen, Bruder … ich meine, Hoheit.«

»Wenn wir die Stämme zurück nach Damatien schaffen wollen, muss ich wohl doch mit Pelwa verhandeln.« Er konnte die Augen nicht von dem Eisgreifen wenden, der majestätisch langsam vom Himmel herabsank. »Wenn mir allerdings bald die Schatztruhe der Hauptstadt offen stehen sollte, kann ich sie erstens entlohnen und zweitens vielleicht auch für einige Zeit in meine Dienste nehmen, wenigstens, bis die Zeiten etwas ruhiger werden. Die Satrapen sollen sehen, dass ich über eigene Macht verfüge.«

»Eine gute Idee, Bruder. Und was tun wir mit den Helim?«

Jarok seufzte. »Kamaks Leute? Ziehen sie denn immer noch plündernd durch den Norden?«

»Erst heute Morgen kam Nachricht aus einer Stadt namens Aramas, ein Hilfsgesuch, das übrigens noch an Weszen adressiert war. Kamak belagert jetzt also nicht mehr Utemes, sondern eben diese andere Stadt. Und dein neuer Großwesir weiß von keiner der beiden Städte so richtig, wo sie liegt.«

»Hast du vielleicht trotzdem einen Vorschlag, wie ich dieses Problem lösen kann, Hesek?«

»Nein, Bruder, außer, du bietest ihnen ebenfalls an, in deine Dienste zu treten. Aber ich weiß nicht, wie tief die Schatztruhen von Elagir sind, und ich weiß nicht, ob die Oramarer das hinnehmen würden. Aber ich bin sicher, dir wird etwas einfallen, Bruder … Hoheit.« Und immer noch machte Hesek keine Anstalten, sie allein zu lassen. »Es sind übrigens auch Delegationen aus Elagdad und aus ein paar anderen Städten im Süden eingetroffen, die den neuen Herrscher von Oramar sprechen wollen. Auch sie kamen eigentlich, um Baran zu sehen. Wie ich hörte, sind sie aber erleichtert, dass er tot ist. Und sie sind ziemlich neugierig auf den legendenumwitterten Helden, der seinen Platz eingenommen hat.«

»Bei den Göttern, dabei bin ich noch nicht einmal Padischah! Glaubst du, Bruder, dass das jemals aufhören wird und dass der Herrscher von Oramar jemals Gelegenheit haben wird, ein paar Augenblicke allein mit seiner Geliebten zu verbringen?«

Hesek grinste breit. »Verzeih, Hoheit, ich wollte das aber unbedingt erledigt haben. Ich werde dann mal in der Halle in deinem Namen ein paar schön klingende Worte an die Versammelten richten. Mehr können wir ihnen ohnehin nicht geben, solange uns diese berühmten Schätze aus Elagir nicht gehören.«

Er zog sich zurück, und er war so umsichtig, die Seherin zu überreden, ihn zu begleiten. »Müh und Plag den ganzen Tag«, sang Ila, als sie die Stufen hinabtänzelte. »Müh und Plag den ganzen Tag.«

»Es war weise, den Graufuchs zu deinem Wesir zu machen, Geliebter.«

»War es nicht zur Hälfte auch deine Idee, Hennara?«

»Höchstens zur Hälfte.«

Er fühlte ihre Nähe. Sie wirkte manchmal kühl, wie eine der Marmorsäulen unten im Palast, aber nicht, wenn sie alleine waren. Sie legte ihm eine Hand auf die Schulter.

Hrima kam jetzt schnell immer näher. Er streckte den Arm aus und rief sie. Für einen kurzen Augenblick dachte er, es könnte wieder wie früher werden – er und Hrima gemeinsam auf der Jagd, weit weg und frei von der Last dieses riesigen Reiches, die nun auf seiner Schulter lag.

Sie beantwortete seinen Ruf mit einem hellen Schrei und stieg wieder auf. Dann flog sie gerade wie ein Pfeil nach Norden und ließ die Stadt, über die er nun herrschte, hinter sich. Er blickte ihr nach, bis er den schwarzen Punkt aus den Augen verlor.